...een, ~~the steel dark~~ ... and branche
beyond a tent, you ... from under whe
stars. The moon gone ... too many
on urinate up looking ... not risen
of Southern Cross ... at the uncross-like b-
profundity of initial urination and thus each morning in the
publicity of constellations reflect upon the [illegible]
listen to the night move highly past you, and not awake
then walk to where Pap sits before the fire,
pipe comforted, his vultures perched, loving the
time before daylight and the windless burning of
dead branches he says, "How are you, governor"
"No worse than you."

The sky is very high there and branches
come between, ~~the steel dark~~ from under whe
beyond a tent, you step out to see too many
stars. The moon gone down, the breeze not risen
on urinate up looking at the uncross-like
of Southern Cross
profundity of initial and thus

Ernest M. Hemingway.

ERNEST HEMINGWAY

海明威文集

岛在湾流中

〔美〕海明威 著 蔡慧 译

Islands in the Stream

上海译文出版社

图书在版编目(CIP)数据

岛在湾流中/(美)海明威(Ernest Hemingway)著;
蔡慧译.—上海:上海译文出版社,2019.8
(海明威文集)
书名原文:Islands in the Stream
ISBN 978-7-5327-8143-0

Ⅰ.①岛… Ⅱ.①海… ②蔡… Ⅲ.①长篇小说—美
国—现代 Ⅳ.①I712.45

中国版本图书馆CIP数据核字(2019)第104110号

Ernest Hemingway
Islands in the Stream

岛在湾流中

〔美〕海明威 著 蔡 慧 译
责任编辑/宋 佥 装帧设计/张志全工作室

上海译文出版社有限公司出版、发行
网址:www.yiwen.com.cn
200001 上海福建中路193号
上海雅昌艺术印刷有限公司印刷

开本889×1194 1/32 印张16.75 插页6 字数324,000
2019年8月第1版 2019年8月第1次印刷
印数:0,001—5,000册

ISBN 978-7-5327-8143-0/I·5010
定价:69.00元

一点说明

本书是由小查尔斯·斯克里布纳和我合作，根据欧内斯特的原稿整理出版的。除了改正拼法、规范标点这些例行的编辑事务以外，我们还对原稿作了一些删节，因为我相信如果由欧内斯特本人来处理的话，他肯定也会把这些部分删去的。本书字字句句都是出自欧内斯特之手。我们没有增添过半个字。

玛丽·海明威

第一部

比美尼[1]

1

一道狭长的岬角地把港湾跟外海隔开了，住宅就盖在这岬角地的最高处。房子已经经受过了三次飓风的考验，分毫无损，可见其结构之结实，简直就是当海船设计的一般。上有遮荫，是让信风吹弯了的高高的椰子树；一面临海，出了门只要爬下崖壁，穿过白灿灿的沙滩，面前便是墨西哥湾流[2]了。平静无风的时候远远望去，湾流的海水通常是深蓝色的。可是索性走到水里细细一瞧，荡漾在那白灿灿细沙上的海水便只是泛着一派青灵灵的光了。大一点的鱼还远远的没游到海滩边呢，你在海滩上早就连鱼影子都见到了。

白天在这里洗海水浴倒是又惬意又安全，可是晚上在这里游泳就不行了。晚上鲨鱼专在湾流的边缘附近捕食，可以一直游到海滩边，每当无风无雨的夜晚，你只要上楼到阳台上去望望，就能听见不时有鱼落鲨口，挣扎得泼剌泼剌水声直响，要是你索性来到海滩边，那就连鲨鱼过处留下的一道道水花都看得见，望去亮晶晶的。到了晚上鲨鱼没有一点顾忌，谁都要怕它三分。不过在白天鲨鱼总还是离得远远的，不会游到这白灿灿一大片的沙滩跟前来，就算真有游来的，只要鲨影一出现，你老远就发觉了。

住在这房子里的是个叫托马斯 · 赫德森的，是一位很有才能的画家，他一年里头倒有大半年就在屋里作画，不在这屋里也总在这岛上。这里虽是低纬度的地区，可是日子住长了，人对季节的更迭也自会经心在意起来，何况托马斯 · 赫德森又是对这小岛很有感情的，所以他就年复一年，春夏秋冬哪一季都舍不得离开了。

夏天，有时才到八月里风势就减弱了，也有六七月里信风根本就没来的，逢到这种年头，就热得够受了。到了九十月里又常有飓风肆虐，有的年头到十一月初还有来飓风的，有时候天气邪门起来，从六月份起就随时可能有热带风暴生成。不过就是在通常的飓风季节里，只要不起风暴，天气一般还是相当宜人的。

提到热带风暴，托马斯·赫德森私下琢磨的年头也多了，如今只要一有热带风暴的苗子，晴雨表上还没有反映出来，他就早已从天色的变化中观测出来了。他懂得怎样推算风暴的来龙去脉，应该采取些什么样的措施来预防。他也明白在飓风袭来时团结全岛居民共度患难是一件多么有意义的事，战胜了一次飓风，大家相互间的情谊也就加深了一分。他心里还挺清楚：飓风之猛，可以猛到人亡屋毁，无一幸免。不过他却始终抱定了一个宗旨：如果真要来了这么个厉害的飓风，他倒很愿意亲身尝尝那个滋味，如果真要刮倒了房子，他也很情愿就跟房子共存亡。

这座房子与其说是一座房子，给人的感觉倒不如说有点像条海船。为了要能顶住狂风暴雨，屹立在高处，房子特意造得深嵌在地里，跟这岛子俨如浑然一体，可是从屋里却又扇扇窗子都能望见大海，而且窗窗相对，四面通风，就是在最炎热的夜晚，睡在这里也照样很凉快。考虑到夏天可以多散些热，房子刷得雪白，非常显眼，你随着湾流从海上而来，老远便能望见。如果不算那一大片高高的驳骨松林[3]，岛上就数这座房子最高了。你在海上远远望见这小岛，扑面映入眼帘的首先就是那驳骨松林。先是望见海平线上隐隐出现了黑乎乎驳骨松的树影，过不了一会儿，就看到这房子雪白

---

① 位于佛罗里达半岛的东南方，是巴哈马群岛中的两个小岛。巴哈马群岛当时属英国。

② 即墨西哥湾暖流，简称“湾流”。这是北大西洋最强盛的一股暖流，沿北美洲东海岸自西南向东北运行。流经佛罗里达东南海岸时，宽度约有 170 公里。

③ 驳骨松，又称木麻黄，常绿乔木，高可达 20 米，往往栽种作防风林。

的身形了。再靠近些，就整个岛子都看清了：那椰林，那一座座墙板围护的房子，还有那白灿灿的一长溜儿是沙滩，沙滩背后好大一片是南国小岛的一派葱茏。托马斯·赫德森每次只要一看到自己的房子耸立在这岛上，心里就总会感到不胜快慰。他一向把这座房子看作他的宝贝儿，那种感情跟他珍爱自己的船简直一般无二。到了冬天这里北风劲吹，冷得可真够瞧的，可是自己的屋里却是又暖和又舒坦，因为岛上唯有他家有个壁炉。壁炉是敞口的，还相当大，托马斯·赫德森就把海上漂来的木头拿来当柴烧。

这种海上漂来的木头他积起了一大垛，都堆放在朝南的屋墙下。木头都被太阳晒得发白了，且又被风刮得像叫砂纸打磨过一般，有的木头样子显得很别致，他看得喜欢，往往有点舍不得烧掉。不过来一次大风暴，海滩上就又会漂来一批木头，再说，他发觉看得喜欢的木头烧起来也自有一种乐趣。反正大海还会弄上些姿态造型各异的木头源源不断送来，所以每当寒夜，他总要搬把大椅子来在炉火前一坐，移过盏灯来在厚木板桌上一放，就在炉边灯下捧了本书看，时不时抬起头来，听听屋外西北风的怒号、拍岸惊涛的澎湃，看看这形态各异令人叫绝的根根白木在熊熊的炉火中燃烧。

有时他就熄了灯，索性就地在地毯上一躺，看附在木头上的盐分和沙粒在火里发出色彩斑驳的光焰。躺在地上，他的两眼正好同燃烧的木头一般高低，因而可以把木头上腾起的火焰看得轮廓分明，这叫他看得又是欢喜又是伤感。烧什么木头都好，他见了都会生出这样的感触。不过看烧海上漂来的木头，那份心情就更觉难描难摹。他想，那大概是因为自己喜欢的东西就不该烧掉吧；不过既然烧了，心里也没有什么可不安的。

他这样躺在地上，似乎觉得风就吹不到他身上了，可是其实那哗哗的风却尽往屋子低处的角落里钻，尽往岛上洼洼沟沟里的草上扑，直扑到海草和苍耳的根根儿上，直钻到沙滩的内层儿里。身子贴着地，他感受得到那拍岸怒涛的搏击，他记忆中就有过这样的感觉，那是很久很久以前的事了，当时他还只是个孩子，他躺在一个炮台附近的泥地上，感觉到大炮的轰击也正是这样的。

壁炉在冬天当然是个宝贝，就是在其他的季节里，他见了这壁炉也还是难以忘情，内心里就会无限憧憬到了冬天又可以在炉前享受怎样的温馨。在这岛上，一年四季就数冬天最美妙了，他从春天盼到秋天，一直在巴巴儿的盼望冬日的到来。

2

那年，冬天早过了，春天也快到尽头了，托马斯·赫德森的三个孩子来到了岛上。事情是早就说好了的：他们哥儿三个约好在纽约会齐，然后一同搭火车南下，再乘飞机离开美国本土，来到岛上。可是其中两个孩子的那位母亲总要闹出点疙瘩事儿来。她打算好要到欧洲去作一次旅游，事前自然也不会先跟孩子的爸爸通个气，而是自己的主意打定了，才说她要两个孩子跟她一块儿去度夏。孩子们夏天跟妈妈过，到圣诞节就让他们跟爸爸一块儿过好了；当然，那也得过了圣诞正日。正日还是要在妈妈那儿过的。

她这种花样，托马斯·赫德森如今已领教惯了，最后照例总还是折中了结。折中的办法是：那小的两个孩子先到岛上来跟爸爸团聚，以五周为期，到时候就回纽约，在纽约买学生票搭法国班轮去巴黎，他们的妈妈在巴黎买上一些应用的衣物以后，就在那里等着带他们走。这去法国的一路上，则自有他们的兄长小汤姆照看。小汤姆到了法国就找他自己的母亲去，他的生母这一阵正好在法国南部拍一部电影。

小汤姆的妈妈并没有要儿子去，她倒是希望儿子跟爸爸在小岛上过一阵的。不过她觉得能见见儿子也好，所以一说她就同意了，相比之下这确实显得相当大度，不像那两个孩子的母亲，一向是说一不二的。那一位论人儿倒是挺有魅力、挺讨人喜欢的，可就是一辈子改不掉那个脾气：打定了主意就决不更改。她有事总是在心里暗暗作出打算，倒很有一名良将的运筹决策，更有一名良将计出必行的那份雷厉风行。也不是说她就不能作些妥协，但是计划既定，就决不容许作涉及根本的修改，不管这是苦思竟夜拟定的计划也罢，是大白天一时气愤或到晚来酒兴之余冒出来的主意也罢。

计划好歹总是计划，决定也毕竟总是决定，托马斯·赫德森完全掂得出这个分量，再说经过了两次离异，他也是个过来人了，所以既然达成了折衷，孩子可以来住上五个星期，他也就感到很满意了。如果说时间只有五个星期，未免短了点儿，他想那也只能怨自己只有这么点福分。只要是自己喜欢的人，是自己一向乐与相处的人，能有五个星期的相聚也满不错了。说到头来，我当初跟汤姆他妈分手实在是何必呢？可是想到这里他马上就对自己说：好了好了，这就不要去多想了。这档子事儿不想也罢。那后一个妻子生下的两个孩子不也是挺好的么？这种事情难说得很，也复杂得很，你不看看，两个孩子身上优点还真不少呢，其中有很多不就是从她那儿承袭来的么？这女人还是不错的，你跟她分手实在也是很不应该的。可是继而再一想：不！不分手哪儿行呢。

不过他如今想到这前后两次离异的事，心上已经根本没有多大苦恼的感觉了。他早就已经不再感到苦恼了。他排解内心的歉疚有个好办法，就是尽量把心思扑在工作上，所以现在他别的什么都不在心上，他只盼着孩子们快来，让他们这个夏天能过得快快活活。遂了这个心愿以后，他就可以去埋头画他的画了。

除了孩子以外，别的他简直什么都可以不要，画画可以抵偿一切。他已经在岛上养成了一种不可动摇的规律化的画画生活，这就可以抵偿一切。他相信自己在岛上已经画出了一定的成绩，那不但将传之久远，而且还激励他一定要留下来、画下去。现在他就是怀念起巴黎来，也只是限于回味回味而已，去是不会再去的了。不仅怀念巴黎时是这样，对整个欧洲，对亚洲非洲好多地方，他也都只是怀念到这一步。

他记得当年雷诺阿[①]听说高更[②]要到塔希提去画画时，曾经说过这么一句话："在这儿巴铁诺尔[③]作画不是挺好的吗，何必非要花那么多钱、跑那么远去画画呢？"用那法文的原话说起来就更传神了："quand on peint si bien aux Batignolles？"[④]他托马斯·赫德森可早已把这个小岛看作了自己的 quartier[⑤]，他在岛上安了家立了业，跟左邻右舍都交了朋友，现在作画的那个刻苦劲儿，比起在巴黎的那时候来也有过之而无不及——那时小汤姆还只是个小娃娃哩。

他有时候也出了小岛，到古巴沿海去捕捕鱼，到了秋天则去山里逛逛。不过他在蒙大拿[⑥]原有的牧场已经租给人家了，因为那里的黄金季节就是夏秋两季，如今一到秋天孩子们都得上学去了。

他时而还得跑跑纽约，去会会跟他打惯交道的那位画商。不过现在多半还是那位画商到岛上来跟他碰头，取了画便携画北返。他已是个很有地位的画家，在国内、在欧洲都颇受尊崇。他祖父本来还有一块地，是块放牧地，地虽然已经卖给人家，采矿权却还在手里，如今把采油权租给了石油公司，按时就有一笔收益归他承袭。这笔收入，有约莫半数就充作了赡养费，他靠了剩下的部分，生活也有了保障，完全可以摆脱"生意经"的压力，爱怎么画就怎么画。而且还可以要住哪儿就住哪儿，想去旅游就去旅游。

除了结婚两次先后离异以外，在别的方方面面他真可说是无往而不利，不过说实在话，他的心也并不在这利字上。在他心上的，

---

① 皮埃尔·雷诺阿（1841—1919）：法国印象派画家。

② 保尔·高更（1848—1903）：法国画家，后期印象派成员之一。1891 年去南太平洋上的法国殖民地塔希提岛，作品多表现岛上的风土人情和古老神话。

③ 巴铁诺尔是巴黎北部一个地区。

④ "在巴铁诺尔不是画得好好的吗？"

⑤ 法语：根据地。

⑥ 美国落基山区最北面的一个州。

一是画画，二是孩子，还有就是：他当初所爱的第一个女人，他至今还旧情难断。这以后他爱过的女人也多了，有时候也有来岛上小住的。他总得接触接触女人吧；来了，也会欢喜一阵。他很乐意把她们留住在岛上，有时留住的时间还相当长。不过结果总是，等她们走了才觉得心里一痛快，尽管有时候来的女人还是他挺喜欢的。他现在涵养已经到家，再也不屑去跟女人吵架了，而且他也学了一手，自有办法可以避免结婚的麻烦。学会这两条可不是容易的，其艰巨简直不下于使自己定下心来，把画画的生活纳入固定化、规律化的轨道。不过他到底还是学会了，学会了但愿就能终身不忘。至于画画，他早就很有些道道儿了，他相信自己每年也总还有些长进。不过他学会定下心来，刻苦作画，那可真是不易，因为他以前有个时期为人不知检点。真要说胡来一气，那还谈不上，可就是不知检点，狠心自私。他现在算是明白过来了，不只是好几个女人当面这么说过他，连他自己也终于看出来了。于是他就下了决心：自私，只能用于爱惜自己的画作；狠心，只有工作起来才不怕心狠；为人，一定要知所检点，有所约束。

他给自己规定了行为准则，在努力工作的同时，他就打算在这个范围内尽情享受生活的乐趣。今天他就非常愉快，因为小家伙们明天早上就要来了。

“汤姆先生，你不需要什么了吗？”家里的听差约瑟夫问他。“你今天不是已经收工了吗？”

约瑟夫高高的个子，手大脚大，一张脸儿怪长、怪黑的。他穿一件白色短上装，长裤底下却光着一双脚。

“谢谢，约瑟夫。我看就不需要什么了。”

“来一点金酒补汁[①]？”

“不了。我打算待会儿到博比先生的店里去喝一杯。”

“还是在家里喝一杯吧。又不花什么钱。我刚才到过博比先生

① 金酒（杜松子酒）掺奎宁水喝，通称金酒补汁或金酒开胃汁。

的店里，见他一张嘴就没好气。说是调和酒的名堂多得天花乱坠，谁闹得清呵。敢情是一条游艇上下来了一位女客人，上他店里去要喝一种叫‘白丽人’的什么玩意儿，他没有法子，看见一种美国矿泉水的招牌纸上画着一个穿白网眼纱衫的女人坐在泉水旁，就拿来充了数。”

“我还是想去一趟。”

“那你先喝我一杯。领航船上给你捎来了几封信。你不妨一边喝酒一边就看信，完了再去博比先生的店里。”

“也好。”

“好极了，”约瑟夫说。“因为我早就把酒调好了。信好像都不是什么要紧信，汤姆先生。”

“信在哪儿？”

“还在厨房里。我就去拿来。有两封是太太们的笔迹，一封是纽约来的，一封是棕榈滩[①]来的。字写得好秀气。有一封是纽约那位替你卖画的先生寄来的。还有两封我就认不出来了。”

“你愿意代我回信吧？”

“行啊，先生。只要你吩咐。别看我是个底下人，我还是上过好两年学的。”

“你去把信拿来吧。”

“就拿来，汤姆先生。另外还有一份报纸。”

“报纸不忙给我，留着明天吃早饭的时候再看吧，约瑟夫。”

托马斯·赫德森就坐在那里，一边看信，一边喝喝清凉的金酒补汁。有封信他又重新再看了一遍，看完这才把信全都收了起来，在写字台的一个抽屉里放好。

“约瑟夫，”他喊了一声。“孩子们快来了，你替他们都准备齐全了没有？”

“都好了，汤姆先生。我还特意多备了两箱可口可乐呢。小汤

---

① 在佛罗里达东南沿海，为海滨度假胜地。附近有一城镇，名西棕榈滩。

姆该长得比我还高大了吧？”

“还不会吧。”

“现在打起来我恐怕要打不过他了吧？”

“哪能呢。”

“我跟这孩子，以前在私底下是常打常闹的，”约瑟夫说。“真是太有意思了：如今可要叫他先生了。要叫汤姆先生，还有一个叫戴维先生，一个叫安德鲁先生。三个全是数得着的呱呱叫的小伙子，真没说的。特别是安迪[①]，最是机灵过人。”

“他小时候是很机灵，”托马斯·赫德森说。

“哎呀呀，他简直愈长愈机灵了，”约瑟夫对他欣赏极了。

“你今年夏天可要做个榜样，让他们跟着你学学咯。”

“汤姆先生，这话你可千万别说，要我今年夏天给他们哥儿做榜样，我哪儿当得起呢。倒退个三四年，那时我还不懂什么事，你这么一说我也许就胡乱应了。可今天呀，我倒还要跟着汤姆学学呢。他现在上了挺阔气的学校，学会了阔气人士的种种好规矩。要模样儿都跟他一般无二我办不到。可要学他的言谈举止那行。要像他那样，做到能不拘形迹，却又彬彬有礼。我还要学戴夫[②]的那份精明。那可是最不好学的。我还要好好琢磨琢磨：安迪他能这样机灵到底有什么门儿？”

“可别摸着了门儿就到我这儿来弄鬼啊。”

“这我哪儿能呢，汤姆先生，你误会我的意思了。我学得机灵点儿，不是为了对付你东家的。我自己过活，机灵点儿可管用了。”

“孩子来了你挺开心的吧？”

“还用说吗，汤姆先生，这是从来没有的开心事儿。我看这样的大喜事简直比得上基督再次降临。你还问我开心不开心呢。不瞒你说，我开心都还来不及呢。”

---

① 安德鲁的昵称。

② 戴维的昵称。

“我们得好好想些点子，让他们玩个痛快。”

“不行啊，汤姆先生，”约瑟夫说。“我们倒是应该多想些办法别叫他们闯祸才是，他们自己的花样就已经够多了，可吓人啦。这事还得请埃迪来帮个忙。对付这些小哥儿们他比我有办法。我跟他们混在一起惯了，事情反倒难办。”

“埃迪可好？”

“王太后陛下的华诞快到了，最近他就借这个名目总要喝两口。身体倒是棒得呱呱叫。”

“我还是赶紧去博比先生的店里看看吧，你不是说他这会儿正憋着一肚子的气么？”

“他刚才还问起你来着，汤姆先生。像博比先生这样有教养的人，这世上也真是不多见的，可游艇上来的那班无赖却常常要招惹他，连他都给弄得按捺不住要发火了。我临走的时候看他那光景，火儿都已经冒到嗓子眼里啦。”

“你去干什么了？”

“我是去买可口可乐的，顺便就打了几盘‘落袋’，免得把球艺荒疏了。”

“打得还顺手吗？”

“越发差劲了。”

“我还是赶紧去吧，”托马斯·赫德森说。“还得先冲个凉，把衣服换一换。”

“替换衣服我已经给你摆好在床上了，”约瑟夫对他说。“可要再来一杯金酒补汁？”

“不喝了，谢谢。”

“罗杰先生船已经到了。”

“好。我会去找他的。”

“他今天是不是在这儿过夜？”

“没准儿会。”

“反正我替他准备下一张床铺就是。”

“那敢情好。”

3

托马斯·赫德森就去冲了个凉，先把头发抹了肥皂揉上一通，然后凑在莲蓬头下冲洗，一股飞迸而出的急骤水花打得他针刺般痛。他个子高大，光着身子看去比穿着衣服更觉高大三分。皮肤晒得奇黑，连头发也晒得褪了色，深一道浅一道的。论体重他倒还不算超重，自己也登上磅秤看过，是 192 磅。

他心里想：按理我是应该先去游泳再来洗澡的。不过今天早上我在开始工作以前就已经游过好一阵了，这会儿也真有点累了。反正小家伙们来了，以后这游泳可是有得我们游的。何况罗杰也来了。这还不够劲儿么？

他换上了一条干净的短裤，套一件旧的水手领横条套衫，把软帮鞋一穿，就出门下坡而去。脚一跨出篱笆门，面前便是白晃晃亮得耀眼的王家国道，珊瑚岩质的道路叫太阳晒得都发白了。

前面路边两棵高高的椰子树下有几座白板条小屋，从内中一座小屋里出来了一个老黑人，走路腰板笔挺，上身穿一件黑羊驼呢上装，底下浅黑色的裤子还特意熨过，他比托马斯·赫德森先一步拐上了大路。就在这转身的一瞬间，托马斯·赫德森看见了：那张黑黑的脸儿还挺细气。

也就从那座小屋的背后传来一个孩子的嗓音，合着一支古英格兰乐曲的调子，编了个歌在那里取笑他：

“爱德华大叔拿骚[①]来，

① 拿骚系巴哈马的首府，在主岛新普罗维登斯岛上。

贩来糖果上街卖，
我买，他伤兵大爷也来买，
尝一口，苦得我们忙不迭地把头甩……”

爱德华大叔扭过脸来，下午阳光灿烂，照出那张细气的脸上除了气忿，还有几分伤心。

“我认得你，”他说。“你别以为我看不见你，我知道你是谁。我要到警察那里告你去。”

那孩子越发提高嗓门唱了起来，清脆的歌声唱得好开心：

“爱德华啊，
爱德华！
你这个凶大叔、狠大叔、悖晦大叔爱德华，
你卖的糖果实在太不像话。”

“你这些话我要叫警察来听听，”爱德华大叔说。“警察有办法收拾你的。”

“你今天还有蹩脚糖卖吗，爱德华大叔？”只听那孩子又喊了一声。小家伙有心眼，始终躲得不见人影儿。

“做个人好苦呵，”爱德华大叔一路走去，嘴里自言自语。“好好儿的就会遭人羞辱，搞得哪还有一点尊严。老天爷可也别怪罪他们，因为他们都是糊涂油蒙了心。”

前边，王家国道的那一头，庞塞·德莱昂酒店[1]楼上的房间里也飘出了歌声。一个黑人小伙子顺着这珊瑚岩大道匆匆赶来，悄悄追上了托马斯·赫德森。

① 庞塞·德莱昂是一个西班牙姓。16 世纪时有一个西班牙探险家胡安·庞塞·德莱昂曾在这一带活动，这酒店大概就是以那个探险家的名字作了店名。

“那边打过架啦，汤姆先生，”他说。“不是打架准也是吵了嘴什么的。有位开游艇来的先生，尽把东西往窗外扔。”

“都扔些什么啦，路易斯？”

“什么东西都扔，汤姆先生。那先生不管三七二十一抓起什么就扔什么。太太想去劝劝他，他倒说要连太太也扔出去。”

“那先生是哪儿来的？”

“北边来的，是位大人物啦。说是做大买卖的，别说店了，连整个岛子他都买得起，买进卖出没啥稀奇。依我看，要是他还只管这么把东西扔下去，他也用不到花多少钱，就可以买下来了。”

“警察采取什么措施了吗，路易斯？”

“没有，汤姆先生。还没有谁去叫过警察呢。不过我看大家的想法都一样，觉得该是警察出场的时候啦。”

“你是在替他们当差吧，路易斯？我还得要你帮我弄些鱼饵准备明天用哩。”

“没问题，我一定替你把鱼饵弄来，汤姆先生。鱼饵的事你就放心好了。这一阵我是一直在替他们当差来着。今儿早上他们说好雇我带他们捕大海鲢去，我倒是一早就来他们手下伺候了。可他们根本没有去捕大海鲢。还捕鱼咧！他们就知道扔盘子摔杯子，小杯子摔完了就摔大杯子，扔椅子，博比先生送上去的账单，那先生见一张撕一张，还骂博比先生是王八蛋，存心要敲诈讹赖，是骗子，存心要宰他这条大海鲢。”

“看来那先生还挺难伺候哩，路易斯。”

“汤姆先生呀，这样混蛋透顶的主儿真叫前半辈子少见，后半辈子难寻。他要我唱歌给他们听。你也知道，要比起乔西来，我是没有他唱得好，不过我唱歌一向卖力，有时还有超水平的发挥。这一回我就唱得卖足了力气。这你都是了解的，你听我唱过。他别的都不要听，就爱听那支‘妈妈不要豆、不要米、不要椰子油’什么的。翻来覆去就叫我唱这一支。这么支唱烂了的老歌，多唱连我也觉得腻味了，因此我就对他说：‘先生，我会唱新歌。新歌可好哩。新歌可妙哩。就说老歌吧，我会的也还有很不少，比如有支歌就唱大老板约翰·雅各布·阿斯特，泰坦尼克号撞上冰山沉没那会儿他也遭了难①，这歌我会唱，我倒很乐意给你唱上几支这样的歌，别尽唱不要豆啊不要米啊什么的，不知你说好不好？’我这话说得真是要多客气有多客气，要多和气有多和气。你是知道的，我说话一向这样。可这位先生倒好，他说：‘听着，你这个屁也不懂的黑小子，约翰·雅各布·阿斯特能有几个钱罐好当尿壶用？老子开的大商号、大工厂、大报馆，比他多得多了。你要是还这样老三老四的，要来教训我听这个好听那个好，我就一把揪住了你，非把你的脑袋硬是按到尿壶里去不可。’他太太听不过去，就说：‘亲爱的，跟这小孩子这样呼幺喝六的，你这真是何必呢？我看他唱得蛮好嘛，我倒很想听他唱两支新歌。’那先生就说：‘你也给我听着。什么新歌不新歌的，你别打算听，这小子他也别打算唱。’汤姆先生，你看这先生有多怪。不过那太太也只是说了句：‘喔，亲爱的，你这个人真难弄。’汤姆先生，那先生才难弄呢，碰上了他就好比刚出娘胎的野猴儿崽子碰上了一台柴油机，真不知道该怎么弄好。我太饶舌了吧，你可别见怪啊。我是见了这情景实在心里不平。也真亏他说得出来，弄得那太太心里委屈死了。”

“你这又是替他们干什么差事去了？”

“我是给他们弄海螺珠去的，”他说。

说着说着，他们早已在一棵棕榈树的荫头里停了下来，这时那黑人小伙子便从口袋里掏出一个干干净净的小布包。打开布包，里面是六颗亮晶晶透着淡红珠光的不像珍珠的珍珠，那就是当地人捕得海螺挖开清洗时常能意外发现的海螺珠。对这种海螺珠居然也会

---

① 泰坦尼克号是英国的一艘豪华大客轮，1912 年在赴美的首航途中撞上冰山而沉没，全船乘客两千余人大半遇难。约翰·雅各布·阿斯特（1864—1912）是美国有名的资本家、房地产老板，还是个发明家，他也在这次沉船事故中遇难。

看得上眼的女人，除了英国的玛丽王太后[①]以外，托马斯·赫德森可还从来没有见到过第二个。托马斯·赫德森跟玛丽王太后当然并非相识，他对玛丽王太后的了解无非得自报纸、电影，另外在《纽约客》杂志上还看到过一篇介绍她的“人物特写”，可是一看到说王太后喜欢海螺珠，他立时觉得王太后仿佛就成了他的老朋友，比他的一些多年老友还熟的老朋友。不过此刻他心里想的却是：尽管玛丽王太后喜欢海螺珠，而且今天晚上本岛居民还要庆祝她的华诞，可是要用海螺珠去博得那位太太转愠为喜，只怕是徒劳妄想。再说，玛丽王太后说她喜欢海螺珠，也说不定是为了笼络她在巴哈马的老百姓哩，这种可能性还是不能排除的。

两个人一起来到了庞塞·德莱昂酒店，路易斯还在那里一路往下说：“那太太委屈得哭了呢，汤姆先生。哭得才叫伤心呢。因此我就出了个点子，说要不要我到罗伊的酒店里去弄几颗海螺珠来，让她玩赏玩赏。”

“她见了总该开心了吧，”托马斯·赫德森说。“不过就怕她根本不喜欢海螺珠。”

“但愿她开心。我这就给她送上去。”

托马斯·赫德森管自走进了酒吧，酒吧里是一派荫凉，在亮得耀眼的珊瑚岩大道上待久了，乍一入内简直就像踏进了一个黑房间。他要了一杯金酒补汁，酒里加了一片酸橙皮，还滴了几滴安古斯图拉苦味汁[②]。博比先生站在吧台的后边，面色难看极了。四个黑人小伙子在那里打台球，有时为了要把难以做成的“开伦”[③]硬是做成，竟还翘起台角来帮一把。楼上的歌声已经停止，酒吧里悄

① 玛丽王太后（1867—1953）：英王乔治五世（1865—1936）的王后。按乔治五世于1910—1936年在位。继位者为其子爱德华八世（即温莎公爵）。爱德华八世于接位当年（1936）即退位，由其弟乔治六世继位。前文约瑟夫提到的王太后就是指的她。

② 安古斯图拉苦味汁是安古斯图拉树皮制剂，味苦，有滋补和解热作用。

③ 打“落袋”时，击出的母球如能连续撞到另两个球，叫做“开伦”，可以得分。

然无声，唯有那台球，还打得嗒嗒直响。那阔佬的游艇还停泊在码头上，艇上有两个水手也在这吧台上喝酒。托马斯·赫德森的眼睛渐渐适应了这里的光线，觉得这里虽然暗了些，倒也挺凉快。这时路易斯下楼来了。

“那先生睡着了，”他说。“我把海螺珠交给太太了。她一边望着珠子，一边还直掉眼泪。”

托马斯·赫德森见那两个游艇水手对看了一眼，却没吭一声。他站在那里，端起那苦得却挺爽口的大杯金酒补汁，先呷上一口，细细品尝。这酒味使他想起了坦噶①、蒙巴萨和拉木②，想起了那一带的沿海，心头不由蓦地冒起了对非洲的一片怀念之情。他现在已经在这个岛上定居了下来，其实定居在非洲倒也未始不可。可是再转念一想：得了，要去非洲随时都可以去嘛。一个人住在哪儿都好，要紧的是一定要做到自己能觉得对劲。你住在这里，不是就觉得心里很对劲吗?

“汤姆，这种酒真那么对你的口味?”博比问他。

“是啊。要不我也不喝了。”

“我有一次开错了瓶子，尝过味道，那个味道就跟奎宁水差不多。”

“这里边是有奎宁水。”

“我看这世上的人准是神经出了问题，”博比说。“只要喜欢，简直什么名堂都可以弄来喝。反正有钱嘛。说是有得享受就要尽量享受，于是金酒就给掺在什么稀奇古怪的补汁里，那里边连奎宁都有，好好的金酒就这样白白糟蹋了。”

“我倒觉得味道不错。奎宁水里加一片酸橙皮，我就是喜欢这种味道。一口喝下去，觉得好像胃里那些细微的毛孔一个个都张了开来似的。我觉得喝这种酒痛快，金酒掺别的饮料都不如这种酒够

---

① 坦噶是今坦桑尼亚东北沿海一港口城市，当时属坦噶尼喀。

② 蒙巴萨和拉木均为肯尼亚的东部沿海港口城市。

味。我喝了就觉得心里舒畅。”

“我知道。你喝了酒就心里舒畅。我却喝了酒就满肚子不好受。罗杰在哪儿？”

罗杰是托马斯·赫德森的一个朋友，在岛上自有一所棚屋，作他钓鱼的基地。

“他这就该来了。我们约好跟约翰尼·古德纳三个人一块儿吃饭的。”

“我真弄不懂，像你和罗杰·戴维斯、约翰尼·古德纳这样的，都是很见过些世面的人了，你们何苦要长住在这个岛上呢？”

“这个岛不错哎。你不是也长住在这儿吗？”

“我是为了混口饭吃。”

“到拿骚去不也可以赚钱吃饭？”

“拿骚有个屁好。还不如这儿有趣多了。要找些乐趣，还是在这个岛上好。再说，在这儿钱也赚得多。”

“我就喜欢住在这儿。”

“是啊，”博比说。“我也喜欢住在这儿。不过有一点，就是一定要混得下去才行。你画的画儿，一直很有销路吗？”

“现在的销路相当不错。”

“有意思，人家居然肯掏出钱来，买你画爱德华大叔的那种画儿。你的笔下尽是些黑人，不是在海水里的，就是在陆地上的，再不就是划船驾船的。又是捕海龟的船。又是采海绵的船。要不就画大风暴，画海龙卷，画船是怎么掀翻的，画船又是怎么造起来的。这些都是人家不用花一个子儿就能看到的。真有人会来买这种画？”

“那还会有假？每年到纽约去办一次画展，在画展上就都卖出去了。”

“是拍卖的？”

“不是拍卖，是举办画展的画廊老板在画上都明码标了价，人家看得中意就买回去了。有时候博物馆也会来买几张作为藏品。”

"你的画就不能自己直接卖给人?"

"当然能啦。"

"那我倒很想买一幅海龙卷,"博比说。"要特大特凶的海龙卷。要黑得昏天黑地的海龙卷。我看最好是画两个海龙卷连在一起挟着呼啸在海面上席卷而过,要让那震天巨响虽听不到却可以感受到。所过之处海水都要被倒吸而起,真能把你活活吓死。还要画上我,划着只小划子在采海绵,吓得手足无措。拿在我手里的水底观察镜也给龙卷风刮飞了。小划子也差点儿给掀起在半空中。就是这么一个排山倒海、天翻地覆的龙卷风,请你画一画,要多少钱?我把画就挂在这儿好了。要不挂在家里也不错,只要别把我那老太婆吓死就成。"

"那得看你这画打算要画多大。"

"你觉得画多大好就画多大,反正愈大愈好嘛,"博比拿足了腔说。"这样的画你画得再大也决不会嫌过头。你索性画它三个海龙卷吧。我就见过一连三个海龙卷,都离我没多远,比上回扫过安德罗斯岛[①]附近海面的那一个还看得真切。简直就是直冲云霄,内中一个卷起了一条采海绵的船,掉下来的时候引擎正好砸在船身上,打了个对穿。"

"倒是这方画布要花不少钱呢,"托马斯·赫德森说。"我就只收你买画布的费用吧。"

"那好,你一定要买一方很大很大的,"博比说。"画上这么几个大龙卷,把闯进这个酒吧里来的人统统吓跑,滚出这个该死的小岛。"

好大的口气,他说得都激动了起来,不过他还不能自已,愈说口气就愈大。

"汤姆老哥,你看你能不能就画一幅飓风的全景图?能不能这样:先画飓风的风眼,这个方向的风已经刮过,刚刚平息,那个方

---

① 巴哈马群岛中最大的一个岛。就在比美尼岛的东南方。

向的风又快要刮起来了。椰树林里黑人给吹得七歪八倒，船只被刮上岛子掀翻在山冈顶上，凡此种种都要画进去。还要画上大饭店轰然倒塌。要画碎木片四下横飞，好似标枪；豪雨里有死塘鹅随风刮来，就像天上下了塘鹅雨。要画气压表降到了最低点，连风速计都给刮得无影无踪。要画大海深处都在汹涌搏击，而风暴眼里却出现了一轮明月。要画狂浪有如大潮一般涌来，不论人畜草木，一切尽被淹没。要画些吹下海去的女人，被风刮得成了一丝不挂。还要画些黑人的尸体，漂得到处都是，有的还被吹到了半空中……"

"那你这画布就大得了不得啦，"托马斯·赫德森说。

"画布大些怕什么！"博比说。"我可以去把帆船上最大的主帆弄来给你当画布。我们要画出天上少有、地下难寻的最大最大的画来，名垂千古。你以前画的都是些小不点儿，太平淡无奇了。"

"我就先来画海龙卷吧，"托马斯·赫德森说。

"好吧，"博比伟大的计划正说在兴头上，一下子拉回来，还真有些舍不得。"这样也好。不过说真个的，你我都是见多识广的人了，你又有那样深厚的功底，我们一定可以一起创造出一些伟大的画来。"

"我明天就动手先画海龙卷。"

"好，"博比说。"先开个头做起来。不过说实在的，我倒很希望我们能把刚才说的飓风也画出来。泰坦尼克号沉没的题材有人画过没有？"

"真正称得上大型之作的还没有。"

"那我们也大可以画一画。这个题材老是要引起我的想象。你不妨把冰山撞了船又往前直闯的那个冷森森的形象也表现出来。整个场景可以安排在漫天的浓雾里。细节要画得愈详细愈好。把那个混在女人堆里挤上救生艇的男子也画进去，这男人说是自己有丰富的经验，能替她们驾驶救生艇，所以就挤上去了。可以画他上救生艇的时候还踩了几个女人，要画得形容体貌全都一清二楚。说到这个人，我就想起了现住在我们楼上的那一位。你何不上楼去看看，趁他这会儿还正睡着，就把他画下来用在我们的画里呢？”

“我想我们还是先画海龙卷吧。”

“汤姆，我是一心巴望你能成为个带‘大’字的画家，”博比说。“那种小打小闹的玩意儿还是干脆别去弄了。你那不是在糟蹋自己的才华吗？你不看看，还不到半个钟头工夫，我们一起就把三幅大画的轮廓都构思好了，老实说我的想象力还没有好好发挥呢。瞧你以前都画了些什么呀？画黑人在海滩上捉红海龟！连绿海龟都捉不到一只。只捉了只最不稀罕的红海龟。要不就画两个黑人划条小船，乌七八糟捞上了一堆小龙虾。你的一生都这样虚度了，老兄！”他顿了一下，从吧台底下拿出一杯酒来，一饮而尽。

“这个酒还算不了什么，”他说。“你没见过我呢，再凶的酒我都不怕。听我说，汤姆，这三幅画才称得上是伟大的作品。是特大型的画作。是世界级的画作。完全可以拿到水晶宫[①]里去，跟古往今来的许多传世名作并排挂在一起。不过当然啦，那三幅画里第一幅到底不能算是个重大的题材。好在我们还没有动笔。我们索性就画一幅比这三幅还伟大的，有何不可？你看这个主意如何？”

他咕嘟又是一杯，一饮而尽。

“什么主意如何？”

博比隔着吧台探过身来，怕叫人偷听了似的。

“你可千万别一听就想溜啊，”他说。“这画的规模可大了，说出来可别吓了你才好。画这样的画是要有想象力的，汤姆。我们可以来一幅《世界末日图》！”顿了一下，才又说道：“而且尺寸大小，要一如真人实物！”

“就是画地狱咯，”托马斯·赫德森说。

“不，要画打入地狱前的一刹那。阴阳岭上的教堂里狂热的信徒都在乱扭乱喊，说的也不知是哪一国的话。有个魔鬼操起了干草

---

① 指英国伦敦海德公园里一个用玻璃和钢架建造的展览大厅。按该处已于1936年毁于大火。

叉，一叉叉把他们叉起来往车上装。他们又是号叫，又是哼哼，还在那里求耶和华保佑。到处都有黑人倒在地上，四下爬满了海鳝啦，小龙虾啦，蜘蛛蟹啦，连身上都是。有个类似舱门一样的所在，张着大口，那些魔鬼把黑人啦，教堂里的教士啦，信徒啦，反正只要是人，就都往那黑洞里送，扔进去就没了影。海水围着孤岛一个劲儿往上涨，什么槌头鲨、双髻鲨，什么鼠鲨、鼬鲨，都在水里不断打转，见有人下水便张口来吃，因为也有人不愿意被穿在叉上给扔进那直冒热气的舱门般的大黑洞，就跳了水想逃走。醉鬼还在痛饮最后一醉，抡起了酒瓶朝魔鬼身上乱打。可魔鬼还是叉起他们往洞口里扔，就是没有扔进洞口的，也都给汹涌的海浪吞没了，而海里呢，除了内圈有大鲨鱼在抓落水的人以外，外层还有鲸鲨、大白鲨、逆戟鲨之类超级大鱼在巡回觅食。岛上的最高处尽是猫狗，对它们魔鬼也不放过，照样叉起来往洞口里扔。狗汪汪乱叫，往后直退，猫却能逃就逃，碰上魔鬼也要用爪去抓，全身的毛根根竖起，最后就纵身往海里一跳，好在猫的泅水本领总是不会让人失望的。有时也有个别让鲨鱼咬住的，那就逃脱不了没顶的命运了。不过大半的猫都一下子泅水逃脱了。

“洞口冒出的热气里渐渐带上了臭味，一次魔鬼用干草叉去叉教堂里的几个教士，却把草叉叉折了，于是只好用手去拉，揪住了人就拖过来扔到洞里去。你我则站在画面的正中，安然自若地观察着这一切。你边看边记，我带着瓶酒，喝两口提提神，时而也请你来一口。有时跟前也会跑过一个干得浑身大汗的魔鬼，手里拖着个大个子教士，那教士死命挣扎，不肯入洞，指头都抠进了沙里，嘴里直嚷耶和华救命。魔鬼一路过来一路打招呼：‘劳驾请让一让，汤姆先生。劳驾请让一让，博比先生。今天真忙得够瞧的。’

“那魔鬼满头大汗，一脸泥垢，回身再去拖一个教士，趁他走过的时候我也请他喝一口，他却说：‘多谢你，我不喝，博比先生。我干活的时候不碰这玩意儿。’

“汤姆呀，这么许多情节，这样宏伟的场面，要是都能在一幅画里表现出来，我看那真该算是一幅千古奇画了。”

“今天我们构思的成绩还真不小，我看谈到这里也差不多了吧。”

“的确，你说得也是，”博比说。“你瞧这不是，为了构思这样一幅巨画，我说得嘴巴都干了。”

“有个叫博斯①的，画这一路的画可出色了。”

“就是搞磁电机的那个人②？”

“不是的。这人叫希朗尼默斯 · 博斯。是个很老很老的老前辈了。画画得好极了。皮特 · 勃鲁盖尔③也画这种题材。”

“也是位老前辈？”

“很老很老的老前辈了。画也画得好极了。你见了他的画一定喜欢。”

“得了，”博比说。“什么老前辈，我们别信那一套。再说世界又还没有到末日，对世界末日他又怎么会知道得比我们多？”

“要画得超过他只怕没那么容易。”

“这话我就压根儿不信，”博比说。“我们的画一旦问世，管保他的画就再也没有人领教。”

“大家再来一杯怎么样？”

“哎呀，要命！我把这里是酒吧都忘了。上帝保佑，还有王太后呢，汤姆——我们还把今天是什么大日子都给忘了。来，我请客，大家一起来为王太后的健康干一杯。”

他自己斟了一小杯朗姆酒，给托马斯 · 赫德森递过来的是剩下的半瓶布思牌纯黄金酒，盘子里半只酸橙、一把小刀，外加一瓶施

---

① 希朗尼默斯 · 博斯（1450—1516）：荷兰画家，以画面复杂而别具风格的圣像画著名，代表作有《天堂乐园》、《圣安东尼受诱惑》等。

② 博比把画家博斯跟德国实业家罗伯特 · 博斯（1861—1942）当成是一个人了。罗伯特 · 博斯于 1886 年在斯图加特开厂，专门制造汽车中的电气装置。所谓磁电机是在内燃机中利用永磁产生电流供点火用的。

③ 皮特 · 勃鲁盖尔（1525—1569）：荷兰画家，善画农村景色，反映农民生活和社会风俗，也以风俗画的手法处理宗教题材。

韦普斯牌印度奎宁水。

“你爱喝那个鬼名堂你就自己调吧。喝酒还玩那么多新鲜花样，真是活见鬼。”

托马斯·赫德森调好了酒，又拿过个瓶子来，瓶塞上插着根鸥鸟的羽毛管，他摇摇瓶子滴了几滴苦味汁在酒里，博比见他都弄好了，这才举起酒杯来，可是眼睛却又对吧台的那一头瞅了一眼。

“你们两位喝些什么？不是什么新鲜花样的话，请点吧。”

“‘狗头’啤酒，”一个水手说。

“‘狗头’啤酒，给！”博比伸手到冰桶里，取出两瓶冰啤酒来给他们递了过去。“酒杯没有了。叫一些酒鬼成天摔的，都摔光了。大家这都有酒了吧？好，各位，为王太后干杯。虽说本岛不见得很在王太后的眼里，也不见得能沾王太后太大的光，可我还是要提议：各位，为王太后干杯。愿上帝保佑她。”

大家都为王太后的健康干了一杯。

“王太后应该说是位伟大的女性吧，”博比说。“只是在我看来似乎总嫌古板了点。我总觉得亚历山德拉王太后①比较合我的意。比较和蔼可亲。不过今天是当今王太后的华诞，我们还是要表示我们衷心的庆贺。本岛虽小，爱国却不甘后人。上次大战，本岛就有一个同胞上了战场，结果给打断了一条胳膊。这样爱国，总也数得上了吧。”

“你说今天是哪个的生日？”有个水手问。

“英国的玛丽王太后，”博比说。“当今王上的母亲。”

“‘玛丽王后号’的那个玛丽王后就是指的她啦？”那另一个水手问。

“汤姆，来，”博比说。“咱们就哥儿俩，再来为她干一杯。”

---

① 亚历山德拉王太后（1844—1925）：英王爱德华七世（1841—1910）的王后。爱德华七世于1901—1910年在位。继位者为乔治五世，王后即为玛丽（亦即文中所说的当今王太后）。

4

天已经黑了下来，好在有些微风，所以并无蚊蚋扰人。船舶早已收起了挑出在船外的支杆，顺着航道一一进了港，此刻就都停泊在码头前边的泊位上——海滩上一溜儿共有三个码头伸出在港湾里。潮水退得很快，船上的灯光映照着水面，海水给照得绿幽幽的，流得好急，连码头的脚桩都像要被一并吸了去似的，他们两个人所在的那条大游艇的船尾也给搅得旋涡连连。游艇外壳木板上的反光向码头的白木脚桩射去，脚桩上绑着一个个汽车卡车的旧轮胎以防船只碰撞，在黑魆魆的水下岩石间投下了一圈圈浓浓的倒影。亮光吸引了附近水里的颚针鱼，都来这里顶着水流，浮在那里不进不退。这些又细又长，也像海水那样给照得绿幽幽的颚针鱼，只有尾巴在摆动；那可不是在觅食，也不是在嬉戏，是见了灯光看入了迷，浮在那里不想游走了。

他们两个正在游艇上等候罗杰·戴维斯。游艇是约翰尼·古德纳的，叫“独角鲸”号，此刻船头正迎着退潮。船后相连的泊位上也是一条游艇，船主人正是成天混在博比酒店里的那对男女。两条舱式豪华游艇各自把缆绳拴得牢牢的，所以始终保持着船尾对船尾的架势。约翰尼·古德纳就在船尾，坐在一把椅子里，脚搁在另一把椅子上，右手是一杯“汤姆·柯林斯”①，左手是一根青皮的墨西哥长辣椒。

“妙啊，”他说。“这边咬上一点，辣得满嘴生火，只消那边再喝上一口，可以马上烟消火灭满嘴生凉。”

---

① 以金酒（杜松子酒）加上柠檬汁、苏打水、糖汁和冰块调和而成的一种酒。汤姆·柯林斯据说是一个善调此酒的酒店侍者的名字。

他吃第一口辣椒，咬了一口就咽下去，卷起了舌头，“嘘”的一声，哈出了一口长气，赶紧端起大酒杯猛灌了一大口。丰满的下嘴唇撅起来舔了舔那爱尔兰人特有的上嘴唇，一双灰眼睛一眯，笑了出来。他的两个嘴角生来就有些往上翘，看去总像要笑，又像刚刚笑过，不过从他那张嘴巴上却很难看出他有什么性格特点，恐怕只有那薄得出奇的上嘴唇，比较招人注意。倒是他那双眼睛，总引得人要忍不住多看上几眼。论身量个头，他属于中量级略偏重的类型；不过此刻他浑身舒坦靠在那里，看去神气倒还不错。在他这神气算是不错了，可要是出现在常人脸上那就是面色欠佳，肯定是有什么病了。他脸上晒得黑黝黝的，可是鼻子和前额都已晒得脱了皮，头上已经有些谢顶，所以脑门显得特别的高。下巴上有一道疤，要是能再往中间挪过点儿的话，人家还会当是个酒窝呢。他的鼻梁稍有点扁平，不细看很难觉察。还说不上是个塌鼻子，只是让人觉得就像一位现代雕刻家拿块石头即兴雕个头像，在鼻子的部位下手略重，多凿去了那么一点点。

“汤姆，你这个没出息的小子，近来在干些什么呀？”

“一直在画画。”

“我知道你就会画画，”说完他又咬了一口辣椒。那辣椒有半尺来长，皱巴巴、瘪塌塌的。

“辣椒就辣第一口，”他说。“爱情的创伤也是这样。”

“胡说八道！辣椒两头都辣。”

“那爱情呢？”

“爱情？全是放屁！”托马斯·赫德森说。

“你也太动感情了。说这种气话又是何苦呢？这样下去看你要变成什么样的人了？这个岛上的牧羊人都有疯病，难道你也想跟着他们发疯？”

“这个岛上是不养羊的，约翰尼。”

“不养羊可养蟹哩，那就准是养蟹户都有疯病，”约翰尼说。“我们不希望看到你硬是钻进了牛角尖出不来。来，拿根辣椒，也尝尝味道。”

“味道我早尝过了，”托马斯·赫德森说。

“唉，你的身世我了解，”他说。“你用不到向我吹嘘你的光辉历史。那八成儿都是你编出来的。我还会不清楚？大概辣椒还是你传入巴塔哥尼亚[①]的吧，还是用牦牛驮的哩！不过我这个人的思想是很新的。我告诉你说，汤米，辣椒我也吃得多了，有塞鲑鱼肉的，有塞鳕鱼干的，有塞智利鲣鱼的，也有塞墨西哥斑鸠胸脯肉、火鸡肉，甚至鼹鼠肉的。塞什么馅子的都有，我也什么都买来吃。吃得那个得意，活脱儿就像当了王上。不过这许多吃法其实都是搞的邪门歪道。倒还不如这瘪塌塌、干巴巴长长的光杆辣椒一根，没塞一点馅子，虽然貌不惊人，蘸上些浓浓的‘楚潘戈’沙司吃起来，那味儿却最妙了。啐，去你的混蛋——”他又缩起了舌头，嘘出了一口长气——“这一口我咬大了，给你辣的！”

他端起“汤姆·柯林斯”猛灌了好大一口。

“吃了辣椒我就能名正言顺地喝酒，”他还挺有理由。“嘴里辣得要命，总得喝一口清凉清凉。你再来点儿什么？”

“我就再来一杯金酒补汁吧。”

“来呀，”约翰尼喊了一声。“给姆库布瓦老爷[②]再来一杯金酒补汁。”

约翰尼游艇的船老大在岛上雇了几个小厮，其中一个叫弗雷德的，把酒送了上来。

“您请，汤姆先生。”

“多谢，弗雷德，”托马斯·赫德森说。“为王太后干杯，愿上帝保佑她。”两个人就一同举杯而饮。

“那个老色鬼哪儿去了？”

“还在他自己的屋里。一会儿就来。”

---

① 南美洲东南部的一片高原。一部分属阿根廷，一部分属智利。
② 原文系斯瓦希里语，想是托马斯·赫德森在东非时有这么个称呼。

约翰尼又吃了几口辣椒，也没有再辣椒长辣椒短的叨叨，这样把杯里的酒都喝完了。他说："你到底过得好不好，汤姆老兄？"

"挺不错嘛，"托马斯·赫德森说。"我已经学会了独自一人自自在在过活，画画也很用功。"

"你真喜欢在这儿画画？真愿意在这儿一直画下去？"

"是的。到东到西地画画，我已经厌倦了。我倒宁愿就在这儿画画。在这儿我过得挺好的，约翰尼。不骗你，真过得好极了。"

"论地方这儿还不坏，"约翰尼说。"像你这样胸中有些才华的人，当然会觉得这个地方还不坏。可像我这样的人，一向是喜欢起来恨不得就要，讨厌起来恨不得就甩，我哪儿能受得了这样的地方？听说罗杰觉得没有脸见我们，是真的吗？"

"这么说，事情早已传开了。"

"我是在大陆沿海一带听说的。"

"他在那边怎么啦？"

"我也不十分清楚。不过事情反正相当不光彩。"

"真的很不光彩？"

"其实呢，光彩不光彩，在那边自有另外一套观念。你的意思我懂，不过事情并不是这样，逗得他着魔的那个俏妞儿，其实还不能算不够年龄。那边气候条件特殊，吃的蔬菜又新鲜，再加上其他的种种因素，所以人的'规格'也大，这只要看他们那里出的橄榄球球员就知道。乖乖，十五岁的小丫头看去就像二十四岁的大姑娘。真要到了二十四岁上，就都成了梅·惠蒂女爵士①啦。你要还是个光棍的话，可真要仔细看看她们的牙口才好哩。当然这只是说个笑话，看牙齿又能看得出什么名堂来呢？另外，这些丫头大都还上有父母，没有双亲也必有个单亲，而且她们个个都饿得慌。当然

① 梅·惠蒂（1865—1948）：英国著名戏剧演员，70岁后又登上银幕，演老妇人角色堪称一绝，参加过《居里夫人》、《深闺疑云》、《忠勇之家》等片的拍摄，曾两次获奥斯卡奖的提名，并因其艺术上的成就获得了英国的女爵士称号。

这跟气候也大有关系，没有那样的气候就不会有那样大的胃口。毛病，就在于人们有时候心太热，心里一热就不会想到问她们要驾驶执照或社会保险卡来看看了。依我看，衡量成人未成人的标准，应该看身材、看体重、看总的行事能力，而不应该光看年龄。光看年龄，造成的冤案就太多了。真是比比皆是。玩别的什么，从来也没有听说过早熟还要受责罚的。倒是正相反：当学徒拿几个月例钱，谁都认为那是天公地道。还有赌赛马也要当心。我就是在这档子事上让人抓住了辫子，给整苦了。不过罗杰老兄让人家抓住的把柄却不是这个问题。”

“人家抓住我什么把柄啦？”罗杰·戴维斯问。

原来他早已从码头上下来，跳到了甲板上，因为穿的是麻底鞋，所以没有出一点声响。他上身套一件宽松的运动衫，至少大了三个尺码，下身穿一条粗蓝布的旧工装裤，却又裹得紧绷绷的，所以站在那里看起来显得身影儿奇大。

“嗨！”约翰尼说。“你呀，铃也没按门也没敲。我正告诉汤姆来着，我说我也不清楚人家抓住了你什么把柄，反正绝不是搞了未成年的‘祸水小妞’。”

“好了，”罗杰说。“不谈这些。”

“你怎么那么横啊？”约翰尼说。

“我这不是横，”罗杰说。“我是客客气气求你们。你船上还有酒喝啊？”他瞅了瞅后边船尾对着他们的那条舱式豪华游艇。“那船是谁的？”

“就是混在庞塞酒店里的那对男女的。你没听说吗？”

“哦，”罗杰说。“这些家伙，真是丢尽了我们的脸。甭管他们，我们且来喝一杯。”

“来呀，”约翰尼叫了一声。弗雷德从舱里钻出来，过来问：“有什么吩咐，先生？”

“问问两位老爷想要喝点什么。”

“两位请吩咐，”弗雷德说。

“汤姆先生喝什么我也喝什么，”罗杰说。“他是我的向导兼顾问嘛。”

“今年来野营的人多不多？”约翰尼问。

“迄至目前还只有两个，”罗杰说。“就是我和我的顾问两个。”

“说‘我和顾问俩’岂不省点事，”约翰尼说。“真是，你的书都是怎么写的？”

“语句上有什么不到之处，我反正可以花两个钱请人替我修改。”

“不花钱岂不是更好，”约翰尼说。“我跟你的顾问刚才是在这儿聊天来着。”

“顾问说他在这儿的日子过得真是心满意足。他就打算在这个岛上一辈子住下去了。”

“你真应该去那个地方看看，”汤姆也对约翰尼说。“他有时也请我去喝两杯。”

“可有娘们？”

“这倒没有。”

“那你们两位老兄都在干些啥呢？”

“反正我一天到晚就没有闲过。”

“可你以前也常来这儿住。那时候你们都干些啥呢？”

“游泳，吃饭，喝酒。汤姆得画画，我就看看书，谈谈天，再看看书，想钓鱼可以一直钓下去，不钓鱼就去游泳，回来再喝点酒，睡上一觉……”

“也没有娘们？”

“也没有娘们。”

“我总觉得这不大正常。这种生活的气氛似乎不大对头。两位老兄鸦片总该抽了不少吧？”

“汤姆你说呢？”罗杰问。

“非头挑的不要，”托马斯·赫德森说。

“大麻该种得很不错吧？”

“种了没有，汤姆？”罗杰问。

“去年年成不行，”托马斯·赫德森说。“雨水太多，收成给冲了个精光。”

“你们说的，我听着觉得压根儿就不对头，”约翰尼喝了口酒说。“只有一点我听了还高兴，就是：酒，你们倒还照喝不误。两位老兄大概已经出家修行了吧？汤姆大彻大悟了没有呀？”

“汤姆你说呢？”罗杰问。

“对待上帝的态度，还跟以前差不多，”托马斯·赫德森说。

“信得很虔诚？”

“我们是主张信仰自由的，”托马斯·赫德森说。“愿意信什么教就信什么教，只管搞你的活动好了。反正岛上有个棒球场，要活动活动有的是地方。”

“要是轮到上帝上场击球的话，我就一定投给他一个快球，管保又高又刁，”罗杰说。

“罗杰，”约翰尼责备他说。“这会儿天色已经晚了。你难道没看见，暮霭四合，夜幕降临，已经到了黄昏时分？亏你还是个作家呢。天黑以后说话还这样不尊重上帝，可要不得啊。说不定他这会儿正举起了球棒，就在你的背后站着呢。”

“我说他会不出来击球才怪，”罗杰说。“最近我就见过他来击球。”

“可不，”约翰尼说。“他还管保会一棒就击中你投出的快球，把你打得狼狈下场哩。我就见过他打出了一个安打。”

“是啊，你还会没见过吗，”罗杰顺着他的话儿说。“别说你见过，连汤姆也见过，我也见过。可我还是要投出漂亮的快球，把他杀出局。”

“咱们不谈上帝了，”约翰尼说。“还是弄点儿东西来吃吃吧。”

“替你开着这玩意儿在海上到处跑的那个糟老头儿，现在做的菜还行吗？”托马斯·赫德森问。

“做海鲜杂烩浓汤是拿手，”约翰尼说。“今天晚饭还有黄澄澄的蛋炒饭外加清烧鸻鸟。一身金黄的金斑鸻鸟。”

“听你这满口金啊黄的，倒很像个专门搞室内装修的，”汤姆说。“不过随你怎么说吧，这种季节鸻鸟是决不会一身金黄的。你这鸻鸟是哪儿打来的？”

“在南岛[①]打的。我们的船开到南岛靠岸停泊，我们下水游泳。我打个唿哨，鸟群飞了回来，这样一连两次，每次都打下了几只。每人有两只可吃。”

夜里天气晴和，吃过晚饭，他们就到船尾的甲板上一坐，喝喝咖啡抽抽雪茄。这时从另外一条船上又过来了两个人，都是些游手好闲的浪荡汉之类，一个带吉他，一个带班卓琴，码头上也聚起了一帮黑人，当下断断续续唱了几支歌。都是码头上黑咕隆咚中的那帮黑人先找支歌唱开个头，弹吉他的弗雷德·威尔逊就边弹边唱，弗兰克·哈特的班卓琴只能在一旁胡乱凑合。托马斯·赫德森对唱歌是不在行的，所以就坐在一边，在黑咕隆咚中当听客。

博比的酒店里庆祝活动搞得正热闹，从水面上望去，看得见那里店门大开，灯火辉煌。潮水退落的势头依然很猛，水上照得到灯光的地方看得见有鱼儿在那里乱窜乱跳。汤姆明白，那多半是灰鲷，潮水里裹挟着许多小鱼一起往外涌，正好给灰鲷当了美餐。有几个黑人小伙子不用钓竿就凭钓线在那里垂钓，有时上钩的鱼儿逃了，可以听见他们一片骂骂咧咧，但声音不大，有时钓上了一条，便又听见鲷鱼在码头上直扑腾。那边水里是有大鲷鱼的，所以这帮小伙子就用大块的旗鱼肉做钓饵。当天下午早些时候有条船捕得了一条旗鱼回来，把鱼吊起来拍了照，过了磅，就宰了。

歌一唱起来，码头上就围上了许许多多人。黑人里边有一个叫鲁珀特·平德的，是个特大号的彪形大汉，据说有一次他曾独力背起一架钢琴，从官家码头顺着工家国道一直背到现已被飓风刮倒的

---

① 比美尼双岛中的另一个岛。

老夜总会。而且此人总是以一名战士自命。当下他便从码头上向船里喊道："约翰船长，弟兄们说他们嘴巴干啦。"

"那就去买点喝的，可要少花钱，别喝那种有伤身体的啊，鲁珀特。"

"遵命，约翰船长。就喝朗姆酒[①]。"

"我也就是这个意思，"约翰尼说。"那何不干脆去买一坛来呢？我看还是去买一坛划得来。"

"多谢你啊，约翰船长，"鲁珀特答应一声，就挤过人群，打头走了。人群也一下子就散去了很多，都跟着他去了。托马斯·赫德森看他们都是往罗伊的酒店去的。

就在这个当儿，停泊在布朗码头的一条船上呼地飞起了一枚烟火，高高地直蹿到半空，啪的一声开了花，照得满港通明。跟着又是呼地飞起了一支，这一回却是斜着放出去的，飞到他们那个码头的左侧尽头处，就在头顶上炸开了。

"他奶奶的，"弗雷德·威尔逊说。"我们怎么没有想到差人到迈阿密去买一些来呢。"

这时候呼呼之声、啪啪之声早已响成一片，各路烟火齐起，照亮了夜空。借着亮光看去，只见鲁珀特他们又一起回到码头上来了，鲁珀特的肩上还扛着一个套在柳条筐里的大酒坛。

这边一条船上也有人放了一支烟火，就在码头的顶上炸开了，把人群照得一清二楚：都是黑黑的脸，黑黑的脖子，黑黑的胳膊，鲁珀特是扁脸盘、宽肩膀、粗脖子，套着个柳条筐的酒坛紧偎在脑袋边，一副爱惜而又得意的样子。

"拿杯子来，"他回过头去对跟在后面的人说。"都拿搪瓷杯子来。"

"我们只有铁皮杯，鲁珀特，"有个小伙子说。

"要搪瓷杯子，"鲁珀特说。"没有就去买。上罗伊的店里去

---

① 低度糖酒。

买。我这儿有钱。”

船上的弗雷德·威尔逊对弗兰克·哈特说：“去把我们的信号枪拿来，弗兰克。把旧有的信号弹打掉，趁此另换些新的，岂不是好？”

鲁珀特一副神气的样子，正等着人家拿杯子来，有人却拿来了一只长柄锅，鲁珀特就先给倒上一锅，大家便传来传去喝了起来。

“让小兄弟们先喝，”鲁珀特说。“喝吧，小子们。”

歌还在不断往下唱，都各唱各的。除了放烟火，有的船上还鸣起枪来，长枪短枪都有。布朗码头上有人还开起了冲锋枪，曳光弹像打水漂似的在水面上掠过。先是三四发的短点射，后来干脆扫上一梭子，嘟嘟的一连串红色曳光弹在港湾上空飞了过去，划出一道漂亮的弧线。

弗兰克·哈特取来了信号枪和各色信号弹，提着箱子下了船，来到船尾，那边码头上也正好把杯子拿来，鲁珀特的一个帮手就动手斟酒，一杯杯递给大家。

“上帝保佑王太后！”弗兰克·哈特嘴里念了一声，手上早已装好信号弹一扣扳机。信号弹越过码头的尽头，向着博比先生大开的店门直飞而去。结果打在门旁的混凝土墙壁上，炸开的弹药落在珊瑚岩大道上熊熊燃烧，白晃晃的光芒照得四下通明。

“小心哪，”托马斯·赫德森说。“这种信号弹弄得不好也会烧伤人的。”

“小心个屁，”弗兰克说。“老子倒要试试，看能不能叫专员官邸也吃我一家伙。”

“可别烧着了房子啊，”罗杰提醒他。

“烧了我赔嘛，”弗兰克说。

信号弹向上划出一道弧线，直奔那白色门廊的高大府邸而去，可惜距离够不着，还没到专员府上的门廊就烧成了亮堂堂的一片。

“亲爱的专员大人，”弗兰克又是一颗信号弹上了膛。“我倒要叫你这个混蛋看看我们到底爱国不爱国。”

“还是小心点儿吧，弗兰克，”汤姆劝他。“耍火爆性子，多没意思。”

“今天晚上我要痛快一下，”弗兰克说。“当然首先得为王太后祝寿，可我自己也要痛快一下。闪开点儿，汤姆，看我一枪打到布朗码头上。”

“布朗码头上堆着汽油桶哪，”罗杰说。

“放心，我一会儿就好，”弗兰克向他保证。

是他为了要逗逗罗杰和托马斯·赫德森，故意枪枪都没打中呢，还是他当真枪法不济，这就很难说了。罗杰和托马斯·赫德森也谁都吃不准，不过有一点他们是有数的，那就是，拿一支信号枪要打得这么准，世界上还没有人有这样的能耐。何况码头上还堆着汽油桶哪。

弗兰克站直了身子，摆开了决斗那样的架势，垂下了左臂，细心瞄准。信号弹打着了码头远的一头，也就是大堆汽油桶的最前端，蹦起来又反弹到水里。

“嗨！”停靠在布朗码头的船只里有人嚷嚷起来。“闹什么鬼把戏啦？”

“我这一枪跟神枪手的枪法也差不离了，”弗兰克说。“好，我就再来把专员的官邸打打看。”

“你还是识相点儿，趁早停手吧，”托马斯·赫德森对他说。

“鲁珀特，”弗兰克不睬托马斯·赫德森，管自招呼码头上。“让我也来一口，行不行？”

“行啊，弗兰克船长，”鲁珀特说。“你有杯子吗？”

“给我拿只杯子来，”弗兰克对站在一边看热闹的小厮弗雷德说。

“遵命，弗兰克先生。”

小厮弗雷德急忙忙去取来了杯子。他是满面的兴奋和欢喜，连脸都发亮了。

“你打算要把专员大人的官邸烧掉啊，弗兰克先生？”

“真要着了火，那就烧掉吧，”弗兰克说。

他把杯子递给码头上的鲁珀特，鲁珀特给斟了足有大半杯，递到船里。

“为王太后干杯，愿上帝保佑她，”弗兰克举杯一饮而尽。

虽说是朗姆酒，这样喝法也真可算是痛饮了。

“愿上帝保佑她。弗兰克船长，愿上帝保佑她，”鲁珀特郑重其事地也祝了酒，于是在场的人都同声应和：“愿上帝保佑她。对对，愿上帝保佑她。”

“好，这就可以来专心对付专员大人了，”弗兰克说。他笔直举起信号枪对天就是一枪，跟风向却稍有些背。这次装的是颗伞投照明弹，一团耀眼的白光被风一吹，就飘飘荡荡落到游艇的后面去了。

“这哪儿能打得到专员大人的公馆呢，”鲁珀特说。“你这是怎么啦，弗兰克船长？”

“我是想把这一派美景照亮了看看，”弗兰克说。“专员大人的事嘛，咱们不忙！”

“专员大人的公馆烧起来容易得很哪，弗兰克船长，”鲁珀特替他“参谋”开了。“我这倒不是有意要煽动你，可岛上已经有两个月没下雨了，专员公馆早成了一堆干柴，包你一点就着。”

“附近哪儿有警察？”弗兰克问道。

“警察都躲着哩，巴不得什么都不看见呢，”鲁珀特说。“警察你就不用操心了。枪只管开好了，这码头上保证谁也没看见有人开枪就是。”

“这码头上的人个个都面孔朝下趴在地上，啥也不看见，”后面的人堆里有个声音说。“什么也没有听说。什么也保证不会看见。”

“我来下命令好了，”鲁珀特拼命为他打气。“大家保证会刷的都背过脸去。”接着又是一派煽风点火的口气：“专员大人的那幢老房子简直就是一堆干柴，包你一点就着。”

“我倒要看看你能不能说到做到，”弗兰克说。

他又装上一颗伞投照明弹，迎着风对天就是一枪。在徐徐飘落的耀眼的白光下，只见码头上的人无一例外不是扑面卧倒，就是趴在地下，掩住了双眼。

照明弹熄灭了，从黑暗里传来了鲁珀特深沉的嗓音，语气也变得严肃了："愿上帝保佑你，弗兰克船长。愿无限仁慈的上帝赐给你勇气，去把专员公馆烧了。"

"他的太太和孩子在哪儿？"弗兰克问。

"我们会去把他们救出来的。你只管放心好了，"鲁珀特说。"我们决不会让一个无辜的人受到半点伤害的。"

"你们说呢，要不要烧？"弗兰克向后舱里的那几位征求意见。

"唉，快别干了，"托马斯·赫德森说。"这号事千万干不得啊。"

"我反正明天一早就走，"弗兰克说。"不瞒你们说，我已经连结关手续都办妥了。"

"烧吧烧吧，"弗雷德·威尔逊说。"看本地人的态度好像都很赞成烧。"

"烧了吧，弗兰克船长，"鲁珀特拼命为对方打气。他冲着大伙儿问了一声："大伙儿说呢？"

"烧了！烧了！愿上帝赐给你力量，快去烧了，"码头上的那帮子人齐声说道。

"没有人主张不烧吗？"弗兰克问他们。

"烧了吧，弗兰克船长。保证没人看见。大伙儿啥也没听说。连个屁也没放。烧了吧。"

"还得先打两枪练习练习，"弗兰克说。

"你真要烧专员公馆，我就要不客气撵你下船啦，"约翰尼说。

弗兰克瞅了他一眼，头微微一摆，因为动作极其细微，所以罗杰和码头上那帮子人都没有看出来。

"他已经吓得不像人样了，"他说。"鲁珀特呀，为了让我能铁下心来干，给我再来一杯吧，只要一杯！”

他把杯子递了上去。

鲁珀特弯下腰来凑着他说：“弗兰克船长，你要是干了这件大事，这就是你一辈子的光彩。”

码头上的那帮子人早已唱开了一支新歌：

“弗兰克船长来咱们港，
今晚大伙儿乐了个畅。”

顿了一下，再来一遍，这回的调门越发高了：

“弗兰克船长来咱们港，
今晚大伙儿乐了个畅。”

那后一句唱得一声声简直就像咚咚的擂鼓。然后又接着往下唱：

“专员骂鲁珀特理不当，
骂‘肮脏的黑狗’多够呛，
弗兰克船长信号枪一响，
把他的公馆烧个精光。”

接下来又重新唱起了原先的那个调子，那是一支起源于非洲的老调，游艇上的这些人里就有四位是听到过的。当年在非洲，往来于蒙巴萨、马林迪和拉木[1]之间的沿海大道上，过河都得靠渡船摆渡，替渡船拉纤的黑人一齐使劲时总要现编些劳动号子按这个调子

① 都是肯尼亚东部沿海的城市。蒙巴萨和拉木已见前注。马林迪位于拉木和蒙巴萨之间。

来唱。他们的号子往往就拿渡船上的白人乘客作编派取笑的对象。

“弗兰克船长来咱们港，
今晚大伙儿乐了个畅，
弗兰克船长来咱们港，”

唱到这里一连串的小腔翻得好高：一派挑战的意味。这挑战里满含着轻蔑，似乎已经看准了对手准得完蛋。然后才是咚咚咚擂鼓般的一声声，唱出了后面的一句：

“今晚大伙儿乐了个畅！”

“你瞧见没有，弗兰克船长？”鲁珀特弓着腰，探身到后舱里来继续给他打气。“你光彩的大事业还没有干出来呢，人家就已经在替你唱赞歌了。”

弗兰克向托马斯·赫德森表白了一句：“看这样子只怕不容我不干了。”然后对鲁珀特说：“让我再打一枪练练。”

“是啊，枪法愈练就愈精，”鲁珀特好不欢喜。

“弗兰克船长练了枪要开杀戒咯，”码头上有人说。

“弗兰克船长撒起野来可比野猪还凶哩，”又一个声音说。

“弗兰克船长真不愧是条好汉子。”

“鲁珀特呀，”弗兰克说，“请再给我来一杯吧。倒不是要靠它壮胆。就巴望它能帮我瞄得准点儿。”

“愿上帝给你当准星，弗兰克船长，”鲁珀特把酒递下船来。“弟兄们，把弗兰克船长的歌再唱唱啊。”

弗兰克举杯就干。

“再练最后一枪，”说完他就一枪打去，信号弹掠过船后那条舱式游艇的头顶飞了出去，在布朗码头的汽油桶上弹了一下，落在水里。

“你这个混蛋，”托马斯·赫德森悄悄骂了他一声。

“给我闭嘴，你这个煞风景的假正经，”弗兰克也回敬了托马斯·赫德森一句。“这一枪是我的得意杰作哪。”

就在这时候，从后面那条游艇的后舱里钻出一个人来，身穿睡衣却有裤无衫，这人来到船尾大喝一声：“听着，你们这些猪猡！你们别再闹了，行不行？下面舱里有位太太要睡觉哪。”

“太太？”弗雷德·威尔逊问。

“对，难道还会骗你，是位太太，”那人说。“她就是我的太太。可今天偏偏碰上你们这帮混账家伙，弄了那么些信号弹来打个没完，害得她别想合得了眼，害得谁都别想睡会儿觉。”

“那你为什么不给她吃两片安眠药呢？”弗兰克说。“鲁珀特，派个弟兄去买几片安眠药来。”

“你怎么这样不开窍呀，老总？”弗雷德·威尔逊说。“你怎么不问问自己，你这个当男人的当好了没有？你当好了她也就睡得着了。她睡不着，说不定是因为一团火硬是压着呢。也许正苦闷着呢。我太太去看精神分析医生，医生总是这样给她解释的。”

这几位都是蛮不讲理的粗汉，论理其实弗兰克本是错尽错绝的，可是那个已经灌了一天酒的家伙用这种态度来交涉，这第一步棋就下出了一个大败着。约翰尼、罗杰、托马斯·赫德森，他们三个谁也没吭一声。那另外两个，却从对方踏上船尾、大骂“猪猡”的那一刻起，就搭了档一吹一唱了，仿佛棒球场上一对配合默契的游击手和二垒手似的。

“你们这些肮脏的猪猡，”那人还是直骂，看来他肚子里的词汇相当有限。他的年纪看去约在三十五到四十之间，尽管后舱的灯已经开亮，毕竟还是很难看仔细，也说不准他的确切年龄到底有多大。托马斯·赫德森今天一天听到说他的闲话不少，原以为他的样子一定弄得很不堪，现在一看倒还远没有这样糟糕，托马斯·赫德森寻思他准是合过会儿眼了。再一想：对了，他不是一直在博比的酒店楼上睡大觉么？

“我倒觉得宁比泰[1]这药可以一试，”弗兰克装得十分体己似的对他说。“除非太太对这种药有过敏反应。”

“我真不明白她还有什么不满足的，”弗雷德·威尔逊又对他说开了。“瞧你这不是，一身精壮，看上去挺不错哎。真个的，看上去还真棒得很呢。我说你一定是拉盖特[2]俱乐部里的一员狠将吧。倒要请问尊驾，你舍得花了多少本钱，才把贵体保养得如此剽悍精壮？弗兰克，你瞧瞧他。这样华贵这样漂亮的男式上衣，你以前见识过吗？”

“不过老板，有一点你就办得不地道了，”弗兰克也对他说。“你的睡衣可是上下穿倒了。说老实话，男人家就这么套一条裤子，这样的穿法我倒还从来没有见识过。你就这么穿着睡你的觉？”

“你们这些满嘴巴脏话的猪猡，就不能让人家太太好好睡个觉？”那人说。

“你怎么就不老老实实回你的舱里去呢？”弗兰克反问他。“你在这儿开口‘猪猡’闭口‘猪猡’，弄得不好可是要惹上点儿麻烦的哪。你的汽车司机又没有来，照看不了你哪。你不是每天都要由汽车司机送你上学的吗？”

“他还上什么学呀，弗兰克，”弗雷德·威尔逊放下了手里的吉他说。“他早长大啦，是个大孩子啦。干上大买卖啦。你连这么个大买卖人都认不出来？”

“你真是个买卖人吗，老弟？”弗兰克问道。“那你一定会算这笔账啦，你呀，还是赶快回你的舱里去来得上算。留在这儿没你一点便宜。”

“他这话有道理，”弗雷德·威尔逊说。“你在这儿跟我们胡

---

① 安眠镇静药戊巴比妥钠的商标名。

② 又称回力网球，或网拍式墙球。在四面有围墙的场地内用球拍击球，利用围墙反弹的一种球赛，有单打也有双打。

闹，不会有你的好处。还是快回你的舱里去吧。声音大点儿嘛，多听听就惯了。”

“你们这些肮脏的猪猡，”那人一边骂，一边拿眼睛一个个盯住了他们。

“快请护好你健美的玉体回舱里去，好吗？”弗雷德·威尔逊说。“我相信你一定有办法能叫太太睡着的。”

“你们这些猪猡，”那人还是直骂。“你们这些下三烂的猪猡。”

“你还有什么别的名堂可以骂骂吗？”弗兰克说。“老是‘猪猡’长、‘猪猡’短的，叫人听得怪腻味的。你还是快回舱里去吧，免得着了凉。我要是有你那样的美男子胸膛，我才不会冒险跑到外边来呢，今儿晚上外边有风，着了风那还了得？”

那人还是一个个盯着他们直瞅，仿佛想把他们都牢牢记住在心里似的。

“你忘不了我们的，”弗兰克对他说。“真要是忘了，以后见到你我提醒你就是。”

“你们这些下流种子，”那人又骂了一句，这才一转身，钻进舱里去了。

“这人是谁？”约翰尼·古德纳问。“我记得在哪儿见过他。”

“我认识他，他也认识我，”弗兰克说。“反正这人不值一提。”

“你可还记得他叫什么名字？”约翰尼问。

“这人是个草包，”弗兰克说。“反正是草包一个，记不记得他叫什么名字还不是一样？”

“我看也是一样，”托马斯·赫德森说。“你们两个把他围攻得够呛。”

“对草包嘛，就是应该这样。就是应该一起对他围攻。对他我们其实还不好算不客气。”

“听你的话音，我看你就是缺少点同情心，”托马斯·赫德森说。

“我刚才听见有条狗在哇哇乱叫，”罗杰说。“大概是信号弹吓着了他的狗了。我们还是把信号弹收起来吧。我知道你玩得正在兴头上，弗兰克。可你这已经是万幸了，总算没有闹出人命案子来，也总算没有闯下什么大祸。那你何必还要去吓唬一条可怜巴巴的狗呢？”

“那哇哇乱叫的是他的老婆呢，”弗兰克喜滋滋地说。“我们来给他的舱里也打上一颗信号弹，把他的房中情景来个彻底大曝光。”

“那我可要不客气走人啦，”罗杰说。“你这样开玩笑我真不赞成。比如开汽车，我觉得那就没有什么玩笑可开的。酒后开飞机，我觉得那也不是闹着玩儿的。现在你吓唬狗，我觉得那根本就谈不上有什么好玩。”

“你要走谁也没有拉着你呀，”弗兰克说。“反正近些时候来大家见了你也都觉得头痛。”

“是吗？”

“怎么不是？就是你，还有汤姆，到处装正经，老是败人家的兴。你们这些混蛋，都算是改邪归正了。你们当初寻欢作乐都乐够了，现在就不许人家乐了。哼，居然还抬出了一块崭新的招牌，叫什么社会公德心哩。”

“照你这么说，我劝你别把布朗码头弄着了火，这就叫有社会公德心咯？”

“怎么不是？可那也不过是个幌子罢了。你们的门面装点得也并不高明。你的事我在大陆沿海早都听说了。”

“你为什么不带上你的信号枪到别处去玩呢？”约翰尼·古德纳对弗兰克说。“大家本来都兴致挺足的，可你就偏要来这样胡闹一气。”

“这么说你也跟他们是一个毛病，”弗兰克说。

“我劝你还是冷静点，”罗杰警告他了。

“反正这儿就我一个还想找点乐儿痛快痛快，”弗兰克说。“你们个个都是活腻了的苦行狂！大善士！伪君子！……”

“弗兰克船长，”鲁珀特从码头边上弯下腰来叫他。

“只有鲁珀特才够朋友。”弗兰克说着便抬起头来：“怎么说啊，鲁珀特？”

“弗兰克船长，专员那边的事还干不干？”

“照烧不误，鲁珀特老弟。”

“上帝真该保佑你，弗兰克船长，”鲁珀特说。“可要再来点朗姆酒？”

“我已经打足精神了，鲁珀特，”弗兰克对他说。“现在大家都快趴下。”

“大家快趴下，”鲁珀特一声令下。“都卧倒了！”

弗兰克朝码头后边的专员公馆一枪打去，可惜就差那么一点点，信号弹没有打到公馆，却落在门廊前面的细石子走道上，在那儿烧了起来。码头上的那帮子人见了直叫苦。

“真倒霉！”鲁珀特骂了一声。“差那么点儿就打着了。不走运哪。再来一个吧，弗兰克船长。”

后面那条游艇的后舱里灯亮了，又是那个人走了出来。这一回他穿了件白衬衫，套了条白帆布裤，脚登一双胶底运动鞋。他把头发梳过了，一张脸儿却涨得红一块白一块的。这边船尾上的几个人里，离他最近的是约翰尼，不过约翰尼是背对着他，约翰尼旁边是罗杰，一副闷闷不乐的样子，管自坐在那里。两条游艇尾对着尾，中间隔着三尺来宽的水面，那人就隔船站在那里，拿指头冲罗杰一指。

“你这个蠢货，”他开口就骂。“你这个肮脏的蠢货，下三烂的蠢货！”

罗杰只是露出了吃惊的神气，抬头对他看看。

弗兰克冲那人喊了一声：“嗨，你要骂的是我吧？不是骂‘猪猡’的吗，怎么骂‘蠢货’啦？”

那人没有睬他，只顾把矛头对准了罗杰。

“你这个大胖蠢货！”那人激动得差点儿连话都说不出来了。“你这个冒牌货！你这个骗子手！装得倒像，不要脸！还作家哩，狗屁！还画家哩，没羞！”

“你到底在跟谁说话？说的到底又是哪门子的事？”罗杰站了起来。

“跟你！跟你这个蠢货！跟你这个冒牌货！就是跟你嘛！你这个孬种！呸，你这个蠢货！你这个肮脏的蠢货！”

“你准是疯了，”罗杰还是没有提高嗓门。

“你这个蠢货！”那人在对面船上隔水嚷嚷，一副架势就像在眼下新式的动物园里，一个游客正隔着水沟（现在不用栅栏了）在那里骂一头动物。“你这个冒牌货！”

“他要骂的是我呢，”弗兰克乐呵呵地说。“你不认识我了吗？我才是你骂的‘猪猡’啊。”

“我骂的是你，”那人的手还是指的罗杰。“你这个冒牌货。”

“你瞧瞧，”罗杰对他说。“你这哪里好算是在跟我说话？你这是有意不分青红皂白乱骂一气，目的是想将来回到了纽约可以在人家面前吹嘘，说你就是如此这般把我骂了个够。”

他的话还是说得很有道理，也很有耐心的，叫人觉得他是真心希望那人能够醒悟，不要再骂人了。

“你这个蠢货！”那人还是直嚷嚷。他本来就是穿着整齐了存心要来个歇斯底里大发作的，所以愈骂火劲就愈大，也愈进入角色。“你这个肮脏的冒牌货！下三烂的冒牌货！”

“你这哪里好算是在跟我说话？”罗杰还是回他那句老话，如今他的口气已是非常平静，托马斯·赫德森看出他已经把主意打定了。“你少在这里噜苏。如果有话要跟我说，到码头上说去。”

罗杰说完就跳上了码头，说也奇怪，那人跟脚也就爬了上来，真是要多快有多快。他骂了那么一大堆，动了那么大的火，收不了篷了。总之他也上了码头。那帮黑人先是往后直退，随即又都围了上来，把他们两个团团围住，不过中间还是留出了不小的空地。

托马斯·赫德森摸不透那人登上码头的时候心里到底打的是什么算计。双方谁也没说一句话，就在那么许多黑人的围观下，那人首先一个摆拳向罗杰打来，罗杰却一记左拳正中他的嘴巴，打得他嘴巴顿时鲜血直流。他冲着罗杰又是一个摆拳，罗杰却一连两记重重的勾拳照他的右眼打去。他拼命揪住了罗杰，罗杰拿右手对准他的肚子一阵猛捅，把他推开，腾出左手来给了他一个狠狠的反手耳光。就在这一揪一推之间，罗杰的运动衫给撕破了。

那帮黑人谁也没吭一声，只是围住了他们两个，可也不是逼得很近。不知是谁已经把码头上的灯开了，所以大家都能看得一清二楚。汤姆估计这开灯的大概是约翰尼船上的小厮弗雷德吧。

罗杰乘胜追击，他对准那人的脑袋上部，连珠炮般连出三记勾拳。那人揪住了他，他使劲推开，又在那人嘴巴上连揍了两拳，这一来他的运动衫就又撕破了一大块。

“甭打左拳了，”弗兰克嚷嚷。“快出右拳打，揍死这个王八蛋！揍死他算了！”

“你不是有话要跟我说吗？”罗杰话刚出口，狠狠的一记勾拳就击中了那人的嘴巴。那人嘴里鲜血往外直流，右边半个脸儿完全肿了起来，右眼几乎已经撑不开眼皮了。

那人还是揪住了罗杰，罗杰就把他一把裹在怀里，夹得他压根儿没法动弹。那人喘得上气不接下气，却始终一句话都没有。罗杰在那人的两个肘弯里各按上一个大拇指，汤姆见他拿大拇指在那人二头肌和下臂之间的肌腱上来回揉摩。

“你可别把血都淌在我身上，你这个王八蛋，”罗杰说着，就像戏耍一般抬起左手，把那人的脑袋往后一揿，随即又给了他一个反手耳光。

“看我替你换个鼻子，”他说。

“揍死他，罗杰。揍死他，”弗兰克还在一旁打边鼓。

“都打到这个分儿上了，你还看不出来，你这个呆子？”弗雷德·威尔逊说。“早已揍得他命都快没啦。”

那人还是揪住了罗杰，罗杰又一把夹住了他，把他推开。

“来打我呀，”罗杰对他说。“来呀来呀。来打我呀。”

那人挥拳打来，罗杰一闪身避过，一把把他抓住。

“你姓什么叫什么？”他问那人。

那人一言不答，只顾呼哧呼哧喘气，仿佛气喘病大发，眼看就要断气似的。

罗杰又夹住了那人，拿两个大拇指往他的两边肘弯里掐去。“你这个王八蛋还挺壮实咧，”他对那人说。“是哪个混蛋教你的招法呀，怎么这样不经打？”

那人一拳打来，却已是有气无力了。罗杰把他一把抓住，拉到跟前，提着他打了个转，用右拳的底面扇了他两个耳光。

“你以为你对人家来个不开口就是你的能耐了？”他问那人。

“瞧他的耳朵哎，”鲁珀特说。“简直成了一串葡萄啦。”

罗杰再次夹住了那人，拿大拇指使劲去抠他二头肌下部的肌腱。托马斯·赫德森对那人的脸色看得很注意。那人的脸上起初并无惊慌之色；看去只是一脸凶相，活像一头猪，一头穷凶极恶的公猪。但是现在不同了，说惊恐万状那是一点也不过分的。他大概从没听说过打架也会有无人出来解劝的。他大脑的哪个角落里大概想起了以前在小说中看到过的情节：打架的人要是一倒下，那就只有给踢死的分儿。所以他还硬是要打下去。只要罗杰向他喝一声“来打呀”，或是把他一把推开了，他总要挥拳再来打上那么一下。他还不肯认输。

罗杰又一次把他推开了。只见那人就站在那儿，对着罗杰直瞅。他被罗杰夹得不能动弹的时候固然感觉到走投无路，可是一旦对方松了手，他的恐惧便会稍有缓和，那份凶相便又显出来了。此刻他站在那儿，先还心中惶惶，因为这伤着实不轻，脸给揍坏了，嘴里直淌血，特别是那只耳朵，看去已像一个熟得快要烂掉的无花果，皮下的一个个出血点已汇合而为好大一个血包。可是如今罗杰的手既已松开，他站不上一会儿，恐惧便又消退了，那股打不怕的凶恶劲儿又冒起来了。

“你有什么话要说吗？”罗杰问他。

那人张口就骂：“蠢货！”骂声出口的时候，他还把下巴一缩，双手一举，头微微一扭，一副架势活脱儿就像一个劣性难改的顽童。

“好，来了，”鲁珀特叫了起来。“快看，好戏就要登场了。”

可是那既没有一点戏剧性，也没有什么技巧值得一看。罗杰飞快抢前一步，来到那人的跟前，左肩向上一耸，右手在底下攥起了拳头，一使劲猛地往上一拳，啪的一声就打在那人的半边脑袋上。那人倒了下去，双膝着地，两手支在地上，脑门子也撞上了码头铺板。他就这样脑门子顶着码头铺板，在那儿跪了不大一会儿工夫，只见身子一歪，便软绵绵瘫了下去。罗杰对他瞧了一眼，就管自来到码头口，一纵身跳上游艇，进了后舱。

那人游艇上的人手这时也就来把他抬上了自己的船。刚才码头上打成那样，他们一个也没有出来干预，现在他歪着身子倒在了码头上，他们这才过来把他抬了起来，抬在手里他已是沉甸甸瘫成一团了。几个黑人还帮着他们把他抬上船尾，送下舱去。把他送进了舱里，里边随手就把门关上了。

“应该找个医生来替他看一看才好，”托马斯·赫德森说。

“撞在码头上的那一下撞得并不厉害，”罗杰说。“我想过，码头是木板的，碍不了事。”

“我看他最后一记耳光挨得恐怕不大受用，”约翰尼·古德纳说。

“你把他的脸打得不像样了，”弗兰克说。“特别是那只耳朵。肿得那样快法，倒真还从来没有见过。起初还只像一串葡萄，一下子就肿得胖乎乎的像只橘子了。”

“赤手空拳反而坏事，”罗杰说。“一拳头打出去也根本不去考虑后果了。唉，要是我以前没见过他，也就不会有这样的事了。”

“嘿，你以后再见了他，就包你再也不会认不出他了。”

“但愿他一会儿就醒过来，”罗杰说。

“你这一架打得出色啊，罗杰先生，”小厮弗雷德说。

“得了，你还提呢，”罗杰说。“闹出这样的事来，想想真又是何必呢？”

“那位先生根本是自作自受，”小厮弗雷德说。

“我说你就别再放在心上了，好不好？”弗兰克对罗杰说。“死人的事我也见得多了，那个小子绝对死不了。”

码头上那帮黑人渐渐都散去了，对打架的事还一路议论个没完。刚才那白人被抬上船去的时候看那光景可不大妙，他们心里都有些不自在，先前嚷嚷着要烧专员公馆的那种天不怕地不怕的样子，都消失得了无影踪了。

“好，再见了，弗兰克船长，”鲁珀特说。

“要走啦，鲁珀特？”弗兰克问他。

“大家都想上博比先生的酒店去看看那边可有什么热闹的玩意儿。”

“再见了，鲁珀特，”罗杰说。“跟你明天再会。”

罗杰只觉得满心不快，他的左手肿得有个葡萄柚子那么大。右手也肿了起来，不过没有左手那么厉害。除此以外，打架留下的明显痕迹便只有他身上的运动衫了，运动衫的领口已经撕破，耷拉下一大块挂在胸前。他头上近顶的地方曾挨过那人一拳，那儿也留着个小小的疙瘩。指关节有几处给擦破了皮，约翰尼替他搽了些红药水。罗杰对自己的手根本连看都没看。

“我们上博比的酒店去吧，看看那儿有没有什么好玩的，”弗兰克说。

“你什么也别放在心上，老罗，”弗雷德·威尔逊说着便管自爬上了码头。“只有傻瓜才会有一点事就放不开。”

他们带上了吉他和班卓琴，穿过码头，就往庞塞·德莱昂酒店而去。酒店店门大开，透出一派灯光，还传出来一片歌声。

“弗雷迪[1]这人还是挺不错的，”约翰尼对托马斯·赫德森说。

“本来倒一直是不错的，”托马斯·赫德森说。“可现在跟弗兰克混在一起就坏得很。”

罗杰一言不发，托马斯·赫德森真为他担心。不只是为罗杰担心，他的担心还另有一些原因。

“你看我们是不是该回去安歇了？”他对罗杰说。

“我的心总还放不下来，也不知道那人怎么样了，”罗杰说。

他是背对着船尾坐的，一副愁眉不展的神气，左手托在右手里。

“得了，你还有什么好不放心的呢，”约翰尼一副若无其事的口气。“他人都能走动啦。”

“真的？”

“你瞧，他这不是出来了吗，还端着把猎枪呢。”

“我才不信呢，”罗杰说。不过听他的口气早又高兴了起来。他还是背对船尾坐在那儿，始终没有回过头去看。

那人来到了船尾，这一回他睡衣睡裤都穿齐全了，不过令人瞩目的还是那把猎枪。托马斯·赫德森把目光从枪上收回来，再去看他的脸，那张脸儿实在惨不忍睹。算是已经有人替他拾掇过了，脸上纱布橡皮胶一大堆，红药水也搽了很不少。但是那耳朵就没法给他收拾了。托马斯·赫德森估摸那大概是一碰东西就痛的，所以就不包不扎，很触目地露在那儿，肿得好大好大，紧绷着一层皮，成了他这张脸上最扎眼的目标。当下谁也没开口，那人也就鼓出了他那张开花脸，端着猎枪，一声不吭站在那儿。他的眼睛肿得上下眼皮紧挤在一块儿，恐怕看人都未必能看得十分清楚。他只是站在那儿，一句话都不说，旁人也一个都不开腔。

罗杰终于慢慢地、慢慢地转过头去，看见了他，于是就侧着脸

---

① 弗雷德的昵称，指弗雷德·威尔逊。

儿扔了句话过去：

“快收起了枪去睡觉吧。”

那人还是端着枪站在那儿。那肿起的嘴唇动了两下，却始终一句话也没有。

“你这小子不要脸，背后打冷枪的事你是干得出来的，但是量你也没有这个种，”罗杰还是侧着脸儿对他说，没有提高一点声气。“快收起了枪去睡觉吧。”

罗杰照样还是背对那人坐在那儿。接下来他却冒了个险，托马斯·赫德森觉得他这个险冒得实在太悬了。

“大家瞧瞧，这小子这样穿着睡衣睡裤跑出来，一副德性是不是有点儿像麦克白夫人[①]？”他问跟他一起在船尾的那另外三个人。

一听这话，托马斯·赫德森心想这下要出事了。可是结果倒什么事儿也没有，过了会儿那人就一转身，提着猎枪钻进舱里去了。

“好了好了，我心里真是一松快，”罗杰说。“刚才我只觉得胳肢窝里汗水直往下淌，都淌到了大腿上。汤姆，咱们回去了吧。这人没事了。”

“怕不会一点都没事吧，”约翰尼说。

“出不了事了，”罗杰说。“看他的光景又是活灵灵的人儿一个了。”

“走吧，罗杰，”托马斯·赫德森说。“一块儿上我家里去坐会儿。”

“好吧。”

他们对约翰尼道了“再见”，便顺着王家国道，向托马斯·赫德森的住处走去。庆祝活动到此刻还搞得很热闹。

“庞塞·德莱昂酒店里你还去不去？”托马斯·赫德森问。

“得了吧，我是不想去了，”罗杰说。

---

① 莎士比亚《麦克白》一剧的女主角。

“我想我应该去告诉一下弗雷迪，就说那人没事了。”

“你去告诉他吧。我就直接到你家里去了。”

托马斯·赫德森到家时，只见纱窗游廊里边靠内陆一头的一张床上，罗杰面孔朝下扑在那里。四下一片乌黑，庆祝的闹声隐约可闻。

“睡着啦？”托马斯·赫德森问他。

“没有。”

“来一杯如何？”

“我不想喝了。多谢。”

“手上怎么样了？”

“就是觉得胀痛。不碍事的。”

“心里又不痛快了？”

“是啊。憋得慌。”

“小家伙们明天早上可以到了。”

“那敢情好。”

“你真的不想来一杯了？”

“不喝了，老弟。你就自己喝吧。”

“我倒想来一杯威士忌加苏打水，喝了好快一点睡着。”

托马斯·赫德森到冰箱里取了酒，调好以后又回到纱窗游廊上，就那样在黑咕隆咚中坐着，罗杰则还照旧扑在床上。

“你也知道，无法无天的大恶棍大坏蛋真多的是，”罗杰说。“汤姆呀，你看这个家伙就恶劣透了。”

“你好歹总给了他一点教训。”

“不，我看不见得。我叫他丢了脸，吃了一点亏。他会把气出在别人身上的。”

“他这都是自作自受嘛。”

“话是不错，可我这事总还干得不彻底。”

“你也只差没有宰了他。”

“我也正是这个意思。他今后反而会越发变本加厉的。”

“我看你给他的这顿教训也蛮够他受的了。”

“不，我看未必。我在大陆沿海碰到的那件事还不就是这样。”

“那到底是怎么回事？你回来以后还半个字都没有跟我说起过呢。”

“还不是打了一架，跟今天的情况有点相像。”

“跟谁呢？”

他报了一个人名，此人在一般所谓的实业界是个地位颇高的人物。

“我根本就不想吵这个架，”罗杰说。“事情出在个旅馆里，我呢，当时正好跟个女人有点纠缠不清的事儿，其实严格说起来，我恐怕是不应该上那儿去的。反正那天晚上我对这个家伙是一忍再忍，忍之又忍。那情况真比今天晚上还要气人。最后实在忍无可忍了，我就给了他一顿揍，不管三七二十一狠狠地给了他一顿揍，也偏不巧，他的脑袋撞在了游泳池入池处的大理石台阶上。因为事情都是在那个游泳池旁边闹起来的。他在这个叫‘黎巴嫩雪松’的旅馆里大概躺到了第三天吧，总算醒了过来，这样我也总算免了个过失杀人的罪名。其实那时他们已经什么都准备妥当了。凭他们弄来的那些所谓证人，真要打起官司来我给判个过失杀人罪还算是走运的哩。”

“后来呢？”

“后来他又回去干他的买卖了，可是他没忘记来狠狠地算计我。弄了个十足的圈套来陷害我。那鬼点子才叫多哩。”

“怎么回事？”

“反正是无所不用其极吧。花样一套接着一套。”

“愿意给我说说吗？”

“不说也罢。你知道了也没有意思。反正我不骗你，这是设了圈套故意陷害。事情弄得真够呛，因此大家对此也都绝口不提。你难道没注意？”

“我有点察觉了。”

“所以我对今天晚上的事觉得不大痛快。横行不法的坏蛋实在太多了。那都是些十恶不赦的恶棍。你揍他们也不解决问题。我看他们所以敢来惹你，这就是一条原因。”他在床上一翻身，把脸朝着天。“汤米，你知道一个人的心一坏就不得了。就会像猪一样无耻。你知道从前的人讲要扬善斥恶，是很有些道理的。”

“只怕在不少人看来，你也不见得就是一个十足规矩的好人，”托马斯·赫德森老实不客气地对他说。

“那是。我自己也不敢这样高攀。我连自己是个好人，或者能跟好人两字勉强沾点儿边，都不大敢说。不过我还是巴不得自己能做个好人。反对恶人，并不就能成为好人。今天晚上我反对了恶人，可是自己也变成恶人了。当时种种恶念简直就像浪潮一般汹涌而来，我自己也感觉到了。”

“打架总是要不得的。”

“这我也知道。可是碰到了这样的人，又能怎么样呢？”

“他们一动手，你就得把他们立即制伏。”

“话是不错。可一旦动了手，我就觉得这倒挺开心的。”

“他当时要是还能再打下去的话，我看你大概还要开心些呢。”

“倒恐怕的确是这样，”罗杰说。“不过我现在也说不准了。我是一心只想要把他们打垮。可是你一旦觉得打他们开心，这就说明你跟你要反对的对象只怕也相去无几了。”

“这个家伙也特别恶劣，”托马斯·赫德森说。

“我上次在大陆沿海碰到的那一个也不见得有哪点儿比他差。汤米呀，问题在于这种人实在太多了。走遍天下哪儿都有，而且总是愈来愈多。都怪这年头世道不好啊，汤米。”

“你几时见到过有好的世道？”

“以前我们不是一向过得很快活吗？”

“对，以前我们过得很快活，各种各样的好地方都到过。不过要说世道，就没有好过。”

“我也真弄糊涂了，”罗杰说。“人人都说自己是好人，却人人都没有好结果。人家都很有钱的时候，我没有一个子儿。可是等我有俩钱了，却就成了这么个世风日下的局面。不过不管怎么说，从前的人好像不都是这样卑鄙邪恶、活该天打雷劈的。”

“你历来交往的一班朋友，只怕也是蛮够呛的哩。”

“我有时也能碰上一些好的。”

“不太多吧。”

“不，还是有一些的。我的朋友你也不全认识。”

“你老是跟些不三不四的人混在一起。”

“那倒要请问，今天晚上那几位又是谁的朋友？是你的朋友还是我的朋友？”

“是我们大家的朋友。他们也不见得就坏到怎么样。无聊是有的，不过要说真是恶人，那还算不上。”

“是啊，”罗杰说，“恐怕是还算不上。可弗兰克就相当坏。真坏得可以。说是恶人固然还算不上，不过他的品质作风有好些我实在看不惯。他和弗雷德搭了档往邪路上走，变得可是够快的。”

“是善是恶我好歹还弄得清楚。我不想冤枉了人家，也不会故意装糊涂。”

“我就不大弄得清楚到底怎样才叫善，因为我想归善却总是失败。倒是那恶，是我打惯了交道的。是恶人我就看得出来。”

“真遗憾，今天晚上弄得这样大煞风景。”

“我不过是心里有些不痛快罢了。”

“你想要睡了吗？就在我这儿过一夜吧。”

“谢谢。你留我的话我就遵命了。不过我倒很想先到书房里去看会儿书。我上次来的时候看见你手里有本澳大利亚短篇小说，不知你放在哪儿？”

“亨利·劳森[①]写的？”

“正是。”

---

① 亨利·劳森（1867—1922）：澳大利亚作家、诗人，所著短篇小说颇丰，多能反映劳动人民的生活。

“我去替你找出来。”

托马斯·赫德森后来就睡了，可是夜半醒来，却看见书房里还亮着灯光。

5

托马斯·赫德森一觉睡醒，起来一看，原来已经吹起了微微的东风，外边的海滩上上有蓝天，底下是白森森的平沙一片，小朵小朵的高积云随风飘浮，在青灵灵的海水上投下了一路移动的斑影。小风车发电机的叶片在和风中打转，好一个晴朗的早晨，令人感到一阵清新。

罗杰不在了，托马斯·赫德森就一个人吃早饭，一边看看马里兰来的报纸。报纸是昨天到的，他没有就看，特意留着今天吃早饭的时候看。

“小家伙们什么时候到？”约瑟夫问。

“大概中午时分。”

“看来还是要来吃午饭的咯？”

“是啊。”

“我来的时候罗杰先生就已经不在了，”约瑟夫说。“他早饭都没有吃。”

“大概马上就要回来了。”

“底下人说看见他是划着小船去的。”

托马斯·赫德森吃罢早饭，看完报纸，就来到临海一边的游廊上，坐下来画他的画。他画得倒也顺当，到快要完工时，听见罗杰进了屋，上楼来了。

罗杰站在他的背后看他画，说：“这画画好了一定错不了。”

“是吗。”

“这样大的龙卷风你是在哪儿见到的？”

“我也从来没有见过。我这画的是人家的‘点品’。你那手怎么样了？”

“还肿着呢。”

罗杰还看着他画画，他呢，也始终没有转过身来。

“要不是这手还肿着，我真还当是做了一场可怕的噩梦呢。”

“是够可怕的。”

“那家伙出来的时候，你看他真是端着把猎枪？”

“谁知道是怎么回事，”托马斯·赫德森说。“嗨，管他呢。”

“对不起，”罗杰说。“是不是我不该来打搅你？”

“没关系，你待在这儿好了。我也快就要画好了。你在这儿碍不了我的事。”

“他们天一亮就走了，”罗杰说。“我看见他们走的。”

“那么早你干什么去了？”

“我看完了书，还是没有一点睡意，一个人又待不住，因此就去了码头，跟着那帮子人去打发时光。庞塞·德莱昂酒店压根儿就没打烊。我也见到约瑟夫了。”

“约瑟夫说你划船去了。”

“我是单用右手划的。想把这单手功夫练出来。果然练得不错了。现在心里也舒畅多了。”

“我今天恐怕也只能画到这儿为止了，”托马斯·赫德森说完就动手收拾，把画具一一放好。“小家伙们这会儿该就要出发了。”他瞧了瞧表。“我们何不先来喝一杯呢？”

“好啊。来一杯我倒用得着。”

“可现在还没到十二点。”

“那我看也没关系。你已经工作完毕，我呢，又正在度假。可假如不能破坏了你规矩的话，那还是到十二点再谈吃喝吧。”

“也好。”

“我也是一直守着这规矩的。有时想想也真窝火，要是能喝上一杯该有多痛快呢，可就是因为还没到中午，得硬是憋着。”

“那我们今天就破一次例吧，”托马斯·赫德森说。“一会儿就可以见到三个小家伙了，我心里实在太兴奋了，”他还特意说明了理由。

“我知道。”

“乔！”罗杰就招呼约瑟夫。“把调酒器具拿来，我们要调些马蒂尼[①]喝。”

“是，先生。酒我已经都调好了。”

“你干吗这么早就把酒调好了？你当我们是酒鬼？”

“哪儿的话呢，罗杰先生。我看你还没有吃过早饭，以为你是准备回来喝两杯的。”

“来，为咱俩干杯，也为小家伙们干杯，”罗杰说。

“小家伙们今年该好好开心一下了。你也就在这儿住吧。回头要是被他们吵得心烦了，反正随时都可以到你的小屋里去住。”

“要是不打搅你的话，那我就在这儿也住几天。”

“这哪儿会打搅我呢。”

“小家伙们这一来，可真是太有劲了。”

果然过得很有劲。他们都是很规矩的孩子，来到这儿已经有一个星期了。金枪鱼汛已经过去，岛上现在渔船不多，生活又放慢了节奏，恢复了常态，季节也到了初夏。

纱窗阳台上添了几张帆布床，作小家伙们的睡处，所以睡在这里夜半醒来可以听见孩子们睡梦中的鼻息，倒也减去了几分寂寞之感。夜里土山坡上有微风吹来，相当凉快，没有风的时候也不热，因为这儿靠近大海。

小家伙们初来的时候有点怕生，也还能保持一定的整洁，只是

---

① 马蒂尼是一种鸡尾酒，以金酒（杜松子酒）为主料，加苦艾酒等混合而成。

后来就不大注意了。不过问题也不大，只要你督促他们进屋前要把脚上的沙子冲洗干净，湿淋淋的游泳短裤要挂在外边，到屋里去换干的。约瑟夫早上替他们整理床铺的时候，把他们的睡衣睡裤都晾起来晒过，晒好以后又都折起来放好，所以他们可以随手乱扔的也无非就是临睡前换下的衬衫线衫而已。至少从道理上说应该是如此吧。不过实际上只要是他们的东西，就没有一样不是给扔得到处都是的。对此托马斯·赫德森也不大在意。一个人独居一院，总会养成一套习惯，一成不变，日久便能引以为乐。但是偶有一二破例，倒也觉得新鲜有趣。他知道等将来小家伙们走了以后，天长日久他还会恢复这老一套的习惯的。

他坐在面海的阳台上画画，抬眼望去便能看见他们哥儿三个，个子一大一中一小，正跟罗杰一起躺在沙滩上。他们是在说话，在挖沙玩儿，看来还在争论什么，但是他听不出他们到底在那里讲些什么。

老大高高的个子，黑黑的皮色，脖子肩膀跟托马斯·赫德森活脱儿一个样，脚大腿长，天生是块游泳好手的料。他的脸型颇有几分印第安人的气质，小伙子其实倒是个快活的人，可是在不说不笑的时候，脸上却似乎总带着一丝哀愁的神气。

有时候托马斯·赫德森见他脸上又出现了这副忧伤的神气，便瞅住了他问："你在想些什么呀，宝贝儿？"

"想怎么在鱼钩上扎个假的鱼饵，"小伙子一开口，脸上便会顿时一亮。他想起心思来脸上的那一丝哀愁都是从眼里和嘴上流露出来的，一说话眼睛和嘴巴活动开了，脸上也就神采奕奕了。

老二则总会使托马斯·赫德森联想起一头海獭。他的头发跟海獭的毛是一样的颜色，皮肤的肌理也细密得跟水下动物几乎不相上下，从头到脚都晒得黑黑的，乌黑里透出金色的光泽，别具风采。见到了他，做父亲的总会想起有那么一类动物，在自己的小天地里过得那么安然自在，却又是那么顽皮逗人。说到顽皮逗人，动物里头最顽皮逗人的要数海獭和熊了，其中熊跟人也最为近似。不过这孩子看来个子不会长得太魁梧，体格也不会长得太茁壮，跟熊是难以比拟的，他是当不了运动员，也不想当运动员的；但是他有小动物的那份可爱，加以头脑灵活，心中别有他自己的一片天地。他很重情意，有正义感，跟人也挺合得来。他又是一个笛卡儿[①]式的怀疑派，爱跟人争论，也很会戏弄人，虽说有时候戏弄起人来搞得未免太凶了些，却从不存什么坏心。他的长处还有的是，只是人家都还不了解，所以那老大老三俩尽管也拼命想找他的弱点，好丑丑他，克克他，然而对他还是感到无限敬佩。他们哥儿三个之间自然也少不了要吵架，彼此奚落起来还相当尖酸刻薄，但是对待大人却都恭恭敬敬，很讲礼貌。

最小的一个长得俊，一副身板简直就像一艘袖珍战舰。从体格上看，他十足就是托马斯·赫德森的翻版，只是具体而微，横里还宽了点，竖里却缩短了些。皮肤晒得黑了不算，还长出了一些色斑。脸相显得很滑稽，一生下来就是一副老成的样子。他还是个小捣乱，对两位兄长都要不客气捣乱，而且他性格上还有个阴暗面，这一点除了托马斯·赫德森以外，别人是理解不了的。父子俩对此也没有去多琢磨，只是彼此都看到对方身上有这个毛病，知道这可是个毛病；做父亲的更是小心翼翼不愿触及这个问题，觉得儿子有这个毛病也情有可原。尽管托马斯·赫德森跟这个儿子相处的时间最少，父子间的感情却非常密切。这个叫安德鲁的小儿子小小年纪就显出是个优秀运动员的苗子，他一学会骑马，就显得在骑术上很有一手。两个哥哥也为这位老弟感到自豪，不过他要胡闹的话，他们也是坚决不答应的。他简直有点神乎其神，要不是很多人见过他骑马，亲眼看过他纵马腾跃，领教过他那副俨然如老行家一般的冷漠矜持之态，肯定谁也不会相信他的身手会如此不凡。这孩子天生是个很坏的东西，目下却又处处表现得挺不错，他到东到西都揣着

① 笛卡儿（1596—1650）：法国哲学家、物理学家、数学家、生理学家。他主张抛弃所有因袭的见解，认为可以怀疑一切。

一肚子坏，却只是表现为嘻嘻哈哈的打趣逗闹。不过他骨子里是个小坏蛋，人家知道，他自己也知道。他的挺不错只是一种有意的表现，其实心眼儿是一天比一天坏了。

从临海的阳台上望下去，只见他们四个人此刻都躺在那边沙滩上，罗杰的旁边是老大小汤姆，紧挨着罗杰夹在当中的是小儿子安德鲁，老二戴维则摊开了手脚，闭上了眼睛，仰面朝天躺在小汤姆的边上。托马斯·赫德森收拾好画具，就下楼来到他们那儿。

“嗨，爸爸，”老大说。“今天工作顺利吗？”

“你打算去游泳吗，爸爸？”老二问。

“海水里可舒服着哪，爸爸，”小儿子说。

“你好，老爷子，”罗杰咧着嘴笑道。“请问赫德森先生今天画画的功课进展如何？”

“报告各位，今天画画的功课已经完毕。”

“喔，太棒了，”老二戴维说。“那我们可以戴上护目镜下海摸鱼去啦？”

“吃了午饭再去吧。”

“够劲儿，”老大说。

“你看这风浪是不是太大了些？”小兄弟安德鲁问。

“要么你才觉得太大，”老大哥汤姆数落他说。

“别这么说，汤姆。这风浪是不算小。”

“风浪一大，鱼儿都躲在礁石缝里不出来了，”戴维说。“鱼儿也跟我们一样怕大浪。我看鱼儿也经不起在风浪里颠。爸爸，鱼儿会不会也像人一样闹晕船？”

“怎么不会呢，”托马斯·赫德森说。“有时候风狂浪大，渔帆船上活鱼舱里的石斑鱼闹起晕船来，死了也不稀奇。”

“我跟你说的没错吧？”戴维对哥哥说。

“鱼儿死掉是因为得了病，”小汤姆说。“可又怎么能证明那一定是晕船病呢？”

“我看我们可以肯定那是不折不扣的晕船病，”托马斯·赫德森说。“至于鱼儿要是不在船上，而是在海水里无拘无束地游，这病会不会犯，那就难说了。”

“可爸爸你怎么就不想想呢，鱼儿钻在礁石缝里也不能无拘无束地游啊！”戴维说。“鱼有鱼洞，出了鱼洞也有一些地方可以去游游。但是为了要躲避大鱼，往往就得留在洞里，这时要是遇到四下大浪的冲击，那光景还不是跟在渔帆船的活鱼舱里一样？”

“不大一样，”小汤姆还是不服气。

“好，就算不大一样吧，”戴维就知趣地退让了。

“得了，别再争了，”安德鲁说。他凑在父亲的耳边悄悄说道：“他们要是再争下去，我们就不去算了。”

“你不想去？”

“想倒是怪想的，可就是害怕。”

“你怕什么啦？”

“到了水下见什么都害怕。一憋不住气心里就发毛。汤米游泳的本事算得高明了，可他到了水下也照样害怕。我们哥儿三个里只有戴维是不怕往水下钻的。”

“我倒也是常常害怕的，”托马斯·赫德森对他说。

“真的？”

“我看是人就没有不怕的。”

“戴维可不怕。到哪儿的水里都不怕。可戴维现在见了马倒害怕了，因为他叫马摔的次数实在太多了。”

“我问你，小阿弟，”戴维听到他的话了。“你知道我是怎么给摔下来的？”

“那我怎么知道？次数多了，谁还记得？”

“那我来告诉你。我知道自己为什么老给摔下来。那年我常骑的一匹马是‘老阿花’，马夫给它系上肚带的时候那马老爱把气鼓得足足的，所以后来我骑在马上，就难免要连鞍子带人一起往下滑了。”

“我骑这匹马可就从来没有那样的麻烦事儿，”安德鲁自鸣得意地说。

“啐，那真是活见鬼了，”戴维说。“大家喜欢你，八成儿连这马也喜欢你。大概有人给它通过风报过信了，这马知道你是哪一个了。”

“我还把报上文章里怎么写我的都一句句念给它听呢，”安德鲁说。

“依我看一定是这匹马那时刚拼命跑过，累得都昏头昏脑了，”托马斯·赫德森说。“你们不知道，那回戴维也真是不巧：他刚一骑马，就偏偏骑上了那匹只有我们才骑得惯的又老又累的夸特马[①]，而且那马当时又没有可跑的场地。在那种地方，生手骑累马哪儿行呢。”

“我也不是说换了我我就一定骑得了这马，爸爸，”安德鲁说。

“你算是有自知之明，”戴维说，可是马上又改口说：“不，你说不定骑得了。你肯定骑得了。不过说实在的，安迪，你不知道这马跑得那个冲啊，要不是跑得这么冲我也不会吓慌了。我是叫那鞍头给吓慌的。唉，说什么好呢！反正我是吓慌了。”

“爸爸，我们当真得戴上护目镜去摸鱼？”安德鲁问。

“风浪实在太大就不去了。”

“这风浪算不算太大，由谁说了算呢？”

“由我说了算。”

“那好，”安迪说。“我看没问题，这样的风浪肯定太大。”

“爸爸，你那匹‘老阿花’还在牧场上吗？”安迪又问。

“我想总该在吧，”托马斯·赫德森说。“可你也知道，牧场我已经租给人家了。”

---

① 善于短距离冲刺的马。夸特是四分之一英里之意，这种马专跑赛程为四分之一英里的比赛。

“真的？”

“是真的。去年年底租出去的。”

“可我们总还可以上那儿去吧？”戴维连忙问。

“当然可以去。那条河下游的滩地上还有我们一座很大的木头房子。”

“我住过的地方就数我们那个牧场最好了，”安迪说。“当然除了这儿。”

“我还当你最喜欢的是罗切斯特[①]呢，”戴维挖苦他说。当初每到夏天，两个哥哥都到西部去了，他安德鲁却只好托保姆带回老家去照看，那保姆的老家就在罗切斯特。

“罗切斯特我也喜欢。那个地方好玩儿极了。”

“戴夫你还记不记得，那年我们打死了三头灰熊，到秋天回到家里，你就把打熊的经过情形都讲给他听，可他说什么来着？”托马斯·赫德森问。

“我记不得了，爸爸。那么长久以前的事情，哪还记得清楚呢。”

“那是在饭厅隔壁的备餐室里，你们几个孩子就是在那间屋里吃饭的，记得当时你们几个小孩子一桌是在那儿吃晚饭，你还在给他讲打熊的事，后来安娜说了一句：‘哎呀天哪天哪，那一定是够惊心动魄的，戴维。可你们后来又怎么样呢？’这位调皮的老弟当时大概才不过五六岁吧，他却开了口，抢出来说：‘是啊，戴维，这种事儿喜欢的人也许会感到挺有趣的，可是我们罗切斯特哪儿来的灰熊呢？’”

“听见没有，大骑师？”戴维说。“听见没有，你那个时候就是这样的！”

“好了好了，爸爸，”安德鲁说。“你怎么就不说说他呢，他当初什么正经的书也不看，只知看报上的滑稽连环漫画。车子一路穿过大沼泽地，他连风景也不看，还是一味看他的连环漫画。那年秋

① 在纽约州的西部。

天我们在纽约，他上了那所学校，为了看他的连环漫画，他连功课都撂在脑后，你说他将来非成为一个小无赖不可。”

“这些我都记得的，”戴维说。“用不到烦劳爸爸再来说一遍。”

“你后来都改正了，再也不犯了，”托马斯·赫德森说。

“我不改正不行呗。要是这个毛病还老样子犯下去，到今天肯定不得了。”

“把我小时候的情况也给他们说说吧，”小汤姆翻过身来，抓住了戴维的脚踝说。“你老说我小时候怎么怎么，以后会怎么好怎么好，可实际上我长大了恐怕也不过如此吧。”

“你小时候的情况我最了解不过了，”托马斯·赫德森说。“那时候你真有些古里怪气的。”

“那时候他住在古里怪气的外国地方，所以才古里怪气的，”那个最小的小家伙说。“我要是这会儿住在巴黎、西班牙、奥地利什么的，我也会古里怪气的。”

“你不看见他现在还够古里怪气的吗，大骑师，”戴维说。“没有异国风情的影响，他照样古里怪气的。”

“什么叫异国风情的影响？”

“反正这玩意儿你还没有。”

“那我将来也一定要争取有。”

“少啰嗦了，还是听爸爸说吧，”小汤姆说。“爸爸，你就把你带我在巴黎闲逛的情形给他们说说吧。”

“你那时候还不是那么古里怪气的，”托马斯·赫德森说。“还是个小娃娃的时候，你倒是出奇的老实。那时我们住在楼上的一个套房里，从窗里望出去底下就是锯木厂，我跟你妈妈拿衣筐改成了一只摇篮，常常把你放在摇篮里，就让你一直睡在那儿，那只叫法国猫咪的大猫就蜷曲着身子，一直守护在摇篮的脚后头，谁也不让靠近。你说你的名字叫格宁·格宁，我们就常常叫你小捣蛋格宁·格宁。”

“我打哪儿弄来了这么个怪名字？”

“大概是乘了一趟电车或者公共汽车，学着那个声音吧。车上的卖票员关门要打铃的啦。”

“我当时还说不来法语吧？”

“那时还不大会说。”

“不久我就会说法语了，那时候怎么样，给我说说吧。”

“后来我就常常用童车推你到街上去，车子是折叠式的，不大考究，但非常轻巧。我把你一直推到‘丁香园’，我们就在那儿吃早饭，我还一边看我的报，你呢，就看大街上来来往往的人群车流。后来吃完了早饭……”

“早饭吃什么？”

“奶油鸡蛋卷和牛奶咖啡。”

“我吃的也一样？”

“你的牛奶里只加一点点咖啡。”

“这我还有些印象。接下来我们又去哪儿呢？”

“我推着你从‘丁香园’出来，穿过大街，经过喷泉，喷泉池里还有青铜骏马、鱼形雕塑和美人鱼像，再往前走，林荫道两边是长长的两行栗树，树荫下是法国儿童在玩儿，细石子人行道旁是他们的保姆坐在长椅子上歇息……”

“左手里是阿尔萨斯学校，”小汤姆说。

“右手里是一座座公寓房子……”

“还有通往左边的那条街上，沿街尽是一座座的公寓房子，公寓都是玻璃屋面的，为的是可以作画室用，这些房子都是石墙晦暗，一派惨淡景象，因为这里是个背阴的所在，”小汤姆说。

“那是秋天还是春天的事？还是冬天的事？”托马斯·赫德森问。

“是深秋时分。”

“那你的小脸蛋儿一定觉得很冷，两颊和鼻子都冻红了，我们于是就走北面的铁门进了卢森堡公园，一直走到湖边，绕湖一圈，然后向右一拐，去美第奇喷泉和人像雕塑，再出奥德翁剧院对面的大门，过了几条小街，便来到了圣米歇尔大街……”

“对，大家都叫它米歇大街……”

“顺着米歇大街走，过了克吕尼美术馆……”

“那是在我们的右边……”

“对，美术馆看上去黑黝黝、阴森森的，再往前，穿过圣日耳曼大街……”

“这条大街最热闹了，车辆行人也最多了。怪得很，怎么人在这条街上就会觉得那样紧张，那样危险。可一会儿到了雷恩路一带，却又总会觉得一安心，好像就十二万分保险了似的——当然我这是说的从‘双人像’到利普路口的那一段。你说这是什么道理呢，爸爸？”

“我倒也说不上来，宝贝。”

“你们别尽报路名啦，总得讲点什么事儿来听听才好啊，”安德鲁说。“你们尽报路名我听得都烦死了，那个地方我又没有去过。”

“那就讲点什么事儿给他听听吧，爸爸，”小汤姆说。“路名，等没人的时候我们再回忆吧。”

“当时也没有多少可说的事儿，”托马斯·赫德森说。“我们往前一直走到圣米歇尔广场，于是便在咖啡馆的露天座上一坐，你老爸蘸着奶油咖啡在桌子上画速写，你呢，就捧着杯啤酒喝。”

“我那时候喜欢喝啤酒？”

“你可是个大大的啤酒迷哩。不过吃饭的时候你总喜欢倒杯水掺一点红葡萄酒拿来喝。”

“这我有印象。法语里就叫 L’eau rougie。”

“Exactement[①]，”托马斯·赫德森也回了句法语。“你是个十十足足的 L’eau rougie 迷，不过有时也爱来一杯黑啤酒。”

“我记得还在奥地利坐过平底雪橇，我们在奥地利还有一条狗

① 一点不错。

叫施瑙茨，奥地利遍地都是白皑皑的雪。”

“你还记得我们在那儿过圣诞节的情形吗？”

“这倒记不得了。我印象里只有你，还有白皑皑的雪，还有我们那条叫施瑙茨的狗，此外就是我的保姆了。那位保姆很美。噢，我还记得妈妈登上了滑雪板，那模样儿有多美呵。我记得你和妈妈是穿过一个果园一路滑来的。只是记不得这是在哪儿了。不过那卢森堡公园我记得很清楚。我记得那都是在下午，那个树木很多的大公园里喷泉旁边是个湖，湖上还有小船。我们一路向卢森堡博物馆而去，只见脚下的林间小路一律都是铺的细石子，左手里的树下是男人在玩保龄球。说到卢森堡博物馆，那高高的顶上还有只大时钟呢。秋天树叶都掉了，我记得树都是光秃秃的，叶子都散落在石子路上。我最喜欢回想秋天的情景了。”

“为什么？”戴维问。

“值得回想的事情多呗。秋天样样东西都有那么一股好闻的气息，还有那么多欢庆节日，即使旁的东西都潮乎乎，至少细石子路的路面总是干的，而且总还有风，湖上的风刮得小船疾行如飞，树林子里的风吹得树叶纷纷落地。我还记得就在天黑前不久你每每打到了鸽子，就把鸽子藏在我的毯子里，我觉得那鸽子贴着我，身子还暖烘烘的，羽毛是光滑的，这回家的一路上我就把鸽子紧紧地偎在怀里，抚呀抚呀，手也觉得暖和了些，抚到后来，连鸽子也冰凉了。”

“你是在哪儿打到的鸽子，爸爸？”戴维问。

“多半是在美第奇喷泉附近打的，得利用公园快要关门的当儿。公园四周有高高的铁栅栏围着，一到天黑园门就要关闭，所有的游客都得离园。管门的照例先来提醒游客，然后才关门上锁。我往往等管门的前脚一走，便趁机拿起皮弹弓，见喷泉附近有着地的鸽子，一弹弓一只是稳的。法国人做的弹弓才叫好呢。”

“你既然没钱，不可以自己做一个吗？”安德鲁问。

“是啊。我起初用的一把就是我自己做的。记得还有一次我和汤米的妈去徒步旅行，在朗布依埃森林[1]里我砍下一棵小树的桠杈，削成了一个皮弹弓的架子，后来我们又在圣米歇尔广场的一家文具店里买了大号橡皮筋，从汤米妈的旧手套上剪下一块皮来做了弹兜儿。”

“你拿什么做子弹呢？”

“小石子。”

“距离多远开弓呢？”

“总是愈近愈好，好尽快去把鸽子拾起来，往毯子里一塞。”

“我记得有一回一只鸽子居然活了下来，”小汤姆说。“我就按着它不让它动，回家的一路上也始终没有声张，因为我有心要把它养着。那鸽子个儿可大了，长长的脖子，灵活的脑袋，一身羽毛有点近于紫红，独有翅膀是雪白的。你让我把鸽子先养在厨房里，等以后弄到了笼子再说。你当时就拴住了它的一条腿。没想到当天夜里我们家那只大猫就把它咬死了，还把死鸽子拖到房里，衔到我床前来。那大猫还得意呢，叼着死鸽子，活像头老虎叼着个土人似的，猛地一蹦，就拖着鸽子蹦到了我的床上。那会儿我已经不睡摇篮了，我有了一张方床。摇篮在我的记忆里已经没有一点印象了。当时你和妈妈没在家，到咖啡馆去了，家里就剩了我和大猫，我还记得当时窗子都开着，看得见锯木厂的当空挂着个大月亮，时令正是冬天，我连木屑的气味都闻得到。我分明记得，那大猫拖着死鸽子过来的时候把头昂得好高，那鸽子几乎都离了地了，到了床前那大猫就猛地一蹦，简直像飞一样，叼着死鸽子就飞到了我的床上。它咬死了我的鸽子，我心疼极了，可是再瞧瞧它那个得意劲儿，那个开心劲儿，想想它又是跟我那样要好的好朋友，终于连我也禁不住跟着它一块儿得意，一块儿开心了。我记得它还摆弄死鸽子玩儿呢，玩上一阵就来我胸前拿爪子来回抓挠，喉咙里还直打呼噜，弄上一阵就再去摆弄它的死鸽子。我记得到末了它和我就抱着鸽子一

① 在巴黎西南，是巴黎人喜爱的旅游点。

块儿睡着了，鸽子上是我搭着一只手，它也搭着个爪子。后来到半夜里我醒了，一看它敢情在那儿吃鸽子呢，喉咙里的呼噜也打得更响了，简直跟头老虎似的。”

“这就比报路名好听多了，”安德鲁说。“可汤米呀，你看着那猫儿吃鸽子，心里害怕吗？”

“不怕。大猫是我当时最好的朋友了。我是说，比它再亲密的朋友我也没有了。依我看，要是当时我也能陪它吃两口的话，它还正求之不得呢。”

“你其实也真应该陪它吃两口，”安德鲁说。“弹弓的事还没说完呢，再说说吧。”

“那另一把弹弓，是妈妈给爸爸你的圣诞礼物，”小汤姆说。“她是在一家枪店里看到的，她本想买一支猎枪送给你，可是一直攒不起这笔钱。她每天去那家 Epicerie① 经过枪店，总要看看橱窗里的猎枪，一天看到了这把弹弓，就赶快买下，生怕今天不买保不定就会让别人给买走，买来以后她就一直藏到了圣诞节。为了瞒过你，她只好在日常开销的账目上耍了些花样。这是她亲口告诉我的，说过好多次了。我记得你得了这份圣诞礼物以后，就把原来的一把给了我。可是我那时力气小，还拉不开弹弓。”

“爸爸，我们以前一直都很穷，是不是？”安德鲁问。

“倒也不是。等到生下了你们小兄弟俩，我的穷日子也总算已经熬到头了。后来虽然也几次弄得手头很窘，不过真要说很穷的穷日子，倒也没有再遇上过，我跟汤姆、汤姆他妈妈一起过的那个日子才真叫穷呢。”

“再给我们说些巴黎的事情听听，”戴维说。“你跟汤米还干了点啥？”

“我们干了点啥，宝贝？”

“你说秋天？到秋天有卖炒栗子的小贩，我们就常常去买炒栗

① 法语：食品杂货店。

子，我还常常用手捂着热栗子取暖。我们还去看过马戏，见识过马戏大王沃尔的鳄鱼。”

“你都还记得？”

“记得才清楚呢。马戏大王沃尔表演人跟鳄鱼摔跤（这个马戏大王把‘鳄鱼’念成了‘乌鱼’，就是一身黑毛的乌鸦的那个‘乌’字）。还有个美丽的姑娘拿了个三叉戟去赶鳄鱼。可是那最大的一条鳄鱼就是不肯动。马戏场里好漂亮呵，圆形的场子，大红地上刷着金色花纹，还闻得到有股马味儿。场子后面有个酒吧，你还去喝了两杯。一块儿喝酒的还有克罗斯比先生跟驯狮师夫妻俩。”

“你还记得克罗斯比先生的模样吗？”

“克罗斯比先生不管天有多冷，就是从来不戴帽子也不穿大衣。他的小女儿一头长发披在背后，就像《爱丽丝奇境历险记》中的那个爱丽丝。我是说，书上插图里的那个爱丽丝就是这样的。克罗斯比先生总是那样坐不住、立不定的。”

“另外你还记得谁呢？”

“乔伊斯先生。”

“他又是怎么个模样呢？”

“他呀，高高的，瘦瘦的，上面两撇八字须，下面一把山羊胡子，直撅撅挂在下巴底下。一副眼镜片子老厚老厚的，走起路来头昂得好高好高。我记得他走在街上，一声不响就跟我们擦身而过，你去招呼他，他才站住，镜片后面一双眼睛像从金鱼缸里望出来似的，这才算是瞧见了我们，于是就说：‘啊，赫德森，我正在找你呢。’我们三个人就到了个咖啡馆里。那天屋外很冷，可我们还是坐在露天座的一个角落里，旁边就是个——你说那叫什么来着？”

“Brazier（火笼）。”

“Brazier？我还一直当这是女人戴的玩意儿呢[1]，”安德

① Brazier（或作 brasier，火笼）一词，与 brassiere（胸罩）读音相近，安德鲁误会了。

鲁说。

“那是个铁筒子，外面打了许多小孔，里面烧煤烧炭都可以，放在咖啡馆露天座那样的屋外好供人取暖，你虽在露天，只要坐得靠近些就不觉得冷了。赛马场上也有，人只要站在旁边，就暖和多了，”小汤姆插了这样一通说明。“我和爸爸跟乔伊斯先生常去的那家咖啡馆，外边露天座里一长排都是这样的火笼，所以哪怕天气再冷，在那儿也照样可以又暖和又舒服。”

“咖啡馆，酒吧间，夜总会，我看你们这辈子大半的时光都泡在这种地方了，”那个最小的小家伙说。

“倒真是泡掉了不少时光，”小汤姆说。“倒真是呢，你说呢，爸爸？”

“还有哩，有时候爸爸说去赶紧喝一杯就来，让我等在外边的汽车里，结果我在汽车里等得都呼噜呼噜睡熟了，”戴维说。“什么赶紧喝一杯，我那时听到这句话就讨厌。还说赶紧呢，我看再磨蹭的事世界上也没有了。”

“乔伊斯先生说了些什么呢？”罗杰问小汤姆。

“哎哟，戴维斯先生，那个时候的事我已经都不大记得了。好像谈到了一些意大利作家，还谈到了福特先生。乔伊斯先生对福特先生很看不惯。庞德先生也很招他的反感①。他对爸爸说：‘赫德森呀，埃兹拉简直疯啦。’这话我记得很清楚，因为那时我还寻思来着：这‘疯啦’的‘疯’跟‘疯狗’的‘疯’应该就是一个意思吧。我记得当时我就坐在那儿对着乔伊斯先生的脸儿直瞅，他的脸儿有点发红，面皮都精光滑溜了，那都是叫冻的，眼镜的镜片一块更比一块厚。瞅着他，我就想起了庞德先生那红红的头发、倒三角的胡子、机灵的眼睛，他的嘴角边老是要冒出点白沫挂下来，有点

① 这里提到的三位“先生”，乔伊斯是指爱尔兰小说家、《尤利西斯》的作者詹姆斯·乔伊斯（1882—1941），福特显然是指英国小说家、文学评论家和编辑福特·马多克斯·福特（1873—1939），庞德是美国诗人、评论家埃兹拉·庞德（1885—1972）。

像肥皂泡似的。我想，庞德先生发了疯那还了得，但愿我们别碰到他。接着乔伊斯先生又说了：'也难怪，福特早就先疯了好多年了，'我一听，眼前马上就出现了福特先生那白白的、滑稽的大脸盘儿，那淡淡的眼珠，那一口松动的牙齿，那老是掀开了一条缝的嘴巴，嘴角边也一样总要漏出点令人作呕的白沫来，顺着下巴往下淌。"

"别再说了，"安德鲁说。"你再说我晚上要做梦了。"

"不要听他，你说下去，"戴维说。"他又来了。上回就是因为安德鲁说他做了恶梦，弄得妈妈把狼人的故事书都锁起来了。"

"庞德先生咬过人没有？"安德鲁问。

"哪会有这样的事，大骑师，"戴维开导他说。"乔伊斯先生说的疯是做事疯疯癫癫的疯，不是疯狗病的那个疯。他凭什么说他们疯了呢？"

"那我就不知道了，"小汤姆说。"比起公园里打鸽子的那个时候来，我那时就已经大得多了。不过我毕竟人还小，不是什么都能记得一清二楚的。再说，庞德先生和福特先生口角流涎，那样吓人，我提心吊胆，怕他们咬人都还来不及呢，哪还顾得上这许多呢。乔伊斯先生你认识吗，戴维斯先生？"

"认识。我和你爸爸跟他都是好朋友。"

"爸爸可要比乔伊斯先生年纪轻得多了。"

"那时候这些人里头就数你爸爸年纪最轻。"

"可还有我呢，"小汤姆俏皮话说得很得意。"我想我大概可以算是乔伊斯先生最年轻的朋友了。"

"他一定还挺想念你哩，"安德鲁说。

"遗憾的就是他没有能认识你，"戴维对安德鲁说。"要不是你老呆在罗切斯特，他也许就有幸认识你这位小朋友了。"

"乔伊斯先生可是个大人物，"小汤姆说。"他才没工夫跟你们这两个小鬼交朋友呢。"

"那是你的看法，"安德鲁说。"乔伊斯先生跟戴维做朋友不是没有可能的。戴维还常给学校里的报纸写文章呢。”

“爸爸，你再说点给我们听听，当年你跟汤米还有汤米他妈妈过的是穷日子，可到底穷到怎么个地步呢？”

“他们那时候的确是够穷的，”罗杰说。“我还记得，你爸爸一早把小汤姆的一瓶瓶牛奶都安排好，就上菜市去买菜，得在最便宜的蔬菜里挑最好的买。我出去吃早饭，总碰到他刚买了菜回来。”

“我识别 poireaux 好坏的本事，在第六阿朗迪斯芒里可以称得上第一了，”托马斯·赫德森告诉小家伙们说。

“什么叫 poireaux？”

“就是韭葱。”

“那很像大个儿长长青青的洋葱，”小汤姆说。“但是不像洋葱那么亮光光的，只是稍有些暗光。叶子是青的，底下的根是白的。煮熟了以后冷吃，拌上点橄榄油和醋，加上点盐和胡椒粉。连茎叶带根都能吃，一点都不浪费。味道才叫好呢。这玩意儿我吃得可多了，我敢说这世界上恐怕谁吃的韭葱也没有我多。”

“那个第六什么的，那又是什么花样？”安德鲁问。

“人家在说话，就你会打岔，”戴维数落他说。

“我不懂法国话，不懂总得问吧。”

“整个巴黎市区划分成二十个阿朗迪斯芒，也就是区的意思。我们住在第六阿朗迪斯芒。”

“爸爸，咱们别谈阿朗迪斯芒了，你给我讲讲别的好吗？”安德鲁央求道。

“要你学点知识、长点学问你就受不了了，你这个运动员，”戴维说。

“我怎么不想学知识呢，”安德鲁说。“可阿朗迪斯芒什么的太高深了，我小小年纪听不懂。你不是老训我说什么什么事情高深着呢，我小小年纪听不懂么？我承认这一套高深的东西我就听不懂。我还没有这个水平。”

“泰 · 科布[①]的累计安打率是多少？”

“三成六七。”

“这你小小年纪怎么又能懂了呢？”

“得了得了，戴维。人家喜欢人家的棒球，你喜欢你的阿朗迪斯芒，这又碍了你什么呢。”

“我看这大概都是因为罗切斯特没有阿朗迪斯芒的缘故。”

“啐，你别胡扯了。我不过是想，爸爸和戴维斯先生肚子里知道的事情多，大家听起来都挺有劲的，不比谈这个该死的……叫什么来着？唉，真他妈的要命！这个名字我连记都记不住。”

“当着我们的面骂娘，你这是没规矩，”托马斯 · 赫德森批评他。

“对不起，爸爸，”那小家伙说。“我也真没法子，都他妈的怪我年纪太小不懂事。对不起，我又犯了。我是说，都怪我年纪太小不懂事。”

他又是惶恐又是委屈。自己总是让戴维捉弄，哪一次不是上了他的当？

“你总不能老说自己年纪太小不懂事吧，”托马斯 · 赫德森教训他说。“我知道，感情激动起来要不骂娘也不容易。可你不能当着大人的面骂呀。没人的时候你说些什么，我也不来管你。”

“求求你别说了，爸爸。我已经赔过不是了。”

“我知道，”托马斯 · 赫德森说。“我这不是故意要克你。我是在给你讲道理。我跟你们兄弟三个难得见面，所以见了面就难免要跟你们多讲讲道理。”

“我们见面的机会倒确是不多，爸爸，”戴维说。

“就是，”托马斯 · 赫德森说。“就是因为见面不多。”

“安德鲁在妈妈的面前倒是从来不骂骂咧咧的，”戴维说。

“你就别再跟我过不去啦，戴维。爸爸，事情就到此为止了，

---

① 美国著名棒球运动员（1886—1961）。

好吗？”

“你们两个小家伙如果真想要精通骂人的本事，”小汤姆说，“那就应该去看看乔伊斯先生的书。”

“我的骂人本事已经很够应付了，”戴维说。“至少在眼前是很够应付了。”

“我的朋友乔伊斯先生，他骂人的措辞、用语，可是我连听都没有听说过的。我敢说，无论是谁，无论用的是哪种语言，要骂得比他还凶那是休想。”

“于是他也就由此而创造了一套全新的语言，”罗杰说。他这时正闭上了眼睛，仰面朝天躺在沙滩上。

“这种新的语言我是不懂的，”小汤姆说。“我看大概我年纪还太小，所以看不懂。反正你们看过了《尤利西斯》就明白了。”

“这书不是孩子看的，”托马斯·赫德森说。“我这话可不是哄你们。你们看了也不会懂，所以正经就别去看。我不是哄你们。等你们大一些再去看好了。”

“我倒是全看完了，”小汤姆说。“爸爸，你说得很是，我看第一遍的时候简直连半句也看不懂。可我一遍遍看下去，现在有一部分内容我已经能领会了，我不是瞎说，要给人讲解我都能。看了他这本书，我这个做乔伊斯先生朋友的，也真感到自豪呢。”

“他真跟乔伊斯先生交了朋友吗，爸爸？”安德鲁问。

“乔伊斯先生以前常问起他来着。”

“这还有什么假的，我是乔伊斯先生的朋友，”小汤姆说。“他是我有生以来最要好的朋友之一。”

“你说到讲解，我倒觉得对这本书你眼下还是少给人讲解为好，”托马斯·赫德森说。“眼下恐怕还没到时候。你讲解的是书中的哪一部分？”

“末一部分。也就是女主人公自言自语的那一部分。”

“就是那段独白，”戴维说。

“你也看过了？”

“可不，”戴维说。“是汤米念给我听的。”

“他给你讲解了没有？”

“他能讲解得出的都给我讲了。书里有些内容是太深奥了点，我们俩这点年纪都还不懂。”

“这书你们是从哪儿弄来的？”

“家里藏书中有。我就暂时借一下，带到学校里去。”

“你说什么？”

“我还经常给同学们念上两段，还告诉他们，这位乔伊斯先生就是我的朋友，以前是常常跟我在一起的。”

“同学们的反应如何？”

“有些信教比较虔诚的同学认为写得太露骨了点。”

“学校里发现了吗？”

“哪能不发现呢。哎呀爸爸，你难道就没听说吗？对，你不会听说的，那时候你大概是在阿比西尼亚。当时校长本打算把我开除，我就去向他申诉，说明乔伊斯先生是位伟大的作家，跟我私下又是朋友，因此最后校长就说：书他不能还给我了，得由他送回家里。我呢，也向他作了保证：今后我要给同学们念点什么，或者打算讲解点什么经典作品，事前也一定先征求他的意见。起初他打算开除我的时候，一口咬定我头脑里有肮脏思想。可我没有肮脏思想呀，爸爸。至少我的思想不见得会比别人肮脏。”

“他把书送回家里没有？”

“送回来了。他原先是想把书没收的，我就向他申诉：一、这是个初版本；二、上面有乔伊斯先生送书给你的亲笔题辞。再说，书又不是我的，他怎么好没收呢？没收又没收不成，我看他倒是弄得灰溜溜的。”

“爸爸，我什么时候可以看乔伊斯先生的这本书呢？”安德鲁问。

“总还得等些时候吧。”

“可汤米已经看了呢。”

“汤米是乔伊斯先生的朋友。”

“嘿，那还有假？”小汤姆说。“爸爸，我们跟巴尔扎克从来也不相识吧？”

“怎么能相识呢？他比我们要早好几代呢。”

“戈蒂埃[①]也不认识？我在家里还发现了他们写的两本奇书。一本叫《滑稽故事》[②]，一本叫《莫班小姐》。那本《莫班小姐》我看了一遍，还一点都不理解，不过我还是很想要看懂，所以眼下又从头看起了第二遍，那可真是太好看了。可他们不是我们的朋友，我要是拿去给同学们念，只怕就非得给学校开除不可了。”

“书写得怎么样呢，汤米？”戴维问。

“精彩极了。我包你两本书都会喜欢。”

“那你何不去请示一下校长呢？看他许不许你去给同学们念，”罗杰说。“这两本书总比同学们自己去胡乱找来看的那些货色要强些吧。”

“不行啊，戴维斯先生。我想我还是不要去请示的好。没准儿他又要说我思想肮脏了。丢开这一层不说，就是同学们的心理现在也不同了：上次乔伊斯先生是我的朋友，这次他们俩不是了，情况不一样啦。再说，我对《莫班小姐》也谈不上有多少理解，要讲解怎么行呢。上次我作为乔伊斯先生的朋友，讲解时有这层关系作本钱，现在我就少了这份权威性啦。”

“我倒真巴不得能听听你上次的讲解，”罗杰说。

“说哪儿的话呢，戴维斯先生。我讲的都是些极粗浅的皮毛。你听起来哪会有味道呢。你对那一部分一定有十分透彻的理解吧？”

“说得上相当透彻。”

---

① 泰奥菲尔·戈蒂埃（1811—1872）：法国诗人、小说家、评论家。《莫班小姐》是他的作品。

② 巴尔扎克的作品。

“可我们要是能认识巴尔扎克和戈蒂埃该有多好呢，何妨就做个朋友，像乔伊斯先生那样。”

“我也深有同感哪，”托马斯·赫德森说。

“可我们总还认得一些优秀的作家吧？”

“那当然，”托马斯·赫德森说。沙地上热乎乎的很惬意，他做完了作画的功课，觉得有些倦怠，不过心情很愉快。特别是听了小家伙们的谈话，心情就格外愉快了。

“我们下海去游泳吧，游完了再回来吃午饭，”罗杰说。“这会儿已经觉得有点热了。”

托马斯·赫德森就看他们游。四个人慢慢儿游啊游的，在绿莹莹的海水里向外游去，明净洁白的沙子上落下了四个身影。四个人一路浮水前进，微偏的太阳也始终把四个身影一路斜投在沙上。只见晒得黑黑的胳膊高高举起，使劲前伸，手跟着猛劈下去，打起一大把水来划向背后，腿一路均匀地打着水，头也不时要转一下换上口气，不慌不忙，不紧不慢。托马斯·赫德森一直站在那儿，看他们借着风势游出海去，这一大三小四个人，叫他好喜欢。他觉得应该把他们游泳的姿势给画出来，尽管画起来难度挺大。难也要画一下试试，今年夏天就画。

他身子倦怠，有点懒得去游泳，可他又知道不游不好，因此终于还是一步步走到了海水里。被海风吹冷的海水漫上了被太阳晒热的两腿，觉得一阵清凉。后来海水的凉意又上升到了腰下，再后来身子轻轻向前一倾，就全身都没入了这浅海里。他就迎着他们游去，可这时他们却已经在往回游了。此刻他的头跟他们处在同一个水平线上，看到的便是一个不同的画面了，这不同还另有一个原因，就是：他们往回游是顶风。遇上了这么点风浪，安德鲁和戴维都有点吃不了，游得手忙脚乱。在他刚才的心目中这四个人还是四头海里的猛兽，可是现在幻觉一下子全破灭了。他们向外游的时候游得那么得心应手、潇洒自如，可是现在那最小的两个孩子要顶住风浪都有了困难。真要说困难到怎么样那自然还说不上，但是出发时的那种水下功夫不含糊的假象至少已经破除。前后两个画面截然不同，恐怕还是后一个更动人吧。五个人一起上了海滩，就向屋里走去。

“我更喜欢待在水下，就是这个道理，”戴维说。“在水下可以用不到尽顾着换气。”

“那你下午就跟爸爸和汤米一起下海摸鱼去，不是很好吗，”安德鲁就冲他说。“我倒情愿跟戴维斯先生一起留在岸上。”

“你不打算去了，戴维斯先生？”

“我还是留在岸上吧。”

“可别顾了我你就不去啊，”安德鲁说。“我反正有得可玩儿的。我不过是瞎猜猜，想你也许不打算去。”

“我还是不去了吧，”罗杰说。“我可以趁这工夫歇歇，看会儿书。”

“你别叫他牵着鼻子走呵，戴维斯先生。他这是掉的枪花，你别中了他的计呵。”

“我倒真是不想去，”罗杰说。

这时他们已经上了楼，来到了阳台上，大家都换过了衣服，把短裤晾了起来。约瑟夫早已把一碗海螺色拉端了上来。小家伙已经在吃了，小汤姆还拿了瓶啤酒在喝。托马斯·赫德森靠在一张椅子里，罗杰拿着个调酒器，站在那里调酒。

“吃过午饭我就只想打盹，”罗杰说。

“哎，你不去我们就没劲儿了，”小汤姆说。“那我也宁愿不去了。”

“好极了，你也别去了，汤姆，”安德鲁说。“就让爸爸和戴维两个人去吧。”

“我可不会给你当接手哟[①]，”小汤姆对他说。

“你想当接手我也不要。有个黑小子会替我当接手的。”

---

① 这是说的打棒球。

“我倒要问你，你为什么总想要当投手？”汤米说。“当投手得个子大，你长不成大个子的。”

“我长大了管保也是迪克·鲁道夫[1]啦，迪克·克尔啦那样的大个子。”

“谁知道那是些什么样的家伙，”小汤姆说。

“出名的赛马骑师都有谁？快说个名字我听听，”戴维悄悄向罗杰打听。

“厄尔·桑第[2]。”

“你长大了管保是厄尔·桑第那样的大个子，”戴维对安德鲁说。

“啐，你还是摸你的鱼去吧，”安德鲁说。“汤姆是乔伊斯先生的朋友，我也一样要成为戴维斯先生的朋友。你看可以吗，戴维斯先生？那样的话我将来在学校里就可以对大家说了：‘那年夏天我是跟戴维斯先生一起在那个热带小岛上过的，我们一起写了许多绝顶够精彩、够刺激的小说，我的爸爸他画画儿，他的画你们都是见过的，都是画的裸体女人。’你画的女人是裸体的吧，爸爸？”

“有一些是的。不过色调极暗。”

“太棒了，”安德鲁说。“色调不色调我就不管它了。汤姆要乔伊斯先生，就归他吧。”

“你脸皮还薄，怕还不敢看那种画呢，”戴维说。

“脸皮薄有什么。多看看就敢看了。”

“爸爸画的裸体画儿比起乔伊斯先生的那一章书来可还差得远哩，”小汤姆说。“也难怪，你还是个小孩子嘛，所以见了裸体画就要觉得有多稀罕了。”

“好吧。那我就要了戴维斯先生，不过书上还得有爸爸画的插

---

① 理查德·鲁道夫（1887—1949）：美国著名棒球运动员，人称“秃头鲁道夫”。迪克为理查德之昵称。

② 厄尔·桑第（1898—1968）：美国著名赛马骑师。20世纪20年代初期崛起于赛马场上，一生中曾赢过967次比赛。

图。学校里就有人说过，戴维斯先生的小说真是绝顶够精彩、够刺激。”

“好。那戴维斯先生我也要。戴维斯先生是我顶老顶老的老朋友了。”

“何止是戴维斯先生，还有毕加索[①]先生，布拉克[②]先生，米罗[③]先生，马松[④]先生，帕散[⑤]先生，”托马斯·赫德森说。“你跟他们都认识。”

“还有沃尔多·皮尔斯[⑥]先生呢，”小汤姆说。“你瞧，安迪小阿弟，你是比不过我的。你起步太晚了，怎么也比不过我的。别说你在罗切斯特的那时候，事实上还早在你出世前几年，爸爸和我就已经在上流社会里见大世面了。当今在世的最最伟大的画家，恐怕十个里头有八九个我都认识。其中好些还是跟我非常非常要好的朋友哩。”

“起步晚一点总也是个起步吧，”安德鲁说。“反正戴维斯先生这个朋友我是要定了。戴维斯先生你呢，也不一定非得专写那种精彩、刺激的小说不可。我可以胡编乱造嘛，汤米不就是胡编乱造的吗？你以前干过点啥，只要是可以吓人一跳的，你随便找两件给我说说，我就一定对人讲，是有这么回事，当时我就在场嘛。”

“说我胡编乱造，你简直是放屁，”小汤姆说。“爸爸和戴维斯先生有时候给我提两句，那只是帮助我回忆。这些事我不但都亲身经历了，而且还实际参与了，那在绘画史上和文学史上代表了一个完整的时代。如果要我写回忆录的话，只要是这方面的事，我拿起

① 毕加索（1881—1973）：定居巴黎的西班牙画家，立体主义画派的主要代表，其作品对西方现代艺术有深远影响。

② 布拉克（1882—1963）：法国画家，立体主义画派代表之一。曾参加野兽派绘画运动，后又创作“拼贴画”。

③ 米罗（1893—1983）：西班牙画家，作品受超现实主义和达达主义影响。

④ 安德烈·马松（1896—？），法国超现实主义画家、雕塑家。

⑤ 帕散（1885—1930）：原籍保加利亚的美国画家。1905年到巴黎，欧战期间去美国。1920年回到巴黎，1930年死于巴黎。

⑥ 沃尔多·皮尔斯（1884—1970）：美国画家。以制作书籍插图著名。

笔马上都能写出来。”

“你愈说愈狂了，汤米，”安德鲁说。“我看你还是稍微检点点儿吧。”

“你什么也不要给他说，戴维斯先生，”小汤姆说。“让他也跟我们一样，一切从零开始。”

“我跟戴维斯先生的事你就甭管，”安德鲁说。“我们的事用不到你插手。”

“爸爸，我既然有这么多朋友，那你就再说一两位给我听听吧，”小汤姆说。“我知道我认识他们，我也知道我们常常一起泡咖啡馆，可我还想多了解了解，他们都还有一些什么样的具体事迹。就比方像乔伊斯先生那样的——乔伊斯先生的事迹我不是就了解了好一些吗？”

“你还记得帕散先生吗？”

“记不得了。实在记不得了。他是什么模样儿的？”

“连人都记不得了，你怎么能说他是你的朋友呢？”安德鲁说。“你想想，今后要是再过了几年，到那时候我难道还会记不得戴维斯先生的模样儿？”

“你少给我插嘴，”小汤姆说。“爸爸，就请你给我说说他的事吧。”

“你不是很欣赏乔伊斯先生那本书的末一部分吗，帕散先生画的一些画，给这部分内容做插图是再合适不过了。”

“真的吗？唷唷，有意思，有意思。”

“在咖啡馆里你常常去跟他坐在一起，他常常给你画像，有时就画在餐巾上。他个子长得小，脾气硬极了，也怪极了。头上通常总是戴着顶圆顶礼帽。他是一位极出色的画家。平时的举止总给人一种感觉，仿佛他还怀着个巨大的秘密，仿佛这秘密他还只刚刚听到，觉得很值得玩味。他有时就因此而显得非常开心，有时却又因此而显得非常伤感。不过你总会感到他像是怀着那么个秘密，而且意下似乎觉得那大可玩味。”

“到底是什么秘密呢？”

“无非是酗酒啦，吸毒啦，还有就是乔伊斯先生在那最末一章里摸得了如指掌的那种秘密，当然少不了也有画好画的诀窍啦。他画画的技巧比当时的什么人都出色，那也是他的秘密，不过他也并不在意。他自以为把什么都看得很淡，可其实才不是那么回事呢。”

“他心坏吗？”

“啊，坏着哩。他才真叫坏着哩，他的秘密里也就有这一条。他心坏还自鸣得意，根本不知道有良心的责备。”

“他跟我真是好朋友？”

“还好得很呢。他常常管你叫‘丑八怪’。”

“哎唷唷，”小汤姆听得直乐。“叫‘丑八怪’！”

“我们有帕散先生的画吗，爸爸？”戴维问。

“有两幅。”

“他给汤米正经画过像吗？”

“没有。他给汤米画像不过是随手画画，多半就画在餐巾上和咖啡馆的大理石桌面上。他给汤米起了个名儿，叫‘左岸地区[1]一个爱灌啤酒的丑天丑地的丑八怪’。”

“好个头衔，快记下来，汤姆，”戴维说。

“帕散先生的思想肮脏吗？”小汤姆问。

“我看可以这么说吧。”

“你还不敢讲得很肯定？”

“我看说他思想肮脏也很对。依我看他的秘密里就有这一条。”

“可乔伊斯先生的思想就不能算肮脏。”

“对。”

---

① 巴黎横跨于塞纳河两岸。北岸称为右岸地区，为商业中心。南岸称为左岸地区，为大学生、作家和艺术家等的汇集之地。

"你也不能算肮脏。"

"对，"托马斯·赫德森说。"我看也不能算肮脏。"

"你的思想肮脏吗，戴维斯先生？"汤米问。

"我看不能算吧。"

"那好，"小汤姆说。"我对我们校长说了，我爸爸和乔伊斯先生都是没有肮脏思想的。这一回他要是还来找茬，我就可以告诉他，戴维斯先生也一样没有肮脏思想。我们校长好像一心认定我有肮脏思想。可我不怕。学校里倒真是有个思想很肮脏的同学，谁都明明白白看得出来，我跟他就是不一样。那帕散先生叫什么名字？"

"于勒。"

"怎么拼法？"戴维问。托马斯·赫德森就把拼法告诉了他。

"那帕散先生后来怎么样呢？"小汤姆问。

"他上吊了，"托马斯·赫德森说。

"喔唷，天哪，"安德鲁说。

"可怜的帕散先生，"小汤姆为他作了祝福。"今儿晚上祈祷时我也要为他祈祷祈祷。"

"我可要为戴维斯先生祈祷，"安德鲁说。

"可要经常为我祈祷才好啊，"罗杰说。

6

那天晚上小家伙们睡下以后，托马斯·赫德森和罗杰·戴维斯并没有就睡，他们还在大房间里说话。那天风浪太大，下海摸鱼只能草草收场，吃过晚饭以后，小家伙们就跟着约瑟夫去钓鲷鱼。回来的时候个个疲累不堪，却又欢欢喜喜，道过了晚安就都去睡了。先还听见他们说了会儿话，没多久就都睡着了。

安德鲁向来睡觉怕黑，这一点两个做哥哥的都清楚，却从来不拿他取笑。

“你说他为什么睡觉怕黑？”罗杰问。

“我说不上来，”托马斯·赫德森说。“你小时候难道就不怕？”

“应该说不怕吧。”

“我就怕，”托马斯·赫德森说。“这是不是可以说明什么问题呢？”

“那我倒说不上，”罗杰说。“我小时候也有我怕的事，一是怕死，二是怕我兄弟有个三长两短。”

“我倒不知道你还有个兄弟呢。他如今在哪儿？”

“死了，”罗杰说。

“哦，真对不起。”

“没关系。他死的时候，我们都还小。”

“他比你小几岁？”

“才小一岁。”

“怎么会死的？”

“我们坐的一只小划子打翻了。”

“你当时有多大？”

“十二三岁吧。”

“你要是不想说，那不说也罢。”

“没准儿说说心里倒反而痛快，”罗杰说。“这件事你以前真的都不知道？”

“一点都不知道。”

“我以前总一直以为这件事是满世界无人不知的。小孩子的想法就是这样怪。当时湖水太冷了，他松了手。结果呢，我是逃出了一条命，可他就再也没有回来。”

“可怜的罗杰，这一下可要该死了。”

“别咒我了，”罗杰说。“不过我这么点年纪就要尝这种滋味，也实在是太早了些。何况我对他感情又是那么深厚，我本来就一直在替他担心，生怕他有什么三长两短。当时湖水可冷了，我也顶不住啊。可是我不能以此来原谅自己。”

“是在哪儿出的事？”

“北边的缅因州。父亲在这件事上虽然表现得很通达，可我看他始终没有原谅我。打这以后我是天天巴望快死。不过我总也不能就这样过上一辈子吧。”

“你兄弟叫什么名字？”

“戴夫。”

“怪不得！你今天不想下海里去摸鱼，就是为了这个缘故？”

“八成儿是吧。可我还是打算每隔一天去一次。不过这种事情是很玄妙的，谁说得准呢。”

“你都这么个大人了，怎么还说这样的话？”

“我当时钻到水里去找过他，可就是找不到，”罗杰说。“水太深了，而且也实在是冷。”

“叫戴维·戴维斯，”托马斯·赫德森说。

“是啊。在我们家，老大总叫罗杰，老二总叫戴维。”

“不过老罗啊，过了这么多年你毕竟算是想开了。”

“没有的事，”罗杰说。“这样的事是一辈子也丢不开的。我总还憋不住要重新翻出来叨叨。出了这样的事我感到有愧，就好比那天在码头上跟人打了一架一样。”

“你那天在码头上完全可以问心无愧。”

“不，我还是心中有愧的。我上次对你说过了。今天就不谈了吧。”

“好吧。”

“我再也不跟人打架了。一辈子也不跟人打架了。你是从来不打架的。其实你打起来并不比我差。”

“我哪儿比得上你呢。不过我就是打定了主意不打。”

“今后我不打架了，我要做个好人，不再写些乌七八糟的东西了。”

“我听你说了半天，就数这句话最听得入耳了，”托马斯·赫德森说。

“你看我写得出还能有点价值的东西吗？”

“试试看嘛。你当初把画画撂下，是什么缘故呢？”

“因为我不能再欺骗自己了。现在在写作上我也不能再欺骗自己了。”

“具体点说，你打算怎么干呢？”

“找个地方，尽我最大的努力，写出一本像像样样、正正经经的小说来。”

“那你干吗不住在我这儿写呢？回头就是小家伙们都走了，你也只管在我这儿住下去好了。你自己那间屋里太热，根本没法写作。”

“不会太打搅你么？”

“哪儿的话呢，老罗。不瞒你说，我也正觉得冷清呢。虽说要专心工作得躲开一切，可也不能老是什么都躲开呀。我这话像是在作演讲了。好，不说了。”

“不，你还是说下去。我很想听听。”

“你真要是打算动手写，就在我这儿写起来吧。”

“你看我到西部[①]去写是不是更好些？”

“依我看哪儿都行。关键就在于坚持。”

“不，我看未必哪儿都行，”罗杰不能同意。“那我有数。往往原本是很好的地方，后来就都变得不行了。”

“话是不错。不过我这个地方现在倒还不坏。也许不会永远一直这样好下去，不过眼前还是不坏的。你工余之暇可以跟我有个伴，我工余之暇也可以跟你有个伴。我们互不相扰，你尽可以去好好用你的脑筋。”

---

① 指美国的西部。

"你真觉得我还写得出有点价值的小说？"

"你要不动手试一试，那就永远也写不出来。今儿晚上你给我讲的，要是你愿意写出来的话就是一部绝好的小说。不妨就从小划子写起……"

"安排什么结尾呢？"

"可以根据小划子这条主线虚构情节。"

"别提了，"罗杰说。"我已经搞惯了那套邪门歪道，要是在故事里安排上一只小划子的话，小划子里就一定会有一位美丽的印第安姑娘。我还一定会设计出一个叫琼斯的青年，这个年轻人要去向移民们报告西席·地密尔[1]正在赶来的消息，正好中途路过这里。他一手提着保他走南闯北的那把老式火枪'老贝齐'，一手抓着乱纠纠的荒藤野蔓，从临河的崖壁上攀缘而下，结果却落在小划子里。那美丽的印第安姑娘见了他便说：'原来是你啊，琼斯。那就让我们好好恩爱一番吧，我们何妨就任由我们这经不起簸荡的小舟向着大瀑布飘去，要知道那就是将来要闻名天下的尼亚加拉！'"

"那不行，"托马斯·赫德森说。"你就只消写你自己的那只小划子，还有那水寒彻骨的湖，还有你的小弟弟……"

"戴维·戴维斯。当时才十一岁。"

"以及随后的遭遇。从这儿起直至终篇你就都可以自由虚构了。"

"我不喜欢这个结局，"罗杰说。

"说实在话，这个结局我想我们谁也不会喜欢，"托马斯·赫德森说。"可是小说总得有个结局。"

"我们还是就谈到这儿为止吧，"罗杰说。"这部小说到底怎么写，我倒要认真考虑考虑了。汤米，我问你，为什么好好儿画画是

---

① 美国著名电影导演，以影片的场面巨大著称。这里说西席·地密尔，意思就是指他导演的影片中常见的那种大队人马。

一种乐趣，可是好好儿写文章却是一种痛苦呢？我画画从来也没画好，可尽管画得不像样，却也自己觉得乐在其中。”

“这我也说不上，”托马斯·赫德森说。“也许因为在绘画这门艺术上，传统和基本法则都比较明确，可以借鉴的同道也多。即使你想要摆脱伟人绘画艺术的正统法则另辟蹊径，总还不乏可以借鉴的东西。”

“我看还有一个原因是画画的人人品要好些，”罗杰说。“我这个人要是成材些的话，也许早就成了个了不起的画家了。可我大概就是这么块成不了材的料，所以顶多也只能当个好作家。”

“哪有像你这样的，看问题太简单化了。”

“我看问题就老是太简单化，”罗杰还觉得自己挺有理。“我这个人所以屁用也没有，这是一个很重要的原因。”

“我们去睡吧。”

“我还不想睡，想要看会儿书，”罗杰说。

那天夜里大家都睡得很香甜。罗杰到夜深才去阳台上睡觉，托马斯·赫德森就一点也没有睡觉。吃过早饭，风小了，天上没有一点云，他们打算今天要下海捕鱼去。

“你也一块儿去吧，戴维斯先生？”安德鲁问。

“一定去。”

“那太好了，”安德鲁说。“我真高兴。”

“安迪，你现在心里感觉怎么样？”托马斯·赫德森问。

“觉得害怕呗，”安德鲁说。“我总是这样。不过有戴维斯先生一块儿去，我就可以害怕得好一些。”

“千万不要害怕，安迪，”罗杰说。“害怕是没有出息的。这是你爸爸教导我的。”

“这话说的人还少吗，”安德鲁说。“真说得上是老生常谈了。可我见过的孩子里，就只有戴维一个是脑袋特别，不知道什么叫害怕的。”

“你少给我胡诌，”戴维说。“你这个家伙就是因为胡思乱想，才弄得自己成了这副德性。”

“戴维斯先生和我就老是感到害怕，”安德鲁说。“这或许倒是我们智力超群的缘故也说不定哩。”

“回头到了海里，你可要给我小心点儿啊，听见没有，戴维？”托马斯·赫德森说。

“一定小心。”

安德鲁瞅了罗杰一眼，把肩膀耸耸。

7

那天他们在一个暗礁附近下海捕鱼。这里当年曾有一艘轮船触礁沉没，破船的铁壳至今还躺在礁石旁边的水下，即使到涨潮的时候，水面上也还会露出些锈钢烂铁，看得出那本是船上的锅炉。今天吹的是南风，托马斯·赫德森把捕鱼船开到一块礁石的背风面，不敢靠得太近，隔开点距离下了锚，罗杰和小家伙们也已把面罩和鱼叉都准备好。鱼叉都是极原始的，五花八门。托马斯·赫德森和小家伙们各有各的高招，这些鱼叉就都是按各人自己的意思分别打的。

约瑟夫也来了，他的任务是划小艇。他把安德鲁也带在小艇上。这边小艇还刚出发，向礁石划去，那边捕鱼船上的人已经在陆续离船下水了。

“你还不来呀，爸爸？”戴维向捕鱼船驾驶台上的父亲喊道。圆玻璃镜罩住了眼鼻和前额，橡皮面罩紧紧贴在鼻下，抠入两颊，压住顶门，再用一条橡皮带子在脑后一勒，紧得都扣进了皮肉——戴维戴上了面罩，一副模样就活像那种科幻连环漫画中的人物。

“我待一会儿就下来。”

“你别蘑菇了，等到你下来，只怕鱼儿都吓得逃光了。”

“这里礁石多。包你掏也掏不完。”

“可我晓得过了锅炉再往前点儿，那里有两个洞可精彩了。那天就我们两个人来的时候我就发现了。洞里满是鱼，还一动都没动过，我就特意留着，等今天大家一起来了再去摸。”

“我没忘记。好，再过个把钟头我就下来。”

“那我就先不去动，等你来了一起摸，”戴维说完，就划开了水追赶大伙儿去了。他右手里还拿着一根六英尺长的硬木长矛，长矛头上装着个手工打成的双齿鱼叉，用一根又长又粗的钓鱼线绑得牢牢的。他把脸儿没在水里，一边划水，一边就透过面罩上的玻璃镜仔细察看水底。这小家伙一身好水性，遍体黝黑，加以游在水里只露出湿淋淋的后脑勺，所以此刻托马斯·赫德森看在眼里，就越发觉得他像一头海獭了。

他看着小家伙一路游去。小家伙单用一条左臂划水，两条长长的腿一脚脚使劲把水往后踢，动作舒缓而沉稳。他只是偶尔才稍稍侧一侧脑袋，探起脸来换口气，那间隔之长不但超乎你的预料，而且要超过很多很多。罗杰跟大小子汤姆早就把面罩往脑门上一推，先头游了出去，此刻已远在前边。安德鲁和约瑟夫坐着小艇也到了礁区，但是安德鲁还没有下水。风是轻微的，礁石一带看去水色清浅，微波荡漾，显出了礁石是褐色的，也反衬出远处的海水是一片浓浓的蓝。

托马斯·赫德森下了驾驶台，来到厨房里。厨房里埃迪两膝夹着个提桶，正在那里削土豆皮。他透过厨房的舷窗，也在向礁石那边不时眺望。

“小家伙们散开了不好，”他说。“得都要靠拢小艇才好。”

“你看礁石那边会不会来什么玩意儿？”

“现在潮位已经涨得蛮高了。这几天正是大潮。”

“水色倒还是怪清澈的，”托马斯·赫德森说。

“外洋里有坏玩意儿，”埃迪说。“要是给它们嗅到了鱼味，这一带的海上就太平不了。”

“他们到现在还一条鱼都没有捕到呢。”

“管保马上就捕到了。他们应该趁早把鱼快些捕到手，都去放在小艇上，回头鱼味血腥味随着大潮一传开，那就迟了。”

“我这就浮水过去。”

“不用了。你就喊话过去好了，你让他们互相靠拢不要散开，把捕到的鱼都放在小艇上。”

托马斯 · 赫德森就爬上甲板，大声喊话，把埃迪的意思告诉了罗杰。罗杰举起鱼叉挥了两挥，表示明白。

一会儿埃迪却又一手托着满盘的土豆，一手拿着小刀，跑到后舱来了。

“汤姆先生，你带上来复枪这就到甲板上去，可要带好的那把，也就是小的那把，”他说。“我实在不放心。这样的大潮让小家伙们出海，我实在不放心。这儿离外洋太近了。”

“那还是去把他们叫来吧。”

“那倒还不用。很可能是我神经过敏了。昨天晚上我就一夜没有睡好。我疼这几个孩子，就是自己的亲生儿子怕也不过是这样疼吧。为了他们我都快忧死了。”他放下了手里的那盆土豆。“我说我们还是这么办好：你把船发动起来，我去起锚，我们把船往礁石跟前靠靠，拢近点儿再下锚。这样的潮这样的风，船有点晃动估计还不至于撞到礁石。我们这就靠过去吧。”

托马斯 · 赫德森开动了主机，上了驾驶台，来到了总控制台前。趁埃迪还在起锚，托马斯 · 赫德森朝前一望，看见那边几个人全都已经下了水。就在他看着的当儿，戴维从水里一头钻了出来，手里的鱼叉举得老高，尖头上有一条鱼在那里扑腾。托马斯 · 赫德森听见他大着嗓门向小艇招呼了一声。

“把船头往礁石上靠，”从船头上传来了埃迪的呼喊，他已经把铁锚捧在手里了。

托马斯 · 赫德森把船缓缓向礁石上靠去，一直靠到险些儿就要擦着。大片褐赤赤的珊瑚礁顶看见了，沙子上黑乎乎的海胆也看见了，紫红的海扇[1]随着潮水在向他躬身下拜。埃迪把铁锚抛了下去，托马斯·赫德森于是便打起了倒车。船就转而向后退去，礁石也都纷纷倒退。埃迪把锚绳放出去，等到绳子正好拉紧，托马斯·赫德森便关了车，于是船就停在那儿，轻轻晃荡。

“这一下我们就照看得到他们了，”埃迪站在船头上说。“这几个小家伙真让我担足了心事，我是折腾不起了。弄得我乖乖连饭都吃不下了。瞧这够呛不够呛。”

“我就守在这儿照看他们吧。”

“让我先把来复枪给你递上来，我还得赶快回去服侍那盆要命的土豆哩。小家伙们不是爱吃土豆色拉吗？不是就爱吃我们那种做法的土豆色拉吗？”

“是啊。罗杰也挺爱吃。别忘了要多加些白熟老蛋和洋葱。”

“我的土豆保证又耐嚼又好吃。来复枪来了。”

托马斯·赫德森伸手接过来复枪，连着枪套的枪短短粗粗的，很是沉重。枪套是带毛的羊皮做的，剪短的毛做了里子，为防海上咸湿空气的锈蚀，他总让枪套吸饱了“神手牌”枪油。当下他抓住枪把把枪抽了出来，随手拿枪套往驾驶台的铺板下一塞。那是一把.256 口径、18 英寸老式枪管的曼利歇·肖纳牌来复枪，这样的枪目下已经不准出售了。枪托和前把因为不断上油擦拭，已经成了胡桃核仁那样的棕色。枪管由于插在马鞍皮套里长年摩擦的结果，看上去也油光光的没有一丝锈迹。枪托上的贴腮已经被他的腮帮子磨得滑溜溜的。一拉枪栓，旋转弹仓里满装着胖鼓鼓的弹药筒，金属壳的弹头又长又细，形如铅笔，只露出个小小的铅尖。

说实在的，把这么一把好枪备在船上真未免有些可惜，但是托马斯·赫德森对这把枪情有独钟，看到这把枪他就会想起许多旧事，想起许多熟人，想起去过的许多地方，所以他到哪里都喜欢把这支枪带着走。何况他早就得出了一个经验：把枪保藏在羊皮枪套

---

① 一种动物，学名柳珊瑚。

里，只要让剪短的毛里子浸透“神手牌”枪油，那就是接触含有盐分的空气也照样能丝毫无损。再说，他觉得枪应该是射击用的，不是套在枪套里供收藏的，更何况这把枪又实在是好，使用起来容易，教给人家也包你一教就会，在船上使用更是灵便。他凡用这把枪射击，总是信心特足，只要目标在中近距离以内，打起来准能百发百中。他还有过好几支来复枪，哪一支打起来都没有这样得心应手。现在他从枪套里抽出枪来，把枪栓拉拉，推推子弹上膛，内心里就觉得挺快活的。

虽然有潮也有风，船却几乎没有什么晃动。他提起枪上的带子，把枪往控制台上的一个操纵杆上一挂，挂在那儿要用拿来就是，再方便也没有了。挂好以后他便在驾驶台的日光浴垫子上躺下。他是希望后背晒得黑些的，所以就肚皮贴地趴在那儿，看前边罗杰和小家伙们叉鱼。罗杰他们这会儿都钻到水下去了，他们留在水下的时间长短无定，探起头来换了口气便又一扭头不见了，有时候冒出水面，鱼叉上还叉着鱼。约瑟夫划着小艇，一会儿来招呼这个，一会儿去接应那个，把鱼叉尖齿上的鱼摘下来丢在小艇里。他听得见约瑟夫在那儿叫啊，笑啊，看得见鱼儿是一片五光十色，有红鳞的，有红鳞而带褐斑的，有红黄相间的，也有金黄条纹的，约瑟夫连拽带捋，把鱼摘下来都往后船里扔，那儿是晒不到太阳的。

“埃迪，弄杯酒来给我喝喝好吗？”托马斯·赫德森探身出去朝下面喊了一声。

“要喝点什么呢？”埃迪从前舱里伸出头来。他头上戴着他那顶旧毡帽，上身穿一件白衬衫。在明亮的阳光下，看得出他两眼布满血丝，而且托马斯·赫德森注意到他嘴唇上还涂着红药水。

“你这嘴巴怎么啦？”他问埃迪。

“昨天晚上惹了点麻烦。我马马虎虎就搽了点红药水。弄得挺难看的是不是？”

“就像岛上一些下等去处的婊子。”

“啐，去你的，”埃迪说。“黑咕隆咚的，我看也没看就搽了上去。全凭感觉呗。你要不要用椰子汁来兑酒？我正好有几颗鲜椰子。”

“好极了。”

“那就来一杯‘绿色艾萨克’，来个特别加料调制？”

“好。就来个特别加料调制。”

托马斯·赫德森趴在这垫子上，头部正好落在背阴里。驾驶台的前端是控制台，正是这控制台替他的脑袋挡去了阳光。埃迪的酒是用金酒、酸橙汁、青椰子汁加冰块调制的，还滴上了几滴安古斯图拉苦味汁，不多不少，正好使酒色泛出了玫瑰红，红到透出了点锈褐色。冰凉的一大杯，从船头端来给了托马斯·赫德森。托马斯·赫德森怕冰块被晒融，不让太阳晒着了酒，他把酒杯还拿在手里，顾自瞭望着海上。

“小家伙们看来干得成绩还不错，”埃迪说。“鱼捕到不少了，晚上这一顿尽够吃了。”

“除了鱼还有些什么可吃的？”

“可以来个鱼肉土豆泥。还可以来点凉拌番茄。当然先要上那道土豆色拉。”

“挺不错了。那土豆色拉做好了吗？”

“还没有凉透呢，汤姆。”

“埃迪，你挺喜欢做菜吧？”

“再对没有，我就是喜欢做菜。一桩是坐船，一桩是做菜，我最喜欢这两桩。我最不喜欢拌嘴打架，惹是生非。”

“不过你以前可一直是个惹是生非的惯家。”

“哪儿呀，我见了麻烦避都还来不及呢，汤姆。有时候麻烦是要避也避不过的，不过我总是尽量做到能避则避。”

“昨儿晚上又是怎么回事呢？”

“没什么。”

他不想谈昨晚的事。他也从来不提过去，因为过去疙疙瘩瘩的事情实在太多了。

“好，不谈吧。那除了这些我们还有些什么可吃呢？我们总得让孩子们尽量多吃点儿。他们正是长身体的时候啊。”

“我在家里做了只蛋糕，也带来了。另外还有几个新鲜菠萝，眼下拿冰镇着，回头我就去切片。”

“好。那鱼怎么个吃法呢？”

“随你们爱怎么吃。回头先看看他们捕到的鱼里什么鱼味道最鲜美，再听听孩子们跟你和罗杰的意见，你们说怎么吃好，这鱼就怎么做。戴维刚捕到了一条黄尾鱼，挺不错的。他原先还抓到了一条，可惜给逃走了。现在这一条就很大，算得上是尖儿货。不过戴维这样也游得太远了点儿吧。鱼现在还在他的手里。可你瞧乔呀，他怎么像拼死命似的，把小艇划到安迪那边去了。”

托马斯·赫德森把酒往背阴里一放，站起身来。

“哎呀糟了，”埃迪说。“果然那玩意儿来了！”

隔着蔚蓝的海水望去，只见露出在水面上有个高高的三角形鱼鳍，有如一只小船的褐色风帆，凭着甩动的尾巴的一股强大推力，划破水面，冲刺一般向礁石外端的一个洞穴直扑而来。小家伙戴维这时候可就在洞边，把叉到的鱼儿挑出了水面，高高举起，连面罩都还蒙在脸上呢。

“糟了糟了，”埃迪说。“好厉害的一条槌头鲨呀。这下可糟了，汤姆。哎呀糟了糟了。”

据托马斯·赫德森事后回想，他当时印象中最突出的一点就是那鱼鳍矗起好高，东一转西一扭的，就像一条猎狗一路闻着气味紧追不舍，既像一把尖刀插来，却又似乎是东一摇西一摆的。

他拉起那把.256，对着鱼鳍稍前一点的地方就是一枪。可惜打了个“远弹”[①]，只冲起一股水花。他还记得那枪管拿在手里是油黏黏的。眼看那鱼鳍还是摇摇摆摆直冲而来。

“快把那要命的鱼扔给它，”埃迪向戴维大喊一声，就从甲板

① 即弹落点远于目标所在处。

室后墙上翻身跳进后舱里。

托马斯·赫德森又打了一枪，却还是“远弹”，只是冲起了又一股水花。他只觉得一阵反胃，肚子里好像给什么东西揪住了，死抓着不放。他就再打第三枪。他十分清楚这一枪关系重大，所以极力沉住气，打得小心在意。可看到的只是水花冲起在鱼鳍的前方。那鱼鳍还是杀气腾腾地一路直冲而来。他如今只有一枪可打了，再没有子弹了，而鲨鱼离小家伙却已只剩了三十来码，看它依然如一把利刃，划破了水面长驱直进。戴维这时候已经将下了叉齿上的鱼拿在手里，面罩也已经推在脑门子上，两道目光正镇定地瞅着那冲来的鲨鱼。

托马斯·赫德森极力要自己别紧张，沉住气，一定要凝神屏息，什么也别想，就专心打好这一枪。看那鱼鳍摆动得越发猛烈了，他正打算扣动扳机，往那鱼鳍根部前边一点点的地方一枪打去，却突然听得船尾响起了冲锋枪的开火声，只见鱼鳍的周围顿时水花四起。接着又是嘟嘟一个短点射，不前不后就在那鱼鳍的根部立刻扬起了一片更密集的水花。他把扳机一扣，冲锋枪声也就在这同时再次响起，短促而密集的一阵嘟嘟嘟，那鱼鳍便应声沉了下去，水下马上像开了锅，转眼一条大得从没见过的槌头鲨便翻起白肚皮冒出了水面，肚皮朝天歪歪斜斜地掠过水面一路滑了出去，好像滑水板一样溅起了两大道水花。鱼肚皮亮晶晶，白得丑恶刺眼，足有两三尺宽的嘴巴像翘起了嘴唇在狞笑，头上两个大角张得那么开，角梢上还各有一颗眼睛：就是这么个东西，挨着埃迪雨点般的枪弹，一颠一跳地在水面上直打刺溜。白肚皮上的黑点子枪眼一会儿就泛了红，跟着那大家伙便一翻身沉了下去。托马斯·赫德森看见它沉下去的时候还在水里不停打滚。

“这几个急死人的娃子，快叫他们都过来，”他听见埃迪在嚷嚷。“我真看不惯你们这样胡来。”

罗杰早已飞快地向戴维游了过去，约瑟夫把安迪拉上了小艇，也把船向另外两个孩子划去。

“乖乖！”埃迪说。“这样大的槌头鲨，你以前见过吗？真要感谢上帝，这种家伙要打人家的主意就一定得露出水面。感谢上帝让它们生就了这么个短处。王八崽子们可是经常占到便宜的。那家伙到死还想跑呢，你看见没有？”

“拿盒子弹给我，”托马斯·赫德森说。他身子在打颤，肚子里只觉得空虚、想吐。他高叫一声：“赶快到这儿来。”水里的几个人正随着小艇在游来，罗杰还托着戴维使劲帮他爬上小艇去。

“怎么不叫他们捕鱼啦，这一下可就有鱼可捕啦，”埃迪说。“外洋的鲨鱼都要吃这家伙来啦。满海洋的鲨鱼都要被这家伙招引来啦。汤姆，你看见没有？那家伙肚皮朝了天还想跑呢，后来那几个滚打得有多厉害！乖乖，这么大的槌头双髻鲨！你还看见没有？小家伙拿着鱼打算就要扔给这家伙了。戴维这小家伙机灵！好样的！戴维这小家伙真是好样的！”

“还是让他们都回来吧。”

“那当然。我刚才不过是说句气话罢了。应该让他们都回来。你放心，他们还会不想回来才怪呢。”

“哎唷，真是吓人哪。你那枪是哪儿来的？”

“专员大人找我的麻烦，不许我把枪带上岸，所以我就一直藏在我那铺位底下的箱子里。”

“你的枪法还真准。”

“我的妈哎，在这种要命当口还会打不准啊？你不看见那鲨鱼在向戴维冲来？戴维这小家伙不慌不忙，就等着拿鱼扔过去呢，一双眼睛就硬是瞅着那直扑过来的鲨鱼呢。好家伙，见到了他这么个好样儿的，我这辈子算是死也瞑目了。”

戴维他们都出了小艇，上船来了。小家伙们个个是一身水，情绪都非常激动，罗杰却还心有余悸。他过来跟埃迪一个劲儿握手，埃迪说：“在这种涨潮的时候我们让他们这样出海，这本来就错了。”

罗杰摇了摇头，伸出一条胳膊搂住了埃迪。

“都怪我，”埃迪说。“我是本乡本土的人。你是外地来的。这不能怪你。责任都在我一个人。”

“你已经是尽心尽责到家了，”罗杰说。

“这算得啥呀，”埃迪说。“这么点距离，谁还会打不中呀。”

“那大家伙你可看清了，戴夫？”安德鲁这一回的口气就客客气气了。

“起先只看见鱼鳍，一直到临了才看到了鱼身。可这时候埃迪就把它打中了。那大家伙先是沉了下去，一会儿又肚皮朝天浮了上来。”

埃迪拿了块毛巾在替戴维擦身子，托马斯·赫德森看见戴维从两腿到肩背都还满是鸡皮疙瘩。

“那大家伙浮上水面肚皮朝了天还想逃跑，这样的事我倒还从来没有见过，”小汤姆说。“走南闯北到哪儿也没有见过。”

“这样的事是难得看得到的，”他父亲对他说。

“这大家伙要称起来一千一百磅重总该有吧，”埃迪说。“我看再大的槌头鲨天下也不会有了吧。哎哟，罗杰，你看到了那鱼鳍没有？”

“看到了，”罗杰说。

“你们看我们能不能去把它抓来？”戴维问。

“那哪儿行呢，”埃迪说。“它打了一连串的滚，往下直沉，鬼知道到底沉在哪儿呢。它沉到了好几百尺深的海底，满海洋的大小鱼类都会来拿它当美餐。这会儿只怕已经把四面八方的鱼类都招引来了呢。”

“要是能把它抓到该有多好呢，”戴维说。

“别乱想了，戴维老弟。你身上还满是鸡皮疙瘩呢。”

“那时候你心里害怕得够呛吧，戴夫？”安德鲁问。

“是这样，”戴维老老实实告诉他。

“当时你又打算怎么办呢？”小汤姆问道，一副十分敬重的口气。

“我当时本来打算把鱼扔给它，”戴维说。托马斯·赫德森对他望望，觉得自己肩膀上突然起了一阵小小的鸡皮疙瘩。“然后再瞅准它的正中门面一鱼叉刺过去。”

“唉，真是的，”埃迪叽咕了一声，手拿着毛巾转身要走。“你想要喝点儿什么，罗杰？”

“你有毒药没有？”罗杰问他。

“你别再胡说了，罗杰，”托马斯·赫德森说。“这事我们大家都有责任。”

“是有责任而没有负起来啊。”

“好在事情已经过去了。”

“那也只好如此了。”

“我去调两杯金酒，”埃迪说。“刚才闹得正紧张的时候，汤姆已经来过一杯了。”

“还在那边搁着没有动过呢。”

“搁到这会儿哪里还喝得哟，”埃迪说。“我给你重新去调一杯。”

“你真是个好样儿的，戴维，”小汤姆抑制不住万分自豪的心情，对戴维说道。“你看着吧，等将来回到了学校里，我一定要去给同学们好好讲讲。”

“他们才不会信你呢，”戴维说。“你别去给他们讲，除非我从此不上学了。”

“为什么不讲？”小汤姆问。

“我也说不清为什么，”戴维话刚出口，忽然就哇的一声，像个小娃娃似的哭了起来。“得了得了，你说了要是人家不信，那叫我怎么受得了啊。”

托马斯·赫德森把他一把抱起，揽在怀里，把小家伙的脑袋紧紧搂在胸前。那另外两个孩子都背过了脸去，罗杰也把目光移到了别处，就在这时候埃迪从舱里出来了。他端来了三杯酒，一个大拇指还扣在其中的一只酒杯里。托马斯·赫德森一看这光景就知道，他在下面已经先喝过一杯了。

“戴维，你这是怎么啦？”埃迪一来就问。

“没什么。”

“没什么就好，”埃迪说。“你说话有志气，我听着也喜欢，你这个亲爱的小鬼，淘气的小鬼。快下舱里去，别哭鼻子了，让你爹好好喝一杯。”

戴维却还是站在那儿，胸挺得笔直。

“那块地方到低潮的时候可以去捕鱼吗？”他问埃迪。

“那只管放心去捕吧，不会有什么了，”埃迪说。“大不了就是有些海鳝。不过到那种时候大鱼也不来。潮低大鱼来不了。”

“我们等低潮的时候再去好吗，爸爸？”

“埃迪说可以去就去。得由埃迪说了算。”

“别瞎说，汤姆，”埃迪嘴里虽这么说，心里却是喜滋滋的，那搽了红药水的嘴唇也显得喜滋滋的，那布满血丝的眼睛更是欢喜得不能再欢喜了。“不过依我说，谁要是带了家伙去却打不了那天杀的贼鲨鱼，那我看他倒还不如干脆把家伙扔下，别去那儿自找麻烦。”

“你把那大家伙打得还不够瞧吗，”托马斯·赫德森说。“你这一顿打打得真是太出色了。只恨我的嘴太拙，实在形容不出你打得有多出色。”

“你也用不到来捧我，”埃迪说。“反正那凶恶的老天杀的肚皮朝了天还想逃跑的光景，我是一辈子也忘不了的。这样穷凶极恶的东西请问你几时见过？”

大家就在那儿坐等吃午饭。托马斯·赫德森向海面上望去，看见约瑟夫已经把小艇划到了鲨鱼沉下去的那个所在。约瑟夫从小艇里探出了身子，正用水底观察镜在向水底下瞧。

“看得见什么吗？”托马斯·赫德森大声问他。

“太深啦，看不清楚啊，汤姆先生。那大家伙一直掉到暗礁底下去啦。这会子八成儿在海底里躺着哪。”

“要是能把它那副牙床骨弄来该有多好啊，”小汤姆说。“晒晒白，挂起来，你一定也很赞成吧，爸爸？”

“真要这样，只怕我又要做噩梦了，”安德鲁说。“弄不到也好，我开心。”

“这样的战利品，真是绝了！”小汤姆说。“带到学校里去，多有光彩！”

“就算弄到了也是该戴夫的，”安德鲁说。

“不对，是该埃迪的，”小汤姆说。“只要我问他要，我相信他一定会给我的。”

“我说他准会给戴夫，”安德鲁说。

“戴夫啊，我看你就不要这样急着再出去了吧，”托马斯·赫德森说。

“出去也要等吃过了午饭，再过上好半天哩，”戴维说。“一定要等到潮低了才能出去啊。”

“我是说你不要急着再去摸鱼了。”

“埃迪说过潮低了就没事了。”

“这我也知道。可我还是心里直发毛。”

“埃迪说的不会错。”

“我就求你看在我的分上，不要去了，行不行？”

“那当然行，爸爸，你这么说了那还有不行的吗？可我就是喜欢到水里去。别处不去都不要紧，可水里我最喜欢去了。而且既然埃迪说了……”

“那好吧，”托马斯·赫德森说。“本来嘛，千难万难，求人最难啊。”

“爸爸，我可没有这样的意思。既然你要我别去，那我就不去。不过埃迪说了……”

“不是还有海鳝吗？埃迪不是说过还有海鳝吗？”

“爸爸，海鳝是到处都会碰到的。你自己就教过我碰到了海鳝不要害怕，对付海鳝自有办法，提防海鳝也有门道，海鳝的洞又是认得出来的。”

“对。有鲨鱼的地方我都让你去了呢。”

“爸爸，那我们是大家一块儿去的呀。你又何必把责任尽往自己身上揽呢，这事不能单怪你呀。都是我，游得也太远了点儿，而且叉住了多好的一条黄尾鱼又让它逃了，弄得海水染上了血腥味，这才招来了鲨鱼。”

“你说它是不是像一条猎狗，鼻子那么尖，来得那么快？”托马斯·赫德森说。他这是有意要说得轻松点，好消除刚才的那股子情绪。“这真算得上是高速度了，这样高速度的鲨鱼我以前也见过。过去在信号礁一带的海里就有那么一条，只要一闻到鱼味儿，就那样飞快赶来了。今天我真是惭愧，竟然一枪也没有打中。”

“只差那么一点点就打中了，爸爸，”小汤姆说。

“没有打中就是没有打中，再说也是白说。”

“那家伙不是冲着我来的，”戴维说。“是来抢鱼吃的。”

“可也不会饶了你的，”埃迪说。他来摆餐具准备开饭了。“你别太天真了，你身上有鱼味，水里有血腥，它还会不来吃了你？连匹马都要一口吃了呢。再大的东西都要一口吃了呢。哎呀，别谈这档子事了好不好？你们一说，看我又得去喝一杯了。”

“埃迪，”戴维说。“等潮低了再去，真能没事啦？”

“包你没事。我刚才不是跟你说了吗？”

“你该不是还有点没死心吧？”托马斯·赫德森问戴维说。他已经不再望着海面了，心里早又平静了下来。他想明白了：不管小家伙的动机如何，戴维这样一再争着要去还是好的，小孩子就应该这样。他看清了：倒是自己，一事当前就只考虑自身。

“爸爸，我没有别的意思，我只是喜欢到水里去，比啥都喜欢。何况今天天气又这么好，下海再合适也没有了，保不定什么时候又要刮起风来……”

“而且埃迪说了……”托马斯·赫德森接口替他说下去。

“对，而且埃迪说了……”戴维对他做了个傻笑。

“埃迪说了，你们都别胡扯淡了。快来放开肚子吃吧，再不来吃我可要一股脑儿往大海里扔啦。”他站在那儿，面前摆开了一大碗色拉、一大盆炸鱼，还有一道是土豆泥。“那个乔上哪儿去啦？”

“找那条鲨鱼去了。”

“这家伙疯了。”

埃迪下舱里去了，小汤姆把菜一一传给大家，这时候安德鲁就悄悄问他父亲：“爸爸，埃迪是个酒鬼吧？”

托马斯·赫德森正在舀冷拌土豆色拉，那色拉上还撒了一层粒子很粗的黑胡椒末。这是仿当年巴黎利普餐厅的做法，还是他教给埃迪的，现在可就成了埃迪船上的拿手菜之一了。

“他刚才枪打鲨鱼你看见了没有？”

“当然看见啦。”

“这样的枪法酒鬼就打不出来。”

他给安德鲁的盘子里舀了些色拉，自己也舀了一些。

“我问不是因为别的：我坐在这儿望过去，对面就是厨房，我们在这儿坐了这么会儿工夫，我看他从一个瓶子里倒酒喝，已经喝了大概有八杯了。”

“那瓶酒是他自己的，”托马斯·赫德森一边解释，一边又给安德鲁舀了些色拉。饭吃得像安德鲁这样快的，他还没有见到过第二个。安德鲁说那是他在学校里学会的。“注意饭要吃得慢一点哪，安迪。埃迪每次来船上，总要把自己的酒也带上。大凡好的厨子都是喜欢喝两口的。有几位酒量还蛮大呢。”

“我算了算他一共喝了八杯。等等，这会儿又在喝第九杯了。”

“安德鲁，你这个人怎么搞的！”戴维说。

“都别说了，”托马斯·赫德森喝住了他们俩。

小汤姆却忍不住要来说两句：“你不想想他救了你哥哥的命，这是个多么了不起的好人哪。可你就因为见他喝了一两杯酒，居然在背后骂人家酒鬼，他就是多喝了几杯你也不应该嘛。人都是有情有性的，看你以后怎样跟人家相处！”

“我没有骂他酒鬼。我不过是想知道他是酒鬼不是，所以就问了爸爸。我不是说酒鬼就不好。我只是想了解一下人家到底是酒鬼不是。”

“我将来挣了钱，头一笔拿来就要请埃迪喝酒。管他喝的是什么，反正他喝啥我就给他买啥，不但请他喝，我还要陪他一起喝呢，”小汤姆摆足了架势说。

“喝什么呀？”扶梯口上露出了埃迪的脑袋，旧毡帽推在了后脑勺上，晒得黑黑的脸儿上方出现了一大圈白，搽着红药水的嘴巴角上斜衔着一支雪茄。“除开啤酒你们要是胆敢偷喝了什么，叫我看到了我非把你们揍个半死不可。三个娃娃我一个也饶不了。好了，不许再谈喝酒了。倒是土豆泥，要不要再来点儿？”

“那就劳驾了，埃迪，”小汤姆一说，埃迪便又下舱里去了。

“好，这下就是十杯了，”安德鲁从扶梯口里向下望了一眼，说。

“你给我少啰唆，大骑师，”小汤姆对他说。“对这样了不起的人你也不懂得尊敬？”

“再吃点鱼吧，戴维，”托马斯·赫德森说。

“那条黄尾大鱼呢？”

“大概还没有来得及下锅烧吧。”

“那我就来一条黄石鲈。”

“这种鱼味道可鲜着哪。”

“叉住的鱼要是马上就烧来吃，我看味道一定还要鲜，因为一叉子下去就见了血，活杀的就是好吃。”

“爸爸，我想请埃迪来跟我们一块儿喝一杯，你说好不好？”小汤姆问。

“好啊，”托马斯·赫德森说。

“他已经跑来喝过一杯了，你们忘啦？”安德鲁插上来说。“我们一到船上，他就迎出来喝了一杯。你们难道就忘啦？”

“爸爸，我想现在再去请埃迪来跟我们一块儿喝一杯，要他也跟我们一块儿吃饭，你说好不好？”

“那太好了，”托马斯·赫德森说。

小汤姆就下舱里去了，托马斯·赫德森听得他说：“埃迪，爸爸让我来说，请你自己也调杯酒到上边去跟我们一块儿喝，饭也就跟我们在一块儿吃吧。”

“不吃啦，汤米，”埃迪说。“我从来没有吃午饭的习惯。我一向是早饭吃一顿，一直到晚上再吃一顿。”

“就跟我们一块儿喝一杯，怎么样？”

“我已经喝过好两杯了，汤米。”

“那你这就陪我喝一杯，我来瓶啤酒陪陪你，好不好？”

“好，就依你，”埃迪说。托马斯·赫德森听见冰箱门一开一关。“来，祝你好运，汤米。”

托马斯·赫德森听见两个瓶子碰得叮当有声。他对罗杰看了一眼，罗杰却两眼望着大海。

“也祝你好运，埃迪，”他听见小汤姆说。“能跟你干一杯，真是有幸。”

“哪儿的话呢，汤米，”埃迪对他说。“能跟你干一杯才是有幸呢。我今天真是开心，汤米。我打死那条贼鲨鱼，你看到了吧？”

“当然看到了，埃迪。你真的不想去跟我们一块儿吃点儿了？”

“不吃啦，汤米。真的不吃啦。”

“那你要不要我在这舱里陪陪你，免得你一个人喝酒冷清？”

“不用不用，汤米。你该不是在胡思乱想些什么吧？我又不是不喝酒就过不去。我很过得去，除了替人做做饭，换口饭吃，啥都不用去操心。没别的，我是心里痛快，汤米。我打死鲨鱼你见到啦？真见到啦？”

“埃迪呀，你干得太棒了，我算是开了眼界。我没胡思乱想，我不过是想问你：你不觉得冷清吗？要不要人来陪陪你？”

“我这辈子从来不知道什么叫冷清，”埃迪对他说。“我本来就很快活，在这儿又挺惬意，所以越发觉得快活了。”

“埃迪，你再说我也要留在这儿陪陪你。”

“不要这样，汤米。这儿还有盘鱼，你端着，快回上边去吧，到上边去吃饭才是你的正经。”

“我端上去了还要下来，留在这儿陪你。”

“我又没病没痛，汤米。我要是真有什么病痛，倒很希望你能来陪陪我，照料照料我。可我现在心里痛快着哪，真的，我可以说从来也没有这样痛快过。”

“埃迪，你可别跟我客气啊，你那瓶酒真的够喝啦？”

“够啦够啦。不够的话我就向罗杰和你爹借一瓶来喝。”

“那好，我就把鱼端上去，”小汤姆说。“埃迪啊，你既然觉得一切都很顺心，那就太好了。真是再好也没有了。”

小汤姆端着一大盘鱼来到了后舱里。盘里有黄尾鱼，有黄白两种石鲈鱼，也有石斑鱼，都连胸带腹划上了一道道长条切口，切口很深，呈倒三角沟状，露出了白白的鱼肉，炸得又黄又脆。他就把盘子依次递到各人的跟前。

“埃迪说他多谢你了，酒他也喝过一杯了，”他说。“还说他从来没有吃午饭的习惯。这鱼味道还可以吗？”

“好吃极了，”托马斯·赫德森对他说。

“你也请尝尝，”小汤姆对罗杰说。

“好，”罗杰说。“我来尝尝。”

“怎么，你还什么都没有吃过吗，戴维斯先生？”安德鲁问。

“是啊，安迪。我就吃，就吃。”

8

夜里托马斯·赫德森几次醒来，听见小家伙们始终鼻息很轻，睡得很熟。借着月光看去，三个小家伙个个都看得见。他看见罗杰也睡着了。罗杰现在睡得好香，简直一动都不动。

有他们在身边，托马斯·赫德森觉得很快乐，他真巴不得他们不要再走。他们没来的时候，他本来倒也很快乐。独自一人过自己的生活，干自己的工作，这他早就已经适应，就是冷清一点他也能够承受。可是小家伙们一来，他建立已久的这套“闭关自守”的生活规律就全给打破了，如今他对打破了旧规律的生活倒反而习惯了。原先的那套生活规律本也不失为一种乐趣：工作是吃重的，做事都有固定的时间，东西都各有其所，不能乱放乱丢，一日三餐加酒到时候准有，要新书有新书可看，要老书还有许多老书可以展卷重读。在这样的生活中，每天的报纸送到都成了一件大事，由于报纸不是每天必到的，所以少看了一天报纸就会觉得忽忽若有所失。孤独的人往往会想出些点子，借以保护自己，甚至还可以摆脱寂寞，他的生活中也就有许多这样的点子。他定出了不少规矩，也养成了不少习惯，有的是有意的，有的是无意的。但是自从小家伙们来了以后，这些规矩习惯就都可以不必遵守了，他也因此而觉得松了一大口气。

不过转而一想，以后这一套还得再从头做起，到那时候可是很不好受的。那是怎么个滋味他心中完全有数。一天里大小有半天是很称心的：屋子里干干净净，思考问题清清静静，看书的时候耳边不会有人说话，有什么看法尽可以都放在自己肚子里，工作可以好好儿做，不会有人来打搅。但是他知道过了这称心的半天，余下的可就只有寂寞了。三个孩子已经重又占据了他大半个心灵，一旦离他而去，势必要在他心中留下一片空白，那可是有他难受一阵子的。

他的生活方式有其牢固的基础，一个是工作，一个是傍湾流而居的决心，还有一个就是这小岛。估计这种生活垮是垮不了的。但是可以帮助他对付寂寞的，却只有几个帮工，还有他的那一套生活习惯、那一套做事规律，而且他现在知道自己的内心已经开拓出一大片新的疆土，一旦孩子们走了以后，寂寞就将长驱直入。可那又有什么办法呢？反正这是以后的事了，事情既然是免不了的，担心也是无益。

今年夏天迄至目前，他运气还一直挺不错，过得也一直挺愉快。几次差一点要捅出娄子来，结果都一一平安化解了。不光是一些很大的风波是这样，比如罗杰和那人在码头上打架的事，本来就是很可能要闹出大乱子来的。也不光是戴维险遇恶鲨的事是这样。就连各种各样的琐细小事，也都一切顺顺当当。原来幸福往往是表现得极其平常的。他睡不着，就索性想开了。其实这道理也很简单，那是因为脑子平常的人倒往往过得非常幸福，倒是一些脑子灵活的人主意多，往往到东到西弄得自己苦恼，也弄得他人都不好过。他以前倒不晓得幸福竟是这样平淡的事。他总觉得幸福比什么都刺激，幸福的感受可以极其强烈，就好比伤心人可以伤心到断肠一样。尽管这种想法也许并不正确，但是他长期以来却一直认为是这样的。今年夏天他和孩子们已经足足尝了一个月的幸福滋味，如今幸福的日子虽未过去，到了晚上他却已经感受到幸福过后的寂寞了。

孤身独居的滋味他可说已经遍尝无遗，有个跟自己相爱的人儿住在一起是何光景他也早就有过体验。他一向爱自己的孩子，可是以前却从来没有意识到自己的这份爱竟是这样的深，身边没有他们竟又是这样难受。他真巴不得能把他们长留在身边，巴不得能跟汤姆的妈妈恢复婚姻关系。可是继而一想，又觉得自己的想头未免傻气。那等于是巴望全世界的财富都能归自己所有，好用你最明智的方案来加以规划使用。等于是巴望自己的画技能直追列奥纳多[1]，或达到勃鲁盖尔一样的水平。等于是巴望自己能拥有绝对的否决权，可以一力根绝世间的一切邪恶，只要坏事一露头，就能立即察觉，万无一失，而且绝无差错，随后再用按电钮那样简单易行的办法去加以禁止。不但要有这样的权力，而且自己还得长生不死，永远健在，体不衰，脑不坏。今天晚上他想入非非，想要的就是这样的好事。可惜这都是办不到的，正好比孩子们是留不住的，心爱的人死了是不可能再还阳的，走出了你的生活就不可能再重圆了。除

① 即达·芬奇。列奥纳多是他的名。

开这些不可能实现的想头以外，也有一些想头是办得到的，这里边有一条便是：身在福中要知福，要趁幸福就在身边的时候好好享受幸福的时光，这一条就很好。他身在福中的时候，这幸福的得来，因素也往往是多种多样的。不过眼前这一回，在这个月里，却是四个人给了他幸福，从某些方面来说，这完全比得上当年一个人所能给他的幸福。而且这一回至今还没有出现过不愉快。半点儿不愉快都没有。

他现在睡不着也并不在意了，他想起了以前有一次夜里睡不着觉，他就躺在床上想三个孩子，想想自己放掉了三个孩子该有多傻。他当时觉得他那都是不得不然，或者应该说是自己以为不得不然，由此便造成了一连串灾难性的判断错误，而且错误一次比一次严重。现在他已经把这些都看成历史的陈迹了，他不再感到悔恨了。他做了傻瓜，做傻瓜可不是什么好事。不过那反正都已经过去了，眼下孩子们不都在这儿吗，他们是爱他的，他也爱他们。事情，暂时也只好就这样算了。

他们来他这儿小住，满了期是要走的，到那时他又要感到寂寞了。不过再一想这也只是个过渡，过了这个阶段他们还是要来的。如果罗杰决定留下来写他的书，跟他作个伴，他这日子就可以好过多了。不过他摸不透罗杰的心思，也不知道他到底是怎么个打算。想起了罗杰，他在黑暗里禁不住笑了。他不觉对罗杰起了怜悯，可是继而一想，这未免太对不起朋友了，罗杰是最讨厌人家可怜他的，他于是就收住了自己的心思。听他们的鼻息都那么轻微，他也就渐渐睡着了。

可是一会儿月光照到了他的脸上，他又醒了。他又想起了罗杰的事来，想起了罗杰搞上过的那个女人。他和罗杰，对待女人都是一样的笨拙，一样的无能。自己干下的那些蠢事他不愿意多想，因此就去想罗杰的。

他想：我不去可怜他，这就不能算对不起朋友了。我自己也惹上过许多麻烦，所以想想罗杰遇到的麻烦也就不能算对不起朋友了。我自己的麻烦跟他有个不同之处，那就是我真正心爱的女人只有一个，后来却把她丢了。个中的缘由我自己清楚。不过这件事我已经不再去多想了，罗杰的事按说恐怕也是不要去多想的好。但是月光照在脸上，总是这样弄得他睡不着觉，因此今天晚上他就想起罗杰的事来，想起罗杰跟女人的那些又似正经又似滑稽戏的事儿来。

他想起了罗杰在巴黎期间爱上的那最后一个姑娘。当时他和罗杰都在巴黎住，罗杰把姑娘带到他的画室里来时，他觉得那姑娘真是婀娜多姿，可也真会装腔作势。罗杰却一点也不觉得她是装腔作势。她其实不过是他罗杰心上的又一个幻象。罗杰素来具有待人忠诚的了不起的优良品质，这一下就都一股脑儿报效给了她。终于，双方都有了结婚的意思了。她是怎么个人，熟悉她的人一向谁都看得清清楚楚，可是罗杰却直到这时才在个把月的工夫里突然把她看透了。刚看透她的时候，他的日子肯定是很不好过的，不过罗杰来到画室的那一天，已经是过了些日子，早把她看得透之又透了。当下他看了一会儿画，提了一些意见，讲得也的确极有见地。这以后，才说："我对那个艾尔斯说啦，我不想跟她结婚了。"

"好哇，"托马斯·赫德森当时说。"是心血来潮决定的？"

"不算什么心血来潮。风言风语早就听见一些了。这女人全是装假。"

"不会吧？"托马斯·赫德森说。"是怎么回事？"

"彻头彻尾的装假。怎么看也没有一点真心。"

"我还当你挺喜欢她呢。"

"没有的事。我本来倒是很有这个意思。可我实在喜欢不了呀，只是开头跟她相好过一阵。"

"什么叫相好？"

"你还会不懂？"

"对，"托马斯·赫德森说。"我不应当不懂。"

"那你说呢，你对她喜欢不？"

"不喜欢。简直受不了。"

“那你怎么也不提醒提醒我呢？”

“她是你的女朋友。你又没问过我。”

“我已跟她摊开来说了。现在的问题是说了就一定要做到。”

“你就来个一走了之吧。”

“我不走，”他说。“要走就让她走。”

“我不过是想，你这么一走岂不是更干脆？”

“她在巴黎长住，我又不是不在巴黎长住。”

“这话也是，”托马斯·赫德森说。

“你那一个不也是硬顶了一下才解决的？”罗杰问。

“是啊。对付这种女人，靠软说是不行的。得要硬顶才能解决。你干吗不省点事，就挪个窝算了？”

“我在老地方住着挺好嘛，”罗杰说。

“我记得碰到这种情况在法语里有句套话，是这么说的：Je me trouve très bien ici et je vous prie de me laisser tranquille.[①]”

“前边还得加一句 je refuse de recevoir ma femme[②]，”罗杰说。“这话是对 huissier[③] 说的。不过我这又不是离婚。是恋爱不成分手罢了。”

“可你以后见了她不会觉得不好受么？”

“有什么不好受的？见了她，听听她说话，倒是我的毛病都会好的。”

“那你叫她怎么办呢？”

“她自己还会没有个算计？这四年来她还算计得不够么？”

“应该是五年，”托马斯·赫德森说。

“这第一年我看她倒没有算计我什么。”

“那我看你还是走为上策，”托马斯·赫德森说。“要是你觉得

① 法语：我在这里挺好，请不要打搅。
② 法语：我的女人来我不见。
③ 法语：看门人。

她第一年没有算计你什么，那我看你还是远走高飞为妙。”

“她写的信可厉害着呢。我一走反而更坏事。不，我要留在巴黎，好好的玩它个够。我要来个一劳永逸，把毛病彻底治好。”

跟这姑娘关系破裂以后，罗杰就在巴黎大玩特玩，真是一点不假玩了个够。表面上他还把这当个笑话来说，不惜拿自己取笑，其实内心里他却因为自己做了特大蠢事出乖露丑而火冒三丈。本来他那种忠诚待人的优良品质是他最难能可贵的特点，如今他却觉得那是次要的了，不及画画写作的才华重要，也不及他风采好、体质强来得重要。他索性就把自己的忠厚本质肆意糟蹋，痛加蹂躏。他这样放荡对谁都没有好处，特别是对他自己危害更大，这他自己也明白，而且也深以为恨，然而他却还是乐此不疲的，一味去干这“拆圣殿柱子”的勾当。这座圣殿可是结构良好，造得很坚实的，因为人一旦在心灵上建起了一座圣殿，要加以拆毁可也不是那么容易的。不过他那股自暴自弃的劲儿还是很够瞧的。

他一连搭上了三个女人。在托马斯·赫德森看来，这种女人都是只能跟她们客客气气，断断亲近不得半分的。一而再、再而三地搭上这样的女人恐怕也只有一个理由可以解释，那就是后两个活脱儿就是那头一个的翻版。罗杰跟原先的女人前脚刚分手，那头一个后脚就登了场。论地位出身她要比罗杰低那么点儿，尽管她一向床上春风得意，床下也无往不利，先是从美国一个排名第三、第四的大财东那里捞了一大把，以后又另嫁个大阔佬，得了一大笔。她名叫塞妮斯，可是托马斯·赫德森记得，罗杰只要一听到这个名字就会眉头直皱，不愿意跟着这么叫。谁也没有听见他提起过这个名字。提到她他总是叫她“骚货大王”。她一身黑黝黝的皮肤光洁可人，看去总让人觉得她像钦契家[1]的一个年轻婆娘，身上打扮得齐

---

① 钦契家指比阿特丽斯·钦契一家。比阿特丽斯·钦契（1577—1599）系罗马贵族妇女，因与兄弟、后母共谋杀死了残暴的生父，被教皇处死。以她为题材的文学作品很多，如雪莱就著有《钦契一家》。

齐整整，脸上一股乖戾的邪气。论她的人品可以用真空吸尘器来比喻，讲她的良心则有如赛马场上分赌彩的那台计算机，可是她身材窈窕，尽管脸带邪气却有动人之貌。她在罗杰身边并没有待上多久，一等条件成熟，一只脚已经稳稳实实踏进上流社会了，她也就把他甩了。

罗杰还是第一次叫个女人给甩了，这给他的刺激好深，所以他就又一连搭上了两个长得跟她极像的女人，三个女人活脱儿就像是一户人家养出来的三个姑娘。这两个可是让他给甩了，一点不假就是这么让他给甩了，托马斯·赫德森觉得罗杰似乎这才出了口气，不过真要说到完全气消那还差得远呢。

没有闹什么不愉快，更没有吵一句嘴，跟人家在“二十一点”[①]好好相叙，推说上洗手间却一去不回，就这样把人家干脆甩了，这恐怕总不能算是有礼貌、很可爱的做法吧。不过据罗杰说，他可是堂堂正正在楼下付了账再走的，他很喜欢回想最后一眼看到的她：一个人坐在大厅角落里的餐桌旁，饭店好大的气派，跟她那么相配，也那么招她喜欢！

至于那另外一个女人，他原打算把她甩在她喜欢得不得了的白鹳夜总会[②]，不过他怕比林斯利先生会不高兴，他有时还得问比林斯利先生借俩钱花呢。

“那你后来把她甩在哪儿了？”托马斯·赫德森问他。

“在摩洛哥动物园。让她在几头斑马中间一坐，叫我看看，也好长记不忘呀。反正这摩洛哥动物园也是她喜欢的，”他说。“不过我想这斑马栏的幼仔房才真是她刻骨铭心、毕生难忘的。”

这以后他又交上了一个女人，依托马斯·赫德森看，像这么个见貌难见心的女人真是天下少见的。她的相貌，跟他的前三位“钦

---

① 纽约的一家高级餐馆。

② 20世纪三四十年代纽约的一家著名夜总会。比林斯利想必是夜总会的老板。

契”完全不一样，也不像个公园大道版的博尔吉亚之流[①]。她看上去健壮极了，茶色的头发，长长的玉腿，曼妙的身段，再配上一张聪明活泼的脸蛋。脸蛋虽说不上有多美丽，却要比常人好看得多。她的一双眼睛才真称得上美丽了。跟她乍一相识，觉得这姑娘不但聪明，而且非常和蔼可亲，其实她却是个十足的好酒之徒。酒鬼两字还说不上，因为那嗜酒如命的特点还没有在她的外形上显露出来。她还不过是没日没夜灌个不停而已。喝酒厉害的人，通常从眼睛里都看得出来，比如罗杰，一喝酒眼睛马上就见颜色。可是这个叫凯瑟琳的姑娘，一双茶色的眼睛长得那么美丽，衬着茶色的头发显得那么和谐，鼻子周围和两颊又长着那么几点可爱的雀斑，透出了一派健康和悦的气息，叫你绝对看不出背后会有什么名堂。这么个姑娘，看去倒像是经常驾驾帆船的，要不就是搞些野外活动的，所以身体才这么好。这么个姑娘，看来还一定是挺开心的。可其实骨子里她却是个纵酒无度的姑娘。她这条帆船可是够蹊跷的，也不知要驶到哪里去，反正在中途她一度就让罗杰搭上了船。

当时托马斯·赫德森在纽约租下了一个画室。一天早上罗杰到画室里来，托马斯·赫德森见他左手的手背上尽是叫香烟烫的伤痕。看去就像有人要把烟头一个一个掐灭，在桌面上一个劲儿碾，而他的手背就硬是给当成了桌面。

“她昨天晚上就硬是要来跟我这么胡搞，”他说。“你有碘酒吗？我这副糟样子不好上药店去。”

“这她是谁呀？”

“凯瑟琳呀。就是那个鲜蹦活跳的姑娘，像是成天野在外边似的那一位。”

“你怎么也由着她胡来？”

---

① 吕克里赞·博尔吉亚（1480—1519）：罗马教皇亚历山大六世的私生女，一贯玩弄政治婚姻阴谋，博尔吉亚家族以政治手腕毒辣闻名。公园大道是纽约的一条街道，多时髦豪华的公寓。

“她喜欢这么胡搞我有什么办法，女人嘛，我们总不能扫了她们的兴吧。”

“你给烫得还不轻呢。”

“其实也算不了什么。不过我还是得离开纽约，到外地去待上一阵。”

“你爱去哪儿只管去，提起脚来一走不就完了？”

“话是不错。不过我有那么多相识的朋友，不能就这么一走，弄得朋友们都不知道。”

“你打算去哪儿呢？”

“到西部去住一阵看。”

“换个地方也解决不了你的问题。”

“话是不错。不过，换一种健康的生活过过，好好干些活儿，反正也没有害处。戒酒尽管也许还解决不了我的问题，但是这酒我要是再喝下去，肯定更没有好处。”

“好吧，那就走你的吧。你要不要去我那个牧场？”

“牧场还在你手里？”

“还有几间屋子。”

“我去那儿行？”

“没问题，”托马斯·赫德森对他说。“只是那儿春天以前气候条件非常恶劣，过了春天也不见得就怎么好过。”

“我就是要条件艰苦些，”罗杰说。“我要重新开始我的新生。”

“你这是第几次的新生啦？”

“次数也算不清了，”罗杰说。“得了得了，别老揭人家的旧疮疤了。”

看来现在他又打算要重新开始他的新生了，可这一回是不是就能有些结果呢？他是怎么搞的？听命于市场上的要求，因袭能够赚钱的程式，这样写书岂不是浪费自己的才华，难道他还以为这可以写出真实、优秀的作品来？画家的一切画作，作家的一切作品，都离不开本人的修养，离不开他干这一行的功力的磨练。罗杰虽有才华，也都扔的扔了，浪费的浪费了，用错地方的把地方用错了。不过也许他元气足、体力好，灵性还没有受到多大侵蚀，所以再次从头干起也未始不可。托马斯·赫德森心想：一个有才能的作家只要为人正直，就应该能写出一部好的小说来。可是罗杰呢，应该为写好这么部作品而下苦功夫的时候，他却在糟蹋自己的才能，谁知道他的才能现在还灵不灵呢？至于写作的技巧就更不用说了，他心想。平时忽视技巧，看不起技巧，对技巧嗤之以鼻，哪怕只是故作姿态的嗤之以鼻，一旦到了非得用技巧不可的时候，难道你还指望一提笔就会有技巧奔赴笔下？一开动脑筋就会有技巧从天外飞来？技巧是什么也替代不了的，托马斯·赫德森心想。才能也是什么都替代不了的，两者都是用不到放到酒杯里去保存的。才能就在你的身上。在你的心中，在你的脑子里，在你周身上下，无处不在。技巧也是一样，他心想。把技巧仅仅看成是自己已经会用的一套工具，是不够的。

他又想：相比之下当个画家就要幸运一些，因为干画画这一行有较多的凭借。我们画画好就好在是靠手的，我们画画掌握的技巧也都是实实在在的硬功夫。可是罗杰现在要从头干起又能依靠些什么呢？他那点老底子都已经叫他给作践了、败坏了、糟蹋了，而且这些又都是藏在他脑子里的。当然话也要说回来，从根本上看他的品质还是高尚的、正派的，以至可说是优秀的。这优秀两字，我要是个作家的话就轻易不会说了，托马斯·赫德森心想。但是罗杰能有现在这样的表现，就足证他有这样的品质。如果他能拿出码头上干架的那种精神来用在写作上，尽管也许要干得艰苦些，但是可以出成果那是一定的。如果他还能像那天干架后那样，用清楚的头脑来思考问题，那他的前途还是非常乐观的。

月光已经照不到托马斯·赫德森的脸上了，渐渐的他也就不再去想罗杰了。你想有什么用？他干得成也罢，干不成也罢，关键都在他自己。不过他要是干得成，那就再好也没有了。我但愿也能助他一臂之力。这个忙我也许还帮得上，他想。这么想着想着，一会儿就又睡着了。

9

太阳照到身上了，托马斯·赫德森醒了过来。他下楼先到海边，下海畅游了一番，才回来吃早饭，一看他们那几个都还没有起来呢。埃迪说依他看今天不会有什么了不得的海风，甚至很可能竟是个静风天。他说船上的钓鱼用具都已经准备停当，鱼饵他也派人去弄了。

托马斯·赫德森问他有没有把钓线检查过，因为这船已经好长久没有出海去钓过大鱼了。埃迪说他已经检查过了，烂线都已经去掉。他说，三十六号线得去添一些了，二十四号线尤其要多添一些。托马斯·赫德森说回头一定派人去买。埃迪扔掉了烂线，眼下暂时就先用好线补上，连连接接，倒也够用，两个大号绕线轮子都绕得满满当当的。大鱼钩已经都擦干净了，磨尖了，接钩绳和转环也已经都检查过了。

“你这都是什么时候干的？”

“我昨天晚上没睡，连夜接的钓线，”他说。“接完钓线又编撒网，这张就是我新编的。要命的月亮，搅得人睡不着觉啊。”

“你也碰上了满月就要睡不着觉？”

“那个味道才叫苦恼呢，”埃迪说。

“埃迪，你也相信月光照在身上睡觉当真对人有害？”

“老一辈的人都是这么说的。到底如何我也不敢说。反正月光照在身上睡觉总不是个滋味儿。”

“你看我们今天会不会有什么收获？”

“这事儿难说。这个时令论理海上是应该有些特大的鱼的。你打算今天要跑老远的，到艾萨克[1]去钓？”

“小家伙们说要上那儿去。”

“那我们应该吃罢早饭就动身。中午我就不打算生火做饭了。海螺色拉、土豆色拉、啤酒，都是现成的，我再做些三明治就可以了。上回托班轮捎来的一块火腿我们还没有吃过呢。我这里还有些莴苣，拌上点芥子粉和那种叫印度酸辣酱的，就又是一道菜。小孩子吃点芥子粉不碍事吧？”

“该碍不了事吧。”

“我小时候我们小孩子家就从来不吃芥子粉。哎呀，还有那个印度酸辣酱，那才叫好吃呢。拿印度酸辣酱夹三明治，你吃过没有？”

“没有吃过。”

“你刚买来那阵子，我还不知道这东西是怎么吃的。我就拿它当橘子酱涂面包吃。一尝，倒怪好吃的。我有时就拿来涂面包糕饼什么的。”

“我们过一天就弄些咖喱来烧个什么菜吃，好不好？”

“我托了班轮，下一趟来替我带条羊腿来。不过有小汤姆和安德鲁他们在一起吃饭，我们还是先别加咖喱，等吃过了两回——我看一回也可以了吧，然后再来一顿咖喱羊腿。”

“好啊。出海钓鱼的事还有什么要我办的吗？”

“没什么了，汤姆。去叫他们快起来就是了。要不要我给你调杯酒喝？你今天又不画画，喝一杯有什么关系？”

“一会儿吃早饭我就来一瓶冰啤酒。”

“好极了。可以祛痰，有痰多讨厌。”

“乔来了没有？”

“还没有。弄鱼饵的那小子到现在还没有来，他去找了。我这就替你把早饭开出来吧。”

---

① 在比美尼以北。有大艾萨克岛、小艾萨克岛。

“别忙，我先去把船开出来。”

“不用你忙了，你还是到饭厅里去，开一瓶冰啤酒喝，看看报纸。船我早就替你都弄得妥妥当当了。我给你把早饭端来吧。”

早饭是咸牛肉末土豆泥，炒得黑黝黝的，顶上还加了个鸡蛋，此外便是牛奶咖啡，加一大杯冰镇葡萄汁。托马斯·赫德森没有喝咖啡和葡萄汁，他要了一瓶冰得很透的喜力啤酒，一边喝啤酒一边吃土豆泥。

“葡萄汁我还去冰着，回头给小家伙们吃吧，”埃迪说。“这种啤酒清早喝起来挺够劲儿的，是不是？”

“人变酒鬼是很容易的，你说是吧，埃迪？”

“你哪儿会变酒鬼呢。你规规矩矩，心都在画画上。”

“不过早上来两杯喝喝，那种感受还是怪惬意的。”

“就是这话，再对没有了。尤其是喝够点劲儿的，比如像这种啤酒就是。”

“可是我喝了酒就作不了画啦。”

“那有什么，你今天又不画画，碍什么事啦？你把这瓶喝了，我再给你去拿一瓶。”

“行了，我只喝一瓶，不想多喝了。”

不到九点他们就出发了，船随着潮水上了航道。托马斯·赫德森在驾驶台上掌舵，把船开过了水底的沙洲，一直驶向外海。外海那边看得见有一条黑乎乎的线，那就是湾流的边沿，他们的船就是向那里直驶而去。海面水波不兴，清澈已极，三十英寻深的海底[1]可以看得一清二楚，可以看见海扇都随着潮流纷纷弯倒了身子。四十英寻深的海底也还看得见，只是已经朦朦胧胧了。再深些便都是黑乎乎的一片了，这时候他们的船也已经来到了那水色深浓的湾流里。

“看来今天是个呱呱叫的好天，爸爸，”小汤姆说。“湾流的势

---

① 1英寻约合1.829米。30英寻约当55米，40英寻约当73米。

头看来也挺足的。”

“是足得很。你看边沿上都还有小小的浪卷，说明那里就有旋涡。”

“这海水难道就是我们家门前沙滩上看到的那个海水？”

“有时候就是一码事呢，汤米。这会儿可是退潮，潮水把海上的湾流往外顶，湾流便到不了我们那个港湾的口子外。你在家门前沙滩上看到的，就是无路可出而又倒流回来的潮水了。”

“在我们家门前看，简直也跟这儿一样的蓝。为什么湾流的海水是这样的蓝呢？”

“那是因为这种海水的密度不一样。这种海水的水质本身就跟一般的海水压根儿不一样。”

“可总是水愈深，水色也就愈深吧。”

“那完全是你盯着海底里瞧产生的视觉效果。有时候水里有浮游生物，海水还会深得近乎发紫呢。”

“为什么？”

“我想大概因为浮游生物本身是红的，红蓝和在一起就成了紫色吧。据我知道，红海所以人称红海，就是因为海里有浮游生物，海水看去像染红了一样的缘故。那儿浮游生物密集，多得不得了。”

“你喜欢红海吗，爸爸？”

“太喜欢了。那儿虽说天气热得要命，但是这样好看的礁石是哪儿都见不到的。到了两个季风季节里，满海洋就尽是鱼。你也一定会喜欢的，汤姆。”

“有关红海的书我倒看过两本，法文的，是德蒙弗里先生写的。书写得可好了。他是干奴隶买卖的。不是贩卖白人妇女，是那种老式的奴隶买卖。他是戴维斯先生的朋友。”

“我知道，”托马斯·赫德森说。“我也认识他。”

“戴维斯先生就跟我说起过他的事。说是有个时期德蒙弗里先生不干奴隶买卖，回到巴黎来了，他每次带女朋友出去，不管到哪儿，总要出租车司机把汽车的顶篷放下，由他看着星象根据方位指挥出租车司机把车往哪儿开。比如说，德蒙弗里先生在协和桥上，要到玛大肋纳教堂去[①]。要是你我碰上这样的事，爸爸，那还不简单，我们只要关照出租车司机去玛大肋纳教堂，或者要他穿过协和广场沿着皇家路开过去就是，可是德蒙弗里先生却不。德蒙弗里先生一定要根据北极星的位置推算方向，然后再按照这个方向去玛大肋纳教堂。”

“我倒从来没有听说过德蒙弗里先生还有这样一段故事，”托马斯·赫德森说。“其他的故事我倒是听到了不少。”

“在巴黎跟人交往还挺难哩，你说是不？戴维斯先生一度曾想跟德蒙弗里先生一块儿去做奴隶买卖，可后来不知怎么事情又搁浅了。到底是怎么回事我也记不得了。啊，对了，我想起来了。是因为德蒙弗里先生不做奴隶买卖，改做鸦片生意了。对，是这么回事。”

“戴维斯先生呢，他不想去做鸦片生意？”

“他不想做。我记得他说过：鸦片生意嘛，我看还是让德昆西[②]先生和科克托[③]先生去做吧。他说他们的生意做得好好的，去抢他们的生意怕是不大妥当吧。有些话我听着也不懂，这句话我就没有听懂。爸爸，我有什么不懂的地方问你，你倒是总能给我解答清楚的，可我要是老这么问你，你们的话也说不痛快，所以我就采取这个办法：有什么听不懂的地方，我就自己记在心里，等以后有机会再一并问你。比如刚才这句话，我就预备以后再问你。”

“这样的问题你一定已经积了不少吧。”

“少说也有几百啦。上千也说不定哩。不过有些问题渐渐地我

① 协和桥是塞纳河上的一座桥梁，在协和广场南面。玛大肋纳教堂（或译圣马德莱娜教堂）则在协和广场以北。两者之间有皇家路相通。

② 托马斯·德昆西（1785—1859）：英国散文作家，吸鸦片成瘾，著有《一个鸦片吸食者的自白》一书。

③ 让·科克托（1889—1963）：法国诗人、小说家、剧作家。曾出版过一本戒毒日记《鸦片》（1930）。

自己也懂了，这样每年总可以去掉一大批。但是有些问题我知道是非请教你不可的。今年开了学反正要作英文作文，我可以当篇作文把这些都详详细细写出来。有些问题还真怪有意思的，当篇作文写再合适也没有了。”

“你喜欢上学吗，汤姆？”

“有些事情可是由不得自己的，比如上学就是一桩。要说喜欢，我看那是谁也喜欢不了的。过过了别样的生活，还会喜欢上学？”

“这个我也说不清。反正我小时候就见上学讨厌。”

“连艺术学校你也不喜欢？”

“不喜欢。学画画，我喜欢，可是跟学校一沾边，我就觉得讨厌。”

“我倒不是真有什么不乐意的，”小汤姆说。“可是跟乔伊斯先生啦，帕散先生啦，戴维斯先生啦你们这样的人都一起过过来了，再跟那些娃娃去做伴，总觉得好像未免太幼稚了点。”

“可你觉得还是挺有劲儿的，是不是呢？”

“这倒是。在学校里我朋友多的是。各种运动只要不是拿个球扔过来接过去的，我都很喜欢。读书我也很用功。可爸爸，这样的生活没有多大的意思啊。”

“我以前也常常有这样的感觉，”托马斯·赫德森说。“不过不管怎样，一个人的生活还是应该尽量想法过得快活些。”

“我就是这样。我总是尽量想法要过得快活，不过该这样生活我总还是规规矩矩这样生活。可有时候那也谈何容易呵。”

托马斯·赫德森往船后望去。船后拖出了一道浪花，在平静的海面上荡呀荡的漾开。船舷外支架上挂下两个钓饵，拖在船后，在浪花掀开的水波荡漾中时起时伏。两张钓鱼椅里坐着的是戴维和安德鲁，都手拿着钓竿。托马斯·赫德森看到的是他们的背影。哥儿俩都脸向着船后，盯着鱼饵看。他再抬眼前望，正好看见前边的海水里跃出了不少鲣鱼。那鱼不是甩啊搅的，把水打得哗哗响，而是或单个，或成双，钻出了水来马上又落入水中。出水时映着阳光一片耀亮，水面简直不起一点波澜，随即一翻身，又大脑袋朝下一头入了水，几乎连水花都没溅起半点。

“有鱼！”托马斯·赫德森听得小汤姆嚷了起来。“有鱼！有鱼！有鱼上钩啦，在你的背后哪，戴夫！小心别叫它跑啦！”

托马斯·赫德森看见海水里像开了锅似的，冒起了一串巨大的旋涡，可就是看不见那鱼影。戴维把手里钓竿的把儿在活动插座上插好，仰起脸来，两道目光向舷外支架上的钓线投去，落在了扣在钓线上端的衣夹上。托马斯·赫德森看见那舷外支架上的钓线软绵绵掉下了好大一圈，一落到水面上便绷紧了，随即又飞快地给斜拉了出去，在水面上划出了一道口子。

“快提线拉钩呀，戴夫。快使劲拉钩呀，”扶梯口是埃迪在喊叫。

“快提线拉钩呀，戴夫。天哪天哪，你还不拉钩，”安德鲁急得直央求。

“你别嚷呀，”戴维说。“我自会收拾它的。”

那鱼还没有把钩咬住，钓线还是以那样一个角度在不断往外拉，钓竿给拉得都弯了。戴维使尽力气把钓竿把住，由着钓线一直放出去。托马斯·赫德森早已调小了油门，此刻引擎几乎是在空转了。

“哎呀天哪天哪，你还不拉钩，”安德鲁还是一个劲儿央求。“你不拉就让我来拉。”

戴维没有理他，只管把住了钓竿，看钓线保持着那样一个角度不断放出去。他已经把绕线轮子上的制动螺丝松开了。

“那是一条箭鱼呢，爸爸，”他头也没抬，说道。“上钩的时候我看见它嘴上的剑了。”

“真的？”安德鲁说。“哎哟，好家伙！”

“我看你应该快些提线拉钩了，”罗杰这时也站到戴维身边来了。他已经离开了椅子，所以就把身上的保险带扣在了绕线轮子上。“快些拉钩吧，戴夫，可千万要钩着实啊。”

“你看它这会儿咬住钩子了吗？”戴维问道。“会不会只是含在嘴里带着跑呢？”

“我看你还是快些拉钩把它钩住，再不拉的话钩子要给它吐掉啦。”

戴维叉开两腿站稳了身子，右手把绕线轮子上的制动螺丝死死按住，然后使足了劲提线拉钩，只觉得钩子上的分量好沉。他一次次地使劲，拉得钓竿都快成一把弓了。钓线还在不断往外送。那鱼却似乎还是丝毫不为所动。

“再拉呀，戴夫，”罗杰说。“可千万要把它钩着实啊。”

戴维用足了全身的力气再次提拉，那往外抽的钓线开始发出吱吱的声响了，钓竿已经弯得都快抓不住了。

“哎呀，上帝！”他从心底里发出了一声呼唤。“我好像已经把它钩住了。”

“那你快把制动螺丝松开，”罗杰连忙对他说。然后又叫一声：“汤姆，方向随时跟着鱼儿转，注意观察钓线。”

托马斯·赫德森照说了一遍：“方向随时跟着鱼儿转，注意观察钓线。戴夫，你顶得住吧？”

“绰绰有余呢，爸爸，”戴夫说。“上帝啊，要是能让我抓住这条鱼就太美了。”

托马斯·赫德森把船几乎转了个一百八十度的弯。眼看戴夫绕线轮子上的线快要放到尽头了，托马斯·赫德森就把船向着那鱼靠过去。

“好，站稳了，开始收线，”罗杰说。“可要给它点厉害看看，戴夫。”

戴维把线一提，赶紧绕线，绕得连腰都弯了下去，然后再次把线一提，又赶紧绕线，绕得又连腰都弯了下去，这样一再循环往复，都快成一台机器了。绕线轮子上收回来的线终于愈绕愈厚了。

“我们家以前可还没有人捕到过箭鱼哩，”安德鲁说。

“哎呀，求求你，少说它几句行不行？”戴维说。“你就别老拿它磨牙啦。”

“我才不来拿它磨牙呢，”安德鲁说。“我又没说什么，你把它钩住以后我替你祈祷都还来不及呢。”

小汤姆悄悄问他父亲：“你看那鱼嘴巴吃得住钩子吗？”托马斯·赫德森这时正把着舵轮，眼睛朝下望着船后，盯住了黑乎乎的海水里的那根斜斜的白线。

“总该吃得住吧。戴夫又不是个有蛮力的，哪里就会捣烂了它的嘴巴呢。”

“只要能把这条鱼钓上来，让我干什么我都愿意，”小汤姆说。“什么都行。我什么都可以牺牲。什么条件都可以答应。安迪，你快去拿些水来给他喝。”

“水我这儿有，”埃迪说。“戴夫老弟，可要跟它顶下去，不能松劲啊。”

“不要再朝它靠近了，”罗杰向驾驶台上喊道。他是一把捕鱼的好手，配合托马斯·赫德森开起船来默契之至。

“那我就拿船尾向着它，”托马斯·赫德森答应一声，就把船体转了个身，转得那样轻巧自如，船尾过处，海水还是平静如旧，几乎一点都没有受到扰动。

那鱼这时候却向深水里一头钻了下去，托马斯·赫德森为了要尽量减轻钓线上受到的压力，便以很慢的速度打起倒车来。可是一打这小小的倒车，船尾就向鱼缓缓靠去，钓线入水的角度便由斜而直，那钓竿尖竟成了笔直朝下，钓线还老是一抽一抽的，在一个劲儿往外放。每次钓线一抽，戴维手里的钓竿便跟着往上一弹。托马斯·赫德森把船头略微朝前方挪了挪，免得戴维手里的钓线还这样直陡陡地在水里上下。他知道戴维这样弓起了背按着钓线握着钓竿有多吃力，可钓线总得尽量扣住啊。

“制动螺丝不能拧得再紧了，不然线就得断，”戴维说。“戴维斯先生，你估计这鱼下一步会怎么样？”

“估计还会一直往下钻，你不拉住它它就会一直钻下去，”罗杰说。“除非是它自己停下。那你也得想法把它拉上来。”

钓线还在往外拉、向水里钻，一个劲儿地往外拉、向水里钻，往外拉、向水里钻。钓竿弯得眼看已是必断无疑，绷得紧紧的钓线简直就像调好了音的大提琴弦，绕线轮子上的线已经所剩无几了。

“我怎么办好呢，爸爸？”

“用不到怎么办。你这样挺下去就是最好的办法。”

“它一直钻下去难道也没有个底？”安德鲁问。

“就是没有个底，”罗杰告诉他说。

“你拉住它别松劲，戴维，”埃迪说。“到它不耐烦了，它自会上来的。”

“这要命的保险带快要勒死我了，”戴维说。“连我的肩膀都要给勒断了。”

“要不要我来替你把它拉上来？”安德鲁问。

“得了吧，你这个蠢货，”戴维说。“我不过是说保险带勒得我够呛。勒得再厉害我也不怕。”

托马斯·赫德森就呼喊下面的埃迪：“你看看能不能再弄条保险带替他系在腰里。要是嫌带子太长，可以再用绳子绑绑结实。”

埃迪就拿了块又大又厚的棉垫垫在戴维的后腰，绕上了保险带，再用粗绳箍上几圈用力束紧。保险带的另一头就连在绕线轮子上。

“这就好多了，”戴维说。“多谢你啊，埃迪。”

“这一下你就可以肩膀腰背一齐使劲把它拉住了，”埃迪对他说。

“可我的钓线快没有了呀，”戴维说。“哎呀，这该死的家伙，怎么还老是一个劲儿往下钻呢？”

“汤姆，”埃迪朝上喊了一声。“把船朝西北方向动一动，我看鱼好像在往外游了。”

托马斯·赫德森转动舵轮，把船轻轻开动，慢悠悠、轻悠悠，开向外海的方向。前方有一大摊发黄的果囊马尾藻，上面有只海鸟。海面一片平静，海水又是那么清那么蓝，往水里望去，水下还有亮光呢，就像三棱镜折射出的光带。

“看见没有？”埃迪对戴维说。“这会儿线已经不在往外拉了。”

戴维手里的钓竿还是提不起来，但是钓线已经不再一跳一跳地尽往水里沉了。线绷得还是那么紧，绕线轮子上的剩线已经不足五十码了，但是毕竟也没在往外放了。戴维拉住了鱼，船跟着鱼在走。走得简直好像压根儿没在动，引擎的转动声轻得几乎听不见，但是托马斯·赫德森看得出来：蓝蓝的海水深处的那根白线算是勉强有点斜了。

“你瞧，戴维，它刚才往下钻，是爱钻多深就是多深，现在往外游，也是想上哪儿就去哪儿。估计一会儿你的线就可以收一点回来了。”

小家伙黑黝黝的背拱得像把弓，手里的钓竿给拉得弯弯的，水里是钓线缓缓划过，海面上是船徐徐而行，百丈深处的水下是那条大鱼在游。那海鸟离开了原先栖息的一摊海藻，向船上飞来了。它在把舵的托马斯·赫德森头顶上绕了一圈，又转而朝水面上另一摊发黄的海藻飞去。

“这就可以收点线了，”罗杰指点戴维说。“你既然拉得住它，线多少总能收一点回来。”

“再稍微朝前方开一点，”埃迪向驾驶台上大呼一声，托马斯·赫德森就把船往前挪了挪，尽量开得轻轻的。

戴维把钓竿使劲提了又提，那钓竿反而越发弯了，线也反而绷得越发紧了。仿佛他的鱼钩钩住的是一只飘移的铁锚。

“不要紧，”罗杰对他说。“过一会儿能收得起来的。你挺得住吗，戴维？”

“没问题，”戴维说。“背上有保险带绑着，没问题。”

“你真顶得住那家伙？”安德鲁问。

“哎，你少跟我啰嗦行不行，”戴维说。“埃迪，能给我点水喝吗？”

“我把水放到哪儿去啦？”埃迪问。“对了，大概刚才给我泼掉了。”

“那我再去倒一杯来，”安德鲁说着就下舱里去了。

“我能帮上点什么忙吗，戴夫？”小汤姆问。“要不我还是回上面去，免得在这里碍你的事。”

“没什么需要帮忙的，汤姆。哎呀，真要命，我怎么老是提它不起来呀？”

“这条鱼可大着哪，戴夫，”罗杰对他说。“你要凭力气跟它硬来是不行的。对它你得靠诱，要弄得它没法可想，不能不跟着你来。”

“那你教教我具体该怎么干，我一定照你说的办，死了才算完，”戴维说。“我信得过你。”

“什么死啊活的，别胡诌，”罗杰说。“说这种话不好。”

“我这可是真心话，”戴维说。“不折不扣的真心话。”

小汤姆又上了驾驶台，来到了他父亲的身边。爷儿俩都把眼睛盯住了底下的戴维。戴维绑着保险带，弓着身子，一心在对付那鱼，罗杰站在旁边给他压阵，埃迪替他扳住了椅子。安德鲁端来了一杯水，凑到戴维嘴边。戴维嘬了一口又吐了出来。

他央求道：“替我在手腕子上浇一点好不好，安迪？”

这时小汤姆悄没声儿地对他父亲说：“爸爸，你看他真顶得住这鱼？”

“这么条大家伙，只怕他不大好对付呢。”

“我真担心，”小汤姆说。“我爱戴维，可不愿意他为了一条贼鱼而有什么好歹。”

“我又何尝不是呢，罗杰，埃迪，他们谁不是这样。”

“那我们得对他照看着点。要是他实在挺不住的话，这鱼就应该让戴维斯先生来捕，或者你来也行。”

“他还绝不至于会挺不住。”

“可对他你还没有我们了解。为了要捕到这条鱼，他是连命都可以不要的。”

“不要着急嘛，汤姆。”

“我能不急吗，”小汤姆说。“我们家就我生来是这么个爱着急的脾气。我也巴不得能改掉这个脾气呢。”

“我就觉得现在根本用不到着急，”托马斯·赫德森说。

“可爸爸呀，戴维这么个孩子哪儿能捕得了那么大一条鱼呢？他捕到过的鱼最大也不过是旗鱼、黄条鰤什么的。”

“那鱼迟早会累得垮下的。别忘了，鱼的嘴里还吞着个钩子哪。”

“可那鱼大得不得了呢，”小汤姆说。“它给戴夫缠住了这不假，可戴夫也一样给它缠住了呀。戴夫要是能逮住它，那固然是美事一桩，美得我都不敢相信，可我还是希望你或者戴维斯先生去把它抓上来。”

“戴夫没问题。”

船还一直在向外海行去，渐渐走远了，不过这里依然还是水平如镜。到了这里，一摊摊的果囊马尾藻就多的是了，都给晒得发了黄，浮在紫红色的海水上。有时那缓缓移动的紧绷绷的白色钓线撞进了一摊马尾藻里，埃迪就伸下手去，见钓线上有缠住的海藻就一一加以清除。他身子探出在舱口挡板外，从钓线上拉下枯黄的海藻扔开，托马斯·赫德森可只看到他红褐色皱里巴结的脖子和那顶旧毡帽，只听见他在对戴夫说：“这家伙简直就是在拖着船走呢，戴维。它在这么深的水里一直这样拖啊拖的，自己不就给拖垮了吗？”

“可也把我给拖垮了，”戴维说。

“你头疼吗？”埃迪问。

“不疼。”

“拿顶帽子给他戴上，”罗杰说。

“我可不要，戴维斯先生。我倒情愿头上能浇上点水。”

埃迪打来了一桶海水，小心翼翼用手捧起，一捧捧的去浇在戴维的头上，把他的头打得湿透，还替他把遮住眼睛的一绺头发撩开了。

“你真要是头疼的话就直说，”他对戴维说。

“我很好呀，”戴维说。“戴维斯先生，你就指点指点我具体该怎么干吧。”

“你先把线收收看，”罗杰说。

戴维收了一次又一次，一连收了三次，可那鱼就是提不起来，一分一毫也提不起来。

“算了，不要白费力气了，”罗杰对他说。随即又关照埃迪：“拿顶帽子浸透了水给他戴上。这没有风的天，热得真够呛的。”

埃迪拿了顶长舌帽，在那桶海水里浸过以后，就去戴在小家伙的头上。

“咸水流到我眼睛里去啦，戴维斯先生。这可真是！难受死啦。”

“我马上用淡水给你擦掉，”埃迪说。“罗杰，给我块手绢。安迪，你去拿些冰水来。”

小家伙就这样叉开了双腿，拱起了脊背，顶住了拉力，硬是挺在那儿，而船，还是一个劲儿地在向外海缓缓行进。西边有个鱼群，大概不是些鲣鱼就是些长鳍金枪吧，搅得平静的海面失去了平静，引得许多燕鸥纷纷向这头飞来，一路还唧唧啾啾相互报着信儿。但是鱼群马上就又沉到了水里，那伙燕鸥便在平静的水面上落下，等着鱼儿重新露面。埃迪替小家伙擦过了脸，此刻又把手绢在一杯冰水里浸了浸，去敷在戴维的脖子上。继而又给两个手腕子也分别做了冷敷，然后把手绢在冰水里重又浸过，拧干以后，再去贴在戴维的脖梗子上。

“头疼的话可要直说啊，”埃迪对他说。“那不是临阵退却，那是讲实事求是。这没有风的天，大毒日头可是真够受的。”

“我挺得住，”戴维对他说。“别的没什么，就是两个肩膀加两条胳膊酸痛得厉害。”

“那也在情理之中，”埃迪说。“这样你才能摔打成个男子汉呀。我们要防的是你可别中了暑，也别使劲过猛，伤了身子。”

“你看它现在还会怎么样呢，戴维斯先生？”戴维问道。听上去他嗓音都干涩了。

“恐怕也只能这样了吧。要不就是牵着你兜圈子。再不就是冒出水面来。”

“真糟糕，我们没有算计到它开头会钻得那么深，结果弄得钓线也不够，拿它没办法，”托马斯·赫德森对罗杰说。

“幸亏戴夫拉住了它，这是成败的关键，”罗杰说。“我看要不了多久那鱼就会打退堂鼓的。到那时我们就有办法收拾它了。戴夫，你再试一次，把线收收看。”

戴维就又试了试，却半点儿也提不起来。

“这家伙早晚会上来的，”埃迪说。“你们等着瞧好了。戴维呀，到时候包你一下子什么都解决了。你要不要先漱漱口？”

戴维点了点头。到了这个分上，他已经连说话的力气都得省着点儿用了。

“吐出来吧，”埃迪说。“要咽也只能稍微咽点儿下去。”他转过头去对罗杰说：“已经有整整一个钟头了。”随后又问戴维：“你的头真的不疼？”

小家伙点点头。

“爸爸，你看他怎么样？”小汤姆问他父亲说。“可要对我说实话啊。”

“我看他的情况还可以，”他父亲说。“有埃迪在，他不会出什么问题的。”

“是啊，我看也不至于，”小汤姆的看法也一样。“可我总不能这么闲着，总得去帮点什么忙才好啊。我去给埃迪调杯酒吧。”

“请给我也调一杯。”

"好啊。我再给戴维斯先生也调一杯。"

"我看他不见得要喝吧。"

"那我先去问一声。"

"你再提一次试试看，戴维，"罗杰沉住了气说，于是小家伙便双手紧紧按住了绕线轮子的两边，用尽浑身的力气往上提。

"你提起了一点点，"罗杰说。"先绕起来，看看能不能再多收点儿。"

真正的搏斗这才算开始。先前戴维不过是拉住了鱼，鱼在往外海游，船跟着鱼在走。可是现在他就得往上提线，线提了起来，得让钓竿先恢复平直，然后再缓缓放低，趁此把线绕起来。

"干这个千万不要贪快，"罗杰对他说。"不要急于求成。得稳扎稳打来。"

小家伙就这样向前探出了身子，从头到脚一齐拼足了劲，一次次把线往上拉。每一次总得把全身凡是可以借力的部位都一起利用上，把自己那几十磅重的分量也整个儿压上去。提得了线再把钓竿一点点放低，趁此用右手把线快快绕起来。

"戴维钓鱼还真有两下子，"小汤姆说。"他从小就钓鱼了，不过我倒不知道他钓起鱼来原来还有这么大的本事。他总说自己体育运动不在行，常常拿来当个笑话讲。可你看他干这个多行啊。"

"体育运动又算什么，"托马斯·赫德森说。"你说什么啦，罗杰？"

"朝鱼的方向略微往前动一动，"罗杰向上喊道。

"朝鱼的方向略微往前动一动，"托马斯·赫德森照样重复了一遍。就在船慢慢往前挪动的时候，戴维又把线一提，收回了不少线。

"你也不喜欢体育运动吗，爸爸？"小汤姆问。

"以前喜欢，还非常喜欢。可现在再也不喜欢了。"

"我喜欢网球和击剑，"小汤姆说。"那种扔过来接过去的球赛我是不喜欢的。我看那大概是因为我从小在欧洲长大的缘故吧。其实戴维要是肯学的话，我保证他干击剑一定出色，因为他的脑子就是灵。可惜他不肯学啊。他喜欢的就是看书、钓鱼、打枪、扎假蝇[①]。打起猎来他的枪法要比安迪准得多了。他扎出来的假蝇也是像得没说的。爸爸，我是不是话说得太多了点，叫你听得厌烦了？”

“哪儿的话呢，汤姆。”

小汤姆这时候手扶着驾驶台的栏杆，跟他父亲一样眼望着船尾，他父亲一只手搭在他的肩上。他的肩上有些盐花，因为在鱼儿上钩以前三个小家伙相互泼过几桶海水，海水一干就有些盐花残留。盐花很细，手摸上去觉得有点像沙子。

“其实也不为别的，我是看戴维看得心里好紧张，说说话好分分心。现在我什么都可以舍得不要，我就巴不得戴维能把这条鱼捕到。”

“这条鱼真大得不得了。一会儿出了水看吧。”

“几年以前一次跟你去钓鱼，我就见到过一条极大的。那鱼好一张剑嘴，一口就把我们做饵的大鲭鱼给吞了，往上一跃，一下就把鱼钩吐得老远。那鱼好大好大，我做梦还常梦见它哩。我这就下舱里给你们调酒去。”

“慢点儿好了，”他父亲对他说。

底下戴维坐的那张椅子叫“斗鱼椅”，没有靠背，底座可以旋转。他坐在椅子里，叉开两脚抵住了后船地板，从两臂两腿一直到肩背各处一齐使劲，拼命把钓竿往上提。一提起来就又放下，赶紧把线绕上，绕好了再提第二次。就这样，一次提个一两寸、两三寸，一直提个不停，绕线轮子上收回的线也愈绕愈厚了。

“你的头真的不疼？”埃迪问他。埃迪一直按住了椅子的扶手，免得椅子摇晃。

戴维点了点头。埃迪伸手到小家伙的头顶上，摸了摸他的

① 假蝇是用羽毛、金属丝等扎成的蝇状钓鱼钩，兼具钓钩和钓饵的作用。

帽子。

“帽子还是湿的哩，”他说。“你呀，这一下可要给它颜色看了，戴维。手脚快得真像机器。”

“现在要比刚才拉着它的那阵子省力些了，”戴维说道，不过嗓音还是干涩的。

“那当然，”埃迪告诉他说。“现在它不及原先那么凶了。刚才那阵子，连你的脊梁骨都差点儿被它来了个连根拔呢。”

“你对付它不能性急，快不了就不要强求，”罗杰说。“你干得已经很了不起了，戴夫。”

“这回等它一露头，我们该就用手钩把它拉上来了吧？”安德鲁说。

“哎唷，求求你，你就少说它几句行不行？”戴维说。

“我又不是在说它什么。”

“那就求求你，请你免开尊口。对不起啊。”

安德鲁就爬上了驾驶台。他戴的那顶帽子是长舌帽，但是他父亲还是看得出他眼里闪着泪花。小家伙别转了头，嘴唇都在哆嗦。

“你并没有说错什么话，”托马斯·赫德森对他说。

安德鲁还是别转了头。“这一下万一要是鱼钓不上，他该要怪我说了它什么了，”他伤心地说。“我又不是坏心，我不过是也想出点力，把该用的家伙都准备好。”

“戴夫心里嫌烦，这也是人之常情，”他父亲对他说。“他说话还是讲点礼貌的。”

“这我清楚，”安德鲁说。“我也承认他钓鱼的本事是不比戴维斯先生差。我难过的是他竟会把我看成那样。”

“要对付那么大的鱼，脾气急躁也是难免的。戴夫还是第一次跟大鱼打交道。”

“你待人就总是好声好气的，还有戴维斯先生，也总是好声好气的。”

“我们以前也并不是这样的。我跟他当初在一起学钓大鱼，那时候我们也都火性十足，态度又粗暴，说话也尖刻。我们两个人，才叫难弄哪。”

“真的？”

“那还有假？那时我们总觉得很痛苦，处处表现得好像谁都在难为我们似的。这在人，是一种自然的现象。后来才懂得，做人应该反其道而行之，应该做到克制，做到理智。于是我们的态度就斯文多了，因为我们知道粗暴加火性是钓不到大鱼的。我们要是还老脾气不改，那个滋味可不是好受的。我们俩原先可都是很不好惹的，火气大，脾气坏，得不到人家的理解，那个滋味可不是好受的。因此现在我们钓鱼，就总是斯斯文文的了。这事我们俩在一起琢磨过，我们终于下定了决心，不管碰到什么事，都要斯斯文文。”

“我也要斯斯文文的，”安德鲁说。“不过跟戴夫相处，有时候很难办到。爸爸，这条大鱼你看他真的钓得上来？不会是白日做梦一场空吧？”

“我们就别谈这些了吧。”

“我又说错什么话了吗？”

“没有的事。不过说这样的话总好像不大吉利。这是我们从老渔民那里听来的规矩。也不知道是不是有什么来历？”

“我今后注意就是。”

“你的酒来了，爸爸，”小汤姆说着，把酒从下面递了上来。为了防冰块融化，酒杯外还特意垫上三层纸巾，用橡皮筋紧紧箍住。“我加了酸橙皮，苦味汁，没有加糖。不知道合不合你的口味？要不要去换一杯？”

“这也蛮不错。你是用椰子汁调的？”

“是的。我给埃迪倒了杯威士忌。戴维斯先生说他不想喝。你就打算在上边待着啦，安迪？”

“不。我马上下去。”

小汤姆上了驾驶台，安德鲁就下去了。

托马斯·赫德森回头朝船后一望，发现水里的钓线开始倾斜了。

“注意啦，罗杰，”他叫了一声。“看样子鱼在往上浮了。”

“鱼在往上浮啦！”埃迪也嚷了起来。他也看见钓线发生了倾斜。“注意把舵！”

托马斯·赫德森往下瞅了瞅，看绕线轮子上还有多少钓线可用，跟鱼周旋起来手里没有钓线可不行。轮子上钓线还不足四分之一，而且就在这一眼瞅去的工夫，线又呼的一声往外拉了。托马斯·赫德森赶紧打出倒车，船猛一下子往后靠去，缓和了钓线倾斜的角度。这样一路倒过去，耳边只听见埃迪在嚷嚷：“冲着它倒呀，汤姆。这畜生在往上浮啦。我们手上没多少线好用啊。”

“把住钓竿，”罗杰对戴维说。“别叫它拉下去了。”然后又关照托马斯·赫德森：“尽量冲着它倒过去，汤姆。你这样倒对头。尽量加大油门。”

正说着，船后右侧平静的海面突然破开了一个口子，从下面冒出好大一条鱼来，蓝里透黑，银鳞闪闪，一个劲儿从水里往上冒、往上冒，总见不到那尾巴，谁能相信竟会有这样长、这样大的鱼呵。好容易那鱼全身露出了水面，跃起在空中，似乎还在那儿滞留了片刻，这才扑通一声落到了水里，白沫纷飞的水花溅得半天价高。

“哎呀，天哪天哪，”戴维说。“你们瞧见了这家伙没有？”

“好长的剑嘴啊，跟我的人都一样高了，”安德鲁看得不胜敬畏。

“太壮观了，”小汤姆说。“比我梦中见到的还要壮观十倍。”

“照样冲着它倒过去，”罗杰对托马斯·赫德森说。然后又回过头来关照戴维：“快趁这机会把它松出的线收点回来。这大家伙从那么深的水下蹿起来，松出了好长一段线，你正好趁这机会收点回来。”

由于托马斯·赫德森倒车打得快，一下子就向鱼靠了过去，所以绕线轮子上的钓线后来就没有再往外放，此刻戴维钓竿一起一落带绕线的连环作业正干得欢。他把摇手柄摇得能有多快就有多快，绕线轮子上的钓线一会儿就绕了一层又一层。

“把船开慢些，”罗杰说。“可不能撞上了它。”

“这畜生准有千把磅重呢，”埃迪说。“线好收就快收啊，戴维老弟。”

刚才那鱼破水而出的地方，如今又是一片空阔溜平的海面了。只是先前浪花激起的圈圈波纹还在不断扩大、扩大。

“那鱼蹿起来的当口儿，你看见了它掀起的浪头没有，爸爸？”小汤姆问他父亲说。“真像整个大海都给炸开了似的。”

“它出了水面看去还像在一个劲儿往上爬升呢，你看见没有，汤姆？鱼体的颜色蓝得这样鲜明，闪闪的银鳞这样灿烂，你以前见到过吗？”

“它嘴上的那把剑也是蓝的，”小汤姆说。“鱼背也整个儿都是蓝的。你说它真会有千把磅重吗，埃迪？”他扯起了嗓门问下面。

“我看有。这事谁也打不了包票。反正那分量肯定是够吓人的。”

“戴维，趁现在线好收，把能收起来的都收起来，”罗杰对他说。“你收得很不错嘛。”

为了要把水里的大量散线收回来，小家伙又干得活像机器一样了。船倒得很慢，几乎觉察不出在动。

“你看这鱼下一步会怎么样啊，爸爸？”小汤姆问他父亲。托马斯·赫德森却在用心观察水里钓线倾斜的角度，心里琢磨：保险些的话，还是应该把船往前开过点儿。但是他也知道这线不收回来罗杰心里是决不会安生的。那大鱼只要一口气拼死冲出去，绕线轮子上的线很快就会用完，那就非得拉断不可，所以罗杰现在是冒着风险在积蓄用线。托马斯·赫德森顺着钓线看去，见戴维的绕线轮子已差不多绕满了半盘，而且这线还在不断地收。

“你在说什么？”托马斯·赫德森问小汤姆。

“依你看这鱼下一步会怎么样？”

“等等，汤姆，”他父亲顾不上回答他，先招呼下边的罗杰说：“只怕船要撞上那大家伙了呢，老弟。”

“那就减速前进，”罗杰说。

“减速前进，”托马斯·赫德森照样重复了一遍。这一来戴维就没有那么多线可收了，但是跟鱼相撞的危险也因此而减少了。

可是过不了一会儿钓线又在往外拉了，罗杰朝上喊一声：“把离合器脱开！”托马斯·赫德森就脱开了离合器，让引擎空转。

“脱开了，”他回应了一句。罗杰还是弯下了腰，在照看戴维。小家伙叉开了两腿，使劲拉住了钓竿，线一直在往外悄悄抽个不停。

“把制动螺丝拧紧点儿，戴维，”罗杰说。“我们可不能让它轻易把线拉走。”

“我怕被它拉断了，”戴维话虽这么说，可还是把制动螺丝紧了紧。

“拉不断的，”罗杰对他说。“只要不拧死，是拉不断的。”

线还在往外拉，钓竿弯得越发厉害了，小家伙一双光脚板抵住了船尾的地板，把身子死死挺紧，顶住了那股拉力。不过没多久那线就不再往外拉了。

“趁这个机会又可以收些线上来了，”罗杰对小家伙说。“那鱼在兜圈子，此刻是在朝里来。应该趁这个机会尽量收线。”

小家伙落竿就绕，绕了几下又把钓竿一提，直一直，再放下来绕。收回的线又很可观了。

“我这样干还可以吗？”他问。

“你干得还真不含糊，”埃迪对他说。“那鱼钩扎得可深了，戴维。刚才蹿起来的时候我看清楚了。”

就在这时候小家伙一举竿，钓线却又往外拉了。

“真见鬼，”戴维说。

“不要紧，”罗杰对他说。“这有个道理。它此刻是在朝外去了。刚才向着你绕过来，你才收得上线。此刻它要把线收回去了。”

戴维拉着那鱼，只觉得手里的线绷得紧到了极点。一点一点不断往外拉，刚收上来的那点儿线结果又统统叫那鱼给拉了出去，而且还多拉出了一些。这时小家伙才把鱼拉住。

“好，再准备跟它磨，”罗杰悄悄儿说。“它这一个圈子兜得是大了点儿，不过此刻它又在朝里来了。”

如今托马斯·赫德森只是偶尔才开动一下船机，好把那鱼始终甩在船后。他想尽了一切办法用船的行动来配合戴维，至于小家伙的安危以及跟鱼斗法的事，他已经全都交给罗杰去处置了。在他看来他也别无良策了。

到下一圈，那鱼又多拉出了一些线。到再下一圈，还是有增无减。不过小家伙的绕线轮子上仍然有近半盘的线。他还是一丝不苟地跟鱼磨下去，每次罗杰要他干些什么，他总能把任务完成。但是他毕竟已经很累很累了，那黑黝黝的背上、肩上，汗水加海水留下了一摊摊白花花的盐霜。

“已经有整整两个钟点了，”埃迪对罗杰说。“你头脑子里觉得没什么吧，戴维？”

“没什么。”

“疼不疼？”

小家伙摇摇头。

“你这该喝点儿水了，”埃迪说。

戴维点了点头，安德鲁就把杯子凑到他嘴前，喂他喝了几口。

“戴维，你说实话，到底觉得还好吗？”罗杰弯下腰来，凑在他的跟前问。

“还好。除了胳膊大腿加后背，别的什么都好。”他闭了会儿眼睛，把一颠一跳的钓竿紧紧抓在手里。绕线轮子上制动螺丝虽然拧得很紧，线却还在往外拉。

“我不想说话，”他说。

“你现在又可以把线收点上来了，”罗杰跟他一说，小家伙马上又干了起来。

“戴维真有圣徒的风范，殉道者的气概，”小汤姆对他父亲说。“像戴维这样的好兄弟，我同学里哪一个能有？我这么叨叨，你不嫌烦吧，爸爸？遇上这样的事，我心里怪紧张的。”

“你有话只管讲吧，汤米。要说担心，我们都有一点的。”

“你也知道，他向来就是那么个了不起的人，”小汤姆说。“他不像安迪，他不是什么天才，也没生就一块运动员的料。可他就是了不起。我知道你最爱他，这也是理所当然的事，因为他比我们都强。我也明白让他这样摔打摔打对他肯定有好处，要不你也不会放手让他这样干了。可我心里毕竟还是觉得挺紧张的。”

托马斯·赫德森伸过手来搂住了他的肩膀，一手挡舵，眼睛望着船后。

“汤姆呀，事情可没有那么简单，我们要是让他中途打住的话，你知道这对他的打击该有多大。好在罗杰和埃迪都是干这一门的老行家了，我知道他们都是极疼他的，他干不了的事他们是绝不会让他干的。”

“可他这个人哪里肯承认有干不了的事呢，爸爸。我这话可决不是瞎说的。他干不了的事他照样会干的。”

“你就相信我吧，反正我信得过罗杰和埃迪。”

“好吧。可现在我要为他祷告了。”

“你就祷告吧，”托马斯·赫德森说。“你说我最爱他，有根据吗？”

“我觉得应该是这个理儿。”

“我爱你的年头最长。”

“我的事，你的事，都不要去想了。我们还是一起来为戴维祷告吧。”

“好吧，”托马斯·赫德森说。“啊，对了。鱼儿上钩是晌午的事。现在应该有些荫头了。我想船上大概已经有些荫头了吧。我来把船轻轻转个向，想法让荫头能遮到戴维。”

托马斯·赫德森就招呼下面的罗杰：“老罗，要是你觉得可以的话，我想把船慢慢转过来，让戴维能遮到点荫头。既然鱼现在是在这样兜圈子，我想船转个方向也没关系，不管它到底是往哪儿跑，反正我们是钉着不放的。”

“好啊，”罗杰说。“我怎么早没有想到呢。”

“早先没有荫头啊，到这会儿才算有了一些，”托马斯·赫德森说。他把船转得极慢，其实也无非是以船尾为中心变了个角度，所以虽有这样一番调整，线却没有拉出去多少。这样一来，戴维可就连头带肩膀都落在舱面室后部投下的荫头里了。埃迪拿了一块毛巾在替他擦脖子和肩膀，还在他后背和脖颈子上搽酒精。

“觉得好些了吗，戴夫？”小汤姆在上面问他。

“这下可好啦，”戴维说。

“我也这才觉得安心了些，”小汤姆说。“你不知道，在学校里有人说戴维不是我的亲兄弟，只是我的隔山兄弟，我就对这家伙说，我们家是不知道什么叫隔山兄弟的。不过我总还是觉得挺心烦的，爸爸。”

“日久自会好的。”

“在我们这样的家庭里会没有人觉得心烦才怪呢，”小汤姆说。“不过对你我现在已经用不到再担心了。现在担心的是戴维了。我看我还是再去调两杯酒吧。一边调酒一边还可以祷告祷告。你也来一杯吗，爸爸？”

“倒很想来一杯。”

“埃迪才想喝呢，怕是都快想死了呢，”小家伙说。“到现在算算也该有三个来钟头了吧。三个钟头来埃迪总共才喝了一杯酒。瞧我这个人，做事多不到家。爸爸，你说戴维斯先生为什么不想喝呢？”

“戴维还没有熬到头呢，我看他是不会要喝的。”

“现在戴维已经不再挨烤了呀，他说不定要喝了呢。我反正去劝劝他看。”

他就下了驾驶台。

“我不想喝，汤米，”托马斯·赫德森听见罗杰这么说来着。

“你这一天来还一杯都没喝过呢，戴维斯先生，”小汤姆还是竭力劝他。

“谢谢你了，汤米，”罗杰说。“那你就喝一瓶啤酒，算是代我喝的吧。”然后就又招呼上面掌舵的：“稍微减低点速度前进，汤姆。这一阵子那家伙乖多了。”

“稍微减低点速度前进，”托马斯·赫德森也照说了一遍。

那鱼还在深水里兜圈子，但是圈子愈打愈小了，总的走向还是跟船的前进方向一致的。船本来就是按照鱼所要去的那个方向走的。现在钓线倾斜的角度也更容易看清了。太阳已经落在船的背后，在黑黝黝的海水深处那钓线到底斜到如何就更容易看得真切了。托马斯·赫德森此刻对付那鱼，心里也觉得踏实多了。他心想，今天幸亏风平浪静呢，因为他知道要是海上稍微有些风浪的话，钩子上套住了这么一条大鱼，戴维的那个日子才不好过呢，他是肯定吃不住的。如今戴维已经不再挨烤了，海面依然风平浪静，他心里也就一块石头落了地。

“多谢你啊，汤米，”他听见埃迪说，一会儿小家伙就端着垫了纸巾的酒杯上驾驶台来了。托马斯·赫德森尝了尝酒味，呷了一口，感觉到满嘴清凉，其中既有酸橙的酸涩，又有安古斯图拉苦味汁的芳香爽口，特别是冰凉的椰子汁得了金酒的帮衬，越发显出其清淡。

“味道还可以吗，爸爸？”小家伙问。他手里还拿了一瓶啤酒，才出冰箱，叫太阳一晒，瓶子外面都结了冷水珠子。

“挺够味儿的，”他父亲对他说。“你金酒加了还真不少呢。”

“加少了不行呀，”小汤姆说。“因为冰块化得可快了。我们应该发明一种杯托，要能够隔热的，使酒里加了冰块可以不化。等回到了学校里，我一定要去设计出一个来。我看用软木做就可以。说不定我可以做两个出来就当圣诞礼物送给你。”

“你看戴夫现在有多精神，”他父亲说。

戴维早已又打足了精神在对付那大鱼了，好似刚刚投入战斗一样。

“你看他的身量好像很瘦长，”小汤姆说。“胸脯也不壮，腰背也不厚。看上去就像是木板条儿黏合起来的那么一个人。可是他的臂肌才发达呢，谁也别想比得上他。不但手臂前部的肌肉发达，手臂后部的肌肉也一样发达。也就是所谓的二头肌和三头肌都发达。你看他的体型奇特不奇特，爸爸。他这个小伙子就是有些奇特的地方。这样的好兄弟，我还能上哪儿找去？”

底下后舱里的埃迪早已把酒一饮而尽，此刻他又拿着毛巾来替戴维擦背了。擦完了背又替他擦胸脯，擦那两条长长的胳膊。

“你顶得住吧，戴维？”

戴维点点头。

“我告诉你说，”埃迪对他说。“我就见过一个人，已经是个大男人了，身子好壮实，肩膀浑圆像条公牛，他还干不到你今天这么些活儿的一半呢，就孬种了，打了退堂鼓。你今天对付这条大鱼，干得真不简单哪。”

戴维还是管他跟鱼周旋。

“那人还是个大个子哩。你爹和罗杰都认识他。他受过专门的训练。钓了一辈子的鱼了。那天他钓住了一条从来没有人钓到过的绝大的大鱼，可是就因为他心里一虚，便孬种了，打了退堂鼓。他是见了那么大的鱼自己心虚，才打退堂鼓的。你可说什么也不能动摇啊，戴维。”

戴维没有应声。他不想说话，只顾像唧筒抽水似的，把钓竿不停地一提一落，忙着绕线。

“这条贼鱼可是条雄鱼，所以才这么厉害，”埃迪对他说。“要是条雌鱼的话，早就不行啦。经不起这么一折腾，早就肚子绷破，心脏崩裂，再不就鱼卵迸开了花啦。这种鱼就数雄的最厉害。别种鱼类都是雌的厉害。独有这种箭鱼不一样。这一条就厉害得够瞧的，戴维。不过没问题，你准能把它抓到手。”

钓线又在往外拉了。戴维就拿一双光脚死死抵住了地板，手里使劲拉住了钓竿，趁此闭会儿眼睛养养神。

“有道理，戴维，”埃迪说。“这叫做忙里也要会偷闲。它这会儿反正是在兜圈子。好在有制动螺丝管着，它的力气不会少花，一刻不停有它累的。”

埃迪扭转了头往舱里瞅去。从他眯缝着眼的模样，托马斯·赫德森知道他是在瞧舱里墙上挂着的那架大铜钟。

“三点都过了五分了，罗杰，”他说。“戴维老弟呀，你已经跟它斗了三个钟头又五分了。”

这当儿按说戴维又该可以收线了，可是线却还在不断地拉出去。

“这家伙又在往深水里钻了，”罗杰说。“注意啦，戴维。汤姆，你看得清钓线吗？”

“看得很清楚，”托马斯·赫德森回他说。眼下钓线倾斜的角度还不算十分陡，托马斯·赫德森从驾驶台上望下去，钓线一直可以看到好深好深的水下。

“这大家伙也许想去死在海底里了，”托马斯·赫德森把嗓音压得很低很低的对大儿子说。“真要这样的话，那可要坏了戴维的事了。”

小汤姆摇摇头，咬住了嘴唇。

“可要尽量拉住它，戴夫，”托马斯·赫德森听见罗杰说。“把制动螺丝拧紧，能拧到多紧就拧到多紧。”

小家伙就把制动螺丝拼命拧紧，紧得钓竿钓线差点儿就要绷断，然后就咬紧牙关死命顶住，准备承受最大的苦楚。可是钓线还是一刻不停地在往外拉，在往水里去。

“我看，这一回你能把它拉住就是胜利了，”罗杰对戴维说。“汤姆，把离合器脱开。”

“已经脱开啦，”托马斯·赫德森说。“不过要省些线，我看可以略微往回倒一倒。”

“好，试试看。”

“倒车啦，”托马斯·赫德森说。一打倒车，果然省了些线，但是所省也不多，那钓线渐渐的简直就压根儿变成直上直下了。如今绕线轮子上的剩线已经比刚才最少的时候还少了。

“你得往外挪挪，到船梢上去，戴维，”罗杰说。“还有制动螺丝可得松一松，好把钓竿把儿给拉出来。”

戴维就把制动螺丝松了松。

“好，你现在把钓竿把儿在你的‘把托’上插好。埃迪，你来抱住戴维的腰。”

“哎呀糟了，爸爸，”小汤姆说。“这一下钓竿什么的要一股脑儿给那大家伙拉到海底里去了。”

于是戴维就跪在船梢低低的边沿上，钓竿已经弯得连梢梢都没在水里了。他腰里绑着“把托”，钓竿把儿插在“把托”上的皮插座里。安德鲁紧紧揪住了戴维的两脚。罗杰就跪在戴维的旁边，眼睛盯着水里的线影和绕线轮子上仅剩的一点线尾巴。他冲着托马斯·赫德森摇了摇头。

绕线轮子上所剩的线已经不到二十码了，戴维早给拉得弯下了身子，手里的钓竿已经有半截没在水里了。不一会儿轮子上的线勉强只剩十五码了。又不一会儿，剩线就不足十码了。这时候线就不再往外拉了。小家伙还是半个身子俯出在船梢外，钓竿也大半截没在水里。但是钓线已经不再往外拉了。

“埃迪，你可以扶他回去坐在椅子里了。别忙！别忙！”罗杰说。“你瞧着办好了，不要性急。他已经把鱼拉住了。”

埃迪就把戴维扶回来，去重新坐在“斗鱼椅”里。他一直把小家伙拦腰抱着，免得那鱼突然牵动了线，把小家伙拉下水去。埃迪安顿小家伙在椅子里坐好，戴维就把钓竿把儿在活动插座里一插，叉开两腿摆好了姿势，抓住了钓竿使劲往上拉。那鱼给拉起了点儿。

“你不打算收线，就不要去使劲拉，”罗杰对戴维说。“你就宁可让它拉着。自己抓紧间隙歇息歇息，到跟它斗力气的时候再把力气使出来。”

“它反正逃不出你的手掌心啦，戴维，”埃迪说。“你用不到老是这样急巴巴地跟它干。你只管悠着点儿，慢慢儿来，也照样可以磨得它筋疲力尽。”

托马斯·赫德森轻轻把船往前开过一点，跟船后的鱼加大了一点距离。现在后船已是满满一片浓浓的荫头了。船还在不断地向外海缓缓行去，海面上依然没有半点风浪。

“爸爸，”小汤姆唤他父亲说，“我刚才调酒的时候，无意中对他的脚上一看，见他的脚上在出血呢。”

“是使劲顶住地板，磨啊磨的给磨破的。”

“我拿个枕头去搁在那儿，你看好不好？有个东西垫着，照样可以使劲顶住的。”

“到下面问问埃迪看，”托马斯·赫德森说。“可千万别去打搅戴夫啊。”

搏斗已快近四个钟点了。船还在向外海缓缓行去。戴维还在不断地把鱼往上提，他的椅子现在是罗杰按着那椅框了。戴维的样子看起来要比一个钟头前劲头足多了，但是托马斯·赫德森看到他脚后跟上露出了一些血迹，那是从脚板上淌下来的，在阳光下看去还是亮晶晶的。

“你的脚痛不痛啊，戴维？”埃迪问。

“脚倒不痛，”戴维说。“不好受的是两只手、两条胳膊加个脊背。”

“给你脚下安个垫子可好？”

戴维摇了摇头。

“怕使不上劲呢，”他说。“脚下本来就黏糊糊的。脚倒不痛。真的一点也不痛。”

小汤姆跑上驾驶台来，说道："他的脚底板都快磨掉一层皮了。两只手也看不得了。不但磨出了水泡，而且水泡全磨破了。哎呀，爸爸，我真不知道怎么好！"

"这就好比划着小舟面对急流却还得逆流而上，汤米。好比已经筋疲力尽却还得登山爬坡停不下步，还得策马前进下不了鞍。"

"这我明白。可眼睁睁看着，自己又插不上手，总觉得好像挺难过似的，那可到底是自己的兄弟啊。"

"这我知道，汤米。不过小孩子家都有这样一个必经的阶段，要不经过一番摔打，就一辈子也成不了男子汉。戴夫现在就是处在这么个节骨眼儿上。"

"这我明白。可是一看到他的脚、他的手，我就又不知道怎么好了。"

"如果这鱼是落在你的手里，难道你就愿意罗杰或我不许你去把它逮住？"

"那哪儿能呢。那我只要还有一口气，就非跟它斗到底不可。可眼下处在这个地位上的是戴维，眼睁睁看着，心里的味道不一样啊。"

"我们也得考虑考虑他的心情怎么样，"他父亲对他说。"得考虑考虑对他来说到底是哪个轻、哪个重。"

"这我也懂，"小汤姆无可奈何地说。"可对我来说那好歹总是我的兄弟戴维。这世界要不是这样残酷该有多好啊，自己的兄弟要是能免了这样的磨难该有多好啊。"

"我又何尝不是如此，"托马斯·赫德森说。"汤米好孩子，你的心地真是太好了。不过我要请你理解：要不我早就不让戴维再干下去了，可我知道他今天要是能捕到这条鱼的话，他的内心就会长出一种力量，伴随他一辈子，以后再要遇上其他的磨难，对付起来就容易了。"

就在这时候听见埃迪开了口。原来他刚又回过身去，看过舱里的挂钟了。

“整整四个钟头了，罗杰，”他是这么说的。“你得喝点水了，戴维。这会儿觉得怎么样了？”

“很好，”戴维说。

“有了，我就找些实际的事情来做做吧，”小汤姆说。“我再去给埃迪倒杯酒。你要不要也来一杯，爸爸？”

“不了。这一次我就不喝了，”托马斯·赫德森说。

小汤姆下去了，托马斯·赫德森就又看着戴维。戴维是悠着劲儿在干，神气显得挺累的，不过还是干个不停，罗杰弯下了腰在跟他悄声说些什么。埃迪跑到了船梢的边沿，在那里看水下钓线倾斜的角度。托马斯·赫德森倒琢磨了起来：那箭鱼在深水里游，那里又该是怎么个景象呢？黑乎乎的，那是肯定的，不过说不定鱼类自有一副好眼力呢。那里一定还是冰凉的。

他又想：不知那鱼是单个儿一条呢，还是另有一条鱼，陪着它在游？他们至今还没有看到过第二条鱼，可是那也并不能证明这鱼一定就是单个儿一条。或许在那黑乎乎冰凉的世界里还另有条鱼跟它在一起呢。

托马斯·赫德森总觉得有些捉摸不透：那鱼最后一次下潜，已经扎得那么深了，为什么又突然打住了呢？难道它的下潜深度已经达到了极限，就像飞机的爬升也有个绝对升限一样？还是因为钓竿弯度一大拉起来就吃力，制动螺丝把钓线卡得又紧，钓线在水里又有那么大摩擦的阻力，所以那鱼就泄了气，只能忍气吞声的，游向它想去的地方？它也许只是往上浮起那么一点儿，戴维提一提它就往上浮一浮？它所以肯乖乖地浮上来，也许只是因为给拉紧了不好受，想减轻些压力？托马斯·赫德森觉得情况很可能就是这样，那鱼如果并没有伤着元气的话，戴维要对付它恐怕还是很棘手的哩。

小汤姆这次给埃迪送去的是埃迪自己的那瓶酒，埃迪举起瓶子来美美地喝了好人一口，喝完了又让小汤姆把酒去放在鱼饵箱里冰着。“藏在那里要取也方便，”他还说。“要是戴维还得跟这条鱼好好斗上一番的话，看我不会变成个酒鬼才怪。”

“我看你啥时候想喝，就赶紧给你送来，”安德鲁说。

“我想喝你就送来那可不行，”埃迪对他说。“得等我开口请你拿来，你再拿来。”

小汤姆又回到了托马斯·赫德森的身边，爷儿俩一起往底下瞧：埃迪俯倒了身子在仔细打量戴维的眼神，罗杰按住了椅子在察看钓线的动静。

“你听我告诉你，戴维，”埃迪紧紧盯住了小家伙的面孔，对他说。“你手上脚上的这些都不算什么事。疼，是疼了；样子，也的确很看不得；不过这都没有什么要紧。渔家人的手脚就应该是这样的；下一回再来，就更经得起了。倒是你那颗脑袋瓜子，真的没事？”

“好得很呢。”戴维说。

“那就愿上帝保佑你，跟这个狗娘养的斗下去吧，因为要不了多久我们就可以把它拉上来了。”

“戴维，”罗杰冲着小家伙说，“要不要我来替你把它给拉上来？”

戴维摇了摇头。

“你现在下来就不算是打退堂鼓了呀，”罗杰说。“这叫通情达理。我来替你拉上来也可以，你爸爸来替你拉上来也可以。”

“是不是我有什么地方干得不对了？”戴维愤愤地问。

“没有的事。你干得简直没说的。”

“那我鱼都快到手了，干吗还要半途而废呢？”

“这大家伙弄得你够受的了，戴维，”罗杰说。“我是不希望你受到什么伤害。”

“嘴巴里吞了个钩子的可是它，”戴维说话的声音都颤抖了。“不是它弄得我够受。是我让它知道了厉害。这狗娘养的！”

“你就痛痛快快骂吧，戴夫，”罗杰对他说。

“这狗娘养的混蛋！这狗娘养的臭大个！”

“他要哭了呢，”早已跑上驾驶台来站在父兄身边的安德鲁说。“他是怕哭出来，所以才这么放大炮的。”

“你给我闭嘴，大骑师。”小汤姆说。

“就是死在它手里我也不怕，这狗娘养的臭大个，”戴维说。“不，不对！我并不恨它。我还爱它呢。”

“你快少说两句吧，”埃迪对戴维说。“你省点儿说话的力气。”

他瞅了瞅罗杰，罗杰把肩膀一耸，表示他也弄得莫名其妙。

“我要是再看见你这么激动，这鱼我就不许你再钓下去啦，”埃迪说。

“我其实一直就是这么激动的，”戴维说。“只是因为我从来不说，所以谁也不知道。就说这会儿吧，我这心里的激动也不见得就特别厉害。不过是哇啦哇啦都说了出来罢了。”

“那你就快别说话，歇会儿，”埃迪说。“只要你别激动，不嚷嚷，我们就可以跟它一直磨下去。”

“对它我决心奉陪到底，”戴维说。“对不起，我刚才不该骂它。我并不是存心要丑丑它。其实我倒觉得它是天底下头一号的好东西。”

“安迪，去给我把那瓶纯酒精拿来，”埃迪说。“他的肩臂大小腿都得好好擦擦，好让肌肉放松放松，”他对罗杰说。“我可不敢再用冰水来擦了，弄得不好要抽筋呢。”

他瞅了瞅船舱里，说：“有整整五个半钟头啦，罗杰。”然后又回过头来问戴维：“你这该不会还热得那么难受了吧，戴维？”

小家伙摇摇头，表示是不热了。

“我最担心的就是正午时分当空直照的大毒日头，”埃迪说。“现在你就不会再有什么事了，戴维。你不要急，慢慢儿的来收拾这条大鱼怪吧。反正不用到天黑，总该可以收拾完了吧。”

戴维点了点头。

“爸爸，这样跟鱼搏斗的紧张场面，你以前碰到过吗？”小汤姆问。

“碰到过，”托马斯·赫德森告诉他说。

“很多吗？”

“哪儿能呢，汤米。在这道湾流里，有些鱼的确是够凶狠的。可是也有一些鱼，大是大得出奇，捕起来却挺容易。”

“为什么有一些捕起来倒容易呢？”

“我想是因为这些鱼年岁大了，长得又肥吧。有一些呢，依我看本来就已经老得都快死了。不过也有一些大得拔尖儿的，一直到死都还蹦跶个没完呢。”

四外已经好久没有见到过往的船影了，天色也已经接近傍晚了。他们已经出海很远，照方位看这是在本岛和大艾萨克灯塔之间。

“再提一次试试看，戴维，”罗杰说。

小家伙弓起了背，叉开的两脚一蹬，就把钓竿使劲往上提。这一回那钓竿可不再是老样子一动也不动了，慢慢地居然提了起来。

“你把它拉上来了，”罗杰说。“快把这段线收好了再提一次试试。”

小家伙再一举竿，又收回了一些线。

“这家伙在浮上来了，”罗杰对戴维说。“那就稳扎稳打跟它磨下去。”

戴维又像机器一样干开了，其实确切些说，也不过是个筋疲力尽的孩子，还学着个机器的样子在拼命罢了。

“好，终于到时候了，”罗杰说。“这家伙果然在浮上来了。把船往前开过一点，汤姆。要是能行的话，我们打算在左舷把它拉上来。”

“往前开过一点，”托马斯·赫德森照说了一遍。

“这你就看着办好了，”罗杰说。“反正我们只求把鱼拉上来方便，好让埃迪用手钩把它提上来，我们再拿套索去把它拴住。接钩绳就由我来收好了。汤米，一会儿我收接钩绳的时候，你就快来按着这椅子，同时注意着点，别让钓线缠住了钓竿。钓线可不能绕乱了，要防万一我抓不住，还得把鱼放一放。安迪，你来听候埃迪的使唤，他要什么你就拿给他什么，套索啦，棍棒啦，随时都准备拿给他。”

那鱼如今可是在一个劲儿往上浮了，戴维也一直像唧筒抽水似的，上下忙个不了。

“汤姆，你还是下来，就在下面把舵吧，”罗杰向上面喊了一声。

“我刚打算下来呢，”托马斯·赫德森对他说。

“那对不起，”罗杰说。“戴维呀，有一点你可要记住了：如果那鱼想跑，而我一时又抓它不住，那你的钓竿一定要高高举起，不能叫钓线什么的给缠住了。我一旦抓住了接钩绳，你就赶快把制动螺丝松开。”

“线可要绕齐啊，”埃迪说。“现在就切忌绕得都纠结在一起，戴维。”

托马斯·赫德森离了驾驶台，下了螺旋扶梯来到后舱，就改在那里把舵驾驶。到了后舱里，就不比在驾驶台上那样便于观察水下了，但是万一有什么紧急情况的话就便于照应了，再说传话也可以省事很多。他心想，在驾驶台上居高下望了好几个钟头，如今一下子跟现场处在同一个高度上，感觉上真有些异样似的。就好比从包厢里下来，来到了舞台上，来到了拳击台边的前排座上，来到了跑马场的栏杆外。在这儿看大伙儿好像都大了许多，也近了许多，个个都像一下子拔高了，不再矮了半截了。

他看清了戴维手上血迹斑斑，脚上还在淌血，看去像抹了一道红漆。他还见到小家伙的背上叫保险带都勒出了血印，小家伙每次使劲一提竿，临了总要把头一甩，那一脸的神气简直就像把命都豁了出去似的。托马斯·赫德森朝船舱里一望，铜挂钟上已是六点缺十分了。如今到了这里，海面就近在眼前了，何况他又是在荫头里看海了，所以这海看上去就大不一样了。白线从戴维弯弯的钓竿上挂下来，斜斜地没入黑乎乎的水中，钓竿一起一落，始终没有停过。埃迪跪在船梢的边沿，那满是雀斑加色斑的手里紧握着手钩，两眼直瞅着近乎紫红色的海水，想把鱼影看清。托马斯·赫德森见手钩柄上拴着绳索，绳索的一头系牢在船尾的起重柱上。他的目光又收了回来，瞅瞅戴维的脊背，瞅瞅他叉开的双腿，瞅瞅他握着钓竿的长长的胳臂。

“看得见鱼影吗，埃迪？”罗杰按住了椅子问。

“还看不见呢。可要稳扎稳打跟它顶下去呀，戴维。”

戴维一直在干他那套一提、一放加绕线的三部曲。如今绕线轮子上的线已是绕得厚厚的了，每转一次轮子就能绕上好大一圈。

一次那鱼忽然半晌没有了动静，随即钓竿就向水面弯了下去，钓线又开始往外拉了。

“怎么又来啦，怎么又来啦，”戴维说。

“那有什么可怪的，”埃迪说。“谁保得定它还会干出些什么来呢。”

可是不一会儿戴维就又慢慢提了起来，尽管那竿头上的分量很重。一旦慢慢提了起来，线就又照样可以往回收了，还跟原先一样比较轻松，也比较顺畅。

“它只顶了那么一下，就顶不下去了，”埃迪说。他把旧毡帽推在后脑勺上，眯起了眼睛朝深紫色清澈的海水里瞅去。

“看见它了。”他说。

托马斯·赫德森急忙放开了舵轮，来看船后的海里。船后的深水里终于出现了那鱼的身影，因为还深得很，所以看去还很小，而且似乎缩得短短的。可是托马斯·赫德森瞅了它不大一会儿工夫，却只觉得它一直在不断变大、变大。虽不像飞机向你飞来那样一下子就大了许多，却是一直在不断变大、变大。

托马斯·赫德森搂了一下戴维的肩膀，就又去把舵了。一会儿他听见安德鲁一声嚷嚷：“哎哟，瞧哪瞧哪！”这一回他没有离开舵轮，也能看见船后远处深水里的鱼影了。那鱼现在看去是褐色的了，显得长了许多，也大了许多。

“保持原位不动，”罗杰头也没回，喊了一声。托马斯·赫德森也应了一声："保持原位不动。"

"哎呀乖乖，快瞧呀快瞧呀，"小汤姆叫了起来。

到这时那鱼才真正显出了它的个儿之大，托马斯·赫德森这辈子还从来没有见到过这样大的箭鱼呢。那巨大的鱼身如今看去已不是褐色的了，而是遍体上下一片青紫。看它游得很慢，但是很稳，方向是跟船行方向一致的，方位是在船后，戴维的右侧。

"让它一直跟过来，戴维，"罗杰说。"这样过来正好可以手到擒来。"

"往前开过一点，"罗杰又喊一声，眼睛却望着鱼。

"往前开过一点，"托马斯·赫德森应了一声。

"线可要绕齐了啊，"埃迪对戴维说。托马斯·赫德森看见接钩绳上的转环已经出了水面。

"再往前开过一点，"罗杰再喊一声。

"再往前开过一点，"托马斯·赫德森也照说了一遍。他眼睛盯着那鱼，看准了鱼来的方向，把船尾慢慢靠过去。他现在已经把鱼的全身都看清了：好大的鱼，遍体青紫，又大又阔的剑嘴指着前方，宽广的肩上嵌着个锋利的背鳍，巨大的尾巴简直连摆也不摆，就推动着身子一路游来。

"再往前开过一点点，"罗杰说。

"再往前开过一点点。"

现在戴维只要一伸手就可以抓住接钩绳了。

"要下手啦，你准备好了吗，埃迪？"罗杰问。

"全好了，"埃迪说。

"注意啦，汤姆，"罗杰说着，就探出身去，一把抓住了钢丝做的接钩绳。

"把制动螺丝松开，"他这是对戴维说的，自己就抓着那粗钢丝绳往上拉，把鱼慢慢提起来，准备拖近点儿，好让埃迪用手钩去钩。

那快出水面的鱼，看去真有一根漂在水里的大圆木那么长、那么粗。戴维直盯着它看，只时而抬眼望望钓竿尖上，生怕钓线缠住了钓竿。六个钟头来他第一次感到从两臂两腿到脊背都不再是紧绷绷的了，托马斯·赫德森看见他腿上的肌肉在抽搐、在抖动。埃迪手提着手钩探出了身子，罗杰则在收绳，显得沉着而又稳练。

“这家伙千把磅重怕还不止哩，”埃迪说。随即却又悄悄添了句：“罗杰呀，连接鱼钩的绳子都快断啦。”

“你够得着了吗？”罗杰问他。

“还够不着呢，”埃迪说。“你把它再拉过点来，可要轻轻儿的，轻轻儿的。”

罗杰继续把钢丝绳往上提，那大鱼一点一点浮上水面，向船边靠来。

“绳子上给咬得尽是口子，”埃迪说。“简直已经压根儿断啦。”

“你现在够得着了吗？”罗杰问他，口气还是那么沉着。

“还不怎么行，”埃迪的回答也一样沉住了气。罗杰尽量把手脚放得细细轻轻的，正这样提着提着，忽然身子往后一仰，双手只觉得拉了个空，只剩了根断了头的接钩绳还抓在手里。

“糟啦！糟啦！糟啦！上帝呀，怎么能这样啊！”小汤姆叫了起来。

埃迪提着手钩就向水里扑去。他一不做二不休，索性下了水，打算要是够得着的话，就拿手钩去扎那鱼。

可是不中用了。那大鱼先还浮起在那儿的水下，有如一只深紫色的大鸟，后来就慢慢往下沉了。大家都眼睁睁看着它沉下去，一点点变小、变小，最后终于小到一点也看不见了。

埃迪的帽子在静静的水面上漂浮，他紧紧抓住了手钩柄不放。手钩上拴着绳子，一头就绑牢在船尾的起重柱上。罗杰一把搂住了戴维，托马斯·赫德森看得见戴维的肩头抖得厉害。不过戴维这边的事他就让罗杰去操心了。他对小汤姆说：“快去把梯子拿来，救埃迪上船。安迪，你拿着戴维的钓竿，把接钩绳解下。”

罗杰把戴维从椅子里扶起，抱他到后舱右手里的铺位上躺下，胳膊一直搂着戴维不放开。小家伙就那样直挺挺扑面倒在铺位上。

埃迪浑身水淋淋地爬上船来，赶紧把湿衣服脱下。安德鲁拿手钩替他把帽子捞了上来，托马斯·赫德森去船舱里替埃迪拿来一件衬衫、一条劳动布裤子，给戴维也拿了一件衬衫、一条短裤。使他感到意外的是，他现在除了对戴维的一片爱怜以外，心里竟没有一点别的感情了。经过了这一番搏斗，别的感情已经统统消失了。

他从船舱里上来的时候，戴维已经脱光了衣服，依然面孔朝下扑在铺位上，罗杰正在替他全身搽酒精。

“肩背上，还有屁股上，搽上去好疼哎，”戴维说。“请手下注意点，戴维斯先生。”

“那是因为有的地方皮擦破了，”埃迪对他说。“手上脚上就让你爸爸搽红药水吧。搽红药水不疼的。”

“给你衬衫，快穿上了，戴维，”托马斯·赫德森说。“可别着了凉。汤姆，你拣最薄的毯子去拿一条来给他披上。”

小家伙背上有几处被保险带擦破了皮，托马斯·赫德森就给轻轻搽上红药水，还帮他穿上了衬衫。

“瞧我这不是挺好的吗，”戴维的口气却是板板的。“爸爸，给我来一瓶可口可乐，好吗？”

“好啊，”托马斯·赫德森对他说。“一会儿埃迪还要做碗汤来给你喝呢。”

“我肚子不饿，”戴维说。“现在还吃不下东西。”

“那就等一会儿再看吧，”托马斯·赫德森说。

“你的心情我能够体会，戴夫，”安德鲁给他拿来了可口可乐，一边说。

“我的心情是谁也体会不了的，”戴维说。

托马斯·赫德森给大儿子报了罗经航向，让他驾船返航回岛上去。

“把机速调到三百，汤米，”他说。“一等天黑我们就能看到灯塔，到那时候我再给你修正航向。”

“还是请你随时来给我修正修正吧，爸爸。我的心里真觉得不好过，你是不是也这样？”

“这也是没有法子的事。”

“埃迪也是尽了最大的努力了，”小汤姆说。“在这样的大海上，为了抓一条鱼跳海，可不是谁都肯干的。”

“埃迪差一点就抓住了，”他父亲对他说。“手钩真要是扎上了这么大一条鱼，他在海水里要连手钩带大鱼拖过来，也是够扎手的。”

“埃迪肯定有办法对付的，”小汤姆说。“你看这机速调得还对头吗？”

“这可以用耳朵来听，”他父亲对他说。“不一定非得看转速表。”

托马斯·赫德森走到床铺跟前，在戴维身边坐下。戴维身上裹着薄毯子，埃迪在替他按摩双手，脚上是罗杰在给他按摩。

“嗨，爸爸，”他对托马斯·赫德森打了个招呼，瞅了一眼，就把眼光转了开去。

“我真替你可惜，戴维，”他父亲说。“你跟大鱼搏斗得真是太勇敢了，我见过的人还没有人比得过你。罗杰比不上你，谁也比不上你。”

“多谢你这么夸我，爸爸。可这件事请你就不要再说了。”

“你想吃点什么吗，戴维？”

“有可口可乐请再给我来一瓶吧，”戴维说。

托马斯·赫德森见鱼饵箱的冰块里有一瓶可口可乐冰着，就开了瓶，回到戴维身边坐下。小家伙一只手已经让埃迪按摩好，就伸手接过来喝。

“我做的汤马上就得，现在正在那里热，”埃迪说。“你看我再来热一些辣椒牛肉末可好，汤姆？海螺色拉现成的还有一些。”

“那就热一些辣椒牛肉末吧，”托马斯·赫德森说。“我们吃了早饭以后到现在还没有吃过一点东西呢。罗杰这一天来连酒都没有喝过一滴。”

“我刚喝了一瓶啤酒，”罗杰说。

“埃迪，”戴维说，“你说那鱼到底能有多重？”

“肯定有一千磅以上，”埃迪告诉他说。

“累你还跳了海，真不知该怎么感谢你才好，”戴维说。“真不知该怎么感谢你才好，埃迪。”

“这有什么，”埃迪说。“到了这个节骨眼儿上，不跳又怎么样呢？”

“你说这鱼真有一千磅重吗，爸爸？”戴维问。

“肯定有，”托马斯·赫德森说。“再大的鱼我这辈子还从来没有见到过，甭说箭鱼，连马林鱼都没有。”

太阳已经西沉，船在平静的海面上疾驶，机器转得好欢。还是这么点路程，来时慢慢儿走了好几个钟头，去时却就其快如飞了。

安德鲁这时也在那大床铺的边上坐着了。

“哈罗，大骑师，”戴维招呼他说。

“这鱼真要是让你给逮住了，”安德鲁说，“你说不定就可以成为天下第一小名人了。”

“我也不想出名，”戴维说。“倒是你会出名的。”

“我们是小名人的同胞弟兄，当然会出名啦，”安德鲁说。“真的，不是跟你们说着玩儿。”

“我是你的朋友，那我也要出名啦，”罗杰对他说。

“船是我开的，我也该出名了，”托马斯·赫德森说。“连埃迪也会出名，鱼是他用手钩去扎的。”

“埃迪这个名是非出不可的，”安德鲁说。“汤米送酒有功，出名也该有他的。跟这条鱼天昏地黑搏斗了这几个钟头，汤米送酒可是没有断过。”

“那条鱼怎么样？该不该扬扬名？”戴维问。他现在又恢复常态了。至少说话已经恢复常态了。

“出名的头一个就应该是它，”安德鲁说。“它应该永垂不朽。”

“但愿它不至于有什么好歹才好，”戴维说。“我真希望它能平安无事。”

“我相信它不会有什么事的，”罗杰对他说。“看它吞了鱼钩还有这么股拼劲，我相信它没事儿。”

“这里边有个道理，改天我再告诉你们吧，”戴维说。

“这就说嘛，”安迪恳求他。

“我现在累了，再说，这话听起来好像也有些荒唐。”

“快点说嘛。先说一点我们听听，”安德鲁说。

“我真不知道是说好还是不说好。我该不该说呀，爸爸？”

“说吧，”托马斯·赫德森说。

“那好吧，”戴维紧紧闭上了眼睛说。“不瞒你们说，我支撑到最艰难的时刻，人筋疲力尽到了极点，心里竟迷迷糊糊的，连哪一方是它、哪一方是我都分不清了。”

“这我能理解，”罗杰说。

“从这时候起我热爱它就超过了世上的一切。”

“你真的热爱它？”安德鲁问。

“是啊，是真的热爱它。”

“稀奇！稀奇！”安德鲁说。“简直不可理解。”

“后来看到它浮上水面来了，我对它的那份热爱更是像沸腾了一样，连我自己都受不住了，”戴维依然闭紧了眼睛说。“我这时候简直什么都可以不要，只求它快快靠过来，靠过来，让我看看。”

“我完全理解，”罗杰说。

“我现在丢了它一点也不觉得难过，”戴维说。“鱼大到破记录，我也不稀罕。我只觉得自己挺爱它。只要它平安无事就好，只要我平安无事就好。我们并不是对头冤家。”

“很好，你都告诉了我们，”托马斯·赫德森说。

“戴维斯先生，对你我真是感谢不尽，我刚丢了那大鱼的时候多承你跟我说了那一番话，”戴维依然紧闭着眼睛说。

托马斯·赫德森却始终不知道罗杰跟他说的到底是些什么话。

10

那天晚上起风以前，四外的空气平静得让人感到沉重，托马斯·赫德森坐在自己的椅子里，想看看书。别人都已经睡了，他却没有一点睡意，因此就想拿本书来看看，看得眼睛倦了好去睡。可是书捧在手里却又看不下去，于是他就想起白天的事来。从头到尾一一想过来，想着想着，觉得三个孩子里除了小汤姆以外，两个已经跟他有了很大的距离，或者应该说，是他已经跟他们有了很大的距离。

戴维是罗杰给拉走的。他希望戴维能从罗杰身上多多学到些东西，罗杰虽说生活上疙疙瘩瘩，事业上坎坎坷坷，干点事情还是挺出色、挺可靠的。戴维在托马斯·赫德森的心中始终是个解不开的谜。尽管倍加珍爱，却终究是个谜。倒是罗杰，对小家伙的了解要胜过他这个生身父亲多多。他们两个既然能如此相知，他倒也感到很欣慰，只是今天晚上想到了这一层，却无端添了几分寂寞。

还有安德鲁的那一番表现，他看着很不舒服，尽管他也知道，安德鲁毕竟是安德鲁，安德鲁还只是个毛孩子，指责他是不公道的。他又没干什么坏事，他的表现实在还是很不错的咧。不过他身上总有点儿什么，让人感到不大放心。

转而一想：把自己心爱的人这样乱想一气，多不像话啊，可见自己有多自私了。把这一天记住了不就得了，何必非要这样细加剖析，看得一无是处呢？于是他就命令自己：快去睡吧，一定要想法子睡着。别的什么也别去想。到明天早上还照常过你的日子。孩子们在身边的日子也不是很多了。你看看，你可以让他们过得多快活啊。他在心里说：我是尽了心了。真是尽了心了，对罗杰也对得起了。而且再一想：不但他们快活了，自己不是也非常快活吗？是啊，是快活得很。不过今天总好像有点什么，使我感到有一丝惶恐。再细细一想：可不，可不每天都是这样，总好像有点什么，使人感到有一丝惶恐。得了，还是快去睡吧，也许现在睡下去，就可以一觉睡到大天亮了。记着，明天还得让他们都快快活活。

夜里刮起了西南大风，到天亮才渐渐减弱，但还是有七八级的风力。棕榈树都给吹得弯下了腰，百叶窗磕碰个不停，吹散的纸满屋子飞舞，海滩边更是一排排的冲天白浪。

托马斯·赫德森独自一人下楼去吃早饭时，见罗杰已经不在了。小家伙们都还熟睡未醒，趁这工夫他就看看大陆的来信。信是由班轮带来的，班轮每星期来一次，给岛上运来肉、新鲜蔬菜、汽油等等生活用品。风还挺大，托马斯·赫德森看完一封信放在桌上，还得用咖啡杯来把它压住。

"要不要把门关上？"约瑟夫问。

"不用了。真要吹得屋里一塌糊涂，再关也不迟。"

"罗杰先生到海滩上散步去了，"约瑟夫说。"是朝出海的方向走的。"

托马斯·赫德森还是管他看信。

"这是报纸，"约瑟夫说。"压皱的我都熨平了。"

"谢谢你，约瑟夫。"

"汤姆先生，那鱼的事是真的吗？埃迪告诉我的，都是真的吗？"

"他说了什么来着？"

"说那条鱼大到如此这般，居然钓了上来，连手钩都扎得着了。"

"是真的。"

“哎呀老天乖乖！要不是来了班轮，我得留在家里搬冰运菜什么的，我也早就去了。我一定一个猛子扎下去，追上去一钩子就把它拉上来。”

“埃迪就跳了水，”托马斯·赫德森说。

“他倒没有告诉我，”约瑟夫顿时泄了气。

“请再给我来点咖啡，约瑟夫，还有巴婆果也再来一片，”托马斯·赫德森说。他本来就肚子饿了，再加这风一吹，胃口就更好了。“班轮上送熏肉来了没有？”

“我来看看，我想应该有吧，”约瑟夫说。“你今天早上的胃口真好。”

“请让埃迪来一次。”

“埃迪回家治眼伤去了。”

“他的眼睛怎么啦？”

“挨了人家的拳头。”

这挨拳头的缘故，不说托马斯·赫德森也已经有点数了。

“还伤着了别处没有？”

“他让人揍得够瞧，”约瑟夫说。“人家不信他的，好几家酒吧里都是这样。人家说什么也不信他讲的那一套。唉，有什么办法呢！”

“是在哪儿打的？”

“他到哪儿就打到哪儿。到哪儿哪儿的人也不信他的。一直到现在还没有一个人肯相信他的话。深更半夜的，人家又不明究竟，自然就都不相信他啦，有的干脆就是存心要惹他打一架。岛上爱打架的货色大概个个都跟他干上了。我可以给你打包票，到今天夜里连米德尔基①的人都要兴师动众赶来了，没别的，就是因为不信他说的话啦。米德尔基有两个爱打架的头等狠客这一下就有文章做啦。”

---

① 意为“中岛”。是位于比美尼北岛和南岛之间的一个小礁岛。

“他要出去的话恐怕还真得让罗杰先生陪着呢，”托马斯·赫德森说。

“哎呀，好家伙！”约瑟夫顿时一脸喜色。“这一来今天晚上可就热闹啦。”

托马斯·赫德森喝了咖啡，把约瑟夫又端上来的冰巴婆果淋新鲜酸橙汁和四片熏肉全吃了下去。

“哎呀，你今天真是吃开胃了，”约瑟夫说。“我看到你这样大嚼，总想说你两句。”

“我食量大嘛。”

“有时候食量是真大。”

他又端来了一杯咖啡。托马斯·赫德森拿起咖啡打算端到写字台上去，他有两封信得回，好赶当班的轮船寄出。

“你到埃迪家去一趟，让他开张单子，看看需要订些什么东西托下趟班轮送来，”他对约瑟夫说。“单子你拿回来让我过一过目。咖啡还有吗，够不够罗杰先生喝的？”

“他已经喝过了，”约瑟夫说。

托马斯·赫德森在楼上的写字台上写完了两封信，埃迪也带着给班轮的下周托运货单来了。埃迪看上去伤得还真不轻。眼睛经过治疗也没见一点好，嘴巴和两颊都肿了起来。一只耳朵也肿得很大。嘴巴上还有口子，他搽了红药水，红艳艳亮光光的，看上去反倒显得十分滑稽。

“我昨天晚上倒了霉，”他说。“这是单子，要添办的东西该没有什么遗漏了吧，汤姆。”

“你今天何不就歇一天，回家去好好休息休息呢？”

“在家里反而更难过呢，”他说。“我今天晚上早点睡觉就是了。”

“别再为了这么点事去跟人家打架了，”托马斯·赫德森说。“打架犯不上的。”

“你说对了，我才不是那号浑人呢，”埃迪启动那红通通开裂肿胀的嘴唇说。“我一直按捺着性子，心想真理和公道绝没有不赢的理，可偏偏就总会杀出一张陌生面孔来，把真理和公道揍得当场出彩。”

“约瑟夫说打你的人还很不少哩。”

“是啊，幸亏后来有人把我送回了家，”埃迪说。“送我回家的我估计是‘大好人’本尼吧。大概是他和警察救了我，我这才没有伤着。”

“你还没有伤着？”

“我痛是痛，可并没有伤着。哎呀，真可惜当时你没有在场，汤姆。”

“我不在场是运气。你看是不是有人存心要伤害你呢？”

“我看不会吧。他们都不过是想要我承认我在说鬼话。警察倒是相信我没有胡说。”

“是吗？”

“就是。他和博比都信了。就他们两个信了，一点不假的。警察还说来着，谁先动手打我，就把谁关起来。今天一早还问了我呢，有没有人先动手打我？我说有是有，不过是我先出的手，却没有打着。昨天晚上真理和公道吃不开了，汤姆。压根儿吃不开了。”

“你真打算今天还要来做午饭？”

“怎么不做啊，”埃迪说。“班轮送来牛排啦。里脊肉做的上等牛排。包你见了欢喜。牛排的配料我打算用土豆泥、浓肉汁，再加一些利马豆。那种叫卷心莴苣的，加上新鲜葡萄柚，可以做一道色拉。小家伙们爱吃馅饼，我们有罐头罗甘莓，拿来做馅饼简直绝了。正好班轮还运来了冰淇淋，可以盖在馅饼上。你看怎么样？我要把我们的戴维小哥喂得胖胖的。”

“你昨天提着手钩跳下海去，当时心里是怎么打算的？”

“我本打算拿手钩往鱼鳍的正下方一钩子扎进去，那儿可是它的要害，只要手钩绳一拉紧，管保它就没命。一得手就走他娘，赶快回船。”

“那鱼在水下看去是怎么个模样？”

“大极了，比得上只小划子哪，汤姆。一身紫红，眼睛足有你横转过来的巴掌那么大。眼珠子是乌黑的，鱼肚皮是银白的，那张剑嘴叫人见了心惊肉跳。我眼睁睁看着它慢悠悠往下沉，一个劲儿往下沉，可我自己就是下不去，就是到不了它那儿，因为手钩上那个大木柄浮力可大啦。我攥着手钩柄就是沉不下去。所以毫无办法。”

“那鱼冲你看了没有？”

“这倒说不上。反正看上去它好像就管它浮在那儿，什么都无所谓的样子。”

“是不是它筋疲力尽了？”

“我看它是玩儿完了。大概是不打算再挣扎了。”

“这种事我们是碰上了一次不会再有第二次的了。”

“是啊。这辈子是别想再有第二次了。我现在也算是明白过来了，不想再非要叫人家相信不可了。”

“我倒想替戴维就画这样一幅画。”

“要画就要把当时的情景原本原样画下来。不要画得滑里滑稽的，你有一些画就画得滑里滑稽的。”

“我要画得比拍的照片还逼真。”

“对，我就喜欢你这种画。”

“就是水下的那一部分倒是挺难画的。”

“能不能就画得像博比酒店里的那幅龙卷风似的？”

“不行。画起来不一样，不过我相信画出来只有更好。我今天就来打草样。”

“我很喜欢那幅龙卷风，”埃迪说。“博比这老小子更是爱得什么似的。人家只要一看到这幅画，再听他那张嘴巴这么一说，就都相信那么一连串的龙卷风是当时真有的了。不过现在这鱼在水里，要画出来可就麻烦了。”

“我看我画得了，”托马斯·赫德森说。

“那鱼一蹦半天高，总不见得也能画出来吧？”

“我看也能画出来。”

“那就两幅都给它画吧，汤姆。一幅画它蹦上半天，一幅画罗杰拉着接钩绳把它提上来，戴维坐在椅子里，我紧贴在船梢头。我们可以就照这个架势先拍成照片。”

“我就先打起草样来。”

“你有什么事要问我，只管来问好了，”埃迪说。“我在厨房里。小家伙们都还没醒？”

“三个一个也没醒。”

“好啦好啦，”埃迪说。“跟这么条大鱼打过了交道，我也就什么都不稀罕了。不过这饭我们还是一定要吃好的。”

“可惜没有水蛭，不然我倒可以替你把眼睛治一治。”

“哎呀，眼睛这点儿伤算什么，管它呢。这不，我照样什么都看得清清楚楚。”

“我想让孩子们能多睡会儿就多睡会儿。”

“有乔呢，孩子们醒了他会来关照我的，吃早饭有我照料呢。要是他们起来实在太晚了，我就不给他们多吃，省得午饭吃不下。你没看到这回送来的那块牛肉？”

“没有。”

“啊唷，这块牛肉肯定要不少钱呢，不过肉可真是好肉哪，汤姆。这岛上的人谁活了一辈子也没有吃到过这样的好肉。能长这样的好肉，那牛也不知是怎么个壮法哩。”

“那种牛个儿矮，从小紧靠着地面长大，”托马斯·赫德森说。“横里跟纵里也差不了多少了。”

“哎哟，那一定是够肥的，”埃迪说。“这样的牛我倒很想有朝一日去找一只活的见识见识。我们当地的牛不到没有食吃、快要饿死，是不会宰掉的。所以肉都是苦的啦。乡亲们要是能有我们这样的牛肉吃，一定会快乐得发疯。不，没准儿他们还不识货哩。见了会恶心也说不定哩。”

“我这里还有几封信得写完，”托马斯·赫德森说。

“啊，真对不起，汤姆。”

他又回复了两封业务上的来信，这他本来是准备过几天再写，等下星期班轮来时再寄出的。写完了信，把下星期托办的货单过了目，算好了货款，加上大陆进口货物按百分之十统一税率向政府缴纳的税款，一并开了张支票，托马斯·赫德森便出了门，去到官家码头上。班轮正在那个码头上装货，船长正在接受岛上居民的委托办货，从口粮食物、衣物药品，一直到五金制品、备用零件等等，凡是需从大陆进口的，什么货都办。此刻往船上装的货是鲜活的小龙虾和海螺，甲板上也是一甲板的海螺壳和空汽油桶、空柴油桶。岛上的居民在大风中站起了队，等着依次进舱去办手续。

“货都还可以吧，汤姆？”拉尔夫船长从舷窗里招呼托马斯·赫德森说。

“嗨，你这个小子，闯进来干什么，快出去，轮到你再进来，”他这句话是冲一个戴草帽的大个子黑人说的。接着又是向窗外说的了：“有几样货我只好另换了品种。牛肉还可以吗？”

“埃迪说真是没说的。”

“那就好。快把要寄的信和办货单子都交给我吧。外边的风还真不小哩。我得赶在下次涨潮的时候出港。没空奉陪了，对不起啊。”

“下星期见了，拉尔夫。我就不来耽误你的事了。多谢你啊，老兄。”

“下星期我一定想法替你把货全部办到。手头缺钱花吗？”

“不缺了。这两个星期手头还算宽裕。”

“你要的话尽管说，我手头有的是。那好。喂，该你了，卢修斯，你怎么回事？这一回打算把钱怎么花啊？”

托马斯·赫德森就穿过码头往回走，码头上那帮黑人见这风大，把娘儿们丫头们的棉布连衣裙吹得好狼狈，都在嘻嘻哈哈看白戏。出了码头一拐，顺着珊瑚岩大路一直走到庞塞·德莱昂酒店。

“汤姆，”博比先生说，“进来坐坐吧。哎呀我的老天，你去过哪儿啦？我这可是刚刚打扫干净，才正式开门迎宾。来来，请喝本店今天的开门迎宾酒。”

“这会儿还太早了点吧。”

“说哪儿的话呢。我这可是进口的上等啤酒。我们连狗头牌名啤都有备货。”说着伸手到一个冰桶里，取出一瓶比尔森[①]，开了瓶盖递给托马斯·赫德森。“你是不要杯子的，是吧？先喝了这啤酒，再决定要不要来杯酒喝。”

“那我今天就别想动笔了。”

“有什么了不得的？你现在就已经干得太劳累了。你不能对自己不负责任哪，汤姆。人生在世，可是只有一回啊。总不能成天就知道画画吧。”

“我们昨天坐船出海了，我就一天没有动笔。”

托马斯·赫德森的眼睛望着酒吧尽头墙上挂着的那幅龙卷风的大油画。心里琢磨：画得总算不错。眼下的水平，恐怕也只能画到这一步了。

“这幅画我还得挂高点，”博比说。“昨天晚上有位客人看得来了劲，竟想爬到画上的小帆船上去。我就警告他说，他要是拿脚踹穿了我这幅宝画，得要他赔一万大洋不能少一个子儿。警察也跟他这么说了。那警察还想到了一个题材，想请你画一幅画挂在自己家里。”

“什么题材？”

“那警察不肯说。就说自己有个绝妙的题材，很想跟你研讨研讨。”

---

① 比尔森是一种高级啤酒。因原产于捷克西部城市比尔森而得名。

托马斯·赫德森把画仔细看了看。画上看得出有一些损伤的痕迹。

“嘿，这画才叫经得起摔打呢，”博比得意扬扬地说。“一天晚上有个客人一声大叫，拿起满满一杯啤酒就朝画上一股龙卷风卷起的冲天水柱砸去，妄想把它砸倒。你哪里看得出它挨过砸？半点凹痕也没有留下。泼上的啤酒就像泼上点水，一下就流了个精光。哎哟汤姆，你真行啊，画得一丝一毫也不会褪色。”

“不过再要折腾一下怕也经不起了。”

“没说的，”博比说，“我这幅宝画可是谁也动不了一根毫毛的。不过我还是要把它再挂高点。昨天晚上的那位客人倒让我有点不放心了。”

他又给托马斯·赫德森递过来一瓶冰冷的比尔森。

“汤姆，我听说了那鱼的事，心里着实替你可惜。我跟埃迪从小就相识了，这辈子还从来没有听到他撒过一句谎。应该说，碰到要紧一点的事情他是从来不撒谎的。不，应该说，你要他实话实说的话他是从来不撒谎的。”

“算了，这事晦气透了。我对谁都不想再提了。”

“对，这话也是，”博比说。“我也不过是向你表示一下慰问的意思。你喝下了这瓶啤酒，再来杯酒如何？这么一大清早就闷闷不乐，可不是回事啊。你倒说说看，你要喝点什么，心里才能痛快些？”

“我心里没有什么不痛快的。我今天下午还打算画画，不想喝得迷迷糊糊的。”

“好吧，我算是劝不动你，大家也都快来了，总会有人赏我的光的。快看，那条游艇可不是该死么！吃水那么浅，从海上一路过来肯定吃足苦头了。”

托马斯·赫德森从开着的店门里望出去，见果然有一艘极漂亮、极宽敞的白色游艇正沿着航道驶来。这种游艇是在大陆上的港口里包租的，专跑佛罗里达诸基列岛一带，碰上昨天那样风平浪静的日子，穿越湾流没有一点问题。可是今天风大，这号游艇吃水浅、船上楼楼房房又多，在海上吃足苦头那是肯定的。使托马斯·赫德森感到惊讶的倒是，海里的水流这样急，这条游艇竟然过得了沙洲、进得了港。

这条豪华游艇又往港口里驶进了一段距离，这才下了锚。托马斯·赫德森和博比到店门口来观看，只见游艇上一片雪白锃亮，船上人也个个都是一身雪白。

“好，来顾客了，”博比先生说。“但愿是些正派人才好。自从金枪鱼汛过去以后，我们这儿还不曾有像模像样的游艇来过呢。”

“知道这条船的来头吗？”

“以前从来没有见过。船是一等的，错不了。不过也肯定不是造来跑海湾一带的。”

“大概是船上人半夜里看风平浪静，就贸贸然开船来了，结果却在半路上遇上了这场大风。”

“估计就是这么回事，”博比说。“一路上颠啊震的，肯定是很够他们瞧的。这场风还真不小哩。到底来的是些什么人，反正一会儿就知道了。汤姆老兄啊，我给你调杯什么酒来尝尝吧。你不喝酒，我心上不安啊。”

“好吧，那我就来一杯金酒补汁。”

“奎宁水没有啦。本来倒还有一箱，给乔要了送到府上去啦。”

“那就来一杯酸橙威士忌吧。”

“好，用爱尔兰威士忌，不加糖，”博比说。“得连干三杯啊。瞧，罗杰来了。”朝开着的店门外一看，托马斯·赫德森见罗杰果然来了。

罗杰走了进来。他光着脚板，下身穿一条褪了色的劳动布裤子，上身是一件渔民穿的条子旧衬衫，已经洗得都小了一号了。他把两臂在吧台上一靠，向前探出了身子，这时隔着衬衫也看得出他背上的肌肉一抖。博比的酒店里光线很暗，所以他的肤色也显得乌黑，头发上明显留着海风和烈日的痕迹。

“小家伙们都还没醒，”他对托马斯·赫德森说。“埃迪叫人给打了。你看到了没有？”

“他昨天晚上打了整整一夜的架，”博比告诉他说。“打这种架没什么了不起的。”

“埃迪可别出什么事才好，”罗杰说。

“没有什么了不得的，罗杰，”博比安慰他说。“他喝了点酒，说了两句，有人不信，就打了起来。并没有人欺侮他。”

“戴维的事我觉得很过意不去，”罗杰对托马斯·赫德森说。“我们真不应该让他这么干。”

“他大概也没什么要紧的，”托马斯·赫德森说。“我看他睡得很香。不过要论责任，责任可是在我。按理这事该我出来叫他停手。”

“不。你都交托给我了。”

“做父亲的应该负责任，”托马斯·赫德森说。“我把责任撂给你实在是很不应该的。这种事怎么能委托给别人呢。”

“那可是我自己揽过来的，”罗杰说。“我本以为让他这样干对他没什么害处。埃迪也是这样的想法。”

“我知道，”托马斯·赫德森说。“我自己也是这样想的。我当时倒是怕一停下来会影响了别的什么。”

“我也考虑到了这一点，”罗杰说。“可我现在觉得自己太不替人着想了，太对不起人了。”

“我是他父亲，”托马斯·赫德森说。“应该怪我。”

“这次没捕着大鱼，真煞风景透了，”博比说着递给他们一人一杯酸橙威士忌，自己也拿了一杯。“让我们来干一杯，祝你们能捕到一条更大的。”

“算了吧，”罗杰说。“更大的？我是敬谢不敏了。”

“你怎么啦，罗杰？”博比问。

“没什么，”罗杰说。

“我倒想替戴维画两幅画送给他。”

“那可太好了。你看那情景画得出来？”

“一切顺利的话，也许能行。我已经有了个构想，怎么个画法也大致有了个谱儿。”

“你一定画得了。你没有画不了的画。不知道这条游艇上来的是些什么人？”

“哎，罗杰，你这样满心不快，在岛上到处跑……”

“而且还光着脚，”他说。

“我刚才到拉尔夫船长的班轮上去了一趟，心里的不快倒就消掉了不少。”

“可我到处跑却始终消不了心里的不快，借酒消愁嘛，我也坚决不干，”罗杰说。“不过你这个酒还是挺不错的，博比。”

“承你夸奖，”博比说。“我再给你做一杯。还是把你郁积在心头的不快干脆吐一吐吧。”

“我没有权利拿个孩子去冒险，”罗杰说。“何况又是人家的孩子。”

“那也要看你冒这个险是为了什么。”

“不，这话不对。拿孩子去冒险总是不应该的。”

“我就心里有底。我就很清楚自己冒这个险是为了什么。反正不是为了一条鱼吧。”

“话是不错，”罗杰说。“可为了这个目的也不一定非得采取这样的手段。为了这个目的也不一定非得冒这样的危险。”

“他一觉醒来肯定又是活蹦乱跳的了。你瞧着吧。这孩子的自我保护能力特强。”

“他是我心目中的大英雄，”罗杰说。

“那可要比你以前一直把自己奉为心目中的大英雄强得多了。”

“是吗？”罗杰说。“他也是你心目中的大英雄呢。”

“这我知道，”托马斯·赫德森说。“他值得你我俩一同好好学习。”

“罗杰，”博比先生说，“你跟汤姆是不是亲戚？”

“怎么？”

“我总当你们是亲戚。你们俩长得有点儿像。”

“谢谢，”托马斯·赫德森说。“你也得谢谢他，罗杰。”

“多谢你，博比，”罗杰说。“你看我真像这位好汉兼画家？”

“你们看上去好像还是近亲，所以几个小家伙长得跟你们两个都像。”

“我们不是亲戚，”托马斯·赫德森说。“只是原先都住在一个镇上，连彼此所犯的错误有些都是一样的。”

“得了，别胡扯了，”博比先生说。“快干了这一杯，不要再说这套灰溜溜的酸话了。在酒吧里一大清早就听到这样的话，叫人怪扫兴的。酸话我听得也不算少了，黑人啦，包租船上的船老大啦，游艇上的厨师傅啦，大老财和他们的婆娘啦，大私酒贩子啦，杂货店老板啦，捕海龟船上的乡巴佬啦，形形色色的兔崽子王八蛋，谁的牢骚我没有听到过？可一大清早就说酸话，这就请免了吧。外边刮大风，咱们在屋里喝酒最合适不过了。咱们的酸话就说到这儿为止吧。这种灰溜溜的酸话其实还不都是老一套？自从时兴了收音机，大家要听就都听 BBC 了。谁还有那份闲工夫、闲心情去听人家的牢骚？”

“你也听 BBC？”

“我只听大本钟[1]报时。听了别的节目就觉得浑身不自在。”

“博比，”罗杰说，“你真是人好心也好。”

“其实都没什么好。不过只要能看到你脸上带些春风，我也就满意了。”

“我没有什么不愉快的，”罗杰说。“你看这条游艇上下来的会是些什么样的人？”

“反正是顾客呗，”博比说。“咱们再来干一杯吧，让我也可以

---

① 伦敦英国议会大厦钟楼上的大钟。

添些劲头，好去侍候他们，管他们是些什么东西呢！”

就在博比挤酸橙调酒的时候，罗杰对托马斯·赫德森说：“我可绝没有一点要贬低戴维的意思啊。”

“哪儿的话呢。”

“说实话，我当时心里的想法是这样的。我想：呸！呸！这事我一定要痛痛快快把它干好！你说我一直把自己奉为心目中的英雄，真批评在点子上了。”

“我哪有资格来批评你呢。”

“我却觉得你批评得好。问题就在于，这世界已经好长久、好长久没有让人痛快的事了，而我做事却总还想图个痛快。”

“你现在打算写书，那就把文章写得坦率些、痛快些、纯真些。以此作为开头可不是好？”

“你说要坦率些、痛快些、纯真些，可要是我不是这么个人呢？你看我写得出那样的文章来吗？”

“不管你是怎么个人你都可以写，关键是要写得坦率。”

“你这意思我还得再进一步体会体会，汤姆。”

“是啊。今年夏天我们又有幸相会了，记得上一次我见到你是在纽约，那时你正跟那个拿香烟头烫你的婆娘在一起。”

“她后来自杀了，”罗杰说。

“什么时候？”

“那时候我住在西部山里。还没有到西海岸去写那个电影剧本。”

“怪可怜的，”托马斯·赫德森说。

“她本来就一直在朝自杀的路上走嘛，”罗杰说。“亏得我及早撒手。”

“你也绝对不会走这条路。”

“难说，”罗杰说。“我总觉得，走这条路看来也是非常合乎逻辑的。”

“我看你决不会走这条路，一个重要的原因就是因为这不足为训，会教坏了孩子们。你说那会使戴维怎么想呢？”

“他或许会理解的。而且话又得说回来，人走这条路到了这一步，把孩子们教好教坏也都顾不上了。”

“哎哟，看你说着说着蠢话又都出来了。”

博比把酒推了过来。“罗杰呀，你尽说这号胡话，连我也听得灰溜溜的。我赚顾客的钱，顾客再说什么我也得听着。可自己的朋友说这号话，我就听不进去。罗杰，你就不要再说了。”

“我已经不说了。”

“那好，”博比说。“干了这杯。我这店里以前就有过这么一位客人，他是纽约来的，住在那边的旅馆里，常到我店里来喝酒，一喝就是大半天。他从来不谈别的，成天就叨叨他那一套自杀经。闹得店里人心惶惶，那年一冬简直就没有安生过几天。警察也警告了他，说自杀是非法行为。我请警察干脆就警告他连谈论自杀都是非法行为。可警察却说这得向拿骚方面请示，不能自作主张。过了一阵大家似乎也听惯了他的自杀方案，后来好些酒客居然还帮起他的腔来。特别是有一天他跟大个子哈里一谈，就更不得了了。他对大个子哈里说他不但想自杀，而且还想找个人结伴走。

“‘找我好啦，’大个子哈里对他说。‘我正是你要找的对象。’于是大个子哈里就一力撺掇他，不如两个人结伴去纽约，痛痛快快喝个一醉方休，喝到实在灌不下了，就爬到城里最高的摩天大楼顶上，纵身一跃，好一了百了，去清净世界。我看在大个子哈里的心目中大概还以为，清净世界无非就是个近郊的什么地方。也许是个爱尔兰人的聚居区吧。

“当下那位自杀先生一听他这个主意，便大为欣赏，两个人就天天凑在一块儿商量。有人也想入伙，建议他们组织一个求死旅行团，先也别走得太远，不妨就去拿骚作为起步。可是大个子哈里他却坚持非去纽约不可，最后他就悄悄告诉那位自杀先生，说他在这人世间实在活得受不了了，他已经准备好要走了。

“可大个子哈里在事先已经接受了拉尔夫船长的订货，他还得先去捉些龙虾来交账，一去就是几天。就在他走后，自杀先生的酒喝得过了量。他从北边[1]带来了一种大概是阿摩尼亚什么的，看来还挺神，嗅了嗅又清醒了过来，一清醒过来就又上我这儿来喝。可是那酒性却散不了，积累起来就见了颜色。

“那时我们已经都管他叫自杀俱乐部主任了，因此我就对他说：‘自杀俱乐部主任呀，你还是快歇歇吧，要不你就非得先醉死不可，哪还到得了你的清净世界呀。’

“‘我这就是在向清净世界前进，’他说。‘我已经启程了。方向，就是清净世界。喏，这是刚才的酒钱。我已经作出了最庄严的决定。’

“‘你还有个找头呢，’我对他说。

“‘找头我已经用不着了。留着给大个子哈里吧，让他喝上一杯再来跟我相会。’

“说完他就匆匆而去，跑到约翰尼·布拉克的码头上跳了水。当时正是退潮的当口，天色又黑，没有一点月光，所以一落水就再也没人见过他的踪影，直到两天以后，他才在岬角一带给冲上了岸。他失踪的那天晚上大家找得他好苦呵。估计一定是他把脑袋撞上了过去留下的水泥墩子什么的，就让潮水给卷走了。大个子哈里回来见他死了，伤心了好一阵，直到把留下的那笔找头喝个精光，这才打住。要知道那可是二十块大钞的大找头哩。把酒喝光以后，大个子哈里对我说：‘我告诉你说吧，博比，依我看这位自杀俱乐部主任老兄脑袋瓜子有毛病。’他还真说对了，因为后来家属来找人，来人见到专员时就说起这位自杀俱乐部主任老兄患有一种病，叫做‘机工抑郁症’。你没有害过这种病吧，罗杰？”

“没有，”罗杰说。“听你这么一说，我想我就永远也不会害这种病了。”

“这就对了，”博比先生说。“这种清净世界的玩意儿，可是开

---

① 指纽约。

不得玩笑的噢。”

“清净世界清净个屁，”罗杰说。

11

午餐丰盛极了。牛排烤得表层一片金黄，上面还一道道地留着烤架的印子。刀子轻轻一切，外边一层就破开了，里面的肉又嫩，汁水又多。他们都把盘子里的肉汁舀来浇在土豆泥上，肉汁在白里泛浅黄的土豆泥上积成了一个小湖。黄油煎的利马豆很耐嚼，卷心莴苣清凉爽脆，葡萄柚子更是一股凉气沁人心脾。

这大风一刮，连大家的胃口也随之而大开了。他们吃得正带劲，埃迪跑来看了看。他脸上看去伤得还真不轻，嘴上却说：“你们倒是实话告诉我，这牛排这样烤法，味道怎么样啊？”

“妙极了，”小汤姆说。

“要好好嚼嚼啊，”埃迪说。“吃得太快可是浪费噢。”

“还没有嚼几下，就都化掉了，”小汤姆对他说。

“今天有甜点吗，埃迪？”戴维问。

“有啊。馅饼加冰淇淋。”

“好家伙，”安德鲁说。“有两道？”

“管保能把你撑得都动不了。冰淇淋冻得石硬哪。”

“馅饼是什么做的？”

“罗甘莓做的。”

“冰淇淋呢？”

“椰子。”

“哪儿来的？”

“班轮运来的。”

吃饭时他们喝的是冰镇的茶，吃完甜点后罗杰和托马斯·赫德森还喝了咖啡。

“埃迪这一手菜烧得可真不赖，”罗杰说。

“大家胃口好也有关系。”

“那牛排是好吃，跟胃口没关系。还有那色拉，那馅饼，都是的。”

“他的菜是烧得好，”托马斯·赫德森也赞同罗杰的意见。“咖啡还可以吗？”

“没说的。”

“爸爸，”小汤姆问，“要是游艇上的那伙人去博比先生的酒店，我们让安迪装成个小酒鬼，也去酒店里跟他们耍耍好吗？”

“博比先生怕不愿意呢。害得他同警察搞坏了关系，这就不好了。”

“我可以先去跟博比先生说一声，警察那儿也可以去打个招呼。他跟我们反正是朋友了。”

“好吧。你就先去跟博比先生说一声，趁此也好打探打探游艇上那伙人大概什么时候可以到。那戴夫怎么办呢？”

“我们不能背着他一块儿去吗？让他出去散散心，人也可以精神点。”

“我穿汤姆的帆布鞋走着去好了，”戴维说。“怎么个耍法，你心里有了谱儿没有，汤米？”

“我们去的时候路上再现想好了，”小汤姆说。“你的眼皮还能往外翻吗？”

“那有什么不行的，”戴维说。

“求求你，现在可千万别翻，”安德鲁说。“我刚吃完午饭，打起恶心来可不是闹着玩儿的。”

“谁只要给我一毛钱，我可以叫你马上吐得人仰马翻，大骑师。”

“求求你就饶了我吧。过了这一阵子我就不怕了。”

“要不要我跟你一块儿去？”罗杰问小汤姆。

“那就再好没有了，”小汤姆说。“我们可以一块儿出出主意想个好点子。”

“那我们走吧，”罗杰说。“你干吗不趁这工夫打个盹儿呢，戴维？”

“我也许会的，”戴维说。“我想看书，看倦了就合会儿眼。你打算干什么呢，爸爸？”

“我想到阳台上找个背风的地方画我的画。”

“那我也到阳台上去，就在行军床上一躺，看你画画。你说好吗？”

“当然好。这样我画起来就更带劲了。”

“我们一会儿就回来的，”罗杰说。“你怎么样，安迪？”

“我很想跟你们去，好商量商量。不过再一想还是别去，因为那伙人说不定已经在那儿了。”

“精！”小汤姆说。“你真精，大骑师。”

他们走了以后，托马斯·赫德森就画了一下午的画。安迪看了会儿，也不知跑到哪儿去了。戴维又看画画，又看书，却不说话。

托马斯·赫德森想先画那鱼的一蹦，因为鱼在水下要难画得多。他打了两个草样，都不满意，直到第三个草样才觉得有了点意思。

“你看有点意思了吗，戴维？”

“哎哟，爸爸，你画得真太神了。不过那鱼蹿出水面的时候，海水也就应该跟着飞起来，你说是吗？水花并不是到鱼重新落下的时候才溅起来的。”

“应该是这样，”他父亲觉得他说得有理。“因为不冲破水面它是蹦不上去的。”

“照这画面来看，那鱼已经蹦了上来。那就肯定也应该有很多海水飞了起来。如果你眼睛够尖的话，我想你就应该看得出那水实际是从鱼的身上滴下来或流下来的。那鱼当时到底是在往上蹦呢还是在往下落？”

“我这还不过是打个草样。原始的想法是鱼正蹦到最高点上。”

“我也知道你这不过是打个草样，爸爸。我这要是有些多管闲事，那就请你原谅。我绝没有存心要假充行家的意思。”

“我欢迎你给我提提意见。”

“你知道，埃迪才真是个行家。他的眼睛尖，比照相机还管用，什么都记得清清楚楚。埃迪真是个了不起的人，你说是不是？”

“的确了不起。”

“可埃迪的这些好处却简直没人识得。当然汤米还是了解他的。除了你和戴维斯先生，埃迪就是我最喜欢的人了。他当厨子，好像不是当个职业，而是他就爱干这一行。他懂的事多，什么都会。你看看那天对付鲨鱼他多有办法，昨天为了捕那条大鱼他还跳了海呢。”

“而昨天晚上人家却因为不信他的话，倒给了他一顿饱打。”

“可爸爸，埃迪却并不因此而伤心。”

“是啊。他一直是乐呵呵的。”

“昨天给揍得鼻青脸肿，他今天还是乐呵呵的。我心里有数，他是因为跳了海，去追了鱼，所以心里觉得直乐。”

“就是。”

“要是戴维斯先生也能像埃迪那样整天乐呵呵的就好了。”

“戴维斯先生可不比埃迪，他的情况复杂。”

“这我清楚。不过我记得他当初是快快活活，啥也不放在心上的。我对戴维斯先生了解得可透了，爸爸。”

“他现在也满快活嘛。不过我知道他那种啥也不放在心上的脾气已经改掉了。”

“我说的‘啥也不放在心上’意思是说他无忧无虑，不是说他马马虎虎。”

“我说的也是这个意思。不过他本来是相当自信的，这自信他也丢了。”

“这我清楚。”

“我希望他能恢复自信。也许他重新写了书，这自信就能渐渐找回来。你要知道埃迪所以快快活活，就是因为他有个活儿能认真干、天天干。”

“我看要戴维斯先生天天干他的活儿，像你和埃迪那样勤勤恳恳，怕办不到吧。”

“是办不到。何况这里边还有其他的缘故。”

“我知道。我一个小孩子家，事情知道得也太多了，爸爸。汤米知道的事情比我还多过二十倍，再要不得的事情他都知道，可他知道了倒没有什么。而我知道了却样样都让我苦恼。我也不知道这是怎么搞的。”

“你这是因为有了自己的体会。”

“的确是有了体会，而且还产生了影响。简直就像‘代人犯过’似的——不知道是不是也有这种说法？”

“我明白你的意思。”

“爸爸，请你原谅我尽说这种一本正经的话。我知道这有点不大礼貌。不过有时候我就喜欢这样，因为我们不懂的事情太多了，可是真要懂起来事情却又来得那么急，就像一个浪头打来，能打你个劈头盖脸一样。今天一个接一个的浪头就够多的。”

“你有什么事情要问，就随时问我好了，戴维。”

“好的，多谢你了。以后有什么问题我会问的。不过有些问题恐怕还是得靠自己琢磨才能明白。”

“你说我们是不是上博比的酒店里，跟汤姆和安迪一块儿扮‘酒鬼’玩儿去？你还记得吗，以前有个家伙说你老是喝醉，我还跟他吵了起来？”

“记得。他三年里两次见我喝葡萄酒喝醉，就说我了。这事就不谈了吧。不过既然在博比先生的酒店里有过这样一笔老账，我真要喝酒的话倒也有了理由了。我已经叫那人见到了两次，一二必有三，何不就索性凑满三次呢？我倒不是想喝酒，不过我觉得去去也很有意思，爸爸。”

“你们最近玩过这种扮酒鬼的把戏吗？”

“汤姆和我扮得都相当成功，安迪演得更是出色。安迪简直是玩这种把戏的天才。他演起来真可说是绝了。我就只能算是偶尔客串罢了。”

“你们近来还玩些什么把戏呢？”托马斯·赫德森手里还是不停地在画他的画。

“你见过我装个白痴兄弟吗？装个出娘胎来就呆的白痴？”

“没见过。”

托马斯·赫德森把打好的草样给戴维看。“你觉得这一幅画得怎么样，戴维？”

“好极了，”戴维说。“你这幅画的意思我看出来了。这正是那鱼蹦起在半空中将落未落的一瞬间。你真能把这幅画给我，爸爸？”

“给你了。”

“这幅画我一定要好好保存。”

“不是一幅，是两幅。”

“我只带一幅去学校，另一幅留在家里，放在母亲那里。要不，你看是不是就保存在你这里？”

“不，你母亲见到了说不定会喜欢的。你再说说，你们还在哪儿玩过这样的把戏？”托马斯·赫德森说。

“我们还在列车上玩过几回，闹得可是够凶的。大概是因为列车上各色人等五花八门吧，所以在列车上玩最妙了。那样五花八门的人集中在一起，除了列车上还有哪儿能有？再说，人在列车上要走也走不了啊。”

托马斯·赫德森听见隔壁屋里有罗杰说话的声音，就动手拾掇画具，准备收摊了。小汤姆踏进来说：“你好，爸爸。画得可还顺手？能让我看看吗？”

托马斯·赫德森给他看了两幅草样，小汤姆说：“两幅我都喜欢。”

“哪一幅你更喜欢一点？”戴维问他。

“一样。都画得很好，”他说。托马斯·赫德森看出他神色匆忙，似乎心不在此。

“情况怎么样？”戴维问他。

“好极了，”小汤姆说。“只要我们别出娄子，管保能玩得很有趣。那伙人现在已经都在酒店里了，我们已经耍了他们一个下午了。我们赶在他们来前，先找了博比先生和警察。目前已经演到了这一步，就是戴维斯先生已经喝得晕晕乎乎，而我还在一个劲儿劝他快别喝了。”

“你们不会演得过了火吧？”

“哪儿能呢，”小汤姆说。“你没有看到戴维斯先生的表演呢。他每喝下一杯，表情上都有变化。不过变化非常细微，很不容易看出来。”

“他喝的是什么呢？”

“茶呗。博比在一个朗姆酒瓶里灌了茶。他还在一只金酒瓶里装了水，准备给安迪用。”

“你说你劝戴维斯先生，怎么劝的？”

“我装作央求他。不过话当然不能让他们听见。博比先生也凑了一份，不过他喝的倒是真酒。”

“我们还是快去看看吧，”戴维说。“免得博比先生把酒喝过了头。戴维斯先生劲头足不足？”

“劲头才足呢。他是个了不起的表演艺术家，可了不起了，戴夫。”

“安迪在哪儿？”

“在楼下，正对着镜子排练自己的角色呢。”

“埃迪是不是也打算来一份？”

“埃迪和约瑟夫都打算来一份。”

“他们记不住台词的。”

“他们都才一句台词。”

“一句台词埃迪还记得住，约瑟夫就不保险了。”

“他只要跟着埃迪的台词照样说一遍就行。”

“警察也来参加？”

“对。”

“那伙人呢，一共是几个人？”

“七个，两个是女的。一个很漂亮，还有一个更是绝了。她已经很有点为戴维斯先生心疼了。”

“好家伙！”戴维说。“快去看看吧。”

“你怎么个去法呀？”小汤姆问戴维。

“我来背他去，”托马斯·赫德森说。

“不用了，爸爸，我穿帆布鞋走着去吧，”戴维说。“我就穿汤米的帆布鞋走着去好了。我可以用脚底边着地走，那样走脚不痛，样子也不至于太难看。”

“好，那我们就走吧。罗杰哪儿去了？”

“他趁这工夫正在跟埃迪干一杯，庆祝他表演成功呢，”小汤姆说。“他登场好大半天，喝的尽是茶啦，爸爸。”

他们踏进庞塞·德莱昂酒店时，外面的风依然刮得很猛。游艇上的那伙人都靠着吧台在喝混合朗姆奶酒。他们看去都体体面面，皮肤晒得黝黑，个个都穿一身白，而且都相当知礼，见有人来了，就把占着的吧台让出点地方来。两个男的一个女的一堆，在靠“吃角子老虎”机的这一头；另一头即近门的那一边，是三个男的和那另一个姑娘。靠“吃角子老虎”机这头的姑娘，就是那个长得极美的。不过那另一个姑娘长得也怪动人的。罗杰、托马斯·赫德森和小家伙们一进门就都来到吧台跟前。戴维还特别注意了一下，不让自己露出瘸样来。

博比先生瞅了瞅罗杰，说：“你又来啦？”

罗杰点了点头，一副无奈的样子，博比就把那朗姆酒瓶和一只酒杯放在他面前的柜台上。

罗杰伸手拿了过来，一声不吭。

“你来喝酒吗，赫德森？”博比问托马斯·赫德森。只见他一脸严肃的神气，很讲原则的样子。托马斯·赫德森点点头。“你不应该再喝了，”博比说。“做什么事都应该有个度。”

“我只要来一点点朗姆酒，博比。”

“就是他喝的那个？”

“不。要巴卡迪牌的。”

博比倒了一杯，递给托马斯·赫德森。

“喝吧，”他说。“不过你也知道，我实在是不应该卖给你的。”

托马斯·赫德森一口喝了下去，觉得一阵暖乎乎的，来了精神。

“给我再来一杯，”托马斯·赫德森说。

“得再过二十分钟，赫德森，”博比说。他看了看吧台里边的钟。

这时候人家对他们已经有点注目了，不过还是很注意礼貌的样子。

“你喝什么，老弟？”博比先生问戴维。

“我已经把酒戒啦，你又不是不知道，”戴维对他的口气却挺凶的。

“什么时候戒的？”

“昨天晚上，你又不是不知道。”

“对不起，”博比先生说着，自己一仰脖子就是一杯下了肚。“我怎么记得住你们这些要命的小瘪三昨天干了啥前天又干了啥？你就帮我个忙吧，快把这个赫德森替我请出去，让我好好做我的买卖。”

“我在喝我的，一声也没吭，”托马斯·赫德森说。

“你也该收摊了。”博比先生把罗杰面前的酒瓶塞上了盖子，收起来在架子上放好。

小汤姆对他点点头，表示称赞他干得对，又悄悄对罗杰说了些什么。罗杰耷拉下了脑袋，捧在手里。过会儿又抬起头来，指指酒瓶。小汤姆把头摇摇。博比却拿起酒瓶，拔去了塞子，在罗杰面前一放。

“你去喝吧，灌死了算数，”他说。“反正你灌死了我也不会睡不着觉的。”

这时候那两头的两堆人都已很注意这里的动静了，不过顾盼之间还是一点都不失礼貌。他们虽说是到了小地方来，可都是懂礼貌的人，而且看来还都是些斯文人哩。

罗杰这时第一次开了口。

“给那小娃子也来一杯，”他对博比说。

“你想要喝什么，老弟？”博比先生问安迪。

“金酒，”安迪说。

托马斯·赫德森留了个心眼儿，他没去看那伙人。不过那伙人的动静他都能感觉得到。

博比把酒瓶在安迪的面前一放，旁边摆上一只酒杯。安迪倒了满满一杯，拿起杯子对着博比一举。

“祝你健康，博比先生，”他说。“我今天第一杯酒敬你了。”

“快干了吧，”博比说。“你已经来晚了。”

“他的钱让爸爸拿了去了，”戴维说。“这钱本来是妈妈给他过生日的。”

小汤姆一抬头，正好跟他父亲打了个照面，他哭了起来。他不让自己假哭变成真哭，不过那模样儿可是够伤心的，而且一点都不显得做作。

一时谁也没有开口，后来安迪说了：“对不起，博比先生，请再给我来杯金酒。”

“你就自己倒吧，”博比说。“你这个不幸的孩子，也真是可怜。”然后又转过来对托马斯·赫德森说：“赫德森，你再喝了一杯就走吧。”

“我又没闹闹吵吵，凭什么叫我走？”托马斯·赫德森说。

“我料你不会错，你一会儿准得闹闹吵吵，”博比是一副恶狠狠的口气。

罗杰指指酒瓶，小汤姆一把抓住了他的袖子。小家伙克制住了自己，才没有流下泪来，他表现得真是又勇敢，又善良。

“戴维斯先生，”他说。“你喝了这么多也该够啦。”

罗杰一句话也不说，博比先生把酒瓶又放到了他的跟前。

“戴维斯先生，你今天晚上还得写书呢，”小汤姆说。“你忘啦，你说好了今天晚上要写书的呀。”

“我喝酒是为了啥，你说呢？”罗杰对他说。

“可戴维斯先生啊，你以前写《暴风雨》，没喝这么多就写出来了呀。”

“你给我少说几句好不好？”罗杰对他说。

小汤姆真是好耐心，好勇气，受了委屈始终没有灰心。

“那我不说就是，戴维斯先生。要不是你事先嘱托了我，我也不会来劝你了。我们是不是就回家去吧？”

“你真是个好孩子，汤姆，”罗杰说。“不过我们还是得留在这儿。”

“还要待很久吗，戴维斯先生？”

“不到他妈的打烊就不走。”

“我看就不一定了吧，戴维斯先生，”小汤姆说。“真的，我看就不一定非得待到打烊了。你想啊，你要是喝得两眼都发了黑，回去还怎么写你的书啊？”

“我口述好了，”罗杰说。“就像弥尔顿①那样。”

“我知道你口述的文章精彩，”小汤姆说。“可今天早上费尔普斯小姐把录音带子放出来一听，却多半是音乐啦。”

---

① 弥尔顿（1608—1674）：英国诗人，长诗《失乐园》、《复乐园》的作者。晚年因劳累过度双目失明（1652）。

“我在写一部歌剧，”罗杰说。

“我知道你写出来的歌剧肯定不含糊，戴维斯先生。不过你看我们是不是应该先把小说写完了？这部小说你已经预支了很大一笔稿费啦。”

“那就由你去写完吧，”罗杰说。“反正小说的情节你现在该已经都知道了。”

“情节我都知道了，戴维斯先生，论情节倒还是挺动人的，可就是书里的那个姑娘你在前一本书里已经让她死了，读者恐怕要看得稀里糊涂了。”

“这样的事大仲马的书里就有先例。”

“别去跟他纠缠了，”托马斯·赫德森对小汤姆说。“你这样跟他纠缠不休，叫他还怎么写得出东西来？”

“戴维斯先生，你就不能请一个有真才实学的秘书来替你写？我听说有些小说家就是由秘书代劳的。”

“不行。开销太大了。”

“要不要我来帮你的忙，罗杰？”托马斯·赫德森问。

“对。你可以用画画出来。”

“那可太妙了，”小汤姆说。“你真肯帮忙，爸爸？”

“我只消一天工夫就可以画出来，”托马斯·赫德森说。

“要像米开朗琪罗[①]那样倒着画，”罗杰说。“要画得愈大愈好，让乔治王[②]不戴眼镜就看得清清楚楚。”

“你真打算画了，爸爸？”戴维问。

“是啊。”

“好极了，”戴维说。“我听了半天这才算听到了一句有道理的话。”

“画起来不会太难吧，爸爸？”

---

① 米开朗琪罗（1475—1564）：意大利文艺复兴盛期画家、雕刻家。
② 指当时在位的英王乔治六世（1936 年接位）。

“这有什么难的？恐怕倒还嫌太简单了呢。那个姑娘是怎么个人？”

“就是戴维斯先生笔下写惯的那个姑娘。”

“只消半天就画出来了，”托马斯·赫德森说。

“可要把她倒着画啊，”罗杰说。

“别耍下流腔，”托马斯·赫德森对他说。

“博比先生，我可以再来一杯吗？”安迪问。

“你喝了几杯啦，老弟？”博比问他。

“才两杯。”

“那你就喝吧，”博比说着便把酒瓶递给了他。“我问你，赫德森，你挂在这儿的那幅画，打算什么时候拿走啊？”

“还没有人要买吗？”

“一个也没有，”博比说。“挂了你的画我这店堂里挤得都转不过身来啦。而且你的画我见了就心头乱跳。我不想再让它摆在这儿了。”

“对不起，”游艇上来的那伙人里有一位对罗杰说。“请问那幅油画是打算卖的吗？”

“哪个跟你说话啦？”罗杰对他瞅了一眼。

“恕我冒昧，”那人说。“你是罗杰·戴维斯吧？”

“让你说对了，我就是。”

“假如那幅油画是你朋友画的，打算要卖，那我倒很想跟他谈谈价钱看。”那人说着便转过身来：“你是托马斯·赫德森吧？”

“我就是赫德森。”

“你这幅画卖吗？”

“不卖，”托马斯·赫德森对他说。“很抱歉。”

“可这位掌柜的说……”

“他脑子有毛病，”托马斯·赫德森对那人说。“人倒是个极好的好人，可就是脑子有毛病。”

“博比先生，请再给我来杯金酒好吗？”安德鲁彬彬有礼地问。

“当然行啦，我的小老弟，”博比说着就给他斟了一杯。“我倒有个想法，你猜怎么着？我说这种金酒的瓶签上印这样傻里傻气的一大串浆果不好，应该印上你那张红喷喷可爱的小脸蛋儿。赫德森呀，你怎么也不设计一张像样些的金酒瓶签，把小安迪那一脸可爱的孩子气给表现出来？”

“我们推出一种新牌子好了，”罗杰说。“人家可以有‘老汤姆’金酒，我们为什么不能把牌子叫‘快乐的安德鲁’？”

“资金我来出，”博比说。“我们的金酒就在本岛当地酿造。装瓶贴瓶签可以雇些小孩子来干。批发零售兼营。”

“这倒是回归到手工业生产了，”罗杰说。“走威廉·莫里斯[①]的路子。”

“我们的金酒用什么来酿呢，博比先生？”安德鲁问。

“用北梭鱼好了，”博比说。“还可以用海螺。”

游艇上的那伙人现在的目光已经不在罗杰和托马斯·赫德森的身上，也不在小家伙们的身上了。他们都瞅着博比，看去显得有些不安。

“我们再谈谈那幅油画的事吧，”说话的还是那个人。

“你说的是哪一幅油画呀，我的好人？”博比问他，一边又是一杯一饮而尽。

“就是有三股海龙卷、还有个人在划小划子的那幅很大很大的油画。”

“在哪儿？”博比问。

“在那儿，”那人说。

“对不起，先生，我想你大概是喝多了吧。本店是做正经买卖

① 威廉·莫里斯（1834—1896）：英国作家、空想社会主义者。他写过两部乌托邦小说《约翰·保尔的梦想》和《乌有乡消息》，小说描绘了以小生产为基础的理想社会。

的。什么海龙卷啦，划小划子啦，我们不做这号生意。”

“我是说那儿挂的一幅画。”

“别耍我了，先生。那儿根本没有画。我们店堂里有画就应该挂在柜台的上边，那才是挂画的地方，而且也应该是张裸体画，画个裸体美人，一身苗条，半卧半靠，曲线毕露。”

“我是说那儿挂的一幅画，就是那幅。”

“哪儿？哪幅？”

“那儿。”

“我看你真得服一剂溴塞尔泽[①]了，先生。要不我可要管你叫黄包车了，”博比说。

“黄包车？”

“是啊。你要不怕我打开天窗说亮话，我就老实不客气管你叫黄包车。你本来就是一辆黄包车。而且又喝多了。”

“请问博比先生，”安德鲁彬彬有礼地问。“你看我呢，是不是也喝多了？”

“没有的事，我的好孩子。你哪儿会呢。要喝只管自己斟吧。”

“谢谢你，博比先生，”安迪说。“我喝了四杯了。”

“我巴不得你喝一百杯才好呢，”博比说。“你这孩子真让我从心儿里感到骄傲。”

“我们走了好不好，哈尔？”那伙人里有个男人对想要买画的那人说。

“我倒很想把那幅油画买了带回去，”那人对他说。“只要价钱合适我就打算买了。”

“我可想要走了，”前头的那个男人却拿定了主意说。“逢场作戏本也不算什么，只要别太离谱就可以。可眼看着小孩子这样一个劲儿灌酒，实在叫人受不了。”

---

① 一种镇静药的商标名。是含溴的泡腾盐，也治头痛。

“你斟给这小孩子喝的真是金酒？”靠门那头吧台一端的那个漂亮的金发姑娘问博比。这姑娘个儿高高，一头秀发金灿灿的，几颗雀斑讨人喜欢。那不是红头疙瘩，是雀斑。一些晒不黑的白皮肤姑娘，晒得成了棕褐色的脸上往往都留有这样的雀斑。

“是啊，小姐。”

“我说这太不像话了，”那姑娘说。“太令人气愤了！实在太不像话了！简直是犯罪！”

罗杰故意避开了那姑娘的目光，托马斯·赫德森连眼也不敢抬。

“那你说他喝什么好呢，小姐？”博比问。

“什么也别喝。根本就不应该给他喝酒。”

“这好像不大公道吧，”博比说。

“请问你什么叫公道？难道用酒精来毒害一个孩子就是你的公道？”

“听见了吗，爸爸？”小汤姆说。“我早就觉得让安迪喝酒是不对的。”

“三个娃子里也就他一个喝了点酒呀，小姐。这位老弟就已经把酒戒啦，”博比找了些理由跟她解释。“一户人家三个娃了，就一个娃子还勉强能有这么点儿乐趣，你连这么点乐趣都要剥夺他的，难道这倒是公道？”

“亏你还有脸谈公道！”那姑娘说。“我看你十足是个恶魔。你也是个恶魔，”她对罗杰说。“还有你，也一样是一个恶魔，”她对托马斯·赫德森说。“你们全都丧尽了天良，我恨透了你们。”

她眼睛里噙着泪水，转过身去，背对着小家伙们和博比先生，对同来的那几个男人说：“你们难道也没有一个肯出来管一管？”

“我看这是闹着玩儿的，”男人里有一个对她说。“就好比人家开派对，有时还会特意雇个信口开河的侍者来制造些笑料呢。你就只当听相声表演算了。”

“不，这不是闹着玩儿的。那个没心肝的家伙给小家伙喝的是金酒。这真是伤天害理，真是人间悲剧。”

“博比先生，”小汤姆[①]问，“我是不是就喝到五杯为止了？”

“今天就喝到五杯为止吧，”博比说。“省得你把那位女士给吓坏了。”

“哎，快陪我走，”那姑娘说。“我可不想再看下去了。”

她眼泪都挂了下来，于是两位男士就陪她出店而去。托马斯·赫德森和罗杰，连同三个小家伙，都觉得很扫兴。

那另一个姑娘，也就是长得绝美的那一位，走了过来。她不但容貌绝美，而且棕色的皮肤好光洁，还配着一头茶色的秀发。她虽然穿的是宽松的长裤，但是托马斯·赫德森看得出她还有一副苗条的身材。那一头秀发又是那么柔软，走起路来跟着飘啊荡的。他敢肯定他以前在哪儿见过她。

“这不是真的金酒吧？”她问罗杰说。

“不是真的。哪会是真的呢。”

“我这就去告诉她，”她说。“她可是认了真了，闹得不痛快极了。”

她出了店门，临走时还对他们微微一笑。真是好一个可爱的姑娘！

“戏演完啦，爸爸，”安迪说。“可以喝可口可乐了吗？”

“我倒想来瓶啤酒，爸爸。但愿这不会使那位女士觉得不痛快，”小汤姆说。

“喝啤酒嘛，我看她还不至于会不痛快吧，”托马斯·赫德森说。“我可以请你喝一杯吗？”他这是对想要买画的那位男士说的。“真抱歉，我们这一套也许太傻气了。”

“哪里，哪里，”那人说。“非常有意思。我觉得这些都非常有意思。叫我看得都入神了。对作家和画家我一向是极为仰慕的。你们这都是即兴的发挥吗？”

---

① 原文如此。从上文看，应作“安迪”。

“对，”托马斯·赫德森说。

“不过我还是想问问那幅油画……”

“那幅画是桑德斯先生的，”托马斯·赫德森向他解释说。“是我画了送给他的。我看他大概也不见得想卖吧。不过画毕竟是他的，卖不卖还得由他自己说了算。”

“我要把画留着，”博比说。“你也甭给我出大价钱，你出大价钱反而惹我心里别扭。”

“我倒是真心诚意想要这幅画。”

“难道我就不是真心诚意啦，真是的！”博比说。“画可是我的。”

“可桑德斯先生，这么名贵的一幅画挂在这么个地方未免有点不大相当吧。”

博比的气儿都上来了。

“你别来跟我纠缠了好不好？”他对那人说。“我们本来玩得挺开心的。这样开心的时光我这辈子还真难得有呢，可偏叫那娘们一哭，好端端的事都给搅了。我知道她的本意是不坏的。可本意不坏又能顶个屁。本意不坏，火气就格外大。我的老太婆心地就挺好，干的也都在理，可这就每天闹得我焦头烂额。本意不坏？算了吧！现在又来了你这位一厢情愿的，看中了我的画就想要把画拿走了。”

“可桑德斯先生，你刚才自己亲口说的，说你不想把画挂在这儿，说这画是打算卖的。”

“那是我胡诌的，”博比说。“那是我们闹着玩儿的时候我胡诌的。”

“这么说这画是不卖的咯。”

“对。是不卖的，而且也不租不借。”

“那好，”那人说。“这是我的名片，如果哪天你有意出让了，请随时跟我联系。”

“好极了，”博比说。“汤姆家里倒说不定有些画打算出售呢。

是吧，汤姆？”

“没有的事，”托马斯·赫德森说。

“我倒很想到府上去瞻仰瞻仰，”那人对他说。

“我眼下没有作品可供参观，”托马斯·赫德森答道。“要是你有兴致的话，我倒可以把纽约的画廊地址抄给你。”

“谢谢。请说，我记下来。”

那人带了一支自来水笔，他就把地址记在自己的名片背面，又另抽了一张名片递给托马斯·赫德森。过后那人又再次向托马斯·赫德森表示了谢意，说是想请他喝一杯，不知肯不肯赏光。

“能不能请你大致告诉我一个数字，大型的油画大概需要多少钱？”

“我说不上来，”托马斯·赫德森说。“画廊里的经纪人可以告诉你。”

“我一回到纽约就找他去。你这幅画的意境真是太引人入胜了。”

“谢谢，”托马斯·赫德森说。

“这么说真是铁定不卖的啦？”

“哎呀，”博比说，“你就别再多说了，好不好？这画可是我的。是我提供的主题，请汤姆为我画的。”

看那人的神气，大概只当那套“装模作样的把戏”又开场了，所以他只是笑笑，一副十分友好的样子。

“不是我有意要死乞白赖……”

“还说不死乞白赖呢，简直像个木头脑袋一样纠缠不清，”博比对他说。“得了得了，我来请你喝一杯，咱们不提了。”

小家伙们跟罗杰在聊。“可惜后来拆穿了，起先倒演得挺像回事的，你说是吗，戴维斯先生？”小汤姆问他说。“我没有装得太过分吧？”

“你演得不错，”罗杰说。“只是戴维没有好好发挥。”

“我刚准备要装个大妖怪呢，”戴维说。

"看你会不把她吓死了才怪，"小汤姆说。"她已经难过得不得了了。你真打算装成个大妖怪？"

"我已经把眼皮都翻了过来，只等着上场了，"戴维对他们说。"我正弯下了腰，在准备进入角色呢，没想到戏却收场了。"

"真倒霉，会碰上这么个爱挑剔的女人，"安迪说。"戏才演开了头，我还一点都不过瘾呢。只怕以后就没有机会再来这么演一场了。"

"你们看博比先生演得精彩不精彩？"小汤姆说。"哎呀，博比先生，你真有两下子。"

"这么匆匆收场真是遗憾哪，"博比说。"警察都还没有来得及登场呢。我也只演得刚来了点劲。那班大演员大明星在舞台上是怎么个感受，我算是有了些体会了。"

那姑娘又走进了店门。她进来时正好一阵风起，吹得她的套衫都紧贴在身上，头发也扬了起来，她却只顾对罗杰说：

"她不想再回来了。不过不要紧。她已经不生气了。"

罗杰邀她："跟我们一块儿来喝一杯好吗？"

"太好了。"

罗杰把大家的名姓一一向她作了介绍。她说她名叫奥德丽·布鲁斯。

"我可以到你府上去看看你的画吗？"

"行啊，"托马斯·赫德森说。

"我倒也很想跟布鲁斯小姐一块儿去，"那位不死心的男士说。

"你是她的老太爷吗？"罗杰问他。

"不是。不过是世代的故交了。"

"对你恕不招待，"罗杰说。"你还是等到了'故交节'再来吧。要不就到监护人那里去领一张卡片再来①。"

---

① 精神病患者需有监护人。这里显然有挖苦的意思。

“请不要对他这样不客气。”

“对不起，我对他恐怕是有点不客气。”

“那就别再这样了。”

“好。”

“大家和和气气的有多好。”

“行。”

“刚才汤姆有句台词我倒觉得挺有意思的，说你书里写的全都是一个姑娘。”

“你真觉得有意思？”小汤姆问她。“可实际并不是那么回事。我是跟戴维斯先生逗着玩儿的。”

“我看你这话还是有点说对了。”

“你到我们家去吧，”罗杰对她说。

“可以带上我的朋友？”

“不行。”

“一个都不能带？”

“你就那么少不了他们？”

“哪儿的话呢。”

“这不结了。”

“我大致什么时候上你们家去合适？”

“随时都可以，”托马斯·赫德森说。

“留我吃午饭吗？”

“那当然，”罗杰说。

“这个岛子看来还真是个好地方，”她说。“大家都和和气气的，你看有多好。”

“戴维还可以给你讲讲，要不是我们刚才匆匆就收场，本来他还想装个大妖怪给你们看看呢，”安迪对她说。

“哎呀太好了，”她说。“好看的好听的，实在太多了。”

“你可以待多久呢？”小汤姆问她。

“我不知道。”

“游艇在这儿停泊多久呢？”罗杰问。

“我也不知道。”

“那你知道些什么呢？”罗杰问。“我这话可没有挖苦你的意思啊。”

“我是一问三不知的。请问你呢？”

“我就觉得你挺可爱的，”罗杰说。

“喔！”她叫了起来。“多谢你的称赞啦。”

“你该可以待些时候吧？”

“我真不知道。想来总该可以吧。”

“你是不是这就到我们家去？这酒就别在这儿喝了，还是到我们家去喝一杯，好不好？”罗杰问她。

“还是就在这儿喝一杯吧，”她说。“这个地方怪讨人喜欢的。”

12

第二天，风小了，罗杰带小家伙们去海滩上游泳了，托马斯·赫德森在阳台上画他的画。埃迪的意思，认为戴维的脚在海水里浸浸不会有什么害处，只要游完后再把脚重新包扎起来就行。所以他们就一起下海去了，托马斯·赫德森在阳台上画画，也不时探头看看他们。罗杰和那姑娘的一番情景总使他心里捉摸不透，想着想着未免分了心，因此他就不再去想了。可心里总还是禁不住会想起那姑娘多么像跟他初次相见时的小汤姆他妈妈。不过再一想，世界上也就偏多如此模样的姑娘，往往叫他愈看觉得愈像。他就不再去想，还是画他的画。他相信迟早总还会见到这个姑娘，而且敢肯定以后见面的机会绝少不了。事情早就是摆明了的。唉，姑娘一派花枝招展，看去非常讨人喜欢。如果他觉得她活像汤米他妈，那可决不是什么好事。可这又有什么办法呢。这样的事他以前经历得也够多的了。他还是继续画下去。

他知道手里的这张画画起来是肯定不会差的。还有一张要画鱼在水里，那才真叫难画呢。他心想：我也许应该先画那一张呢。不，还是先把这一张画好了吧。那一张反正可以等他们走了以后再从从容容画。

"我来背你上岸去吧，戴维，"他听见罗杰说。"免得干的沙粒子嵌进脚上的伤口里去。"

"好吧，"戴维说。"那就先让我在海水里把两只脚都洗洗干净。"

罗杰把他背上了海滩，来到面海的家门口，在门旁的一张椅子里放下。到椅子跟前得从阳台下过，托马斯·赫德森听见戴维在阳台下经过时问了一句："你看她会来吗，戴维斯先生？"

"不知道啊，"罗杰说。"但愿她能来。"

"你说她美吗，戴维斯先生？"

"挺可爱的。"

"我看她挺喜欢我们的。戴维斯先生，像这样一位姑娘，你估计她是干什么的呢？"

"这倒说不上。我没问过她。"

"汤米已经喜欢上她了。安迪也是的。"

"那你呢？"

"我也说不上。我不像他们，不会这样轻易喜欢上人家。反正我觉得很想再见见她。戴维斯先生，她总不会是个坏女人吧？"

"这倒不好说。看上去不像。你怎么问起这个来了？"

"汤米说他喜欢上了她，可就怕她说不定是个坏女人。安迪却说就是坏女人也无所谓。"

"她看上去不像是个坏女人，"罗杰告诉他。

"戴维斯先生，跟她在一起的那帮男人，都不声不响的，可不是奇怪么？"

“的确奇怪。”

“这种人你看他们是干什么的？”

“等她来了倒要问问她。”

“你看她会来吗？”

“会来，”罗杰说。“我要是你的话，我就不会像你这样着急。”

“汤米和安迪才着急呢。我喜欢的是另外一个人。你知道的。我告诉过你。”

“我记得。这个姑娘跟她也很像呢，”罗杰对他说。

“大概她在电影里见过她，学了她的样子，”戴维说。

托马斯·赫德森还是管他画画。

罗杰正在戴维的脚上搽药水包扎，没想到她倒从沙滩的那头走来了。她光着两脚，身穿泳装，外边罩一条同样料子的裙子，手里提一只“海滨袋”。托马斯·赫德森高兴地看到，她不仅脸儿长得美，也不仅穿着套衫时双峰隆然十分动人，原来连她的大腿也是那么曼妙。她两条胳臂真是可爱，全身上下晒得黑黝黝的。她只是嘴唇上搽了些口红，其他未施一点脂粉，其实她的嘴本身就长得很美，他倒宁愿她连口红都别搽。

“哈罗，”她说。“我是不是来得太晚了？”

“没有的事，”罗杰对她说。“我们刚下过了海，我还想再去一次呢。”

戴维所坐的那张椅子，早已被罗杰搬到了沙滩边上，所以此刻她弯下腰去瞧戴维的脚，托马斯·赫德森也看得一清二楚。只见她一头秀发都倒披在额前，脖颈子上倒卷的短细发脚纤毫毕现，衬着黝黑的皮肤，在阳光下看去闪着些许银辉。

“你这脚怎么啦？”她问。“怪可怜见的。”

“钓鱼的时候使了劲把脚底擦破了，”戴维告诉她。

“那鱼有多大？”

“不知道啊。上了钩又跑啦。”

“那真是太遗憾了。”

“也没什么，”戴维说。“反正现在大家也都已经想开了。”

“脚上破了还去游泳，行吗？”

罗杰正在破了皮的地方搽红药水。脚看上去是干干净净的，不过因为在海水里泡过了，所以皮起了点皱。

“埃迪说去海水里游泳有好处。”

“埃迪是谁？”

“我们的烧饭大司务。”

“烧饭大司务还兼做医生？”

“在这号事情上他可精了，”戴维解释说。“戴维斯先生也说去游游没问题。”

“戴维斯先生还说别的吗？”她这是冲着罗杰问的。

“他很乐意见到你。”

“那敢情好。你们这些小家伙，昨天晚上闹得很欢吧？”

“还好，”罗杰说。“我们打了会儿扑克，后来我又看了会儿书才睡。”

“扑克是谁赢了？”

“安迪和埃迪，”戴维说。“你们呢，都干了些什么？”

“我们玩‘十五子戏’。”

“你睡得好吗？”罗杰问。

“好。你呢？”

“睡得好香甜，”他说。

“我们几个人里只有汤姆会玩‘十五子戏’，”戴维对那姑娘说。“那是一个不成材的家伙教给他的，后来才知道那人原来是个搞同性恋的。”

“真的？那真是太糟糕了。”

“照汤米讲的来看，也没有什么太糟糕的，”戴维说。“又没有闹出什么乱子来。”

“我想搞同性恋的该都是些糟糕透顶的家伙，”她说。“搞同性恋的还会有什么好东西。”

“这事说起来就有点滑稽了，”戴维说。“就是这个教汤米‘十五子戏’的不成材的家伙，他给汤米讲了很多很多，搞同性恋是怎么回事啦，古希腊人怎么怎么啦，达蒙和皮西厄斯①怎么怎么啦，大卫和约拿单②又怎么怎么啦。讲起来简直就像课堂上讲课，讲鱼卵和鱼白能孵化为鱼，讲蜜蜂传粉能使花受精什么的。汤米问他可曾看过纪德③的一本书。书名叫什么来着，戴维斯先生？不是《科里东》。是另外一本吧？里边还提到奥斯卡·王尔德④的？”

“《Si le grain ne muert》⑤，”罗杰说。

“那真是一本吓人的书，汤米带到学校里去给同学们念过。当然，书是法文的，同学们听不懂，是汤米翻译给他们听的。书里好些内容其实也挺乏味，可是写到纪德先生去非洲以后，那就吓人了。”

“这本书我看过，”那姑娘说。

“那就好，”戴维说。“那你知道我要说的是怎么个意思了。总之，这个教汤米玩‘十五子戏’的家伙其实骨子里是个搞同性恋的，他一听汤米说起这本书，倒大吃了一惊，不过吃惊之余却又有点欢喜，因为这一来，什么蜜蜂啊，花啊这一套就都可以不用再费口舌去说了，所以他就说：‘你知道了就好嘛，’反正总是这一类的

---

① 民间传说中的一对挚友。传说公元前 4 世纪，皮西厄斯被古希腊叙拉古僭主狄奥尼西奥斯判处死刑。狄奥尼西奥斯允许皮西厄斯回家一次，然后回来服刑，但须以其友达蒙为人质，如皮西厄斯逾期不归，即杀达蒙以代。皮西厄斯不忍累及达蒙，果如期而返，狄奥尼西奥斯为之感动，遂释二人。

② 大卫和约拿单是《圣经》中的人物。大卫是以色列王，他在登基前原是扫罗王的臣子。约拿单则是扫罗王的儿子。两人情投意合，约拿单爱大卫如同爱自己的生命。扫罗王对大卫常存杀心，约拿单多次救大卫脱离险境，最后又送他踏上逃亡的道路。

③ 纪德（1869—1951）：法国作家。曾获 1947 年诺贝尔文学奖。

④ 王尔德（1854—1900）：英国作家。著有《道林·格雷的画像》等。

⑤《如果种子不死》。这是纪德 1936 年出版的作品。前面提到的《科里东》出版于 1911 年，书中就提出一种观点，认为同性恋是合法的。

话吧。这时汤米就回了他两句，我一直记着，原话是这样的：‘爱德华兹先生，我对同性恋的兴趣可只限于理论上。非常感谢你教会了我玩“十五子戏”，现在我得向你说再见啦。’”

“汤米那时候的风度就已经是没说的了，”戴维又对她说。“他跟着爸爸在法国住了一阵，那时刚回来，所以风度是没说的了。”

“你也在法国住过？”

“我们都住过，各人有先有后。不过只有汤米才什么都记得一清二楚。反正他的记忆力也最强。而且他从来没有记错的。你也在法国住过？”

“还住了好长久呢。”

“是在法国上学的？”

“对。在巴黎郊外。”

“一会儿你跟汤米就谈得拢了，”戴维说。“他对巴黎城里城外都熟，就像我摸熟了这一带水下的暗礁沙洲一样。只怕我对这里的暗礁沙洲都还不及他对巴黎来得熟呢。”

她这时已经在阳台下的荫头里坐了下来，脚一扭一扭的，让脚上白花花的沙粒从趾缝里往下落。

“那你把这里的暗礁沙洲给我说说吧，”她说。

“这还不如领你实地去看，”戴维说。“我可以弄条小划子，载着你去沙洲看看，你要是高兴的话，我们还可以下海里去摸鱼。要了解暗礁是怎么样的，不实地去看不行。”

“我倒真想去看看。”

“游艇上那班人都是谁？”罗杰问。

“张三李四都有。你不会喜欢他们的。”

“他们看上去还真讨人喜欢哩。”

“我们别用这种腔调儿说话好不好？”

“好吧，”罗杰说。

“比如你见到的那个死乞白赖的人吧。他是里边最有钱的一个，可也是最乏味的一个。我们就别再提他们了行不行？他们都是好人，人都是挺不错的，可也都乏味得要死。”

小汤姆来了，后面还跟着安德鲁。他们两个人游得远，一直游到海滩的那头去了。等到冒出水面来一看，见姑娘已在戴维的椅子旁边，便急忙上了沙滩，到了硬实些的地方就撒腿奔来。安德鲁被撇在了后边，跑到这里已是气喘吁吁了。

“你怎么也不等等我啊，”他对小汤姆说。

“对不起，安迪，”小汤姆说。接着便招呼开了：“你早。我们等等你不来，就下海去了。”

“对不起，我来晚了。”

“不晚。一会儿我们都还要下去。”

“我就不去了，”戴维说。“你们赶快一起去吧。我反正也叨叨得够多的了。”

“你不用担心有回头浪打来，”小汤姆对她说。“这儿的海滩坡面长、坡度缓。”

“有没有鲨鱼和魣鱼？”

“鲨鱼要晚上才有，”罗杰对她说。“魣鱼是不犯人的。除非碰上海水又浑又急，那魣鱼才会咬人。”

“是这样的，魣鱼要是只看见有个东西在眼前一闪，而看不清那是什么，那就有可能会来误伤了人，”戴维给她解释。“但是水清的时候魣鱼是从来不咬人的。我们游泳的地方附近平时一般都有魣鱼。”

“有时候可以看见它们就在你身边，跟你一起在浅海里浮游，”小汤姆说。“它们就是好奇心大得不得了。不过看了会儿也就都游走了。”

“不过要是你手里有鱼的话，”戴维对她说，“比方说你摸到了鱼，把鱼串在串鱼绳上或者放在个袋子里，那它们就要来打鱼的主意，碰得不巧的话就会咬了你，因为魣鱼攻击的速度可快了。”

“另外也有这样一种可能，就是假如你游到了一群鲻鱼里，或者遇上了一大群沙丁鱼，”小汤姆说，“那魣鱼要扑过来追袭鱼群，说不定也同时会咬了你。”

“我和汤姆一边一个护着你，你游在中间好了，”安迪说。“那样你就不会遇上什么麻烦了。”

海浪一阵阵猛烈地扑上沙滩，打得四散开花。前一个浪头刚刚退落，后一个浪头还没有打来，鹬鸟和威尔逊鸻鸟就抓住这个空隙，快如闪电一般飞了出来，找了个硬实的地方落在刚打湿的沙子上。

“这么大的风浪，打得人眼睛都睁不开来，你们看我们去游泳合适吗？”

“哎，放心好了，”戴维对她说。“只要下水之前注意自己的脚下就行。风浪大些就大些吧，至少沙滩上就不会有魟鱼晒太阳了①。”

“戴维斯先生和我会照看你的，”小汤姆说。

“我也会照看你的，”安迪说。

“在浪花里你就是碰上鱼，多半也只是些小鲳鲹，”戴维说。“这种鱼是趁涨潮的时候来沙滩上吃砂蚤的。在水里这种鱼可好看了，见了人挺好奇，却从来不咬人。”

“听你们这么一说，真有点像到了水族馆里似的，”她说。

“安迪可以教你怎样吐气才能长久潜在深水里，”戴维对她说。“汤姆可以教你怎样才能避免海鳝的纠缠。”

“你别去吓唬她了，戴夫，”小汤姆说。“我们两个可不像他，我们不是潜水大王。可他是潜水大王，布鲁斯小姐，所以……”

“叫我奥德丽吧。”

“奥德丽，”小汤姆叫了一声，却没说下去。

“你刚才想要说什么来着，汤米？”

“我也忘了想要说什么了，”小汤姆说。“我们还是下海游泳去吧。”

---

① 魟鱼是常栖息在近海底层的鱼类，戴维这是句调皮话。

托马斯·赫德森又画了会儿画，这才下楼来，坐在戴维的身旁，看跳进了浪花的他们那四个。那姑娘没有戴游泳帽，游水潜水都像海豹一样滑溜。论游泳的本事她一点也不比罗杰差，只是体能上明显有个差距。等到他们出了水上了海滩，踩着硬实的沙地向屋里走来时，那姑娘的头发已是湿淋淋的，都直披在脑后了，脸庞轮廓也无遮无掩，看得很分明了。这样俊俏的面容、这样美妙的身材，托马斯·赫德森觉得真还从来没见到过哪一个能胜过她的。不，还是有一个的，他心想。那一个才是容貌最俊俏、身材最美妙的呢。他命令自己：不要再想下去了。就看看这个姑娘吧。来了这么个姑娘，你就高兴高兴吧。

“游得带劲儿吗？”他就问她。

“带劲儿极了，”她对他笑笑。“可我一条鱼也没有看到啊，”她又转而对戴维说。

“浪头这么大，是不大会见到鱼的，”戴维说。“就有也是偶然撞上的。”

她双手抱住了膝头，坐在沙地上，湿漉漉的头发散披在两肩，两个小家伙坐在一旁。罗杰则额头枕着交叉的双臂，趴在她跟前的沙子里。托马斯·赫德森推开纱门，进屋上楼，到阳台上去继续画他的画。他觉得他还是这么办最妥当。

下面的沙地上，旁边已经没有托马斯·赫德森看着了，那姑娘就把两眼盯住了罗杰。

“你心里不痛快吗？”她问他。

“没有的事。”

“有什么心事？”

“也许有点儿吧。我也说不上。”

“今天这样好的天气，最好什么也不要去想。”

“好吧。就不去想。看看海浪总可以吧。”

“海浪是尽看不要钱的。”

“你还想再下海吗？”

“过会儿再去。”

“是谁教会你游泳的？”罗杰问她。

“不就是你吗？”

罗杰抬起头来，盯着她看。

“你还记得当蒂布角[①]的海滩吗？就是那个很小的海滩？不是伊甸岩。伊甸岩是我经常看你跳水的地方。”

“那你到底到这儿干什么来了？你真正的名字到底叫什么？”

“我是特意来看你的，”她说。“我的名字嘛，我想应该叫奥德丽·布鲁斯吧。”

“要不要我们走开，戴维斯先生？”小汤姆问。

罗杰也没顾得搭理他。

“你真正的名字叫什么？”

“我本叫奥德丽·雷伯恩。”

“你为什么要特意来看我？”

“就因为我想要来看你呀。难道这也有错？”

“错我想是没错，”罗杰说。“可谁告诉了你我在这儿？”

“我在纽约一个鸡尾酒会上碰到了一个讨厌透顶的家伙，是他告诉我的。你跟他在这儿打过一架。他说你是个海滩上混饭的流浪汉。”

“哼，海滩上我是流浪得够了，”罗杰眼睛望着海上说。

“他还说了你好多别的名堂。当然都不是什么好听的字眼。”

“在当蒂布的那阵子你是跟谁在一起的？”

“跟妈妈和迪克·雷伯恩。现在你想起来了吧？”

罗杰坐起身来，对她直瞅。随即就走过去一把搂住了她，把她亲亲。

“瞧我这该死的，”他说。

“我特意来看你该没错吧？”她问。

---

① 当蒂布角在法国东南沿海尼斯附近的安蒂布港西南。

“你这个淘气的丫头，”罗杰说。“真是你吗？”

“难道还得要我来验明正身？难道你还觉得不敢相信？”

“我记不得你身上有什么暗记了。”

“可你现在喜欢我吗？”

“我现在可爱你呢。”

“我可不会永远是一副小马驹的模样。你可还记得，那回在奥特伊[1]，你说我就像一只小马驹？那时我还哭了呢。”

“其实这倒一点不假是句好话。我说你像小马驹，是像坦尼尔[2]笔下《爱丽丝奇境历险记》插图里的小马驹。”

“可我哭了呢。”

“戴维斯先生，”安迪说，“还有奥德丽，我们小哥儿几个要去弄些可口可乐来喝了。你们要不要也来一瓶？”

“我不要，安迪。你呢，丫头片子？”

“好的，我倒想来一瓶。”

“走吧，戴夫。”

“不。我很想听听。”

“你这个老弟，有时候也真是要命，”小汤姆说。

“给我也带一瓶来，”戴维说。“你们只管说下去好了，戴维斯先生，压根儿不用管我。”

“不要紧，你只管待着，戴维，”姑娘说。

“可你当时又去了哪儿？为什么现在又叫奥德丽·布鲁斯了？”

“这说来就比较复杂了。”

“我看也不会简单。”

“妈妈后来嫁了人，这人就姓布鲁斯。”

---

① 巴黎西部一区，当地有个赛马场。

② 约翰·坦尼尔（1820—1914）：英国插图画家、讽刺画家。他为《爱丽丝奇境历险记》作的插图十分有名。

"我认识他。"

"我很喜欢他。"

"我不发表意见，"罗杰说。"可又为什么把名字改成了奥德丽呢？"

"奥德丽本来是我当中一个名字。我不喜欢跟妈妈用同一个名儿，所以就索性用了奥德丽。"

"我不喜欢你妈妈。"

"我也不喜欢。我倒喜欢迪克·雷伯恩，也喜欢比尔·布鲁斯。那时我很爱你，也很爱汤姆·赫德森。他也没认出我吧？"

"我不知道。他脾气怪，也许认出了没说。我知道他准觉得你挺像汤米的母亲。"

"我要真像她就好了。"

"你呀，像得就跟脱了个影儿似的。"

"真像，真像，"戴维说。"这我清楚。对不起，奥德丽。我按理应该闭上了嘴走开才是。"

"你那时并不爱我，也并不爱汤姆。"

"不，我不说瞎话。你才不了解呢。"

"你妈妈如今在哪儿？"

"她嫁了个叫杰弗里·汤森的人，眼下住在伦敦。"

"她还吸那玩意儿？"

"哪有不吸的。她还那么美。"

"真的？"

"你别这样。她是真的还那么美。这可不是我出于孝道而说的恭维话。"

"你以前也的确是够孝顺的啦。"

"我知道。我以前一片好心为大家都祈祷。结果却落得样样都让我伤透了心。逢到耶稣受难节我总是先为妈妈祝福，但愿上天降恩，能让她有一个善终。你不知道我还一直为你祈祷呢，罗杰。"

"你的祈祷要是能够多应验一些就好了，"罗杰说。

"就是，"她说。

"这事可难说呢，奥德丽。祈祷什么时候应验是说不准的，"戴维说。"我这意思倒不是说戴维斯先生已经需要人家求上天来保佑了。我只是从理论上说明祈祷应验的时间是说不准的。"

"谢谢啦，戴夫，"罗杰说。"布鲁斯后来怎么样了？"

"他死了。你不记得啦？"

"不记得了。我只记得迪克·雷伯恩死了。"

"这你倒还记得。"

"我还记得。"

小汤姆和安迪捧了几瓶可口可乐回来了。安迪把一瓶冰过的给了姑娘，也给了戴维一瓶。

"谢谢你，"姑娘说。"味道好极了，又是冰的。"

"奥德丽，"小汤姆说。"我这可把你想起来了。你当初是常跟雷伯恩先生一起到我爸爸的画室里来的。那时你是不大说话的。你，我，爸爸，还有雷伯恩先生，我们常常去各个马戏团看表演，还去看赛马。可你那时候还没有现在这样美呢。"

"哪有你这个话，"罗杰说。"不信问你爸爸去。"

"雷伯恩先生没了，我也挺伤心的，"小汤姆说。"他的死我还记得很清楚。他是给大雪橇撞死的。一辆大雪橇转弯的时候速度太快，撞进了人群。他本来就病得不轻，爸爸还带我去看望过他。过了一阵子他倒好了点，就去看大雪橇比赛，按说他其实是不该去的。他出事的那天我们都不在场。对不起，被我这么一提，大概惹得你心里很不痛快吧，奥德丽。"

"他为人挺好的，"奥德丽说。"我也没有什么不痛快的，汤米。那都是很久以前的事了。"

"我们这两个娃子呢，你还有印象吗？"安迪问她。

"她怎么可能有印象呢，大骑师？那时我们都还没有出世哩，"戴维说。

"我怎么知道？"安迪反问。"对法国我一点印象也没有，我看你也不见得会有多少印象。”

“我也没有自夸我有多少印象。我们三个就打统账吧，法国的事都归汤米记。这岛上的事今后就由我来。还有爸爸的画，只要是我见过的我都记得牢牢的。”

“画赛马的几幅你记得吗？”奥德丽问。

“只要是见过的就没有记不得的。”

“有几幅里就有我呢，”奥德丽说。“在隆尚[①]的，在奥特伊的，在圣克卢[②]的，凡是画赛马的都有我。总是给我画个后脑的影子。”

“你那时后脑是怎么个模样我都还记得，”小汤姆说。“你的头发长得一直要垂到腰里。为了看赛场清楚些，我坐在你的后面，比你高出了两级台阶。那是一个雾蒙蒙的日子，秋天里是常有这种天气的，看去像弥漫着一层青色的烟雾。我们坐在上层看台，正对着水沟障碍，左边是树篱和石墙。终点设在离我们较近的一头，水沟障碍设在跑道的里圈。我为了看赛场清楚些，总坐得比你高，因此也总在你的后边，要不就干脆不上看台，索性到跑道边上去看。”

“那时我就把你当成个有趣的小娃子。”

“我应该说还是个小娃子吧。你也从来不跟我说话。大概因为看我年纪太小吧。可你说到奥特伊，那儿的跑马场倒是挺漂亮的，是吧？”

“漂亮极了。我去年还去过。”

“我们今年想法去一次好不好，汤米？”戴维说。“戴维斯先生，你以前也常跟她一起去看赛马吗？”

“不，”罗杰说。“我只是教她游泳。”

“你那时是我心目中的英雄。”

“我爸爸是你心目中的英雄吗？”安德鲁问。

---

① 隆尚是巴黎西郊布洛涅树林内的赛马场名。

② 圣克卢是巴黎西南郊外的一个市镇。那儿也有个赛马场。

“那当然啦。可我虽然很想把他当成我的英雄，却不能一厢情愿哪，因为他是有妻室的人啦。他跟汤姆的妈妈离婚以后，我给他写过一封信。信是写得很倾注了感情的，我已经决心要想尽一切办法去接替汤米他妈妈的位置了。可这封信我始终没有寄出去，因为他又跟戴维和安迪他们的妈妈结婚了。”

“事情还真复杂哩，”小汤姆说。

“再给我们说说巴黎的情况吧，”戴维说。“我们既然已经决定了要去巴黎，就应该尽量多多了解些情况。”

“你还记得吗，奥德丽？有时我们下了看台去贴着栏杆看，那一匹匹马越过了最后一道障碍，便都朝着我们直冲而来，看上去只觉得来的马愈来愈大，愈来愈大，不一会儿就都从我们面前一拥而过，场地上一时间真有震天价响。”

“还有，那时的天气总是很冷，我们就常常挨着大火笼取暖，从酒吧里买了三明治来吃，你还记得吗？”

“我就爱秋天去看赛马，”小汤姆说。“看完赛马就坐马车回家，那是一种敞篷的马车，你还记得吗？出了树林公园[①]，沿河行去，天色渐渐黑下来了，空气里弥漫着一股焚烧落叶的气味，河上是拖轮拖着一条条驳船。”

“你真记得那么清楚？你那时还只是个丁点儿大的娃娃哩。”

“从絮尔斯恩一直到夏朗通，河上每一座桥我都记得，”汤米对她说。

“我看不见得吧。”

“桥名是说不上来，可脑子里的印象清楚着哩。”

“我就不信你都记得全。沿河有些地段是很不堪入目的，好些桥也根本看不得。”

“这我知道。不过自从认识了你以后我又在那里住了好长时

① 指布洛涅树林，那是巴黎西郊的一个树林公园，还设有一个赛马场（即前面提到过的隆尚）。

间，爸爸常常带我去河边走走，从头到尾都走遍了。不堪入目的地段，赏心悦目的地段，都去过，我还跟好一些朋友常常到河上去钓鱼哩。”

“你真在塞纳河上钓过鱼？”

“那还有假？”

“你爸爸也去塞纳河上钓鱼吗？”

“爸爸是不大去的。他要钓鱼有时就去夏朗通。不过他每天画完了画总爱去走走，我们就一起去散步，走到我走不动了，就想法搭公共汽车回家。到后来我们有了点钱了，我们就往往改坐出租汽车，要不就雇辆马车。”

“我们一同去看赛马的那个时候，你们准是已经有了钱了。”

“那一年我想我们该是有点钱的，”汤米说。“到底怎么样我已经记不得了。反正我们有时候有钱，有时候没钱。”

“我们那时倒是一直不愁没钱花的，”奥德丽说。“要不是个很有钱的人，妈妈也不会嫁给他了。”

“你现在呢，很有钱吗？”汤米问。

“哪儿的事呵，”姑娘说。“我爸爸会花钱，娶了我妈妈以后，又把家产赔了个精光。我的后爹没有一个是舍得为培养我而拿出钱来的。”

“没有钱也无所谓，”安德鲁对她说。

“你干吗不跟我们一起住呢？”小汤姆问她。“跟我们在一起准错不了。”

“好倒是好。可我还得去挣钱来养活自己啊。”

“我们打算到巴黎去，”安德鲁说。“你一起去吧。一起去多好呢。我们俩一块儿，可以去把整个巴黎都看个遍。”

“我还得考虑考虑，”姑娘说。

“要不要我去给你调杯酒来，助你一决？”戴维说。“戴维斯先生书里的人物总是这样来决定问题的。”

“可别拿烈酒来灌我啊。”

“这是白奴贩子惯使的诡计，”小汤姆说。“等到酒醒了，人也到了布宜诺斯艾利斯了。”

“那他们灌的酒一定是劲头够厉害的，”戴维说。“到布宜诺斯艾利斯去的路长着哪。”

“要说酒的劲头厉害，我看比戴维斯先生调的马丁尼还厉害的酒怕是没有的了，”安德鲁说。“戴维斯先生，劳驾你给她调一杯马丁尼吧。”

“你要来一杯吗，奥德丽？”安德鲁问。

“好吧。要是一会儿就要吃午饭，那就来一杯。”

罗杰起身调酒去了，小汤姆过来挨着她坐。安德鲁本来就一直坐在她的脚边。

“我看你还是不喝为是，奥德丽，”小汤姆说。“你一喝，就是跨出了第一步。记住 ce n'est que le premier pas qui conte。[①]”

阳台上的托马斯·赫德森还在画他的画。他们的谈话他不能听而不闻，不过自从他们去游泳回来以后，他可始终没有探头看过他们一眼。他以“工作”构筑起了一层自我保护的外壳，好不容易一直苦苦守在里边，心想：我要是这就把工作停下，我的保护壳恐怕就得完蛋。他也想到过，回头等他们都走了，他有的是画画的时间。不过心里毕竟看得很清楚：此刻他如不硬是坚持画下去，他以“工作”构筑起的自我保障体系必将瓦解无疑。他想：我一定要好好儿画，只当他们都不在。等今天的工作告一段落，收拾停当，再下楼去，那时就不怕再提雷伯恩了，也不怕再提当年的旧事了，提什么都不怕了。可是画着画着，却又觉得心里早已涌上了一种寂寞之感。下个星期他们都要走了。他连忙命令自己：快画你的。头脑要清醒，养成了习惯不要轻易改变，以后还得按这样的习惯生活呢。

---

① 原文如此。小汤姆这说的是句法语，意思是：第一步跨出去，就一发难收了。

工作告一段落，托马斯·赫德森就下楼去跟大家相聚，心里却还在想他的画。他跟姑娘打过了招呼，就把眼光避了开去。一会儿才又回过头来。

“我长着耳朵，你们的话我都听到了，”他说。“想不听也不行啊。我很高兴，原来我们还是老朋友。”

“我也很高兴。你早就看出来了吧。”

“可以这么说吧，”他说。“我们去吃午饭吧。你的湿衣服换了吗，奥德丽？”

“我到淋浴间里去换换衣服，”她说。“我带来了衬衫和配套的裙子。”

“你去关照一下约瑟夫和埃迪，就说准备开饭了，”托马斯·赫德森对小汤姆说。“我领你去淋浴间，奥德丽。”

罗杰进屋里去了。

“我想我来要来得明白，不应该掩盖自己的来意，”奥德丽说。

“你是很诚实。”

“你看我对他是不是也能有一些帮助？”

“也许能吧。他现在需要的是好好工作，好挽救自己的灵魂。我对灵魂什么的本也不懂得什么。不过他第一次去西海岸时，我看他是连灵魂都不在身上了。”

“可他现在打算要写一部小说了。要写一部伟大的小说。”

“你从哪儿听来的消息？”

“报上有个专栏里谈起过。大概是乔利·尼克博克的专栏吧。”

“喔，”托马斯·赫德森说，“那是肯定错不了的。”

“你真觉得我可以对他有些帮助？”

“应该可以。”

“不过事情还有些难处。”

“有些难处也是难免的。”

“要不要我这就告诉你？”

“再说吧，”托马斯·赫德森说。“你还是快穿上衣服，梳梳头发，到屋里去吧。叫他等久了，难保不会再碰上别的女人。”

“你以前可不是这样的人啊。我还认为你是我见过的人里最厚道的一个哩。”

“那真是太对不起了，奥德丽。你来了我高兴都还来不及呢。”

“我们是老朋友了，不是吗？”

“那当然，”他说。“快换了衣服，打扮打扮，到屋里去吧。”

说完他就把脸扭了过去，姑娘也关上了淋浴间的门。他真不知道自己的情绪怎么会变成了这样。这一个夏天来的愉快心情眼看都渐渐消失了，正如有时候浅滩上潮情一变，出海的航道里潮水就都渐渐退落了一样。他望望大海，望望那一溜海滩，发现此刻潮情果然已经变了，那打湿未久的沙滩上，沙坡下方的远处都已经有海滨小鸟在那儿忙活了。打上海滩来的浪花愈退愈远，也愈来愈小。沿着海边望去，他一直望到很远很远，这才收回了目光，进屋里去了。

13

最后几天他们过得很快活。还跟前一阵子一样那么快活，一点也没有分手前的那种难受。那游艇已经开走了，留下奥德丽在庞塞·德里昂租了一间房。不过她人却住在他们的屋里，就在屋子尽头那边的凉台上搭了个铺睡，连客房也归她用。

她也没有再提她爱罗杰的事。罗杰在托马斯·赫德森面前也不大提她，只说了一句：“她嫁了个混蛋。”

“你总不能要她等你一辈子吧？”

“可那男的偏偏又是个混蛋。”

“这世上能有几个男人不是混蛋？他总有什么长处了，你慢慢就清楚了。”

“他是个阔佬。”

“那大概就是他的长处了，”托马斯·赫德森说。“女人嘛，总免不了要去嫁个混蛋，那混蛋嘛，也总该有些什么非同一般的长处。”

“好吧，”罗杰说。“我们不谈了。”

“你的书总还打算要写吧？”

“当然要写。她也正要我写书呢。”

“你写书敢情就是为了她？”

“去你的，汤姆，”罗杰骂了他一句。

“我在古巴有房子，你要不要去用？虽说只是座简陋的木屋，倒有个好处，可以没人来打搅。”

“不，我还是想去西部。”

“还去西海岸？”

“不，不是去西海岸。我可以在你的牧场上住一个时期吗？”

“我就还剩了一座孤零零的小木屋，在牧场边的河滩上。其余的都租出去了。”

“那就满可以了。”

那姑娘和罗杰常去海滩上散步，一散步就要好半天，还一同下海游泳，有时候还把小家伙们也一起带上。小家伙们去捕北梭鱼，也把奥德丽一起带上，捕北梭鱼不算，还一起下暗礁里去摸鱼。托马斯·赫德森还是管他埋头画画。只要手里一拿上画笔，只要孩子们一下海，他的心情就总是甜丝丝的：一会儿等他们回来了，大家就可以在一起热热闹闹吃一顿饭了。逢到他们去潜水摸鱼的时候，他也不免有些担心，不过他知道有罗杰和埃迪的督促，他们会知道小心的。有一次他们全体出动，把船一直开到水下沙洲的尽头处，在最远的一座灯塔附近钓了整整一天的鱼，那一天真是钓得尽兴，战果辉煌，什么鲣鱼啦，鲯鳅啦，还钓到了三条大刺鲅。其中最大的一条是安迪钓到的，他就作了幅画送给安迪，画的就是一条刺鲅：扁平的古怪的脑袋，遍体条纹的流线型长长的鱼身。背景是支柱有如蜘蛛足的灯塔，头上有夏日的白云，下面可见绿幽幽的水下沙洲。

后来终于有一天，那架老式的西科尔斯基[①]型水陆两用飞机到他们家的上空打了个盘旋以后，便在港湾里降落了。他们用小划子把三个小家伙送上飞机。约瑟夫也划了一条小划子，给他们送行李。小汤姆说："再见了，爸爸。今年的夏天过得可真带劲啊。"

戴维说："再见了，爸爸。今年的夏天真是太够味了。你什么也不用担心。我们自会当心的。"

安德鲁说："再见了，爸爸。谢谢你啊，让我们过了个好快活、好快活的夏天，还让我们到巴黎去。"

他们爬上舷梯，钻进了座舱门，三个人都挤在门口，向站在码头上的奥德丽挥手，一边高喊："再见啦！再见啦，奥德丽。"

搀扶他们上舷梯的是罗杰，因此他们又说："再见了，戴维斯先生。再见了，爸爸。"接着是提得很高很高的嗓音，从水面上一直传过去："再见啦，奥德丽！"

一会儿机舱门一关，锁上了。于是就只剩下了他们的面影，贴在小小的玻璃窗上。一会儿那"磨咖啡豆的"[②]发动了，溅起水来，连他们的面影也带上了水花。托马斯·赫德森赶紧把小划子一退，避开了劈头盖脸打来的飞沫。那难看的老式飞机滑行了一段，便迎着当时的那么一点点微风起飞了。打了个盘旋以后，就改为平直飞行，虽然样子难看，倒也稳稳的，向着湾流上空慢慢飞去。

托马斯·赫德森知道罗杰和奥德丽也就要走了。听说第二天有班轮要来，他就问罗杰打算什么时候走。

---

① 西科尔斯基（1889—1972）：美国航空工程师，设计过多种飞机。
② 飞机引擎的俗称。

“就是明天，汤姆老兄，”罗杰说。

“搭威尔逊的船走？”

“是的。是我要他回来接我的。”

“我问你倒不是为了别的，我是要合计一下应该托班轮办多少货。”

因此第二天他们也就那样走了。托马斯·赫德森吻别了姑娘，姑娘也亲了他。小家伙们走的时候姑娘哭了，今天她又哭了，一边哭一边紧紧地搂住他不放。

“好好照应他，自己也多保重。”

“一定。你真待我们太好了，汤姆。”

“别说傻话。”

“我会给你写信的，”罗杰说。“有什么事要我在那边替你办吗？”

“只要你过得开心些就是。到了那边情况如何，不妨也让我知道知道。”

“行。这一位也会给你写信的。”

就这样，他们也走了。托马斯·赫德森送别他们回来，路过博比的酒店进去弯了弯。

“这一下你可要冷清得要命了，”博比说。

“是啊，”托马斯·赫德森说。“是要冷清得要命了。”

14

孩子们一走，托马斯·赫德森就只觉得满心不快。不过他以为这是少了孩子感到寂寞所致，是人之常情，因此也就只管他埋头作画。看来一个人个人世界的末日临头，跟博比先生构思中的那幅千古巨画是不一样的。宣告他托马斯·赫德森个人世界末日临头的可只是本岛的一个小伙子。小伙子从大路那头的当地邮局来，给他送来了一份无线电报，还说了句：“请在封套的回条上签个字撕下给我。我们也都很难过，汤姆先生。”

他给了小伙子一个先令。可是小伙子接过来看了看，却放在桌子上。

“我不是为小费而来的，汤姆先生，”小伙子说完就走了。

他把电报看了一遍，就收起来放在口袋里，走出门去，在靠海的门廊上一坐。在那里他取出电报来又看了一遍。**“令郎戴维及安德鲁偕其母于比阿里茨①附近遭车祸身亡诸事已先代料理万望即来致最深切的哀悼。”**署名是跟他有来往的纽约那家银行的驻巴黎办事处。

埃迪走了出来。他已经从约瑟夫那里听到了消息，约瑟夫是从报务室的一个小伙子那里听来的。

埃迪在他身边坐下来说：“真是要命，汤姆，怎么会有这样的事呢？”

“谁知道呵，”托马斯·赫德森说。“我想大概不是他们撞了人家，就是人家撞了他们。”

“我敢打包票这一定不是戴维开的车，”埃迪说。

“我也说一定不是他。不过这些现在已经都无关紧要了。”

托马斯·赫德森两眼望着那一平如镜的蔚蓝的大海，远处那蓝得更深的则是湾流。太阳已经沉得很低了，不一会儿就要被云彩掩住了。

“你看会不会是他们妈妈开的车？”

“很可能。也说不定开车的是个司机。那反正还不是一个样？”

“你看会不会是安迪开的？”

“也有可能。他要开，他妈妈会让他开的。”

---

① 在法国西南部，沿比斯开湾。

“小家伙太爱逞能了，”埃迪说。

“是啊，”托马斯·赫德森说。“我看他现在要逞能也逞不了啦。”

太阳落下去了，云彩遮起了阳光。

“等无线电台下一趟发报，我们就打个电报给威尔金森[①]让他早一点来，再请他打个电话替我订一张去纽约的机票。”

“你走了，这里的事你有什么吩咐吗？”

“只要照看着点就行。我给你按月留几张支票。要是发大风，就多雇些得力的工人，把船和房子都看顾好。”

“我一定尽力就是，”埃迪说。“不过我现在已经什么都觉得没意思了。”

“我也是，”托马斯·赫德森说。

“好在我们的小汤姆还在。”

“眼下好在还有他，”托马斯·赫德森说。他第一次不躲不闪地举起眼来，完整地探望了一下自己长远的前景，见到的却是一片茫然。

“你一定会熬过来的，”埃迪说。

“是啊。我哪一次没有熬过来呢？”

“你不妨先到巴黎去住上一阵，然后再去古巴的老庄上住，可以让小汤姆来陪陪你。在那儿你可以好好画你的画，多少也可以换换环境。”

“对，”托马斯·赫德森说。

“你去旅游一下，是大有好处的。去坐坐大轮船，我一辈子就只想坐那么大的轮船。每一条都去坐一坐。轮船开到哪儿就玩到哪儿。”

“对。”

“天哪天哪！”埃迪说。“你看这该死不该死，干吗非得要了我

---

① 威尔金森疑是拉尔夫船长的姓。

那小戴维的命呢？”

“这我们就别去说了，埃迪，”托马斯·赫德森说。“说起来就玄了，我们是理解不了的。”

“这个混蛋的世界！”埃迪骂了一声，把帽子往后脑勺上一推。

“比赛还没有完呢，我们还得尽力而为，”托马斯·赫德森对他说。不过他现在意识到自己对这场比赛已经没有多大兴趣了。

15

托马斯·赫德森是搭“法兰西岛”号东渡大洋的。在东渡的途中他明白了：地狱并不一定就是像但丁所写的那样，描写过地狱的其他一些伟大作家也没有把形形色色的地狱都写尽，地狱也可以是一艘舒适惬意、人见人爱的豪华巨轮，载着你去一个本来你总是欣然而往的国家。地狱里是有好多个“界”，不过那也并非一成不变，都像那位自命不凡的佛罗伦萨大作家笔下所写的那样。那天他是早早就上了船的，他事后才意识到，这是因为自己想要快快逃出纽约。他生怕在城里遇见了熟人，人家就要跟他提起那件不幸的事。他本想一到了船上，内心的悲痛总该可以搁过一边了吧，却不知心上的悲痛是挪不开、搬不动的。悲痛可以借一死而化解，可以为各种因素所冲淡、所麻木。还有时间据说也有化解悲痛之功。但是，除了一死以外，其他如还有什么能化解悲痛的话，那么这悲痛就很可能并不是真心的悲痛了。

有一种办法可以使自己整个人儿都糊里糊涂，从而也暂时忘了悲痛，那就是灌酒。还有一种办法可以把心思引开，那就是埋头工作。这两种办法托马斯·赫德森都会。不过他也知道，酒灌得一多，自己的才分就要受到戕害，好画就画不出来。至于工作，他多少年来早已把工作看成了自己生命的基础，所以工作倒总是抓得很紧，什么都可以放松，唯有工作是绝对不能放松的。

可是眼前有一段时间不能作画了，他打算就喝喝酒，看看报刊，运动运动，好歹要让自己累得撑不开眼，好睡得着觉。在飞机上他倒是睡了一觉。但是在纽约他根本没有合过眼。

如今他就到了轮船上的特等包房里，包房还带个起坐间，搬运工替他搬来了行李，还有他买来的一大包书报杂志。他的想法是，看看书报杂志，由此着手最简单易行。他把船票给了包房服务员，问他要了一瓶毕雷矿泉水[①]和一些冰块。东西送来以后，他从行李里取出一瓶 1/5 加仑装的上等苏格兰威士忌，打开矿泉水，给自己调了一杯。然后割断了绳子，取出那一大包的报纸杂志，摊开在桌上。那些杂志看上去都是崭新笔挺的，跟平时在岛上收到的就是不一样。他拿起《纽约客》看起来。在岛上他可总是把《纽约客》留到晚上再看的。像这样一本当周出版的《纽约客》，挺挺括括没有卷拢过，他已经有好长时间没有看到了。他靠在舒舒坦坦的大圈椅里，一边喝酒一边看，却总觉得不行：自己的亲人才去世未久，《纽约客》这样的刊物是看不下去的。他换一本《时代》来试试，那倒还看得下去，连“人生大事”专栏也看了，里边报道了他两个儿子的死讯，注明了他们的年龄，连他们妈妈的年龄都有，不过那就说得不尽正确了，还提到了她的婚姻情况，说她已经在 1933 年离了婚。

《新闻周刊》也作了同样的报道。不过看到这条小消息时，托马斯·赫德森却有个古怪的感觉，好像写报道的那一位对两个孩子的遇难感到挺惋惜似的。

他又为自己调了一杯酒，心想用毕雷矿泉水调威士忌就是比用别的强。于是他就把《时代》和《新闻周刊》两份杂志都从头到尾看完。心里却禁不住想：你说她到比阿里茨是干什么去的？要玩也

---

① 产于法国南部的一种冒泡的矿泉水。毕雷是商标名。

该到圣让德卢兹[①]去玩啊。

由此可知，威士忌果然还是起了点作用的。

他对自己说了：别再去想他们了。把他们的音容笑貌记在心里，当成了故人搁过一边吧。你迟早得过这一关的。迟过不如早过。

还是再看看杂志看看报吧。他正这么想着，船开行了。船开得极慢，他也没有到这起坐间的舷窗边去张望。他就坐在那舒舒坦坦的椅子里，把那一大堆报刊一份份、一本本拿来看，一边喝他毕雷矿泉水调的威士忌。

他又对自己说了：你现在还有什么为难的呢。人都去了，心也不想了。其实你根本就不应该把他们爱得那样火热。对他们如此，对他们的妈妈也一样如此。这是威士忌的意见，你听听吧——他对自己说。好个威士忌，真是消解苦恼的万应灵丹。真好比“炼金士的万应灵丹，化沉甸甸的黄金为粪土只在顷刻之间”。不，念起来不上口。还是“沉甸甸的黄金化为粪土只在顷刻之间”来得好。

他转而又想：罗杰跟那姑娘，也不知道这会儿在哪儿呢？汤米在哪儿，向银行打听一下就知道。我在哪儿这我清楚。我这是在轮船里，拿了一瓶“老帕尔”在喝。明天我要到健身房里去出一身汗，把今天喝下的统统排解掉。还可以去洗个蒸汽浴。我要去蹬蹬健身车，骑骑机械马。对，我就是要这么办。要把机械马好好骑个够。骑完了痛痛快快按摩一通。然后上酒吧间去随便找个人聊聊，只要是别的话题什么都可以聊。反正只有六天工夫。六天工夫容易打发。

那天晚上他睡着了，夜半醒来听见船还在大海里行进。起初他一闻到大海的气味，还当自己是在岛上的家里，是做了个恶梦惊醒过来的。后来才意识到这不是恶梦，鼻子一闻，只觉得一股浓浓的密封脂味儿从开着的舷窗边框上飘来。他扭亮了电灯，喝了点毕雷

---

① 比阿里茨西南的小镇，沿比斯开湾。

矿泉水。嘴巴里好干呵。

桌子上摆着个盘子，里边有一些三明治和水果，是服务员昨天夜里送来放在那儿的。毕雷矿泉水用冰镇在桶子里，冰还没有化完。

他觉得应该吃点东西了。看了看墙上的钟，正是清晨三点二十分。海上的空气好清凉，他吃了一块三明治、两个苹果，又从桶子里取了点冰，调了一杯酒。一瓶“老帕尔”已经快要见底了，不过他包里还另有一瓶。于是，就在这一凉如水的清晨，他坐在舒舒坦坦的椅子里，一边喝酒，一边看《纽约客》。他觉得这《纽约客》现在看得下去了，他觉得天不亮喝酒倒也挺有味道。

他多年来已经养成了一个习惯，雷打不动，那就是到了夜里就不再喝酒了，只要是工作日，一天的工作没完也决不喝酒。可是这会儿天不亮醒来，打破了规矩他却感觉到有一种天真的快乐。自从他收到了那份电报以来，这还是他第一次又感受到纯动物性的快乐，说得确切些，是第一次又能感受到这种快乐了。

看着看着，他心里想：《纽约客》还真不错呢。看来，即使是有祸事临头，挨到第四天上这本杂志还是看得的。第一天，第二天，第三天，都不行。到第四天上，就看得下去了。这点经验记着还是有些用处的。看完《纽约客》他又看《拳击台》，看完《拳击台》再拿《大西洋月刊》来看，里面凡是可以一看的他都看了，不值一看的他也看了几篇。这时候他调了第三杯酒，又看起《哈泼斯》来。他对自己说：你瞧，也没有什么大不了的。

第二部

古　巴

他们都走了以后，他就躺在地下的合成纤维席子上，听了听外边风的动静。听到西北风刮得很大，他就取了两条毛毯铺在地下。在这起坐间的桌子脚边，他安了个鼓鼓囊囊的椅子靠垫，紧顶着靠垫又叠上两个枕头。桌子上放着一盏供看书用的大台灯，光线很亮，他就戴了顶长舌帽遮去些光，在灯光下看起信来。他的猫儿就伏在他的胸口，他拉起一条薄毛毯，连猫带人一起盖上。他把信拆开看了起来，时不时地呷上一口加水的威士忌。不喝的时候还把酒杯放在地上，要喝的时候就伸手去拿。

那猫儿在打呼噜，不过他听不到呼噜声，因为那猫儿打的是无声的呼噜。他一只手里拿着封信，另一只手就用个指头在猫儿的颈前轻轻抚摩。

“这一下你就有个喉式传声器①啦，宝伊西，”他说。“你可爱我啊？”

猫儿拿爪子在他胸口轻轻抓挠，他的藏青厚毛线衫给抓起了几丝毛毛，钩住了爪子。猫儿亲热地伸了伸那长长的身子，他胸口顿时感受到了一股沉甸甸的分量，手儿里依然觉得有一阵阵无声的呼噜。

“这女人可不是个东西，宝伊西，”他告诉那猫儿说，随手又拆开了另一封信。

猫儿探起脑袋来顶住了他的下巴，就着他的下巴直擦。

“给你擦，给你擦，擦得叫你吃不了兜着走，宝伊西，”他说着就用下巴上的胡须楂楂去擦猫儿的脑袋。“女人就受不了我的胡子楂楂。你呀，可惜还不会喝酒，宝宝。别的你简直什么都会啦。”

猫儿本来是跟着游艇“宝伊西”号的名字叫宝伊西的，不过现在他总喜欢把猫儿简称为宝宝，也叫惯了。

他把第二封信从头到底看完，一句话也没说，看完了才伸出手去，拿过杯子来喝了一口加水的威士忌。

“哎呀，”他说，“看来我们的事没希望啊。我说宝宝，我倒有个主意。我说这信就由你来看吧，让我就伏在你的胸口打呼噜，你看如何？”

猫儿仰起头来在他的下巴上擦，他就索性翘出了胡须楂楂迎着猫儿的脑袋擦去，从猫儿的两耳之间顺着后脑勺，一直擦到两个肩胛骨之间，这时他也拆开了第三封信。

“宝伊西呀，刚才起风的时候你是不是替我们操心呀？”他问道。“你没看到我们进港的时候海浪都打上了莫洛堡呢[②]。你见了管保要吓坏的，宝宝。我们进港的时候就好比踩在冲浪板上，浪头那个凶、那个大啊，打得漫天都是浪花。”

猫儿却伏在那儿，一副心满意足之状，均匀的呼吸跟他一呼一应。那是一只大雄猫，身子好长，依他看还挺懂情意的，只是夜里逮耗子辛苦，落得很瘦。

“我不在的时候你立了功没有啊，宝宝？”他早已放下了信，手只管在毛毯里抚摸着猫。“你逮到了很不少吧？”猫儿翻过身来，拿肚皮去给他抚，早先它还是只小猫的时候，高兴起来就总爱使出这一招来。他抱住了猫儿，把它紧紧搂在胸前，那大猫就侧着身子，把脑袋顶住了他的下巴。搂得太紧受不了了，那猫儿突然一翻身，改为趴在那儿，爪子揪住了毛衫，紧紧地偎着他。现在连呼噜也不打了。

“对不起啊，宝宝，”他说。“真是太对不起了。就剩这封要命

---

① 飞机驾驶员有时使用喉式传声器，附于喉核处，靠喉核的震动传声，以避免周围噪音的干扰。

② 进港指进哈瓦那港口。莫洛堡就在哈瓦那港口外。

的信了，让我索性看完了吧。反正我们也没啥法子可想。我看你也不见得会有什么好办法吧？”

猫儿再也不打呼噜，就那样沉甸甸地偎着他，一副巴巴儿的样子。他就一边抚着猫儿，一边看信，嘴里还说：“不要急不要急，宝宝。我还没有想出什么好办法。有了好办法我会告诉你的。”

等到他看完这第三封也是最长的一封信，那黑白相间的大猫也已经睡着了。那副姿势简直跟狮身人面像一个样，只是一颗脑袋却耷拉在他的胸前。

太好了！他心想。我也应该脱了衣服洗个澡，好好睡一觉了。不过要洗澡却没有热水，再说今晚我也不想去睡在床上。一天来折腾得够了。睡在床上会不滚下来才怪。睡在这儿吧，让这老畜生压在身上恐怕也不是个办法。

“宝宝，”他说。“我要请你下去了，你不下去我就不能侧着身子睡了。”

他抱起软绵绵沉甸甸的猫儿，猫儿一抱到手里陡地惊醒了过来，但是转眼又恢复了那软绵绵的状态。他就把猫儿在身边放下，随即翻过身去，右臂弯贴地侧身而卧，把猫儿甩在了背后。那猫儿给挪了个地方，起初很不乐意，但是后来就蜷起了身了，挨着主子又睡着了。他拿过三封信来，重又从头到尾都看了一遍。报纸，他决定不看了。他探起手来，关上了灯，侧身躺着，感觉到那猫儿的身子就紧挨在自己的屁股上。他一个枕头抱在怀里，一个枕头枕着脑袋，躺着躺着。外边的风刮得正猛，躺在这屋里的地上，似乎仍有点儿晃晃荡荡，有如身在船的驾驶台上。他在驾驶台上一连挺了十九个小时，回来还才不久呢。

他躺在那儿巴望快快睡着，却就是睡不着。眼皮已经重得抬不起了，所以他不想亮着灯，也不想看报了，于是就只好躺在那儿等天亮。他隔着毛毯都感觉得到身下是条席子。那席子还是珍珠港事变前六个月，一次乘一条游艇去萨摩亚时从那里带来的，是根据这大房间的尺寸定制的。地下铺的是花砖，一张席子正好全部盖住，只是在通院子的落地长窗那儿，由于不时开窗关窗，席子头上都卷了边，起了拱。他感觉得到，风从窗框下的隙缝里吹进来，都直往席子下钻，把席子一阵阵往上鼓。他心想这西北风至少还有一天可刮，以后就会转偏北风，最后转为东北风而逐渐减弱。冬天起风一般都是这个规律，不过转了东北风以后有时还可能要吹上几天大风，然后才稳定下来，变成了“拔立柴”，这是当地人的叫法，意思就是东北信风。一旦吹了东北大风，风力有七级以上的话，大风跟墨西哥湾流对面一冲突，海上就会掀起滔天恶浪，那个风浪之大是他走遍天下都绝少见到的，他知道在这样的风浪里德国人的潜艇是决不会浮到水面上来的。他心想：所以我们至少可以在岸上待四天。四天以后潜艇管保就会上来。

他回想起了这最近一次巡逻的情景。他们的船跟海岸保持着 30 英里的距离，沿着海岸行驶了才 60 英里，就遇上了大风。他当时决定不去巴伊阿 · 翁达[①]避风，而回哈瓦那港，结果这一路上就吃了苦头。真是吃足了苦头。一路上也真难为了这条船的，看来船上有好些机件得要好好检修一下了。当时要是去巴伊阿 · 翁达避风，也许就可以不至于弄得这样狼狈。可是他们近来去巴伊阿 · 翁达也实在去得太勤了，未免腻了。何况他这次出海原以为不会超过十天，而事实上却一待就待了十二天。他船上有好几样物资已经供应不上，再说这场大风要刮多久他心里也根本没有个谱，因此他才作出了回哈瓦那港的决定，谁想结果就吃了大亏。他打算明天一早就洗个澡，刮刮脸，梳洗整齐了，到大使馆去向海军武官报告。他们也许会说他不该返航，应该还留在沿海一带。但是他心里有底：在这种气候下德国人的潜艇是决不会出水的，他们想要出水也办不到。说到底其实就是这么回事。只要他这一点看法能够成立，其他都不成其为问题。不过就怕事情不一定这么简单。事情肯定不会这

① 巴伊阿 · 翁达（翁达湾）：古巴北部一海港，在哈瓦那西偏南 60 英里处。

么简单。

右边的屁股、大腿，还有右边的肩头，愈来愈觉得这地硬得受不了了，因此他就身子一转改为仰卧，让肩膀上的肌肉靠着地，把膝盖一屈，耸起在毛毯下，让脚后跟压住了毛毯。这样才觉得累得好些，他就伸过左手，去抚摸那睡着的猫儿。

“你倒真会自在，宝宝，看你睡得还挺香哩，”他对那猫儿说。“也好，那就由你去睡吧。”

宝伊西睡着了，他也考虑过是不是把别的猫放两只出来，也好跟它们说说话儿，解解寂寞。但是考虑下来还是决定作罢。那会伤了宝伊西的心，惹得它吃醋的。今天他们旅行车开到的时候，宝伊西可是早已在屋外等着了。他们一个个下车，那猫儿兴奋万状，尽自在脚前脚后钻来钻去，挨个儿对大家表示欢迎，只要门一开，它就溜进溜出没有个完。看来自打他们走后，它大概天天晚上就是这样在屋外等着的。当初他一接到出发的命令，那猫儿就理会到了。自然猫儿是不懂什么命令不命令的，但是主子刚露出些准备出发的迹象，它立刻就看了出来。各种各样准备工作都一一做了起来，最后到临走的前一天，大家都来乱哄哄睡在屋里（天不亮要出发的话他总要大家务必在半夜以前集中睡在他的屋里），看到这些情景那猫儿就愈来愈紧张，也愈来愈焦躁了。到临走那天他们上车要走时，那猫儿简直连命都快不要了。为了谨慎起见，他们就不得不把它锁在屋里，免得它跟着车子跑出院子，一直跑到村子里，跑到公路上。

一次他在中央公路上就见到过一只叫汽车撞了的猫儿。那猫儿是刚给撞的，已经没气了，看那样子活脱儿就像宝宝。背是黑的，颈前、胸口、前脚都是白的，脸上也是那样像戴了个黑面罩。他知道那不会是宝宝，因为那个地方离自己的农庄至少也有六英里路，不过他当时还是觉得内心一阵难过，还特地停下车来，走回去抱起那猫儿仔细看了看，看清了确实不是宝宝，这才把它安放在路边，免得再叫别的车辆碾过。那猫儿身体壮壮的，可知是谁家家养的，留在路边也好让猫主人看见，知道了下落，省得牵挂。要不是考虑到这一层，他早就把猫儿抱上了车，带到农庄上去掩埋了。

那天傍晚回农庄时他又经过了那个地方，看到死猫已经不在，他想一定是猫主人找到这里，发现了。当天夜里他坐在那张大椅子里看书，宝伊西也挨着他蹲在椅子上，那时他心里就不禁寻思：要是宝伊西万一有个好歹的话，他还真不知道该怎么办好呢。从宝伊西的日常表现和为了他可以豁出去的那种态度来看，他想那猫儿没有了他肯定也是一样。

碰到这种事它比我还急呢。你为什么这样急啊，宝宝？你要是能看得坦然些，日子可要好过得多呢。他嘱咐自己：我碰到这种事就一定要尽量看得坦然些。我一定能说到做到。可宝伊西是办不到的。

他在海上就很怀念宝伊西，想起它古怪的脾气，想起它那一片连命都可以豁出去的无可救药的痴情。他还记得第一次见到这猫儿时的情景，那时它还只是一只小猫咪，地点在科希马镇，镇子坐落在突出的岩崖顶上，下望哈瓦那港，小猫咪当时正在镇上酒吧里卖雪茄的玻璃柜台上逗着自己的影子玩儿。他跟孩子是在一个阳光灿烂的圣诞节的早晨来到这个酒吧的。隔夜这里闹得很欢，到这时还留着几个没走的醉汉，可是这时东风刮得很强劲，往开着大门的店堂里和吧台上直灌，阳光是那么明亮，空气是那么清新、那么沁人心脾，对醉汉来说这样的早晨可实在是很扫兴的。

“快把门关上，风太大啦，”一个醉汉对老板说。

“不成，”老板说。“我就是要风来吹吹。你要嫌风太大，就到别处找个吹不到风的地方去。”

“老子们花了钱，你不让我们舒坦？”这又是一个隔夜喝多了酒还没有走的醉汉。

“什么话呢。你花钱买的是你下了肚的酒。要舒坦，你就另找个地方去。”

酒吧外边是个设露天座的平台，他的眼光越过平台向外望去，只见深蓝的大海翻着白浪，海上渔船扬帆来往，那正是钓鲯鳅的季节。吧台上有五六个渔民，平台上也坐得有两桌。这些渔民都是昨天出海很有了些收获的，要不就是相信这好天气、这潮情还不至于马上就变，所以便冒一下险，今天在家过圣诞节，不出海了。据他托马斯·赫德森所知，这班渔民就是在圣诞节也是从来不上教堂的。他们故意打扮得没有一个像渔民的样子。他这辈子见过的渔民中就数这班人最不像个渔民的样了，但是他们却都是经验最老到的渔民。他们头戴旧草帽，要不就干脆光着头。身上的衣服也都是旧的，有时光着脚，有时也穿着鞋。渔民跟农民（即所谓“瓜希罗”）之间的区别，就在于农民上城都穿正儿八经的打褶衬衫、紧身裤子，头戴宽边帽，脚登骑马靴，差不多个个都带大砍刀，而渔民则专拣家里破破烂烂的旧衣服穿，总是一副乐呵呵挺自信的样子。农民除非喝了酒，平时一般总带着几分戒心，很少说话。要认准一个人是不是渔民，只有一个办法是十拿九稳的，那就是看他的手。老渔民的手都饱经风霜，晒得黝黑不算，还都晒出了红斑，手掌和指头叫钓鱼绳子给勒得留下了深深的口子和疤痕。年轻渔民的手虽未那么饱经风霜，多半也晒出了红斑，也都有深深的疤痕，除了一些特黑的人以外，多数人手上臂上的汗毛叫太阳晒的，叫海水打的，都变成白花花的了。

托马斯·赫德森记得，就在这战争爆发后的第一个圣诞节的早晨，那酒吧老板问他：“要不要来点儿虾？”说着就端来满满一大盘刚出锅的对虾，放在吧台上，又拿来黄澄澄的酸橙，切了片装成一碟。对虾好大，鲜红欲滴，触须从吧台边上挂下来，都还有一尺多长。他当时就拿起一只，把长须拉直了一看，真比日本海军大将的胡子还长。

托马斯·赫德森把这只长着日本海军大将胡子的对虾掰下了脑袋，用两个大拇指扒开了腹部的软壳，剥出虾肉一尝，真是粉嫩爽滑，而且因为那是用海水加鲜酸橙汁和原粒黑胡椒煮的，所以入口一股喷香，这样好吃的虾他自问这辈子还从来没有吃到过，就是在马拉加，在塔拉戈纳，在巴伦西亚[①]，都没有这样好吃的虾。也正是在这时候，那小猫从吧台上急忙忙跑了过来，凑到他的跟前，在他的手上挨挨擦擦的，分明是想讨一只对虾吃。

“这么大的虾你怎么吃得了啊，小家伙，”他说。不过他还是拿两个指头拧下一块来给了小猫。小猫衔起就跑，回到卖雪茄的柜台上，迫不及待地狼吞虎咽吃了起来。

托马斯·赫德森看着这小猫一边吃虾肉，一边尽自打哼哼。细看这猫儿一身黑白相间，倒也漂亮，白的是胸口和前脚，黑的是眼睛和脑门，像是戴着个半截子的黑面罩。他就问老板这小猫是谁的。

“你要的话就算是你的吧。”

“我家里已经有两只了。都是波斯种的。”

“两只算什么。把这只也领去了吧。也好给你们家的猫儿添上点科希马的血统。”

“爸爸，我们领来养着可不是挺好的吗？”开口的是他剩下的一个儿子，他现已不再惦念的儿子。儿子本来是在平台的台阶上看渔船回港，看船上人拔下桅杆，卸下卷好的钓线，把打来的鱼往岸上扔，这时候小家伙却跑上台阶，到店堂里来了。“爸爸，我求求你啦，我们领来养着可不是挺好的吗？你看这猫儿多好看啊。”

“它离开了大海你说它会快乐吗？”

“我包你错不了，爸爸。它留在这儿，不消多久肯定就要落难的。你不看见街上的那些猫儿又有多可怜？它们当初很可能也是像这小猫今天似的。”

“领了去吧，”老板说。“到了农庄上它会快乐的。”

“你听我说，托马斯，”那边桌子上有一个渔民一直在听他们说话，这时候便插上来说。“你要猫儿的话，我可以去替你弄一只

① 以上三地均在西班牙。

安哥拉猫来，是从瓜那巴夸[1]来的，真正的安哥拉种，地道的安哥拉虎猫。”

“雄的？”

“半点也不比你差，”那渔民说。一桌子的人全给逗乐了。

西班牙语国家的人说笑话十之八九总离不开这个基调。“只是一身是毛哪，”那渔民又接着逗了一句，果然又博得哄堂大笑。

“爸爸，我们就把这只猫儿领了去，好不好？”小家伙说。“这只猫是雄的。”

“你敢肯定？”

“我有数的，爸爸。我有数的。”

“那两只波斯猫，你当初不也都说是雄的吗？”

“波斯猫不一样哪，爸爸。我看波斯猫没看准，这我不赖账。但是这一回我看准了，爸爸。这一回我是确确实实拿准了的。”

“喂，托马斯，瓜那巴夸的安哥拉虎猫你到底要不要？”那渔民问。

“那猫有什么特别的灵性？难道是只妖猫？”

“妖什么呀。这只猫儿连圣芭芭拉[2]的名字都没有听说过呢。你信奉基督都还比不上这只猫儿虔诚呢。”

“Es muy posible[3]，”另一个渔民这么一说，大家又都笑了起来。

“这样名贵的猫要多少钱哪？”托马斯·赫德森问。

“不要一个钱。完全奉送。一只地道的安哥拉虎猫，就作为圣诞礼物送给你好啦。”

“来，来，到吧台上来喝一杯，给我详细介绍介绍。”

那渔民就来到了吧台跟前。他戴一副角质架眼镜，穿一件褪了

---

① 哈瓦那以东的一个城市。
② 传说中的人物，据说只要一唤她的名字，就可以避开雷电。
③ 西班牙语：倒大有可能。

色的蓝衬衫，衬衫倒是干干净净，可是看上去好像已经经不起再洗一次了。背上两肩之间薄得就如网眼衫一般，经纬眼看都已在散开了。下身是一条褪了色的卡其裤，圣诞佳节居然还光着脚板。脸膛和双手都给晒成了乌木那样的颜色。他把疤痕累累的手往吧台上一搁，对老板说："威士忌加干姜水。"

"干姜水我喝了不好受，"托马斯·赫德森说。"我就来一杯加矿泉水的吧。"

"我倒觉得干姜水挺对我劲儿的，"那渔民说。"威士忌我还是喜欢加拿大纯干威士忌。别的威士忌我就受不了那种味道。我跟你说，托马斯，我那只猫可是只规矩的好猫。"

"爸爸，"儿子说，"你先答应我领了这只猫儿，再跟这位先生喝你们的酒，好不好？"

儿子拿了一根白棉纱线，线头上系了个空虾壳，在那里逗小猫玩儿。小猫用两只后脚一站，像人家纹章上挺身跃立的狮子那样，在扑小家伙晃过来的诱饵。

"这只小猫你想要？"

"我可想了，你还会不知道？"

"那你就领着吧。"

"真是太感谢你了，爸爸。那我就先带它到汽车上去，跟它亲热亲热。"

托马斯·赫德森看着孩子抱起小猫，穿过马路，一起钻进了汽车的前座。车篷没有张上，所以孩子的一举一动他在酒吧里都看得见。他看见小家伙披着一身灿烂的阳光，坐在这跑车里，一头棕发被风吹得都平贴在头顶上。小猫他就看不见了，因为小猫被孩子按住在车座上。为了避风，孩子自己也缩下了身子，坐在车座上按着小猫抚呀抚的。

如今孩子已经不在了，小猫都成了老猫了，人已亡而猫还在。依他看，若是按照他和宝伊西现在的心意，他们俩是谁也不愿意对方先走而自己独留在世上的。他想：人跟动物产生感情的事，以前不知道多不多？这种事也许有人会觉得挺好笑吧。可是我却一点也不觉得有什么好笑。

他想：对，是没有什么好笑的，就好比孩子先猫而亡，哪里谈得上有什么好笑？当然有不少情节还是很逗人的，譬如宝伊西有时会咆哮一阵，然后突然一声悲鸣，就把整个身子直僵僵地贴在主子的身上。据仆人们说，有时主人外出以后，这猫儿就会有好几天不肯吃饭，当然到最后总还是饿得憋不住而来吃了。有时它一连几天就在外边捕食充饥，不肯跟别的猫儿一起回窝，但是到最后总还是回来了。送食的仆人端了一大盆碎肉开门进去，别的猫争先恐后抢上来，它却总是踩在它们的背上窜出屋去，不大一会儿，别的猫还正围着送食的仆人团团乱转呢，它却又一下子从它们头上冲回屋里来了。它总是吃得飞快，一吃完就巴不得离开这个养猫的房间。一房间的猫，压根儿就没有它看得上眼的。

主子可是早就看出点意思来了：宝伊西自己一向是以人自居的。它虽然不像熊那样可以跟主子一样喝酒，但是主子吃的东西它样样都吃，特别是一般猫儿不敢尝的东西，它更是无一不尝。托马斯·赫德森记得，上一年夏天有一次他们在一起吃早饭，他给了宝伊西一片冷冻鲜芒果。宝伊西居然吃得美滋滋的，从此只要托马斯·赫德森不出海，只要芒果还没有落令，它就每天早上都有芒果吃。芒果片是滑溜溜的，放在盘子里猫儿抓不起来，因此托马斯·赫德森还得把芒果一片片喂到它嘴边，让它张口来接。他想他还真得仿照面包片架的样子做上一只芒果片架哩，这样猫儿吃起来就可以不用那么急急忙忙了。

后来又有一次，那是在九月里，因为他的船准备去海地，行前要进行全面检修，所以他一直没有出海，就在这时鳄梨树上结出果实来了。那深绿色粗大的“阿瓜卡特”①，树枝上结的果实比起叶子来只是颜色深了点儿，也亮了点儿。他剖开果壳，挖掉了籽，在

① 西班牙语里的“鳄梨树”。

空芯里加上油醋佐料，舀了一匙果肉喂给宝伊西吃。那猫儿居然也吃了，从此每顿饭它总要吃上半个“阿瓜卡特”。

一次托马斯·赫德森带上宝伊西一起在自己农庄的小山丘上散步，他就对宝伊西说：“你呀，干吗不爬上树去自己采两个来吃呢？”当然那猫儿是回不了他的话的。

可是一天傍晚他发现宝宝果然爬上了一棵鳄梨树。当时暮霭已起，他出去走走，目的是要去看看朝哈瓦那飞来的那成群结队的乌鸫。每天黄昏东南一带乡下的乌鸫总会向这边飞来，汇合成一大队一大队，咭咭呱呱的来栖息在林荫大道的西班牙月桂树上。太阳落入哈瓦那背后的大海了，山冈上灯火都亮起来了，托马斯·赫德森就喜欢在这时候看乌鸫掠过山冈飞来，看薄暮中第一批出现的蝙蝠，看离巢作夜间飞行的小不点儿猫头鹰。本来一般总是宝伊西陪着他散步的，那天傍晚他却找不到宝伊西，因此他就带上了“大山羊”。“大山羊”是宝伊西的后代，宽肩膀，粗脖子，大脸膛，胡须翘得奇高，一身墨黑，就爱打架。“大山羊”从来不去打野食。它是打架专家，又有个传宗接代的任务，那就已经够它忙乎的了。不过它除了对自己的工作不大乐意以外，一般倒总是乐乐和和的。它也很喜欢陪主子出去走走，特别喜欢托马斯·赫德森时不时停下来，用脚使劲踹它一下，它呢，也就趁势侧身倒下，这时托马斯·赫德森就会用脚在猫肚皮上揉啊揉的。“大山羊”决不会嫌你揉得太重、太猛，它觉得你穿着鞋要比光着脚更让它过瘾。

这天托马斯·赫德森刚伸手下去把它拍了拍（“大山羊”喜欢你拍得重，要像拍一条大狗那样），却不料一抬眼，看见宝伊西竟高高地蹲在鳄梨树的枝叶丛中。“大山羊”一仰头，也看见了它。

“你在那儿干什么呀，老家伙？”托马斯·赫德森招呼它说。“敢情你已经会吃树上的果子啦？”

宝伊西往下一瞧，看见了“大山羊”。

“快下来咱们一块儿走走吧，”托马斯·赫德森对它说。“吃晚饭的时候我给你‘阿瓜卡特’吃。”

宝伊西瞅瞅“大山羊”，不作一声。

“你叫这浓绿的叶子一衬，倒也蛮好看的。你想蹲在树上就蹲在树上吧。”

宝伊西把头一扭，不睬他们，于是托马斯·赫德森就又带着那只大黑猫，在小林子里继续遛他们的去了。

“你看它是不是发神经病了，‘大山羊’？”主子问猫儿。为了引猫儿高兴，他又接着说：“有一天晚上我们的药找不到了，你还记得吗？”

一个“药”字，对“大山羊”简直就像咒语一样神。它一听到这个字，就侧身倒下，等着主子来抚摩。

“药，你还记得吗？”主子又问它。那大猫快乐得身子直扭，一副涎着脸儿、野性十足的样子。

一个“药”字所以会对它有这么神的魔力，其中还有个缘故。那是在一天夜里，当时主子已经喝得醉醺醺了，醉得还真厉害，连宝伊西都不肯睡在他那里。他一旦喝醉，“公主”是不肯陪他过夜的，威利也不肯将就。肯陪他的只有“独行客”，这是“大山羊”原先的名字，还有就是“独行客他弟弟”，叫弟弟而其实则是妹妹，那可是一只晦气猫儿，伤心事特多，有时还会疯劲发作。“大山羊”倒觉得主子酒醉比不醉好，也许那是因为托马斯·赫德森不喝醉“大山羊”就无缘得以陪夜，才让人得出这样的印象吧。总之是这样：托马斯·赫德森接连三四天没有出海，这天到晚上就喝得酩酊大醉了。在佛罗里迪塔酒吧他中午就喝开了头，同饮的先是一些古巴政客，他们是路过这儿顺便进来急急忙忙喝一杯的；接着又有一些种甘蔗、种稻米的庄园主；有一些古巴政府的工作人员，他们是利用午餐休息时间偷闲来喝一杯的；有美国大使馆的二秘、三秘，他们是陪着个什么人上这酒吧来的；还有那班无处不在的联邦调查局人员，他们满面春风，都拼命想要装成常人的模样，摆出美国年轻后生的那份潇洒，结果反倒显得那么惹眼，虽然穿着白亚麻布或皱条纹的常服，却都明明白白像佩着联邦调查局的肩章一样。

他喝的是双料的冰冻代基里酒[①]，是康斯坦特亲自调制的，风味特佳，尝尝似乎没有什么酒味道，可是一上口，那种感觉却就像在滑雪坡道上快速滑降，有如在细粉般的干雪中穿行。等到七八杯下了肚，那种感觉虽还像在滑雪坡道上快速滑降，可是脚下却似乎已经跟滑雪板脱开了。后来又来了他认识的几个海军人员，少不得又要奉陪一杯，再后来是几个当时人称“泼皮海军”的海岸警卫队队员。这就未免有点太接近自己的本行了，他来喝酒可就是为了要忘掉自己的本行，因此他就躲到吧台的那头去了。吧台那头是些老资格的体面妓女，这些打扮得风姿绰约的老资格妓女，酒吧老常客们在近二十年里谁没有跟她们睡过觉？就在她们那里他找了只圆凳一坐，要了一客“总会三明治”，又喝了几杯双料的冰冻代基里。

那天晚上他回到农庄上，已经醉得不行了，那些猫儿谁也不愿意陪他过夜，只有“大山羊”是例外。主子身上的气味主要是朗姆酒味，对此“大山羊”倒也不嫌，主子喝得烂醉，它也并无反感，主子还带来了一股浓浓的妓女的气息，香得像好吃的圣诞水果蛋糕，那更是令它陶醉。他们就在一起呼呼大睡，“大山羊”每次醒来总是把呼噜打得老响，最后托马斯·赫德森总算醒了过来，他想起今天确是喝多了，便对“大山羊”说：“我们得吃点儿药。”

一听到这个“药”字“大山羊”可喜欢了，在它看来它在主子房里享受的荣华富贵，到了这一步也就是到了顶了，因此它的呼噜也打得越发响亮了。

“药到哪儿去了呀，‘大山羊’？”托马斯·赫德森问它。当时他去开床头的看书台灯，灯却没亮。一连几天的风暴不但刮得他出不了海，而且连电线都不知是刮断了呢，还是出现了短路，到今天还没有修复，老是没电。他就摸黑在床头柜上找特大剂量的速可眠胶囊，这药他还剩一颗，吃了管保很快又能睡着，到明天早上醒来

---

① 代基里是古巴一个产朗姆酒的城镇。由此而得名的代基里酒是由糖、柠檬汁和朗姆酒调成的一种鸡尾酒。

不会有什么不良反应。他在黑咕隆咚中一伸手，却不防正好碰在药上，把药撞下了床头柜，找不着了。他把地下都仔细摸遍了，却就是找不着。他是不抽烟的，所以床头没有备火柴，手电又按不亮，他不在的时候仆人把手电乱用一气，电池早没电了。

"'大山羊'，"他当时就说，"我们可得把药找到啊。"

他早已下了床，"大山羊"也跳到了地上，于是就一起找药。"大山羊"钻到了床下，它其实也根本不知道要找的是啥，它就知道卖足了力气干，托马斯·赫德森还不停地叮嘱它："快找药哪，'大山羊'。得把药找到啊。"

"大山羊"在床下呜呜直叫，把床下里里外外找了个遍。最后钻了出来，对着主子直打呼噜，托马斯·赫德森在地上一摸，触到了胶囊。只是摸上去觉得沾着些尘土和蛛网。还真让"大山羊"找到了。

"药让你找到啦，"他对"大山羊"说。"你呀，真是只神猫。"他把胶囊托在掌心里，从床头的水瓶里倒些水冲洗了一下，又喝口水把药咽了下去，这才重新躺在床上，渐渐觉得药性到了。他把"大山羊"着实称赞了一通，对此那大猫也直打呼噜。从此以后，一个"药"字到了"大山羊"耳里就真有咒语那么神。

出海的时候托马斯·赫德森不但想念宝伊西，也想念"大山羊"。但是在"大山羊"身上却绝看不到一丝悲剧性的色彩。它有时候尽管也吃足了苦头，却始终能保持自身个性绝对完整，即使有时候经过了一场殊死的恶斗给杀得大败，它也从没露出过半点可怜相。有一次它连回到屋里的力气都没了，只能趴在阳台前的芒果树下直喘气，浑身的毛都浸透了汗水，紧贴在皮上，格外显出其肩膀之宽，其腰窝之瘦细。它筋疲力尽趴在那儿动弹不得，只知一个劲儿大口大口吸气，可是即使如此，它也始终没有露出过半点可怜相。它有狮子那么大的脑袋，也有狮子的那种打不败的气概。"大山羊"喜欢主子，托马斯·赫德森也喜欢"大山羊"，对它既有敬又有爱。但是要说像宝伊西那样，能跟主子彼此产生感情，那"大山羊”是谈不上的。

宝伊西呢，也真是愈来愈不像话了。就在他和“大山羊”发现宝伊西爬上“阿瓜卡特”树的那天晚上，宝宝在外边待到很晚，主子上床睡了它还没有回来。他当时睡在宅子最里头那间卧室的一张大床上，房间三面都有大窗，晚上凉风习习。他夜半醒来就可以听夜鸟啁啾，就在他睡不着而这样听着时，忽然耳边噔的一声，听见宝伊西跳上了窗台。宝伊西本来是一只不肯作声的猫儿。可是那天它却一上窗台就招呼起主子来。托马斯·赫德森就过去把纱窗打开。宝伊西跳了进来，嘴里还衔着两只果鼠。

窗子里照进一派月光，木棉树树干的影子一大片撒在洁白的大床上，宝伊西就在月光里耍起那两只果鼠来。它又是欢蹦又是打转，把果鼠边拖边揍，然后挪开了一只，身子一缩又向另一只纵身扑去，总之是一个劲儿疯玩，就像它小猫时代一样。好一会儿它才把两只果鼠拖到了浴室里，又过了一会儿托马斯·赫德森就感觉到身边多了个分量，是它跳上床来了。

“原来你不是在树上吃芒果啊？”主子还问了它一句。宝伊西拿头在他身上擦擦。

“这么说你是在捕鼠，在保护我们的家产咯？我的好猫咪，我的宝伊西老弟哎，耗子叫你逮住了，你还舍不得吃啊？”

宝伊西只是拿脑袋在主子身上擦擦，打了几个无声的呼噜。它捕鼠捕累了，所以一会儿就睡着了。不过它却睡得很不安生，到第二天早上，看它对两只死耗子早已连半点兴趣都没了。

天渐渐亮了。一直没有睡着的托马斯·赫德森，看着天亮起来，看着灰蒙蒙的曙色里渐渐显出了那王棕的树干的灰蒙蒙的身影。先只看到树干，以及树梢的轮廓。后来天亮了些，才看清棕榈树的梢梢原来是在大风中摇摆。等到太阳从山冈后探出头来，棕榈树的树干就在灰蒙蒙中泛出些白亮，摇摆的树枝也变成绿油油的了。山冈上的草由于一冬的干旱都发了黄了，远处的山头因为是石灰岩的，所以看去像顶上积着雪。

他从地上爬起身来，套上软帮鞋，披上一件穿旧的麦基诺厚呢短衣，让宝伊西还蜷着身子睡在毯子上，自己穿过起坐间进了饭厅，又穿过饭厅来到厨房里。厨房位于宅子一侧的北端，外边的风刮得奇猛，凤凰木光秃秃的树枝给吹得往墙上、窗上乱撞。冰箱里没有一点可吃之物，纱橱里也空无所有，只有一些烧菜用的佐料、一罐美国咖啡、一听立顿红茶和一听烹调用的花生油。每天要吃的东西都是由那个烧饭的华人厨子从菜市上当天现买的。托马斯·赫德森昨晚回家，事先也没有告诉他们，所以那个华人厨子这会儿肯定已经上了菜市，所买的也不过就是当天仆人们的那点吃喝。托马斯·赫德森想：还是等有仆人来了，打发一个到镇上去买些水果鸡蛋吧。

他就烧了点开水，沏上一壶茶，带上了茶和一副杯碟，回到起坐间里。这时候太阳已经升起来了，房间里一片亮堂，他坐在大椅子里，喝着热茶，看墙上的画映照在清新、灿烂的冬日的阳光下。心里想：我也许该换几幅了。最好的几幅都在我的卧室里，可我现在已经不再住在卧室里了。

在船上待久了，如今坐在这大椅子里看起坐间，就只觉得其大了。他也说不出这起坐间到底有多长。当初定制席子的时候是说得出尺寸的，可是现在早就忘了。不管有多长吧，反正今天早上看去竟像长出了三倍。乍一上岸，碰上好几件事情都让他觉得有一种新鲜感；觉得房间大是其一，其二便是打开冰箱一看竟会一无所有。海上西北风凛冽，狂风急流相搏，波涛汹涌，身在船上时刻颠簸不定，如今这种感觉已经都消失了。就像这大海一样，早已离他那么遥远了。大海他还看得见，从这个洁白的房间开着的门里就看得见，向窗外望去也看得见。中间隔着树木丛丛的山冈，从山冈上穿过的是公路；远处更有一些光秃秃的山头，自古就是一片天然的屏障，掩护着这城市，这海港，以及海港那头的白色的一片，即城市的又一翼。不过越过这远处的一片白色的城区看去，大海只是蓝蓝的一抹罢了。事情一过往往就是这样：他觉得大海现在离他已经很遥远了。那种颠簸的感觉既已不复存在，他倒也愿意就让大海离他远远的，反正到时候又该出海了。

他心想：那班德国佬还有四天的罪得受呢。海上的风浪这样大，他们的潜艇躲在水下，不知道肚皮底下会不会有鱼儿游来？会不会有鱼儿绕着潜艇嬉戏？不知道海上的风浪激荡能影响到多深的水下？反正在这一带的海里，潜艇下潜再深，也决不会深到那里没有鱼。那里的鱼也许会觉得挺好奇的。有些潜艇的底部一定是相当脏的，一定会引得鱼儿前来耍耍。这些德国潜艇按其出航的行程来看，大概还不至于会脏得有多厉害。不过引得鱼来那是免不了的。他想起了大海，想起今天要是出海的话，海上肯定怒涛山立，白浪翻滚，那个日子才不好过呢。他一时想出了神，半晌才抛过一边。

他伸过手去抚抚睡在毯子上的猫儿，猫儿却醒了。只见它打了个呵欠，伸了伸前脚，重又蜷作了一团。

“跟我睡过觉的女人从来没有一个是我醒她也醒的，”托马斯·赫德森说。“现在连陪我过夜的猫都是这样了。你还是照旧睡你的吧，宝宝。不过我刚才的话其实也是胡扯淡。以前倒是有过那么一个女人，我醒她也醒了。有时甚至醒得比我还早哩。你没赶上认识她，好人品的女人你一个也没赶上认识。你运气不好啊，宝伊西。有什么办法呢!

“我倒有个主意，你猜怎么着？我们应该去找上一个好人品的女人，宝宝。你我都爱上她也没关系。你要养得活她，她归你也可以。可靠你的果鼠要养活个女人这哪儿能呢。”

喝了点茶，肚子里饥饿的感觉倒也好过一阵子，可是这会儿他又饿得慌了。要是在海上的话，一顿丰盛的早饭他早在一个小时前就下了肚了，一壶茶也许还要早一个小时就享用完了。昨天返航的时候风浪太大，做不了饭，他就在驾驶台上拿两个咸牛肉三明治，夹上两片厚厚的生洋葱，对付着充饥了。这会儿也难怪就饿得这么厉害，可叫他恼火的是厨房里竟又没有一点可吃的东西。他心想：我一定要买一些罐头食品储存在家里，以备返航回家时可以应个急。不过那样的话我就得去弄一只有锁的碗橱，免得买来的罐头被仆人们用个精光，而我，就最不喜欢把家里吃的东西都锁起来。

最后他就倒了一杯加水的苏格兰威士忌，坐在椅子里，看看积了好几天的报纸，喝喝酒，不知不觉间饥饿的感觉渐渐缓解了，到家的兴奋也渐渐平息了。他对自己说：今天你要喝就只管喝吧。一旦到了港，就只管喝好了。今天天这么冷，佛罗里迪塔酒吧里客人是不会很多的。不过再去喝上两杯倒也不错。至于吃饭嘛，他还拿不定主意：是就在酒吧里吃好，还是到和平饭馆去吃好？和平饭馆里也不暖和——他心想。可我就在外套里多加一件毛线衫好了，那家饭馆里吧台的旁边靠墙有一张桌子，是吹不到风的。

"我倒想带你出去走走，希望你能喜欢，宝宝，"他对猫儿说。"我们今天就到城里去快快活活玩一天吧。"

宝伊西可不大高兴跟他去。它怕这是要带它去看兽医。它对兽医还很有些后怕。坐车带上"大山羊"倒是不错的——他心想。上船带上它恐怕也是挺好玩儿的，只是遇上风浪就不大好办了。我应该把它们都带出去走走。可惜这一次两手空空，没有什么礼物带来给它们。城里要是有猫薄荷[①]卖的话我今天倒要去买一些，晚上就让"大山羊"啦，威利啦，宝宝啦，都闻个 醉方休。养猫房间的五斗橱里按说还应该有一些猫薄荷，只是恐怕已经干了，失效了。在热带地方，猫薄荷放不上几天就要失效，自己园里种的又根本没有一点效力。他心想：我们虽然不是猫，可要是也能有猫薄荷那样既灵验又不伤身体的东西，该有多好呢。为什么我们就没有类似的玩意儿，让我们鼻子闻闻也就能求得一醉呢？

这班猫儿对猫薄荷的态度也是够古怪的。宝伊西、威利、"大山羊"、"独行客他弟弟"、"小不点儿"、"毛皮行"、"特混舰队"，这几个都是爱猫薄荷爱得入了迷的。"公主"（本来叫"娃娃"，是只青灰色的波斯猫，仆人们却都管它叫"公主"）对猫薄荷却从来

① 学名樟脑草，一种芳香植物，其香气对猫有特殊的吸引力。

不敢碰一碰；还有那只纯灰色的波斯猫伍尔非大叔也是。伍尔非大叔虽然长得俊俏，其实却是个大笨蛋，它不碰猫薄荷可能就是因为它笨，或者说脑筋保守。伍尔非大叔碰到什么新鲜玩意儿从来不敢去试一试，看到没吃过的新鲜花样也是百般小心，总要嗅上半天，等到它嗅完，东西也早给其他的猫都抢光了，半点也别想给它留下。可是“公主”却是猫里的老奶奶，聪明，优雅，品格高尚，气度华贵，秉性也最仁慈，它对猫薄荷则是一闻到那个气味就害怕，仿佛那是个不道德的邪门歪道，避之唯恐不及。“公主”一身灰里含青，金黄眼珠，举止娴雅，是那样的雍容华贵，又是那样的端庄凝重，可是一旦到了它的发情期，却就会令人想到帝王之家的种种宫闱秽闻，以小喻大，由此大概也就足见一斑了吧。托马斯·赫德森见过“公主”发情的情景，不是那苦恼欲绝的第一次发情，而是它长得很成熟、很美丽以后，只见它一改平日的端庄稳重，突然变得放荡起来。托马斯·赫德森看得怦然心动：他这辈子要是不能跟一个像“公主”那样可爱的真公主做一场爱，是死了也不甘心的。

这个真公主，在跟他相爱相好以前一定要像“公主”那样庄重、那样优雅、那样美丽，一旦到了床上，一定也要像“公主”那样轻狂、那样放荡。晚上有时候他就会做起梦来，似乎真遇上了这么一位公主。这人世间能有的事，什么也比不上他这些梦美，可是他不要梦，要实有其事才好。他自信只要世上真有这样的公主，他的目的就一定能达到。

说来也真遗憾，他这辈子总共就只跟一个公主做过爱（意大利的公主除外，那种公主不能算），而这位公主却相貌相当平常，脚踝又略欠细巧，一双大腿也不怎么动人。不过她那种北边人的皮肤还是挺可爱的，光可鉴人的头发也梳得齐齐整整。他还喜欢她的脸蛋，喜欢她的眼睛，总之喜欢她这个人。船在苏伊士运河里过，靠近伊斯梅利亚[①]的灯塔时，两个人在一起凭栏而立，他手握着她的

① 位于苏伊士运河中段的一个城市。

手，真有一种美滋滋的感觉。他们彼此都深深地喜欢上了对方，那跟相爱实际也已经差不离了。跟大家在一起时她已经得注意着点，生怕两个人说话的腔调会让人听出异样来了。这会儿他们手握着手倚栏站立在黑暗里，他就意识到了彼此之间有些什么在交流，而且对此已经没有一点疑问了。既然觉察到了，而且也拿准了，他就对她都老老实实说了，而且还对她提了个要求，因为他们心里都已经抱定了一条，那就是彼此间一切的一切都应该坦诚相告，不能有一点隐瞒。

“我倒也挺想的，”她说。“你还会不了解？可我没办法呀。你还会不了解？”

“总有办法的，”托马斯·赫德森说。“天无绝人之路嘛。”

“你是说到救生艇里去？”她说。“到救生艇里去我不干。”

“这么着吧，”他说着，一只手就按上了她的一个奶子，手指头只觉得她的奶子似乎一下子活了，耸起来了。

“这倒不错，”她却打断了他的话。“有一对呢，知道吗？”

“知道。”

“这才够味儿，”她说。“我是爱你的，你知道不，赫德森。我到今天才发现。”

“怎么发现的？”

“啊，就这样发现啦。这也不是什么太困难的事。难道你就没有发现什么吗？”

“摆明了的事，还有什么好发现的，”他撒了个谎。

“那就好，”她说。“可救生艇总不是个地方。你的房间不妥当。我的房间也不妥当。”

“可以去男爵的房间。”

“男爵的房间里老是有人哪。这男爵也真够刁的。你看这不是挺有意思的吗，老说古时候的男爵刁，哪知道现在的男爵也照样那么刁。”

“是啊，”他说。“不过我可以先去探听清楚，等没有人了再去。”

“不，那不行。还是抓紧现在，就照你这样，来尽情爱我吧。相信你会掏出心儿来爱我的，就照你这样来吧，就照你这样来吧。”

他就遵命照办，还添了点花样。

“不行，”她说。“别这样。我受不了。”

她于是也就添了点花样，说：“你受得了吗？”

“还可以。”

“好。那我就干脆赖在那儿啦。别，别来吻我。你要是在这甲板上吻我，那不是什么都可以干了吗？”

“有什么不可以干的呢？”

“可上哪儿去干呢，赫德森？上哪儿去呢？你倒是跟我说说，我们有哪儿好去？”

“我告诉你，这里边还有个道理。”

“道理我全懂。问题是上哪儿？”

“我真是爱煞了你。”

“这我知道。我也爱煞了你。可你我相爱，也总得规矩点儿，不然是不会有什么好结果的。”

他这时做了点动作，她就说了：“对不起。你再要这样，我可要走啦。”

“我们坐下吧。”

“不。我们还是站着，就这样，在这里站着。”

“你的手赖在那儿，是你喜欢这么着？”

“对，喜欢极了。你有意见？”

“意见倒没有。可是总不能永远这样赖下去啊。”

“好吧，”她说着转过头来匆匆吻了他一下，便又眼望着远处的沙漠了，夜色中轮船这时正在悄悄过沙漠。当时正是冬天，晚上还是比较冷的，他们就紧紧偎在一起，直望着远处。“那你就来吧。想不到在这热带地方貂皮上衣居然还派得上用场。你不会只顾了自己不管我吧？”

“不会的。”

“你保证？”

“保证。”

“啊，赫德森。求求你。求求你这就来。”

“你真的？”

“对，是真的。有什么话以后再说吧。求求你这就来。这就来。对对。这就来吧。”

“真的这就来？”

“对对。是真的，这就来吧。”

过后他们还照旧站在那儿，灯塔的灯光却已经近了许多，运河的堤岸和远方的景色还在悄悄倒退。

“这一下你该替我害臊了吧？”她问。

“没有的事。我真是爱煞了你。”

“可你不大痛快，是我太自私了。”

“没有的事。我没有什么不痛快。你也没有什么自私的。”

“别以为那是多此一举。不是多此一举。真的，对我来说不是多此一举。”

“那就不是多此一举吧。来吻吻我，好吗？”

“不，不行。还是你拿手紧紧搂着我。”

过了会儿她说：“我那样喜欢他，你不见怪吧？”

“哪儿的话呢。他得意都还来不及呢。”

“我来告诉你一个秘密。”

她告诉了他一个秘密，其实在他听来这也没有什么可大惊小怪的。

“你说这坏不坏？”

“算不得坏，”他说。“挺好玩儿的。”

“赫德森啊，”她说，“我真爱煞了你。我求你了，你要玩只管尽情去玩，随你怎么玩都可以，可完了还得回我这儿来。你说我们到里茨酒吧去来瓶香槟怎么样？”

“也好。可你的先生怎么办？”

“他还在打他的桥牌呢。从窗里我都看得见。他打完了牌自会来找我们的。”

因此他们就去了设在轮船尾部的里茨酒吧，要了一瓶 1915 年的毕雷-儒埃纯干香槟，一瓶喝完再来一瓶，又过了一会儿，王子来了。王子人挺好的，赫德森对他印象不错。当初王子伉俪在东非打猎玩儿，正好他也在那里打猎，他在内罗毕的穆赛加夜总会和托尔酒吧结识了他们，后来又在蒙巴萨一起搭上了同一艘轮船。那是一艘专作环球航行的游船，在蒙巴萨停靠，以后再经苏伊士运河，过地中海，最后到达英国的南安普敦。船是超级的豪华巨轮，所有的客舱都是带套间的包房。那年头轮船的生意好，这艘环球旅行的游船本来也早已全部客满，不过船到印度时有几个旅客已经上岸他去。在穆塞加夜总会里一位消息灵通人士告诉托马斯·赫德森说，来船上还有几个空房间，有意搭乘的话倒也无需花上很多的钱。他就把这情况告诉了王子和公主，王子他们来肯尼亚乘的是飞机，乘得正不乐意呢，那年代的汉德利·佩奇飞机[①]飞得慢，一乘就要好半天，挺累人的，当下听说有这么条船可坐，而且价钱也不贵，他们都高兴极了。

“搭这条船走真是太有趣了。老兄，真有你的啊，打听到了这么一条重要的消息，”王子还说来着。“我明天一早就打电话去跟他们联系。”

搭这条船走果然有趣极了，印度洋的海水是那么蓝，船缓缓驶出蒙巴萨的新港，不一会儿非洲就给抛在了后边，那大树参天的白色老城连同背后的翠绿一片都给抛在了后边。船过长长的沙洲，激荡起阵阵海水，在沙洲上打得浪花四溅，这以后轮船便加快了速

① 英国飞机设计师弗烈德里克·汉德利·佩奇（1885—1962）于 1919 年创办汉德利·佩奇公司，经营民航业务。

度，来到了辽阔的大洋上，于是船的前方就不时可见有飞鱼跃出水面。背后的非洲终于化成一条长长的蓝线了，船上一个服务员敲起了锣，当时他和王子、公主、男爵四个人正在酒吧里喝干马丁尼。男爵是他的老朋友了，常住在非洲，人的确很坏。

“别理这锣，我们管我们在里茨吃午饭，”男爵说。“大家是不是同意？”

来到了船上，他可至今还没有跟公主睡过觉，尽管船到海法时，他们除了这一条以外，其他早已什么都干出来了。两人都已达到了一种如痴如醉、不顾一切的境地，论其热烈的程度，按说是早该睡作一块儿的了，而且肯定会弄到欲罢不能，要没有其他原因，否则不到筋疲力尽难乎为继，是绝对收不了场的。事实却正相反，船到海法一靠岸，他们倒坐上汽车到大马士革玩儿去了。一路上，托马斯·赫德森坐在前排，司机的边上，王子和公主俩坐在后座。托马斯·赫德森瞻仰了一两处圣地的古迹，游览了当年托·爱·劳伦斯[①]留下过足迹的一两处地方，此外一路所见便都是冷落的山峦和成片的沙漠了。回来的路上他和公主坐在后座，王子到前排去坐在司机的旁边。一路上托马斯·赫德森见到的就尽是王子的后脑勺和司机的后脑勺了。事后他只记得从大马士革到轮船停靠的港口海法，那公路是傍着一条河的。河床是个陡峭的峡谷，但是极小，看上去简直就像在看一幅缩得很小的立体地形图。峡谷里还有个小岛。此行他印象最深刻的，就数这小岛了。

去了一趟大马士革，可并没有能帮上多大的忙。船离了海法港，往地中海上驶去，他们俩躲到了救生艇甲板上。当时正吹东北风，甲板上已经很冷了，海上也起了浪，船在缓缓晃动了。这时候她对他说：“我们不能老这么憋着不干。”

“来个‘低调处理’如何？”

---

① 托马斯·爱德华·劳伦斯（1888—1935）：英国人，军人、学者、间谍兼于一身，人称“阿拉伯的劳伦斯”，长期在阿拉伯各地活动。

“不。我就要干脆上床，快活它一个星期。”

“一个星期好像还不大过瘾吧？”

“那就一个月。我是真恨不得能马上就干，可偏偏一时又干不了。”

“我们就到男爵的房间里去吧。”

“不。我要干就要能放心大胆地干，提心吊胆的我不爱。”

“你现在的心情怎么样？”

“真像要疯了似的，而且已经有点发疯了……”

“到了巴黎我们就可以床上一滚尽情快乐了。”

“可叫我怎么脱身呢？我从来没有干过这样的事，不知道该怎么脱身。”

“你就推说上街买东西好了。”

“可我上街买东西也总得有人陪着啊。”

“有人陪着也没关系。难道你就没有个体己人？”

“体己人倒是有。可我还不打算走这一步险棋。”

“那你就干脆别干算了。”

“不，我一定得干，说什么也得干。可我心里还是一点都不踏实啊。”

“你以前对他从来也没有不老实过？”

“没有。我总还以为自己是一辈子也不会对他不老实的。可现在我却一心只想做这种事了。不过万一要是让人知道了，我可怎么受得了呵。”

“我们还是看看是不是有什么好办法。”

“求求你还是搂着我，让我紧紧偎着你吧，”她说。“求求你我们就别说话了，也别去想什么了，更别去操什么心了。求求你就这样紧紧搂着我，好好儿疼疼我吧，我现在是浑身难受啊。”

过了一会儿，他就对她说：“你听我说，这种事你不干便罢，干了你那心里就总会像现在这样不安的。你不想对你丈夫不老实，又不想让人家知道。可这种事一旦干了出来，你不想也不行啊。”

“我要干。可我也不想伤他的心。我非干不可。我已经是由不得自己了。”

“那就干吧。马上就干。”

“可马上就干未免太危险了。”

“这船上的人都认得我们，他们见了我们这情景，听见我们这样说话，难道还有谁会相信我们没在一起睡过觉？你以为我们的所作所为跟睡过觉还有什么两样？”

“喔，那当然是不一样的啦。压根儿不一样的。我们尽管已经到了这一步，可还不至于会有孩子吧。”

“真有你的，”他说。“真有你的。”

“可我们真要有了孩子我才高兴哩。他一直很想要个孩子，我们却至今还没有一个。对，我马上就去跟他睡觉好了，他做梦也不会想到孩子可是咱们的哩。”

“换了我的话我才不会马上就去跟他睡觉呢。”

“对，这话也是。那就等到第二天晚上。”

“你有多长久没跟他在一起睡了？”

“喔，我每天晚上都跟他睡在一起。我没法子呀，赫德森。心里兴奋难挨，实在没法子呀。我看他现在打桥牌老是打到那么晚，原因也都在这里。他巴不得等我睡着以后再回房安歇。我们夫妻相好都这么些时候了，我看他大概也有点腻味了。”

“你这是嫁给他以后头一次有了相好？”

“不，说来抱歉，这不是头一次了。我已经有过几次了。不过我可始终没有对他不老实的行为，甚至连想都没有想过。他人好心也好，又是这么个好丈夫，我可喜欢他了，他也爱我，待我总是那么体贴。”

“我看我们还是下去吧，倒不如到里茨酒吧去喝点香槟，”托马斯·赫德森说。此刻他的心情变得矛盾极了。

里茨酒吧里客人稀少，他们找了一张靠墙的桌子坐下，一个侍者给他们送来了酒。现在这 1915 年的毕雷-儒埃纯干香槟已经常镇在冰桶里了，侍者只是问一声："还照老样，赫德森先生？"

他们相对一举杯，公主说："我就喜欢这个酒。你喜欢吗？"

"喜欢极了。"

"你在想些什么？"

"想你。"

"这还用说。我心里想的也就是你。可你在想我什么呀？"

"我在想，我们应该干脆这就上我的房间里去。我们呀，一味闲扯淡、吊膀子，就是没有行动。你表上几点啦？"

"十一点十分。"

"你们的钟几点啦？"他问送酒的侍者。

"十一点十五分，"侍者看了看吧台里的钟说。

一等侍者走远，听不见他们说话了，他就问："他桥牌要打到多晚？"

"他说要打到很晚，要我先睡，用不着等他。"

"我们喝完了这杯酒就上我房间里去。我房间里也有酒。"

"可赫德森呀，这危险得很哪。"

"危险，那总是难免的，"托马斯·赫德森说。"可老是这样不干、不干，反倒要危险一千倍、一万倍。"

那天夜里他跟她一连做了三次爱，事后他送她回她自己的房间，她说他不该送，他却说还是送让人看着更觉得合情合理，王子不是还在打他的桥牌吗？托马斯·赫德森送走了她，又回到里茨酒吧，酒吧还没有打烊，他又要了一瓶那种牌号的酒，于是就看起在海法送上船的报纸来。他这才想到自己已经有好长时间没工夫看报纸了，此刻看看报纸，真是一身轻松，好不自在。牌局散了以后，王子走过里茨酒吧，探头进来看了看，托马斯·赫德森请他别忙去睡觉，还是先来喝一杯。他对王子愈加觉得喜欢了，感到这里边竟还含有那么一种强烈的亲情。

他和男爵在马赛下了船。船上的大部分旅客还要继续他们的旅行，到南安普敦才是终点。在马赛，他和男爵在老港的一家路边饭馆里要了一大瓶玫瑰红葡萄酒，一边喝酒一边吃腌贻贝。托马斯·赫德森觉得肚子饿得厉害，他想起来了，自从船离海法以后，他肚子里就老是觉得很饿。

要命，这会儿肚子又饿得厉害了——他心里想。也真是的，这帮仆人都到哪儿去了呢？按说现在至少也应该来一个了。外边的风愈来愈冷了。这使他想起了那也是个大冷天，马赛那条去港口的街道路面很陡，他们翻起了外套领子，坐在路边饭馆的餐桌上吃贻贝，加了辣椒的肉汁浓汤很烫，浮在面上的一层化开了的黄油也很烫，贻贝就从浓汤里舀起来，剥开薄薄的黑壳吃肉，喝的玫瑰红葡萄酒是塔维尔的正宗货，那味道跟普罗旺斯[①]的风情是完全一致的。他们边吃边看：沿着那陡直的鹅卵石街道往上走来的有渔家姑娘，有轮船上下来的游客，有在港口作营生的衣着粗陋的娼妓，西北风向她们迎面袭来，把她们的裙子都鼓得高高的。

“你这孩子，这两天也真没规矩，”男爵说。“真是太没规矩了。”

“你可要再来一点贻贝？”

“不，我要吃点干的了。”

“我们再来一客杂鱼汤[②]怎么样？”

“来两道汤？”

“我饿得慌哪。再说今天不尝的话，不知要到何年何月才能再来品尝呢。”

“我就料到你是饿得慌了。那好。我们就来一客杂鱼汤，再来一客烤里脊牛排，要烤得绝嫩的。我就索性来把你喂个饱，你这个家伙。”

“你下一步打算如何？”

---

① 普罗旺斯是法国南部一个地区。塔维尔也就在法国南部。
② 又叫普罗旺斯鱼汤，用几种鱼、蛤加蔬菜烹调而成。

"应该问的是你：你下一步打算如何？你到底爱她不爱？"

"不爱。"

"那就好办多了。你最好还是赶快一走了之。走了就好办多了。"

"我还约好了要跟他们一块儿去钓钓鱼呢。"

"怎么不去打猎呢，打猎才有点儿意思，"男爵说。"钓鱼一点也不热闹，怪没趣的，再说她也不应该欺骗自己的丈夫。"

"他一定都知道了。"

"他不知道。他只知道她爱上了你。你是个有身份的人，所以你干啥人家也不好说你怎么样。可是她欺骗丈夫就不应该了。你是不想跟她结婚的吧？"

"不想。"

"她反正也不可能跟你结婚，所以你要是并不爱她，又何必把她的丈夫弄得很不愉快呢？"

"我不爱她。这一点我现在很明确了。"

"那我认为你就应该走。"

"这没问题，我也觉得我应该走。"

"你同意就好。可你倒是老实告诉我，你觉得她人怎么样？"

"人倒是挺好的。"

"别说傻话了。她的妈妈我认识。你要是认识她妈妈就好了。"

"遗憾的是我并不认识。"

"你应该认识。我真不明白你是怎么会跟这样无聊透顶的娘们搭上的。总不见得是你画画什么的需要这样的女人吧？"

"哪儿的话呢。才不是那么回事。我非常喜欢她，到现在还很喜欢她。不过我并没有爱上她，事情也真复杂得很哪。"

"你同意我的意见就好。那你现在打算去哪儿呢？"

"我们还只刚从非洲出来呢。"

"是啊。你何不到古巴去住一阵呢？要不，去巴哈马也行。我要是能从国内弄到点钱的话，倒也愿意奉陪。”

“你估计能从国内弄到点钱吗？”

“不大可能。”

“我想我还是就在巴黎住一阵吧。我已经有好久没有在大城市里住了。”

“巴黎算不得大城市。伦敦才有资格叫大城市。”

“我很想去看看巴黎有些什么新花样。”

“那我倒可以给你讲讲。”

“不，我是想去看看画，会会老朋友，再到‘六日赛车馆’[①]、奥特伊、昂冉[②]、勒特朗布莱[③]这些地方去转转。你也去住一阵可不是好？”

“我不喜欢赛马，也没有钱去赌。”

还尽想这些做什么？他的心思又收了回来。男爵已经死了，巴黎早落在德国鬼子的手里了，公主也没有生下一男半女。他想：他没有骨血可当皇族了，自己的血要跟皇家有点关系的话，除非是将来参观白金汉宫的时候正好碰上鼻出血，弄几滴鼻血洒在宫里吧，这种可能性看来是几乎不存在的。他当下打定了主意，要是过二十分钟那班仆人还一个不来的话，他只好自己到村子里去买些鸡蛋、买些面包来吃了。在自己的家里居然也会挨饿，这不是见了鬼么？——他心里想。可是自己实在太累了，到村子里走一趟都有点犯难。

就在这时候他听见厨房里有个人声，于是就揿了揿装在大桌子下面的电铃，听见厨房里嗡嗡响了两下。

---

① “六日赛车馆”是个骑自行车作耐力比赛的体育馆。因为要连续比赛六天，所以称为“六日赛车馆”。

② 奥特伊已见前注。昂冉：位于巴黎北边，昂冉湖畔，以矿泉浴场闻名，当地也有个赛马场。

③ 勒特朗布莱是马恩河畔的一个游乐胜地，那里的赛马场有颇为悠久的历史。

进来的是他屋里的二听差，一副诡秘、机灵、熬惯了日子的样子，略带点儿娘娘腔，却又颇有圣塞巴斯蒂安①之风。二听差进来问："先生按铃了？"

"不是按铃难道是敲钟？马里奥哪儿去啦？"

"取邮件去了。"

"猫儿可好？"

"都很好。没什么情况。就是'大山羊'跟埃尔高多②打过一架，有点伤我们也都给处理了。"

"宝伊西像是瘦了。"

"它晚上老是出去。"

"'公主'怎么样？"

"前些时情绪不大好。这两天胃口又很不错了。"

"肉食弄得到吗？"

"我们是从科托罗那里弄来的。"

"狗还好吗？"

"都很好。就是'小黑妞'又怀上崽子了。"

"你就不能把它关在屋里别放它出去吗？"

"关了，可它还是逃了出去。"

"其他还有什么事吗？"

"没有了。先生这次出海顺利吗？"

"没事儿。"

他跟这个听差总是一说话就来气，很不耐烦。以前也曾两次打发他走，可两次都是听差的父亲来一再求情，才又重新留下了。正说着话儿，大听差马里奥带着报纸信件来了。他一进来就是满面的笑，那张黑黑的脸显得那么快活，那么和蔼可亲。

"出海顺利吗？"

---

① 早期的基督徒、殉道者。

② 西班牙语：胖子。

“临了有点风浪。”

“Figúrate.[①]你想呀，这北风刮得有多猛呵。你吃过了点什么没有？”

“没东西吃哪。”

“鸡蛋、牛奶、面包，我都带来了。Tú[②]，”他吩咐二听差说，“快去给先生做早饭。鸡蛋怎么个吃法？”

“还照老样子。”

“Los huevos como siempre[③]，”马里奥说。“宝伊西去接你了没有？”

“去接了。”

“这回你一走，它真是伤心透了。比以前哪回都要伤心。”

“别的猫儿呢？”

“只有‘大山羊’和‘胖子’狠命打过一架。”猫的名字他都用英语说，觉得相当得意。“‘公主’的情绪不大好。不过也没什么要紧。”

“¿ Y tú? [④]”

“我吗？”他腼腆一笑，很开心的样子。“好得很。多谢你啦。”

“家里人呢？”

“也都好得很，谢谢你。爸爸又上工去了。”

“那好，我真为他高兴。”

“他也高兴极了。昨儿晚上没有客人在这儿过夜吗？”

“没有。他们都进城去了。”

“准是都累坏了。”

“就是。”

---

① 西班牙语，即“你想呀”之意。

② 西班牙语：喂，你。

③ 西班牙语：鸡蛋还是老样子吃法。

④ 西班牙语：那你呢？

“你有好几个朋友来过电话。我把名字都记下了，但愿你还认得出来。英语里的姓名我不会拼哪。”

“只要照音记下来就可以了。”

“可你念起来跟我念起来不一样啊。”

“上校有电话来吗？”

“没有，先生。”

“给我来一杯威士忌加矿泉水吧，”托马斯·赫德森说。“给猫儿喝的牛奶也请一块儿送来。”

“端到饭厅里，还是送到这儿来？”

“威士忌送到这儿来。猫儿的牛奶就放在饭厅里吧。”

“即刻就到，”马里奥说。他到厨房里调了一杯威士忌加矿泉水拿来。“我看是够浓的啦，”他说。

托马斯·赫德森心里想：我是这就刮脸呢，还是等吃过了早饭再刮？应该先刮。我要威士忌不就是为了要刮脸吗，好边喝边刮。好吧，那就到浴间里去刮吧。可是心里又不大愿意：多讨厌！不，不能嫌讨厌，还是到浴间里去刮吧。刮了就能精神一爽，你吃过了早饭还得到城里去呢。

他就一边刮脸一边喝酒，肥皂涂了一半呷一口，涂完了肥皂再呷一口，第二次涂肥皂又呷一口。腮帮子上，下巴上，脖子上，都积起了两个星期的硬胡子，为了要刮干净一连换了三次刀片。宝伊西走来走去，在看他刮脸，还不时在他的腿上挨挨擦擦。冷不丁它却一个猛窜，冲出了房去，托马斯·赫德森知道它准是听见牛奶碗放在饭厅花砖地上的声音了。这声响他却一点也没有听见，也没有听见听差叫过猫，可是宝伊西就听见了。

托马斯·赫德森刮完了胡子，在右手的掌心里满满地倒上了酒，往脸上一抹。在古巴，这种九十度的上等纯酒精便宜得就像在美国买最低级的外用酒精一样。面皮一接触到酒，感到凉飕飕的一阵刺激，刀片刮过后的那种疼痛的感觉顿时都消失了。

他心想：糖我不吃，烟我也不抽，但是这个国家还酿制出了好酒，倒真能给我无穷的乐趣。

因为房子的四周是石铺的庭院，所以浴间的玻璃窗下半部是涂了漆的，但是窗子的上半部全是明净的玻璃，所以他看得见棕榈树的叶片在大风中猛烈摇晃。这风刮得比我估计的还猛呢。按说已经刮了这么久了，也差不多该是转向减弱的时候了。可是事情也难说哪。那还得看风向转了东北以后，这风刮得还猛不猛。几个钟头没有去想大海了，真是好开心。他想：还是这样好。压根儿别去想大海，管它海上怎么了，海下怎么了，只要跟大海沾上点边的，什么都别去想。甚至连这些不该想，那些不该想都别去想。压根儿什么都别去想。大海，就由它去算了。别的事情也一样——他心想。也都丢远点吧。

“先生早饭在哪儿用？”马里奥问。

“哪儿都行，只要跟那 puta[①] 大海离远点儿。”

“在起坐间里，还是在先生的卧室里？”

“就在卧室里吧。把柳条椅子拉出来，早饭就摆在旁边的桌子上好了。”

他喝了热茶，吃了一个煎鸡蛋，加几片涂橘子酱的烤面包。

“没有水果吗？”

“只有香蕉。”

“拿几个来。”

“喝了酒吃香蕉行吗？”

“那是迷信。”

“可就在你出海的那阵子，村里有个人又吃香蕉又喝朗姆酒，结果就死了。”

“你怎么知道这个酒鬼不是喝多了朗姆酒而死的呢，吃香蕉或许只是碰巧吧？”

“不会的，先生。这人吃了很多很多香蕉，只喝了一丁点儿朗

① 西班牙语：臭婊子。

姆酒，就突然死了。香蕉都是他自己园子里采下来的。他就住在村后的小山冈上，是在七路公共汽车上工作的。”

“愿他安息吧，”托马斯·赫德森说。“那就稍微给我来几只香蕉。”

马里奥把香蕉拿来了，那是在自己园子里现采的，个儿很小，却黄澄澄的，早已熟透了。剥开皮来，简直只有人的手指头那么大小，但是其味绝佳。托马斯·赫德森一连吃了五个。

“看我发不发病啊，”他说。“再去把‘公主’领来，还有一个蛋给它吃。”

“为了庆祝你平安归来，我已经给它吃过一个蛋了，”听差说。“宝伊西和威利我也各给了一个。”

“‘大山羊’呢？”

“园丁师傅说‘大山羊’的伤还没有好透，给它吃多了不好。它伤得挺重的。”

“这场架到底打得怎么个厉害法？”

“打得可狠啦。一路打去，打了总有里把地吧。一直打到花园后面的荆棘丛中，才不见了踪影。它们现在打架总是这样，一点声响都没有。也不知道到底是哪个打赢了。反正‘大山羊’先回来，我们替它治了伤。它来到庭院里，就在水缸边上躺着。连跳到顶上去的力气都没了。‘胖子’过了一个钟头才回来，我们也替它拾掇了伤口。”

“还记得吗，当初这一对小哥们儿是多么相亲相爱啊。”

“当然记得。可是看现在这架势，只怕‘胖子’是不把‘大山羊’咬死决不罢休的。它要比‘大山羊’重磅把呢。”

“‘大山羊’打架的本事也不含糊。”

“话是不错，先生。可你想想，要重整整一磅哪，那是出入很大的。”

“猫打架不比斗鸡，我看身体重磅把关系也不大。你不能什么都拿斗鸡的眼光去硬套。比方说人比赛拳击吧，除非因为超过了等级标准而硬是减轻体重，否则重一磅轻一磅也没什么大不了。当年登姆普西[①]夺得世界冠军的时候才重 185 磅。威拉德[②]可有 230 磅重哪。‘大山羊’和‘胖子’都该算是大号的猫了。”

“照它们的那种打法，多一磅分量占的便宜可大啦，”马里奥说。“它们打架如果背后也有人押输赢的话，谁也不会对这一磅的分量不当回事的。多几两少几两都要考虑考虑呢。”

“再给我拿几个香蕉来。”

“你就行行好吧，先生。”

“你真相信那套胡说八道？”

“这可不是胡说八道，先生。”

“那就再给我来一杯威士忌加矿泉水。”

“你命令我我也没有办法。”

“我是请求你。”

“你的请求就是命令。”

“那就去拿来吧。”

听差终于端来了一杯威士忌加冰镇矿泉汽水，还加了冰块，托马斯·赫德森接过了酒说：“看我发不发病啊。”可是一看听差黑黑的脸上那担心的神气，他打趣的兴致也都没了，于是便说：“不骗你，我心里有底，准出不了毛病。”

“先生自己心里有数就是了。不过我总有责任劝劝先生。”

“你没错儿。你劝过我，尽了责任了。佩德罗来了没有？”

“还没有，先生。”

“等他一来，就叫他把凯迪拉克赶快备好，我这就要进城去。”

你不妨趁这个时候洗个澡——托马斯·赫德森对自己说。要上

---

① 杰克·登姆普西（1895—1983）：美国职业拳击运动员，最重量级世界冠军（1919—1926）。

② 杰斯·威拉德（1881—1968）：美国拳击运动员，最重量级世界冠军（1915—1919）。

哈瓦那，洗完澡还得打扮一下。穿戴整齐了，就坐上车进城去见上校。你怎么啦，到底是哪点儿不对劲啊？我浑身都不对劲呢——他心里想。浑身都不对劲。在陆地上是这样浑身不对劲，在海上也是这样浑身不对劲，连闻着这空气都只觉得浑身不对劲。

他坐在柳条椅里，从椅子底下拉出了搁脚架，把脚往上面一搁，看起这卧室里墙上挂着的画来。摆在那儿的床是很蹩脚的，床垫也不是上等货色，买的时候本来就是图个便宜，因为他除非跟谁吵了架，否则是从不到这床上来睡的。床头挂着的是胡安·格里斯[①]的《弹吉他的人》。正看着，脑子里忽然蹦出一句西班牙话来：常思往事则成人。可人家哪儿知道你会想得连命都快没了呢。房间那头，书橱上方，挂着的是保尔·克勒[②]的《创作的丰碑》。这幅画就不如《弹吉他的人》那样招他喜欢了，不过他还是很喜欢看上两眼。他还记得他在柏林刚买下这幅画的时候，印象中觉得这画好邪门。色彩是那样刺眼，简直就像父亲医学书上插图里画的下疳啊，杨梅疮啊什么的。他妻子乍一见这幅画差点儿把魂都吓掉，不过后来对这股邪门劲儿也渐渐看惯了，会就画论画来看待了。他自己现在对这画的理解也不见得会比当初深透多少。记得第一次见到这画是在那个清寒的金秋，那是在柏林沿河一幢大楼的弗莱希海姆画廊里，当时他们俩是多么幸福啊。不过论画那还是一幅好画，他很喜欢看上两眼。

另一个书橱上方挂的是马松[③]的一幅森林远景。画的是达弗雷镇，他对这幅画的喜欢不下于《弹吉他的人》。好画就有这么个了不起的地方：它能叫你看得爱煞，而又不致有不可企及的那种无奈。你在喜爱之余并不感到惆怅，相反，好画倒是能让你满心愉

① 胡安·格里斯（1887—1927）：西班牙画家，1906年移居巴黎，为第一次世界大战后法国先锋派主要成员，开创综合立体派。

② 保尔·克勒（1879—1940）：瑞士表现派画家，1933年被纳粹赶出德国。

③ 法国画家。已见前注。

快，因为你所一向追求的目标在这些画里就得到了体现。尽管你没有达到这样的境界，但是只要有人达到了，你心里也照样很舒服。

宝伊西进屋里来了，一跳就跳上了他的膝头。它跳起来很有一手，这宽敞的卧室里有个高高的五斗橱，它只要一纵身，就可以跃上橱顶，一点也不显得吃力。现在它轻轻一蹦，就利索地蹦上了托马斯·赫德森的膝头，舒舒服服躺了下来，用前爪抓抓挠挠，表示亲热。

“我在赏画呢，宝宝，你要是也能喜欢画就好啦。”

在我固然觉得欣赏好画津津有味，可也许它倒觉得蹦高捕耗子也一样其味无穷呢——托马斯·赫德森心想。但是它看不懂画，可终究是个遗憾。不过那也难说呢。它对画说不定兴趣还大得很哩。

“宝宝，我不知道你要是懂画的话会喜欢哪些画家。大概喜欢荷兰时期的画派吧，那个时期的画都是静物画，画鱼啦，牡蛎啦，野兽啦，画得可好啦。嗨，你别对我抓抓挠挠的。现在是大白天。大白天可不能来这一套。”

宝伊西还是只管来亲热，托马斯·赫德森把它翻过身来，让它老实点。

“你也得懂些规矩才好，宝宝，”他说。“我还没有去看过别的猫儿呢，我这可是对你另眼相看啊。”

宝伊西开心得很，托马斯·赫德森把手伸到它脖子下，感觉到它喉咙里打着呼噜。

“我得去洗澡了，宝宝。你是一天倒有半天在洗澡。不过你洗澡是用舌头舔的。你一到洗澡的时候就一理也不理我了。那时你简直就像个有身价的大老板在办公。你那是公事，是不许人家打搅的。可我呢，应该去洗澡的，却还赖在这里喝早酒，简直像个烂酒鬼。这也是你我之间的一个差异吧。还有，要你在驾驶台上站十八个钟头你是不行的。可我就行。站十二个钟头是家常便饭。必要的时候十八个钟头也行。像昨天就一直站到今天快天亮，一连站了足足十九个钟头。不过我不能像你那样跳啊蹦的，也不能像你那样去打夜猎捕耗子。打夜猎我倒是也打过几次的，真是好玩儿极了。但是你不一样，你的胡子里是有雷达的。鸽子的喙上都有一层硬壳，那里大概有个高频无线电测向仪吧。至少通信鸽都是有这么一层硬壳的。可你的超高频又是什么样子的呢，宝宝？”

宝伊西摆开了脚，又沉又实地躺在那儿，打着不出声的呼噜，开心极了。

“你的搜索接收机上怎么说啦，宝宝？你的脉冲宽度是多少？脉冲重复频率又是多少？我已经在船上安了一个磁控管。你可别对人说啊。由于超高频得出的分辨率高，所以老远就能发现敌人的潜艇。这叫微波，宝宝，你这打的呼噜也就是微波。”

你说好了不到出海就坚决不去想的，可这决心就是这样经不起考验。你要忘记的并不是大海。你明知道自己爱大海，别处可以不去，大海是不能不去的。快到阳台上去望望大海吧。大海并不残忍，也不冷酷，更不是人家胡扯的那么坏。大海就是大海，风可以推波，潮可以助澜，风和潮可以在海面上展开搏斗，可是海下却压根儿不受一点影响。应该庆幸自己今后还有的是出海的机会，应该感谢大海容许你把它当成了自己的家。大海就是你的家。别对大海妄加非议，也别对大海匪夷所思。大海不是你苦恼的根源。他称赞自己：你这算是开了点窍了。尽管一上陆地你就总要迷糊。他就打定主意：好吧，那我在海上就应该多开开窍，这样即使上了陆地迷糊点儿，也就不要紧了。

陆地上可是挺可爱的哪——他心里想。今天我们就可以去领教一下陆地上有多可爱了。当然先还得去见过那个讨厌的上校——他想。其实我倒是一向很愿意跟他见面的，因为见了他自会感到精神一振。好了，还是别去多想上校了——他想。今天要愉愉快快过一天，有些事情就不要去想了，这便是一条。当然见还是要去见他的，但是不要去想他了。他的事，有好些已经想得过多，难以忘怀。也有好些已经淡忘如遗，再难想起。所以我看你还是不要去想他了吧。好，我就不想。待会儿去见他，向他汇报就是。

他喝完了酒，把膝头上的猫儿抱开，站起身来，对三张画又欣赏了一阵，就进浴间里洗淋浴去了。热水炉子是仆人们早上来上班后才点火的，所以水还不热。不过他还是全身都抹了肥皂，把头发也揉了一通，最后就用冷水一冲。换上了白色的法兰绒衬衫，系上了深色领带，下边穿法兰绒便裤、羊毛袜子，登一双已经穿了十年的英国拷花皮鞋，再套一件开司米套衫，外加一件旧的粗花呢上装。他按铃叫马里奥。

“佩德罗来了吗？”

“来了，先生。车子已经停在外边了。”

“用椰子汁加苦味汁给我调一杯‘汤姆·柯林斯’，让我带着走。外边要个软木杯垫。”

“遵命，先生。你不穿大衣了吗？”

“带一件吧，要是冷了，回来好穿。”

“先生回来吃午饭吗？”

“不吃了。晚饭也不回来吃了。”

“先生要不要去看看猫儿再走？猫儿都放出来了，正找了避风的地方在晒太阳呢。”

“不了。到晚上再看吧。我要给它们带点礼物来。”

“那我就调酒去了。椰子汁得现弄，要花点工夫的。”

你怎么啦，怎么不想去看看猫儿啊？——他问自己。回答是：我也不知道啊。这个闷葫芦把我自己也弄迷糊了。倒真是个新问题。

宝伊西一直紧钉着他，看到主子又要走，不免有点不安，不过因为看到没有大包小包，所以也并不恐慌。“我那也许都是为了你呢，宝宝，”托马斯·赫德森说。“你放心好了。我到晚上会回来的，至多过了午夜吧。估计回来也是累透了。八成儿是筋疲力尽的了。那时我们就在这儿清醒清醒自己的头脑吧。Vámosnos a limpiar la escopeta.①”

① 西班牙语：我们不妨来擦擦猎枪。

他走出了明亮的起坐间，他到现在还觉得这个长长的房间大得真够瞧的。下了石头台阶，来到户外，在这古巴的冬日的早晨户外更是一片明亮。狗都上来围在他的脚边打转，那条一脸苦相的猎狗也过来趴在他的跟前，耷拉着的脑袋晃个不停。

“看你这畜生多可怜、多苦恼啊，”他说着拍了拍那猎狗，那猎狗也对他直摇尾巴。其他的那些杂种狗因为天冷风大，都显得很精神，活蹦乱跳的。庭院里长着一棵木棉树，树上有几根枯枝被风吹折了掉在台阶上，还没有人来收拾。汽车司机特意作出一副哆哆嗦嗦的样子，从车后走了出来，说：“你早，赫德森先生。出海平安无事吧。”

“平安无事。车也都好好的吧？”

“全都照看得好好的。”

“我相信也错不了，”托马斯·赫德森用英语说。这时候马里奥从屋里出来，下了台阶，到汽车跟前来了。他是送酒来的：大号的酒杯里酒色很深，带点铁锈似的颜色，杯子外裹一张软木薄片作杯垫，跟杯口相距不到半英寸。托马斯·赫德森见他来了，就对他说：“去找一件毛衣让佩德罗穿上。要前面有纽扣的。到汤姆先生的衣服里去找好了。这台阶上的断树枝也得找人打扫一下了。”

托马斯·赫德森把酒交给司机拿着，自己俯下身去跟狗亲热。宝伊西坐在台阶上看，一副不屑的样子。狗中有只“小黑妞”，那是一条小母狗，本来是一身黑毛，因为上了年纪，毛已经在渐渐灰白了，尾巴倒卷在背上，玩得起劲的时候那细腿小脚简直都会闪闪发亮，嘴像猎狐犬那么尖，一双眼睛含着深情、透着灵性。

这条狗是他一天晚上在一个酒吧里发现的。他看见它老是跟着人家出去，就问掌柜的这狗是什么种。

“古巴种呗，”掌柜的说。“在这儿已经四天啦。谁出去它都要跟着出去，可是人家都把车门一关，没有一个肯要它的。”

结果就把它带回了自己的庄园，到了庄园里它两年都没有发情，托马斯·赫德森还当是狗老了，不能生育了。谁知有一天，它遇上了一头警犬，两下闹得不可开交，弄得他不能不把它救出来，这样它就生下了一窝警犬崽子，以后又有斗犬崽子，猎狗崽子，还有一头来历不明的崽子可好看了，遍体鲜红，看来其老子大概是头爱尔兰种的塞特狗，可是胸部肩部却又是斗犬的模样，尾巴倒卷在背上，跟“小黑妞”一般无二。

此刻它的儿女就都围在它的身边，它自己却又怀上崽子了。

“这回又是谁家的种啦？”托马斯·赫德森问司机。

“这倒不知道。”

马里奥拿来毛衣给了司机，司机脱下散了线的号衣把毛衣穿上。还是马里奥了解情况：“这回当老子的是村里那条爱打架的狗。”

“好吧，再见了，狗儿们，”托马斯·赫德森说。“再见啦，宝宝。”宝伊西早就跳跳蹦蹦下了台阶，穿过狗群，跑到车子跟前来了。托马斯·赫德森拿着外垫软木的酒杯，坐在车里，探身到窗外，抚了抚宝伊西，宝伊西后腿一竖直起了身子，伸过头来碰碰他的手。“别担心，宝宝。我会回来的。”

“可怜的宝伊西啊，”马里奥说。他抱起猫儿搂在怀里，猫儿目送汽车一拐弯，绕过花坛，顺着到处是坑坑和沟沟的车道驶去，不一会儿就下了道坡，加以前面又有高高的芒果树挡住了视线，所以一下子就看不见了。于是马里奥就把猫儿抱到屋里，放了下来，猫儿却一纵身蹦上了窗台，两眼还是直盯着那车道的下坡处——再往前就什么也看不见了。

马里奥过来抚抚它，可是那猫儿却就是定不下心来。

“可怜的宝伊西啊，”那个高个儿黑人听差说。“多可怜的宝伊西啊。”

托马斯·赫德森的车子顺着车道开到了大门口，司机跳下车来，解开了门上的铁链，又回到车上，把车开出了大门。这时街上正好有一个黑人小伙子走来，司机就向他喊一声，让他把大门关上。那小伙子咧嘴一笑，点了点头。

“他是马里奥的一个兄弟。”

“我知道的，”托马斯·赫德森说。

车子穿过村里邋邋遢遢的小路，转到了中央公路上。一路驶去，经过了村里的许多人家，还经过了两家杂货店，杂货店都店门大开，把卖酒柜台设在当街，柜台上是一排排的瓶酒，两侧则是摆满了罐头食品的货架。过了最后一个卖酒的店家，便是一棵奇大的西班牙月桂树，撑开的枝丫把整个路面都罩在底下。再往前就是石铺的老公路，路到此便开始下坡。下坡路有三英里长，两旁都是参天古树。路边有幼儿园，有小农庄，也有大农庄。大农庄里西班牙殖民时期的破落宅第都已化整为零，那高低起伏的旧日的牧场也已被街道分割开来。街道都到野草深密的山坡下为止，因为天旱，那里草也都黄了。这个国家本来是一片葱茏，如今四下里唯一的绿意就只剩河道一带了，河边的王棕高耸起灰色的树干，顶上的绿叶都被风吹得歪在一边。这场北风很干燥，不但干燥，而且既猛又冷。前几场北风早就把佛罗里达海峡吹得寒气袭人，这一场风又是没有一滴雨也没有一丝雾。

托马斯·赫德森呷了一口冰凉的酒，细辨那味道，有新鲜的青酸橙汁，有淡淡的椰子汁，虽说是淡淡的，比起汽水来可还是要浓多了。所加的金酒是地道的戈登金酒，酒味醇厚，所以一沾上舌头顿觉精神一振，咽下去更是回味无穷。更何况还加了苦味汁，把酒色染得那么艳丽。呷上一口这样的酒，感觉之好真有如张着满帆一路顺风行船——他心想。真是好美酒！

因为酒杯外垫着软木，所以冰块可以不致很快融化，酒也不致会走味。他不舍得就喝完，便拿在手里，浏览浏览车外的景色，车就要进城了。

“这是下坡，你干吗不‘蹚’车呢，‘蹚’车不是可以省些汽油？”

“有你吩咐我‘蹚’车就是，”司机说。“不过这汽油是公家开销的。”

“你就练练也好嘛，”托马斯·赫德森说。“赶明儿公家不开销了，要自己掏钱买汽油了，你这‘蹚’车的本事不就用上了吗？”

这时车子已经到了平地上，左手里一大片尽是花农的园圃，右边一带则都是住的编篮子的工匠。

“我得去请个编篮子的工匠了，起坐间里那条大席子有几处破了，得补一下。”

“是的，先生。”

“你有认识的工匠吗？”

“有的，先生。”

对这司机托马斯·赫德森本来就很不喜欢，因为这人往往报事不实，脑子又不开窍，却一味自以为是，对汽车里的机件一窍不通，却又不好好保养，还要胡来，而且为人又总是很懒。刚才因为不“蹚”车被说了两句，他现在回话也简短而生硬了。不过尽管他有这许多缺点，开起车来他还是很有两下子的，所谓有两下子，也就是说古巴的交通好像得了神经官能症，简直毫无章法，而他处身其间，开起车来却能应付自如，反应灵敏极了。而且这里的一套规矩他熟，说起来还真少他不得呢。

“加上毛衣暖和了吧？”

“是的，先生。”

你这个混蛋！托马斯·赫德森在心里直骂。你这副腔调再不改一改，看我不狠狠克你一顿！

“你家里昨儿晚上很冷吧？”

“够呛。简直 horroroso[1]。那个冷你是想象不出的，赫德森先生。”

这下双方算是和解了，这时候车子也过桥了。当初就是在这桥上，发现了一个姑娘的躯体。姑娘被她当警察的情人肢解成了六块，用牛皮纸包了，分散扔在中央公路的沿路。现在桥下的河道是

---

① 西班牙语：吓人。

干的。可是那天晚上河里有水，天还下着雨，堵住的车辆排起了足有半英里的长龙，驾车人的目光全都集中在这个出了惊天动地大事的现场。

第二天早上各报都在头版刊出了死者躯干的照片，有一家报纸的报道还说，这个姑娘肯定是个北美来的游客，因为生活在热带的人到了这个年龄是不可能还这样发育不全的。托马斯·赫德森也弄不懂他们怎么连她的确切年龄都已经推断出来了，因为死者的头当时并没有找到，那还要过一个时期才在一个叫巴塔瓦诺的渔港里发现。不过照报纸头版刊出的躯干照片来看，那模样儿比起眼下残存的一些第一流的希腊雕刻来也确实还差得远。但是她可终究不是个北美来的游客；后来事实证明，凡是热带妇女发育成熟后具备的种种魅力她已经无不具备。不过托马斯·赫德森倒有好一阵子就只能躲在庄园里，不敢再在这一带的路上露面了，因为谁要是让人看见在路上跑，或者哪怕只是加快点脚步走，就很可能会引来一批老百姓冲着你边嚷边追："他往那边跑啦！就是他！碎尸案的凶手就是他！"

过了桥，车子上坡，进了卢耶诺。这时往左边望去，便可瞥见个独特的小山冈的身影。托马斯·赫德森每次见到这小山冈，就总会想起托莱多[①]。不是艾尔·格列柯[②]画笔下的托莱多，而是站在城外山坡上实地见到的托莱多的一角。车子爬上了最后一道坡，迎面出现的赫然就是那个小山冈，这不，又看得一清二楚了，这不是托莱多又是什么。可惜那只是一会儿工夫的事，一转眼路又下坡了，两边逼来的又都是古巴的景色了。

一路进城，就是这一段路叫他很不喜欢。他带着酒来，其实真正的目的也就是为了要对付这一段路。他想：我喝我的酒，就可以

---

① 西班牙中部一城市。

② 艾尔·格列柯（1541—1614）：西班牙画家，画风颇受风格主义影响，色彩明亮而偏冷。

闭眼不看这一派贫困、这一派污秽了。四百年厚积的尘土，娃娃们的鼻涕，破破碎碎的棕榈叶，洋铁罐头皮做的屋顶，害梅毒得不到治疗落下的走路拖拖沓沓的毛病，年代久远、污水横流的小河，脖子脱毛、虱子累累的鸡鸭，老大爷脖颈上的鳞癣，老奶奶身上的臭气，还有那开得震天价响的收音机，这些就都可以扔得远远的了。这实在是很不应该的事。按说我应该好好看看，想想能不能去帮上点什么忙。可是你却只管喝你的酒，就像以前人们怕晕过去就带上嗅盐一样。不，恐怕还不尽然——他心里想。好像除了这一条，还有点贺加斯[1]名画《酒巷》里人物喝酒的那种味道。你之所以喝酒，还因为你骨子里是不想去见上校——他想。你现在喝酒总有个缘故，或是有什么事不乐意了，或是有什么事心里欢喜——他想。你这个家伙就是这样！常常啥事也不干，就知道喝酒。今天不又要去喝上一大通了？

他呷了一大口酒，嘴里只觉得好清凉，好爽口。眼前的这段路上有有轨电车行驶，路况最恶劣了，只要铁路道口栅门一关，来往车辆马上就头衔尾、尾衔头，排起一大串。此刻被堵的汽车货车就成了长龙，朝队伍的前头望去，对面的山坡上就是阿塔雷斯堡。在他托马斯·赫德森出生前四十年，克里滕登上校率领的一支远征军兵败巴伊阿·翁达，上校他们就是被押到这个堡垒来枪毙的，当时在这座山前被枪毙的美国志愿兵共有一百二十二名。再往远处看，哈瓦那电力公司高高的烟囱里冒出的烟一道道直上天空，年深月久的石子路面公路在高架桥下穿越而过，跟港湾的上游段正好平行，港湾上游的水污黑油腻，简直跟油轮油舱里泵出的舱底油脚差不多。道口栅门开了，车流又动了，现在车到了这里，北风再大也吹不到了。木板条码头上，那涂了木焦油的木桩旁停泊着一条条木壳船，这些可怜巴巴的杂牌军就是所谓的战时商船队了。海湾里的垢

① 威廉·贺加斯（1697—1764）：英国油画家、版画家。作品多揭露贵族阶层的丑恶面目，而对下层人民则多表示同情。

腻浮沫附着船身荡漾，那颜色比木桩上涂的木焦油还黑，那气味比阴沟里积久的污水还臭。

他认得出来，这里边有好几条船是他熟悉的。有一条三桅老帆船，船身很大，居然还曾引得敌人的潜艇来打它的主意，给了它一炮弹。船上装来的是木材，回头要装食糖运出去。那挨过炮弹的地方虽然已经修好补好，托马斯·赫德森还是一眼就认了出来。他还记得自己的船当时也在海上，靠过去看时，只见甲板上打死的，还活着的，都是华人。咦，你不是说好今天不去想海上的事了吗？

这条船我还是得看看的——他对自己说。船上的人比起我们刚才路过的那些地方的居民来，毕竟还要强得多呢。这个藏污纳垢了三四百年的港湾也毕竟不是海上。而且这个港湾靠出口的那一段还是不坏的。就是卡萨布兰卡[①]那一段也不能算太差。在这个港湾里你还度过了几个月白风清之夜呢，你难道忘了？

“你瞧瞧，”他说。司机见他探头在看，就要把车停下。可是他却让司机只管往前开：“直开大使馆。”

他刚才在看的是一对老夫妇。老夫妇住在一间用木板和棕榈叶搭成的披屋里，披屋是借一堵墙搭起来的，墙的一边是火车轨道，另一边是电力公司的堆煤场，从港口卸下的煤都堆放在那儿。由于卸载机卸煤都得从墙头上过，因此墙上黑乎乎的尽是煤屑，而且那墙跟铁路路基相距还不足四英尺。披屋的坡顶很陡，所以这么点地方睡两个人实在很勉强。车过时那老夫妇俩正坐在门口，在用一个铁皮罐头煮咖啡。他们是黑人，弄得很脏，因为年纪大了，再加污垢也积得厚了，所以身上都是鳞皮屑，蔽体的所谓衣服也都是用装食糖的旧麻袋做的。看他们的年纪实在是很不小了。可是他看来看去，却怎么也看不到那条狗。

---

① 卡萨布兰卡在西班牙语中是“白房子”的意思。以此命名的地方很多。这里是指哈瓦那附近的一个地区。前文提到的“海港那头的白色的一片，即城市的又一翼”，可能就是指那里。

“¿Y el perro? [1]”他就问司机。

“我已经有好久没看到了。”

他们常来常往，打这对老夫妇的家门前过算来已有几年了。一次那个姑娘（昨天晚上看的信就是她写来的）忽然激动起来，说是每次从这个披屋前过，总觉得自己问心有愧。

“那你为什么不替他们想想办法呢？”他当时就问她。“你老说这不像话，笔下写起这‘不像话’来更是警句连篇，可你为什么就不拿出点行动来呢？”

这话可惹得姑娘生了气，她马上把车一停，跳下车来，跑到披屋跟前，给了那老婆子二十块钱，让她去找间好些的房子住，去买点东西来吃。

“是了，小姐，”老婆子说。“你的心真好。”

过些时候经过那儿一看，老夫妇俩还是住在老地方，见了他们快乐得直挥手。老夫妇俩买来了一条狗。那可是一条白毛狗，个头很小，毛是卷的。托马斯·赫德森心想：这样的狗，恐怕原本不见得是养了来跟煤屑打交道的吧。

“你看他们的狗会上哪儿去了呢？”托马斯·赫德森问司机。

“大概死了吧。他们没有东西吃哪。”

“我们还得给他们弄一条狗，”托马斯·赫德森说。

披屋已经落在后面很远了，车子往前开去，如今左边是一道刷成泥土色的墙，这就是古巴军队的参谋总部。在门口站岗的是个带些白人血统的古巴士兵，懒散的姿势中含着几分得意，一身卡其军装早已被他老婆洗得褪了颜色，头上的作战帽戴得比史迪威将军[2]还端正三分，一支“斯普林菲尔德造”[3]写写意意斜挎在肩上，军装却掩不住肩上那瘦嶙嶙的骨头。他漫不经心地对汽车瞅了一眼。

---

① 西班牙语：狗呢？

② 史迪威（1883—1946）：二次大战时期的美国著名陆军将领。

③ 美国马萨诸塞州斯普林菲尔德兵工厂制造的步枪。

托马斯·赫德森看得出他站在北风里是很冷的。我看他要是能在管区里巡逻巡逻的话，就不会那么冷了——托马斯·赫德森心想。不过他要是就保持着这样的姿势，不要白白浪费精力，一会儿太阳也就能照到他身上，晒到了太阳就暖和了。看这小伙子还这么瘦，大概当兵还没多久吧——他想。到了来年春天，要是我们那时还打这里经过，我恐怕就要认不出他了。那“斯普林菲尔德造”一定是够重的，也真难为他了。可惜他站岗不能用一支轻一点的塑料枪，哪里像眼下的斗牛士，用摩莱塔①逗牛的时候手里拿的是木剑，手腕子就可以省劲多了。

“不是说贝尼特斯将军要率领一个师去欧洲参战吗，现在情况怎么样啦？”他问司机。“那个师到底开拔了没有？”

“Todavía no，②”司机说。“还没有。不过将军现在正在学骑摩托车，练得可勤了。每天一清早就在马里孔路③上练。”

“这么说那一定是个摩托化师咯，”托马斯·赫德森说。“从参谋部出来的人，不管是士兵还是军官，人人都带着个袋袋，那袋袋里是什么？”

“大米呀，”司机说。“刚到了一批大米。”

“大米现在不容易弄到？”

“哪儿弄得到呵。做梦呢！”

“那你呢，现在的伙食差吗？”

“差劲极了。”

“怎么？你是在我家里吃饭的呀。东西的价钱涨得再高，我也都照买不误，又有哪一样少了你呀？”

“我是说在家里吃饭就不行了。”

“你又有什么时候在家里吃饭啦？”

---

① 挂在木杆上的红布。

② 西班牙语：还没有。

③ 哈瓦那沿海的一条路。

“星期天。”

“看来我也得给你买一条狗了，”托马斯·赫德森说。

“狗我们倒是有一条的，”司机说。“我们那条狗可真是又漂亮，又机灵。它可爱我了，在它的眼里这天底下就是什么也比不上我。我到哪儿它都非得跟着我不可。可赫德森先生呀，你是要什么有什么的，这战争给古巴人民带来的苦难，你是无法理解，也体会不到的。”

“一定有很多人在挨饿吧。”

“这个情况你是无法理解的。”

是的，我是无法理解——托马斯·赫德森心想。我实在无法理解。我无法理解在这个国家里怎么也会有人挨饿。可你呢，你这个王八蛋，照你这样，对汽车里的机件也不好好保养，你是只有吃粒枪子儿的份儿，还管你的饭呢。我真是巴不得把你一枪崩了。不过他嘴里说的却是：“我可以去想想办法，也给你家里弄点大米。”

“那就多谢你了。我们古巴人眼下生活的那个困难，你是怎么也想象不出的。”

“一定是够呛的吧，”托马斯·赫德森说。“可惜我不能带你出海，不然也好放你几天假，让你休息休息。”

“海上一定也是挺艰苦的吧。”

“就是，”托马斯·赫德森说。“有时候挺艰苦，即使像今天这样的天气也不见得就会让你舒坦。”

“我们大家都有自己的十字架要背。”

“该我背的十字架我自己来背好了，可我看有些人背十字架都是活该，我管他们个屁。”

“我们看待问题还是得冷静些，耐心些，赫德森先生。”

“Muchas gracias，[1]”托马斯·赫德森说。

车子这时已经拐到了圣伊西德罗街上，这里已经过了火车总

① 西班牙语：多谢（你的好意劝导）。

站，对面就是“半岛和东方轮船公司”[1]码头的大门。以前迈阿密和基韦斯特来的船只都是在这儿停靠的，泛美航空公司原先使用老式飞剪型水上飞机[2]时，也把终点站设在这里。眼下“半岛和东方轮船公司”的船只都已被美国海军征用，泛美公司也已改飞DC-2和DC-3，都在“放牛人牧场”机场起降了，所以这里的码头已经关闭，当初飞剪型水上飞机的停泊处，停泊的是海岸警卫队和古巴海军的猎潜艇了。

托马斯·赫德森对哈瓦那的这一带地方印象最深刻了，而且也很早就熟悉了。他现在所喜欢的一些地方，当年可只是去马坦萨斯[3]的一条通路：过了一片灰不溜秋的镇市，便到了阿塔雷斯堡，又过了一个他连名字也说不上的郊区，便上了一条砖铺的路，沿路有一连串的小镇。车子在一连串的小镇里飞驰而过。也根本记不清这个镇那个镇。哈瓦那这一带的酒吧包括下等酒吧，他也无一不熟悉，圣伊西德罗街本来就是码头区繁华一时的窑子街。如今街上早已冷落，再也找不到一家妓院了。自从当初当局取缔了妓院，把所有的妓女都遣返欧洲以来，这条街就一直冷落到现在。当初的大遣返盛况，跟维尔弗朗施[4]那边的情景正好相反。在那个地中海港口里，每当美国船离港时，挥手送行的都是清一色的女性。而这边满载“姑娘们”的法国轮船驶离哈瓦那时，港里港外人山人海，岸上、码头上、防波堤上，挥手告别的就都是男人了。不光男人相送，还有女人租了游艇，借了卖杂货的小艇，围着轮船，护送出港。回想起来，那个场面真是伤感之至，不过也有很多人认为此事可笑已极。为什么送妓女就可笑了？他怎么也想不通。不过遣送妓女，应该说还是挺滑稽的。总之轮船开走以后，伤心的人不在少数，圣伊西德罗街也就从此再没有恢复过元气。尽管这条街上现在

---

① 英国的一家轮船公司。

② 一种巨型船身式水上飞机。

③ 哈瓦那以东的一个城市。

④ 法国东南部一个地中海港口，在尼斯以东。

冷冷清清，简直看不到一个白人（男的女的都看不到了），就是偶尔有一两个也无非是些开卡车的，推送货车的，但是他却自己有数：只要一提这条街的名字，他至今还会怦然心动。哈瓦那还有的是风流街巷，不过那种地方住的就都是清一色的黑人了，有些街巷、有些地区还是闹得蛮凶的哩，比如有条叫耶稣和马利亚街的就是，离这儿也才一点儿路。但是圣伊西德罗街这一带，自从没有了妓女以后就始终是那么冷落。

车子再往前开，就进了真正的所谓码头区，停泊在这儿的有去雷格拉[①]的渡轮，有在沿海一带航行的帆船。港湾里海水是褐赤赤的，浪头还相当大，但是激荡的浪尖上却并没有泛起一点白沫。实在是那褐赤赤的海水颜色太深了。不过看过了刚才港湾深处那脏得发黑的水情，觉得这里褐赤赤的海水也还算是清澈明净的。朝对面望去，卡萨布兰卡一带的海湾因为上有山峦挡去了风，所以连浪花都没有一朵，停泊在那儿的有好些小渔船，有古巴海军的灰色炮艇，他知道他自己的船也就停靠在那儿，不过现在从这儿望去却看不见。隔着海湾，对面黄色的是古老的教堂，雷格拉的一带房屋却粉红的，绿的，黄的都有，还可以看见贝洛特那边炼油厂的贮油罐和炼油大烟囱，背后是一溜灰色的山峦，朝科希马的方向逶迤而去。

“看见自己的船了吗？”司机问。

“这儿是看不见的。”

电力公司的烟囱虽然还在直冒烟，但是他们已经到了上风头，所以只觉得这里的晨光也是那么灿烂明净，空气也是那么清新如洗，比起他高地上的庄园里来也并不逊色。码头上来往的人，个个都叫这北风吹得一副瑟缩之状。

“我们先到佛罗里迪塔去吧，”托马斯·赫德森对司机说。

“再过四条马路就到大使馆了呀。”

“我知道。可我说啦，我想先到佛罗里迪塔去。”

---

① 哈瓦那郊区的一个市镇。那一带有很多食糖和烟草的仓库。

“遵命就是。”

车子于是就直入市区，到了市区里觉得风也小了。经过货栈和商店时，托马斯·赫德森感受到各色各样的气息就扑面而来，有堆着的整袋面粉的，有散落的面粉屑的，有新开的木板货箱的，有闻着比早上喝杯酒还够刺激的现炒咖啡豆的，车子刚要向右一拐弯朝佛罗里迪塔跟前靠去，却又飘来了一股好闻的烟叶子香味，比刚才的种种味道都浓。这条街也是他所欣赏的，不过他却不喜欢在这条街上散步。白天不行，因为人行道太窄，车辆行人太多。晚上也不行，晚上车辆行人倒是没了，可是咖啡豆也不炒了，店都打烊了，烟叶子的香味也闻不到了。

“还没开门呢，”司机说。那酒吧两边的铁拉门果然都还关得严严的。

“果然不出我所料。那就走奥维斯波街去大使馆吧。”

这条街他倒是步行过千百回了，白天走过，晚上也走过。在这条街上他是不大情愿坐汽车的，因为坐汽车一转眼就过去了，可是他现在没有理由再耽搁了，他得汇报去。他就喝干了杯里的酒，瞅瞅前方的车辆，瞅瞅人行道上的行人，瞅瞅南北向街道上的过路车辆，却就是不看这条街，准备留待以后步行的时候再细看。车子到大使馆兼领事馆的大楼前停了下来，他便走了进去。

来客进馆，都得在一张桌子上填写姓名、住址和来访事由。那管事的是个阴着脸儿的办事员，两道眉毛是修过的，两撇小胡子盖过了上嘴唇那下撇的两角。他抬头看了看，推过一张登记表来。托马斯·赫德森却一眼也没瞧，就管自跨进了电梯。那办事员耸耸肩膀，用手理了理他的眉毛。他这个举动也许是太做作了点。不过理一理总比毛茸茸、蓬松松的整洁些、好看些吧，再说跟他的小胡子也的确更相配了。他相信他那样细细的两撇小胡子该说是小胡子里最细的了，再细就不成其为小胡子了。埃洛·弗林[①]的小胡子都没

① 埃洛·弗林（1905—1959）：好莱坞电影演员，以演武打片出名。

有那样细，平乔·古蒂埃雷斯，霍尔赫·内格雷特也都不在话下。就算小胡子细了点儿，赫德森这王八蛋也不该这样大大咧咧直闯进去，对他睬也不睬呀。

“你们这里现在怎么都弄些乱七八糟的‘相公’来看门啦？”他问那个开电梯的。

“你叫他‘相公’还抬举了他呢。简直是草包一个。”

“这里一切都好吗？”

“好。挺好的。还跟往常一样过日子。”

他乘到四楼，出了电梯，顺着过道走去。一排有三扇门，他走中间一扇门进去，问值班的那个海军陆战队准尉，上校在不在。

“他今天早上坐飞机到关塔那摩[①]去了。”

“几时回来？”

“他说可能还要去一趟海地。”

“可留下了什么给我？”

“没有向我交代过。”

“给我留了什么口信吗？”

“他说让你稍等。”

“他情绪可好？”

“糟透了。”

“脸色呢？”

“可难看了。”

“是不是生了我的气？”

“不像吧。他就关照让你稍等。”

“是不是还有什么应该让我知道的？”

“倒不清楚。你估计有？”

“得了。不说了。”

“好吧。你这话我听得也实在有些不明不白。反正你也不是部

① 关塔那摩是古巴岛东南的一个港湾。这里指该处的美国海军基地。

队里的人，也不替他当差。你去出你的海吧。我也不来管你的事……”

“何必生气呢。”

“你还住在乡下吗？”

“是的。不过今天白天晚上我都在城里。”

“他今天白天回不来，晚上也回不来。我等他来了，就打电话到乡下通知你。”

“他真的没有生我的气？”

“的的确确没有生你的气。你这是怎么啦？莫非你心里有什么鬼？”

“没有的事。别人有谁生我的气吗？”

“据我所知，连海军上将也没有生你的气。快去吧，代我痛痛快快喝两杯。”

“我先得自己痛痛快快喝两杯。”

“别忘了也要代我喝哪。”

“怎么啦？你不是每天晚上都喝得烂醉的吗？”

“还嫌不过瘾哪。亨德森干得还可以吗？”

“还可以。你问这个干什么？”

“不干什么。”

“到底干什么？”

“是不干什么。随便问问。有意见吗？”

“我们是不会到处提意见的。”

“有器量，不愧是个当头头的。”

“我们要干就正儿八经去告你的状。”

“你告不了。你是个老百姓。”

“见你的鬼去。”

“用不着去了。我这就已经见到了。”

“等他一到，你就打电话通知我。别忘了代我向上校致意，向他报告我已经来过了。”

“是，长官。”

“加上这个‘长官’干什么？”

“跟你客气呀。”

“再见了，霍林斯先生。”

“再见了，赫德森先生。不过我还有句话：你手下的人可不能让他们走得太散了，需要的时候要能招之即来才好。”

“多谢你了，霍林斯先生。”

过道的那头，正好有个他认识的海军少校从译电室里出来。这人就爱打高尔夫，而且又常去海曼尼塔斯海滩，所以脸儿晒得黑黑的。看上去很健壮，有什么不愉快也从不形之于色。他年纪还轻，对远东方面的事务十分在行。当初他在马尼拉开了一家汽车经销行，在香港还设了个分行，托马斯·赫德森在那时就认识他了。他会讲他加禄语[①]，还会说一口流利的广东话。西班牙语自然也不在话下。因此他就给派到哈瓦那来了。

“嗨，汤米，”他说。“你什么时候回来的？”

“昨天夜里。”

“路好走吗？”

“相当差劲。”

“你那辆要命的车子总有一天会翻车完事。”

“我开车可把细着哩。”

“你开车倒是向来把细的，”海军少校说。他的名字叫弗雷德·阿彻。他把托马斯·赫德森的肩膀用手一搂。“让我来碰碰你。”

“这是干什么？”

“让我高兴高兴呗。碰碰你我就感到高兴。”

“你最近去和平饭馆吃过饭吗？”

“好两个星期没去了。一块儿去好吗？”

---

① 菲律宾的一个语种，现已被定为该国国语。

“随你说个时间。”

“今天午饭我抽不出空，我们就晚上去吃吧。你今天晚上有饭局吗？”

“没有。吃过了晚饭还有点事。”

“我吃过了晚饭也有事。那我在哪儿跟你碰头呢？在佛罗里迪塔好吗？”

“你就在他们临打烊的时候来好了。”

“好。我吃过了晚饭还得回这儿来呢。所以我们是不好喝得太多的。”

“你们这班家伙总不至于现在还要加夜班吧。”

“我就得加夜班，”阿彻说。“这种做法，真是不得人心。”

“能碰到你我真是怪高兴的，弗雷迪先生，”托马斯·赫德森说。“见了你我也开心起来了。”

“不见得吧，”弗雷德·阿彻说。“你本来就没少开心。”

“你是说我本来就一直很开心？”

“你是本来就一直很开心。这次开心过了下次又开心了，下次开心过了再下次又开心了，没有个完。”

“可也没有开心到怎么样啊。”

“何必一定要开心到怎么样呢，老兄。反正你已经很开心就是了。”

“改天你就把这个意思写成文字给我做座右铭，弗雷迪。我倒希望能每天清早念一遍。”

“你那条船碰到过什么头痛事没有？”

“没有。再头痛也大不了就是三万五千来块钱的破船一条彻底报销，这个数字我是签了字上报的。”

“这我知道。我在保险箱里看到过。就是你签了字的那份东西。”

“原来他们办事这样马马虎虎。”

“就是这话。”

“这里的人都这么马虎吗？”

“那倒不是。而且现在情况已经有了很大的改进。我这话不骗你，汤米。”

“那好，”托马斯·赫德森说。“但愿今后就不会再有这样的事了。”

“你要不要进来看看？我们这儿新来了几个同事，你见了一定会喜欢的。两位都是挺不错的。有一位那真是没说的。”

“我干那档子事他们是不是知道？”

“他们哪儿会知道呢。他们就知道你是出海的，所以很想跟你见见面。你会喜欢他们的。人都是挺不错的。”

“还是改天再跟他们见面吧，”托马斯·赫德森说。

“那好吧，我的老大，”阿彻说。“到馆子快打烊的时候我就去找你。”

“不是饭馆，是佛罗里迪塔啊。”

“我就是指的这小酒馆儿。”

“看我这脑筋，真是愈来愈不开窍啦。”

“你这是聪明人一下子转不过弯来，”阿彻说。“我把刚才说起的那两位带一个去，你看好吗？”

“不了。你要是觉得可以免了就免了吧。那个地方说不定还会有我那一伙的人呢。”

“我还以为你们这帮家伙一到了岸上就都互不照面了呢。”

“有时候也不免有些寂寞难熬啊。”

“应该把他们统统集中关在一起才是办法。”

“你关他们他们照样会逃走。”

“你快去吧，”阿彻说。“只怕已经要迟到了呢。”

弗雷德·阿彻到译电室对面的那个门口就推门进去了，托马斯·赫德森还是管他顺着过道走去，这回却不乘电梯，而走楼梯了。出了大楼，只觉得猛烈的阳光直刺他的眼睛，那西北偏北的大风依然刮得很凶。

上了车，他就吩咐司机走奥赖利街去佛罗里迪塔。车子正要沿着大使馆大楼和市政府大楼前的广场绕个圈，再拐上奥赖利街，他却一眼看到了港湾出口处的海浪，原来浪头竟有这么大，连航道浮标也都跟着大起大落。港湾出口处不但海面上波涛汹涌，那清澈透绿的海水还一阵阵向莫洛堡脚下的岩石上打去，波峰浪尖在阳光下飞起朵朵白花。

他不禁暗暗寻思：好壮观的大海！不只景象壮观，大海本身也自是伟大。真值得我干一杯。他又想了起来：哎哟！弗雷迪·阿彻心目中还认为我坚定得很呢，我要真有那么坚定就好了。嗨，什么话呢！我又有哪点儿够不上这坚定二字啦？我出海没有少去过一次，每次都是那么积极主动。他们还能要我怎么样呢？总不见得要我把强力水下炸药当早饭吃吧？总不见得要我把强力水下炸药当烟草随身带吧？要那样的话我会不招人猜忌才怪呢——他心想。那你说你是怎么会想到这上头去的呢？你莫非有点疑神疑鬼了，赫德森？他告诉自己：没有的事。心里想法是有一些的，那也是在所难免的。有不少想法也很难理出个头绪来。特别在我，真觉得有说不清之苦。我只是觉得，我宁可要弗雷迪心目中的那种坚定，可不想做一个自有其喜怒哀乐的人，依我看做一个有喜怒哀乐的人比较有趣，但是痛苦也要多得多。我眼下就痛苦得要命呢。还是做他们心目中的那种人来得好。好啦好啦，这种事也干脆不要去想了。只要你不去想，就等于没有那样的事。呸，你想得倒美。可我还是得奉行这样的原则——他想。

佛罗里迪塔已经开门营业，这时《磨练报》和《警报》两种报纸也已经有卖，他就一起买了，带着来到吧台跟前。他在吧台左边尽头处的一只高脚凳上坐了下来。背靠着向街的墙，左边正好被柜台内的后墙挡住。他向佩德里科要了一杯不加糖的双料冰镇代基里，佩德里科照例一笑，说是笑脸其实倒有点像一个不小心摔断了脊梁骨而当场身亡的死人，一副龇牙咧嘴之状，可那又确实是张笑脸，你不能不说那是张笑脸。先拿《磨练报》来看。战事现已发展到意大利境内。五兵团作战的那一带地方他不熟悉，但是另一翼八兵团作战的地方他是熟悉的。他正想着那一带的地势，伊格纳西奥·纳特拉·雷维约进酒吧来了，过来站在他的身旁。

佩德里科在伊格纳西奥·纳特拉·雷维约的面前摆上了一瓶维多利亚原封酒，一只放好了大冰块的酒杯，再加一瓶加拿大无甜味苏打水。来客又斟酒又兑水，急忙忙调好了满满一大杯，这才向托马斯·赫德森转过身来，透过那副角质架、绿镜片的眼镜对他瞅瞅，装出还只刚刚看见他的样子。

伊格纳西奥·纳特拉·雷维约是个瘦高个子，穿一件乡下人穿的白布衬衫，下面是白裤子、黑丝袜，一双棕色的老式英国拷花皮鞋擦得锃亮。他脸儿红红，两撇黄色的小胡子硬得像牙刷，绿镜片的眼镜背后是一双充血的近视眼。他的头发是沙色的，好不容易梳整齐了。看他调酒的那副猴急样儿，你还会以为他今天还没有开过号呢。其实这不是他的第一杯了。

“你们的大使闹了笑话啦，”他对托马斯·赫德森说。

“龟孙子才信你的，”托马斯·赫德森说。

“不，不，不跟你开玩笑。我来告诉你。不过这话你可千万不能透露出去啊。”

“喝你的酒吧。我不想听。”

“哎，你应该听听。还应该想个办法补救补救。”

“你不冷吗？”托马斯·赫德森问他。“就穿这样一件衬衫、一条薄薄的裤子，不冷吗？”

“我从来不知道冷。”

你也从来不知道该清醒清醒——托马斯·赫德森心想。你一早就在自己家附近的那个小酒吧里喝酒了，等到再上这儿来开号，人也早已喝得稀里糊涂了。穿衣服的时候也许连风大天冷都漠然不觉呢。对，准是这么回事——他想。可你也不问问自己又如何呢？你今天早上第一杯酒是什么时候喝上的？到这儿来开号以前已经几杯下了肚啦？得了，对酒鬼就不要多加指责了。其实问题不在于是不是酒鬼——他想。他是酒鬼我也不管他。问题在于他这个人简直讨厌透了。对招人讨厌的家伙是用不着怜悯、用不着慈悲为怀的。所以他就对自己说：来吧来吧，你今天不是打算要开心一下吗？那就松松心眼儿，好好乐一乐吧。

“我来跟你掷骰子玩儿，这杯酒谁输谁请客，”他说。

“行啊，”伊格纳西奥说。“你先掷吧。”

他掷出了三个K，自然有恃无恐，结果果然赢了。

真是愉快。这杯酒的滋味也美得不能再美了。不过掷出三个K来这种感觉本身就是够愉快的，赢了伊格纳西奥·纳特拉·雷维约更是让他高兴，因为这人自命不凡，惹人讨厌，赢了他觉得特别有意思，心里可受用了。

“再掷一次看看，”伊格纳西奥·纳特拉·雷维约说。托马斯·赫德森心里想：这个自命不凡而又惹人讨厌的家伙也怪，你只要一想起他，他的名字总会连名带姓三个字一齐蹦出来，就好比你一想起他，自命不凡、惹人讨厌这两个词儿也自会跟他都连在一起。这恐怕有点像有些人的姓名后面还带着第三之类的字样。比如托马斯·赫德森第三之类。那个讨厌就别提了。

“你的全名该不是叫伊格纳西奥·纳特拉·雷维约第三吧？”

“哪儿的话呢。我父亲叫什么名字你不是挺清楚的吗？”

“是啊。是很清楚。”

“我两个哥哥叫什么名字你都知道。我爷爷叫什么名字你也知道。别想入非非的啦。”

“我不想入非非，”托马斯·赫德森说。“我一定注意不要想入非非。”

“这就对了，”伊格纳西奥·纳特拉·雷维约说。“想入非非是没有好处的。”

他捧着那皮做的骰子筒摇，尽管打足了精神，调整到了最佳的竞技状态，干什么都没有这样卖力、这样顶真，可是摇了半天，也掷不出一个大花色来。

“可怜哪，我亲爱的朋友，”托马斯·赫德森说。他就拿起沉甸甸的骰子皮筒摇了起来，觉得那声音还真好听。“好骰子，你对我真友好。胖乎乎可爱的骰子啊，我真得表扬你，”他说。

“快掷吧，别这么傻里傻气的。”

托马斯·赫德森在潮乎乎的吧台上掷出了三个K，外加一对10。

“是不是也赌点什么？”

“不是说好了的吗，”伊格纳西奥·纳特拉·雷维约说。“这是赌第二杯酒。”

托马斯·赫德森又作出一副亲切的样子把骰子筒摇了两摇，掷出来是个Q跟个J。

“要不要赌点什么？”

“看这样子恐怕我还是赢不了你。”

“好吧。那我赢了就还是喝酒吧。”

他又掷出来一个K，一个A，只觉得两颗骰子从筒里出来的时候是一副势派十足、不可一世的神气。

“你这小子手气就是这么好。”

“我再来一杯双料冰镇代基里，不要加糖，伊格纳西奥要什么请他自己点吧，”托马斯·赫德森说。他倒渐渐喜欢起伊格纳西奥来了。

“我说，伊格纳西奥，”他说，“我从来没有听说过有谁戴绿眼镜看世界的。戴淡红镜片是有的。戴绿眼镜的就没有听说过了。戴了绿眼镜看东西，不是什么都像长着青草一样了吗？你不觉得自己像在绿茵地上了吗？你难道从来不觉得自己像吃草的牛羊吗？”

“绿颜色最有助于眼睛的休息。这是一些最有研究的验光师所证实了的。”

“你跟最有研究的验光师也有来往？我看他们一定都是些异想天开的家伙。”

“除了给我验光的那一位以外，我跟别的验光师可并没有什么私交。不过他们的研究成果我的那一位他都是了解的。在纽约就数他的本事最高。”

“在伦敦数谁最高呢，我倒很想认识认识。”

“伦敦最高明的验光师我倒认识。不过世界上最高明的验光师可是在纽约。你要是想去见见他，我倒愿意给你一张名片，替你介绍介绍。”

“我们再来掷一次，看这杯酒谁请客。”

“好啊。你先我后。”

托马斯·赫德森拿起骰子皮筒，佛罗里迪塔酒吧的骰子大，拿在手里觉得沉甸甸的，却也让他感到信心十足。多蒙这副骰子的关照，他的手气一直不错，他不想把赐给他的好运冲了，所以也没有多摇，掷出来是三个K，一个10，一个Q。

“三个K。真是妙不可言。”

“你这个家伙，真有你的！”伊格纳西奥·纳特拉·雷维约说完，掷出来一个A，两个Q，两个J。

“再来一杯双料冰镇代基里，千万别加糖，伊格纳西奥先生喝什么请他自己点，”托马斯·赫德森对佩德里科说。佩德里科照例一笑，送上了酒。他把调酒器随即也就放在托马斯·赫德森的跟前，调酒器里还留了一份代基里，至少可以斟上满满一大杯。

“我这顺风手气，今天可以一直赢你到天黑，”托马斯·赫德森对伊格纳西奥说。

“糟糕，怕真有这样的可能呢。”

“这副骰子可喜欢我呢。”

“能有什么鬼东西喜欢你就好。”

托马斯·赫德森只觉得头皮上隐隐一阵有如针刺，这种感觉近一个月来已经有过多次了。

“你这话什么意思，伊格纳西奥？”他问得还是非常客气。

“我的意思是，我就怎么也不会喜欢你，我的钱不是全叫你赢去了吗？”

“哦，是这个意思，”托马斯·赫德森说。“那就来一杯，祝你健康。”

“我祝你去见阎王，”伊格纳西奥·纳特拉·雷维约说。

托马斯·赫德森觉得头皮上又是一阵有如针刺。他左手伸到吧台上伊格纳西奥·纳特拉·雷维约看不见的地方，拿指头轻轻叩了三下[①]。

“多谢你啦，”他说。“要不要再来掷一次，赌杯酒？”

“不来了，”对方说。“我一天里就输给了你这么多钱，输得难道还不够？”

“你又输过什么钱啦？还不只是几杯酒的事？”

“酒也总得我来付账吧。”

“伊格纳西奥，”托马斯·赫德森说。“你今天说话可有点儿刺人，这已经是第三句了。”

“对，我说话就是刺人。你要是也碰到个人对你态度粗暴，无礼透顶，像你们的大使对待我那样，看你说话会刺人不刺人。”

“可我还是不想听你说。”

“你瞧你瞧。还说我说话刺人呢。你听我跟你说，托马斯。我们可是好朋友了。我认识你和你的公子汤姆已经这么些年了。对了，他近来情况如何啊？”

“他已经死了。”

“啊，太对不起了，我不知道呢。”

“没什么，”托马斯·赫德森说。“我来请你喝一杯。”

“我听了好难过呵。真的，我是说不出的难过。他是怎么牺牲的？”

“具体情况我目前还不了解，”托马斯·赫德森说。“等我了解清楚了我再告诉你吧。”

---

① 西方迷信，听到了晦气话，往往用手在木头上敲三下，认为这样可以消灾避邪，逢凶化吉。

"地点呢？"

"地点我也不清楚。我只知道他是在哪儿一带执行飞行任务的，其他就什么也不知道了。"

"他到伦敦去看过我们的朋友了吗？"

"去看过了。他上过几次伦敦，每次都去怀特家，在怀特家聚会的朋友他都见到了。"

"好，这总算是个安慰。"

"是个什么？"

"我是说，知道他去看过我们的朋友了，心里也高兴。"

"是啊。我相信他一定玩得很尽兴。他总是这样，要玩就一定玩得很尽兴。"

"是不是该为他干一杯？"

"干个屁杯，"托马斯·赫德森说。他只觉得一时心乱如麻，他有意不去想的那一切又都涌上了心头。种种伤心事儿，他一直尽力远而避之，出海在外从来没有去想一想，今天一早上也不曾去想过，可是如今却一股脑儿冒了出来。"算了吧。"

"我想我们应该为他干一杯，"伊格纳西奥·纳特拉·雷维约说。"我想这是极正当的为礼之道，应该为他干一杯。不过这杯酒应该由我来会账。"

"好吧。那就为他干一杯吧。"

"他是什么军衔？"

"空军上尉[①]。"

"要是能一直干到今天，说不定空军中校也有了，至少也是一个空军少校。"

"军衔就免了吧。"

"你说免了就免了，"伊格纳西奥·纳特拉·雷维约说。"那就

---

① 原文 Flight Lieutenant，这是英国空军的军衔。下文空军中校（wing commander）、空军少校（squadron leader）也都一样。

为我亲爱的朋友、你的公子汤姆·赫德森干了这一杯。Dulce es morire pro patria.[1]”

“放屁，”托马斯·赫德森说。

“怎么啦，我的拉丁文有错？”

“错不错我也不知道，伊格纳西奥。”

“可你的拉丁文是呱呱叫的。我听你当年的老同学都这么说的。”

“我的拉丁文早就荒得可怜啦，”托马斯·赫德森说。“还有我的希腊文、英文，哪一样不是这样，连我的脑子也打折扣啦，心脏也不行啦。我现在就剩一句话还会说，那就是来一杯冰镇代基里。Tú hablas[2]‘来一杯冰镇代基里’？”

“我想我们对汤姆应该尊敬点儿才是。”

“汤姆他才会开玩笑呢。”

“那倒也是。他富于幽默，也精于幽默，真称得上是绝了。人又长得一表人才，风度翩翩。他还是个挺出色的运动员呢。在运动员里算得上是头挑儿的。”

“是啊。他铁饼可以掷到142英尺。打起橄榄球来，轮到进攻就当助攻后卫，轮到防守就当左拦截手。他还打得一手好网球，打飞鸟，钓鱼，也都无一不精。”

“他不但是个优秀的运动员，而且还很有运动员的风度。我看这样的运动员也是数得着的了。”

“就是有一件太不好了。”

“哪一件？”

“他不在人世啦。”

“好了，不要再灰溜溜了，汤米。你应该想想小汤姆在世时的模样儿。想想他总是那么喜气洋洋，想想他总是那么容光焕发，想

① 拉丁文：为国捐躯是幸福的。
② 西班牙语：你可会说……？

想他多有出息。灰溜溜的没有好处。”

“是没有好处，”托马斯·赫德森说。“那就不要再灰溜溜了。”

“你听我的就好。能有这么个机会谈谈他也是挺有意思的。听到这个消息固然是够难受的，不过我相信你也会像我一样挺住的，当然你是他的父亲，你要比我难受一千倍啦。他驾驶的是什么飞机？”

“喷火式战斗机。”

“原来是喷火式。那就让他驾驶一架喷火式，留在我的记忆里。”

“那倒也很不容易想象呢。”

“没什么。这种飞机我在电影里看到过。讲英国空军的书我也有好两本，英国新闻署的出版物也经常寄给我们。你是知道的，这种飞机的装备可先进了。他坐在飞机里该是怎样一副雄姿，我完全想象得出来。八成儿就穿着一件那种海上救生背心，还有飞行衣、降落伞、大皮靴，都是少不了的。我完全想象得出来。好了，我得回家吃午饭去了。你就上我们家去吃饭，好不好？卢特西亚一定会欢迎你的。”

“不了。我还约了个人要在这儿碰头呢。多谢你了。”

“那就再见了，老兄，”伊格纳西奥·纳特拉·雷维约说。“我相信这个问题你会正确对待的。”

“多谢你的指点。”

“哪儿的话呢，这有什么好谢的。我是爱汤姆的。跟你一样那么爱他。我们大家都这么爱他。”

“谢谢你请我喝了这么多酒。”

“改天看我翻了本，还不都从你手里赢回来？”

说完他就出去了。他一走，从吧台那头就有个人向托马斯·赫德森这边挪了过来，这就是他的船上人了。那还是个小伙子，皮肤是黑黑的，一头拳曲的黑发剪得短短的，左眼皮略有点耷拉的样子：敢情他这只眼睛是假的。不过粗看也看不出来，因为政府特地给他做了四只各各不同的假眼睛，有充血的，有略有点充血的，有近乎澄清的，也有完全澄清的。他现在戴的就是略有点充血的那一只，他呢，也正好已经喝得带上三分醉了。

“嗨，汤姆，你什么时候回来的？”

“昨天，”下面的话却说得很慢，几乎连嘴唇都没动一动：“放自然点儿。别像演滑稽戏似的。”

“我这不是故意的。我只是喝多了，有点醉了。他们把我破肚开膛拉开来看过啦，我的肝已经打了包票啦。我成了无愁天子啦。你不是都知道的吗。我跟你说，汤姆，刚才我就站在那个冒牌英国绅士的旁边，你们的话我不免也听到了几句。你的公子汤姆牺牲啦？”

“是啊。”

“唉，真是的，”那小伙子说。“唉，真是的。”

“这个话头我不想再提了。”

“是啊，是不提也罢。可你是几时听说的呢？”

“就在上次出海以前。”

“唉，真是的。”

“你打算今天干些什么呢？”

“我打算跟几个哥们到巴斯克酒吧去吃饭，吃罢饭就一起去找女人睡觉。”

“那你明天午饭在哪儿吃？”

“在巴斯克酒吧。”

“让帕科明天吃午饭的时候给我挂个电话，好不好？”

“行啊。挂到你家里？”

“对，挂到我家里。”

“你干吗不跟我们一块儿去玩玩，找个女人睡觉呢？我们要上亨利的‘逍遥楼’去呢。”

“我看情形吧。”

“亨利这会儿正在到处找姑娘呢。吃过了早饭就出去找了。这家伙，已经给他尝到过几回甜头啦。可他还想找好的呢，我们现有的两个妞儿他还不满意哪。那两个妞儿是我们在游乐场里搞到的，大白天看着也真够泄气的。像模像样的找不到哇。这个城市也真是愈来愈差劲了。他就把这两个妞儿留在‘逍遥楼’里备用，自己跟‘老实头’莉儿出去另找姑娘了。他们是有辆汽车的。”

“会有什么收获吗？”

“我看不见得会有吧。亨利在回力球场常见有个小丫头，他心里是很想要这个丫头的。可‘老实头’莉儿也没法帮他弄到手，因为亨利块头那么大，那丫头见了他可害怕了。‘老实头’莉儿说我要的话她倒可以把这妞儿弄来给我。可是亨利要，这个忙她帮不了，因为亨利实在太大太胖，加以小丫头也听到了点什么，所以见了他怕得不行。不过亨利现在有那两个妞儿垫底，找不到别的姑娘也无所谓了。他的心都在这个小丫头身上了，简直让她迷了心了。就是这么回事。简直让她迷了心了。不过也难说哪，也许这会儿他早就把这些都抛在脑后，跟那两个妞儿又干上了呢。可他好歹总得吃饭吧，我们约好在巴斯克酒吧碰头的。”

“要他多吃点儿，”托马斯·赫德森说。

“这个人，谁使唤得动他？只有你才行。我没那个本事。不过我可以请他多吃点儿，求他多吃点儿。再不就自己多吃点儿，做个榜样给他看看。”

“让帕科叫他多吃点儿。”

“这倒是个主意。也许帕科能让他多吃点儿。”

“他干过了那号事也许肚子会饿呢，你会吗？”

“你说呢？”

就在这时候酒吧门口走进来一个大个子：那样大的个头，那样宽的肩膀，那样乐呵呵的神气，那样美妙的风度，托马斯·赫德森真还没有见到过第二个。这样的大冷天，那挂着微笑的脸上居然是一脸的汗珠。进得门来他就扬扬手向大家招呼。实在是他的个头太大了，他一来，满酒吧的人似乎立时就都矮了三分，可是他的笑容却又是那么讨人喜欢。他穿一条旧蓝裤，衬衫是古巴乡民穿的那种，鞋子是用绳子编的底。“汤姆，你这个小子，”他招呼说。“我们是在找俏娘儿呢。”

一到了这个没有风的所在，他那张漂亮的脸上汗就出得更厉害了。

“佩德里科，我也就来这个酒。给我双料的。你要是现调起来的话不妨再加大点分量。真没想到会在这儿见到你啊，汤姆。哟，瞧我这记性！‘老实头’莉儿也来了。快到这边来，我的美人儿。”

“老实头”莉儿早已从另一扇门里走了进来。看这个女人，最好看她远远坐在吧台那头的时候，因为那时候你就只能见到她浅黑色的可爱的脸庞，她身上早已尽露无遗的臃肿之态都让那擦得亮亮的木头吧台给掩盖住了。可是现在她从门口向吧台走来，身子便无遮无挡了，因此她就开足了马力，却又不露一点匆忙之态，摆动着身子，直赶到吧台跟前，爬上托马斯·赫德森原来坐的高凳，一屁股坐了下来。托马斯·赫德森只好向右边挪过去一个位置，把左边有遮有挡的位置让给了她。

“哈罗，汤姆，”她说着把托马斯·赫德森亲了一下。“亨利真是坏透了。”

“我可一点也不坏啊，我的美人儿，”亨利对她说。

“你还不坏呢，”她对他说。“我不看见你还罢，看到你总觉得你一次比一次坏。托马斯，你对我可得护着点儿，免得叫他欺侮。”

“你说他坏，他坏在哪儿啦？”

“他迷上了一个才丁点大的小丫头，巴不得要她，可小丫头跟他不相配呀。再说那小丫头也死活不愿意，因为她见了他就害怕，谁叫他块头那么大，称起来足有两百三十磅啦。”

亨利·伍德红起了脸，看得出他是汗水直冒了。他呷了一大口酒。

“是两百二十五磅，”他说。

“我跟你说什么来着啦？”那黑皮肤的小伙子说。“我告诉你的半点都不差吧？”

“这又干你什么事啦，你要到处乱说？”亨利责问他。

“弄来了两个妞儿。两个骚货。两个做烂水手生意的贱娘们。两个心目中只有钱的臭婊子。我们居然还跟她们睡觉哩。一边撺掇她们做婊子，一边又跟她们睡觉。不折不扣的就人家的热被窝。我现在在老朋友面前说句贴心话：我真不是个东西。”

“这么说她们还真不是什么好货哩，是吧？”亨利嘴上这么说，脸却又红了。

“还好货咧！应该拿桶汽油往她们身上一浇，放把火烧了她们才好呢。”

“太辣手了，”“老实头”莉儿说。

“告诉你，太太，”那黑皮肤小伙子说。“我这个人就是手段辣。”

“威利，”亨利说，“要不要给你‘逍遥楼’的钥匙，快去看看那边会不会闹出什么事来？”

“用不着，”黑皮肤小伙子说。“‘逍遥楼’的钥匙我有，你大概忘了，再说我也不想去看那边出事不出事。你要保证那边不出事，办法只有一个，那就是赶快把这两个臭婊子撵走，你不去我去也可以。”

“可我们要是找不到别的娘们呢？”

“我们总得想法去找上个把。莉莲[①]，你怎么还赖在那高凳上不动呀，你就不能去打打电话吗？那个小丫丫就算啦。亨利，你也别尽想着那个小妖精啦。你要是还这样下去，会不发神经才怪。这我有数。我以前就发过神经。”

“你这就在发神经，”托马斯·赫德森对他说。

“这倒有可能的，汤姆。你说的还会有错？不过这种小妖精我

① 莉儿的正名。

是不‘吃’的。”（他把“小妖精”说成了“小要紧”。）“要是亨利不肯死心，非要‘小要紧’不可，那是他自己的事。不过我就不信他少了‘小要紧’便不行，这种‘小要紧’就仿佛缺臂少腿的女人，有什么好的？叫他忘了那个该死的‘小要紧’吧，还是让莉莲赶快去打电话。”

“我是只要能弄到好姑娘，啥样儿的都要的，”亨利说。“我想你的脑子总该没有糊涂吧，威利。”

“我们不能要好姑娘，”威利说。“你真要是去找好姑娘，包你马上又会发另一种方式的神经。我这话说得没错吧，汤米？好姑娘是最危险不过的。而且，你真要一旦搞上了手，她们轻则会告你一个行为不端，重则会告你一个强奸或强奸未遂罪。所以你千万别去打好姑娘的主意。我们还是去找窑姐儿。要找好一些、干净些的，人要长得俏，又要有些意思，再则花钱也不能太多。能让我们搂着睡觉就行。莉莲，你怎么还不去打电话啊？”

“一，是电话有人在打；二，是卖雪茄的柜台上还有个人正等着接他的班呢，”“老实头”莉儿说。“你这小子真坏，威利。”

“我这个人就是手段辣，”威利说。“老实说像我这样的坏小了，你也再找不到第二个了。不过我还是希望我们这伙人能够大家团结点儿，不要像现在这样的。”

“我们就耐心喝上个一两杯吧，”亨利说。“相信只消一两杯酒的工夫，莉莲就一定能找到个把相熟的人了。你说是吧，我的美人儿？”

“那还用说，”“老实头”莉儿用西班牙语说。“我还能找不到？不过打电话嘛，我要到电话间去打。在这儿打不行。在这儿打电话欠体面，也不合适。”

“这一下又得耽误时间了，”威利说。“好吧。就依你了。就再等一会吧。那我们就喝酒。”

“你今天到底干了些什么来着？”托马斯·赫德森问。

“汤米，你可真有意思，”威利说。“那你自己呢，到底又干了些什么来着？”

“我跟伊格纳西奥·纳特拉·雷维约一块儿喝了几杯。”

“听这名字，倒像是艘意大利的巡洋舰，”威利说。“意大利不是有艘巡洋舰就叫这名字吗？”

“好像没有吧。”

“反正听起来挺像的。”

“给我看看你的酒账，”亨利说。“一共喝了几杯啊，汤姆？”

“账是伊格纳西奥付的。我掷骰子赢了他，他请客。”

“到底一共喝了几杯啊？”亨利又问。

“总有四杯吧。”

“这以前还喝过些什么？”

“来的一路上喝了一杯‘汤姆·柯林斯’。”

“在家里呢？”

“在家里喝得就多了。”

“你瞧瞧，说你是个酒鬼有哪点儿冤枉了你？”威利说。“佩德里科，再来三客双料冰镇代基里，太太要什么请她自己点吧。”

“Un highbalito con agua mineral，[①]”“老实头”莉儿说。“汤米，来跟我到吧台那头去坐坐。我坐在吧台这头招人家讨厌哪。”

“管人家个屁，”威利说。“我们这些老哥们儿都老没见了，还不许我们在吧台这头跟你一块儿喝一杯？真是扯他娘的淡！”

“你坐在这儿没有什么不好嘛，美人儿，”亨利说。可是一眼看见吧台那边有他的两个庄园主朋友，他也不等酒到，就赶紧过去跟他们说话了。

“这一下他的心思就岔到别处去了，”威利说。“这一下他就不会再惦记着那个‘小要紧’了。”

“他就是容易分心，”“老实头”莉儿说。“他呀，可容易分心了。”

---

① 西班牙语：来一杯威士忌加矿泉水。

“谁叫我们过的是这样的生活呢？”威利说。“谁叫我们老是这样一个劲儿为寻欢作乐而寻欢作乐呢？说真格的，寻欢作乐也应该有个正经态度。”

“汤姆就不会分心，”“老实头”莉儿说。“汤姆就是有些忧伤。”

“你少给我胡说八道，”威利对她说。“你这样牢牢骚骚的，是干吗呀？一会儿说人家分心，一会儿又说人家忧伤。先还说我辣手。我手段辣又怎么啦？像你这样的娘们居然也对人家老是这么品头论足的，你还有点规矩没有？你是个卖笑的女人，你知道不知道？”

“老实头”莉儿哭了，是真的落泪了，泪珠儿比电影里见到的还要大，还要水汪汪。她只要想哭，随时都能哭得当真泪水直流，是出于需要也罢，是真的伤心也罢。

“看这娘们哭起来泪珠子有多大，真是太够味儿了，”威利说。

“威利，你这样骂我可不应该啊。”

“你就别再说了吧，威利，”托马斯·赫德森说。

“威利，看你这个缺德的小子心有多狠，我真恨死你了，”“老实头”莉儿说。“我也真不懂，像托马斯·赫德森和亨利这样的男子汉怎么也会跟你混在一起。你这人就是缺德，嘴里吐出来的尽是垃圾。”

“你是一位太太，”威利说。“你才不应该这样说话。垃圾两字有多难听哪。嘴里吐出来的尽是垃圾，不就像咬下了雪茄头乱吐一气么？”

托马斯·赫德森把手搭在小伙子的肩头上。

“喝酒吧，威利。我们大家的心情都不是太好。”

“亨利的心情可好着哩。可我只要把你刚才告诉我的消息对他一说，管保他也就得不好过。”

“那可是你问我的。”

“我倒不是真有这样的意思。我只是想，你的悲痛为什么就不能让大家分担分担呢？你为什么要憋在自己心里，整整憋了两个星期呢？”

“心里的悲痛是不能让别人分担的。”

“这么说你是主张悲痛要藏在心里的，”威利说。“我真没想到你居然主张悲痛要藏在心里。”

“你也用不着来跟我讲这些大道理，威利，”托马斯·赫德森对他说。“不过你的好意我还是心领了。至于你想做我的工作嘛，那就免了吧。”

“好吧。你就藏在心里吧。不过这对你可是没有一点好处的。我可以告诉你，我就是从小喝着这样的苦水长大的。”

“我也一样，”托马斯·赫德森说。“不骗你的。”

“真的？那可能还是你自己的那一套来得顶用。不过细细看你的脸色，好像总有点不大对劲。”

“那是因为我喝了点酒，再加人又累，还没有好好休息过呢。”

“你那个女人有音信吗？”

“有。来了三封信。”

“进行得还顺利吗？”

“糟得不能再糟了。”

“这个嘛，”威利说，“有办法呀。你不是可以藏在心里吗，心里可以不至于空虚呀。”

“我心里并不空虚。”

“是不空虚。你那只猫儿宝伊西可爱你呢。我是知道的。我亲眼见过。那只疯疯癫癫的老畜生，可还好？”

“还是那么疯疯癫癫的。”

“它一疯起来就闹得我受不了，”威利说。“它的疯劲就有这么厉害。”

“也真难为它的，多难熬的日子都熬过来了。”

“是吗？这猫儿也真受得起，要是让我来吃这样的苦，我准会发神经病的。你还来什么酒，托马斯？”

“照老样。”

威利一把搂住了“老实头”莉儿那丰满的腰肢。“听我说，莉莲，”他说。“你是个好姑娘。我不是有意要惹你生气。都怪我，一时情绪激动。”

“你今后再也不说这样的话了？”

“不说了。除非又是一时情绪激动。”

“喏，你的酒，”托马斯·赫德森对他说。“来，敬你一杯，你这个王八蛋。”

“这才像句话呢，”威利说。“好了，你原先的那股劲头又来了。只可惜你那只猫儿宝伊西不在这儿。要不它见了你这模样儿准会高兴的。我不是说大家要分担分担吗，你明白这意思啦？”

“对，”托马斯·赫德森说。“我明白了。”

“好吧，”威利说。“这事就丢开不提了。‘收垃圾的来了，垃圾箱也该出清了。’你们瞧瞧亨利这家伙。仔细瞧瞧。你们倒是说说，怎么今天这样的大冷天，他还那样汗出如浆啊？”

“为了女人呗，”“老实头”莉儿说。“叫女人迷了心窍啦。”

“迷了心窍？”威利说。“你拿一只半英寸的钻头，在他脑袋上随便哪儿钻个洞，我包你就会有一大堆女人从里面流出来。迷了心窍？我说你应该换一个合适点儿的词儿。”

“在西班牙语里说迷了心窍已经是分量够重的了。”

“迷了心窍？迷了心窍又算得什么？我今天下午有空的话倒要好好想想用什么词儿合适。”

“汤姆，跟我到吧台的那头去，让我坐得舒坦些，我们也好说说话儿。你给我要一客三明治好吗？我今天跟亨利出来跑了一个上午了。”

“我要到巴斯克酒吧去了，”威利说。“回头把他也一块儿带来啊，莉儿。”

“好吧，”“老实头”莉儿说。“我就是自己不去也一定让他去。”

她于是就摆出一副庄重的仪态，一步步向吧台的那头走去，走过一班酒客，不是跟这个说上两句，就是对那个微笑致意。大家对她都很尊重。跟她搭话的人十之八九都曾做过她的相好，最早的已经是二十五年前的事了。“老实头”莉儿在那边坐定，便对托马斯·赫德森微微一笑，这边托马斯·赫德森就马上带上账单，也搬到了吧台的那头。“老实头”莉儿笑起来可美了，深色的眼珠挺迷人，乌黑的头发尤其可爱。她只要看到自己脑门上和“头路”两侧的发根一露白，就会问托马斯·赫德森要了钱去“理一理”，等到“理”好回来，那头发也染过了，看去就像少女的头发一样光洁自然，可爱极了。她的皮肤光滑得就像橄榄色的象牙（假如象牙也能长成橄榄色的话），而且还隐隐约约带上一丝玫瑰似的色调。说实在的，托马斯·赫德森只要一看到这种颜色，就总会想起一种叫“马阿瓜”的木材。新砍下来的“马阿瓜”，用砂纸略略打光，再稍稍上点蜡，风干以后就很像是这种颜色了。这种朦朦胧胧像是带点儿绿的颜色，他在别处还从来没有见到过。不过“马阿瓜”却并不带有玫瑰的色调。那玫瑰的色调完全是她外加的，虽是外加，却也颇为淡雅，大有中国仕女的那份风致。正是这样一张可爱的脸蛋，此刻就在吧台的那头望着他呢，他一步步走过去，只觉得这张脸蛋也愈来愈可爱了。可是一到她的身边，肥大的身躯赫然在目，那玫瑰的色调顿时就显出了人为的痕迹，完全失去了那种神秘之感，尽管看那脸蛋还是挺可爱的。

“看你有多美呵，‘老实头’，”托马斯·赫德森对她说。

“算了吧，汤姆，我长得都这么胖了，自己也觉得怪难为情的。”

他把手往她肥大的屁股上一搭，说：“你胖得讨人喜欢。”

“我在吧台跟前走过都觉得怪不好意思的。”

“你走路的风度可好了。稳重得像一条船。”

“我们的那位朋友可好？”

“很好。”

“我什么时候去看看他？”

“随你什么时候。现在就去好吗？”

“我不想现在去。汤姆，刚才威利在说些什么呀？有些话怎么我听不懂啊？”

“他那是在发神经病。”

“不，不是这么回事。他说的是你，好像你有什么伤心事。是不是为了你和你那位太太？”

“才不呢。还太太呢，我操她的！”

“你要是能就好了。可惜你不能啊，她人都走啦。”

“是啊。这我早就明白了。”

“那么到底是件什么伤心事呢？”

“没什么。就是有点伤心罢了。”

“告诉我好不好，我求求你。”

“没什么好说的呀。”

“听我说，你应该告诉我。亨利伤心得半夜里痛哭，他也都告诉了我。威利告诉我的那些事那才叫吓人呢。那哪儿是什么伤心事，简直都是些丑事啦。你应该告诉我嘛。谁都把心里话告诉我。就是你不肯说。”

“根据我的经验，说了我心里也不会轻松。我觉得说比不说还要难受。”

“汤姆，你看威利说我的那些话有多难听。他难道不知道我听了有多伤心？他难道不知道，我就从来不说这样的话，我可从来没有干过一件昧了天良的事，也从来没有干过一件邪门歪道的事。”

“所以我们才都叫你‘老实头’莉儿呀。”

“要是两条路摆在我面前，走邪道可以发财，做正经人一辈子受穷，那我是宁愿穷一辈子的。”

“我知道。对了，要来三明治吗？”

“这会儿倒又不饿了。”

“那么再来一杯好吗?”

“好的。多谢了，汤姆。有件事倒要问你。威利说有只猫儿跟你产生了感情，该是他胡扯吧?”

“不是胡扯。是有那么回事。”

“我说这太不像话了。”

“没有什么不像话的。我也跟这只猫儿产生了感情。”

“你这种话怎么说得出口啊。汤姆，求求你，别耍我了。威利耍了我，害得我都哭了呢。”

“我是真爱这只猫儿，”托马斯·赫德森说。

“你这种话我不想听。汤姆，你什么时候带我去那个疯子的酒吧?”

“改天就带你去。”

“疯子真也会到那儿去碰碰头、喝喝酒，就像常人来这个酒吧似的?”

“对。唯一的不同，就是他们所穿的衬衫裤子都是用装食糖的麻袋做的。”

“你真参加了疯子的棒球队，跟麻风病人的球队比过球?”

“那还有假?我投的不旋转球才够水平呢，疯子队里哪里有过这样好的投球手。”

“你怎么会认识他们的?”

“我一次从‘放牛人牧场’回来，路过那儿，偶然下车看看，就喜欢上了那个地方。”

“你真会带我去那个疯子的酒吧?”

“一定。只要你不害怕。”

“我会害怕的。不过只要有你陪着，我还是敢去的。其实我就是为了这个缘故才想去的：我是特意要去尝尝害怕的滋味。”

“那儿有几个疯子还是怪有意思的。你见了他们一定会喜欢的。”

“我的头一个丈夫就是个疯子。不过他是属于暴烈型的。”

“你看威利会不会也是疯子？”

“他哪儿会呢。他只是性子暴烈些罢了。”

“他吃过很多苦呢。”

“谁没有吃过苦啦？威利吃了点苦，就自以为了不得了。”

“我看不是这样。这事我了解。真的。”

“那我们就不谈这个，换个话题吧。你看到吧台那边跟亨利说话的那个人没有？”

“看到了。”

“这家伙一到了床上就净喜欢干畜生那样的勾当。”

“可怜的家伙。”

“他才不穷呢①。他才有钱呢。可他就喜欢干 porquerías②。”

“你对 porquerías 从来不喜欢？”

“从来不喜欢。你随便去向谁打听好了。而且我这辈子也从来没有在女人和女人之间搞过些什么。”

“莉儿真是‘老实头’，”托马斯·赫德森说。

“难道你倒认为我这样不好？你也不喜欢 porquerías 呀。你就喜欢做过了爱，便快快活活睡上一大觉。我是了解你的。”

“Todo el mundo me conoce.③”

“不，人家不了解你。他们对你各色各样的看法都有。可我是了解你的。”

他的面前早又添上了一杯不加糖的冰镇代基里。他举起酒杯来，满满的一杯，杯口结着一圈霜花，酒的面上浮着一层泡泡，他望着泡泡底下清澈的酒，不禁想起了大海。酒面上的泡泡就像船后拖着的浪沫，底下清澈的酒则看去好似船过泥底的浅海时船头破开

---

① 上文“可怜的”，原文为 poor，又可作“穷”解，所以莉儿这样说。

② 西班牙语：下流勾当。

③ 西班牙语：谁都了解我。

的海水。简直就是一样的颜色。

“但愿酒吧里能供应一种酒，酒色要像八百英寻深海的海水，而且那海水得一平如镜，得有太阳当空，直照到水里，还得有许多浮游生物浮游在水里，”他说。

“你在说些什么呀？”

“没什么。让我们就喝了这杯浅海酒吧。”

“汤姆，你这是怎么啦？你是不是心上有什么疙瘩？”

“没有的事。”

“看你的神气怪伤心的，今天连人都显得老了点儿了。”

“是这北风太大了。”

“可你平日总说强劲的北风一吹，你就来了精神，心情也愉快了。我们不是还常常因为吹起了强劲的北风，就来了做爱的兴致吗？”

“这倒是的。”

“你以前一向喜欢北风，这件外套还是你买给我，让我刮北风的时候穿的呢。”

“这件外套还是挺漂亮的。”

“我几次都差点儿卖了呢，”“老实头”莉儿说。“你不知道，见了这件外套爱得巴不得就想要的人还真不少呢。”

“刮这么大的北风穿着再合适也没有了。”

“放快活些吧，汤姆。你平日喝了酒总是很快活的。喝了这杯，再来一杯。”

“喝得太快我脑门子正面一大条就要疼。”

“那我们就慢慢儿喝，来个长流水。我再来一杯威士忌。”

酒瓶就在她面前的吧台上，是那个叫塞拉芬的掌柜特意留在那儿的。她就自己调了一杯，托马斯·赫德森瞅着她的酒，说：“这是杯淡水酒。我们国内有条火穴河，跟吉本河汇合而为麦迪逊河[①]，那合流前的火穴河河水就是这样的颜色。如果你再多加点儿

① 麦迪逊河在美国西北部的蒙大拿州。

威士忌，那酒色就像一条小溪的溪水了，记得那条小溪是从一个雪松沼泽地流出来，在一个叫瓦布米米的地方汇入熊河[①]的。”

“瓦布米米这名字好怪，”“老实头”莉儿说。“是什么意思？”

“我也说不上，”他说，“这是印第安人的地名。那意思我按说是应该知道的，可我已经记不得了。那里的印第安人是奥吉布瓦族。”

“给我说说印第安人的事吧，”“老实头”莉儿说。“我倒真想听听印第安人的事，那比疯子的事还有劲。”

“这儿沿海一带就有不少印第安人。他们都在海边住，干捕鱼晒鱼干的营生，也有干烧炭这一行的。”

“我想听你讲的不是古巴的印第安人。那都是些混血儿。”

“不，不都是。也有一些是地道的印第安人。他们当初大概是在尤卡坦[②]的，是让人抓住了给带到这一带来的。”

“这种尤卡坦人我不喜欢。”

“我喜欢。可喜欢了。”

“再给我说说瓦布米米吧。那个地方在远西地区吗？”

“不，在北边。靠近加拿大的那一带。”

“加拿大我熟。我有一次乘一艘叫什么公主号的大轮船，沿河[③]而上，一直到了蒙特利尔。不过那时正好有雨，我们什么也看不见，当天夜里我们就改乘火车回纽约了。”

“你们在河上的时候雨就没有停过？”

“没有停过。而且船进河口以前，在海湾里又遇上了迷雾，还下过一阵雪。加拿大不妨以后再说。你就先给我讲讲瓦布米米吧。”

“瓦布米米只是个小村子，村子里靠河有个锯木厂，还有火车

---

① 熊河在美国，流经爱达荷、怀俄明、犹他三州，注入大盐湖。

② 尤卡坦是中美洲北部的一个半岛，现大部分属墨西哥，中南部及东南部属危地马拉和伯利兹。

③ 指圣劳伦斯河。

穿村而过。路轨边上总是常年堆着大堆大堆的木屑。河上拦腰筑起了栅栏，好挡住流木，所以一根根原木简直把整条河都填实了。从村边往上游望去，好长一段的河面上都这样一大片满是木头。一次我在那儿钓鱼，想要过河，便从木头上爬过去。不想有一根木头一碰就打转，把我掀翻在河里。我从水里浮起来，头上却被连成一片的木头封住了，怎么也钻不出去。木头底下是黑乎乎的，我用手四处探摸，却摸来摸去到处是树皮。我怎么也扒不开这些紧紧挨在一起的木头，脑袋就是探不到水面上来。”

“那你怎么办？”

“我就淹死了呗。”

“啐，你少胡说，”她说。“快告诉我，你怎么办？”

“我拼命开动脑筋，终于想出了一个道理：要钻出去我的动作一定要一气呵成。我就认准了一根木头，在底下细细地摸，从这边摸到那边，一直摸到跟另一根木头紧紧相挨的地方。这时我就双手合在一起，使劲往上推，木头给我扒开了一条缝。于是我就把手往缝里插，接着前臂也插进去了，胳膊肘也插进去了。这时我就凭着两个胳膊肘，把两根木头一点一点分开，终于脑袋也探了出来，于是就一条胳膊抱住一根木头。真是哪一根木头都舍不得放手。就这样，我夹在两根木头之间，歇了好大半天。那儿河里因为有木头，所以河水是褐色的。流入这条河的有一条小溪，那溪水才跟你的酒是一样的颜色。”

“换了我，我看我就一辈子也别想从两根木头当中爬上来。”

“我也有好一阵子以为自己是上不来了。”

“你在水下待了有多久呢？”

“我也不知道。我就记得自己抱住了两边的木头，歇了好久好久，半天也动弹不得。”

“这个故事好听。可是听了怕晚上要做恶梦呢。换个轻松的给我说说吧，汤姆。”

“好吧，”他说。“让我想想。”

“不，不用去想，就说一个现成的吧。”

“好吧，”托马斯·赫德森说。“当初小汤姆还是个小娃娃的时候……”

“¡Qué muchacho más guapo! ①”“老实头”莉儿插进来说。“¿Qué noticias tienes de él? ②”

“Muy buenas.③”

“Me alegro, ④”“老实头”莉儿想起当上了飞行员的小汤姆，一时眼泪盈眶。“Siempre tengo su fotografía en uniforme con el sagrado corazón de Jesús arriba de la fotografía y al ado la virgen del Cobre.⑤”

“你很相信科夫雷圣母？”

“百分之百的虔诚。”

“信了就还是应该信下去。”

“她可是日日夜夜保佑着汤姆哩。”

“那就好，”托马斯·赫德森说。“塞拉芬，请再来一大杯。你不是要听轻松的故事吗？”

“对，请给我讲讲吧，”“老实头”莉儿说。“讲个轻松点儿的。我心里又气闷起来了。”

“不过这轻松的故事说起来也muy sencillo⑥，”托马斯·赫德森说。“我们第一次带汤姆去欧洲的时候，他才三个月大，坐的那条轮船是老式的，又小又慢，一路上又常常遇上大风大浪。轮船上的怪味儿也多，有舱底的污水味，有石油味，有舷窗黄铜窗框上的密封脂味，还有一股厕所的味儿，小便池里放的消毒剂是粉红色的

---

① 西班牙语：多漂亮的小伙子啊！

② 西班牙语：有他的消息吗？

③ 西班牙语：还挺不错。

④ 西班牙语：我真高兴。

⑤ 西班牙语：我还一直藏着他的一张穿军装的照片，照片的上边供着耶稣的圣心，旁边供着科夫雷圣母。

⑥ 西班牙语：简单得很。

一大块一大块，那也有一股味儿……”

“Pues[①]，这故事也不怎么轻松啊。”

“Sí，mujer，[②]这就是你乱说了。这故事轻松，muy[③] 轻松。我说下去吧。船上还有股浴堂的味儿，到了规定的时间大家都得去洗澡，不然就得被浴堂服务员看不起。淋浴间铜喷嘴喷出热乎乎的海水来有股味儿，地板上湿漉漉的木格子也有股味儿。浴堂服务员浆挺的制服又有股味儿。船上蹩脚的英国饭菜，一股味儿让人闻着就倒胃口。扔下的烟头，忍冬牌的，选手牌的，金叶牌的，样样都有，不但吸烟室里满是这股子味儿，而且烟头扔到哪里味儿就到哪里。总之没有一种味道是让人闻着舒服的，而且你也知道，英国人男男女女身上都有一股异味，连他们自己都觉察到了，就像黑人总觉得我们有股子异味一样，因此英国人就只好老是要洗澡了。英国人身上的那股子味儿比母牛喷出来的气息还不如，连抽烟斗的英国人都掩盖不住这股味儿。抽烟斗的反倒还多了点气味呢。他们身上的花呢料子本来倒也好闻，皮靴子也还不错，马鞍子什么的也闻着很受用。可是船上哪儿来的马鞍子呢，而且那花呢料子也早就都吸饱了烟斗里的烟灰味。在那条船上你要闻点好闻的气味只有一个办法，那就是要上一大杯德文郡[④]苹果汁，要绝纯的，泛着泡沫的，然后就把你的鼻子尽量伸进杯子里去闻。那个气味可好闻了，我就老是要了苹果汁把鼻子伸在杯子里闻，能闻多久就闻多久，气都透不过来了还不想移开。”

“你的故事讲到这儿才算比较轻松了点。”

“你听着吧，轻松的还在后头呢。我们的舱房位置很低，比吃水线只高出一点点，所以舷窗成天关得严严的，你看得见窗外奔腾的大海，有时海水在舷窗上扫过，你看得见那水绿得纯净极了。我

① 西班牙语：这么说。
② 西班牙语：嗐，太太。
③ 西班牙语：非常。
④ 英国英格兰的一个郡。

们怕汤姆从铺位上跌下来，就把大大小小的箱子都捆在一起，做成一堵墙挡在铺前，我和他妈妈要看他睡得老实不老实，就得从箱子上爬过去。可是每次去看他，只要他没睡着，总见他在笑。”

“才三个月大呢，他真的就会笑了？”

“他总是笑。他小时候我就没听到他哭过。”

“¡Qué muchacho más lindo y más guapo！”[①]

“是啊，”托马斯·赫德森说。“多优秀的小伙子。要不要再给你讲个轻松的故事，也是关于他的？”

“他妈妈挺好的，你为什么离开了她？”

“这事原因就复杂了，加以又有些阴差阳错。要不要再听我讲个轻松的故事？”

“好的。可不要再报那么多气味给我听了。”

“瞧这冰镇代基里，调得有多高明，颜色看上去就像轮船开到时速三十海里时船头纷飞的浪花。你倒说说看，冰镇代基里要是能发磷光，那好看不好看？”

“那也容易，你在酒里加上点磷不就得了？不过我看这种酒是喝不得的。古巴就常常有人吃火柴头上的磷自杀的。”

“还有喝 tinte rapido[②] 自杀的呢。这快干墨汁到底是怎么回事？”

“那是人家染黑皮鞋作染料用的。不过姑娘家自杀，还是自焚的最常见。她们或是因为在恋爱问题上遇到了阻梗，或是因为未婚夫负了心，骗得了姑娘的身子就一走了之，毁约不娶，于是姑娘就在自己身上浇了酒精，点上一把火。这是传统的做法。”

“我知道，”托马斯·赫德森说。“好比当年的 auto da fé[③]。”

“这种做法成功率很高，”“老实头”莉儿说。“自焚的姑娘十

① 西班牙语：多英俊多漂亮的小伙子啊！
② 西班牙语：快干墨汁。
③ 葡萄牙语：火刑。

九必死。火从头上烧起，往往一下子就蔓延到全身。至于喝快干墨汁，那可多半是做做样子给人家看的。喝碘酒也基本上是这么回事。”

“看你们两个，说话老是死字不离口，你们到底在谈些什么呀？”掌柜的塞拉芬说。

“在说自杀的事。”

“Hay mucho，[1]”塞拉芬说。“特别是穷人。我倒还从来没听说过古巴有哪个有钱人自杀的。你听说过？”

“我听说过，”“老实头”莉儿说。“我知道有过那么几个——都还是些上流人家的人呢。”

“你还有不知道的？”塞拉芬说。

“托马斯先生，你要不要来点什么东西下酒？¿Un poco de pescado？¿Puerco frito？[2]冷盘肉要不要来一点？”

“好的，”托马斯·赫德森说。“现成的随便来点什么好了。”

塞拉芬给他装的一盘是炸得焦黄松脆的小块猪肉，一盘是油炸面拖红鳍笛鲷，金黄绷硬的面皮包着淡红色的鱼皮，里面的鱼肉雪白喷香。塞拉芬是个高个小伙子，天生说话粗鲁，走路也没个好样，因为吧台后面汤汤水水泼得地下很湿，他只好穿木屐对付。

“冷盘肉要不要？”

“不用了。这就蛮够了。”

“给你你就要，汤姆，”“老实头”莉儿说。“这店里的规矩你还有不了解的？”

这家酒吧从来不肯给人“白”酒喝，那是出了名的。不过话要说回来，这里免费供应的热腾腾的午饭，每天也不计其数。不光有炸鱼炸肉，还有一盆盆热腾腾的油炸肉馅面团，以及法式油煎面包片夹烤干酪火腿的三明治。而且掌柜的调代基里都用老大的调酒

① 西班牙语：那可多的是。

② 西班牙语：来一点鱼？来点炸猪肉？

器，给你斟好了酒以后，管保调酒器里总还余下至少有一杯半的量。

“现在你心里是不是觉得好受些了？”“老实头”莉儿问。

“好受些了。”

“告诉我，汤姆，你到底为什么事伤心了。”

“EI mundo entero.①”

“这整个世界是愈来愈不像话了。那谁不感到伤心呢？可你总不能老是这样在伤心中过日子呀。”

“这我违了什么法啦？”

“不违法也不等于就做得对呀。”

我又不是来跟“老实头”莉儿讨论什么道德问题的——托马斯·赫德森心想。那你想要来干什么呢，你这个混蛋？你是想要来把自己灌醉呀。尽管你自己不觉得，实际上你现在干的恐怕就是这么回事。事到如今，你所要的已无法如愿，你所想的已不可复得。不过你要想办法减轻痛苦，办法还多的是。来吧，就用这个办法试试看吧。

“Voy a tomar otro de estos grandes sin azúcar,②”他对塞拉芬说。

“En seguida, Don Tomás,③”塞拉芬说。“加把劲把记录打破，你干不干？”

“我不干。我只想安安静静喝我的酒。”

“你上次就是在安安静静喝你的酒，喝着喝着就创了纪录了，”塞拉芬说。“不但安安静静，而且后劲十足，从早上直喝到夜里。居然还靠自己的两条腿，硬是走出了店门。”

“我可不想打破什么记录。”

---

① 西班牙语：这整个世界。

② 西班牙语：再给我照原样来一大杯，不要加糖。

③ 西班牙语：就来，托马斯先生。

“你今天很有破纪录的希望呢，”塞拉芬对他说。“你就照这样喝下去，一边再吃点菜，破纪录是大有希望的。”

“汤姆，你就加把劲，把记录打破，”“老实头”莉儿说。“我来替你作见证。”

“用不到别人作见证，”塞拉芬说。“我就是见证。等我下了班，我就去把数字报告给康斯坦特。看你这会儿的酒兴，比创纪录的那一天还浓呢。”

“我可不想打破什么纪录。”

“你今天的竞技状态还真不错呢。喝得有滋有味、不紧不慢，脸上根本看不出一丝酒意。”

“记录！记录！去他娘的记录！”

“好吧。Como usted quiere.①不过我还是给你记着数儿，希望你还能回心转意。”

“没错儿，他会记着数儿的，”“老实头”莉儿说。“他账单都有存根。”

“那你呢，你要什么，太太？你是要真记录呢，还是想搞个假记录？”

“真记录假记录我都不要。我只要再来上一大杯，加矿泉水的。”

“Como siempre，②”塞拉芬说。

“你改用白兰地我也能喝。”

“你喝白兰地我可恕不侍候啦。”

“汤姆，你知道吗？有一次我想搭上一辆电车，不防摔了下来，差点儿把命都送了。”

“可怜的‘老实头’莉儿，”塞拉芬说，“过的就是这样东闯西荡的生活，有多悬乎。”

---

① 西班牙语：随先生的便吧。

② 西班牙语：还照老样子。

“比你整天穿着木屐站在吧台后面侍候酒鬼总还强些。”

“那是我的本行，”塞拉芬说。“能够侍候你这样高贵的酒鬼，还是我莫大的荣幸哩。”

亨利·伍德走了过来，站在那儿显得那么高大，头上汗冒个不停。他显然已经改变了原先的打算，所以又兴奋得不得了了。托马斯·赫德森心想：这个家伙，就最喜欢突然来个临时变卦。

“我们打算这就到阿尔弗雷德的‘逍遥楼’去，”他说。“你也一块儿去吗，汤姆？”

“威利还在巴斯克酒吧等你呢。”

“我看这一回威利不去也就算了吧。”

“那你也应该通知他一声呀。”

“我给他打电话。你也一块儿去吗？包你玩得痛快。”

“你也应该吃点东西了。”

“我一定放开胃口美美地吃一顿。你还好吗？”

“好，”托马斯·赫德森说。“真的很好。”

“你要争取打破纪录？”

“没有的事。”

“今天晚上还见见面吗？”

“我看就算了吧。”

“你要是觉得可以的话，我倒可以出城来，到你庄上过一夜。”

“不要了。你还是痛痛快快玩你的吧。可一定要吃点东西。”

“我一定美餐一顿。向你保证。”

“千万要给威利打电话啊。”

“我一定给威利打电话。你只管放心。”

“阿尔弗雷德的‘逍遥楼’在哪儿？”

“啊，那可是个绝美的所在。居高临下面向着港湾，一流的设备，真是个令人心旷神怡的地方。”

“我是问具体的地址在哪儿。”

“这我倒也说不上，不过我会告诉威利的。”

“你看威利不会动气？”

“他要动气我也没办法，汤姆。这一回我实在不能请威利一块儿去。你知道我多么喜欢威利。可是有些事情我实在不能请他参加。这你也跟我一样清楚。”

“好吧。可电话一定要给他打啊。”

“保证一定给他打。还保证一定吃一顿极丰盛的饭。”

他笑了笑，拍拍“老实头”莉儿的肩头，就走了。这么大个子的人，走起路来居然倒还风度挺潇洒呢。

“他家里那两个姑娘怎么办呢？”托马斯·赫德森问“老实头”莉儿。

“两个姑娘这会儿早走啦，”“老实头”莉儿说。“那儿又没有东西吃。我看连喝的都不大有呢。你打算去那儿转转吗？还是索性上我家去呢？”

“还是上你家去吧，”托马斯·赫德森说。“不过现在还不想去。”

“那就再给我说一个轻松的故事吧。”

“好吧。说个什么样的故事呢？”

“塞拉芬，”莉儿说。“给托马斯再来一杯双料冰镇的，不要加糖。Tengo todavía mi highbalito.[①]”这才又转过来对托马斯·赫德森说：“就说说你一生中最快活的时候吧。而且不能提气味。”

“不提气味成不了故事啊，”托马斯·赫德森说。他看着亨利·伍德穿过广场，上了跑车。车是那个叫阿尔弗雷德的甘蔗种植园主的，此人是个巨富。亨利·伍德个子大，上车也真不容易。这家伙就是个子大，干什么都不利索——托马斯·赫德森心想。不过话还得说回来，在有些事情上大个子倒是占了便宜的。他赶快制止自己：不要再想下去了。你今天是来休息的。那就好好休息吧。

---

① 西班牙语：我还是来我的威士忌。

“你要我说个什么样的故事呢？”

“我不是都跟你说了吗？”

他看着塞拉芬把调好的酒倒进高脚杯，看见酒面上的泡沫漫过杯口，流到了吧台上。塞拉芬取过一个硬纸护垫，把酒杯的脚底插在槽里。托马斯·赫德森就捏着那细细的杯脚举起杯来。只觉得沉甸甸的酒杯一阵凉意扑面。他呷了一大口，含在嘴里，让舌头和牙齿着实领受了一番凉意，这才咽下。

“好吧，”他说。“要说我一生中最快活的一天，那是在小时候，哪天我一早醒来用不着去上学也用不着做功课，这就是我最快活的一天了。那时候我一早醒来总觉得肚子很饿，我能闻到草上露水的气息，有风的话还能听见铁杉树高高的枝头风声簌簌，没风的话就只听见树林里一片寂静，湖上也是一派悄然，于是我就等着听清早的第一批声息。第一声往往来自湖面上飞过的翠鸟，一边飞一边喳喳地叫，静悄悄的湖面还送来了一串回声。有时也来自屋外哪棵树上的松鼠，吱吱吱的，甩一下尾巴叫一声。有时还来自在山坡上啼叫的鸻鸟。反正只要我一醒过来，听到了清早的第一批声息，感觉到肚子饿了，一想当天又不用上学也不用做功课，那时我就比什么时候都快活了。”

“跟女人在一起也没有这么快活？”

“跟女人在一起当然也是够快活的。那个快活，快活得就像连性命都可以不要似的。那个快活，快活得简直叫你受不了。快活得连我自己也不敢相信，快活得真是如醉如狂。不过那总还比不上我跟自己的孩子在一起、爷儿们相处得其乐融融的时候，也比不上我当年一清早醒来的时候。”

“跟人家在一起过得很快活这不奇怪，可你独自一人怎么也能这样快活呢？”

“我这都是些胡说八道罢了。你不是让我想到什么就给你说什么吗？”

“胡说，我没有这么说。我是让你给我讲个轻松的故事，说说你一生中最快活的时候。可你说了些啥呢，就说你从前一清早醒来觉得很快活。你这不成其为故事嘛。给我讲一个像模像样的故事吧。”

“讲什么呢？”

“要带点爱情的。”

“什么样的爱情？是神圣的爱，还是放荡的爱？”

“别管这些。只要是有意思的，好听的。”

“讲爱情的，我倒有一个挺有意思的故事可以说说。”

“那就给我说说吧。要不要再来杯酒？”

“等我讲完了这个故事再添酒吧。好，我这会儿要说的，是我在香港的事。香港可真是个绝妙的城市，当时我在那儿真是无忧无虑，日子过得可欢了。香港前边有个美丽的海湾，海湾对面就是大陆上的九龙城。香港本城位于一个多山的岛上，岛上树木葱茏，有蜿蜒的道路通上山顶，高高的山坡上造了不少住宅，不过那市区却是在山脚下，同九龙遥遥相对。两岸之间自有快速的现代化渡轮摆渡，往来极便。那九龙也是个漂亮的城市，你要是见了，包你一定喜欢得不得了。干干净净，布局又好，大片的树林子一直伸展到市区边，那妇女监狱的院墙外就是个打野鸽子的绝好所在。我们经常去打野鸽子，那里的野鸽子个儿大，模样帅，脖颈上披满了略带点紫色的毛，可爱极了，飞起来劲头足，速度快，一到薄暮时分，就都纷纷飞到那女监白粉院墙外的一棵大月桂树上来栖息。我往往就专找飞得高高的归巢鸽子打，鸽子顺风飞得好快，等它正好飞到我的头顶上，我就开枪。打中的鸽子常常落在女监的院墙内，那时你就能听见那班女犯都快乐得大喊大叫，纷纷来抢夺鸽子，大喊大叫随即就变成了哇哇乱嚷，那是监狱里的锡克看守跑来驱散她们了。锡克看守要回了鸽子，就从警卫的门房里出来，恭恭敬敬送还给我们。

“大陆那边九龙周围一带的地区叫做新界，那里山多林密，多的是野鸽子，一到傍晚，就只听见野鸽子此呼彼应，叫成一片。路埂边上常常有妇女孩子在那里挖土，把土都往篓里装。他们看见你提着猎枪，都忙不迭逃到树林子里躲起来。我后来才明白，他们挖土是因为这儿的土里含有钨砂。当时钨砂是很卖得起价钱的。”

“Es un poco pesada esta historia.[①]”

“不，‘老实头’莉儿。其实这个故事才不乏味呢。你听下去就明白了。钨砂这东西谈起来固然 pesado[②]，但是这采钨砂的事却实在是够稀罕的。按说只要有钨砂可采，要采那还不容易？含在泥土里的话，只要把土挖起来拉走就行。含在石头里的话，就把石头大块大块掘出来运走。在西班牙的埃斯特雷马杜拉地方，有些村子全村的房子都是用石头砌的，这种石头里就含有极丰富的钨，农民田头的矮围墙也都是用这种含钨的石头垒的。可是那里的农民却照样很穷。我说的这个时候，钨就大大值钱了，我们特地用了 DC-2 型运输机，也就是眼下飞行在这里跟迈阿密之间的那种飞机，把钨砂从中国大后方的南雄机场运到九龙的启德机场。再从九龙装船运往美国。当时钨被认为是稀有物资，对于我们的战备具有极重要的意义，因为要提高钢的硬度，没有钨就不行。可是在新界的山里，却谁都可以上山去采，能挖多少就尽管挖多少，男的也有女的也有，都把矿砂装在个篓子里，顶在头上，拿到一个大棚屋里去卖，大棚屋里自有人悄悄收购。我在打野鸽子的时候发现了这个情况，就告诉了内地收购钨砂的人员，提请他们注意。他们听了却谁也没有认真当回事，我却并不罢休，就一级级反映上去，后来有一天见到了一位地位很高的官员。他听说新界有钨砂任人采掘，显得一点也不在意，对我说了一句：‘老兄哎，反正我们南雄那边的机构干得还不错嘛。’我们每天傍晚时分在女监的院墙外打鸽子，总可以看见一架老式的双引擎道格拉斯飞机从山那边飞来，向着机场缓缓降下，你也知道飞机是越过日军的防线飞来的，机上一大袋一大袋

---

① 西班牙语：这个故事有点乏味。

② 西班牙语：乏味。

装的都是钨砂，可奇怪的是女监里抓来的女犯，倒有很多人的罪名是非法采掘钨砂。”

“Sí, es raro,[①]”“老实头”莉儿说。“可你这个爱情故事到底要到什么时候才登场啊？”

“要登场随时都可以登场，”托马斯·赫德森说。“不过你了解了故事发生地点的背景情况，听起来就格外有味了。

“香港的周围岛多，海湾也多，清澈的海水美极了。新界实际上是从大陆伸出的一个半岛，那里冈陵起伏，林木繁茂。香港本岛位于一个碧湛湛的深水海湾里，那海湾的范围好大，一头连着南海，一头直要到广州。冬天的气候，也很像我们今天这种刮北风的天气，只是不但风狂，而且雨大，晚上睡觉都觉得有点冷。

“我总是一清早就醒，就是下雨也要到鱼市场去走走。他们那里的鱼跟我们这里的也差不多，日常食用的主要是红石斑鱼。但是他们那里的鲳鲹奇肥，而且富有光泽，明虾也特大，这样大的明虾我还是头一回见到。清早的鱼市真是热闹极了，各色鱼类纷纷运到，都是刚打上来的，一片鳞光闪闪，有些鱼我也认不得，不过这样的鱼并不是很多。还有网住的野鸭卖。针尾鸭，绿翅鸭，赤颈鸭，什么都有，无论雄的雌的，都是一身丰满的冬羽。有些野鸭我真还从来没有见到过，那羽毛之优美、色彩之斑斓，完全可以跟我们家乡的林鸳鸯相比。我总是尽情浏览，那野鸭不但羽毛漂亮得简直叫人不敢相信，连眼睛都是那么美。鱼是不用说了，都是刚打来的，亮灿灿的，肥极了。蔬菜也是琳琅满目，那都是菜园子里种出来的，用人粪作肥料，当地人称之为‘粪肥’，种出来的蔬菜特别光鲜好看。我每天早上都要到市场上去走一趟，觉得这是每天早上的一种享受。

“早上街头总还少不了有出殡送葬的队伍，送葬的人都穿一身白，吹鼓手吹吹打打煞是热闹。那年头出殡的队伍里吹打的曲调，

---

① 西班牙语：是啊，是很奇怪。

最流行的要数‘幸福的日子又来到’了。一天到晚就只听见这个调子，简直不给你片刻的清静，因为当地死的人多。据说香港本岛百万富翁就有四百个，另外九龙还不知道有多少百万富翁哩。”

“¿ Millonarios chinos? [①]”

“多半是中国的百万富翁。不过百万富翁也各色各样的都有。我就认识好多百万富翁，我们常常一起在豪华的中式餐馆里吃午饭。当地有好几家餐馆规模可以跟世界的一流饭店媲美，那广东菜做得可真是绝了。那年头我最要好的朋友是十个百万富翁，我也不知道他们姓什么，我就知道他们名字的两个起首字母，比如 H. M.，M.Y.，T.V.，H.J.，等等，等等。大凡有地位的中国人彼此都是这样相称的。我还认识了三位中国的将军，其中有一位自幼生长在伦敦的怀特查珀尔[②]，这人确实很了不起，是警察部门的督察。我还认识五六个中国航空公司的驾驶员，这班人的进账实在令人咋舌，可赚饱了还要捞外快。我认识的人里还有一个警察，还有一个神经有些毛病的澳大利亚人，还有好些英国官员，还有……好了，我也不再多举了，免得叫你听得腻烦。总之我在香港交的朋友可多了，都是极亲密、极知己的朋友，这么多的朋友我以前还不曾有过，后来也始终不曾有过。”

“¿ Cuándo viene el amor? [③]”

“我是在考虑应该让哪个爱情故事先登场。好吧，先来说一个你听听吧。”

“可要讲得好听点哪，你说了那么一大堆中国的事，我听得都有点腻味了。”

“多好的地方哪，你不应该听得腻味的。你听了也应该跟我一样，就爱上这个国家的。”

---

① 西班牙语：都是中国的百万富翁？

② 在伦敦东部，是个有名的犹太人聚居区。

③ 西班牙语：爱情故事到底什么时候登场？

“那你为什么不干脆留在那儿呢？”

“留不下去呀，因为日本人随时都可能打过来把那儿占领呀。”

“Todo está jodido por la guerra.[①]”

“是啊，”托马斯·赫德森说。“就是这话。”他还是第一次听见“老实头”莉儿用了这么个强烈的字眼，所以有些吃惊。

“Me cansan con la guerra.[②]”

“我也一样，”托马斯·赫德森说。“我对战争是厌烦透了，可是对香港，我还是百思不厌。”

“那就给我说说吧。这应该说还是 bastante interesante[③] 的。我只是想听你说说你的爱情故事。”

“说实在的，有趣的事情也真是多，所以也顾不上说什么爱情故事了。”

“你找的头一个相好是个什么样的人？”

“我找了个高高身材的中国姑娘，她貌若天仙，非常欧化，也非常‘解放’，可就是不肯上旅馆跟我睡觉，说是怕会闹得大家都知道。她也不肯留我在她家里过夜，说是这会惊动仆人。其实她家里那条警犬早就看出苗头了。这畜生就老是来作梗。”

“那你们在什么地方幽会呢？”

“还像我们年轻时候那样呗。只要她肯，哪儿都行，主要是车船之类的地方。”

“那岂不太委屈了我们的这位朋友某先生？”

“就是。”

“你们的幽会就这样将就？也没有在一起睡过一夜？”

“没有。”

---

① 西班牙语：样样都是坏在战争的身上。（按原文中的 jodido 是个粗字，原意为“操”。下文所说“强烈的字眼”即指此。）

② 西班牙语：我对战争感到厌烦透了。

③ 西班牙语：相当有趣。

“可怜的汤姆！她真值得你这么迁就？”

“这个我也说不上。我看应该说值得吧。其实我当时应该租上一幢房子，不应该再住在旅馆里。”

“这里的人不是大家都有个‘逍遥楼’吗，其实你在那儿也应该租个‘逍遥楼’。”

“我不喜欢‘逍遥楼’。”

“我知道。不过你真要是要那个姑娘，干一下也可以嘛。”

“反正后来发生了另外的情况，问题也解决了。你没有听得腻味吧？”

“没有的事，汤姆，你请说吧。我现在一点也不觉得腻味了。问题到底是怎么解决的呢？”

“一天晚上我跟那个姑娘吃过了晚饭，就一起去荡船，荡了好长久，有劲是有劲了，可终究不免心痒难搔。她的肌肤摸上去真是妙不可言，两片嘴唇虽薄，却情意绵绵。一番着意的温存，引得她情热难遏。后来我们终于下了船，到她的家去。可是她家里有那条警犬虎视眈眈，再说要不惊动人也实在难以办到，最后我还是独自一人回到了旅馆。我心里真是窝囊透了，我也不想再跟她争论了。我明知道她的话是有道理的，可是我心里想，你连床都不敢上，思想那么‘解放’又有个屁用？我心里想，思想真要‘解放’的话，就应该把被子抖开来。总之我当时是又懊丧，又 frustrado[①]……”

“我倒从来没有见过你 frustrado，你 frustrado 起来那模样儿一定是挺好玩的。”

“才不好玩呢。我一泄气就灰溜溜的，那天晚上我只觉得灰心丧气，没有一点劲儿。”

“快说下去吧。”

“好，我当时就从服务台上取了房间的钥匙，我那心里真是 frustrado 极了，见什么都厌烦得要死。那家旅馆可是又大又阔气，

---

① 西班牙语：泄气。

阔气得简直都阴沉沉的。我于是就乘电梯上去，心想等着我的也不过是又大又阔气的房间一个，阴沉沉冷清清的，房间里又没有个高个儿天仙般的中国姑娘。我出了电梯穿过过道，打开了我那个阴沉沉的大房间的沉甸甸的大门，一看，里边还真有点什么哩。"

"房间里有什么啦？"

"三个绝色的中国女子，个个千娇百媚，跟她们一比，我一直想要而到不了手的那个天仙般的中国姑娘就显得稀松平常了。见了这样的绝色女子，谁都会按捺不住的。只是她们谁也不会说英语。"

"她们都是哪儿来的？"

"是跟我相熟的一个百万富翁打发来的。其中一个女子拿出一个仿羊皮纸的信封，内有给我的一个便条，写在一张很厚的纸上。上面只有一句话：'聊表微忱，C.W.敬献。'"

"那你又怎么样呢？"

"我又不了解她们的风俗习惯，所以只好跟她们握握手，把她们一个个都亲了亲，然后对她们说，大家要认识一下的话，我看最好的办法还是一起去冲个凉。"

"你怎么跟她们说的？"

"说英语呀。"

"她们懂啦？"

"反正我让她们了解得一点都没错。"

"那你后来又怎么样呢？"

"我倒是弄得很窘，因为跟三个姑娘睡觉，这样的事我从来没有干过。两个姑娘的话，尽管也不大好吧，至少还好玩。那不是一个姑娘的乐儿加个倍，绝不是那么回事儿，不过反正你喝醉了酒，觉得还挺好玩就是了。可是三个姑娘就未免太多了，我倒真给弄得不知道怎么好了。因此当下我就问她们要不要来喝一杯，她们说不喝。于是我就自己来一杯，我们一起坐在床上，虽说她们个个长得娇小玲珑，可还是幸亏那床特大。后来我就把灯关了。"

“好玩吗？”

“太妙了。跟这样的姑娘同床，真是太妙了。论肌肤，跟我认识的那个姑娘一般光润，甚至还要光润得多。论人，那真是说娇羞答答就娇羞答答，说不怕难为情就不怕难为情，反正一点也没有那种‘解放’味儿。何况姑娘又有三个，让我在黑暗中一起消受。我以前从来没有两条胳膊抱过三个姑娘。可居然也抱得过来。她们都是经过了训练的，懂得的许多路数都是我见所未见的，当然这一切都是在黑暗里，我呢，也就压根儿不想睡了。不过我最后还是睡着了，到第二天早上醒来，一看她们都还熟睡未醒，一个个都还像我跨进房门初打照面时那么美。那真是我这辈子见过的最美的姑娘。”

“比二十五年前你我初次相识时的我还美？”

“不，莉儿。No puede ser.[①]不过她们都是中国姑娘，你知道中国姑娘有多美。反正我喜欢中国姑娘。”

“No es pervertido.[②]”

“哪儿的话呢，绝对不是性变态。”

“可有三个哪。”

“三个是多了点。做爱，的确天生只能是有一无二的事。”

“好嘛，让你捡了这样的便宜。我才不会吃这份干醋呢。那又不是你去钻营来的，那是人家送上门来的。倒是那个不肯上床的养警犬的女人，让我觉得挺讨厌的。那我倒要问你，汤姆，你第二天早上醒来是不是感到全身都酥软了？”

“酥软！你想象不出的酥软！简直是酥尽软绝了。我从头顶上起一直到脚趾缝里，没有一处不觉得这是干了荒唐事的报应，我的腰背都僵直了，脊椎骨的根根只觉得好疼。”

“于是你就喝了一杯。”

---

① 西班牙语：那是不可能的。
② 西班牙语：不会是性变态吧？

"对，我就喝了一杯，这才觉得好了点儿，心里感到美滋滋的。"

"那你又怎么样呢？"

"我看看她们都还熟睡未醒，心里真巴不得给她们照个相。拍出照来一定是一幅绝妙的美人酣睡图，可我这时肚子饿得要命，而且又浑身酥软，我撩开窗帘看了看天，外边在下雨。我想这倒好，我们可以在床上赖一天了。不过我总得先去吃点早饭吧，再说还有她们的早饭也得想法去张罗。因此我就把门一关，洗了个淋浴，然后悄悄穿好衣服，出了房门，把门带上，轻得声息全无。到了楼下，我就在旅馆的早茶室里吃了早饭，一顿早饭着实丰盛，有鲑鱼、面包卷、橘子酱，还有蘑菇烧咸肉。味道都好极了。我喝了一大壶茶，吃早饭的时候还来了一杯双料的威士忌苏打，可即使如此，还是觉得浑身虚软。我看完了香港的英文早报，心想她们也不知要睡到什么时候才起来呢。最后我就到旅馆的大门口去张了张，一看外面雨还下得很大。我就打算到酒吧间去坐坐，可是酒吧间还没有开门。原来早饭时我喝的酒是餐厅的酒柜上供应的。这时我再也等不下去了，我就赶紧上楼，回到房里，可打开门来一看：三个人已经全不见了。"

"多可怕。"

"我当时也觉得挺可怕的。"

"那你怎么办呢？我看你大概又喝了一杯吧。"

"对。我又喝了一杯，然后又到浴间里去洗了个澡，这次用了很多肥皂，反复用水冲，洗得可彻底了。我想想真是悔之又悔。"

"¿Un doble remordimiento? [①]"

"哪儿呀，我是一悔再悔。先是后悔不该干出跟三个姑娘睡觉的事来，接着又后悔真不该让她们就这么一走。"

"我记得你以前在我这儿过夜以后也总会后悔的。不过后悔过一阵也就好了。"

---

① 西班牙语：后悔得那么厉害？

“我知道。我总是这样，后悔过一阵就好了。我这个人也就会干错了事好后悔。可这天早上在旅馆里我真是一悔再悔，后悔得不得了。”

“于是你又喝了一杯。”

“你怎么猜到的？后来我就给那个送女人的百万富翁打电话。可是他不在家。也不在办公室。”

“一定在他的‘逍遥楼’里。”

“肯定的。那几个姑娘准是到‘逍遥楼’去找他，向他汇报夜来的事了。”

“可这么三个标致的姑娘他们是从哪儿物色来的？眼下在哈瓦那你就是跑遍全城，也找不出三个像模像样的姑娘来。我是深有体会的，今天早上我想替亨利和威利找上个把勉强能将就的，可就是白费力气。当然这么早去找，也实在不是时候。”

“哎呀你不知道，香港的那班百万富翁在当地到处都有眼线。在全中国都有眼线。这就像我们布鲁克林的道杰斯棒球队物色队员一样。一旦哪个城镇、哪个村子里发现了绝色女子，他们的心腹就会把她买下，送到香港，又是调教又是修饰，给好好儿养起来。”

“可中国女子的发式 muy estilizado[①]，她们既然梳的是这样的发式，到第二天早上你看她们怎么还会是那样美呢？要知道头发愈是做得 estilizado，那样一夜折腾下来，到第二天早上就愈是看不得。”

“她们不是那种发式。她们都是留的披肩发，那年头美国姑娘正流行披肩发，直到今天做这种发式的还很多。而且还得让头发略带一点卷。C.W.就喜欢姑娘梳这种发式。他是到过美国的，当然啦，那在电影里也都看得到。”

“你后来就没有再跟她们相会过？”

“后来就只有一次一个了。为了‘聊表微忱’，C.W.还不时把

---

① 西班牙语：非常优美。

她们打发来，不过都是一次一个。再也没有三个一起来的。她们都是他的新宠，他自然要自己受用啦。而且，他说他也不愿意坏了我的操行。”

“看来这人还蛮不错嘛。后来他怎么样了？”

“大概是给枪毙了吧。”

“可怜的家伙。不过这故事还是很好听的，这么个故事能说得这么优美，也真难为你的。你的情绪好像也好多了。”

恐怕倒是的——托马斯·赫德森心想。是啊，我本来就是要来开心开心的。不是吗？

“哎，莉儿，”他说。“我们这酒恐怕也喝得差不多了吧，你说呢？”

“你现在觉得如何了？”

“好多了。”

“给托马斯再来一杯双料冰镇代基里，不要加糖。我已经有点醉了。我就不添酒了。”

我的确觉得好多了——托马斯·赫德森心想。事情怪也就怪在这儿。再坏的心情也总会好起来的，后悔了一阵也总会把懊恼丢开的。只有一桩，谁也拗不过它，那就是死。

“你死过没有？”他问莉儿。

“瞧你说的，我怎么会死过呢？”

“Yo tampoco.①”

“你说这话什么意思？你说这样的话，不是存心要吓唬我吗？”

“我不是存心要吓唬你，亲爱的。我这个人是从来也不想吓唬谁的。”

“你叫我亲爱的让我听着也喜欢。”

这样扯下去又有什么意思呢——托马斯·赫德森心想。你一样

---

① 西班牙语：我也没有。

要找快活，难道就没有别的办法可行了？何必非要陪着这年老色衰的“老实头”莉儿泡在佛罗里迪塔酒吧里，挤在那班老妓女坐惯的吧台一头，尽自拿酒来灌？你既然只有四天工夫了，就不能把这四天工夫使用得好一些？可是再转念一想：又有哪儿好去呢？难道去阿尔弗雷德的“逍遥楼”？你在这儿不是蛮好的吗？世界上还有哪儿的酒能让你喝得更有味？只怕连这么点味道都不会有。你现在也只能喝喝酒了，老弟，你还是能多喝点儿就尽量多喝点儿吧。你现在也只有喝酒的份儿了，你应该见了酒喜欢，管它是好是歹，都应该喜欢。要知道你以前是一向喜欢喝酒的，是一向极爱喝酒的，你现在也只有喝酒的份儿了，所以你应该爱喝酒。

“对，我爱喝，”他失声说了出来。

“你说什么？”

“我说我爱喝酒。不过不是见酒都爱。我就爱这种双料冰镇的代基里，不能加糖。加了糖的话，喝那么多就会不舒服。”

“Ya lo creo.[①]不过要是换了别人的话，不加糖喝那么多那准得送命。”

“也许我就会送命。”

“不，你不会的。你只会打破纪录，等你打破了纪录我们就上我家去，你该睡上一觉，不过我就最怕你打鼾。”

“我上次打鼾了？”

“Horrores.[②]还有，晚上你唤我，叫出来的名字五花八门都有，不下十来个之多。”

“那真是对不起。”

“没什么。我就觉得挺好玩的。我还知道了几个我原来不知道的秘密呢。你跟别的姑娘在一起的时候，你把她们的名字乱叫一气，她们不恼吗？”

---

① 西班牙语：那当然。
② 西班牙语：才厉害呢。

“我没有别的姑娘了。只有一个妻子。”

“对你的夫人我倒是很想喜欢她也很想尊重她的，可是总觉得很难办到。自然我也决不允许人家说她的坏话。”

“我就要说她的坏话。”

“不。不要这样。这种事不是上等人干的。我就最讨厌两件事。一是看见男人哭鼻子。我知道他们哭鼻子也是由不得自己，可看着总觉得不是味儿。二是听见男人说自己老婆的坏话。男人十之八九都有这个毛病。你别犯这个毛病，我们这会儿好好的，你可别扫了我们的兴。”

“好。去她的。我们就不提她。”

“这就对了，汤姆。其实我觉得她人还是长得挺美的。真的，人还是长得挺美的。Pero no es mujer para ti.①得了，我们就别在背后说她的坏话了。”

“好。”

“再给我说一个轻松的故事吧。只要你觉得讲起来有劲，就是跟爱情无关也可以。”

“我肚子里已经没有什么轻松的故事了。”

“别哄我了。你肚子里有的是。再喝一杯吧，喝完了就给我讲一个轻松的故事。”

“为什么你就不能来发挥点儿作用呢？”

“发挥什么作用？”

“鼓鼓大家这要命的气呀。”

“Tú tienes la moral muy baja.②”

“是啊，我自己也心里有数。可为什么你就不能说两个故事，鼓鼓大家的气呢？”

“这事还得你自己来。你又不是不知道。别的事只要你用得着

---

① 西班牙语：但是配不上你啊。
② 西班牙语：看你的情绪真低沉得很。

我，我就无不从命了。你还会不了解我？”

“那好吧，”托马斯·赫德森说。“你真想再听一个轻松的故事？”

“请说吧。酒给你在这儿搁着。只要你再说上一个轻松的故事，再喝上一杯酒，你的心情马上就会好起来。”

“你担保？”

“担保我可不敢，”她说着抬起眼来对他瞅了瞅，这一瞅眼泪不禁又涌了出来，来得那么爽快那么自然，好像泉水汩汩直冒。“汤姆，你为什么不跟我直说呢，你到底是怎么回事？我现在也不敢问你了。真是那回事？”

“是那回事，”托马斯·赫德森说。这一下对方可大哭起来了，他只好当着酒吧里那么多人的面，拿胳膊搂住了她，极力安慰她。她现在已经哭得顾不上雅观了。简直是公然无忌地大哭，哭得大煞风景。

“我那可怜的汤姆呀，”她又哭又号。“我那可怜的汤姆呀。”

“快冷静点儿，mujer[①]，喝杯白兰地吧。好了，我们来高兴高兴吧。”

“算了，我现在也不想再高兴了。我是再也高兴不起来的了。”

“你瞧你瞧，”托马斯·赫德森说。“我倒后悔说了直话，看你都哭成什么样子了？”

“那我就高兴起来，”她说。“你稍等我一会儿。我到洗手间去一次，等我回来就好了。”

对，你还是给我安生点儿——托马斯·赫德森心想。我的心里正难受得要死哩，你要是还哭个不停，还要跟我叨叨这事儿，那我也待不下去了，我只好走我的了。可真要走，我又到哪儿去呢？他知道自己实在是无处可去了，去谁家的“逍遥楼”都解决不了

① 西班牙语：好姑娘。

问题。

“再给我来一杯双料冰镇代基里，不要加糖。No sé lo que pasa con esta mujer.[①]”

“她一哭眼泪就像喷水壶，”那掌柜的说。“还要铺设引水管道干什么，找她不就得了？”

“对了，铺设引水管道的事，进行得怎么样了？”托马斯·赫德森问。

吧台上左手里坐着个人，矮矮个子，断了鼻梁骨的脸上一脸乐呵呵的，托马斯·赫德森看他觉得挺面熟，可就是想不起他姓什么叫什么，政治观点如何。这时就只听见他说：“那帮 cabrons[②]！他们打着引水的幌子，就有发不完的财，因为生活中最缺不了的就是水。生活中缺不了的东西固然还很多，但是唯有水是找不到代用品的。没有水，你这日子怎么过？所以他们借引水之名，就有捞不完的油水。因此我看哪，你真想要个管用的引水管道啊，一辈子也休想。”

“你的意思我还没有完全听懂。”

“Sí，hombre.[③]你知道，那帮子人就是因为大家非要引水管道不可，所以才能借铺设引水管道之名而有发不完的财。因此他们这引水管道是永远也不能给你铺设好的。引水管道就好比是金鹅产金蛋，换了你肯把这鹅杀掉吗？”

“为什么就不能铺设了引水管道，正正当当地赚两个钱呢？要发财就不能再另想 truco[④] 吗？”

“比引水还好的发财门道，你还上哪儿找去？你只要把这引水的愿一直许下去，就有发不完的财。哪个吃政治饭的也不会当真给你好好铺设引水管道，坏了这么个发财的好门路。一些巴望向上爬

---

① 西班牙语：跟这个女人在一起，真不知道会闹出什么事来呢。
② 西班牙语：王八蛋。
③ 西班牙语：好吧，朋友。
④ 西班牙语：门道。

的政客，有时也会耍些最低级的政治手腕相互挞伐，但是对这个政界人士的真正的经济基础，却是谁也不会去攻击的。好，我提议大家来干一杯，为海关，为卖彩票的，为押数字赌博的，为食糖的限价，为永远不见影子的引水管道，干一杯。”

“Prosit[①]，”托马斯·赫德森说。

“你不是德国人吧？”

“不是的，是美国人。”

“那就让我们为罗斯福，为丘吉尔，为巴蒂斯塔[②]，为不见影子的引水管道，干杯。”

“也为斯大林干杯。”

“对。为斯大林，为赫尔希的巧克力中心[③]，为大麻烟，为不见影子的引水管道，干杯。”

“为阿道夫·卢克[④]干杯。”

“为阿道夫·卢克，为阿道夫·希特勒，为费拉德尔菲亚，为吉恩·滕尼[⑤]，为基韦斯特，为不见影子的引水管道，干杯。”

就在他们说话时，“老实头”莉儿早已从厕所里出来，又来到了吧台前。她脸上已经重新搽过脂粉，虽说现在已经不哭，但是伤过心落过泪的痕迹还是明显看得出来。

“你认识这位先生吗？”托马斯·赫德森问她，算是向她介绍这位新朋友——也可能是重逢的故交吧。

“只在床上会过，”那位先生说。

---

① 拉丁文：为你的健康干杯。（按德国人祝酒时常用此词，所以下文要这样问他。）

② 巴蒂斯塔（1901—1973）：当时的古巴总统。

③ 美国的巧克力大王赫尔希（1857—1945）在其宾夕法尼亚的巧克力厂周围建起了公园、博物馆、学校、运动场等等，俨然成为一个“巧克力中心”。

④ 阿道夫·卢克（1890—1957）：古巴著名棒球运动员，人称“哈瓦那之光”。

⑤ 吉恩·滕尼（1898—1978）：美国职业拳击运动员，1926—1928 年的世界重量级拳击冠军。

“Cállate[1]，”“老实头”莉儿说。“他是个政界上的人，”她告诉托马斯·赫德森。“Muy hambriento en este momento.[2]”

“不，是渴得慌，”那政客接过她的话头说。“你请点吧，”他对托马斯·赫德森说。“来一杯什么？”

“来一杯双料冰镇代基里，不要加糖。我们来掷骰子看该谁付账如何？”

“不要了。我来付吧。我在这儿可以无限制赊账。”

“他是个好人，”趁那人去就近唤个掌柜的，“老实头”莉儿对托马斯·赫德森悄声说。“虽说是个吃政治饭的，人倒还挺正直，脾气也挺好。”

那人回过身来搂了搂“老实头”莉儿。“你一天比一天瘦了，mi vida[3]，”他说。“我们想必是同一个政党的吧。”

“为引水管道，干杯，”托马斯·赫德森说。

“我的天，这哪儿行。你这是要干什么？你的水来了，可不是砸了我们的饭碗么？”

“让我们为这场 puta guerra[4] 早日结束而干杯吧，”“老实头”莉儿说。

“干。”

“为黑市干杯，”那人说。“为水泥短缺干杯。为操纵黑豆供应的先生们干杯。”

“干，”托马斯·赫德森说，继而又补上一句：“还得为大米干杯。”

“好，为大米干杯，”那政客说。“干。”

“你觉得好些了吗？”“老实头”莉儿说。

“没错儿。”

---

① 西班牙语：你住口。
② 西班牙语：我这会儿饿得慌呢。
③ 西班牙语：我的宝贝儿。
④ 西班牙语：丑恶的战争。

他对她瞅瞅，看她又要哭出来了。

“你要再哭，我就打落你的下巴，”他说。

吧台后面的墙上贴着一张平版印刷的招贴画，上面画着一个身穿白西装的政客，还印着一行标语：“Un Alcaide Mejor，”意思是“一位更合适的市长”。这张招贴画还挺大，那位“更合适的市长”圆睁双目直瞅着每个酒客的眼睛。

“为 Un Alcalde Peor① 干杯，”那政客说。“为一个更差劲的市长干杯。”

“你也参加竞选吗？”托马斯·赫德森问他。

“当然。”

“那好极了，”“老实头”莉儿说。“我们来拟订一个施政纲领吧。”

“这还不容易，”那位市长候选人说。“Un Alcalde Peor！我们这个口号就已经够能赢得选票的了。还要施政纲领干什么？”

“施政纲领还是应该有一个的，”莉儿说。“你说是吗，托马斯？”

“我看也是。‘关闭农村学校’怎么样？”

“对，是该关闭，”那位市长候选人说。

“Menos guaguas y peores②，”“老实头”莉儿提了一条。

“好，公共汽车是要再少些、再差些。”

“我们干吗不把公共交通索性全部取消了呢？”那位市长候选人提出他的意见。“Es más sencillo.③”

“好啊，”托马斯·赫德森说。“Cero transporte.④”

“真是言简意赅、堂堂正正，”那位市长候选人说。“这说明我们是不带偏见的。不过我们还可以发挥一下。你们看改成 Cero

① 西班牙语：一个更差劲的市长。
② 西班牙语：公共汽车要再少些、再差些。
③ 西班牙语：那样简单多了。
④ 西班牙语：公共交通全部取消。

transportes aéreo, terrestre, y marítimo[①] 怎么样？”

“妙。这样的施政纲领才有点样子。在麻风病问题上我们该表示怎样的立场呢？”

“Por una lepra más grande para Cuba,[②]” 那位市长候选人说。

“Por el cáncer cubano,[③]” 托马斯·赫德森说。

“Por una tuberculosis ampliada, adecuada, y permanente para Cuba y los cubanos,[④]” 那位市长候选人说。“这句口号是长了点儿，但是在广播里一念，听起来就够味了。在梅毒问题上我们的立场如何，我的同志？”

“Por una sífilis criolla cien por cien.[⑤]”

“好，”那位市长候选人说。“打倒 Penicilina[⑥] 和 Yanqui[⑦] 帝国主义的其他花招。”

“坚决打倒，”托马斯·赫德森说。

“我看我们好像该喝点什么了，”“老实头”莉儿说。“你们觉得如何啊，correligionarios[⑧]？”

“好主意，”那位市长候选人说。“除了你还有谁能有这样的好主意？”

“就是你啦，”“老实头”莉儿说。

“我反正可以赊账，你们只管向我进攻好了，”那位市长候选人说。“瞧着吧，我赊得起账，你们再猛烈的火力我也顶得住。喂，掌柜的，酒博士，小二哥：照老样再每人来一杯。不过我这位

---

① 西班牙语：海陆空公共交通全部取消。

② 西班牙语：为争取古巴有更多的麻风病而奋斗。

③ 西班牙语：为争取古巴人得癌症而奋斗。

④ 西班牙语：为争取结核病在古巴和古巴人中间广泛、深入、持久地流行而奋斗。

⑤ 西班牙语：为争取梅毒百分之百本地化而奋斗。

⑥ 西班牙语：盘尼西林（青霉素）。

⑦ 西班牙语：美国。

⑧ 西班牙语：同志们。

政治上的同道，他的酒是不能加糖的。”

“这倒让我又想到了一个口号，”“老实头”莉儿说。“把古巴的糖还给古巴人。”

“打倒北方的巨人，”托马斯·赫德森说。

“坚决打倒，”那另外两位应声说道。

“我们的口号还是应该多提内政方面的，有关本市的。对国际上的事务不应该涉及过多，我们到底是在打仗，彼此还是盟友嘛。”

“不过我还是觉得我们应该提打倒北方的巨人，”托马斯·赫德森说。“眼下那北方的巨人正在打一场全球战争，打倒他正是绝妙良机。我看我们应该把他打倒。”

“等我选上以后再打倒他吧。”

“为 Un Alcalde Peor 干杯，”托马斯·赫德森说。

“为我们大家干杯。为我们的党干杯，”那位更差劲的市长说着把酒杯一举。

“我们应该记住我们的党是在怎样的条件下建立起来的，应该把建党宣言给写出来。对了，今天是几号啦？”

“二十号吧。反正顶多差个一两天。”

“几月二十号？”

“二月二十号，顶多差个一两天。题目可以用：El grito de La Floridita.[①]”

“这可是个庄严的时刻，”托马斯·赫德森说。“你来写行不行，‘老实头’莉儿？能不能把这些都写出来，永垂后世？”

“写倒是能写。就是要当场现写我干不了。”

“还有一些问题我们也得表明一下立场，”那位更差劲的市长说。“我说，北方的巨人，这一巡酒就由你来作东如何？你们已经看到了，我的赊账能力称得上是不屈不挠，你们的轮番进攻我都顶

① 西班牙语：发自佛罗里迪塔的呼声。

住了。可是可怜的小鸟总有支不住的时候，何必非要穷追猛打，必欲置之死地而后快呢？这一趟就由你来付吧，巨人。”

“不要叫我巨人。我们都是反对那个该死的北方巨人的。”

“好吧，先生。那你到底是干什么的？”

“我是个科学家。”

“Sobre todo en la cama，[1]”“老实头”莉儿说。“他在中国作过大量的研究。”

“哎，管你是干什么的，反正这一杯就由你来作东了，”那位更差劲的市长说。“我们再来继续拟订我们的施政纲领吧。”

“对家庭问题我们怎么说？”

“这可是个神圣的课题。家庭的尊严不下于宗教。在这个问题上我们千万得小心谨慎。你看提 Abajo los padres de familias[2] 怎么样？”

“很有气概。可为什么不干脆提打倒家庭呢？”

“Abajo el Home.[3]这种想法是极可钦佩的，不过那会让人家误会是 béisbol[4] 的事。”

“对儿童问题我们怎么说呢？”

“这就只好委屈他们一下了，让他们达到了法定选举年龄再来找我吧，”那位更差劲的市长说。

“对离婚问题我们怎么说呢？”

“这又是一个敏感的问题，”那位更差劲的市长说。“Bastante espinoso.[5]你对离婚是怎么个看法呢？”

“我们恐怕不应该提离婚的问题。我们的竞选口号既然不提打倒家庭，再提赞成离婚就矛盾了。”

---

① 西班牙语：专门研究床上问题。

② 西班牙语：打倒家长。

③ 西班牙语：打倒家庭。

④ 西班牙语：棒球比赛。（棒球比赛中也常用 home 一字，意思是“本垒”。）

⑤ 西班牙语：够棘手的。

“好吧，这就撇开不谈了。让我再来看看……”

“你还看得了？”“老实头”莉儿说。“你已经醉得眼都花啦。”

“不要尽挑我的刺啦，婆娘，”那位更差劲的市长对她说。“有一条我们是一定要实行的。”

“哪一条？”

“Orinar.①”

“我完全同意，”托马斯·赫德森居然听见自己说。“这是基本要求。”

“就像引水管道只能引而不发一样，属于基本要求。这个问题也是由水引起的。”

“是酒精引起的。”

“比起水来，酒精所占的比例实在微不足道。主要的成分还是水。你是位科学家啦。你倒说说我们人体里的水分占体重的百分之几？”

“八十七点三，”托马斯·赫德森信口说了个数字，明知这是乱弹琴。

“一点不错，”那位更差劲的市长说。“我们是不是趁这会儿还迈得开腿，就去走一趟？”

男厕所里有个文文静静且又很有气度的黑人在那里看一本玫瑰十字会②的小册子。他显然是在学那一套，这是他在做每周的例行功课。托马斯·赫德森正儿八经地跟他打了个招呼，对方也一样正儿八经地回了个礼。

“今天倒还蛮冷呢，先生，”那个捧着本书在研究玄术的厕所服务员说。

“的确很冷，”托马斯·赫德森说。“这一套研究得怎么

① 西班牙语：撒尿。

② 玫瑰十字会是一个古老的秘密会社，宣扬宗教的神秘教义，自称有占星、炼金等古传玄术。

样啦？”

“还不错，先生。应该说蛮有成绩了。”

“那就好，”托马斯·赫德森说。他看那位更差劲的市长好像遇上了一些困难，便转而对他说：“我以前在伦敦参加过一个俱乐部，俱乐部里的成员倒有一半有个撒尿费劲的毛病，可另外的一半却又都有个撒尿太多的毛病。”

“有意思，”那位更差劲的市长终于完成了他的苦差使，说道。“这个俱乐部叫什么名字。El Club Mundial①？”

“不是。说实在话，我连那个名字都已经忘了。”

“你连自己俱乐部的名字都忘啦？”

“是啊。这有什么好奇怪的？”

“我看我们还是再去喝一杯吧。小便一次，该付多少钱？”

“你随意给吧，先生。”

“还是我来吧，”托马斯·赫德森说。“小便付钱，这钱我付得乐意。就比如买束鲜花。”

“先生说的那个俱乐部会不会是皇家汽车俱乐部？”那黑人送过一方毛巾来，站在一边说。

“绝对不是。”

“那真是对不起，先生，”那个研究玫瑰十字会玄术的服务员说。“我听说那是伦敦最大的俱乐部之一。”

“不错，”托马斯·赫德森说。“是伦敦最大的俱乐部之一。给，去买一样你喜欢的东西吧。”说着掏出一块钱来给了他。

“你为什么给了他一块钱？”一出厕所，那位更差劲的市长就问。到了外边就又人声嘈杂了：酒吧间的声音，旅馆里的声音，大街上过往车辆行人的声音，闹成了一片。

“反正我的钱也没有个正经地方好用。”

---

① 西班牙语：世界俱乐部。

“Hombre[①]，”那位更差劲的市长说。“你脑子没有糊涂吧？身上没有什么不舒服吧？”

“我没有什么不舒服，”托马斯·赫德森说。“我一切都好好的，多谢你啦。”

“去遛了一趟，开心吗？”“老实头”莉儿还坐在吧台前的高凳上，见了他们就问。托马斯·赫德森对她定睛瞅了瞅，这才重又看清了她。她看上去似乎黑了许多，横里也阔了许多。

“遛了一趟很开心，”他说。“去走走嘛，总能碰到些有趣的人的。”

“老实头”莉儿伸过手来在他大腿上拧了一把。他的目光却离开了“老实头”莉儿，朝店堂的那头望去。越过一顶顶巴拿马草帽、一张张古巴型的脸膛，越过酒客们手里一只只摇得起劲的骰子筒，他的眼睛望到了敞开的店门，望到了门外阳光如锦的广场上。正望着，忽然看见店门前停下了一辆轿车，门卫把帽子拿在手里，恭恭敬敬拉开了轿车的后门，从车上下来了一个女人：竟是她。

果然是她！看这下车时的姿势，不会是别的女人：那样老练，那样自然，那样优美，脚踩到了街面上，那个神气就像是赏给这街道一个极大的面子似的。这许多年来大家都想学她这份风度，有些人学得也真很有些近似了。可是等你再见到了她本人，你就会感到人家的所谓学得近似，其实都只能说是仿冒。此刻她穿的是军装，只见她对门卫笑笑，问了他一句什么，那门卫兴冲冲回了话，点头不迭。她于是就迈步穿过人行道，往酒吧里走来。背后还有个穿军装的女兵跟着。

托马斯·赫德森腾地站起身来，他只觉得胸口一阵阵抽紧，连气都透不过来了。对方已经看见他了，吧台前坐满了人，一排排餐桌上也都是人，她只能穿过中间的空隙向他走来。背后那个女兵还紧紧跟着。

---

① 西班牙语：老兄。

“对不起，”他对“老实头”莉儿和那位更差劲的市长说。“我得去会个朋友。”

就在吧台和餐桌之间的那个狭狭的通道中途，两人相会了，他一把就把她搂在了怀里。彼此紧紧相拥，紧到不能再紧。他拼命吻她，尽情吻她，她也以吻相答，双手一个劲儿在他的两条胳膊上抚摩。

“喔，是你呀，真是你呀，真是你呀，”她说。

“你这个鬼东西，”他说。“你怎么会到这儿来的？”

“从卡马圭[①]来呀，还用说吗。”

满店的人都望着他们俩。他把她一把抱了起来，紧贴在胸前，再一次吻了个够，这才放下，拉着她的手，往角落里的一张桌子走去。

“我们可不能在这儿现眼，”他说。“要给抓起来的。”

“要抓就抓吧，”她说。“这一位叫金尼。她是我的秘书。”

“你好，金尼，”托马斯·赫德森说。“我们来把这个疯婆娘藏到桌子后边去吧。”

金尼虽然长得难看，却是个讨人喜欢的姑娘。她们俩穿的是一样的军服，都是没有领章的军官上装，衬衫领带，裙子，长袜，翻皮靴。头上是帆船帽，左肩下的那种臂章可是他从来没有见过的。

“把帽子脱了吧，鬼东西。”

“按说是不可以的。”

“还是脱了吧。”

“好，脱。”

她脱下了帽子，仰起脸来，把头发抖一抖散，然后就回过头来望着他。只见她前额是高高的，波浪形头发的线条是那么迷人，还跟以前一样是成熟了的麦子那样的颜色，却又透着些银色的光泽，高高的颧骨下两个酒窝总能迷得你神魂颠倒，鼻子略嫌扁平，嘴巴

① 古巴中东部的一个城市。

刚被他吻得剩下了一片狼藉，从下巴到颈前是一条极可爱的曲线。

“我好看吗？”

“你还会不知道？”

“你以前吻过穿军装的女人吗？可有军装上的纽扣在你身上这么挨挨擦擦的？”

“没有。”

“你爱我吗？”

“我一直都是那么爱你。”

“不，我是问你这会儿是不是爱我。就是此时此刻。”

“爱，”他说，嗓子眼里却只觉得一阵苦涩。

“那就好，”她说。“你要是不爱，小心你下不了台。”

“你可以在这儿待几天？”

“就是今天一天。”

“那就让我吻吻你。”

“你不是说要给抓起来的吗？”

“那就等会儿吧。你喝点什么？”

“这儿有上等香槟吗？”

“有。不过这儿有一种土酿酒，倒是怪不错的。”

“会没有才怪。你喝了大概有几杯啦？”

“记不清了。总该有十几杯了吧。”

“还好，就是眼圈周围看得出有些醉意。是不是跟什么人好上了？”

“没有。你呢？”

“这会儿先不告诉你。你那个泼妇老婆现在在哪儿？”

“在太平洋。”

“下海里去才好呢。沉到万丈的海底才好呢。喔，汤米，汤米，汤米，汤米，汤米。”

“你是不是跟什么人好上了？”

“怕是给你说对了。”

“你真不是东西。”

“你瞧这糟不糟？自打我出走以后，这还是我第一次遇见你，可你没有跟谁好上，倒是我跟人好上了。”

“你这叫出走？”

“我看就是这么回事。”

“他讨人喜欢吗？”

“那一位呀，可讨人喜欢了，跟小孩子一样讨人喜欢。他压根儿就少不了我。”

“他在哪儿？”

“这可是个军事秘密。”

“你就是去他那儿？”

“对。”

“你到底是干什么工作的？”

“我们是 USO① 的。”

“也是 OSS② 那样的机构？”

“啐，傻气！你不用装糊涂，也不要因为我爱了谁，你就心中有气。你爱上别人，就从不来征求我的意见。”

“你爱他到什么程度了？”

“我没说我爱他。我只说我跟他好上了。只要你吩咐，今天我连这点‘好上’的关系都可以抛开一边。我在这儿反正只待一天。我不想跟你不客气。”

“去你的，”他说。

“我开了车先去旅馆，好不好？”金尼问。

“你别去了，金尼。我们还是先喝点香槟吧。你有车吗？”她问托马斯·赫德森。

“有。就停在外边的广场上。”

---

① 劳军联合组织。
② 战略情报局。

“我们可以一块儿上你的家去吗？”

“当然行啦。我们吃了饭再去吧。要不就买点东西，带到家里去吃。”

“你看我们的运气好不好？到这儿来一找就找到了。”

“你们的运气是好，”托马斯·赫德森说。“你怎么知道到这儿来找的？”

“卡马圭的机场上有个小伙子告诉我，说你可能在这儿。要是找不到你，我们就打算在哈瓦那逛逛。”

“我们就去逛逛哈瓦那吧。”

“不，”她说。“让金尼去逛逛吧。你能不能找个认识的人，陪金尼去看看？”

“当然可以。”

“我们今天晚上就得回卡马圭去。”

“飞机什么时候起飞？”

“该是六点钟吧。”

“包你一切都没问题，”托马斯·赫德森说。

一个男人来到他们的桌子跟前。那是个本地人。

“对不起，”他说。“能请你签个名吗？”

“好的。”

他递给她一张明信片，明信片上的照片就是这家酒吧，照片里是康斯坦特站在吧台后面调鸡尾酒。她就在上面签下了自己的名字，那带些卖弄的特大的字体，托马斯·赫德森真是太熟悉了。

“我这不是给我的小女儿的，也不是给我那个在上学的儿子的，”那人说。“我打算自己留个纪念。”

“那可好，”她说着还对他微微一笑。“真是太欢迎了。”

“你的影片我看得一部都不漏，”那人说。“依我看你是世界上最美丽的女人了。”

“你说得太好了，”她说。“希望你能永远保持这个美好的印象。”

"能不能赏个光，让我请你喝一杯？"

"我正跟个朋友在这儿喝呢。"

"我认识他，"那位电台报告员说。"我跟他相识多年了。我可以坐下吗，汤姆？这儿还有一位女士呢。"

"这位是罗德里格斯先生，"托马斯·赫德森说。"金尼，请问你尊姓啊？"

"沃森。"

"这位是沃森小姐。"

"认识你真是高兴，沃森小姐，"那电台报告员说。这人长得很帅，皮肤晒得黑黝黝的，眼神显得很和气，笑起来也很讨人喜欢，一双大手显出他本是个打棒球的高手。他不但曾经是个棒球运动员，还曾经是个赌徒，至今眉宇之间还留着几分摩登赌徒的风度。

"能不能请三位赏光，跟我一起去吃午饭？"他问道。"这就该吃午饭了。"

"赫德森先生和我还有点事，得到乡下去一趟，"她说。

"我倒很愿意跟你一起去吃午饭，"金尼说。"我看你人还是蛮不错的。"

"他该是个靠得住的人吧？"那另一位女士问托马斯·赫德森。

"他是个好人。这个城里算得上的好人。"

"多谢你的美言，汤姆，"那人说。"你们真的不能跟我一起去吃饭了？"

"我们真的还有点事得去走一趟，"她说。"我们这已经是晚了。金尼，那我们就回头在旅馆见吧。多谢你啦，罗德里格斯先生。"

"你是世界上最美丽的女人，一点不假，"罗德里格斯先生说。"如果我以前还不一定体会很深的话，那今天可真是深有体会了。"

“希望你能永远保持这样美好的印象，”她说完，两个人便出了店门，来到街上。

“好啊，”她说。“这倒挺不错。金尼也喜欢上他了，这人挺讨人喜欢的。”

“他是很讨人喜欢，”托马斯·赫德森说。这时司机替他们打开了车门。

“你也很讨人喜欢，”她说。“只可惜你的酒已经喝得太多了。所以我结果就连香槟也没有要。你那个坐在吧台头上的黑朋友，她是谁呀？”

“就是个坐在吧台头上的黑朋友呗。”

“你是不是还想要喝一杯？想要的话我们不妨找个地方停一下，再去喝上一杯。”

“我不想喝了。你呢？”

“你知道我从来不是个喜欢喝酒的。不过有葡萄酒的话我倒想来点儿。”

“我家里就有葡萄酒。”

“那就太好了。现在你可以只管吻我啦。这一下就不怕他们把我们抓起来了。”

“¿Adondé vamos? ①”司机问，两眼直愣愣瞅着前方。

“A la finca, ②”托马斯·赫德森说。

“喔，汤米，汤米，汤米，”她说。“你只管来好了。叫他看见也没有什么关系嘛，有什么呢？”

“是啊，是没有什么关系。你要不放心的话，把他的舌头割了不就得了？”

“什么话呢，我才不干呢。下辣手害人的事我是从来不干的。多谢你啊，给我出了这么个主意。”

---

① 西班牙语：请问去哪儿？

② 西班牙语：去庄上。

“我这个主意其实还是不错的。你最近情况如何，你这个老是那么风流的老风流种子？”

“我还是老样子。”

“真的还是老样子？”

“人的本性难移，我也一样。只要是在这个城市里，我就是你的。”

“到飞机起飞算完。”

“一点不错，”她说着还把身子挪了挪，好坐得舒服些。“你瞧，”她说。“气派堂皇的地段过完了，这一带就都是灰龊龊、乌糟糟的了。我们有多久没干那活儿了？”

“有些时候了。”

“是啊，”她说。“是有些时候了。”

于是他们就看着外边那些灰龊龊、乌糟糟的地方，她眼睛尖、头脑灵，他费了多少年才看明白的种种现象，她一眼就都看清了。

“这里才算好了些，”她说。跟他相处她可从来没有对他撒过一句谎，他也很想不要对她撒谎，可就是不大能办到。

“你还爱我吗？”她问。“老老实实告诉我，不要花言巧语的。”

“当然爱你啦。你还会不知道？”

“我知道，”她说，为了证明起见还把他搂了搂，好像搂一搂就能证明似的。

“你现在的那一位是谁？”

“我们不谈他。你对他不会感兴趣的。”

“也许是吧，”他说着就把她拼着命儿搂紧，照这架势看，两个人假如真的都硬是死顶到底的话，那就非有一个给压垮了不可。这是他们玩惯的把戏了，可结果还是她顶不住，彻底输了。

“你们男人家没有乳房哪，”她说。“所以总是让你赢了。”

“我没有一张能迷得你神魂颠倒的脸蛋。也没有你们女人家的那两颗玩意儿，更没有一双修长可爱的玉腿。”

“你可有别的哪。”

“有倒是有，”他说。“可昨天晚上只能跟一个枕头、一只猫儿空亲热。”

“那就我来顶替那猫儿吧。到你家还有多少路？”

“再开十一分钟就到。”

“看这个样子，十一分钟都难熬哪。”

“要不要我来开车？我能在八分钟里赶到。”

“算了吧，记住我以前是怎么教你的：要有耐心！”

“你给我的教导真是再高明不过了，可也是再无聊不过了。趁这会儿你就再给我温习温习吧。”

“有这个必要？”

“不讲也就算了。反正现在也只有八分钟的路程了。”

“你家里舒服不舒服？床大不大？”

“回头看到就知道了，”托马斯·赫德森说。“你那个爱疑心的老毛病又犯啦？”

“没有的事，”她说。“我就只想要一张很大、很大的床。好让我把部队忘记得一干二净。”

“床倒是有一张很大的，”他说。“可恐怕还是没有你那个部队大。”

“话何必说得这样难听呢，”她说。“再俊的小伙子，只要把老婆的照片一亮，就没有戏唱了。这种空降部队是怎么个情形，你还会不知道？”

“幸亏我不知道。我们可是泡在水里的。不过我们还算不上是海上部队，也从不以海上部队自命。”

“你能不能给我说说呢？”她央求他，手早已老实不客气直伸到他的口袋里。

“不能。”

“你是不肯说的，好，我就喜欢你守口如瓶。我也不过是出于好奇，人家都来问我呢，我倒有点担心了。”

"好奇没有关系，"他说。"担心就要不得了。你还记得一只猫儿因为好奇而送了性命的故事吗？我就有一只猫儿，它那个好奇心可大了。"他不禁想起了宝伊西。顿了顿才又接着说："可担心就要厉害多了，那可以叫正当年富力强的大实业家都把命送掉。你呢，我是不是也该为你担心呀？"

"不用你担什么心，想着我是个演员，关心着点就是了。可是别过了头。好了，还有两分钟就可以到了。这里的田野倒是挺美的，我看着也喜欢。我们就在床上吃午饭行不行？"

"是不是吃了午饭再睡上一觉？"

"好啊。只要别误了飞机，就算不了什么罪过。"

汽车驶上了那条石头路面的老公路，两边都是参天大树。这上坡路是挺陡的。

"你心上有什么放不开的事吗？"

"有，就是你，"他说。

"我说的是公事。"

"我像个有公事在身的人吗？"

"谁保得定呢。你是很会演戏的。能演到像你这样鬼的，我真还没有见到过第二个呢。我真爱你呵，我亲爱的疯子先生，"她说。"你扮演的许多精彩角色我都见过。可我最喜欢的还是你扮演的那个忠诚丈夫的角色，你演得可真是绝了，连裤子上都出现了湿漉漉的一大摊。你每对我望上一眼，那湿漉漉的一摊就总要大上一圈。我记得那是在里茨饭店[①]吧。"

"对，我在那儿演忠诚丈夫的角色演得最成功了，"他说。"就好比加里克[②]的得意杰作都是在老贝利街上演的。"

"你怕是记得不大真切吧，"她说。"我看你演得最好还是在'诺曼底'号轮船上。"

---

① 著名的豪华饭店。在巴黎、纽约、伦敦等各地都有。

② 戴维·加里克(1717—1779)：英国著名演员、戏剧家。

"'诺曼底'号烧毁以后，我一连整整六天真是茶也不思，饭也不想。"

"这还不算你的最高纪录。"

"是啊，"他说。

这时车在大门口停下了，司机下车来开门。

"尊驾真是住在这儿？"

"对。还得上个坡。真是抱歉。车道都弄得这样破破烂烂的。"

汽车上了坡，穿过一片芒果树和没有开花的凤凰木，绕过牲口棚，顺着环形车道，来到了宅子跟前。他一开车门，她就跳下车去，看那副气派，就像她脚踩到地上还是她仁爱宽宏、特别赏脸似的。

她看了看那房子，在这儿望得见卧室开着的窗子。窗子很大，也不知怎么，她看到这窗子就想起了"诺曼底"号。

"要误飞机就误吧，"她说。"我为什么就不能说生了病呢？人家女的不都生了病么？"

"我认识两个极好的医生，他们可以证明你是生了病。"

"太好了，"她说话之间已经上了台阶。"用不着请他们吃一顿吧？"

"用不着，"他一边说一边就开了门。"我只要给他们打个电话，让司机去把证明取来就得。"

"我就说生了病吧，"她说。"好，就这么定了。难得破一次例，就让那班大兵自己来慰劳自己吧。"

"你还是去。"

"不。我要来慰劳你。最近可有人好好慰劳过你呀？"

"没有。"

"我也一样。不，还是说'我也没有'比较规范些吧。"

"我也搞不清，"他随口应了一声，就把她紧紧搂在怀里，盯着她的眸子看了一眼，却又把目光移开了。他打开了那间大卧室的门。一会儿回过神来，才又说："规范些的说法还是应该说'我也没有'。"

窗都开着，所以房间里有风。不过好在这会儿还有太阳，因此也还惬意。

"简直活脱儿就是'诺曼底'号的样子。你是为我而特地布置得像'诺曼底'号的吧？"

"那还用说吗，亲爱的，"他没说实话。"你看怎么样？"

"你比我还会说假话。"

"我哪儿像你会花言巧语呢。"

"我们大家都别说假话了。就算你是为我而特地布置的吧。"

"是特地为你布置的，"他说。"只是看起来好像还有个第三者。"

"你搂着人家也是使足了劲？"

"可还不至于会把人家压垮。"停了停又加上一句："而且也并没有躺下。"

"谁又反对躺下啦？"

"我也不反对，"他说着就一把抱起了她，把她一直抱到床上。

"让我把百叶帘放下来。你要表演节目慰劳大兵我不反对。可我们这儿厨房里自有收音机可以让仆人们消遣。他们是用不到我们表演节目给他们看的。"

"这就来？"她说。

"对。"

"我以前教你的你可都得记住啊。"

"我几时忘记过啦？"

"时常忘记的。"

"那好吧，"他说。"请问你是在哪儿认识他的？"

"我们见过他。你不记得啦？"

"得了，别记得不记得的了，我们就别再说话了吧，别再说话了，别再说话了。”

事过以后她才说：“就是‘诺曼底’号上的乘客，也难免要肚子饿的。”

“我来打铃叫听差吧。”

“可你这里的听差不认识我呢。”

“一说就认识了。”

“不了，我们还是出去转转，参观参观你的房子吧。你这些时候来都画了些什么呀？”

“画了个屁。”

“没有时间吗？”

“你看会有时间吗？”

“可你不出海的时候就不能作画吗？”

“什么出海不出海的，你这是什么意思？”

“看你又来了，汤姆，”她说。他们这时已经到了起坐间里，都在老式大椅子里坐着。她把鞋也脱了，脚在地下的垫子上磨啊蹭的。她是蜷着身子坐在椅子里，为了要讨他的喜欢，把头发也刷过了，她知道自己这一头秀发对他的吸引力可大了。如今她这个姿势坐着，只要头一动，一头秀发就会随之而披开，有如一大捧光洁的绢丝。

“去你的，”他说，可马上又补了个：“亲爱的。”

“我也早被你骂得够了，”她说。

“我们不谈这些吧。”

“你当初为什么要跟她结婚呢，汤姆？”

“因为你有了恋人呀。”

“这个理由站不住脚。”

“谁也没说站得住脚呀。我是更不会这么说了。可我铸下了错误，已经后悔不迭了，总不见得还非得要我老是叨念个没完吧？”

“我要你叨念你就得叨念。”

那只黑里夹白的大猫进来了，跑到她跟前，在她的腿上挨挨擦擦。

“它弄错人了，”托马斯·赫德森说。“可也没准儿它的感觉特灵呢。”

“会不会是……？”

“没说的，肯定是。”他招呼一声：“宝宝！”

那猫儿马上来到他这里，一蹦就上了他的膝头。可见它对他们俩是一视同仁的。

“我们还是一同来爱她吧，宝宝。你要好好看看她。这样好看的女人你再也见不到第二个了。”

“晚上陪你睡觉的就是这只猫儿？”

“是啊。你是不是认为有什么不妥当的？”

“哪儿的话呢。如今跟我睡觉的那个男人还不及它招我喜欢呢，不过它也是一样的毛病：没精神。”

“我们何必一定要扯上他呢？”

“好，就不说吧。可你也何必一定要装作没有出过海的样子呢？你看你的眼睛都熬红了，眼角上都有白兮兮的裂痕了，头发也被太阳晒得花花斑斑，好像抹了点什么似的……”

“而且我走起路来晃晃摇摇，肩头上还架着只鹦鹉，一条木头的假腿动不动就要踢到人。我可以告诉你，亲爱的，我是替自然历史博物馆画海洋生物画的，所以偶尔也要出海。尽管在打仗，我们的工作可是不能中断的。”

“好神圣的工作，”她说。“你这个谎话我记住了，我一定照你这个口径说。汤姆，你真的一点也不喜欢她？”

“一点也不喜欢。”

“你还爱我？”

“我不是都向你表示了？”

“你也许是在演戏呢。明明跟什么样的臭女人都会混在一起，却装得像个忠贞不贰的有情人似的。西纳拉，你没有以你的方式忠实于我啊①。”

“我以前不是一直跟你说的吗，你的文化素养太高，这对你自己反而没有好处。我是十九岁就再也不念这首诗了。”

“是啊，我也不是一直跟你说的吗，你只要规规矩矩，下功夫好好画画，不要老是想入非非，去爱上别人……”

“你是说跟别人结婚吧。”

“不。结婚当然也是十分要不得的。可你是爱上别人，那我就要再也不敬重你了。”

“对，我忘不了你这老一套，说得多好听哪：‘那我就要再也不敬重你了。’你把这句话的版权卖给我吧，随你要什么价钱我都买了，只求你不要再到处说了。”

“我是敬重你的。可你也不要再爱她了，好不？”

“我爱你，我敬重你，我不爱她。”

“那太好了。我真是太高兴了，我幸亏得了这场大病，没有赶上飞机。”

“你也知道，我真的是十分敬重你的。以前也好，现在也好，你干了那么多蠢事，我还是那么尊重你。”

“而且待我又是那么好，答应我的事又都件件信守诺言。”

“你倒说说最近的一件是什么？”

“我说不上。反正是诺言的话你就没有不食言的。”

“你说我们不谈这个了好不好，美人儿？”

“早就该不谈了。”

“恐怕本来就是不谈的好。反正我们的事十之八九都是避而不谈的。”

“不，你这话就不确了。证据都是明摆着的，也不用多说了。

---

① 英国抒情诗人欧内斯特·道森（1867—1900）有一首著名的诗《西纳拉》，其中有一句常被引用的名句：“西纳拉，我以自己的方式忠实于你。”

你呀，总以为对待女人嘛，只要陪她睡觉就是了。你就没有想到，她还很希望你能使她面上有光。她还很希望能得到你无微不至的体贴。”

“还希望我能乖乖的，跟你所亲所爱的那班男人一个样。”

“你就不能多倚重我一些？你就不能让我成为你少不了的人？别总是这样死板板的，要么是一个给一个拿，要么是‘拿走吧，我不饿’。”

“我们到底是到外边来干什么的？听你的道德讲座？”

“我们到外边来，是因为我爱你，是因为我希望你能做到无愧于自己。”

“也无愧于你，无愧于上帝，无愧于其他种种抽象的道理。可我连个抽象派的画家都不是呢。你呀，怎么就不去劝土鲁斯-劳特累克①别逛窑子？怎么就不去劝高更②小心别染上梅毒？怎么就不去劝波德莱尔③早些回家？我是比不上他们的，你少跟我来这一套。”

“我可从来不是这样的人。”

“你从来就是这样的人。从来就是干的这样的工作。嘿，工作得好积极呀。”

“我本来也不想干。”

“对，我知道你是不想干。你是想到夜总会里去唱歌，让我在夜总会里当保镖。为了这事我们还一起商量来着呢，你还记得吗？”

“小汤姆那儿有什么音信吗？”

“他很好，”话一出口，只觉得皮肤上那种针刺般的异样的感

---

① 土鲁斯-劳特累克（1864—1901）：法国画家，作品吸收日本浮世绘技法，自成一格。

② 高更：法国后期印象派画家。已见前注。

③ 波德莱尔（1821—1867）：法国诗人，象征派诗歌的先驱。《恶之花》的作者。

觉又来了。

“他已经有三个星期没给我写信了。给自己的妈妈写信总不应该偷懒吧。他写信一向是很认真的。”

“要知道这是战争年代，当了兵是身不由己的。也可能是邮路暂时不通呢。这样的情况有时候也是有的。”

“你还记得吗，当初他有个时候连半句英语都不会说呢。”

“对，在格斯泰德[①]他还有一帮小伙伴呢。后来又搬到了恩加丁山谷[②]，再后来又搬到了佐格[③]，记得吗？”

“你有他新近的照片吗？”

“就那一张，你已经有了。”

“我们来喝一杯好吗？你家里有什么酒喝？”

“什么都有，随你点。我这就去找当差的。葡萄酒在地窖里。”

“你可要快些回来啊。”

“两口子这样说说话儿还真有趣呢。”

“你可要快些回来啊，”她又重复叮嘱了一句。“你听见啦？我这个人是向来不跟你叨叨早些回家呀什么的。我可不是那种小性儿的人，你是知道的。”

“我知道，”他说。“我一定早些回来。”

“那当差的大概总还能弄些什么东西来吃吃吧。”

“大概没问题吧，”托马斯·赫德森说。然后又回过头来嘱咐那猫儿：“你在这儿陪着她，宝伊西。”

也真是的——他心里想。我为什么要那样跟她说呢？我为什么要瞒着她呢？我为什么要干这种钝刀子割肉的事呢？难道我真是像威利说的，想把悲痛自个儿承担下来？我真是这样的好汉？

好啊，这一下都给你弄糟了——他心里又想。你刚跟她重拾了

---

① 瑞士西部的一个市镇。

② 在瑞士东部。

③ 瑞士中部的一个市镇。

旧欢，你倒说说，你怎么把她儿子的死讯去向她这个做娘的报告呢？你又怎么把你儿子的死讯向你自己报告呢？你一向自以为办法多。快拿出个办法来！

你看，你拿不出一点办法。你现在该明白了吧。你根本拿不出一点办法。

“汤姆，”他听见她的声音在喊。“我一个人冷清清的，那猫儿自以为可以代你陪我，可终究代不了你啊。”

“那就把它放在地上吧。当差的到村子里去了，我正在找冰块呢。”

“找不到就不喝了吧。”

“也好，”他应了一声，就回房间里来，先是踩的砖地，后来感觉到已经到了席子上。举眼向她瞧去，只见她还在那个老地方。

“他的事你是有意避而不谈，”她说。

“不谈。”

“为什么？我想还是谈谈的好。”

“他的长相太像你了。”

“这不成其为理由，”她说。“实话告诉我：莫非他死了？”

“一点不错。”

“快来抱住我。我这可是真的病了。”他发觉她在浑身打颤，就急忙跪在椅子旁边，紧紧抱住了她，可还是觉得她哆嗦个不停。一会儿她才开口说：“你呀，真是可怜！你呀，真是可怜！真是可怜！”

过了半晌，她又说：“我干过些什么，说过些什么，有不对的都请你原谅。”

“我也请你原谅。”

“你真是可怜，我也真是可怜。”

“大家都可怜，”他说。后面还有半句他却没有说出口：“小汤姆也真是可怜。”

“你能不能给我说详细点儿？”

“也没有什么好说的。知道的就这么点儿。”

“我想我们应该学会怎样逆来顺受。”

“是吧。”

“我要是能干脆垮下就好了，可我只觉得心里像掏空了似的难受。”

“我明白。”

“这种事也是人所难免的吧？”

“我想是吧。反正我们也就是一次为限。”

“现在我只觉得像是掉到了个太平间里。”

“真对不起，我没有一碰到你就告诉你。”

“也没什么，”她说。“能拖则拖是你一向的作风。我不怪你。”

“当时我实在太想要你了，我太自私了，太糊涂了。”

“你这也不好算自私。我们本来就是一向相亲相爱的。只是有些事情我们干错了。”

“最大的错事是我干的。”

“不。我们都有责任。可今后我们就不要再争吵了。”她内心翻腾得厉害，到最后终于忍不住哭了出来，说：“汤米啊，我也不知怎么，一下子就说什么也挺不住了。”

“我知道，”他说。“我的甜美人儿，好美人儿，可爱的美人儿，我也挺不住了。”

“我们当初是那么年轻，那么傻气，两口子都是一表人才，小汤姆那个漂亮更是没说的……”

“活脱儿像他妈妈。”

“可现在就再也没有了影踪。”

“可怜，我最亲最亲的亲人。”

“你说我们该怎么办呢？”

“你本来在干什么，还照样干你的，我本来在干什么，也照样干我的。”

“我们可不可以就在一起待几天呢？”

“只要这风不息就行。”

“那就让它刮下去吧。你看做爱是不是要不得呢？”

“我看小汤姆也不至于会不以为然吧。”

“不会的。肯定不会的。”①

“你还记得你把他驮在肩上滑雪的事吗？那是在薄暮时分，我们常常高唱着歌，穿过客店后面的果园一路下山，你还记得吗？”

“我都记得清清楚楚。”

“我也都记得清清楚楚，”她说。“可我们为什么要那样傻呢？”

“我们是情侣，可也是冤家。”

“我知道，可我们不应该是冤家。现在呢，你没爱着别的人吧？要知道我们除了你我，已经什么都没有了。”

“我没爱着别人。真的没有。”

“我也没有，真的。你看我们有没有重圆的可能呢？”

“我也不知道行不行。我们不妨试试看吧。”

“这仗要打多久呢？”

“你问管打仗的人去。”

“还要打好几年吗？”

“总得打上好两年吧。”

“你会不会也给打死呢？”

“很有可能。”

“那可不行。”

“可我要是不死呢？”

“你让我说什么好呢。小汤姆已经不在了，说刻薄话、使坏心眼儿的事，我们就不要再干了吧？”

“我注意就是。我倒并不刻薄，可你要使坏心眼儿的话我也有对付的办法。真的。”

“什么办法？去找婊子鬼混？”

① 这一段是女方说的。下面一段照后文看也应当是女方说的。原文如此。

“怕是让你说对了。不过假如我们能在一起，我也不用去找她们了。”

“你总是把话说得那么甜。”

“你瞧你瞧。不是说好不来这一套的吗？”

“不说了。在太平间里就不来这一套了。”

“你又提太平间了。”

“是啊，”她说。“真是对不起。可我不知道我这个意思不这么说又该怎么说。我已经觉得有点麻木了。”

“你还会愈来愈麻木的，”他说。“乍一听到凶信不好受，麻木了也一样不好受。不过你还会愈来愈麻木的。”

“说起凶信，你就把你了解的情况统统说给我听，让我要麻木也麻木得快些，好不好？”

“好吧，”他说。“可上天知道，我可是心疼你呀。”

“你一向是疼我的，”她说。“你就只管说吧。”

他坐在她的脚边，可眼睛却没对她看。席子上有一小片阳光，他的眼睛就瞅着躺在阳光里的那只猫儿宝伊西。“他一次去阿布维尔[①]沿海执行例行的飞行搜索任务，飞机被德国人的防空军舰打了下来。”

“他跳伞了吗？”

“没有。飞机烧毁了。他一定是中了弹了。”

“倒还是中了弹痛快，”她说。“真的，倒还是中了弹痛快。”

“简直可以肯定是中了弹。要不他还来得及跳伞的。”

“你不是骗我吧？不会是降落伞着了火吧？”

“没有的事，”他撒了个谎，心想今天就不能再说下去了。

“你是听谁说的？”

他把那人的名字告诉了她。“这么说是真的了，”她说。“这一来我就没有儿子了，你也没有儿子了。我看我们就有得可以尝尝这

---

① 法国北部沿海的一个市镇。

个滋味了。其他你还听到些什么吗？”

“没有了，”他对她尽量说得像真的一样。

“那我们就这样活下去？”

“可不是。”

“你说我们还有些什么呢？”

“什么也没有了，”他说。

“我就不能留在这儿跟你一块儿过吗？”

“我看这不见得妥当，因为一等气候可以，我就得出海。你是向来不多嘴的，我告诉你的事你向来都是藏在心里的。这件事你也就藏在心里吧。”

“可我可以跟你一块儿待到你出海，就是你出了海，我也可以等你回来嘛。”

“那不妥当，”他说。“我也保不定我们什么时候能回来，再说你抛下了工作，日子就更难过了。你愿意的话就留几天，等我们出海再走吧。”

“好，”她说。“那我就留几天，等你出海再走。我们一起来好好回忆回忆小汤姆。等你心里觉得好些，我们就再来好好亲热亲热。”

“好在汤姆跟那间屋子也从没沾过什么边。”

“是啊。不过就算屋里有什么野鬼，我也有办法赶走的。”

“我们现在倒是真的应该弄点东西来吃吃了，还得来杯葡萄酒喝喝。”

“得来一瓶，”她说。“小汤姆是个挺可爱的孩子，你说是不？那么好玩，又是那么善良。”

“你呢，算是什么性格？”

“反正是你喜爱的性格呗，”她说。“而且有钢那么坚强。”

“真不知道我屋里那班当差的小子都怎么了，”托马斯·赫德森向她解释说。“今天他们原没料到我会回家。可家里接电话总应该有个人吧。我这就拿葡萄酒去。这会儿天冷多了。”

他开了一瓶葡萄酒，倒了两杯。酒是上品，是他特地留着，备他出海回来心情平静以后喝的，酒面上的气泡细小晶莹，久久不散。

“为我们干杯，为我们干下的种种错事，为我们以前的所失和今后的所得，干杯。”

“以前也有所得的，”他说。

“对，也有所得的，”她说。停了会儿又说：“你只有一条倒是始终矢志不移的，那就是爱喝好酒。”

“这么说我倒还有些值得称道之处咯？”

“我上午为喝酒的事说了你一顿，很对不起。”

“那对我有好处。说来好像有点奇怪，不过对我确有好处。”

“你是指你喝的那个酒？还是指我对你的批评？”

“我说的是我喝的酒。那种大杯的冰镇的酒。”

“算你说得有道理。我现在别的也不批评你，我只想说一件，就是在你家里要找点东西吃实在是太难了。”

“耐心点儿嘛。你不是常常这样教训我的吗？”

“还要我怎么耐心呢，”她说。“我肚子饿有什么办法？我现在才明白，怪不得人家在守灵的时候和参加葬礼之前总是那样吃得下。”

“只要你觉得痛快，要出气你就只管出吧。”

“要你急什么。我有话还怕我不会说？我们说话总不见得句句都得来一个‘对不起’吧？我已经向你赔过一次不是了。”

“你给我听着，”他说。“要说这个滋味，我可是比你先尝了三个星期。我现在所处的这个阶段，跟你恐怕不一样。”

“当然不一样啦，你这个阶段可是有趣多了，”她说。“我还有不了解你的吗。你干吗不索性回去找你那帮婊子去？”

“你就别再说这种话了，好不好？”

“我要说。说了心里才痛快。”

“‘圣母马利亚，可怜可怜女人吧！’——可知道这是谁的名言？”

“总是哪个男人呗，”她说。“总是哪个臭男人呗。”

“要不要我把整首诗都念给你听听？”

“我不要听。你的话我早就听腻了，什么你知道消息比我早了三个星期啦，说来说去尽是这一套。你无非瞧我是个非战斗人员，又自以为干的是了不得的机密大事，机密得连睡觉都只能搂着只猫儿睡，免得对人说漏了嘴泄露了天机……”

“这么说你到今天还不明白我们分手到底是什么缘故？”

“还不是因为我对你腻味了？你可是一直爱我的，你这是由不得自己的，你到现在还由不得自己。”

“你说得对。”

那个听差早已在饭厅里站着了。起坐间里的争吵他也免不了都看到了、听到了，这使他很苦恼，黑黝黝的脸上都冒出了汗珠。他很爱他的主人，很爱这一大帮猫儿狗儿，对那些漂亮的女人也很敬慕，一听见吵架就感到惶惶不安。他觉得像今天这一位那样漂亮的女人他以前真还从来没有见过，可是先生却在跟她争吵，她也对先生说了许多动肝火的话。

“先生，”他说。“请原谅。我可不可以跟你到厨房里去说几句话？”

“对不起，我失陪一会儿，亲爱的。”

“大概是什么不可告人的事吧，”她说着，在自己的杯子里满满地倒了一杯葡萄酒。

“先生，”那个听差说，“中尉是用标准的西班牙话说的，他说让你马上就去，还特地把‘马上’两字重复了一遍。他说地点你是知道的，还说这是公事。我不想用家里的电话通知你，所以就到村里打电话去了。后来人家告诉我说你已经回家来了。”

“很好，”托马斯·赫德森说。“多谢你啦。请你给我和小姐煎几个蛋，再去关照司机备车。”

“遵命，”听差说。

“什么事，汤姆？”她问。“是坏消息吗？”

“我得去执行任务。”

“可你不是说这风不息就不会有任务吗？”

“话虽是这样说，可事情不是我说了算的。”

“那你看我是不是还留在这儿呢？”

“你要是高兴的话，不妨就留在这儿看看小汤姆的信，我关照司机到时候就送你去机场。”

“好吧。”

“你要的话把这些信带去也可以，另外看到有照片什么的，想拿就只管拿。我的写字台你只管翻好了。”

“你怎么简直变了个人了？”

“也许是有点不一样了吧，”他说。

“你还可以到画室里去看看我画的东西，”他又说。“我在开展我们这个行动计划以前画过些画，有几幅还是画得不错的。你喜欢就只管拿去。有一幅画的是你，画得还相当得意。”

“这幅我就要了，”她说。“你好起来可真好。”

“她的来信你想看的话只管看好了。有几封简直可以收进博物馆了。觉得有好玩的，只管拿去。”

“看你说的，我又没有带着大箱子来。”

“你看过以后就在飞机上的厕所里处理掉好了。”

“好吧。”

“我一定尽可能在你动身以前赶回来。不过能不能办到就难说了。如果车子真要回不来的话，我会派一辆出租车来接你去旅馆或是去机场。”

“好。”

“有什么事找这个听差好了。要熨衣服只管找他，我这里的衣服你要用也只管拿，一切的一切都任凭取用。”

“好。汤姆，你可要爱我，别再像上回那样让人家破坏了我们的感情，好不好？”

"一定。那种女人算得了什么，你刚才不是跟我说了吗，我爱你是由不得自己的。"

"就希望你能由不得自己。"

"可事情不是我说了算的。你要什么书，只管拿去，这屋里有什么玩意儿你看得中意，也尽取无妨。我要的蛋就给宝伊西吃吧，至少一个是要给它吃的。它喜欢蛋要切小了吃。我还是快走吧。通知来通知去的，已经耽搁了很长时间了。"

"再见了，汤姆，"她说。

"再见了，鬼东西，可要多多保重啊。要我去也许根本就没有什么事儿。"

说完他就出门去了。那猫儿也悄悄从门里跟了出来，仰起了头望着他。

"不要紧的，宝伊西，"他说。"我们不会就出发的，我还要回来的。"

"请问先生上哪儿？"司机问他。

"进城。"

海上风浪这么大，我不信真会有什么事。可也许他们发现了什么情况呢。也说不定是有个伙计在哪儿遇上了麻烦呢。说真的，我倒希望这次能够干上。我得记着回头还得去立个所谓临时遗嘱，把这个庄子留给她。不要忘记遗嘱还得在大使馆办个公证手续，办妥了手续就去存放在保险箱里。也真难为她，硬是坚强地挺了过来。可真正的打击还没有来呢。真到了那个时候，我要是能扶她一把该有多好呢。我要是能给她些力量撑撑腰该有多好呢。这或许还办得到吧，只要我们这次行动能够成功，不，一次不够，还得干成第二次，第三次……

话说远了，但愿这一次就先能成功。让她带走的画，也不知道她带不带。但愿她能带去，但愿她不要忘记把蛋给宝伊西吃。天冷了，那猫儿容易饿。

伙计们要召集拢来估计不会有什么困难，船在进坞大修以前再干一家伙估计也还经受得起。一次总还经受得起。肯定还经受得起。我们就冒险博一下吧。好在备用的零件也还大致齐全。反正就要收摊儿了，再干一家伙又有什么？当然，要是留在家里那就舒服多了。恐怕就舒服多了。什么，你还想要舒服？放你的屁！

你要放明白点儿。儿子，你已经丢了。爱情，你也已经丢了。荣誉，早已是过去的事了。你现在无非是在尽你自己的责任。

是的，你这是在尽你自己的责任，你可知道你的责任是什么？就是我作过的保证，我一定要说到做到。可你作过的保证还多的是呢，你都能办到吗？

这时候在庄上的卧室里，也就是那个很像“诺曼底”号的房间内，她早已躺倒在床上，那只叫宝伊西的猫儿也躺在她身边。蛋，她吃不下去；香槟，一点都没有味道。那几个蛋她都切碎喂了宝伊西了。刚才她拉开了写字台的一个抽屉，看到了蓝色信封上儿子的笔迹和保密检查的戳记，终于禁不住冲到床前，扑面倒在了床上。

“他们两个都走了，”她对着那猫儿吐出了一句。那猫儿吃了蛋却很开心，身边这女人的阵阵香味也很招它喜欢。

“他们两个都走了，”她说。“宝伊西，你倒是告诉我呀，叫我怎么办呢？”

那猫儿打着听不到声音的呼噜。

“你也不知道啊，”她说。“看来这世上也不会再有人知道了。”

第三部

在海上

1

眼前是白灿灿的一长溜儿海滩，海滩后边是椰子树。港湾的入口处横着一列暗礁，猛烈的东风刮得海浪尽往这礁石上冲，打得浪花四溅纷飞，所以你的船只要一旦探到了口子上，那进路是很容易看清的。海滩上看不见一个人，白灿灿的沙子看去亮得刺眼。

驾驶台上的那人对岸上细细观察了一番。本来应该有棚屋的地方现在已是空无所有，礁湖里也看不到有船只停泊。

“你以前到这儿来过的吧，”他对他的副手说。

“来过。”

“棚屋本来不是在那一带的吗？”

“是在那一带的，海图上还标明有个村子。”

“可现在明明已经都没有了，”那人说。“你看得出那边的红树丛里有船吗？”

“连个船影子也看不到。”

“我打算把船开进去，就在这儿抛锚了，”那人说。“这条水道我熟。看似深得有限，实际的深度可要大上七八倍哩。”

他低头朝碧绿的海水里瞅去，看清了映在海底的船影子有多大。

“原先村子的东边有个地方下锚最合适，”他的副手说。

“我知道。右锚就位，准备抛锚。我打算就把船停在那儿。这风没日没夜的刮，估计岸上也不会有小虫子了。”

“不会有了。”

他们下了锚，于是船就头顶着风停在了那儿。那船不大，还称不上是艘轮船，不过在这位船主人的心目中可好歹是艘轮船。风还是那么大，海水打得礁石上飞起阵阵白的、绿的浪花。

驾驶台上的那人等船停稳了，不晃了，这才举眼向岸上望去，随手关上了船机。他对着岸上看了好半晌，实在摸不透这到底是怎么回事。

“你带三个人上去看看，”他说。“我要躺一会儿。记住，你们的身份都是科学家。”

既然是科学家，枪械当然是不能带的，他们只带当地人常带的大砍刀，头上戴的是巴哈马采海绵人的那种宽边草帽。船上的这班人管这种帽子叫“sombreros científico”[①]，认为帽子愈大，科学的味道也愈足。

“谁把我的科学帽偷走了，”一个巴斯克人[②]说。这人肩膀奇宽，鼻子上方两道浓眉紧连在一起。“为了保证科学工作的开展嘛，还是让我带上一袋手榴弹吧。”

“你就戴我的科学帽吧，”另一个巴斯克人说。“我这顶帽子的科学味道要比你那顶还浓一倍。”

“好一顶呱呱叫的科学帽，”那个身材最最魁伟的巴斯克人说。“戴上这顶帽子我觉得自己简直就成了爱因斯坦了。托马斯，我们是不是可以去采些标本？”

“不要，”驾驶台上的那人说。“任务我已经都向安东尼奥交代了。你们只要把你们那科学家的眼睛睁得开开的，注意着点就行。”

---

① 西班牙语：科学帽。

② 巴斯克人是居住在西班牙北部一带的一个民族。1939 年以后，很多巴斯克人因不堪忍受国内的残酷镇压，移居于拉丁美洲和美国。

“我可以去找找水看。”

“水源就在原来村子的后边，”那人说。“得注意一下这水还能不能用。我们恐怕是应该去灌一些了。”

“H_2O，”那巴斯克人说。“这也是科学上的玩意儿嘛。嗨，你这个冒牌科学家，偷帽子的小贼，快把五加仑的水罐拿四个给我们，我们也好不至于白跑了这一趟。”

那另一个巴斯克人把四个套着柳条筐子的水罐装在小艇里。

驾驶台上的那人听见他们在瞎唠叨：“别拿你那科学家的桨在我背上乱捣啦。”

“我这都是在作科学的研究嘛。”

“我操他妈的科学，我操他妈科学的兄弟。”

“该说科学的妹子吧。”

“她的名字就叫盘尼西林。”

那人看他们划着小艇，向着那白得刺眼的海滩而去。他心想：本来我是应该自己去的，可我一宵没睡，把了整整十二个小时的舵了。好在安东尼奥也很会观察形势，他这方面的能力并不比我差。可我真捉摸不透：这里到底出了什么事了？

他又瞧了瞧那一带暗礁，瞧了瞧岸上，瞧了瞧一阵阵打在船舷上的清凌凌的海水，旮旯儿里还卷起了些小小的旋涡。他这才闭上了眼，侧过身去，睡着了。

等到小艇回来靠上了船边，他也醒了。一看见他们的脸色，他就知道事情不妙。他的副手在冒汗，这人一遇到麻烦，或者有什么坏消息，总要直冒汗。他是个少汗的人，平时是不大会流汗的。

“有人把棚屋烧了，”他说。“看样子是有人想毁尸灭迹，废墟里还有没烧尽的尸体。由于风向的关系，这里闻不到气味。”

“有多少尸体？”

“我们发现了九具。可能还有。”

“是男的还是女的？”

“都有。”

“有脚印吗？”

“看不到。后来下过雨了。雨还不小。沙地上给打得至今还是坑坑洼洼的。”

那个肩膀奇宽的巴斯克人名叫阿拉，他说：“他们死了总有一个星期了。鸟儿没来吃，倒是地蟹正吃得有滋有味呢。”

“你怎么知道他们死了有一个星期了？”

“确切的时间那是谁也说不准的，”阿拉说。“不过估计起来死了大概已有个把星期了。根据地蟹爬行的踪迹来看，下雨大约是三天以前的事。”

“水行不行？”

“看上去没问题。”

“打来了吗？”

“打来了。”

“我看他们也没有理由要在水里下毒，”阿拉说。“闻闻气味没什么不对头，我就尝了尝味道，打来了。”

“你不应该贸贸然就这么尝味道的。”

“闻闻气味没什么不对头嘛，再说我们也没有理由怀疑那是下了毒的。”

“人是谁杀的呢？”

“那就说不准了。”

“你们没有查看过吗？”

“没有。我们这就赶紧来向你报告了。你是一船之长。”

“好吧，”托马斯·赫德森说。他下舱里去系上了武装带，佩上了手枪。武装带的另一侧，也就是斜挂肩带的那一侧，挂有一把带鞘的小刀。手枪贴在腿上只觉得沉甸甸的。走过厨房的时候他还顺便进去取了只匙子，藏在口袋里。

“阿拉，你同亨利跟我上岸。威利，你到了那儿就留下看小艇，再看看能不能捉些海螺。彼得斯就睡觉吧。”他还交待副手：

"劳驾把机器检查一下，水箱也要统统查看一遍。"

底下衬着白灿灿的沙子，海水看上去清凌凌的可爱极了，水下沙子上一道道隆起和褶皱都可以看得清清楚楚。小艇到一道隆起的沙埂上搁住了，他们就蹚水上岸。觉得脚趾跟前有小鱼在游动，他低头一看，见是些小鲳鲹。也许不是真正的鲳鲹吧——他心想。不过看上去简直跟鲳鲹一般无二，而且也不来捣乱。

"亨利，"一到岸上他就说。"你朝逆风的方向顺着海滩走，一直走到红树林子那儿。一路注意观察有没有脚印或者其他的痕迹。回头跟我在这儿会合。阿拉，你走相反的方向，一路也要同样注意观察。"

尸体在哪儿就用不到问了。通向那儿的脚印一眼就看得出来，那儿枯槁的矮树丛里还听得见有地蟹咔嚓咔嚓的声响。他望了望海上：海上停着他的船，礁石上飞起一长排浪花，飘荡不定的小艇梢上威利正拿着个水底观察镜在水底下寻找海螺。

既然这事不办不行，那我还是干脆去办掉算了——他心想。只是可惜了今天这样的好天气，不然干些别的该有多好呢。也真是奇怪，这里不需要雨水，倒下了这么大的雨，而我们那里却就是不下。我们老是眼看着雨带在两旁掠过，而自己这里却滴雨全无——还记得清吗，我们有多久没雨了？

风刮得很猛，这样没日没夜地刮，算来已经有五十多天了。风已经跟他融为一体，他看到刮风已经不觉得心烦了。倒是风使他感到振奋，给了他力量，他但愿这风永远也不要停息。

我们总是这样，愈是等不到的东西，就愈是要等——他心里想。但是在这种刮风天里等雨，总要比无风天等雨定心些吧，比起那种风向无定、来势汹汹的风暴天来，也总要自在些吧。好在水总是有地方有的。雨不下就不下吧。我们总可以找到水的。在这一带的礁石小岛上水总是少不了的，只要你懂得找水的门道。

他暗暗寻思：好吧，那就快去把事情办掉算了。

多亏风帮忙，他才得以把事情办好。他在烤焦了的海葡萄树丛里蹲下身来，双手捧起一把把沙子边筛边看，这时就多亏了风，把就在近前的那股子尸臭都吹散了。沙子里没有发现什么名堂，他感到迷惑不解，不过他还是把这火场附近上风一带的沙子都打量过一番，这才踏进现场。他本来希望能少费些事就把要找的东西找到。可就是找不到。

一到现场，他就背对着风干了起来，拿出小刀在尸骨上刺刺戳戳查看。尸骨都烧焦了、泡酥了，被地蟹吃得正起劲呢。他不时背过脸去吸上一大口气，再回过头来屏住了呼吸干下去。突然他触到有颗硬东西嵌在一根骨头上，于是就用匙子把它挖了出来，去放在沙地上。就这样再查，再挖，在这堆尸骨里又找到了三颗。他这才转过身去迎着风透出了一口气，拿沙子把小刀和匙子擦干净。他抓上一把沙子，夹上四颗子弹，左手里拿着刀子和匙子，从矮树丛里退回来。

一只白得刺眼的大地蟹，后退一步仰起身来，冲着他扬起了双螯。

“你是要进去是不是，小子？”他对那地蟹说。“我可是要出来噢。”

那蟹不肯让路，双螯举得高高的，锋利的钳子张得开开的。

“你也未免太妄自尊大了，”他说。只见他先把小刀在鞘子里慢慢插好，把匙子也放进了口袋，然后再把那一把沙子连同四颗子弹换到了左手，腾出右手来在短裤上细细擦了擦，擦干净了才去掏枪。那是把.357口径的马格南左轮枪，油上得足足的，枪把早已给一把把的手汗摸得乌光光的了。

“你现在肯让路还来得及，”他对那地蟹说。“你要进去谁也不会说你的不是。你是去饱口福，也是去尽自己的责任。”

那蟹却一动也不动，双螯还是举得高高的。这蟹好大，横里竟有一尺来宽，他一枪打在蟹的两眼之间，那蟹顿时给打得粉碎。

“这种.357口径的子弹现在是很难弄到的了，因为联邦调查局的那帮家伙用得着这种枪哪，他们自己逃避兵役不算，还要去追捕逃避兵役的人哪，”他说。“可我有时候也总得开一枪解解手痒吧，老是不打枪连枪都要不会开了。”

可怜的蟹老弟哎——他暗暗感叹。它也无非是在干它的本行罢了。不过这也要怪它自己，它要是让开点儿就什么事也没有了。

他来到了海滩上，举眼望去，自己的船还停在那儿，海浪依然一排排不断打来，威利早已把小艇停妥，钻到水里捉海螺去了。他把小刀又拿出来好好洗了洗，把匙子也擦过洗过，然后把四颗子弹也洗干净了。他把子弹摊在掌心里瞧，看那神气就像一个淘金人，本以为淘洗盘里只会有些零碎沙金，却不料出现在他眼前的竟是成块的天然金子四大颗。那四颗子弹的弹头是黑的。子弹上沾着的剩皮残肉已经洗清，所以那缠度很小的膛线印子就都看得清清楚楚了。那是施迈瑟自动手枪[①]的 9 毫米标准子弹。

这一发现，使他心花怒放。

他想：他们尽管把弹壳都捡走了，可留下了这些子弹，就等于是留下了自己的名片。这我倒要好好琢磨琢磨了。有两点现在是明白的：一是在这礁石小岛上他们连半个人也没让留下，二是岛上的船都不见了。就根据这两点来分析一下吧，老兄。你分析问题的能力应该是很强的。

可是他的脑筋却并没有开动。他倒是把手枪拉过来在两腿之间一夹，身子往后一仰，就躺倒在沙子上，两眼直瞅着那座雕塑——其实那不过是一块漂来木，风一吹，沙一盖，就活像一座雕塑了。一座沙灰两色的雕塑，嵌在白灿灿粉一般细的沙子里，就像在展览会上展出似的。真应该拿到巴黎的秋季美术展览会上去才对。

耳边只听见海浪拍击礁石的澎湃，响成一片。他心想：这景象拿来作幅画倒是挺好的。他躺在那儿，眼望着天空，空中一无所有，只有东风吹得起劲。四颗子弹已经在短裤的零钱口袋里放好，

---

① 一种德国造的枪械。

还扣上了纽扣。他知道这四颗子弹可是关系到他今后的存亡的。不过他现在不想去考虑，也不想去思考眼前应该思考的那许多实际问题。我还是来欣赏欣赏这块灰色的木头吧——他心想。反正现在心里已经有数：对头冤家已经找到，他们是逃不了的了。同样，我们也逃不了了。先不必多想，还是等阿拉和亨利回来了再说吧。阿拉肯定会有些什么发现的。蛛丝马迹是肯定可以找到的，他才不是个傻瓜哩。海滩上的情景固然假象很多，但是真相也总会在这里那里留下些痕迹的。他摸了摸零钱口袋里的子弹，然后就用胳膊肘顶着地，一点一点往里爬，爬到个沙子干燥些，也更白些的地方。其实沙子都是那么白灿灿的，所谓更白，也许只是一种错觉吧。他就把头在那块灰色的漂来木上一枕，躺在那儿。手枪，还夹在两腿之间。

“你跟我交上朋友有多长时间了？”他冲着手枪说起话来。

“不用回答我，”他对手枪说。“你就在那儿好好歇着吧，到时候就希望你能露一手，打死只把地蟹不够劲儿，得杀上几个像样点儿的。”

2

他就一直躺在那儿，望着海上飞起的一排排浪花。等到看见阿拉和亨利从海滩两头走来，心里也已经考虑得相当成熟了。他一看见他们的身影，就把头一扭，又赶紧去看大海了。他是本不想去琢磨的，他是原打算要休息一下的，可是办不到啊。现在既然已经考虑成熟，他又想趁他们还没来，就抓紧时间休息一下，什么也不许去想，就只许看这海浪拍击礁石。可是已经来不及了。他们来得太快了。

“你们发现了什么啦？”他问阿拉。阿拉到那灰色的漂来木旁边坐了下来。亨利也就挨着他坐。

“我找到了一个。是个年轻人。可已经死了。”

“是个德国人那是没问题的，”亨利说。“身上只穿了条短裤，头发可长了，是金黄色的，给太阳晒得花花斑斑的。我们看见他面孔朝下，扑在沙子里。”

“他哪儿中了枪弹？”

“一枪在脊梁骨底下，一枪在脖颈子上，”阿拉说。“Rematado.[①]这是子弹。我已经洗过了。”

“这就对了，”托马斯·赫德森说。“我也找到了四颗，一模一样的。”

“那是9毫米口径的卢格尔手枪[②]打的，是吧？”亨利问。“跟我们的那种.38手枪是一样的口径。”

“这种子弹弹头是黑的，那可是自动手枪上用的，”托马斯·赫德森说。“大夫，谢谢你啊，把枪子儿都起了出来。”

“奉你的命令嘛，”阿拉说。“脖子上的那颗子弹打了个对穿，我是在沙子里捡到的。那另一颗是亨利给挖出来的。”

“挖颗把子弹我倒不大在乎，”亨利说。“又是风吹，又是日晒，他也差不多都成了个人干了。刀切上去就像切个馅饼似的。跟那边村里的几个可毕竟不一样。你说他们干吗要把他干掉呢，汤姆？”

“我也不知道啊。”

“你估计是怎么回事呢？”阿拉问。“他们在这儿上岸，是要来修潜艇吗？”

“不会。他们的潜艇已经沉没了。”

“对了，”阿拉说。“所以他们才把这里的船都抢走了。”

“可打死那水兵又是为了什么呢？”亨利问道。“我这话也许问

---

① 西班牙语：这就报销啦。

② 一种德国造的半自动手枪。

得不太开窍，你可别见怪啊，汤姆。可你知道我是多么想尽自己的一分力量啊，这会儿总算遭遇上了，我真是太开心了。”

“‘遭遇上’还说不上，”托马斯·赫德森说。“不过我们已经闻到了极有价值的猎物的臭迹，这是可以肯定的。”

“该有齐胸高[①]吧？”亨利兴冲冲地问。

“我可不想听这种话。”

“可汤姆呀，这水兵是谁打死的呢？为什么要打死呢？”

“窝里反呗，”托马斯·赫德森说。“一枪打在人家的脊梁骨底下，你说这人会有好心吗？倒是后来开枪的那一个慈悲为怀，打在他的脖子上。”

“这么说可能是两个人打的，”阿拉说。

“你找到了弹壳没有？”

“没有，”阿拉说。“该找的地方都找过了。就算那是自动手枪打的吧，弹壳飞得再远，也决不会超出我寻找的范围。”

“可能就是那同一个细心家伙捡去的，我那边的几个弹壳也都给他捡去了。”

“他们会上哪儿去呢？”阿拉问道。“弄上了这么些船，他们会上哪儿去呢？”

“他们只能往南去，”托马斯·赫德森说。“你还会不知道吗，往北他们是根本去不了的。”

“那我们呢？”

“我现在正根据他们的思路在考虑，”托马斯·赫德森说。“可我掌握的情况不多，还没法作出判断。”

“人都打死了，船都不在了，这些情况你都掌握了，”亨利说。“你能够把问题分析清楚的，汤姆。”

---

① 打猎人说猎物的臭迹有齐胸高，意思是指臭迹的气味十分强烈，猎狗用不着低头去嗅，抬着头就可以循迹找去。“齐胸高”的原文为 breast high，一语双关，隐含着的另一种意思是“胸脯很高”，所以托马斯·赫德森说不想听这种话。

“还有武器，总算也摸清了一种，可他们的潜艇到底是在哪儿丢的？他们到底有多少人？这些就够我们伤脑筋的了，何况昨天晚上我们跟关塔那摩的电台又联系不上，更何况从这儿一路向南礁石小岛又有那么多，而且我们还得算好什么时候就要补充淡水。再加上彼得斯又是那样——你看看吧，有多难！”

“我看你分析起来是错不了的，汤姆。”

“你说得倒轻巧，”托马斯·赫德森说。“在这种事情上，错不了和全错了，是一个卵细胞里长出来的一对双胞胎，就差那么一丁点儿。”

“可我们一定能把他们找到，这个信心你总有吧？”

“那还用说，”托马斯·赫德森说。“好吧，你去把威利招回来，捕到的海螺就让安东尼奥拾掇起来。这一下我们就有海鲜杂烩吃了。阿拉，给你三个钟点装水，能装多少要尽量装足。关照安东尼奥机器要继续检修下去。我打算不等天黑就要离开这个地方。岛上真的什么也没有吗？猪啊鸡的，一只也找不到？”

“什么也没有，”阿拉对他说。“都叫他们给弄走了。”

“那他们只能都吃掉了。要喂养他们没有饲料，要保存又没有冰。可他们是德国人，总是有办法的，何况这个季节还能捕海龟来吃。我估计我们可以在洛博斯岛找到他们。按照道理来推测，他们应该是去占据洛博斯岛的。叫威利把海螺在冰箱里尽量装足，水只要够喝到下一个岛子就可以了。”

说到这里他打住了，重新考虑了一下，才又说：“不，对不起，我刚才说的要改正。水只管装好了，可以一直装到太阳下山，我决定改在月亮出来以后开船。现在多花三个小时，以后却可以省下六个小时。”

“水呢，尝过味道了吗？”阿拉问。

“尝过了，”他说。“很干净，没问题。你的确有先见之明。”

“多承夸奖，”阿拉说。“我这就去把威利给叫来。他已经下了好几次水了。”

"汤姆，"亨利问他，"那你说我该干什么，是留在这儿，还是去装水？还是干什么别的？"

"去装水吧，累得实在不行了，就去睡会儿觉。今儿晚上我驾驶台上还需要你帮忙呢。"

"要不要我去给你拿件衬衫或者运动衫来？"亨利问。

"给我拿件衬衫，还有毯子，尽量拣薄的也给我拿一条来，"托马斯·赫德森说。"这会儿我在太阳里睡个觉还可以，沙子都是干的。可是这风不饶人，回头怕天就要凉呢。"

"这里的沙子也真是妙极了，你说是不？这样干，又是这样细，我真还从来没有见过这样的沙子。"

"还不是长年累月的风给捶打的。"

"你说我们能把他们抓住吗，汤米？"

"当然能啦，"托马斯·赫德森说。"放心，绝对没有问题。"

"我这人有时候也许很愚蠢，请你别见怪啊，"亨利说。

"你是天生这样的脾气，能有人怪你吗？"托马斯·赫德森说。"你是个非常勇敢的哥们儿，亨利，我是喜欢你的，也信得过你。再说你也并不愚蠢。"

"你真认为我们得打一仗？"

"那我是看准了的。你就不用去想了。你就多考虑些具体的任务吧。想想你有些什么事情可做，有什么办法可以让船上的弟兄都快快活活的，去迎接战斗。打仗的事由我来考虑好了。"

"我一定把我的本分工作尽可能做好，"亨利说。"我只是希望我们上阵以前能先演习演习，这样到时候我也可以干得更称职些。"

托马斯·赫德森说："你干起来是肯定错不了的。这一仗呢，依我看也是无论如何免不了的。"

"真叫人等得心焦哪，"亨利说。

"做事嘛，觉得心焦也总是难免的，"托马斯·赫德森对他说。"尤其是去追捕敌人，那最容易心焦了。"

“去睡会儿吧，”亨利说。“你到现在还没有好好睡过觉呢。”

“我会去睡的，”托马斯·赫德森说。

“你看他们的潜艇是在哪儿沉没的，汤姆？”阿拉问。

“他们抢走这岛上的船，杀死这岛上的居民，估计是一个星期以前的事吧。所以那一定就是卡马圭基地宣布击沉的那艘潜艇了。可是那艘潜艇实际却到了这儿附近一带才沉没。风这样大，划橡皮艇老远过来是不可能的。”

“那他们的潜艇一定是在这儿的东面一带沉没的。”

“可不是。而且潜艇沉没的时候他们却偏偏都安然脱了险，”托马斯·赫德森说。

“可想要回国路还远着哪，”亨利说。

“现在要回国路就更远了，”阿拉说。

“那帮德国佬可是很怪的，”托马斯·赫德森说。“他们都是很有些胆量的，说起来有些家伙还真叫人佩服呢。不过窝囊的也有，像这一个就是。”

“大家还是去干自己的活儿吧，”阿拉说。“要扯到晚上当班的时候再扯吧，扯扯也好免得打盹。你就歇会儿吧，汤姆。”

“还是睡一会儿好，”亨利说。

“歇着也等于是睡觉。”

“不，不一样的，”阿拉说。“你需要的是睡觉，汤姆。”

“我来看看能不能阖会儿眼，”托马斯·赫德森说。可是等他们一走，他却怎么也睡不着。

那帮德国佬上了这小岛，为什么非要下这个毒手不可呢？——他心里想。他们反正是逃不出我们的手掌心的。留下岛上居民的话，也大不了就是有两个情况会透露给我们，一是他们的人数有多少，二是他们都装备了些什么武器。大概从他们的观点来看，凭这两点就已经有杀人灭口的必要了吧。更何况，也许在他们眼里岛上的居民都不过是些下贱的黑人而已。但是这也暴露了他们的一些底细。他们这样大动干戈杀人，说明他们一定有个什么计划，说明他们心里还抱着个希望，认为自己还有可能获救。对这个计划他们中间也肯定有意见分歧，要不然也就不会把这个水兵杀死在岛上了。不过，这个水兵也很可能是为了什么缘故而给处死的。也许潜艇本来还可以不至于沉没，还可以设法返回基地，却让这个水兵给弄沉了。

可是这又说明得了什么问题呢？——他心想。那是不能作为依据的。那只是一种可能。不过假如事实真是如此，这就说明潜艇是在已经望见小岛的时候很快沉没的。这也就说明他们并没有带上多少装备。也许潜艇根本不是那个小伙子弄沉的，他倒是被冤枉的也说不定哩。

他们到底弄走了多少船，也是个未知数，因为岛上也可能有一两条船出海捕海龟去了。没有别的办法，只能暂时不作定论，一个小岛一个小岛去查看起来再说。

可是假如他们穿过老巴哈马海峡，去了古巴本岛沿海呢？对呀，完全有这个可能——他心里想。你怎么早没有想到呢？他们要逃生，这是他们的最佳方案。

采取这个方案的话，他们就可以搭上一艘从哈瓦那开出的西班牙船回国去。虽说金斯敦[①]有个检查卡子，但是走这条路毕竟风险要小得多，从这条路上出逃成功的确实大有人在。可偏偏那个要命的彼得斯，他的电台坏了。竟然来了个 FCC——“实在联系不上”！我们只好把那部高级的大型电台搬了出来，这台机器可复杂了，他哪儿对付得了呢。我也不知道他是怎样摆弄的。反正昨天晚上到了通话时间，他跟关塔那摩怎么也联系不上，要是今天晚上还联系不上的话，那我们就只能独立行动了。真是要命啊！——他暗暗叫起苦来。不过独立行动这一步还是比较好对付的，更大的难关还有的是呢。他嘱咐自己：还是快睡会儿吧。现在也只能这样了，好办法是拿不出来的了。

---

① 牙买加的首府。

他把肩头往沙子里挤了挤，就在海浪搏击礁石的澎湃声中睡着了。

3

托马斯·赫德森在睡梦中觉得儿子小汤姆似乎并没有死，那另外两个儿子也都好好的，这时战争似乎已经结束。他梦见小汤姆他妈妈跟他睡在一起，而且是睡在他的身上，她是常常喜欢这样的。他感觉到一切都是那么真切，都是那么实在，腿贴着腿，身子贴着身子，她的乳房顶在他胸口，她的嘴巴尽自玩着花样儿在他的嘴上乱亲。她的头发披散下来，又浓密又柔软，落在他的眼睛和面颊上。他躲开了她钉得紧紧的嘴唇，张嘴接住了她的秀发，衔在嘴里。然后用一只手把那把.357马格南左轮枪湿润了一下，悄悄地轻轻一塞，就去塞在那个老地方，让它还在那儿继续睡大觉。他躺在她的身下，由着她那柔软的秀发如帷幔般罩在他的脸上，于是就慢慢地、有节奏地动作起来。

这也正是亨利拿了薄毯子来给他盖上的时候。托马斯·赫德森在睡梦中却说起话来："你太好了，这样滋润，这样可爱，跟我贴得这样紧。你太好了，这样快就回来了，而且看你倒也不是很瘦。"

"这个混蛋，也真是可怜！"亨利感叹了一声，就替他把毯子仔细盖好。然后扛起两只五加仑的柳条筐坛子，走了。

"我还以为你是巴望我瘦些呢，"梦中的那个女人说。"你说我人一瘦，摸上去就跟只小山羊似的，还说小山羊摸上去最可爱了。"

"你说说，"他说，"我们以谁为主来做爱？"

"一块儿来吧，"她说。"除非你想变变花样。"

"以你为主吧。我累了。"

“你呀，就是懒。我来把手枪拿开，放到你大腿旁边去。弄上把手枪，干什么都碍手碍脚的。”

“索性放在床边吧，”他说。“该怎么干，就只管干吧。”

于是就称心如意地干了个畅。她又说：“是我来做你，还是你来做我？”

“让你先挑吧。”

“我来做你。”

“我也做不了你。只能试试看。”

“可有趣了。试试看吧。你可绝对不能偷懒啊。记住，要舍得有大失，才能有大得。”

“好吧。”

“尝到甜头了吗？”

“尝到了，”他说。“太妙了。”

“你现在明白这有多大的乐儿了吧？”

“是的，”他说。“我明白了。你说要舍得，其实倒也不难。”

“可你当真什么都肯舍得？我把孩子们都给你带来了，你高兴吗？我半夜里来缠着你闹，你高兴吗？”

“高兴，你什么都叫我高兴。你把头发在我脸上甩甩好不好？把嘴凑过来让我亲亲好不好？把我搂得气也透不过来好不好？”

“好。可你也总得有来有往吧？”

他醒了过来，手碰到了毯子，一时竟没有意识到自己做了个梦。他侧过身来，觉得大腿之间还夹着个手枪皮套，这才悟了过来，心中顿时只感到一片空虚，比原先可要厉害多了，因为刚才的梦又给他新添了一份空虚之感。他见天色还亮，见小艇正在往他的船上运水，见海浪还是一个劲儿地在礁石上打得白沫纷飞。他转了个身，把身上的毯子裹一裹紧，夹紧了臂膀就又睡着了。等到他们来唤他时，他早已睡得很熟了，不过这一回却什么梦也没有做。

4

那天夜里他把了一夜的舵，前半夜有阿拉在驾驶台上陪着他，后半夜换上了亨利。船在海上遇到的横浪很大，他觉得在这样的海上行船真有如骑马下山。一路都是下坡，有时则是在山腰里横穿而过。这海简直就是连绵不断的山，这一带简直就像美国有名的大荒山，到哪儿都是七高八低的。

“跟我说说话嘛，”他对阿拉说。

“说些什么呢，汤姆？”

“说什么都行。”

“彼得斯还是没有跟关塔那摩联系上。我们那部全新的大电台，叫他给弄坏了。”

“我知道，”托马斯·赫德森说。他尽量稳住船身，减轻晃动，好比骑马，此刻就是在山腰里横跑一阵了。“不知是哪个部件被他烧坏了，他修又修不来。”

“他这会儿还听着呢，”阿拉说。“有威利看着他，不怕他打瞌睡。”

“威利又有谁看着呢？就不怕威利打瞌睡？”

“他才不会打瞌睡呢，”阿拉说。“他跟你一样，也是个睡不好觉的。”

“你自己呢？”

“你让我不睡的话，我一夜不睡都没问题。要不要我来把会儿舵？”

“不用了。我横竖也没有别的事做。”

“汤姆，你心里到底难受到怎么个程度？”

“我也说不上。你倒说说看，一个人能够难受到怎么个程度？”

“老是难受对身体没有好处，”阿拉说。“要不要我去替你把皮酒囊拿来？”

“不用了。给我拿瓶冷茶来就行，顺便你再去彼得斯和威利那儿查看查看。别处也都去查看查看。”

阿拉下舱里去了，剩下托马斯·赫德森一个人，面对着这黑夜和大海。驾船在这海浪上行进，依然如骑着匹跑得太快的马在崎岖的山地上冲下坡去。

亨利拿着瓶冷茶上来了。

“情况怎么样，汤姆？”

“一切正常。”

“彼得斯的那部老电台收听到了迈阿密警方的通话。都是些警车在向局里报告。威利就想跟他们联系。可我对他说这事使不得。”

“你说得对。”

“在超高频频段里，彼得斯收听到一个咭咭呱呱的声音在说德国话，可他说那是‘狼群’[1]在通话，远着哪。”

“是‘狼群’的话他也收听不到。”

“你看今天晚上多有趣呵，汤姆。”

“我看怕不见得那么有趣吧。”

“是吗。我这不过是向你汇报。你告诉我航向，我来把会儿舵，你下舱里去看看。”

“彼得斯都记录下来了没有？”

“那当然。”

“叫胡安给我测定一下方位，让彼得斯记录下来。电台里那个

① “狼群”，即德国人的潜艇群。二次大战时，德国潜艇使用“狼群”战术，即一艘潜艇跟踪目标后，把目标的位置、速度和航向报告给能够拦击这一目标的其他潜艇，以便集中力量对该目标进行攻击。

王八蛋咭咭呱呱，是什么时候的事？”

“就在我刚上来的时候。”

“叫胡安赶快测定方位，记录下来。”

“明白了，汤姆。”

“我们那伙宝贝哥们儿都在干啥？”

“睡大觉呗。吉尔也睡着了。”

“把本本拿出来，叫彼得斯把方位记下。”

“要不要报告你？”

“我们的方位都在我肚子里呢，还用得着报告我？”

“明白了，汤姆，”亨利说。“你是不是可以火气小点儿？”

亨利去了下又回来了，可是托马斯·赫德森却不大想说话，亨利就只好陪着他站在这驾驶台上，摆开了双脚，尽力站稳，因为船晃得厉害。过了个把钟头，他才开口：“发现一个亮光，汤姆。在船头右前方二十度左右。”

“不错。”

一等船身跟亮光平齐，他就转了个航向，把海浪都甩在了船后。

“现在是回家的方向了，马儿可以回去吃草啦，”他对亨利说。“我们已经进了航道了。快去叫醒胡安，让他上这儿来。你得好好睁大了眼睛看哪，刚才发现亮光你就迟了点儿。”

“真对不起，汤姆。我这就叫胡安去。你说要不要派个‘四人岗’值班警戒？”

“等天快亮的时候再派吧，”托马斯·赫德森说。“到时候我会关照你的。”

托马斯·赫德森这时候可是在想他的，他想：他们不是没有可能抄近路闯浅水区的沙洲。不过我看他们未必会走这条路。黑夜里穿浅水区，他们是不肯冒这个险的，而大白天呢，行惯深水的水兵见了浅水区的沙洲也不见得会喜欢。估计他们也会在我拐弯的地方转向。然后也就会像我们这样舒舒坦坦慢慢靠岸。他们很可能会看古巴沿海哪儿地势最高，就往哪儿去。只要风还顺，港口里他们是不愿意进去的。孔菲特斯那个地方他们也肯定会过而不入，因为他们知道那儿有个无线电台。可是粮食，淡水，他们又非补充不可。其实他们最好的办法就是尽量靠近哈瓦那，到巴库拉瑙一带上岸，再从那儿想法混进城去。我打算到孔菲特斯去发个信号。不是去向上校请示。向他请示的话，万一他不在，反而要耽误我们的事。我就把这里的情况向他汇报，把我的行动也一并向他报告。他要采取什么措施就由他去采取吧。关塔那摩方面势必也会有关塔那摩方面的措施，卡马圭方面也势必会有卡马圭方面的措施，还有古巴当局方面，联邦调查局方面，也都会有他们各自的措施，这样一个星期以后就很可能会爆出些什么新闻来。

不行——他心里想。我这个星期就得把他们逮住。他们总得停下船来去弄水吧，再说他们带走的牲畜也总得要宰了烧来吃吧，不然那可要饿死腐烂的。估计他们很可能会白天隐蔽，只在夜间活动。按照情理应该是这样。换了我的话我也会这样。一定要设身处地好好琢磨一下：一个有头有脑的德国水兵要是碰到了这个潜水艇艇长面临的许多难题，会怎么样考虑呢？

这个潜水艇艇长的确有很多难题摆在面前——托马斯·赫德森心里想。他最难以对付的就要数我们了，他还根本不知道我们是怎么回事哩。他不会觉得我们对他有什么威胁。他还会以为我们都是些无所谓的人哩。

一旦干上了，可也不能搞血腥报复啊——他心里想。血腥报复也是根本挽回不了什么的。应该多用脑子想想，应该觉得高兴：总算有个机会可以干上一场了，而且还有这么些好伙伴陪着你干。

“胡安，”他当下就招呼一声。“你看到什么了，老弟？”

“就是这要命的海洋呗。”

“其他各位呢，你们看见什么没有？”

“看见个屁，”吉尔说。

“我这要命的肚子倒是看见咖啡了，可咖啡就是始终远在天边，”阿拉说。

“我看见陆地了，”亨利说。他刚看见，那是矮矮方方的模糊一片，像是有人用大拇指在刚刚露光的天边抹了个淡淡的墨水印子。

“那是罗马诺岛的背面，”托马斯·赫德森说。“谢谢你啦，亨利。好了，你们各位现在就下舱里喝咖啡去吧，另外派四个不怕死的好汉上来，这儿有稀罕事儿看，有趣着呢。”

“你要咖啡喝吗，汤姆？”阿拉问。

“不喝。回头茶得了，我就喝茶吧。”

“我们才只值了两小时的班哩，”吉尔说。“用不着换我们下班的，汤姆。”

“快下舱里喝咖啡去吧，还有几位不怕死的好汉哩，也让他们有个立功的机会吧。”

“汤姆，你不是说你估计他们在洛博斯岛吗？”

“我原先是这么想的，不过后来就改变了看法。”

那几个下去以后，又换了四个人上来。

“各位，”托马斯·赫德森说。“你们就一分为四，各据一方。下面有咖啡了吗？”

“有的是呢，”他的副手说。“茶也有了。发动机运转正常，船的进水情况也不算严重，大风大浪的，稍微进点水也是在所难免的。”

“彼得斯情况怎样？”

“夜里他拿出自己的威士忌来喝。就是招牌上有小羊羔的那一种啦。这样他好歹算是没打瞌睡。威利怕他睡着，一直看着他呢，当然也喝了他的威士忌，”他的副手说。

“我们得去孔菲特斯加油，另外看看有什么物资可补充的，就尽量补充些。”

“你只管让大伙儿快些装货，我还赶得上去宰上一头猪呢，包你都烫好刮好，”他的副手说。“我可以去找那里的无线电台，送他们一条猪腿，请他们帮我拾掇。包你一转眼的工夫就宰好了。你就趁我们装货的时候，抓紧时间睡会儿。要不要我来替你把会儿舵？”

“不用了。在孔菲特斯我也只有一件事要办，就是有三个信号得赶紧发出。办完了事你们装你们的货，我就睡我的觉。然后再去跟踪追击。”

“朝哈瓦那的方向？”

“那当然。他们躲得过我们一时半刻，可休想逃出我们的手掌心。以后我们再来好好研究一下。我们那些弟兄情况怎么样？”

“你还会不了解他们？反正我们以后再细谈吧。汤姆，你把船稍微再往里靠靠。这里有逆流，往里点儿也可以少受一些影响。”

“船那么晃，你吐得厉害吗？”

“没什么大不了的。那要命的横浪也真够厉害的，”他的副手说。

“Ya to creo，[1]”托马斯·赫德森说。“确实是够厉害的。”

“这一带是不应该有人的，所以有人的话就一定是这一艘潜水艇上的人员。这也肯定就是报告说击沉了的那一艘。眼下德国人的潜艇活动可猖狂啦，拉瓜伊拉[2]港外，金斯敦北边，反正凡是一切运送石油的航线上，哪儿都有他们的踪迹。而且他们都还组成了‘狼群’。”

“这一带有时候也有。”

“是啊，活该我们倒霉。”

“也活该他们倒霉。”

“目标明确，我们一定要开动脑筋，努力追击。”

“我们快动起手来吧，”托马斯·赫德森说。

“我们一直没有松过手啊。”

---

① 西班牙语：就是。

② 委内瑞拉首都加拉加斯的外港。

"可我总觉得进展太慢了。"

"这也难怪，"他的副手说。"等我们到了孔菲特斯，你就去睡个觉，到你一觉醒来我包你一切都会进展得飞快，快得出乎你的意料。"

5

托马斯·赫德森终于看见了高高耸起在那小沙岛上的瞭望哨和信号塔。那都是漆得白白的，所以首先跃入了眼帘。随后又看见了矮上一大截的一大堆无线电天线杆，以及撞在礁石上的一条船的残骸。那破船高高翘起，把电台遮得都看不见了。从他这一头看去，这个小岛实在没有什么景致可言。

太阳是从他背后照过来的，所以要寻路上岸是不难的，先是找了条宽敞的通道穿过礁石，然后绕过沙洲和珊瑚礁，来到了背风的所在。靠外边是一片半月形的沙滩，岛子的这半边满地都是枯干的草，而那边向风的一头则尽是光秃秃的岩地。沙滩上的海水清凌凌的一片碧绿，托马斯·赫德森把船一直开到快近沙滩的中央，船头几乎都搁住在岸上了，这才下锚。太阳已经高高升起，电台及其附属建筑的顶上飘着一面古巴国旗。尽管有风，信号塔上却什么也没有挂。四下看不到一个人，只有那面还挺新的古巴国旗，看去那么明净鲜亮，在风里吹得哗啦啦直响。

"大概换过班了，"托马斯·赫德森说。"我们上次临走的时候旗还是旧的，已经破破烂烂了。"

他四下看了看，上次他扔下的汽油桶都还在原处，地上的沙子有挖过的痕迹，给他准备下的冰块该就埋在那儿。高高隆起的沙子看去就像新堆的坟头，上空是乌黑的燕鸥在风中飞翔。燕鸥多半把窝筑在向风那头的岩石堆里，有一些则做在背风这边的草丛中。这会儿却都飞了出来，忽而随风滑下，忽而一个急转身迎风奋飞，却又都不时下掠，向岩石堆和草丛中冲去。哇哇的叫声响成了一片，那都是凄惨的绝叫。

一定是有人出来掏燕鸥蛋做早饭了——托马斯·赫德森心想。也正是在这时候他闻到了船上厨房里煎火腿的香味，他就到船尾那头喊话下去，让他们把他的早饭送到驾驶台上来。他把岛上的动静细细察看了一番。他们倒也很可能在这儿呢——他心里想。要攻下这个小岛他们是完全办得到的。

忽然从电台通向海滩的小道上来了个穿短裤的人，一看却是中尉。只见他皮肤晒得黑黑的，一副乐呵呵的样子，头发却有三个月没理了。就听他拉开嗓门打来了一声招呼："这趟出海还顺利吧？"

"还可以，"托马斯·赫德森说。"到我船上来喝杯啤酒好不好？"

"过会儿吧，"中尉说。"你要的冰和补给物资，还有些啤酒，早两天就送来了。我们把冰替你埋了起来。其他的东西就都在屋里堆着。"

"你那儿有什么消息吗？"

"据说十天前飞机在吉恩丘斯附近海面上打沉了一艘潜水艇。不过那还是你上次走前的事了。"

"是啊，"托马斯·赫德森说。"那是两个星期以前的事了。该就是这一艘吧？"

"是的。"

"还有其他新闻吗？"

"据说另外又有一艘潜水艇，前天在沙尔礁岛附近的海上打下了一架软式飞艇[①]。"

"消息证实了吗？"

"听说证实了。再有你的猪也算是一个新闻。"

---

① 软式飞艇是搜索和攻击潜水艇用的，也可用作雷达哨。

“怎么回事？”

“就在听说打下软式飞艇的那一天，他们给你送来了补给物资，还捎带给你送来了一头猪。却不料第二天早上那猪竟管自下海游水去了，结果落得个淹死完事。我们倒还喂了它一天的食呢。”

“¡Qué puerco más suicido! ①”托马斯 · 赫德森说。

中尉哈哈大笑。他那张黑黑的脸总是乐呵呵的，人可是一点也不傻。他很会做戏，因为他觉得装假有趣。上面给了他命令：对赫德森务必要尽力协助，但是半个字也不许问。托马斯 · 赫德森得到的命令则是可以尽量利用电台所能提供的一切方便，但是对谁都不得泄漏一点机密。

“还有什么新闻吗？”他问。“有没有见到过巴哈马人采海绵、捕海龟的船？”

“他们自己那儿有的是海绵、海龟，还要跑到我们这儿来干什么？不过就在这个星期，这儿倒是来过两条捕海龟的巴哈马小船。他们在礁脉角上一转弯，看那行船的方向是想顶风进岛。不过后来却又匆匆往克鲁斯礁岛的方向去了。”

“不知他们在这儿干什么？”

“我也摸不透。你们在这一带海上来来去去是为了作科学研究。可捕海龟的船怎么会丢下海龟最多的地方不去捕，反倒跑到这儿来呢？”

“你看到有多少人？”

“我们也只看得见把舵的人。两条船的甲板上都遮上了棕榈叶，像搭了个棚似的。大概是怕海龟叫太阳给晒着吧。”

“把舵的是白人还是黑人？”

“白人，晒得黑黑的。”

“船上的船号或船名你看得出来吗？”

---

① 西班牙语：好一头不要命的猪！

“看不清。距离太远了。那天晚上我就下令全岛进入戒备状态，到第二天还戒备了一天一夜，结果什么情况也没有。”

“他们是什么时候打这儿过的？”

“就在你的冰啊，货啊，还有那头自己不要命的猪啊运到的前一天。也就是报道说你们的飞机打沉潜水艇的十一天以后。离你们今天驾到不过三天工夫。他们是你们的朋友吗？”

“你总该给他们打过信号吧？”

“那还用说。可是没有听到回话。”

“我有三份电报要发，可以替我发一下吗？”

“当然行啦。写好就拿来好了。”

“我这就动手装油装冰，还有补给物资也得搬上船去。你看补给物资里有没有你们用得上的东西？”

“这我就不知道了。清单倒是有一张的。我还签了字呢，可那是英文写的，我不识啊。”

“送来的东西里有没有鸡或是火鸡？”

“有哇，”中尉说。“我想让你有个意外的惊喜，所以特意没有先说。”

“那我们就一分为二吧，”托马斯·赫德森说。“还有啤酒，也一分为二。”

“我叫手下人来帮你们装油装冰。”

“好，多谢你了。我只打算停留两个小时。”

“明白了。我们换班又推迟了一个月。”

“又推迟了？”

“又推迟了。”

“你的部下没有意见？”

“他们都是犯了纪律受了处分才给送到这儿来的。”

“多谢你大力相助。整个科学界都要向你表示感激。”

“关塔那摩也会感激吧？”

“当然，关塔那摩是科学界的中心嘛。”

“我看那伙人大概是在哪儿藏起来了。”

“我也这样想，”托马斯 · 赫德森说。

“船上遮的是棕榈叶，都还是青的。”

“还有什么别的情况吗？”

“其他也没有什么情况了。你这就把电报拿来吧。我不想上船了，免得耽误你的时间，打搅你的工作。”

“如果我不在的时候，送来的东西里有什么容易腐败变质的，你们就及时吃掉好了，免得坏了怪可惜的。”

“谢谢。实在抱歉哟，你那头猪就那样自己送了命了。”

“还是该我谢谢你，”托马斯 · 赫德森说。“出些小岔子，我们谁都难免的。”

“我这就去关照手下人，叫他们一律不准上船，只许在船尾帮着装货，在船边多帮些忙。”

“多谢你，”托马斯 · 赫德森说。“你记得起那两条捕海龟的船另外还有什么特点吗？”

“两条船都是挺一般的。简直就是一模一样的两条。看上去真像是一个造船师傅造的。船在礁脉角上一拐弯，看那样子好像就想要顶风进岛了。可后来却又趁着顺风，匆匆往克鲁斯礁岛的方向去了。”

“没有出礁脉？”

“没有出礁脉，后来就看不见了。”

“沙尔礁岛附近海里的那艘潜水艇呢？”

“居然浮起在水面上，跟那架软式飞艇拼了个你死我活。”

“我要是你的话，我还会继续保持戒备状态的。”

“你瞧我这不是？”中尉说。“所以你才一个人也没有看见呀。”

“我可看见了鸟儿在乱飞。”

“这些倒霉的鸟儿，也真是！”中尉说。

6

他们的船在顺风的推送下，沿着礁脉的里侧往西驶去。水箱装满了，冰也藏好了。下面甲板上，一个值班人员正在煺鸡毛、开鸡膛，另一个值班人员正在擦洗枪支。驾驶台四周已经遮上了齐腰高的帆布，还挂起了两块长长的木牌子，上面用尺把大的粗黑大字表明本船系科学考察船。托马斯·赫德森探身到船外去观察水深时，看见一团团的鸡毛都往船后的海面上漂浮而去。

“把船尽量往里靠，愈靠里愈好，只要别撞上了沙洲就行，”他吩咐阿拉说。“反正这一带的海岸你熟。”

“我可熟哪，所以我就准知道这是白搭，”阿拉说。“我们打算到哪儿下锚呢？”

“我想到克鲁斯礁岛的头头上去查看一下。”

“去查看一下当然也没有什么不可以，不过我看恐怕也没有多大意思。他们总不见得还会留在那儿吧，你说是不是？”

“是不大会留在那儿了。不过说不定那儿有渔民见到过他们。除了渔民，还可能有烧炭工。”

“但愿这风能停下来，”阿拉说。“能过上两天没风没浪的日子有多好呢。”

“罗马诺岛那边有风暴呢。”

“我知道。可这儿的风刮起来特别凶，简直就像山口风一样。要是这风还这样刮下去，我们就永远也别想赶上他们。”

“我们这一路来步步都算得很准，”托马斯·赫德森说。“说不定还真能交上点儿好运呢。他们本来完全有可能占领了洛博斯岛，利用那里的电台向那另一艘潜水艇呼救，好来把他们接走。”

“这就证明他们并不知道这一带还另有一艘潜水艇。”

“肯定不知道。他们十天里都转了那么多地方。”

“说不定他们是故意的呢，”阿拉说。“我们不要去想啦，汤姆。我想得头都疼了。扛汽油桶都没有这么吃力的。你考虑一下告诉我，船该往哪儿开。”

“就照这个方向开，可要注意着点，小心那个没安好心的密涅瓦[①]。尽量往这里边靠，可也别碰上了突出的沙洲。”

“好。”

这么说你是认为那潜水艇挨炸弹的时候连电台也一起给炸了，是不是？——托马斯·赫德森在心里盘算开了。按说炸坏了电台也应该有备用电台可用呀。可是自从炸了潜水艇以后，彼得斯在超高频频段上却始终没有捕捉到过他们的信号。不过这也不一定能说明什么问题。能有事实根据说明问题的只有一条，那就是三天前有人在我们这航行的路线上看见了那两条船。我有没有问他那两条船的甲板上可有小划子？没有，我忘记问了。但是船上肯定有小划子，因为他说那是很普通的巴哈马捕龟船，只是船上都用棕榈叶给遮起来了。

有多少人？不得而知。可有伤员？不得而知。有些什么武器装备？只知道有一支自动手枪，其他不得而知。他们的航向呢？截至目前我们还是跟着他们的航向走。

估计我们也许可以在克鲁斯礁岛和梅加诺礁岛之间找到些什么线索——他心里想。可也说不定只能找到一大群白羽鹬，此外至多就是些沙地里鬣蜥爬向水源的足迹了。

去查看查看也好嘛，反正这样就可以少想些事了。少想些什么事？你还有什么事好想的？怎么没有，有的是呢！这条船就是，还有船上的这班弟兄，还有大海，还有你正在追捕的那帮畜生。干完以后你就可以去会会你的猫儿狗儿，可以到城里去拼命喝个够，灌

---

① 密涅瓦是罗马神话中的智慧女神，也是战争女神。传说她是喊一声杀，全身武装从朱庇特的脑子里蹦出来的。

得醉醺醺的，没精打采回得家来，再准备下一次出海，去重新干一场。

这一次你也许就能把这帮家伙抓获。他们的潜水艇虽然不是你打掉的，这歼灭潜水艇的一仗里却也有你一点小小的作用。如果你能把潜水艇上的人来个一网打尽，那就是你立了大功了。

那你为什么还是这样漠然无动于衷呢？——他责问自己。你怎么就不把他们看成杀人犯呢？你应有的正义感都到哪儿去了？你怎么就像一匹没了骑手却还在跑道上跑的赛马，只知一个劲儿苦苦往前赶呢？因为我们都是杀人犯呀——他告诉自己说。我们尽管还不能说一无是处，可双方一样都是杀人犯呀，将来会有什么好结果呢？

可是事情你还得干哪。那好，我干——他在心里说。不过我就不一定非得要引以为豪吧。反正我把事情干好就是了。我又不是人家雇用的，不一定要干这行爱这行。想到这里却立即遭到了自己的揶揄：你呀，根本连个雇佣关系都还谈不上呢。这一来心里可就更不是滋味了。

“我来把舵吧，阿拉，”他说。

阿拉就把舵轮让给了他。

“注意观察右舷。阳光很猛，小心看花了眼。”

“我拿墨镜去。你听我说，汤姆，你就让我来把舵，另外挑四个得力的人上来瞭望，不是很好吗？你累了，在小岛上你压根儿就没好好休息。”

“在这一带还用不着派‘四人岗’值班瞭望。回头再派吧。”

“可你累了。”

“我不困呢。你听我说，他们的船要是一连几夜尽往这条路上紧贴着岸边走，那是非出事不可的。他们出了事就得停船修理，我们不就可以把他们找到了吗？”

“可你也不能以此作为理由，就老是不休息呀，汤姆。”

“我这可绝没有一点要表现表现自己的意思。”

“谁也没有这样的想法。”

“你倒说说，对这帮畜生你是怎么个态度？”

“别的也没什么，就是等逮住了他们，必要的才杀几个，其余的还是都逮回去。”

“他们杀了那么多人呢？”

“我不主张我们也照样来个以牙还牙。他们也是觉得迫不得已才下了这个毒手的。他们杀人并不是为了取乐，”阿拉说。

“他们还杀了个自己人呢？”

“亨利也几次想把彼得斯给宰了。我自己有时候也真忍不住想宰了他。”

“是啊，”托马斯·赫德森说。“这种心情也是并不少见的。”

“对这种事情我是脑子不想，心里不烦。你也少操些心不好吗？你平常休息的时候总爱看书，你就看看书，休息休息，不好吗？”

“我今天晚上就好好睡一觉。等船下了锚，我看会儿书就睡觉。我们已经赶上了他们四天的路程，尽管这一时还看不出来。从现在起我们就得仔细搜索了。”

“反正我们不是把他们逮住，就是把他们赶到战友们的手里，”阿拉说。“那还不是一样？能自己立功当然值得自豪，但是其实我们还另有一份自豪感，这一般人就不体会了。”

“这我倒忘了，”托马斯·赫德森说。

“这种自豪感就绝没有一点虚荣的成分了，”阿拉又继续说。“失败是它的兄弟，倒霉是它的姊妹，死亡是它的妻子。”

“这种自豪感一定是很伟大的。”

“是很伟大的，”阿拉说。“所以你可千万不能把它忘了啊，汤姆，你可千万不能把自己毁了啊。我们这条船上的人谁都有这样一份自豪感，连彼得斯也不例外，尽管对彼得斯我是很不喜欢的。”

“谢谢你这一番指点，”托马斯·赫德森说。“我有时候看问题真觉得泄气透了。”

“汤姆，”阿拉说。“男子汉没有其他的宝贝，唯一的宝贝就是自豪感。有时候我们的自豪感强烈得那才叫够呛呢。我们都曾经在自豪感的驱使下，干过些明知办不到的事。我们却就是无怨无悔。但是男子汉光有自豪感是不够的，一定还要多动脑筋，多加小心才好。我看你已经不晓得小心爱护自己了，所以我得请求你，务必要多注意保重。为了我们，也为了这条船。”

“我们，你这是说的谁呀？”

“我们大家，一个不漏。”

“对咯，”托马斯·赫德森说。“还有你的墨镜也得算一个。”

“汤姆，希望你能理解我这片心意。”

“我理解。真是万分感激。我一定饱饱地吃上一顿晚饭，像个小娃娃一样美美地睡上一觉。”

阿拉却并不觉得这话有什么能逗人发笑的，他一向认为只有有趣的事情才能逗人发笑。

“望你好自为之，汤姆，”他说。

7

船在克鲁斯礁岛后的背风处下了锚。这里正是介于两个礁岛之间的一片海湾，水底是沙质土。

“我们要泊在这儿一个锚不够，还得加一个哪，”托马斯·赫德森向他的副手喊道。“水底的土质不行啊。”

副手耸耸肩膀，就弯下腰去抛第二个锚。托马斯·赫德森把船迎着潮水缓缓向前挪了挪，看着沙洲上伸出来的草在水流中纷纷后退。随即又打了个倒车，到第二个锚牢牢吃住以后这才停下。于是船就头顶着风停在那儿，潮水从两侧滚滚而过。这里虽说是背风面，风可还是不小。他知道一等潮转，船肯定就会横过身来，船身就要承受巨浪的冲击了。

“管它呢，”他说。“要晃就晃吧。”

可是这时他的副手早已放下了小艇，大伙儿正忙着要在船尾再下个锚呢。托马斯·赫德森看着他们把那个小小的“丹福思”式锚抛了下去。在这里下了锚，到涨潮的时候船就能保持以头顶风的位置，不会打横了。

“你们怎么不干脆多下几个锚呢？”他大声喊道。“弄得这条船像只蜘蛛似的，不是可以当宝贝卖了吗？”

那副手冲他咧嘴一笑。

“把尾挂发动机装好，我到岛上去看看。”

“你别去了，汤姆，”他的副手说。“让阿拉和威利去吧。我送他们上岛，再送几个人去梅加诺岛看看。你看他们要不要带上 niño①？”

“不要带。要像个科学家的样。”

我现在真是乖乖的都由着别人来照看了——他心里想。想必是我确实需要休息休息了。可奇怪的是我却既不累，也不困。

“安东尼奥，”他喊了一声。

“有，”他的副手应声说。

“给我把充气垫子拿来，还要两个靠垫，外加一大杯酒。”

“什么样的酒？”

“金酒配椰子汁，加上点安古斯图拉和酸橙汁。”

“就是一客‘托美尼’咯？”他的副手说，心里可是一阵高兴：他到底又自己要酒喝了。

“要来双料的。”

亨利把充气垫子扔了上来，随后也就上了驾驶台，还带来了一本书、一本杂志。

“你这里倒很挡风，”他说。“要不要我来把这帆布撩起点儿，

① 西班牙语：小家伙。（原意是小孩，这里是轻武器的意思，指冲锋枪。）

也好通通风？”

“我的身价这么高啊，请问行情是几时上涨的？”

“汤姆，我们商量过了，大家一致认为你需要休息休息了。你老是不顾一切拼着命儿干，人再劳累得起也是有一定限度的，你现在已经超过这个限度了。”

“胡扯，”托马斯·赫德森说。

“你说胡扯就算胡扯吧，”亨利说。“我当时倒是说过，说依我看你没问题，只管干下去，绝对挺得住。可是大伙儿不放心，他们说服了我。你也可以反过来说服我嘛。可现在你反正得休息，汤姆。”

“我现在精神才好着呢。你们说这些我就是不要听。”

“问题也就在这儿。你不肯下驾驶台。你干一班连一班，就是把住了舵不放。而且什么话都不要听。”

“好了好了，”托马斯·赫德森说。“我都明白啦。不过这里还是得听我的。”

“天地良心，我可完全是一片好心啊。”

“不谈了，”托马斯·赫德森说。“我休息就是了。到小岛上去搜索，你总会吧？”

“应该会。”

“得去看看梅加诺岛上有些什么动静。”

“那是我的任务。威利和阿拉已经先去了。我跟另外一个小组还得等安东尼奥把小艇开回来。”

“彼得斯怎么样？”

“他干得很卖力，一下午都在弄那部大电台。据他说是已经全修好了。”

“那就太好了。我要是睡着了的话，你们可要一回来就叫醒我啊。”

“明白了，汤姆。”下面递什么上来了，亨利就俯下身去把东西接了过来。那是一只大号玻璃杯，杯里是满满的冰块和铁锈色的混合酒，杯外裹着双层的纸巾，用橡皮筋紧紧箍住。

“是双料的‘托美尼’，”亨利说。“喝了酒，看会儿书，就睡吧。回头你就把杯子放在手榴弹架子上大个的空格里好了。”

托马斯·赫德森呷了一大口。

“这酒好，”他说。

“你就喜欢喝这种酒。放心吧，一切都错不了，汤姆。”

“总得先自己尽心干好，然后再希望能好上加好。”

“你就好好休息会儿吧。”

“一定。”

亨利下去了，托马斯·赫德森听见了发动机的嗡嗡声，那是小艇回来了。一会儿嗡嗡声停了下来，只听见有人在说话。后来嗡嗡声又响了起来，是小艇又开走了。他等了一会儿，用心听了听，然后就拿起酒杯，把酒往船外一泼，酒高高洒在空中，都随风飘到船后去了。那放置手榴弹的三层架上有个空格子不大不小放杯子正合适，他就把杯子往里边一插，然后面孔朝下趴在那橡皮垫子上，两条胳膊一把搂住了垫子。

我看他们船上遮棕榈叶，下面怕是藏着伤号呢——他心里想。当然也可能是因为人多，得遮盖遮盖。不过我不信是这样。人多的话他们第一天晚上早就该上这儿来了。我实在应该自己上岸去看看。今后我一定要亲自出马。不过阿拉和亨利都是再能干不过的，威利也是一把好手。我一定要干个好样儿的。当下他就对自己说：今天晚上一定要好好儿干。一定要穷追猛赶，多用脑筋，别犯错误，更不能跑到他们的前头去，倒被他们漏了网。

8

他感到有人按着他的肩膀。一看原来是阿拉，阿拉说：“我们抓到了一个，汤姆。是威利和我抓到的。”

托马斯·赫德森赶紧下了螺旋梯，阿拉也跟着一起下去。只见那德国人裹着条毯子，躺在船尾，头下枕了两个靠垫。旁边是彼得斯，拿着杯水，坐在甲板上。

“快来看看有好东西了，”他说。

那德国人很消瘦，下巴颏儿和凹陷的双颊上尽是金黄的胡子，头发又长又乱。再加这时天色已近傍晚，太阳已快西沉，所以看上去他就活像个画上的圣徒。

“他已经没法招供了，”阿拉说。“威利和我审问过他。再说，你也还是离他远点儿的好。”

“我一下来就闻到气味了，”托马斯·赫德森说。“问问他可需要点什么，”这是他对彼得斯说的。

那电台报务员就用德国话说了起来，德国人冲他看看，却不开口，连头也没有动一动。托马斯·赫德森听见远远传来了小艇上尾挂发动机的嗡嗡声，他抬眼朝海湾的那头望去，见小艇正在晚霞中驶来。小艇看上去载重很大，都压到满载吃水线了。他于是又回过头来盯住了那德国人。

“问问他一共来了多少人。告诉他我们一定要把他们的人数搞清楚。告诉他这是非说清楚不可的。”

彼得斯又对那德国人说了起来，话说得轻声细气的，在托马斯·赫德森听来简直有点温情脉脉的味道了。

那德国人费了好大的劲，才勉强说出了几个字。

“他说都没什么大不了了，”彼得斯说。

“对他说他的话说得不对。我是非知道不可的。你问问他可要打一针吗啡。”

那德国人以表示心领的目光看了托马斯·赫德森一眼，又勉强说出了几个字。

“他说他已经不觉得痛了，”彼得斯说。可是紧接着他又用德国话说开了，话说得好快，托马斯·赫德森又从中听出了那种温情脉脉的味道，要不，也可能是德国话的声调本身听起来就很富于感情吧。

“你多什么嘴，彼得斯，”托马斯·赫德森说。“我就让你翻译，我说什么你就翻译什么。听明白啦？”

“听明白了，长官，”彼得斯说。

“告诉他，我自有办法叫他开口的。”

彼得斯翻译给那德国人听了，那德国人转过眼来，望着托马斯·赫德森。这双眼睛虽说还长在一个年轻人的脸上，却已经落得那么苍老了。就是那张年轻人的脸，也早已像海滩上漂来的烂木头那样枯朽了，那样白不呲咧了。

“Nein，”那德国人缓缓吐出了一个字。

“他说办不到，”彼得斯替他翻译了出来。

“对，这话我也听懂了，”托马斯·赫德森说。“威利，你弄点热汤来给他喝，再给他来点白兰地。彼得斯，你问问他真的要不要打一针吗啡，他就是不肯说也决不难为他。告诉他我们这里吗啡多的是。”

彼得斯把话翻译了，那德国人望着托马斯·赫德森淡淡一笑，这种笑脸可是北国人的特色。

他对彼得斯说的话轻得几乎听不出来。

“他说谢谢你了，不过他已经不需要了，还是省了吧。”

那德国人随即又对彼得斯轻轻说了句什么，彼得斯翻译了出来：“他说要是在上个星期的话就用得上了。”

“对他说我很佩服他，”托马斯·赫德森说。

小艇已经靠到了船边，艇上是他的副手安东尼奥以及亨利等人，他们是去梅加诺岛的。

“上船轻些，”托马斯·赫德森对他们说。“不要到船后去。后船有个德国佬，快要咽气了，我想让他就安静点儿咽气。你们有什么发现？”

“没有，”亨利说。“半点都没有。”

“彼得斯，”托马斯·赫德森说。“你有什么话就只管跟他说吧。也许你能套出点什么话来。我要跟阿拉和威利到前边去喝一杯了。”

一到舱里，他就问：“你把汤准备好了吗，威利？”

“我随便挑了一锅，正好是锅蛤蜊汤，”威利说。“热得差不多了，可以喝了。”

“你怎么不给他喝牛尾汤呢？要不咖喱鸡汤不也很好？”托马斯·赫德森说。“按照他的情况还是喝那种汤好，可以早点送他走。你把鸡肉都放到哪儿去啦？”

“给他吃鸡肉我不干。那是给亨利吃的。”

“就是这话，”亨利说。“我们为什么要那样优待他呢？”

“其实我们也不是真要优待他。我刚才要汤要酒，也不过是想让他喝点汤、来杯酒，他也许就肯开口了。可他就是死不肯开口。给我来杯金酒好不好，阿拉？”

“他们在岛上给他搭了个窝棚，汤姆，他还有张床睡，是用树枝做的，还挺不错，瓦罐里备足了水，吃的也不算少。他们倒是很替他作了些安排的，沙土上还挖了排水沟呢。从海滩到窝棚一路上有很多清楚的脚印，我看大概有八双到十双吧。再多也不至于。威利和我把他抬来可是很费了点心的。他两处伤口都生了坏疽，靠右大腿的那个坏疽气味可厉害了。我们也许不应该把他抬来吧，恐怕还是应该来请你和彼得斯过去，就在他的窝棚里审问他。要是这样的话，那都要怪我欠考虑了。”

“他有枪支没有？”

“没有。也没有什么身份证明。”

“我的酒呢，快拿来给我，”托马斯·赫德森说。“依你看，那搭窝棚用的树枝是什么时候砍下来的？”

“依我的估计大概不会迟于昨天早上。不过我也不敢说一定。”

“他当时说了什么话没有？”

“没有。看见我们手里有手枪，他那副模样活脱儿就像个木头人。他一度还流露出过害怕威利的神气。我想那是因为他看到了威利那两道目光的缘故吧。后来我们把他抬走的时候他却又笑了笑。”

“想表示他还是笑得出来的，”威利说。

“后来他就昏过去了，”阿拉说。“你看他这样将死不死的，还要拖上多久啊，汤姆？”

“我也说不上。”

“好了，我们还是带上了酒都到外边去吧，”亨利说。“我实在信不过彼得斯。”

“我们还是把蛤蜊汤喝掉算了，”威利说。“我可是饿慌了。我把亨利的鸡肉热一罐给他吃好了，只要亨利没有意见就行。”

“只要他吃了肯开口，我就没有意见，”亨利说。

“只怕他吃了也不见得肯开口呢，”威利说。“不过你看他都那副模样儿了，给他喝蛤蜊汤好像未免太刻薄了点儿吧。你把白兰地给他带去吧，亨利。他或许也跟你我一样，是爱酒如命的呢。”

“你们别跟他过不去啦，”托马斯·赫德森说。“这个德国佬倒是个好样儿的。”

“当然啦，”威利说。“呜呼哀哉了，德国佬也都变成好样儿的了。”

“他还没有呜呼哀哉呢，”托马斯·赫德森说。“虽说奄奄一息，到底还活着。”

“奄奄一息还挺有风度的呢，”阿拉说。

“你也成了个亲德派了吗？”威利问他。“这么说你跟彼得斯是一鼻孔出气的。”

“不许胡说，威利，”托马斯·赫德森说。

“你这是怎么啦？”威利倒反问起托马斯·赫德森来。“这里有一小撮狂热的亲德派，敢情你就是他们的乏头头！”

“跟我到前边来，威利，”托马斯·赫德森说。“阿拉，等汤热了就快送到后船去。你们大家想看那德国佬断气的话就去看吧。可别紧围在他的跟前。”

托马斯·赫德森和威利就到前边去了，安东尼奥也想跟着去，可是托马斯·赫德森向他摇了摇头，于是那大个子就又退回厨房里去了。

他们来到了前舱里，这时天已快黑了。托马斯·赫德森只能勉强看清威利的脸。还是光线暗些好，这张脸看上去好像也觉得舒服了些，而且他看到的又正好是对方眼睛没坏的那半边。托马斯·赫德森瞅了瞅威利，又瞅了瞅两条锚链，再往外瞅去，还看得见海滩上的一棵树。心里不禁想起：这里的水底是沙质土，锚下在这里怕靠不住呢。不过嘴上却说：“好吧，威利。你还有什么话，统统都倒出来吧。”

“你呀，”威利说，“因为儿子牺牲了，就自己也不要命了，直要累死在驾驶台上才罢。你就不知道人家也都有儿子牺牲吗？”

“这我知道。还有什么？”

“有了那个该死的彼得斯就够讨厌了，偏还饶上个该死的德国佬，把个船梢搞得臭气熏天。船上还弄个烧饭司务当大副，你这条船到底算是哪门子的船？”

“他饭烧得怎么样呢？”

“这他倒是有一手的，还有开开小船什么的，他也很有两下子，我们大伙儿算在一起，连你在内，怕还抵不上他一个人呢。”

“比他差远啦。”

“得了，汤姆。倒不是我要发脾气。老实说我也没有资格发脾气。我就是看不惯这种做法。我是很愿意待在这条船上的，我也很喜欢大伙儿，就是那个龟孙子彼得斯招我讨厌。可你听我说一句：你不要再这样不爱惜自己了。”

“其实我也谈不上不爱惜自己，”托马斯·赫德森说。“我就是只想着工作，别的都顾不上考虑了。”

“你的思想境界也太高了，也真他妈的该上十字架了，”威利说。“去多想个屁。”

“我尽量不去多想就是了。”

“这才像句话。”

“威利，你现在心里舒畅了吗？”

“当然舒畅啦。干吗还要不舒畅呢？我看大概都是那个德国佬惹得我上了火的。他们把他安顿得妥妥帖帖，好像在说换了我们的话，就决安顿不到这么妥帖似的。其实我们只要有时间，多半也能这么办的。可他们倒真是舍得花费时间哪。他们不知道我们离他们已这么近了。可他们总不会不知道有人在追来吧。如今四面八方都在捉拿他们了。可他们还是把他安顿得妥妥帖帖，人都只剩一口气了，还能安顿到这个分儿上，也真是到了家了。”

“话是不错，”托马斯·赫德森说。“可他们把那边小岛上的居民也收拾得够干净利落的。”

“是啊，”威利说。“问题可不就在这儿？”

就在这时候彼得斯进来了。这个彼得斯，得意的时候不用说了，就是在平时，也总是以海军陆战队的战士自命。他最引以为豪的就是这船上虽然没有军纪的形式，实质上却是实施军纪的。他遵守军纪最起劲了。此刻他就远远站住，一个立正，敬了个礼，不过却处处流露出一派醉态。只听他报告说：“汤姆，不不，长官，他死了。”

“谁死了？”

“俘虏哪，长官。”

“知道了，”托马斯·赫德森说。“你去开动发电机，再去试试，看能不能跟关塔那摩联系上。”

他们按说也该有指示下来了——他心里想。

“俘虏说了什么没有？”他又问彼得斯。

“没有，长官。”

“威利，你觉得身体还可以吗？”他问。

“可以。”

“那就拿几个闪光灯泡，去给他拍两张躺在船尾的侧面照。再揭掉毯子，脱掉他的短裤，给他拍一张在船尾直挺挺躺着的全身照。另外还要拍一张头部的正面照，一张全身平卧的正面照。”

“遵命，长官，”威利说。

托马斯·赫德森就上了驾驶台。他听见发电机的引擎开动了，看见照相机上闪光灯泡乍猛地亮了几亮。他心想：事情还得上头的海军情报局说了算，可他们是连我们抓到了这么个半死不活的德国佬都不会相信的。没有证据哪。有人会说这是德国人扔在海里的尸体，是我们碰巧捞到的。我怎么没有早些想到给他拍照呢。那帮混账的家伙！好在我们明天大概就可以把另外那几个逮住了。

阿拉上来了。

“汤姆，你打算派谁把他抬上岸去埋掉？”

“今天谁活儿干得最少？”

“大家都干得很卖劲。还是我带吉尔去把事情了结了吧。我们就把他埋在沙土里好了，只要比满潮的水位高一点就行。”

“恐怕还是再高一点的好吧。”

“我一会儿让威利上来，你告诉他坟上的木牌子该怎么个题法。我们有只不用的箱子，我就拆了块木板下来。”

“你就让威利上来吧。”

“要不要把他裹好以后再缝起来？”

“不用了。拿他自己的毯子裹起来就行。让威利上来吧。”

“请问你有什么吩咐？”威利上来问。

“在木牌上题上‘无名德国水兵’几个字，下面标上日期。”

“明白了，汤姆。我是不是也跟着掩埋队一起上岸去？”

“不用了。有阿拉和吉尔去了。你把木牌题好了，就休息休息，好好喝一杯吧。”

“等彼得斯跟关塔那摩一联系上，我就把电报送上来。你不准备下去了吧？”

“不下去了。我就在上面休息了。”

“在这么条大船的驾驶台上值班是怎么个滋味？是不是感到责任重大，乱七八糟的事情一大堆？”

“跟你在木板上题几个字还不是差不多的一码事？”

关塔那摩终于有电报来了。密码译出来是：**继续西进严密搜索。**

正合我意！——托马斯·赫德森心里想。他躺了下来，不一会儿就睡着了。亨利拿了条薄毯子来，替他盖上。

9

离天亮还有一个小时，托马斯·赫德森就已经下了驾驶台，把气压表看过了。气压降低了零点四①，他就叫醒了副手，叫他也看看。

副手对他瞅瞅，点了点头。

“昨天罗马诺岛上空的风暴你看到了，”他低着嗓门说。“这光景要转南风了。”

“请给我弄点茶来喝喝，好不好？”托马斯·赫德森说。

“瓶子里有点冷茶，我替你在冰上搁着呢。”

托马斯·赫德森跑到船后，找了一个拖把、一只水桶，就在船尾甲板上拖了起来。这船尾甲板早就擦洗过了，可是他这又重新拖了一遍，还把拖把也洗得干干净净。然后就带上那瓶冷茶上了驾驶台，专等天亮。

天还没亮，他的副手就把尾锚收了起来，又跟阿拉一起收起了右舷锚，两个人再搭上吉尔，一同把小艇吊到了大船上。随后他的

① 想必是英寸读数。0.4英寸水银柱的气压差，折合公制约为10毫米，即13.5百帕左右。

副手又开动水泵，抽干了舱底的污水，把船机各部分也检查了一遍。

于是那副手就昂起了头，说："准备完毕，听命待发。"

"舱底怎么会有那么多水？"

"是填料箱的盖子松了。我已经拧紧点儿了。漏点儿水还问题不大，倒是机器发烫的话就麻烦了。"

"好吧。叫阿拉和亨利上来。我们要出发了。"

船起了锚，托马斯·赫德森转过头来对阿拉说："树在哪儿，再指给我看看。"

阿拉一指，树在那渐渐远去的一溜儿海滩上边只露出了一点点影子，托马斯·赫德森就用铅笔在海图上标了个叉儿。

"彼得斯后来就始终没有跟关塔那摩联系上？"

"没有。他又把机子烧坏了。"

"没关系，反正我们已经跟上了他们，他们的头里也少不了人拦截，再说我们的命令也已经接到。"

"你看真会转南风吗，汤姆？"亨利问。

"照气压表上看怕是要转。反正等风起来了再瞧吧。"

"风是四点前后息的，几乎一丁点儿都没有了。"

"沙滩上的那种小飞虫来咬你了没有？"

"晚上倒没什么，天一亮就来咬了。"

"你还是下去拿驱蚊水喷喷，把小飞虫彻底赶跑了。留在船上带到东带到西的，总不是回事啊。"

这天倒是个好天，托马斯·赫德森和阿拉回过头去，看看昨天下锚的海湾，看看克鲁斯岛上的那一带海滩和低矮树丛，这些他们俩都是再熟悉不过的，可是在岛的上空他们看到了高高的成堆的云。罗马诺岛地势最高，俨然是一派苍茫大陆的气概，岛的上空云层高积，预示将有南风，如果不起风的话那就是陆地风暴的前兆了。

"阿拉，假如你是个德国人，你会怎么想呢？"托马斯·赫德森问。“假如你看到了这种种迹象，知道自己没有顺风之利可借了，你会怎么想呢？”

“那我就要靠里走，”阿拉说。“我想我就只能这样办。”

“要靠里走你得要有个向导啊。”

“我就去找个向导，”阿拉说。

“上哪儿去找呢？”

“安通岛上有渔民哪，要不再靠里点，罗马诺岛上总有吧。再不就到科科岛上去找。在这种季节里那一带肯定有腌鱼的渔民。在安通岛上说不定还能找到条把有活鱼舱的渔船呢。”

“我们就到安通岛去试试看吧，”托马斯·赫德森说。“早上一醒来就这么背晒着太阳在驾驶台上把舵，真是太痛快了。”

“要是天天都能这样风和日丽，让你背晒着太阳在驾驶台上把舵，这海洋该有多好呢。”

这天简直像个地地道道的夏天，早上风暴还没有形成。天气看起来还是一面孔的晴和可期，海水也是那么平静而清澈。起初他们连海底都看得清清楚楚，后来出了浅水区域，到了外海，那密涅瓦女神也不知稳坐在海底的什么地方，推动海浪款款地拍打着珊瑚礁。这是两个月不间断的强劲信风遗留下的澹澹余波。不过海浪很轻和、很温婉，带着一种懒洋洋的节奏。

托马斯·赫德森不禁暗暗寻思：看这大海真像是在说，我们现在都是朋友了，今后我就不会再捣乱、再撒野了。为什么大海就是这样爱耍奸呢？大河，有时虽然奸诈而残忍，有时倒也和蔼而友善。小溪，却纯粹是一派友善，只要你不去惹是生非，对它你一辈子都可以放心。可是唯有大海，在干你一家伙之前，总要先花言巧语骗你一番。

他又瞧了瞧那缓缓起伏的波浪，看着这波浪，简直让人觉得密涅瓦女神鲜活灵灵的就在眼前，似乎在那里逢人招徕：这海上可是个好地方哟。

“可以给我来个三明治吗？”他招呼阿拉说。“要夹咸牛肉加生洋葱，要不火腿蛋加生洋葱也可以。你吃过了早饭就派四个人上来值班瞭望，望远镜都要逐一检查过。我打算先走一段外海，然后再转到里边，去安通岛上。”

“是，汤姆。”

我要是没有这个阿拉，还真不知道会怎么样呢——托马斯·赫德森心里想。他暗暗合计起来：自己总算美美地睡过一觉了，此刻精神是好得不能再好了。命令，已经接到；敌人，也已经叫我们紧紧咬住了尾巴，而且前边还有人拦截。现在只要按照命令执行就是，何况今天的晨光又是这样的灿烂，执行搜索的命令真是再合适也没有了。这样顺利，简直都叫人不敢相信了。

船沿着深水航道驶去，一路细心瞭望，可是没有看到一点动静，眼前就只有这清晨的平静的大海，微波起伏，一片祥和，远处是罗马诺岛内陆的一长溜儿苍翠，中间是许许多多礁石小岛。

“遇上这种没风的天气，他们的船走不了很远的，”亨利说。

“我看他们根本就走不了，”托马斯·赫德森说。

“我们上安通岛？”

“对。彻底解决掉算了。”

“安通岛还是不错的，”亨利说。“只要没有什么风浪，那儿倒有个停船的好去处，停在那儿保证吃不了他们的亏。”

“就怕到了近海他们会来劫船，”阿拉说。

前边出现了一架小型的水上飞机，飞得低低的，直向他们而来。在阳光里看起来只是白白的一点，显得渺小极了。

“飞机，”托马斯·赫德森说。“传令挂大旗。”

飞机愈飞愈近，一会儿就贴着船顶一掠而过。在船的上空打了两个盘旋以后，便又继续东去，飞得看不见了。

“真要是发现了目标，量它就没有那么自在了，”亨利说。“不给打下来才怪呢。”

“发现了情况飞机上的人只消把方位报出去，弗兰塞斯礁岛上就收到情报了。”

“有这可能，”阿拉说。那另外两个巴斯克人却没作声。他们背对背站着，一直在用心观察自己负责瞭望的那个方向。

过了会儿，那个大家管他叫乔治的巴斯克人说了：“飞机又飞回来了，还在偏东方向，位置在罗马诺岛和外围小岛之间。”这个人其实名字叫尤赫尼欧，只因彼得斯叫起尤赫尼欧来有时要“卡壳”，所以大家都改叫他乔治。

“那个开飞机的八成儿要回家吃早饭去了，”阿拉说。

“他发现了我们也会报告上去的，”托马斯·赫德森说。“瞧着吧，也许过上个把月，大家就都知道我们今天此时此刻是在哪儿了。”

“只要他航图上的方位没标错，”阿拉说。“汤姆，我看见大帕雷东岛啦。方位在左前方二十度左右。”

“你的眼睛可真尖啊，”托马斯·赫德森说。“没错，是这个岛。那我还是转到里边去，找内航道去安通吧。”

“转左舷九十度，我看能找到。”

“反正我遇上了沙洲就沿着沙洲的边上开，我就不信会找不到那该死的航道。”

船就向着那一行葱龙的礁石小岛驶去，远远看去那起初像竖在海里的一道黑篱笆，后来渐渐显出了轮廓，露出了绿色，最后就看到了覆盖着沙子的海滩。托马斯·赫德森恋恋不舍地转出了开阔的航道，离开了撩人遐想的浩渺大海，抛却了清早在远洋航行的妙趣，来到近海的礁石小岛堆里，要去干那搜索的苦差使了。可是看飞机明明是到这一带的海岸上来侦察的，而且掉了个头还背着太阳复查了一遍，这就说明东边并没有发现敌人的那两条船。当然飞机也可能只是执行例行的巡逻。但是按情理来分析，还是前一种可能性大些。是例行巡逻的话，一来一回都应该是在深水航道的上空飞行的。

他看到安通岛了，好一个林木茂密的可爱的小岛，在他的眼前一点点大起来了。他一边把船向着海岸驶去，一边紧盯着前方，要找他的标记。他一定要找到岛顶上最高的那棵树，把树不偏不倚正好对准远处罗马诺岛上的那个小山口。照这个方向驶去，即使阳光直逼他的双眼，水面像凸透镜那样耀亮，他也照样能写写意意靠岸。

今天他原也没有这个必要。但是为了演习起见，他还是这样办了。他找到了作为标记的那棵树，心想：这一带海岸刮飓风是常事，我还得找一个更固定的方向标记才好。一边想一边就减低了船速沿海岸而行，用心把树影对准了背后鞍形山的山口，这才一个急转弯，往里直驶。这条进岛的水道两边都是泥灰土般的沙洲，浅浅的海水只是勉强才把沙洲盖住，所以他就对阿拉说："让安东尼奥放个钓钩出去。说不定能钓到些什么好吃的。这条水道底下的沙滩可肥着呢。"

他于是就照着这个方向把船笔直往里开。他本想不去看左右两边的沙洲，只管一个劲儿开到底就是。可是转而一想，阿拉说起过得意忘形有多种表现，这也该算是得意忘形的一种表现吧。想到这里他就谨慎起来，就以右舷的沙洲为准把好舵，每当左侧跟沙洲擦过时，便把船朝右偏一偏，不再一味死依着他习惯的定向。好在在这里行船就像在街道齐整的居民新区里开车一样，而且这时候潮水也正在急剧上涨。那潮水，起初一浪浪都是浑黄的，后来就都纯而又清了。前边有个深水小湾，是他心目中转弯掉头的好地方，他就打算去那儿下锚。就在船快到时，忽然听见威利嚷嚷起来："有鱼！有鱼！"他朝后船一望，只见阳光里一条大海鲢扭动着身子跃起在半空中。好大的鱼，嘴巴张得开开的，灿烂的阳光照着那一身的银鳞，那绿色的长长的鞭子似的是它的背鳍。那鱼在阳光里拼命挣扎，又一下子掉在海里，溅起了一大片水花。

"Sábalo[①]，"安东尼奥很不屑地叫了一声。

"是 Sábalo，没意思，"那两个巴斯克人也说。

---

① 这种鱼的西班牙语名称。

“可以让我来逗着玩玩吗，汤姆？”亨利问。“这鱼的肉是不好吃，可我还是很想去把它抓上来。”

“不知道威利逮上来了没有，要没有的话这鱼就由你去收拾吧。叫安东尼奥别管了，还是赶快到船头上去，我要下锚了。”

尽管那大海鲢一直在船尾乱蹦乱跳，大伙儿却只是淡淡一笑，谁也没有加以理会，他们都忙着下锚了。

“你看要不要再多下一个？”托马斯·赫德森向船头上喊道。他的副手却摇了摇头。锚吃住了，船便不那么晃了，他的副手来到了驾驶台上。

“放心吧，汤姆，船是刮不走的了，”他说。“风暴再大也刮不走了。绝对刮不走了。大不了就是晃些，那也不怕，反正船是怎么也刮不走的。”

“估计风暴什么时候会来？”

“总要到两点以后吧，”他的副手望了望天色说。

“把小艇放下去，”托马斯·赫德森说。“尾挂发动机里可要给我多加一桶汽油。我们得赶快出发了。”

“你带谁去？”

“就是阿拉，威利，连我三个人。人少些小艇开起来也好快些。”

10

小艇里，他们三个都带上了雨衣，裹在niño的外边。所谓niño就是“汤姆生”式冲锋枪，还套了个羊绒里子的长枪套。阿拉虽不是个内行的裁缝，枪套倒都是他自己裁剪、自己缝制的，托马斯·赫德森还让那短羊绒里子吸饱了防锈油，这种防锈油就是有一点石炭酸的气味。由于这些冲锋枪都妥妥帖帖安放在羊绒里子的套子内，套子平时就挂在驾驶台的横档里随船晃悠，有如摇篮，所以那几个巴斯克人就给这些枪起了个外号，叫“小家伙”。

“给我们一瓶水带上，”托马斯·赫德森对他的副手说。安东尼奥拿来了好大一瓶，是冷的，大口的瓶盖可以紧紧拧上。托马斯·赫德森接过来递给了威利，威利就去放在小艇的前头。阿拉就爱驾驶这挂上发动机的小艇，所以坐在船尾。托马斯·赫德森居中，威利则蹲在船头。

阿拉驾起小艇直向岛上驶去，托马斯·赫德森目不转睛地瞅着陆地上空的云层：云愈积愈厚了。

小艇行驶到了岛前的浅水里，托马斯·赫德森看得见水下的沙底上鼓起浅灰色的一团团，都是海螺。阿拉探过身来问：“要不要先在海滩上察看一下，汤姆？”

“恐怕是应该趁天还没下雨先察看一下。”

阿拉加大了马力作最后的冲刺，把小艇直往岸上开去。这儿正好是个突出的尖角地形，沙子被潮水冲出了一条小小的沟，他就把小艇开进沟里，小艇翘起了身子停住在沙地上。

“又踏上陆地啦，”威利说。“这个劳什子的小岛，叫什么名儿？”

“叫安通。”

“就叫安通？不是大安通、小安通、无赖安通什么的？”

“就叫安通。从这儿到东边的那个尖角地，归你去查看，过了尖角地你还只管继续往前走好了。我们回头会来接你的。这一带的海滩由我负责快快查看一遍。阿拉的任务是把小艇开过那边的第二个尖角，小艇留在那儿，人再上岸去一路往前查看。我回头就驾上小艇，先去接他，再一起绕个圈儿来接你。”

威利把他的 niño 用雨衣裹裹好，往肩上一扛。

“要是发现了德国佬，可以打死吗？”

“上校说了，好歹得留一个活口，”托马斯·赫德森说。“可要想法留一个机灵点儿的。”

“我一定先给他们一个个都作过智力测验，然后再开火。”

“自己也要测验一下哟。”

“我的智力差得可不是一点点，要不我也不会在这儿了，”威利说完就一迈腿走了，神气之间显得很不屑。他把这片海滩和前边一带查看得细之又细，细得真是不能再细了。

托马斯·赫德森把他们的分工打算用西班牙语告诉了阿拉，然后就使劲一推，把小艇推下了水。自己也把 niño 往腋下一夹，就顺着海滩一路查看起来。他光着脚，觉得脚趾缝里都嵌满了沙子。再往前一看，小艇已快绕过那个小尖角了。

上了岸，他心里也高兴了。他尽量把脚步加快，当然也注意可不能误了查看海滩。这一带海滩倒也可爱，早先在海上时，想到这个小岛他就有种种不祥的预感，如今不祥的预感都已一扫而空了。

今天一早也真有点怪——他心里想。也许都是这没有了风的天气在作祟吧。抬眼向前边望去，空中的云还在不断积聚。但是至今还没有一点风雨的迹象。现在太阳是火辣辣的，沙滩上的小飞虫都没有了影踪，蚊子也不来了，只看见前边浅水滩上有一只高高的白鹭垂下了眼兀立在那儿，脑袋、脖子、长喙，都保持着那么个姿势一动也不动。刚才阿拉的小艇驶过，那白鹭也并没有飞走。

尽管我不信这里会有什么情况，我们还是得仔仔细细搜索一下——他心里想。今天没有风，他们走不了，所以我们多耽搁一下也误不了事，倒是万一跑到他们的前头去了，那才坏事呢。他埋怨起自己来：我为什么不把他们的情况摸得再清楚些呢？那都是我自己不好。我当时实在应该亲自到岛上去，把他们搭的窝棚查看一下。把那儿留下的足迹也查看一下。我虽说也盘问过威利和阿拉，他们俩也确实都很能干，可我毕竟还是应该亲自到岛上去走一趟的。

其实那还不都是因为我内心很不愿意跟他们碰上？——他心里想。当然我是责无旁贷，我一定要把他们逮住，我也一定会把他们逮住。可是对于他们我又怀有一种死囚牢里同监犯般的感情。死囚牢里的同监犯会相互痛恨吗？我就不信他们会相互痛恨——除非他们是疯子。

就在这时那白鹭忽然一冲而起，往海滩的那头飞去了。飞过了一段路，只见那双大大的白翅膀划了两道大弧线，一下子收了拢来，脚落到地上踉跄了几步，就站住了。抱歉，是我惊动它了——托马斯·赫德森心里想。

他把这片海滩满潮线以上的地面都查看遍了。可是并没有发现什么脚印，倒是看到了一只海龟两度爬过的痕迹。那海龟是去了一趟海里又回来，爬出了一道很宽的印子，还扒出了一个洼洼，在那儿下过蛋。

可惜时间太紧，就没工夫去掏海龟蛋了——他心里想。天上的云层已经渐渐暗下来了，而且已经在扩散了。

如果那帮德国佬来过岛子的这半边的话，他们肯定早就把海龟蛋掏走了。他朝前一望，却看不到小艇，因为前边又突出了一个弯弯的尖角，挡住了视线。

低处的沙子涨潮时泡湿了，比较坚实，他就在那儿的沙子上走。他看见寄居蟹扛着空螺壳纷纷躲开，看见鬼面蟹都悄悄溜出沙滩，往水里一钻。右边的浅水里看见有黑黝黝的一团，那是一群鲻鱼的身影，游动的鱼影映在水下的沙底上，都看得很分明。他还看见了一个影子，那是一条很大很大的鲟鱼，正在向鲻鱼群暗暗逼近，不一会儿他就看到了这鲟鱼的面目，好长的身子，白里还带点儿灰，看去似乎一动也不动。他只管往前走，转眼就过了鱼群，一看前面，又跟那只白鹭碰上了。

我还是尽量放轻点脚步走过去，小心别把它惊飞了——他心里想。可是就在他将到未到这白鹭身旁的时候，冷不防那群鲻鱼却从水里猛蹿了起来，都直挺着身子乱蹦，眼睛睁得大大的，一副呆头呆脑的样子，被阳光映得银鳞闪闪，却并无一点美感可言。托马斯·赫德森就扭过头去看，他倒很想看看闯进鲻鱼群里的那条鲟鱼。可是他没有看到这条强盗鱼，看到的只是受惊的鲻鱼在那里狂蹦乱跳。后来鲻鱼终于又汇合成了黑黝黝的一团在水里游动了，看到这里他才又回过头来，一瞧白鹭却已经不在了。只见那家伙扑棱着雪白的翅膀，在清凌凌的水面上飞呢。前边，尽是黄澄澄的沙滩，突出的尖角上有一大排树。罗马诺岛背后的天空里云团渐渐都变成乌黑的了。他就加快了脚步，打算绕过那个尖角，快去看看阿拉把小艇留在哪儿了。

脚下的步子一紧，精神也为之一振。他心里寻思：我看这一带是不会有德国佬的。有德国佬的话哪会让你这样太平呢。不过再一想：也难说哪。也许你犯了个大错而还不知道呢，所以才让你觉得那么太平呢。

那尖角的尽头处是一片亮灿灿的白沙地，一到这里他就想：能在这里躺下来该有多好啊。这可真是个睡觉的好地方。可是抬眼一看，一长溜儿海滩的那一头是那小艇，于是心中不禁暗暗骂了一声：混蛋，想得倒美。要睡我就到晚上再睡，我情愿去跟充气垫子成双做对，或者跟甲板也行。对，我还是就让甲板跟我作伴吧。我跟甲板一起相处的日子也不算短了，要做亲也满可以做得了。可是他马上提醒自己：你在驾驶台上的表现，现在人家在背后只怕没少说你的闲话吧。对待驾驶台应该有个对待驾驶台的样子。可你呢，就知道往它身上踩，往它身上站。你这算是哪门子的办事作风？你还拿冷茶泼在它身上呢。这太不像话了。你干脆不要它算了，还死抱着它打算怎么样呢？打算就牺牲在驾驶台上？那它倒是肯定会表示赞赏的。既然走是走在驾驶台上，站是站在驾驶台上，那牺牲也就应该牺牲在驾驶台上。要做到真正能对得起它。远的不说，眼前你就有一件切实的事情可以做到，那就是快扔掉这些胡思乱想，把这片海滩查看仔细了，再驾上小艇去接阿拉。

他顺着海滩一路走去，极力克制自己，什么也不要去想，要心无二用，注意四下的动静。他是深知自己肩负的责任的，一向尽心竭力，是自己的责任决不逃避。可是今天到岛上来执行的这个任务，换了别人也是一样能胜任愉快的，只是自己要是留在船上，而人家来又搜索不到什么的话，心里总觉得很不安。他观察得是万分仔细，可是脑子里总免不了思潮起伏。

没准儿威利那边会有些什么情况吧——他心里想。也说不定阿拉已经有什么发现了。我是看准了的，我要是那帮德国佬的话，我就百分之百会上这儿来。这是个首选的好地方。他们也不是不可能过这个岛而不上，又往前去了。也不是不可能在帕雷东岛和克鲁斯岛之间一拐弯，往里边去了。但是我不信他们会在那边拐弯，因为那样的话大白天会有人看见，夜里他们又进不去，也过不了那样的水道，有向导都不行，没有向导就更不用说了。我看他们倒有可能是一直往前去的。那我们说不定可以在科科岛一带找到他们。也说不定在这小岛的背后就可以把他们找到。这小岛的背后还有一个礁岛呢，也应该去好好搜索一下。不要忘记，他们可是只能看着航图行船的。除非他们在这儿找了个渔民给他们带路。我一路也没有见到哪儿冒起过烟，可见这儿一带也没有烧炭的人。总算还好，看来我们可以赶在下雨之前就把这个岛子搜索完毕。干这样的差使我倒挺喜欢的——他心里想。可就是这样的结果我不满意。

他把小艇推到水里，随即也就翻身上了船，乘机还在水里洗了洗脚上的沙子。他把裹在橡皮雨衣里的 niño 就在手边一放，便开动了发动机。他对小艇上的尾挂发动机可不像阿拉那样打心儿里喜欢。每次开动他总要担足心事，怕这家伙又会闹熄火，怕油管堵了又得去吸，怕火花塞又会短路，总之这台小小的发动机还真会出花样。可是阿拉就从来不会碰上发动机发不出火的麻烦。遇到机器运转上有什么故障，看他的神气倒像是一位棋手，见对手下出了一着绝妙好棋，感到不胜钦佩似的。

托马斯·赫德森就驾着小艇，沿着海滩驶去，可是前面阿拉已经走远，连个影子也看不到。到他那儿应该是到威利那儿的一半路程——他心里想。但是等到看见阿拉时，阿拉却已经快到那个红树湾了。沙滩到了那儿就断了，那儿绿叶葱葱的茂密红树[1]一直长到

---

① 红树生长在水边，外表并不红。剥去树皮后里边的树干才是红的，红树之名即由此而来。

了海水里，都露出了底下的根根，好似枯黑纠结的枝条。

到这时他才注意到了竖起在红树丛中的那支桅杆。除了桅杆其他都看不到。不过他还看见了阿拉，趴在一个小沙丘的背后，小心翼翼探起了头，在那儿窥探。

他只觉得头皮一阵发麻，仿佛对面路上冷不丁窜出一辆跑错了道的汽车，飞快地朝着你迎头冲来似的。不过阿拉已经听见了引擎声，回过头来招招手让他把小艇开过去。托马斯·赫德森就猛地一转船头，来到了阿拉的身后。

那巴斯克人便上了船。他上身只穿了一件很旧的条子海滨式衬衫，裹着雨衣的 niño 枪管朝前挎在右肩上。看他的样子显得很高兴。

“船尽量靠外边走，”他说。“我们快去找威利吧。”

“可是那两条船里的一条？”

“没错，”阿拉说。“一定是他们不要了。看这天色快要下雨了呢，汤姆。”

“你发现了什么没有？”

“没有。”

“我也没有什么发现。”

“这个小岛还真不错。我看到了一条去水源的古老小路。不过看上去并没有人走过。”

“威利那边也有水源的。”

“瞧，那不是威利吗？”阿拉说。只见威利在沙滩上坐着，屈起了双腿，把 niño 搁在膝头上。托马斯·赫德森就把小艇往里一偏，向他那儿驶去。威利却盯着他们直瞅，几绺黑发汗淋淋的散披在额前，那一只好眼睛是心事重重、没精打采的神气。

“你们两个混蛋跑到哪儿去啦？”他劈面就问。

“他们是什么时候来过这儿的，威利？”

“从拉的屎看是昨天，”威利说。“我说得欠斯文了吧，应该说他们的大便是不是？”

"总共有多少人？"

"拉得出大便的有八个，其中三个拉了稀。"

"还有其他情况吗？"

"他们找到了一个向导，或许应该说是引水员吧，不知道到底应该给他定个什么职别。"

他们找到的那个向导是个打鱼人。这打鱼人拿棕榈叶盖顶在岛上搭了个窝棚，捕来鲟鱼就切成一条条腌起来挂在架子上，到时候卖给一个来收购的华人，那华人又转手卖给一些杂货小店的华人老板，腌鱼干就摆在店里充鳕鱼卖。从那晒鱼架的模样来看，这个打鱼人腌制的鱼干数量还真不小呢。

"这一下啦，那帮德国佬啦，就大大的有得鳕鱼好吃啦，"威利说。

"你这说的算是哪一国的话？"

"是我自己的土话，"威利说。"这一带的人人人都有自己的一套土话，就像巴斯克人说巴斯克语什么的。我说我自己的土话，你不赞成？"

"说下去。"

"在这儿睡过啦，有一袋烟的工夫啦，"威利说。"吃过啦，是猪肉啦。都是从杀光了人的岛子上抢来的啦。德国佬的头头啦，连罐头也没得啦，要不就是舍不得吃啦。"

"别来这一套怪腔，正正经经说。"

"赫德森老爷子啦，下午反正干不了什么事啦，因为天要下大雨啦，还有大风也要一起来啦。还是听听威利讲讲故事吧，威利当初可是潘帕人[①]里响当当的一名侦察兵啦。威利讲起来可有他的一套啦。"

"别瞎扯了。"

"你倒说说啦，汤姆，德国佬两次都是谁发现的啦？"

---

① 南美洲大草原上的印第安居民。

“那条船又怎么了？”

“船算是完蛋啦。船上好多木壳板都烂得不行啦。船尾上还掉了一块啦。”

“他们靠岸时天色太暗，撞上什么了。”

“八成儿是这样。好了，我不说这套怪腔了。他们后来是继续朝着西天的太阳去的。八个人，加一个向导。也可能是九个人吧，因为说不定那个艇长也跟我们的头儿一样，肩上的责任一重，就压得他屎也拉不出来了。我们的头儿有时候就有这样的苦恼，唷，天下雨了。他们丢下的那条船真是臭气冲天，船上尽是猪粪啦，鸡屎啦，还有后来让我们埋掉的他们那个同伙，也留下了一股子味儿。他们那一伙里另外还有一个伤号，不过从扔下的绷带看，伤还不算重。”

“化脓吗？”

“化脓了。不过那脓还不是污糟糟的。你要不要都亲眼看过，还是就相信我说的？”

“你说的我都相信，不过我都还要亲眼看过。”

他什么都一一看过：脚印，烧过的火堆，火堆跟前睡过觉、烧过饭的痕迹，包扎过的绷带，被他们当过茅厕的那一片灌木林，捕龟船拖上沙滩时压出来的一道沟沟。这时候雨已经下大了，给风暴打头阵的狂风也已经到了。

“快把雨衣穿上，把 niño 都罩在雨衣里，”阿拉说。“不过反正我今天晚上都要拆开来擦过。”

“放心，有我帮你呢，”威利说。“这一下我们可把他们的尾巴都咬住啦，汤姆。”

“前边的地方还大着呢，何况他们现在又有了个熟悉本地的人。”

“你考虑问题就老是这样想不开，”威利说。“他熟悉，我们又有哪点儿不熟悉？”

“他肯定要比我们熟悉多了。”

“不管他。我要到船尾去擦些肥皂好好洗个澡了。哎呀呀，多好的淡水，再把肥皂一擦，我可要好好享受享受了。”

这时候雨已经下得极大，小艇转过那个伸出的尖角时，已经连大船的影子都看不清楚了。风暴已经在向海上推进，所以一时风又狂，雨又猛，想要看清那大船简直就像要透过瀑布看东西一样。船上的蓄水箱这一下可要满得不可收拾了——托马斯·赫德森心里想。这会儿厨房里的水龙头和船头的厕所里只怕都在拼命往外放水了。

“有多少天没下过雨了，汤姆？”威利问。

“那得要查查航海日志了。总该有五十多天了吧。”

“好家伙，真像是雨季到了，”威利说。“快给我个瓢儿，我好把水舀出去。”

“可要把你的 niño 护好，别让打湿了。”

“枪把在我的裤裆里夹着，枪口塞在我上衣的左肩底下，”威利说。“护得这样好，在它还是平生第一遭哩。快把瓢儿给我吧。”

后来他们就都来到船尾，脱得精赤条条的洗起澡来。大家都拿了肥皂直往身上擦，不时变换着两脚的重心，涂肥皂时得弯下腰去，避开劈面打来的大雨，涂完了就把身子往后一仰，由着雨水来冲刷。他们其实个个都晒得浑身黝黑，可是在这种奇特的天色里，看去却显得刷白。托马斯·赫德森想起了塞尚[①]画里的洗浴者，不过转而一想，觉得还是让伊肯斯[②]来画来得好些。但是再一想，这幅画该由他自己来作。要画灰色的滚滚波涛里翻起一股怒号的白浪，白浪里烘托出船身，黑压压的是新的风暴在推来，云层里却又透出了瞬息的阳光，把铺天盖地的大雨都映成了银白色，也照亮了

① 保罗·塞尚（1839—1906）：法国画家，后期印象派代表。

② 托马斯·伊肯斯（1844—1916）：美国画家，特点是取材于日常生活，画风细致写实。

船尾的洗浴人。

他猛地把小艇停住，阿拉抛出了一根缆绳：他们到了大船了。

11

那天晚上，后来雨总算停了，这时他也把久旱干缩而造成漏水的所在全都检查到了，接水的盆盆罐罐都安放上了，真正是漏水而不是溢水淌水的地方也都用铅笔做了记号。然后他就布置了值班的人员，分派了任务，跟他的副手以及阿拉把需要商量的事都一一商量到，而且都取得了一致的意见。后来晚饭吃好了，大家坐下打扑克了，他就一个人上了驾驶台。随身带了个驱蚊水的喷筒，还有他的充气垫子和一条薄毯子。

他打算就躺下休息，什么也别去想。这他有时候是能够办到的。有时候他可以想想星星，而无须想得很深，可以想想大海，而不必有一定的题目，可以想想日出，而用不到去考虑这新的一天又将如何。

在劈头盖脸的大雨里擦了肥皂冲了个痛快，他如今从头到脚只觉得一身干净。他想：我还是就躺在这儿，多享受享受这种一身干净的愉快吧。他知道，想小汤姆他妈妈当年的情景是没有意思的了，不要去想她了，也不要去想他们一起做过的那些事情，一起到过的那些地方了，更不要去想他们是怎么分手的了。想小汤姆也没有意思。自他一接到消息，就再也不去想了。

还有那另外两个，也不用去想了。这两个，他也早已失去了，想也没有意思了。他早已把悔恨换成一种完全不同的情怀了，他如今做人就抱着这样的情怀。所以现在你还是在这儿好好躺着吧，把这种擦过肥皂、冲过雨水、一身干净的愉快多多享受享受吧，乖乖儿的什么都别去想吧。你又不是达不到这种境界，有一阵子你干得还不错嘛。你也许就会睡着的，说不定还会做些有趣的甚至甜蜜的梦呢。只管安安静静躺着，看看夜空，别去想什么。彼得斯收到电报的话，阿拉、亨利他们总有人会来叫醒你的。

不一会儿他就睡着了。他梦见自己又成了个孩子，骑了匹马，在一个陡峭的峡谷里奔驰。那峡谷到了一处就开阔起来，清澈的涧流边上还有一道沙洲。那涧流真是清澈，连涧底的鹅卵石都看得清，甚至还可以看着水潭底里的大鲑[1]浮上来，把漂流在水面上的小虫小豸一一吞食。他正骑在马上看大鲑往上浮，阿拉来把他叫醒了。

来电还是那句话：**继续西进严密搜索**，后面是代号。

“谢谢，”他说。“如果还有电报，马上给我送来。”

“那当然。你还是仍旧睡你的吧，汤姆。”

“我正做了个好梦哩。”

“还是不要给我说吧，”阿拉说。“藏在肚子里，倒说不定真能来个美梦成真呢。”

他就又睡了，入睡时还微微一笑，因为他觉得自己是不折不扣执行了命令，在继续西进严密搜索。我的船一路西进，都进到这么远了——他心里想。他们大概也不会估计到我会进到这么远吧。

他睡着了，他梦见庄上的小屋让人给烧了，已经长得很大的他那头幼鹿也让人给杀了。连他的狗都给人杀了，他在一棵树下发现了狗的尸体。惊醒过来，一身是汗。

我看靠做梦来逃避现实可不是办法——他对自己说。我还是得像往常那样咬着牙关忍受，不能指望靠什么来麻醉自己。还是醒醒，来好好思考思考吧。

现在摆在你面前没有别的，只有问题——除了最根本的一个问题，还有你自己的一些不大不小的问题。这是明摆着的事，你还是

---

① 学名克氏鲑，是美国西海岸的特产。

痛痛快快认了吧。你是再也不会有什么好梦可做的了，还是干脆不要睡着的好。你不如就这么歇会儿，开动脑筋多想想，想到脑筋使不动了算罢，因为你睡着了也只有做恶梦的分儿。他们设下了这么个大赌局，你算是赌赢了，可你又赢得了些什么呢，你落得只有做恶梦的份儿。你冒了风险，做到鞠躬尽瘁，把成败得失都置之度外，最后老天赏给你的却是睡不安稳、睡不香甜的觉。你这样缺眠少睡，简直把身体都快拖垮了。可你是自己不要睡，才弄成了这副样儿的，你还怨什么呢。眼皮重了，就睡吧，大不了就是惊醒过来，一身冷汗。出一身冷汗又算得了什么？根本算不了一回事。可你还记得不，当初你跟那个姑娘同床而眠的时候，你总是快快活活一觉睡到天亮，除非她把你弄醒要跟你做爱，否则你是决不会半夜里醒来的。你还是回味回味这一段事吧，托马斯·赫德森，看是不是能对你有所帮助。

他们那里还有一名伤号，就是不知道他们手里还能有多少纱布药棉？既然他们来得及把纱布药棉带上，他们肯定也就来得及带上其他的东西。带上些什么呢？你看除了你已经知道的那些以外，他们手里还能有些什么呢？我看不会有很多了。手枪是可能有的，可能还有几把自动手枪。也许还有些爆破炸药，可以搞些炸药包什么的。我思想上还得做好他们有机枪的准备。不过我看这种可能性不大。他们看样子并不想打。他们只想溜之大吉，搭上一艘西班牙轮船逃回去。如果他们真有力量一打的话，那天晚上他们早就回过头来把孔菲特斯打下来了。也可能不是这么回事。也可能是什么原因使他们起了疑心，说不定他们见了我们海滩上的汽油桶，以为我们晚上就驻扎在那儿。不，他们哪里会了解我们的底细呢？他们一定是见了汽油桶，以为这里有些舰艇什么的，所以用油量才这么大。另外也不排除一种可能，那就是他们是因为有个伤号所以才不想打的。不过再一想，他们也完全可以趁晚上把载有伤号的船停得远些，其他的人还不照样可以攻上岸来，他们要叫那另一艘潜水艇来接，就非得拿下无线电台不可。那另一艘潜水艇也不知道到哪儿去了。这里边总是有些蹊跷。

还是想点开心的事吧。想想天亮起航，太阳晒在背上该有多惬意。可你也别忘了，他们现在也有熟知本地情况的人了，还有了那么多的咸鱼，所以你还真得多动动脑筋才好。想着想着他就睡着了，睡得还挺熟，一直到天亮前两小时，才被沙滩上的小飞虫叮醒。多想想当前的难题，他情绪也稳定了些，所以一觉睡下来，连梦也没有做一个。

12

太阳还没有出来，船就起航了，托马斯·赫德森还顺着来时的航道驶去，那真像一条开出的水道，两边都是灰色的沙洲，在浅水下看得一清二楚。等到太阳出来，船也已经出了这条浅滩间的夹道。他于是就改向正北驶去，好闯出外边一圈的危岩暗礁，进入深海。这样走要比走近岸多花点儿时间，但是要安全多了。

太阳出来以后，就没有一丝风了，海面上也起伏不大，看不到海水拍击礁岩激起的浪花。他知道今天一定又是又闷又热，到下午该又要起风暴了。

他的副手上来，朝四外望了望，然后就对着陆地的方向细细观察起来，从这头一直看到那头，那头的远处露出了灯塔高高的丑陋身影。

“我们要是靠里边走的话，也不用费这么些事，或许早就赶上他们了。”

“这我知道，”托马斯·赫德森说。“不过我考虑还是这样比较稳当些。”

“今天的天气又跟昨天一个样。可热得还要厉害。”

“他们的船走起来不会怎么快的。”

“哪能快得了呵。比如这会儿没有风，他们大概就只好停在什么地方，走不了了。你打算到灯塔上去查问一下他们有没有穿帕雷东岛和科科岛之间的夹缝走，是不是？”

“对。”

“那让我上去好了。那个看灯塔的人我认识。你只消到小岛的尖尖上近岸下锚就可以。我上去用不了一会儿就回来，”安东尼奥说。

“我看连锚都不用下。”

“船上有的是精壮汉子，起个锚又有什么麻烦的？”

“阿拉和威利要是已经吃过饭了，你就叫他们上来。按说呢，这儿离灯塔那么近，是不会有什么情况的，何况迎着太阳瞭望，也根本连个屁都别想看得见。不过你还是叫乔治和亨利也一起上来。我们还是照规矩办。”

“可别忘了哟，汤姆，这一带的暗礁一直要延伸到深海里呢。”

“忘不了，再说我也都看得见。”

“茶喝凉的？”

“好，谢谢。顺便带一份三明治。你先叫值班的人上来。”

“马上就来。茶我一会儿也让人给送来。回头就要上岸，我得去准备准备了。”

“跟灯塔里的人说话可得注意着点哪。”

“所以我这才要自己去。”

“还少不得要编些鬼话打打掩护。上灯塔嘛，总得有个理由才行。”

“对，”他的副手说。“就说我们有些东西可以送给他们灯塔上用好了。”

值班瞭望的四个人上了驾驶台，按老位置各就各位。亨利问道：“你看见了什么没有，汤姆？”

“看见一只海龟，头顶上有只海鸥绕着直打转。我还以为那海鸥要在海龟背上停下，可它就是不下来。”

“Mi capitán[①],”乔治叫了他一声。这个巴斯克人个子比阿拉还高，一副优秀运动员的体格，又是个出色的水手，不过在好些方面却远不如阿拉那么能干。

“Mi señor obispo[②],”托马斯·赫德森也还了他一句。

“好，你要这么叫就这么叫吧，汤姆，”乔治说。“我想请问，我要是见到了好大好大的潜水艇，是不是就叫你呀？”

“要是你见到的有你上回见到的那么大，你也用不到再叫谁了。”

“我晚上总是梦见那艘潜水艇，”乔治说。

“你别提那艘潜水艇了，”威利说。“我才刚吃了早饭呢。”

“那回我们跟它一碰头，我就觉得自己的 cojones[③] 像电梯一样，猛一下子都升上来了，”阿拉说。“说真个的，你当时倒是怎么个感觉啊，汤姆？”

“心里直发毛。”

“我可是眼睁睁看着它出水的，”阿拉说。“后来只听见亨利咕了一声：‘哎呀，来了艘航空母舰啦，汤姆。’”

“看上去是真像一艘航空母舰，”亨利说。“我情不自禁脱口就说出来了。至今我还有这么个感觉呢。”

“我这辈子可就叫它给害苦啦，”威利说。“打这以后，我就跟从前再也不一样了。我是不想再干这海上的营生了，我要掏得出五分钱，早就不干了。”

“给，”亨利说。“给你两毛钱，到大帕雷东岛你就下船吧。扣掉五分钱，还多出一毛五呢。”

“钱我不要，我只想改行。”

“你真想改行？”亨利问他。自从最近两次回哈瓦那休整以

---

① 西班牙语：我的船长。
② 西班牙语：我的主教大人。
③ 西班牙语：睾丸。

来，他们两人之间就一直有个不小的疙瘩。

“你听着，摆阔的大爷，”威利说。“我们可不是来打潜水艇的，要不，你不先偷偷灌一杯壮壮胆，也不见得就敢上来。我们不过是在追杀几个德国佬，他们坐的不过是一条平平浅浅又没多少遮盖的小船。这么点任务嘛，连你这么块料子也是应该干得了的。”

“得了，你还是把这两毛钱拿着吧，”亨利说。“不定哪天你用得着的。”

“去你的——”

“你们两个别吵啦。听见没有，别吵啦！”托马斯·赫德森喝了一声，眼睛直盯着他们俩。

“对不起，我错了，汤姆，”亨利说。

“我不觉得有什么错，”威利说。“不过我还是向你道歉。”

“你瞧，汤姆，”阿拉说。“近正横方向出现海岸。”

“那是海水刚退下去露出的礁石，”托马斯·赫德森说。“照海图上看，海岸的位置还要往东。”

“不，你再看远些，我说的是约莫半英里以外。”

“那是个人，不是在捕龙虾就是在网鱼。”

“你看我们是不是应该去跟他说个话？”

“他是从灯塔上下来的，回头安东尼奥反正要到灯塔上去跟他们谈谈。”

“鱼上钩了！鱼上钩了！”这叫喊的是他的副手。亨利一听便求他说：“我去帮着把鱼抓上来好不好，汤姆？”

“好。那你就叫吉尔上来吧。”

亨利下去了。不大一会儿，只见嘣的一下，那鱼便直蹿起来，一看是条鲟鱼。又过了不大一会儿，只听见安东尼奥一边在那里嘟囔，一边拿了手钩就去钩鱼，紧接着又听见了棍子把鱼头打得劈劈啪啪直响。托马斯·赫德森以为那鱼还会给扔回海里去，所以就瞅着船后的水面上，只等水声泼刺一响，好看看清楚这鱼到底有多大。可是泼刺的水声始终没有听到，他想起来了：这一带沿海的鲟鱼是可以吃得的，估计安东尼奥是要了这鱼，好做个人情送给灯塔上的人。就在这时候他听见两条嗓子忽然一齐喊了起来："又有鱼上钩了！"这一回鱼没有蹿出水面，倒是听见钓线嗞嗞嗞一个劲儿往外放。他就把船再往深海里开出去点儿，把两台发动机都减了速。钓线还在不断往外放，他就索性关了一台机器，把船头向着鱼儿转过四十五度。

"是条刺鲅鱼！"他的副手喊了起来。"好大哟。"

亨利收线拉鱼，大家往船后的海水里看去，见那鱼儿身子好长，嘴尖得出奇，尽管这一带深海的海水是蓝蓝的，那鱼儿的一身条纹看来却还是那么清晰。就在手钩快要把它钩到时，那鱼儿却一扭头，又飞快地往深水里一钻，你连眼睛都还没有来得及眨一眨，它早就在清澈的海水里钻得看不见了。

"这种鱼就有这么一手，会一头往下直钻，"阿拉说。"嗖的一下，就没了影儿了。"

亨利赶快再收线，大家的视线都集中在船后，看着那鱼儿被手钩拉过来，捉到了船上。那鱼儿已是浑身直僵僵的，只管乱颤。遍体的条纹蓝得鲜艳极了，那快得像刀锋一样的利嘴已是无可奈何，只有一会儿张一会儿闭的份儿。安东尼奥把鱼就放在船尾，那鱼尾巴还在甲板上乱甩。

"¡Qué peto más hermoso! [①]"阿拉说。

"这条刺鲅的确是够漂亮的，"托马斯·赫德森说。"可我们要是还这样闹腾下去，一个上午都要在这儿泡掉了。"于是便关照他的副手："让钓线还挂在船外，把接钩绳都摘了吧。"当下他就改而把船直接驶向小岛礁石高处的灯塔门外，骨子里是尽量加快速度，好把耽误的时间补回来，表面上却依然装得像是在钓鱼一样。好在钓线拖在水里受到的摩擦力还不小，所以钓竿都是给拉得弯弯的。

亨利上驾驶台来说："这条鱼真漂亮，是不是？我真想把它给

---

① 西班牙语：好漂亮的鲅鱼！

挂在小滑车上。还有这种鱼的脑袋，那模样儿也挺特别的，是不是？”

“你估计这条鱼有多重？”威利问。

“安东尼奥说六十来磅重总该有吧，威利。真对不起，当时我实在来不及叫你了。其实还是你去抓最合适，十拿九稳的。”

“那也没什么，”威利说。“你手脚利索，我抓起来还没那么快呢，再说我们也得快些赶路了。这一带的鱼肥，我们真要捕起来准能捕上一大堆。”

“等打完了仗，我们就找个时间来捕。”

“一定，”威利说。“等打完了仗，我要到好莱坞去当技术顾问，碰到有哪个演员想要扮个航海的把式什么的，我来教好了。”

“你教起来管保错不了。”

“应该错不了吧。为了将来能干上这么个营生，我一直在暗暗琢磨这里头的学问，算来都有一年多啦。”

“威利，你今天到底怎么回事，老是这么满肚子闷闷不乐的？”托马斯·赫德森问道。

“我也说不上来。早上一醒过来心里就这么憋得慌。”

“哎，你到厨房里去看看瓶子里的茶凉了没有，麻烦你给我拿来。安东尼奥这会儿正在杀鱼，腾不开手，就再麻烦你给我做一份三明治，行不行？”

“行。三明治夹些什么？”

“给夹些花生酱，要是洋葱有多的话就再加些洋葱。”

“是，花生酱加洋葱，长官。”

“还有你肚子里憋着的那股子气，得消一消。”

“是，长官。报告长官，气都消了。”

等他一走，托马斯·赫德森就说：“你别跟他认真，亨利。我少不了这小子哪，这小子还是很有他的一手的。他不过是心里有些不痛快罢了。”

“我倒一直是耐着性子对他好好儿的。可他这个人就是难弄。”

“那就再耐心点儿。你刚才说两毛钱什么的，不是存心要惹他恼火吗？”

托马斯·赫德森两眼瞅着前方平静的海面，左前方的一溜儿礁石看似没有一点危险，其实却是个杀机四伏的所在。他就喜欢背着阳光紧贴险礁冲过去。这样，不仅对着太阳行驶时耽误的工夫可以抢回来，而且还可以让他得到一些其他方面的补偿。

“真对不起，汤姆，”亨利说。“以后我说话一定注意，不该想的就不想。”

威利端着茶又上来了。茶是装在一只朗姆酒的空酒瓶里的，满满的一瓶，瓶外还包了一方纸巾，用两根橡皮筋牢牢箍住。

“茶是冰过的，船长大人，”他说。“我还采取了保冷措施。”

他把一份三明治也递给了托马斯·赫德森，三明治用半方纸巾垫着：“这是三明治制作技艺上的登峰造极之作。我们还给起了个名儿，叫埃佛勒斯峰[①]级特色三明治。只有司令员一级才能享受这样的待遇。”

当时尽管没有风，而且他是在驾驶台的高处，托马斯·赫德森还是闻到了一股酒气。

“你也不觉得这会子还早了点儿，威利？”

“不早不早，长官。”

托马斯·赫德森以疑问的目光对他一打量。

“你说什么，威利？”

“我说不早，长官。你没听见，长官？”

“我听见了，”托马斯·赫德森说。“你说了两遍我都听见了。我可是只说一遍，你听好了。你给我下去，把厨房给我好好打扫干净，打扫完了就到船头上去，准备下锚，站的地方可要让我能看得见。”

---

① 指珠穆朗玛峰。

“是，长官，”威利说。“可我觉得身体不大舒服，长官。”

“我管你舒服不舒服，你这个老油子。你要是觉得身体不大舒服，那就等着吧，我叫你尝尝还要不舒服一百倍的滋味。”

“是，长官，”威利说。“我是真的觉得不大舒服。我想找船上的医生看看去。”

“他就在船头上。你去船头反正要经过卫生室，你敲敲门，看看他在不在。”

“我也就是这个意思，长官。”

“什么意思？”

“没什么，长官。”

“他醉糊涂了，”亨利说。

“不，他没有醉糊涂，”托马斯·赫德森说。“他只是喝多了酒。不过他的神经怕是有些不大正常呢。”

“他这一阵子是有些怪，”阿拉说。“不过他这人一向就很怪。他跟我们都不同，他受过苦遭过难。哪像我，就从来不知道什么叫苦什么叫难。”

“汤姆心里不就有很大的痛苦？”亨利说。“可他也只是喝些冷茶罢了。”

“我们别尽说丧气话，也别尽自胡扯了，”托马斯·赫德森说。“我谈不上有什么痛苦，喝冷茶是我喜欢。”

“你以前可是从来不喜欢喝冷茶的。”

“我们的习惯也是在不断更新的，亨利。”

现在船头已是正对着灯塔了，他要绕过的那块险礁也已经看见了，他觉得谈这些实在没有意思。

“阿拉，你跟着他到船头上去，看看他是不是有什么干得不妥的。你就留在他身边多看着点儿。亨利，你去收钓线。乔治，你下去帮着安东尼奥放小艇。他要是让你一块儿去，你就跟他一块儿去。”

驾驶台上就剩下他一个人了，他也连礁石上飘来的鸟粪味儿都闻到了。船绕过了礁岛的尖角，就在两英寻深的水里下了锚。水底倒也干净，此刻潮水流得正急。抬眼望去，前面是白粉墙的房子和那高高的老式灯塔，灯塔所在的大礁石背后是一溜儿长满红树的苍翠小礁岛，小礁岛背后就是罗马诺岛的一角了，那里地势低洼，岩石尽露，一片荒凉。他们这一帮人虽说常常来去匆匆，可在这一带待的时间毕竟也不算短了，往往抬眼就能看见那个毒虫横行的长长的神秘岛子，对这个岛子的部分地段还挺熟的，还常常就以这岛上的地形作为航行的方向标志，有时是一路顺风，有时却磨难重重，所以对这个岛子他的心情也总是复杂得很，有时是巴不得快见到它，有时却是最好能别看见。现在看到的就是这岛上最荒凉、最萧索的一角，像一片芜秽的荒漠，伸出在那儿。

这座礁岛可是个大岛，岛上有野马、野牛，还有野猪。也不知道有多少人曾抱过幻想，以为能在这个岛上开发居住。岛上有些小山冈野草丰茂，深谷幽美，林木成片，倒也可爱。从前法国人就曾打算在罗马诺岛上住下来，在岛上建立过一个小村落，还起了个名字叫凡尔赛。

如今那些木板房子早已废弃，就还剩下一座大宅子。一次托马斯·赫德森上那儿去灌点水，只见狗棚里的狗都跑了出来，跟滚过泥坑的猪都挨挨挤挤混在一起，狗也好，猪也好，都浑身叮满了蚊子，看去黑压压的一片，仿佛盖了条厚厚的毯子。要是东风日夜不停地吹，这个礁岛倒是个绝妙的去处，你提上一把枪，可以走上两天，只觉得赏心悦目，乐而忘返。那是从来没有受到过一点破坏的一种自然之美，至今还是哥伦布踏上这片土地时的原貌。可是只要风一息，沼泽地里的蚊子就一大团一大团地飞来了。说一大团一大团地飞来可绝不是形容——他心里想。千真万确就是一大团一大团飞来的，叮起人来可以要了人的命。我们追踪的那帮子人是不会在罗马诺岛停留的。这样没有一点风的天气，他们在岛上根本就别想待得住。他们准是沿着这一带的海岸又往前去了。

“阿拉，”他喊了一声。

“什么事，汤姆？”阿拉上来问。他尽管长着一副铁塔也似的身躯，上螺旋梯登驾驶台却总是轻巧得像杂技演员一样。

“下面的情况怎么样？”

“威利的情况不太对头呢，汤姆。我让他别晒在太阳里，还给他调了杯酒，叫他喝了就躺下。现在人是安静下来了，可看东西那样眼睛直愣愣的，总是不大正常。”

“他本来脑子就有毛病，也许又晒多了太阳。”

“有这可能。可也说不定是其他原因。”

“还有呢？”

“吉尔和彼得斯在睡觉。昨天晚上是吉尔值班看彼得斯。亨利也睡了，乔治跟着安东尼奥到小岛上去了。”

“他们一会儿也该回来了。”

“是快回来了。”

“我们可千万不能再让威利晒太阳了。也怪我一时糊涂，派他到船头上去了。我尽顾了维持纪律，也没有多考虑。”

“我自己是在拆洗那几把大家伙。其他的玩意儿凡有引信的我也都检查过了，现在湿气重，昨晚又下了雨，就怕引信受潮。昨天晚上打完扑克以后，我们把各人的枪都拆洗过了一遍，还上了油。”

“现在湿气是重，今后我们得每天检查一遍，不管这枪开过没开过。”

“这我明白，”阿拉说。“威利也不能待在船上了，我们应该打发他走。不过在这儿打发他走不妥当。”

“那就到弗兰塞斯岛？”

“也可以。不过最好还是到哈瓦那再打发他走，干脆叫人送他离开哈瓦那。他的嘴巴不紧啊，汤姆。”

托马斯·赫德森想起了什么，觉得好后悔。

“他既然是身体不过关而被部队刷下来的，而且脑子又有毛病，按说我们根本就不应该收他，”阿拉说。

“我也知道。可我们还是收了他。看我们，犯了多少要命的错误呵？”

“其实也没有什么太大不了的，”阿拉说。“我可以下去了吗？我还有点活儿没干完呢。”

“好，去吧，”托马斯·赫德森说。“多谢你啊。”

“A sus órdenes[①]，”阿拉说。

“我的命令就怕都是瞎指挥啊，”托马斯·赫德森说。

安东尼奥和乔治驾着小艇出现了。安东尼奥一到马上就跑上驾驶台来，小艇和发动机都撂给了乔治和亨利，由他们去吊上船来。

“怎么样？”托马斯·赫德森问他。

“他们一定是趁风还没息就连夜赶过去了，”安东尼奥说。“他们要是穿那条夹缝里走的话，灯塔上的人是不会不看见他们的。那个划了小船去网鱼的老头也没看见有什么捕龟船。听看灯塔的人说，那老头是个极爱饶舌的，真要是见到了，是不会不讲给人听的。你看我们要不要再退回去，找那老头核实一下？”

“不必了。我看他们大概早到了科科港了，要不就在吉耶尔莫。”

“后来风很快就息了，估计他们也至多只到得了那一带。”

“你能肯定他们在夜里穿不过那条夹缝？”

“就是有古往今来天下第一的领航员也别想穿得过。”

“这么说我们就只有到科科岛附近或者吉耶尔莫一带去找他们了。那就起锚开船吧。”

前面一带沿海的地形极其复杂，所以他就索性把船转到外边，避开种种危险的地形，沿着一百英寻的等深线，一路迂回曲折往前开。沿海都是地势极低的岩岸，礁石林立，大片大片的沙洲一到潮落便都露出了水面。船上又派了“四人岗”值班瞭望，现在是吉尔在托马斯·赫德森的左边。托马斯·赫德森向岸上望去，见前面开

① 西班牙语：听候您的命令。

始出现了绿色，那是连片的红树。他心想：这会儿一点风都没有，在那种地方待着可是真够呛的。云层早已堆得很高了，他估计今天的风暴会来得更早。心里暗暗盘算：过了科科港，大致还有三个地方得去搜索一下。我还是再加大点儿马力，务必要赶到那儿。

"亨利，"他说，"你来代我掌会儿舵好不好？把航向保持在285度。我要到下边看看威利去。你要是发现了什么，就喊我一声。吉尔，靠岸一带你就用不着去看了。还是到右舷去注意观察前方。靠岸一带水浅得很，他们的船是不会开到那儿去的。"

"我倒觉得靠岸一带还是应该仔细看看的，"吉尔说。"你可别见怪啊，汤姆。那儿差不多紧贴着岸边有一条曲曲弯弯的航道，他们的向导很有可能会带他们走那条路，把他们藏到红树林子里去的。"

"那好，"托马斯·赫德森说。"我就去叫安东尼奥上来。"

"他们要是在红树林子里，我凭这副大望远镜就能望见他们船的桅杆。"

"我才不信呢。不过也说不定你有这个本事吧。"

"要是你不见怪，就请你同意了吧，汤姆。"

"我不是已经同意了吗？"

"对不起，是我噜苏了，汤姆。不过我总觉得他们有了向导，就很可能会把船开到那儿去。我们不是也去过一次的吗？"

"可我们是原路进去，结果还不得不原路出来。"

"我知道。不过风一息他们就走不了了，那就势必得急急忙忙躲起来。我们可不能赶得太急，反倒漏过了他们。"

"对。可我们隔着这么远的距离，一支桅杆又哪能看得见呢？再说，他们也说不定会砍上些红树，把桅杆遮得纹丝不露呢。"

"我知道，"吉尔就有西班牙人的那股牛劲儿。"可我的眼力好着呢，况且这又是一副十二倍的望远镜，再说这会儿一无风二无雨，我看起来才清楚呢，而且……"

"我已经说过我同意了。"

“我知道。不过我总得把道理说清楚。”

“你已经说得很清楚了，”托马斯·赫德森说。“你真要是发现了一支桅杆，我就任凭你来一杆子堵住我的屁股眼儿，另外再塞上几颗花生米。”

一听这话吉尔感到有点儿不快，不过他觉得这话说得倒也发噱，特别是那句“塞上几颗花生米”。他就举起了那副大望远镜，用足了眼力盯着那一带红树林子细细搜索，两颗瞪出的眼珠只差没有从眼眶里蹦出来。

托马斯·赫德森下了驾驶台，来到威利那里，一边虽在跟威利说话，一边却还在向海上和陆上观察。也真是奇怪，怎么一下了驾驶台，就总会觉得自己的视野一下子小了许多，而且只要一看下面平静无事，心里也马上就会后悔起来：自己真傻，不守岗位，却到别处瞎跑。他总是尽力想做到要跟底下的人保持必要的接触，而又不至于干“视察视察，视而不察”的蠢事。不过他现在已经在逐步把权力交给安东尼奥和阿拉了。作为个海员，安东尼奥要比他强多了；作为个男子汉，阿拉也要远胜于他。他心想：他们俩都比我能，但是指挥的还应该是我，我应该好好利用他们的才智和优点。

“威利，”他说，“你到底是怎么回事？”

“真对不起，我也知道自己有些疯疯傻傻。不过我的确是身上不大舒服，汤姆。”

“我们在喝酒方面有没有纪律你是清楚的，”托马斯·赫德森说。“我们虽然没有明文规定，但是自觉遵守纪律之类的老调我想也用不到我来多弹了。”

“我知道，”威利说。“可你是了解的，我并不是个酒鬼。”

“是酒鬼我们这条船上也不会要。”

“可就是彼得斯你却要了。”

“彼得斯不是我们要的。是上面派下来的。再说他也有他的问题。”

“他的问题就是撂不开安格斯[①]老弟，”威利说。“你瞧着吧，要不了多久，他那些要命的问题也就要成为我们大家的问题了。”

“我们不谈他吧，”托马斯·赫德森说。“此外你还有什么感到苦恼的？”

“反正总的感觉就是看着心烦。”

“怎么？”

“是这样的：我呢，已经是半个疯子了，还有你，也是半个疯子了，这船上的大家伙儿呢，又都是半个像圣人，半个像不要命的好汉。”

“半个像圣人，半个像不要命的好汉，这样的人也不坏呀。”

“我知道。这样的人是很了不起。不过，这种不合乎常规的事，我总是不大习惯。”

“威利，我看你其实也并不是心里真有什么不痛快的事。你是让太阳给晒迷糊了，喝酒是绝对解决不了问题的。”

“这我也明白，”威利说。“我不是要故意跟你胡闹，汤姆。可我还是想问问你，你有没有尝到过彻头彻尾发了狂的那种滋味？”

“没有。总还差那么一步。”

“那种滋味可真够呛的，”威利说。“哪怕只是短短的一刻儿工夫，都让人受不了。好吧，这酒我就从此不喝了。”

“也不用从此不喝。还像你以前那样，少喝点儿就是。”

“我以前喝酒，也是借酒消愁。”

“我们喝酒，从来就不是平白无故的。”

“是啊。不过我这话可不是骗你的。你说，我对你还会说假话吗，汤姆？”

“假话我们谁不说呢？不过，我想你也不见得是故意要说假话。”

“你还是快上你的驾驶台去吧，”威利说。“我看你呀，不盯着

---

① 凯尔特神话中的爱神。

海面上看便罢，一看起来就活像盯着个想要甩了你的姑娘似的。反正酒我是不喝的了，要喝就喝海水了。回头我就帮阿拉拾掇那堆家伙去，拆开来还得再照样装好。”

“可别再喝酒了啊，威利。”

“我说过不喝就保证不喝。”

“这我有数。”

“我说，汤姆，我可以问你件事吗？”

“只管问吧。”

“你心里到底苦恼到怎么个程度？”

“恐怕应该说是够苦恼了吧。”

“睡得着觉吗？”

“睡得不大好。”

“你是说昨天晚上？”

“对。”

“那是因为你在海滩上巡查过了一遍的缘故，”威利说。“快上去吧，我这儿你就不用操心了。我一会儿就跟阿拉干我们的活儿去。”

13

在科科港的海滩上查找脚印，已经到处都查遍了，他们于是又驾上小艇，到远处的红树林子里去搜索。如果捕龟船想来躲躲的话，这儿倒还真有几个藏身的好地方。可结果他们还是什么也没有找到，而风暴，却提前来到了。铺天盖地的大雨，打得海上看去就像开了无数的喷泉，喷出一道道白练般的水柱，直冲云霄。

托马斯·赫德森亲自去海滩上巡查了，靠海滩有个通海小湖，他还到小湖背后的内陆深处去探了探。他发现那儿有个地方是涨潮时各类红鹳的麇集处，当时看到的就有好多美洲鹳，这种禽鸟在西班牙语中叫做“科科”，这个小岛的得名也即由来于此。另外还看到有一对粉红琵鹭，正提一脚踩一脚的，在湖边的淤泥中走。那一身玫瑰红的羽毛鲜艳夺目，衬着灰溜溜的淤泥看去真美丽极了，走动时脑袋朝前一冲一冲的，显得那么优美而灵活。不过这种鹭鸟在饥饿难熬时却又无情得可怕，这也是一些涉禽的一个特点。可惜他也无暇多加观赏，因为他还要进一步去查看，说不定他们所追踪的那帮家伙为了躲避蚊子，把船藏在红树林子里，人都上了高处，在那儿落脚呢。

除了有个地方看得出在很久以前烧过炭以外，他什么也没有发现。等到他回到海滩上，头一阵风暴早已劈头盖脸打来，阿拉接他上了小艇。

阿拉就喜欢顶着猛烈的风暴冒雨开小艇。他报告了托马斯·赫德森：出去搜索的人谁也没有发现什么情况。除了威利，其他的人都已经在小艇上了。威利负责查看的是最远的一段海滩，是在红树林子的那一头。

“那你呢？”阿拉问。

“我是一无所获。”

“淋淋这场雨，威利的头脑可以冷静些。我先送你们上大船，再回来接他。你说那帮家伙上哪儿去了呢，汤姆？”

“估计上吉耶尔莫去了。换了我我就会上那儿去。”

“我也这么想。威利也是这个看法。”

“他怎么样了？”

“他呀，才卖劲儿呢，汤姆。威利这个人你还会不了解？”

“对，”托马斯·赫德森说。小艇靠上了大船边，他就赶快上了船。

托马斯·赫德森看着阿拉把小艇掉转船头，又一头冲进了白茫茫的狂风暴雨。他叫船里的人拿来一条毛巾，就在后船满身擦了起来。

亨利说："你要不要来一杯酒喝，汤姆？看你，浑身都湿透了。"

"来一杯也好。"

"来纯朗姆可好？"

托马斯·赫德森答应了一声"好"，就到舱里去，换了一件运动衫、一条短裤。一看大家，都是兴高采烈的。

"我们都喝过了，全是喝的纯朗姆，"亨利说着，就给他递过一杯来，杯子里可只有半杯酒。"我想大家喝了这个酒，只要赶紧把身上擦干，就不至于会受凉了。你说是不是？"

"嗨，汤姆，"彼得斯说。"你也参加我们这个'喝一杯防百病'的小组啦？"

"你是啥时候醒的？"托马斯·赫德森问他。

"我听见有咕嘟咕嘟好大的声音，就醒了。"

"过一天到了晚上，我也这么咕嘟咕嘟的来一下，看你醒不醒？"

"不用你费心，汤姆。威利每天晚上总要在我耳边这么咕嘟咕嘟来一下的。"

托马斯·赫德森起先想这杯朗姆酒还是不喝的好。可是看到他们喝了酒全都那么兴高采烈，身负着这样无趣的差使居然还能那么心情愉快，他觉得自己不喝这一杯就未免太矫情、太拘泥不化了。再说他心里也实在很想喝。

"这杯酒你来跟我分了吧，"他对彼得斯说。"像你这样的家伙我真还没有碰到过第二个，不戴耳机倒还没什么，一戴上耳机就睡得像死猪。"

"这还分什么呀，"彼得斯说。他防得很严，对正儿八经的纪律问题避之唯恐不及。"就这么点酒，再一分就谁也甭喝啦。"

"那你就自己倒一杯吧，"托马斯·赫德森说。"这劳什子你喜欢，我也喜欢。"

大伙儿瞧得连眼也没眨一眨，托马斯·赫德森见亨利嘴角的肌肉都在抽动。

“喝了吧，”托马斯·赫德森说。“到晚上就请你拿出你的浑身本事，把你那摊刁钻古怪的机器都调弄好、开起来。为了你自己，也为了我们大家。”

“应该说为了我们这个整体，”彼得斯说。“我们这条船上数谁干得最卖劲儿？”

“数阿拉吧，”托马斯·赫德森说着，这才把朗姆酒抿了一口，随即又一抬眼，把大家一个个都看过来。“其实我们这船上的哥们儿个个都不含糊。”

“为你干杯，汤姆，”彼得斯说。

“为你干杯，”托马斯·赫德森说，可是自己也觉得话还没有离嘴就已经降了温、走了味，没有一点热情了。为了挽回自己的失误，他随即又补了一句：“为你这位耳机大王干杯。”继而索性再添上一句：“为咕嘟咕嘟好大的声音干杯。”话说到这个分儿上，早已超过他最初的本意十万八千里了。

“为我的首长干杯，”彼得斯说。他这一下可是巴结得过了头了。

“你爱怎么说就怎么说吧，”托马斯·赫德森说。“我们之间的关系，可并没有这样的明文规定。不过你要这样说我也认了。最好还是重新说一个。”

“为你干杯，汤姆。”

“谢谢，”托马斯·赫德森说。“不过你要不铆上劲儿，把你的电台调弄好，我是宁当乌龟王八蛋也不会为你干杯的。”

彼得斯对他看看，见他的脸上出现了严守纪律的军人的神气，身子骨儿虽然已经不行，却还是显出了一副服过三期兵役的老兵的架势——他当兵可是为了自己的信仰，不过结果也跟威利一样，却由于其他的原因而退了伍。面对着这样一位人物，彼得斯情不自禁地从心底里吐出了一句话来：“是，长官。”

“我就先为你干杯了，”托马斯·赫德森说。“希望你多多做出些奇迹来。”

“是，汤姆，”彼得斯说到这里，心中已经没有一点作假，也没有一点保留了。

好吧，就到此为止了吧——托马斯·赫德森心里想。他的事就这样了，我还是到船尾去等我那另外一个难弄的宝贝吧。我对彼得斯的看法总跟大伙儿合不到一块儿。他有些什么毛病，我想大伙儿看到的我也应该都看到了吧。不过他也绝不是一无是处的。他这个人就好比错误的事做过了头，反倒变成正确的了。他肯定不是干我们这号任务的人。但是他或许倒干得了更有价值的工作也说不定哩。

威利也是一样——他心里想。两人都很难弄，不过各有各的不同。这会儿威利他们也该回来了吧。

一看果然，只见小艇冲破了重重雨幕，穿过被风刮得翻卷咆哮的汹涌白浪，在那里驶来了。等到他们上得船来，两个人都已浑身水淋淋了。他们身上都没披雨衣，雨衣都还用来裹着 niño 呢。

“嗨，汤姆，”威利说。“向你汇报：只有落汤鸡一只，饥肠一副。”

“快把小家伙接过去，”阿拉说着赶紧把雨衣裹着的冲锋枪往大船上递。

“真的什么情况也没有？”

“收获是个零，加你十倍还是个零，”威利说。他站在船尾，身上的水直往下滴，托马斯·赫德森见了就叫吉尔快拿两块毛巾来。

阿拉抓住缆绳把小艇拉了上来，随即也就爬上了甲板。

“零，彻头彻尾的零，十足地道的零，”他说。“汤姆，我们下雨还出勤，发不发加班费呀？”

“这些枪我们得赶快擦一下，”威利说。

“我们总得先把自己身上擦擦干吧，”阿拉说。“我是里外都湿透了。我这个人头一条就是淋不得雨，这不，连屁股上都起了鸡皮疙瘩了。”

“汤姆，”威利说，“你是知道的，别看今天的风暴这样大，那帮王八兔崽子一只要有这个胆量，二只要把帆收拢点儿，他们的船照样还是走得了的。”

“这我也想到了。”

“依我看，白天没风的时候他们准是躲了起来，下午风暴一起他们一定就乘机逃了。”

“你看他们现在在哪儿呢？”

“我估计他们还没有过吉耶尔莫。不过也不能排除已经过了那儿的可能。”

“我们天一亮就出发，这样明天就可以在吉耶尔莫逮住他们了。”

“找到他们这固然很有可能，不过也没准儿他们早已不在了。”

“那是。”

“我们船上怎么就没有安上雷达设备呢？”

“此刻就是有雷达，又能帮得了我们什么忙呢？你倒说说，你又能在屏幕上见到些什么呢，威利？”

“好，我就不再瞎嚷嚷了，”威利说。“真对不起啊，汤姆。可你想想，我们有超高频，而我们追捕的对象连部电台都没有……”

“我知道，”托马斯·赫德森说。“可你难道还嫌我们眼前的敌人太差劲，倒愿意去追捕一个装备优良的敌人？”

“对。这不能说有错吧？”

“错是没错。”

“我要抓住那帮王八兔崽子，把他们一个个都宰了。”

“宰了他们又能顶什么用？”

“他们杀光了那个岛上的人，你不记得啦？”

“杀光了那个岛上的人，这有什么稀奇的，威利。你是个过来人，这些年来见得也多了，何必这样激动呢？”

“好吧。反正我一定要宰了他们。这不能说有错吧？”

“这跟他们乱杀人当然不能相提并论。不过他们是在这一带海里活动的德国潜水艇上的人，我要抓活口了解情况。”

“可上次抓住的那一个也没有说上几句话呀。”

“是啊。到了他那种倒霉的境地，要是换了你你也不会说什么的。”

“好吧，”威利说。“我明公正道喝一杯，可以吗？”

“去喝吧。把淋湿的衬衫短裤换了，别去跟人家惹事。”

“跟谁惹事也不行？”

“别还像个小孩子似的，”托马斯·赫德森说。

“去你的，”威利说完，咧嘴一笑。

“你这样才让我喜欢，”托马斯·赫德森对他说。“要一直保持这样才好。”

14

那天夜里雷鸣电闪，闹得够凶的，雨一直下到清晨三点才停。彼得斯的电台什么也收不到，大伙儿虽然都睡了，却只觉得闷热难当。雨停了以后，从沙滩上带来的飞虫就纷纷出动，把他们一个个都咬醒了。托马斯·赫德森到舱里给他们喷了驱蚊水，当时虽然引起了一片咳嗽，但是过了一会儿，便没有那么多翻身的声音和拍打虫子的声音了。

他拿驱蚊水给彼得斯浑身上下喷了个遍，彼得斯这才醒了过来。戴着耳机的彼得斯直摇脑袋，低声叽咕：“我一直在用心听着呢，汤姆。可实在是什么也听不到啊。”

托马斯·赫德森打上手电筒，瞧了瞧气压表，见气压在升高。这一下他们可就有风可使了——他心里想。他们总不能再说自己还不走运了吧。这我倒要好好合计合计了。

他回到船梢，把剩下的驱蚊水只留了一点，其余都喷进了舱里。这一次很注意，没有闹醒一个人。

他于是就坐在船梢，看夜色逐渐退去，偶尔也在自己身上喷些驱蚊水。船上缺少驱虫药水，不过这种驱蚊水却还有的是。身上出了汗，沾上这种驱蚊水感到火辣辣的，不过那总比叫飞虫叮要好受些吧。这里的飞虫叮起人来跟蚊子不一样，没有叮你的时候你听不到一点声息，一旦给叮了一口，立刻奇痒难熬，肿起的疙瘩就有一颗小小的豌豆那么大。尤其在沿海和小岛的有一些地方，这种飞虫的毒性特别厉害，至少是叮起人来还要叫人难受十倍。不过他又想，这也许是因为我们皮肤不一样的缘故吧，也许是因为我们的皮肤晒得不够，还嫌太嫩的缘故吧。我真不知道当地的土著是怎么受得了这种飞虫的叮咬的。在不吹信风的季节里，要能在这一带沿海和巴哈马群岛住得下去，不是吃得起苦的人哪儿能行呢。

他就这样坐在船梢，眼睛在看，耳朵在听。两架飞机在高空中飞过，他用心听着那隆隆的机声，一直听到声音再也听不见。

那是大型的轰炸机，是到卡马圭中转准备去非洲的，要不就是直飞什么地方去的，反正跟我们没关系。他心里想：好啊，他们倒没有飞虫叮咬。可我现在也没有飞虫叮咬了。也真是的，去想他们干什么？管他们个屁呢！我没有飞虫叮咬又怎么样呢？我可是只希望这天快些亮，我好离开这儿。这儿我们已经都搜遍了，连最远的那个尖角梢梢都叫威利给查看到了。现在我就打算沿着岸边，从那个窄窄的深水道里开过去。那儿只有一个险处，不过只要晨曦一露，即使没风没浪我也认得出那个所在，绝错不了。过了这一关，就到吉耶尔莫了。

天一亮他们就上了路，由眼力最好的吉尔用十二倍望远镜监看绿茸茸的沿岸一线。船行处离岸很近，所以连红树断了一根树枝他都看得见。托马斯·赫德森还是把他的舵。亨利管瞭望海上。威利给吉尔当副手。

“反正他们已经过了这一带了，”威利说。

“可我们还是得好好查看查看，”阿拉说。他是给亨利当副手的。

“那是，”威利说。“我不过是这么说说罢了。”

“弗兰塞斯岛上那条运糖浆的瘟船不是天一亮就要派人巡查吗，他们的人呢？”

“他们星期天是不巡查的，不是吗？”威利说。“今天一定是星期天。”

“要起风了，”阿拉说。“看，天上有卷云。”

“我就担心一件事，”托马斯·赫德森说。“我就怕他们已经穿过吉耶尔莫的那条狭路往里边去了。”

“这倒是要防一手的。”

“我们还是开足了马力快去吧，”威利说。“这一下弄得我连神经都紧张起来了。”

“我也常常觉得你神经容易紧张，”亨利说。

威利瞅了他一眼，朝船外啐了口唾沫。“谢谢你的关心啦，亨利，”他说。“其实我那都是故意做出来哄哄你的。”

“不要再吵了，”托马斯·赫德森说。“你们看见右边那个刚好跟水面齐平的大珊瑚礁了吗？这个地方我们一定要注意，可千万别撞上去。大家看，里边就是吉耶尔莫了。看见了吗，真是一片苍翠，生意无限。”

“左不过又是个讨厌的小礁岛罢咧，”威利说。

“你们看见有烧炭的烟没有？”托马斯·赫德森问。

吉尔把小岛仔仔细细扫视了一遍，说：“没有，汤姆。”

“昨天晚上雨下得那么大，哪还冒得出烟呢，”威利说。

“这你就错了，老弟，”托马斯·赫德森说。

“也许。”

“不是也许，肯定错了。那种大的炭窑，哪怕就是铺天盖地的大雨下上一整夜，也照样不会给扑灭一个。我就亲眼见到过一次，一连下了三天雨，可就没有淋坏一个炭窑。”

“对这些你当然见识得要比我多了，”威利说。“好吧，就算可能有烟吧。我也但愿有烟呢。”

“瞧那儿有片浅水暗礁，多容易闯祸哪，”亨利说。“我不信他们在那样大的风暴里能在这一带行船。”

在晨曦里他们看见有四只燕鸥和两只海鸥正绕着那片浅水在乱转乱啄。这些海鸟准是发现了什么，所以不断在往水里冲。燕鸥啾啾地叫，海鸥的叫声更尖。

“这些鸟儿在那儿抓什么呀，汤姆？”亨利问。

“我也不知道。看来那儿的水里准是有很多小鱼，可离水面还远，鸟儿啄不到。”

“这些可怜的瘟鸟，为了要糊口只好起得比我们还早，”威利说。“尽管干得辛辛苦苦，人家还是没有赞扬它们一声的。”

“你打算怎么走，汤姆？”阿拉问。

“我就打算尽量紧靠岸边，一直开到这个岛子的尽头。”

“那边有个沉过船的半月形小岛，要不要去查看一下？”

“我打算紧靠那个小岛绕上一圈，请大家用望远镜仔细查看。然后再到这吉耶尔莫岛顶端里侧的湾湾里下锚。”

“我们又要下锚了，”威利说。

“那还用得着说吗。你怎么啦，这么一大清早就有一肚子的气？”

“我哪会有什么气呢。我只是很赞赏这大海，很赞赏这一片美丽的海岸。想当年是哥伦布第一个看到了这一片美丽的海岸。也算我走运，不是在那位哥伦布的手下当差。”

“我也一直觉得你是挺走运的，”托马斯·赫德森说。

“我在圣迭戈住院的时候看过一本书，是写哥伦布的，”威利说。“要谈哥伦布，我可是专家啦，他手下的那班子人，比这条船上的人还乱七八糟。”

“我们这条船上的人也没有什么乱七八糟啊。”

“是没有，”威利说。“眼下还说不上。”

“好啦，哥伦布专家。右舷二十度左右的那条沉船，你看见了没有？”

“右舷的情况该归你的右舷岗哨去瞭望，”威利说。“不过我单凭我那只好眼也看得清清楚楚，沉船上还栖息着一只鲣鸟，是从巴哈马来的。大概是来增援我们的吧。”

“好，”托马斯·赫德森说。“来得正好。”

“我本来也许可以当个伟大的鸟类学专家，”威利说。“我奶奶以前是养鸡的。”

“汤姆，”阿拉说，“你看我们是不是可以再往里边靠过去点儿？现在潮水在涨。”

“行啊，”托马斯·赫德森回答说。“请安东尼奥到船头去看一下，报告我现在水深多少。”

“水深没问题，汤姆，”安东尼奥喊上来。“只管往岸边靠好了。这里的航道你是摸熟了的。”

“熟是很熟。不过我想还是应该保险一点。”

“要不要我来把会儿舵？”

“谢谢，”托马斯·赫德森说，“不用了。”

“现在岸上的高地都可以看得一清二楚了，”阿拉说。“这可都归你看啦，吉尔。我只能给你当副手。你可要认认真真看仔细了啊。”

“那海上这一面的前半边又归谁看呢？”威利问。“你到底怎么回事，怎么转到我的位置上来了？”

“汤姆不是要你看沉船吗？这样我们的位置就得自动对调一下。你既然到了右舷，我也就换到左舷了。”

“什么舷啊舷啊的，你们这航海的行话还真多，我可懂不了，”威利说。“你们既然要说航海的行话，那就索性说个彻底，要不就干脆别说。何不就像把舵那样，要左就说左，要右就说右，干吗还要来什么舷啊舷啊的？”

“你自己刚才不是就说了‘右舷岗哨’吗？”亨利说。

“对。那从现在起我就不说这一套了，要说我就说楼上楼下，船前船后，省事多了。”

“威利，你就帮着吉尔和阿拉仔细观察海滩，一起来把任务完成了好不好？”托马斯·赫德森说。“不光要看海滩，还要往岛里看，要把岛子纵深的三分之一都看个仔细。”

“是，汤姆，”威利说。

吉耶尔莫岛上有没有住着人，在这半边是很容易看得出来的，因为这半边差不多一年到头都向着风。可是他们的船紧靠岸边一路开过去，却一点蛛丝马迹也没有发现。船过岛子的梢头，托马斯·赫德森开了口：“我这就尽量紧靠那个半月形小岛绕一圈，你们大家都用望远镜看仔细了。要是你们注意到了什么情况，我们就停下，开小艇过去看看。”

渐渐起了风了，海面上开始有了些起伏，但是由于眼下正当高潮，所以暗礁上还没有激起很大的浪花。托马斯·赫德森眼睛瞅着前方的这座礁石小岛。他知道在这座小岛的西端有一条沉船，但是潮水涨得这样高，望过去那沉船只露出了赤褐色的一角，突起在水面上。这小岛的里侧有一片浅水沙洲，还有一片沙滩，不过他得绕过了沉船，才能见到那片沙滩。

“岛上有人住着呢，”阿拉说。“我看见有烟。”

“是有烟，”威利说。“在下风的那一面。被风一吹，都飘西边去了。”

“按这烟的位置来判断，估计大致应该在那片沙滩的正中，”吉尔说。

“看得见有桅杆吗？”

“没见到桅杆，”吉尔说。

“大白天的，他们总不会连桅杆都不竖起来吧，”威利说。

“大家各就各位，”托马斯·赫德森说。“阿拉，你留在我这儿。威利，你叫彼得斯做好通话的准备，甭管人家听得见听不见。”

“这个情况你怎么看？”一等大家都走了以后，阿拉就问。

"我的看法是这样：如果我是个捕鱼的，或者在晒鱼，见没有了风，蚊子都出动了，那我就会暂时撤离吉耶尔莫，到这个小岛上来避避。"

"我也这样想。"

"这个小岛上现在没有人烧炭，这股烟又不大。所以一定是刚生的火。"

"也可能是一堆大火快要烧尽了。"

"这我也想到了。"

"就过五分钟看分晓吧。"

船从沉船边上绕过，沉船上也有一只鲣鸟歇在那儿，托马斯·赫德森心想：我们的友军，来得好快呀。不一会儿船就来到了小岛的背风面，托马斯·赫德森看到了沙滩，看到了沙滩背后绿茸茸的一片，还看到了一间棚屋，原来烟就是从这里来的。

"谢天谢地，"他说。

"彼此彼此，"阿拉说。"我也就怕不是这么回事呢。"

四下看不到有船的影踪。

"我看我们已经快踩到他们的脚后跟了。你快跟安东尼奥上去看看，打探到什么情况就来告诉我。我把船就紧靠岛前的沙洲停下。关照大家各守自己的岗位，行动要放自然些。"

小艇一个转身，就直驶岛上，到了海滩。托马斯·赫德森看着安东尼奥和阿拉朝那茅草屋顶的棚屋走去。两个人拼命走得飞快，就差没撒开腿跑了。到屋前喊了一声，里面走出来一个女人。这女人奇黑，像是个长住在海边的印第安人，光着脚板，长长的头发都快挂到腰里了。她正说着话，里面又出来了一个女人，也是那么黑，也披着长长的头发，怀里还抱着个娃娃。等这个女人的话一说完，阿拉和安东尼奥马上就跟她们俩握了握手，赶紧回转小艇。把小艇推下了水，发动机一开，就回来了。

安东尼奥和阿拉一到就直上驾驶台，丢下小艇，由别人去吊上来。

“这里就只两个女人，”安东尼奥说。“男的都出外打鱼去了。那个抱娃娃的女人看到过一条捕龟船拐进了往里去的那条水路。是这风一起就拐进去的。”

“这么说，就是大约一个半小时以前咯，”托马斯·赫德森说。“这会儿潮水可是已经在退了。”

“势头可猛了，”安东尼奥说。“这退潮的速度快得不得了呢，汤姆。”

“潮水一退，那条路上水就浅了，我们就过不去了。”

“是啊。”

“你看该怎么办呢？”

“这条船上得听你指挥。”

托马斯·赫德森转了个满舵，把两台发动机都开到了两千七百转，向小岛的梢头直驶而去。

“真要搁浅他们也会搁浅的，”他说。“唉，真要命！”

“要是实在不行，我们就下锚好了，”安东尼奥说。“就算搁浅，这儿也是泥灰底。不是泥灰就是淤泥。”

“也有不少地方可是礁石啦，”托马斯·赫德森说。“去叫吉尔上来，替我注意观察可有标桩。阿拉，你跟威利去把枪支弹药都检查一遍。安东尼奥，请你还留在这儿。”

“这条水道是挺够呛的，”安东尼奥说。“不过还不至于过不去吧。”

“潮水一低就别想过得去。可他们那条破船也说不定会搁浅呢，要不还有一种可能，就是这风也许会息。”

“这风是不会息的，汤姆，”安东尼奥说。“看风吹得多强劲有力，大概是信风来了呢。”

托马斯·赫德森望了望天空，见东风推送下的白云有如一缕缕细长的纤毛。他又往前瞅了瞅，前边是这个岛子的梢头，还看到有个小不点儿的礁岛和一些浅滩沙洲在露出水面来了。他知道扎手的事情这才算开始。再抬眼望去，只见前方是乱七八糟的一堆礁岛，在这海面上看去，好似一个个绿色的斑点。

“你看到标桩了吗，吉尔？”他问。

“还没有，汤姆。”

“那八成儿只是根树枝，也可能是根木棒。”

“我还什么都没看到。”

“按照我们航行的方向，应该是在我们的正前方。”

“我看到啦，汤姆。是一根长长的木棒。按照我们航行的方向，是在我们的正前方。”

“谢谢你啦，”托马斯·赫德森说。

两边的沙洲在阳光下看去是浅黄里带些白晃晃的，深水里往外疾涌的退潮则是来自岛内通海小湖里的碧绿的水。那水倒没有被水底的泥灰染污，一点也不浑浊，因为此刻的风还没有来得及掀起多大的海浪，水底的泥灰并没有被搅浑。所以他行船还不至于遇上很大的困难。

可是一看到标桩那头拐弯进去的那条夹道是那么窄，他只觉得头皮一阵发麻。

“没问题，船过得去的，汤姆，”安东尼奥说。“只要紧贴着右岸走就行。我来看着点儿，一到夹道口马上提醒你。”

托马斯·赫德森就把船紧贴着右岸一路缓缓驶去。一次他向左岸瞟了一眼，见船跟左岸的距离比右岸还近，于是就又再往右边偏过点儿。

“船有没有甩起泥来？”他问。

“大团大团直甩呢。”

到了那个扎手的拐弯处拐过弯去，结果倒也并不如事先想象的那么难对付。倒是已经走了过来的那个瓶颈地带要难走多了。这时候风力已经加大，船打这个夹道里穿过时，风正好都从侧面吹来，托马斯·赫德森光秃秃的肩膀上感觉到一阵阵扑来的风还挺强劲。

“标桩在正前方，”吉尔说。“这回可只是一根树枝。”

“我看到了。”

“得紧紧贴着右岸走哪，汤姆，”安东尼奥说。“这一段总算是走过来了。”

托马斯·赫德森像开汽车贴着马路边停下一样，把船直向右岸贴过去。不过这儿才不像马路边呢，这儿倒像是用大炮集中猛轰过的一个坑坑洼洼、满地泥泞的古战场，在海底沉睡了多年以后，如今突然被搬出了水面，有如一盘模型地图，摆开在他的右边。

“现在甩起来的泥多不多？”

“够多的，汤姆。我们过了这条夹道就下锚吧。可以停在走私岛的这半边。要不也可以停在走私岛的背风面，”安东尼奥提了个建议。

托马斯·赫德森扭过头去，见走私岛看去就像个小不点儿，却一派青葱，生意盎然。他说：“这个要命地方！吉尔，劳你的驾，把那个小岛和看得见的水道都细细打量一遍，看有捕龟船没有。前面的两个标桩我已经看到了。”

这条水道倒还好走。可是朝前方望去，看得见右边的沙洲已经在渐渐露出水面了。一路驶去，离走私岛愈近，水道也就愈狭。

“到前边的那个标桩，得靠左边走了，”安东尼奥说。

“我是在靠左边走。”

船一会儿就过了这个标桩。那敢情只是根树枝，已经枯了，黑不溜秋的，在风里直晃。托马斯·赫德森心想：风再这样大下去，水位肯定要大大低于平均低潮水位了。

“泥还甩得厉害不厉害？”他问安东尼奥。

“厉害着哪，汤姆。”

“你看见了什么没有，吉尔？”

“除了标桩什么也没有。”

海水如今也渐渐开始浑浊了，因为风一大，浪也就跟着高了。水底看不出了，沙洲也见不到了，只有当船开过时，水都被趁势吸了过去，这才露出点面目来。

情况很不利呢——托马斯·赫德森心里想。不过话要说回来，这对他们也很不利。何况他们的船不是顺风，还得抢风走曲线。他们要不是行船的老手，是绝对对付不了的。现在我必须当机立断，判定他们走的是老航道还是新航道。那就得看他们的向导是个什么样的人了。要是个年轻人的话，估计大概会走新航道。也就是飓风新吹出来的那条航道。要是个上了年纪的，那多半会走老航道，一是习惯使然，二是走这条路比较安全。

“安东尼奥，”他说，“你说走老航道好还是走新航道好？”

“两条路都不好走。走哪一条都差不多。”

“是你的话你怎么办呢？”

“是我的话我就到走私岛的背风面下锚，等潮水来了再走。”

“现在潮位这么低，天黑前是到不了那儿的了。”

“难也就难在这儿。你问我是我的话怎么办，我也只能这样回答你了。”

“我就打算不管三七二十一去冒一下险了。”

“这船上是你在指挥，汤姆。不过，就算我们抓不到他们，也自有人会逮住他们的。”

“可弗兰塞斯岛上怎么也不派飞机来巡逻呢？应该把这一带全都侦察到，一天二十四小时不能间断。”

“今天上午他们的飞机来巡逻过了。你没有看见？”

“没有。你怎么也不告诉我？”

“我当你也看见了。是一架小型水上飞机。”

“该死，”托马斯·赫德森说，“一定是我正好在厕所里，发电机又正好开着。”

“好了，反正事情也过去了，没什么要紧的，”安东尼奥说。“可汤姆呀，下两个标桩都不见踪影啦。”

“吉尔，你看见下两个标桩了吗？”

“一个也看不到。”

“真要命，”托马斯·赫德森说。“反正我也没有别的办法，到了前面那个鸡巴小岛，我就只能紧贴着开过去，把南北两头的沙嘴设法避过就是了。再往前的那个岛子要大些，岛上有红树林子，我们得去查看一下，查看过后再决定是去走老航道还是走新航道。”

“就怕东风这样吹，水浅得连船也过不去。”

“这该下地狱的东风！”托马斯·赫德森恨得直骂。话骂出了口，自己听着也觉得解恨，似乎跟基督教有些关系的骂人经里，再也没有比“下地狱”这三个字渊源更久、分量更重的了。他知道他骂的其实是世上一切吃航海饭的人们的一个好朋友。可是既然骂了，他也不想认错。他倒是又骂了一遍。

“你言重了吧，汤姆，”安东尼奥说。

“我知道，”托马斯·赫德森说。他在心里默默表示了悔罪，同时也不禁想起了一首诗，记得大致是这样几句：“吹吧，吹吧，你吹吧西风／但愿还能添上微雨蒙蒙／啊，但愿我爱能让我揽在怀中／但愿此身还能在自己床上寻得梦浓。”他心里想：那可还不是一样的风，只是所处的纬度不同而已。西风产生在那个洲，东风产生在这个洲。但是不管西风东风，都是一样的守信、友善，对人的好处可大了。想到这里他不禁又在心中默默念了起来：啊，但愿我爱能让我揽在怀中，但愿此身还能在自己床上寻得梦浓。

此刻海水已经浑浊不堪了，行船已经没法知道水情了，只能一看间隔距离，二看船过时从沙洲上吸过来的水是多是少。乔治拿了测深锤，阿拉拿了根长长的篙子，都在船头。他们测得了水深，就回头向驾驶台上大声报告。

托马斯·赫德森恍惚觉得这个情景他以前似乎在哪个恶梦里梦见过。要说凶险的航道他们也闯得多了。但是这似乎不同，这可是另一码事。这样的事他这辈子里也曾经碰到过。恐怕应该说在这辈子里还是经常碰到的。不过这一次情况却特别严重，他觉得这局面尽管还掌握在自己的手里，可自己却也只有任其摆布的份儿了。

“你看到些什么没有啊，吉尔？”他问。

“什么也看不到。”

“要不要叫威利也上来？”

“不用了。威利能瞧得见的我还会看不到？”

“我看也应该让他上来了。”

“你就瞧着办吧，汤姆。”

可是十分钟以后他们就搁浅了。

15

他们搁浅的所在是一块夹泥带沙的滩地，按说是应该标个标桩的，却偏没有标上。而这时候潮水还在不断退落。风刮得正紧，海水是一片浑沌。前面是一个中等大小的中等礁岛，看去像是埋嵌在水里，往左是零零星星的好些小礁岛，都不过是些小不点儿。随着潮水的退去，左右两面都还有一块块光秃秃的沙洲渐渐露出了头来。托马斯·赫德森看着一群群的水鸟打了几个盘旋，都飞到沙洲上来找食吃了。

安东尼奥放下了小艇，又跟阿拉一起在船头下了个锚，在船尾也下了两个小锚。

“你看船头是不是需要再加一个锚？”托马斯·赫德森问安东尼奥。

“不用了，汤姆。我看不用了。”

“要是风再大起来，等到潮水一涨，船被风一吹，不会跟潮水磕碰吗？”

“我看还不至于吧，汤姆。不过这种可能性还是有的。”

“我们不妨在上风头下个小锚，把大锚移到下风头去。这样就可以放一百个心了。”

“好吧，”安东尼奥说。“我倒也情愿这样多费些手脚，省得给冲上个险滩，再搁一次浅，可不是好玩儿的。”

“是啊，”托马斯·赫德森说。“这种事情我们以前都是有过教训的。”

“反正下锚总不会错吧。”

“这我知道。我只是请你再多下一个小锚，把大锚挪个地方。”

“就这么办吧，汤姆，”安东尼奥说。

“阿拉是喜欢起锚的。”

“起锚总不见得还有人会喜欢吧。”

“阿拉就喜欢。”

安东尼奥笑了笑说：“也许是吧。反正我同意你的意见就是了。”

“我们的意见迟早总会一致的。”

“可是一致也要一致得及时啊，就怕等到勉强一致却已经迟了。”

托马斯·赫德森就看他们作业。抬眼往前望去，那个绿色的礁岛上如今出现了黑乎乎的一片，那是潮水退落后露出的红树根。他心里想：那帮家伙可能就在那个礁岛南半边的湾湾儿里。这风估计要到凌晨两三点钟才息，他们可能会趁天还没黑，只等潮一涨，就快快往外逃，不是走老航道就是走新航道溜出去。出了航道就是那个大湖一样的海湾，一到那儿，他们这一夜就不用发愁了。他们自有灯具，而且过了海湾，那头的水道也很好走，出去没问题。一切的关键，都取决于风。

自从船一搁浅，他就依稀感到像是缓了一口气。船搁浅时的那猛烈一撞，当时给他的感觉就像遭撞的是他自己。他在这碰撞的一瞬间就判断出撞上的不是岩石。这一点他的手里，他的脚底，都能觉得出来。但是这一搁浅给他的打击可大了，他好像自己身上都受了伤了。于是便渐渐产生了这种受伤后常有的缓了口气的感觉。他仍然觉得自己像是在做恶梦，似乎这一切以前也都碰到过。但是以前碰到的都没有这样严重。如今既然搁了浅，他也暂时缓了口气。他知道这只是缓口气而已，但是也毕竟趁此松了口气。

阿拉来到驾驶台上说："这儿的土质行，吃得住锚的，汤姆。几个锚都下得牢牢的，在那个大锚上我们还系了根起锚绳。这样要起大锚的时候一拉就上来了。船尾的两个锚也都系上了起锚绳，随时可起。"

"我看到了，谢谢你。"

"不要有什么不痛快的，汤姆。那帮王八兔崽子也许就在那边那个岛子的背面。"

"我没有什么不痛快的。只是觉得时间又给耽搁了。"

"我们这又不是撞坏了车、沉了船什么的。我们只是搁了浅，等潮水一涨照样走得了。"

"我知道。"

"舵轮，螺旋桨，都还好着呢。只是船大半个身子都埋在烂泥里了。"

"我知道。是我开进去的。"

"没关系，好进也就好出。"

"出得去的，没问题。"

"汤姆，你是不是有什么心事啊？"

"你说我会有什么心事？"

"是没什么好担心的。我不过是不大放心，怕你是不是有什么心事。"

"有什么屁的心事，"托马斯·赫德森说。"你跟吉尔都下去吧。注意一定要让大家把饭吃饱，吃得高高兴兴的。吃过了饭我们就去查看那个岛子。此外也就没有别的事了。"

"让我跟威利这会儿就去好了。我们还不饿呢。"

"不了。回头我带威利和彼得斯去。"

"不带我？"

"不了。带彼得斯是因为他会说德语。这事你先别告诉他。你就把他叫醒，想法让他多喝几杯咖啡。”

“怎么不带我一块儿去？”

“我们的小艇就这么点大呀。”

吉尔留下了那架大望远镜，跟着阿拉下去了。托马斯·赫德森就拿起大望远镜对着那个岛子细细观察起来。他发现岛上的红树都长得很高，挡得一点蛛丝马迹都看不出来，因而也无从判断背后是不是会有什么名堂。特别是土质硬实的地方，红树丛里还混有其他树种，长得更高，挡在眼前，根本就别想看出岛后那个马蹄形的隐蔽所在是不是有桅杆竖起在那儿。大望远镜看得一久，眼睛都疼了，他就把望远镜在盒子里放好，盒子上的皮带取下来往钩子上一挂，望远镜就连盒子平放在手榴弹架上。

好了，又是独自一人待在驾驶台上了。既然还有口气可缓，他也就趁此稍稍松上一口气。他看着水鸟在沙洲浅滩上啄食，想起了自己小时候多么喜欢打这种鸟儿。他现在已经提不起这种兴致了，再也不想打这种鸟儿了。不过他还清楚地记得，当年他就常常跟着父亲去找上个沙嘴地，放出了马口铁做的囮子，便去躲在隐蔽处，等到潮水一退，露出了沙洲浅滩，这种鸟儿就都飞来了，一圈又一圈地直打盘旋，他往往一声唿哨，便能引得群鸟纷纷降落下来。记得这种唿哨的调子还真有些凄凉的味道，他当下就打了一个，果然引来了一群鸟儿。可惜这些鸟儿见了搁浅的船又都掉头飞走了，飞得远远的管自找食去了。

他举起望远镜，对着天边从东到西细细看过一遍，没有看到半点船的影子。他心里想：他们也许已经穿过新航道，进了内水路，逃之夭夭了。要是有人能逮住他们倒也好。我们现在不经过一番战斗，是逮不了他们的。他们是不会向一条小艇投降的。

他一直在反复设想，自己要是处在他们的位置上会怎么考虑，想得也真感到厌烦了。他心想：算了，想得我都腻味透了。反正我很清楚自己责任所在，应该怎么办，所以问题其实也很简单。责任心，真是个了不起的东西。自从小汤姆死后，要没有责任心的驱策，我还真不知道会怎么样呢。心里另一个声音应声说：你会怎么样？会画画呗。还说不定会干些更有意义的事情呢。倒也说不定——他心里想。不过总不如去尽自己的责任，痛快多了。

去尽自己的责任，这才有意义呢——他心里想。不要再唱反调了。多想想责任，也多一分力量，能快些把事情了结了。现在我们大家尽心竭力，就是为了要把这件事情赶快了结。再下一步如何，也只有天才知道了。我们这一路来追查这帮家伙，成绩还相当不错，现在就歇上个十分钟，再继续去尽自己的责任吧。不，何止是相当不错——他心里想。应该说成绩好极了。

“你也不想吃点东西，汤姆？”阿拉在下面喊道。

“我还不饿，老弟，”托马斯·赫德森说。“我倒想喝点冷茶，茶瓶子在冰上搁着呢。”

阿拉把茶瓶子递了上来，托马斯·赫德森接过瓶子，就在驾驶台的角落里一靠，舒坦舒坦。他喝着瓶里的冷茶，抬眼望望前面的那个最大的礁岛。岛上红树的根根已经都清清楚楚露了出来，那岛子看去就像底下有许多木桩支着似的。一会儿他看见从左边来了一群红鹳，飞得低低地在水面上掠过，映着阳光，真好看极了。那一根根长长的脖子一律斜斜地探向下方，那一条条细得不成比例的腿儿都伸得直挺挺的。长脖子细腿是一动也不动，就见浅红里夹点儿黑的翅膀扑棱几下，便都稳稳地向着右前方的泥滩上飞去。托马斯·赫德森看在眼里，感到挺好奇的：一是这种鸟儿的嘴很怪，是向下弯的，黑白相间；二是这种鸟儿飞过时，只看见空中顿时染上了红红的一片，鸟儿本身奇特的体形反倒不大引人注目了，不过他见了这种体形奇特的鸟儿总还是觉得挺来劲的。后来他看到这群鸟儿飞到了那个绿色的礁岛上，却并没有穿岛而过，而是突然来了个急转弯，全都向右边飞去了。

“阿拉，”他朝下面喊了一声。

阿拉连忙上来问：“什么事，汤姆？”

“取三把 niño，每把配六夹子弹，另加十二颗手榴弹，一个中型急救包，一起装上小艇。另外请去叫威利来一下。”

那群红鹳早已在右面远远以外的浅滩上停了下来，此刻正都忙着找食呢。托马斯·赫德森正瞧着，耳边响起了威利的嗓音：“瞧这些红鹳，可不大对劲呢。”

“这群红鹳是让什么给吓着了，没敢飞到岛子的那边去。我敢肯定岛子那边有船，不是那条船也一定是另外有条船。你愿不愿意跟我去岛上走一趟，威利？”

“好的。”

“你饭吃好了吗？”

“要去领死的人还会不放开肚子吃一顿吗？”

“那就去帮阿拉搬东西吧。”

“阿拉也跟我们一块儿去吗？”

“彼得斯会说德语，我带彼得斯去。”

“就不能换上阿拉吗？我可不愿意跟彼得斯一起去，这是要打一仗的。”

“也许彼得斯去一说，这一仗我们就可以不用打啦。听我说，威利，我要的是活口，再说他们还有个向导，我可不希望他给打死。”

“你规定的条件也太多了，汤姆，要知道他们有八个人哪，也说不定是九个哩，而我们可只去三个。至于说他们有个向导，我们话虽是这么说，可谁知道料得准不准呢？”

“我们料得不会错的。”

“我们别做这样大度的君子啦。”

“所以我才先问了你愿不愿意去。”

“去当然去啦，”威利说。“就是这个彼得斯不行。”

“真要打起来彼得斯能行的。麻烦你去把安东尼奥和亨利叫上来。”

“你估计他们肯定在那儿吗，汤姆？”安东尼奥一来就问。

“很有几分把握。”

“我能不能跟你一块儿去，汤姆？”亨利问。

“不行。小艇上只能载三个人。万一我们有什么好歹，你们就用‘五零’机枪[1]设法封住他们的船，潮水一涨他们的船很可能会往外溜的。万一冲了出来他们准会去那个长形的海湾里。不过他们的船也少不了要受些损伤，很可能根本就出不来了。你们要尽可能抓上一个俘虏，押到弗兰塞斯岛去交给他们。”

“让我替换彼得斯去怎么样？”亨利问。

“不行，亨利，实在对不起。只有他会说德语。”托马斯·赫德森转而又对安东尼奥说：“船上的弟兄都是不错的，你放心吧。要是我们一切顺利，那只要他们还有人没死，我就打算让威利和彼得斯留在他们的船上看着他们，我自己押一个俘虏乘小艇回来。”

“可我们上次的那个俘虏抓来没多久就呜呼哀哉了。”

“这一次我一定设法带个好的回来，一定挑一个身强体壮、没伤没痛的。你们都快下去吧，要装上小艇的东西可不能少了一样啊。我还想留在这儿再看一会儿红鹳。”

他就站在驾驶台上，又看起红鹳来。他心想：有意思的可不光是这种鸟儿的色彩，不光是因为那浅玫瑰红的羽毛里还带点儿黑。我看更有意思的是这种鸟儿的个子竟是那么大，而且竟有这样奇怪的现象：从各个局部来看都是那么丑的鸟儿，合成了一个整体竟又显得那么美。这一定是一种极古老的鸟类吧，想必是起源于太古时代的。

他这次没有用望远镜去看，因为他现在不需要再看得很细了。他要欣赏的就是灰褐色浅滩上的那一团玫瑰红。这时候那里早又另外飞来了两群，浅滩上的那一派色彩之绚丽，叫他就是想画都不敢下笔了。不，画我还是敢画的，条件允许的话我也一定会画——他心里想。这次去走一遭，临行前能观赏一番红鹳，倒也不失为一件

① 口径为0.50英寸的机枪。

愉快的事。好，我还是快下去吧，要是耽搁久了，他们一闲下来，会添些心事，想得太多的。

他就下了驾驶台，来到大伙儿中间说："吉尔，你到上边去用望远镜监视岛上的动静。亨利，你要是听见有什么大的响动，看见捕龟船万一从岛后转了出来，你就照准他们的船头打它个稀巴烂。到时候大家都到上边去用望远镜看仔细了，要是有漏网的敌人，就看清他们躲在哪儿，明天好去一网打尽。我们的小艇要是打出了窟窿，堵上窟窿还可以用。捕龟船上有只小划子，只要打坏得还不是很厉害，你们把窟窿堵上了，也可以利用。"

安东尼奥说："你还有什么命令吗？"

"就只一条：要出恭的快出出干净，不要弄得临时拉屎撒尿的。我们去去就来。来吧，两位高贵的野种先生，我们出发了。"

"我可不是个野种，我奶奶当年逢人说得才响亮呢，"彼得斯说。"她说我是我们县里长得最秀气的一个娃娃，爹娘明公正道一个嫁一个娶，再没说的。"

"我妈也说得很响亮，说我绝对不是个野种，"威利说。"汤姆，你吩咐吧，我们坐哪儿啊？"

"按说呢，你坐船头这船开起来最平稳。不过要是你肯让的话，还是让我坐在船头吧。"

"快上船去掌你的舵吧，"威利说。"这可是条大吉大利的好船呢。"

"该是我交上好运了，"托马斯·赫德森说。"那就看我步步高升吧。上船来呀，彼得斯先生。"

"能上你的船真是太荣幸了，海军上将大人，"彼得斯说。

"祝你们马到成功啊，"亨利说。

"去你的，"威利喊了一声。发动机开动了，小艇就向着那岛上直驶而去。那岛子已只剩了一个黑色的轮廓，他们从大船到小艇，高度一下子降低了很多，所以如今那岛子在水里看去也就矮了很多。

“一会儿我就横着靠过去，大家一齐往船上跳，我就不打招呼了。”

那两个人点点头，他们一个坐在当中，一个坐在船头。

“大家把家伙挎好。现在反正就是露了眼也无所谓了，”托马斯·赫德森说。

“我就是想藏都不知道藏哪儿好呢，”彼得斯说。“我觉得自己现在仿佛就成了当年老奶奶养的那号蠢骡子。”

“那你就当骡子吧。骡子有什么不好的？”

“汤姆，你关照我们不能伤了那向导，这一套劳什子还得严格遵守？”

“得严格遵守，可还得要你多用用脑筋。”

“好吧，”彼得斯说。“反正我们现在也已经什么都豁出去了。”

“我们大家还是别再作声了，”托马斯·赫德森说。“到时候我们三个要一齐跳上船去，要是他们在舱里，你就用德语叫他们高举双手快走出来。我们可不能再说话了，因为我们一开口，就免不了要盖过发动机的响声，会老远让他们听见的。”

“他们要是不出来，我们怎么办？”

“威利就朝舱里扔一颗手榴弹。”

“他们要是在甲板上，我们怎么办？”

“我们就朝甲板上扫射，各人负责一段。船尾归我，中间部分归彼得斯，船头归你。”

“我是不是可以再跟着投上一颗手榴弹？”

“有什么不可以的。伤号只要是能够救活的，我们还是应该都收容。这就是我所以要带急救包的道理。”

“我还以为是备我们自己用的呢。”

“我们自己也可以有备无患嘛。好了，我们的话就说到这儿为止了。大家都清楚了吗？”

“就好比内里急了就知道要拉屎，再清楚不过了，”威利说。

“又要拉屎啦？屁眼塞子还没有发下来吗？”彼得斯说。

“发啦，今天早上那架飞机空投的。你没有拿到？”

“没有。可我奶奶总说我吃了东西消化慢，整个南方再没有一个娃娃比我更慢的。当年南方邦联政府的国立博物馆还拿我的尿布作为展品展出呢。”

“别胡说八道啦，”威利说完，又把身子向后一仰，压低了嗓音悄悄问了声：“得在天黑以前全部解决掉是吧，汤姆？”

“争取立时当场解决。”

“我真是倒了八辈子的霉了，”威利说。“这下子可撞上一伙强盗贼王八啦。”

“别多说了，威利，拿出点样子来好好打一仗吧。”

威利点了点头，睁大了他那只好眼睛，瞅着前方那个绿色的红树礁岛。那岛子就像长了许多红褐色的根根，给撑起在那儿。

在小艇绕过岛子的尖角之前，他总共才又说了一句话：“这些树根上倒是有牡蛎可捉的，还挺大呢。”

托马斯·赫德森点了点头。

16

小艇绕过那岛子的尖角，进了跟另一个小礁岛之间的那条水道，他们便一眼看见了那条捕龟船。那捕龟船船头紧靠着岸停在那儿，桅杆上挂了许多藤蔓，甲板上盖满了新砍下来的红树树枝。

威利把身子往后一仰，嘴巴几乎是贴着彼得斯的耳朵，悄声说道：“船上的小划子没看见。把话往后传。”

彼得斯那张又有雀斑又有小脓疱的脸儿也往后一仰，冲后边说：“船上的小划子没看见，汤姆。准有一些人在岸上。”

“我们上去把船炸沉，”托马斯·赫德森说。“原方案不变。把话往前传。”

彼得斯向前一探身，跟威利咬了咬耳朵。威利起先摇了摇头，可又马上举起手来，做了个他做惯的“零”的手势①。零，可不像个屁眼？——托马斯·赫德森心想。小艇上的引擎尽管小得像个咖啡豆磨研机，可是马力一开足，小艇还是飞快地就向捕龟船靠去。托马斯·赫德森也真有手段，当下居然连碰撞都没有碰撞一下，小艇就跟捕龟船并排靠在了一起。威利举起抓钩搭住了捕龟船的边沿，猛地一拉，三个人差不多就同时跃上了甲板。脚踩下去尽是红树树枝，还散发着一股断枝的清香。托马斯·赫德森一看见那伪装得藤蔓披离的桅杆，顿时又起了那种恍惚身在梦中之感。他发现舱口的门没有关上，另外有个前舱口也敞开在那儿，却用树枝遮了起来。甲板上空荡荡没有一个人。

托马斯·赫德森挥挥手，让威利冲过这边的舱口闪到前面去，自己则用冲锋枪控制住那前边的舱口。枪看过没错，保险杆是扳在全自动一档上。光着脚板踩在那儿，他觉得出那硬邦邦圆棍状的是树枝，那滑不唧溜的是树叶，那晒得都发了烫的是木板条儿的甲板。

“叫他们举起了手走出来，”他不动声色地对彼得斯说。

彼得斯说的德语喉音重重，有些刺耳。没有人应声，也没有一点动静。

托马斯·赫德森心想：这老奶奶的小孙子说话倒还蛮有点风度哩。他就又说：“再对他们说一遍，限他们在十秒钟里都出来。出来了就作为俘虏对待。说完了你就数数，数到十。”

彼得斯喊话的那个口气简直就像在宣告整个德国的末日到了。

---

① 这里的“零”，可能有两种意思。一种是“开始吧”，也即 zero hour 之意。还有一种可能，则是表示“可以”，“明白”，因为数码零跟字母“O”同形，“O”即表 OK 之意。

褐色的……森心想：他说话倒挺沉得住气，不错。他就趁此赶紧

“数到了……能找到那只小划子。可是四下看到的只是红树

舱口。”……”他说。“威利，注意你那边的前

“上面有要命的树枝盖着哩。”

“你等彼得斯一动手，就使足了两手的劲……一颗进去。可不能扔。”

彼得斯数到了十，只见他就像一个上场投球的投球手似的，高高的个子，一副灵活的手脚，在那里一站，把冲锋枪往左臂下一夹，掏出颗手榴弹用牙齿一啃拔去了保险销，拿在手里让它冒了会儿烟，仿佛给它加点儿温，然后就以一个卡尔·梅斯①式的低手投球姿势，把它扔进了黑洞洞的舱口里。

托马斯·赫德森看着他，心想：他倒真是个了不起的演员，在他看来这舱口里根本什么也不会有。

托马斯·赫德森来到甲板上，拿他的“汤姆生”对准了舱口。随即白光一闪，轰然一响，彼得斯的手榴弹炸开了，托马斯·赫德森看见威利也扒开了树枝，塞了颗手榴弹在前舱口里。可是就在这时，他看见桅杆右方的藤蔓披拂中，有个枪口就从威利投入手榴弹的那个舱口里拨开枝叶伸了出来。他立刻掉转枪口开火，可是对方的枪口里早已连吐了五道急促的火光，一连串的嗒嗒嗒，听去就像小孩子玩的拨浪鼓。到这时才见耀眼的强光一闪，威利的手榴弹炸响了。托马斯·赫德森一看，见威利伏在甲板边上的排水孔前，又拿了颗手榴弹拔去保险销准备投进去。彼得斯则头靠着船舷的边沿，侧转了身子躺在那里。脑袋上的血不断往外流，都流进了排水孔里。

---

① 卡尔·梅斯（1893—1971）：美国著名棒球运动员，有“潜水艇梅斯”之称。

榴

威利把手榴弹投了进去，这一颗的声音利大声说。

弹直滚到好里边才炸开。

“你看里边还会有没死的王赫德森说。为了防主舱口

“我这里再投一个进去到一边，也掏出颗手榴弹拔去销

里有人往外打枪，他就溜秋的手榴弹紧握在手里，只觉得又重

子。那开着一条一个箭步从舱口跟前窜过去，把手榴弹往里一

又结实。他

掷榴弹骨碌碌滚到了后舱。又是亮光一闪，轰然一声，甲板炸塌处还冒出了烟来。

威利在那里瞧彼得斯，托马斯·赫德森也过来瞧了瞧他。彼得斯脸上的神气看去跟平日简直没什么两样。

“唉，这一下我们可就没了翻译啦，”威利说。他那只好眼睛在抽动，但是说话却没改那个腔调。

“船沉得很快呢，”托马斯·赫德森说。

“船是早就搁浅了。不过这一来就免不了要翻了。”

“我们还有一大堆未了的事呢，威利。”

“这趟买卖不赔也不赚。一个换他们一个。不过这条鸟船总算让我们炸沉了。”

“你还是赶快回大船上去，把阿拉和亨利带到这儿来。关照安东尼奥，等潮水一涨就把船也开到岛这头来。”

“我得先下舱里去检查一下。”

“我去检查吧。”

“不，”威利说。“这是我分内的事。”

“你没有什么吧，老弟？”

“我没有什么。只是牺牲了彼得斯先生觉得心里难过。我想去找块布头什么的，替他把脸蒙上。船侧成了这样，我们应该把他挪一下，让他头朝上脚朝下，躺躺直。”

“船头上的那个德国佬怎么样了？”

“早成一团肉酱了。”

17

威利去接阿拉和亨利了。托马斯·赫德森就把捕龟船船舷高高的边沿当作了工事，趴在后面。他把脚抵住了舱口，在那里用心观察可有小划子的踪影。彼得斯在舱口的另一边，两脚朝下躺在那儿，脸上蒙着一件德国海军的常用衬衫。他的个儿竟有这么高，这我以前倒从来没有注意到——托马斯·赫德森心里想。

他和威利结果都去把捕龟船搜了一遍，船里早已炸得一塌糊涂。船上总共才一个德国人，也就是打死了彼得斯的那个，他显然只当彼得斯是长官。船上还另有一把施迈瑟自动手枪，近两千发子弹，子弹装在个金属箱里，箱子是用钳子或开罐刀撬开的。船上再没有其他武器了，据此推测，上岸去的人一定都带着枪。从小划子的防滑木垫和甲板上留下的痕迹来看，那小划子至少该有十六英尺长，在捕龟划子里算是大号的了。船上吃的东西也还有不少，以鱼干和烤猪肉脯为主。打死彼得斯的，是他们留守在船上的伤员。这人一处伤在大腿，伤口还不小，已差不多收了口，还有一处伤在左臂的肌肉，也已差不多愈合。他们的海图还挺详细，有美国沿海的，也有西印度群岛的。船上还有一条骆驼牌香烟，上面没有贴税票，却盖有“供应舰船”的字样。他们没有咖啡也没有茶，更没有一点酒，什么样的酒都没有。

现在的问题就是不知道他们会采取什么行动。他们上哪儿去了？捕龟船上的这场小小的战斗，他们就是看不见，至少也该听见声音了，所以他们很可能要回来拿他们留在船上的东西。他们肯定看见有个人坐摩托小艇独自一人走了，再说从这枪声和手榴弹的爆炸声来判断，船上似乎也至少该有三个人非死即伤吧。他们一定会回来拿他们留在船上的东西，他们说不定还偷偷藏着些什么呢，拿了东西就赶紧趁着夜色向内陆逃窜。小划子即使在哪儿搁浅问题也不大，几个人一推就推下水去了。

那小划子一定是很结实的。托马斯·赫德森现在没有了报务员，就没法把小划子的模样通报各地，也无从请大家一起来协助搜索了。还有一点，就是他们如果真打算要干一下，真有决心要干一下，他们还可以趁黑夜来攻打我们的大船。不过这种可能性看来是微乎其微的。

托马斯·赫德森用尽心思，对局面作了最周详的考虑。最后他得出了结论：我看他们一定躲进了红树林子，把小划子也拖进去藏起来了。我们要是上岛去搜捕他们的话，他们要打我们一个伏击还不容易？随后他们就可以逃进通向内陆的那个辽阔的海湾，穿过海湾，设法在夜间偷偷绕过弗兰塞斯岛。那是不难的。需要补给他们可以一路去买，买不到就去抢，这样一直向西划去，到了哈瓦那附近就可以设法跟那里的德国潜伏人员联系上，那里的德国潜伏人员会掩护他们，收容他们。他们还大可以去换一条好些的船。

去抢一条，偷一条，都是可能的。我得去弗兰塞斯岛汇报一下，一方面可以把彼得斯的遗体交给他们处理，一方面也可以请示一下下一步如何行动。在到达哈瓦那以前估计还不至于会有什么麻烦。弗兰塞斯岛上有个中尉管事的，我们在那儿不至于会遇上什么麻烦，彼得斯的遗体他们是会接收的。

船上的冰用来保存彼得斯的遗体也还够用，到弗兰塞斯岛是没有问题的。我还可以在那儿加油，冰可以到凯瓦林去补充。

这帮家伙，我们是好歹一定要拿住的。但是我不能叫威利、阿拉、亨利他们到红树林子里去挨德国手提轻机枪的枪子儿，那种牺牲太无谓了。从这船上的种种迹象来看，他们有八个人是肯定的。今天我本来倒有个机会可以出其不意把他们一网打尽，可是这么好一个机会结果却吹了，这也不知是他们机灵呢还是他们运气好，反正他们做事总是很有些办法的。

我们已经损失了一个人，而且损失的又是个报务员。不过我们现在已经逼得他们只剩了一只小划子了。要是看到这小划子的话，我们就非炸掉它不可，然后就封锁了岛子，不把他们一一抓获决不罢休。不过我可不能拿我们的性命去冒险，不能去钻这种八个打三个的圈套。该归我的，总是我的。迟早总会是我的。唉，彼得斯牺牲了。我这不是正规部队，牺牲个把人员谁也不会注意。但是我就不能不在乎，我这条船上的人就不能不在乎。

我倒真巴望他们会回来——他心里想。可真要是那帮杂种想来看看这船上出了什么事，弄得我只能单枪匹马跟他们打这场无名岛之战，那可怎么行？也真是，不知道他们到岛上干什么去了？也许是捉牡蛎去的吧。威利就提起有牡蛎来着。也许他们只是大白天不想待在这捕龟船上，怕飞机飞来，会发现了捕龟船。不过他们现在也应该知道这些飞机每天活动的时间了。他奶奶的，我倒真巴望他们会出来，快把事情干脆了结了。我这里反正有很好的掩护，他们想要上船，就非得进入我的射程不可。对了，你说我们跳上这捕龟船的时候，那个德国伤兵为什么不向我们开火？我们这小艇上发动机的声音他总该听见的吧。也许他睡着了。小艇上发动机的声音又不大。

这件事情费解之处实在太多了，我也根本吃不准自己分析得是不是正确——他心里想。也许我根本就不应该来夺这条船。不过不这样干我看也不行吧。船总算是报销了，我们牺牲了彼得斯，也打死了他们一个。虽说不上有多么出色的战绩，毕竟还说得过去吧。

他听见了小艇发动机的嗡嗡声，就转过头去看，见小艇绕过岛子的尖角开来了，可是艇上总共才看到一个人。那是阿拉，坐在船尾。不过他发现小艇的吃水却很深，想到威利和亨利一定是平卧在船底。他心想：威利倒真有些鬼点子。这一来，岛上的那帮家伙还只当小艇里总共才一个人呢，可他们也会注意到那跟刚才去的可并不是一个人。我也说不上这算不算妙计，不过威利肯定是合计过的。

小艇来到了捕龟船的背面，托马斯·赫德森也看清了阿拉那宽大的胸脯、长长的胳臂、黑黝黝的脸膛，脸上现在是一脸的严肃了，还看见了他的两腿止不住在抽动。亨利和威利果然都头枕着双臂，平卧在船底。

捕龟船早已里高外低倾侧了过来，小艇一到船下，阿拉的手一搭上舷栏，威利立刻一翻身，侧着身子说："快上去，亨利，爬到汤姆旁边去。你的家伙阿拉会递给你的。彼得斯那一把也可以拿来用。"

甲板已经侧得很厉害了，亨利肚子贴着甲板，小心翼翼爬了上去。经过彼得斯跟前的时候，还瞅了他一眼。

"嗨，汤姆，"他招呼说。

托马斯·赫德森拉住了亨利的胳膊悄声说道："你到船头上去，千万要卧倒，不能有一点马虎。要隐蔽在船舷的边沿下面，一丝一毫也不能露出来。"

"明白了，汤姆，"那大个子说完，便一点一点往下退，好向船头上爬去。他这一下就不得不从彼得斯的腿上爬过去了，顺手他还捡起了彼得斯的冲锋枪和弹夹，把弹夹都插在自己的子弹带上。他还掏出了彼得斯口袋里的手榴弹，一起挂在自己的子弹带上。他在彼得斯的腿上拍了拍，抓着两支冲锋枪的枪口，爬到了船头的岗位上。

托马斯·赫德森看见他顺着侧得厉害的甲板在七零八落的断枝残叶上爬过去时，还朝那炸得一塌糊涂的前舱口里望了一眼。他就是看到了什么，从表情上也一点都看不出来。一到船舷的边沿下面，他就把两支冲锋枪都放在右手边上，然后试了试彼得斯那支枪的性能，重新换上了一夹子弹。他把其余的弹夹都沿着船舷的边沿一字儿摆开，从子弹带上解下手榴弹来，也都放在手边。托马斯·赫德森见他已经铺排停当，在抬眼瞭望岛上青枝绿叶丛中的动静了，于是便转过头来跟威利说两句。威利躺在小艇底上，阳光刺眼，他一好一坏两只眼睛全都闭上了。他上身穿一件褪了色的卡其长袖衬衫，下身是条破破烂烂的短裤，脚上着一双胶底跑鞋。阿拉

“又要拉屎啦？屁眼塞子还没有发下来吗？”彼得斯说。

“发啦，今天早上那架飞机空投的。你没有拿到？”

“没有。可我奶奶总说我吃了东西消化慢，整个南方再没有一个娃娃比我更慢的。当年南方邦联政府的国立博物馆还拿我的尿布作为展品展出呢。”

“别胡说八道啦，”威利说完，又把身子向后一仰，压低了嗓音悄悄问了声：“得在天黑以前全部解决掉是吧，汤姆？”

“争取立时当场解决。”

“我真是倒了八辈子的霉了，”威利说。“这下子可撞上一伙强盗贼王八啦。”

“别多说了，威利，拿出点样子来好好打一仗吧。”

威利点了点头，睁大了他那只好眼睛，瞅着前方那个绿色的红树礁岛。那岛子就像长了许多红褐色的根根，给撑起在那儿。

在小艇绕过岛子的尖角之前，他总共才又说了一句话：“这些树根上倒是有牡蛎可捉的，还挺大呢。”

托马斯·赫德森点了点头。

16

小艇绕过那岛子的尖角，进了跟另一个小礁岛之间的那条水道，他们便一眼看见了那条捕龟船。那捕龟船船头紧靠着岸停在那儿，桅杆上挂了许多藤蔓，甲板上盖满了新砍下来的红树树枝。

威利把身子往后一仰，嘴巴几乎是贴着彼得斯的耳朵，悄声说道：“船上的小划子没看见。把话往后传。”

彼得斯那张又有雀斑又有小脓疱的脸儿也往后一仰，冲后边说：“船上的小划子没看见，汤姆。准有一些人在岸上。”

“我们上去把船炸沉，”托马斯·赫德森说。“原方案不变。把话往前传。”

彼得斯向前一探身，跟威利咬了咬耳朵。威利起先摇了摇头，可又马上举起手来，做了个他做惯的“零”的手势[①]。零，可不像个屁眼？——托马斯·赫德森心想。小艇上的引擎尽管小得像个咖啡豆磨研机，可是马力一开足，小艇还是飞快地就向捕龟船靠去。托马斯·赫德森也真有手段，当下居然连碰撞都没有碰撞一下，小艇就跟捕龟船并排靠在了一起。威利举起抓钩搭住了捕龟船的边沿，猛地一拉，三个人差不多就同时跃上了甲板。脚踩下去尽是红树树枝，还散发着一股断枝的清香。托马斯·赫德森一看见那伪装得藤蔓披离的桅杆，顿时又起了那种恍惚身在梦中之感。他发现舱口的门没有关上，另外有个前舱口也敞开在那儿，却用树枝遮了起来。甲板上空荡荡没有一个人。

托马斯·赫德森挥挥手，让威利冲过这边的舱口闪到前面去，自己则用冲锋枪控制住那前边的舱口。枪看过没错，保险杆是扳在全自动一档上。光着脚板踩在那儿，他觉得出那硬邦邦圆棍状的是树枝，那滑不唧溜的是树叶，那晒得都发了烫的是木板条儿的甲板。

“叫他们举起了手走出来，”他不动声色地对彼得斯说。

彼得斯说的德语喉音重重，有些刺耳。没有人应声，也没有一点动静。

托马斯·赫德森心想：这老奶奶的小孙子说话倒还蛮有点风度哩。他就又说：“再对他们说一遍，限他们在十秒钟里都出来。出来了就作为俘虏对待。说完了你就数数，数到十。”

彼得斯喊话的那个口气简直就像在宣告整个德国的末日到了。

---

① 这里的“零”，可能有两种意思。一种是“开始吧”，也即 zero hour 之意。还有一种可能，则是表示“可以”，“明白”，因为数码零跟字母“O”同形，“O”即表 OK 之意。

托马斯·赫德森心想：他说话倒挺沉得住气，不错。他就趁此赶紧扭头瞧了瞧，看能不能找到那只小划子。可是四下看到的只是红树褐色的树根、绿色的枝叶。

“数到了十就扔一个进去，”他说。“威利，注意你那边的前舱口。”

“上面有要命的树枝盖着哩。”

“你等彼得斯一动手，就使足了两手的劲硬是塞一颗进去。可不能扔。”

彼得斯数到了十，只见他就像一个上场投球的投球手似的，高高的个子，一副灵活的手脚，在那里一站，把冲锋枪往左臂下一夹，掏出颗手榴弹用牙齿一啃拔去了保险销，拿在手里让它冒了会儿烟，仿佛给它加点儿温，然后就以一个卡尔·梅斯①式的低手投球姿势，把它扔进了黑洞洞的舱口里。

托马斯·赫德森看着他，心想：他倒真是个了不起的演员，在他看来这舱口里根本什么也不会有。

托马斯·赫德森来到甲板上，拿他的“汤姆生”对准了舱口。随即白光一闪，轰然一响，彼得斯的手榴弹炸开了，托马斯·赫德森看见威利也扒开了树枝，塞了颗手榴弹在前舱口里。可是就在这时，他看见桅杆右方的藤蔓披拂中，有个枪口就从威利投入手榴弹的那个舱口里拨开枝叶伸了出来。他立刻掉转枪口开火，可是对方的枪口里早已连吐了五道急促的火光，一连串的嗒嗒嗒，听去就像小孩子玩的拨浪鼓。到这时才见耀眼的强光一闪，威利的手榴弹炸响了。托马斯·赫德森一看，见威利伏在甲板边上的排水孔前，又拿了颗手榴弹拔去保险销准备投进去。彼得斯则头靠着船舷的边沿，侧转了身子躺在那里。脑袋上的血不断往外流，都流进了排水孔里。

---

① 卡尔·梅斯（1893—1971）：美国著名棒球运动员，有“潜水艇梅斯”之称。

威利把手榴弹投了进去，这一颗的声音就不一样了，因为手榴弹直滚到好里边才炸开。

“你看里边还会有没死的王八龟孙子吗？”威利大声说。

“我这里再投一个进去，”托马斯·赫德森说。为了防主舱口里有人往外打枪，他就弓着身子闪到一边，也掏出颗手榴弹拔去销子。那开着一条条槽的灰不溜秋的手榴弹紧握在手里，只觉得又重又结实。他随即就一个箭步从舱口跟前窜过去，把手榴弹往里一掷，手榴弹骨碌碌滚到了后舱。又是亮光一闪，轰然一声，甲板炸塌处还冒出了烟来。

威利在那里瞧彼得斯，托马斯·赫德森也过来瞧了瞧他。彼得斯脸上的神气看去跟平日简直没什么两样。

“唉，这一下我们可就没了翻译啦，”威利说。他那只好眼睛在抽动，但是说话却没改那个腔调。

“船沉得很快呢，”托马斯·赫德森说。

“船是早就搁浅了。不过这一来就免不了要翻了。”

“我们还有一大堆未了的事呢，威利。”

“这趟买卖不赔也不赚。一个换他们一个。不过这条鸟船总算让我们炸沉了。”

“你还是赶快回大船上去，把阿拉和亨利带到这儿来。关照安东尼奥，等潮水一涨就把船也开到岛这头来。”

“我得先下舱里去检查一下。”

“我去检查吧。”

“不，”威利说。“这是我分内的事。”

“你没有什么吧，老弟？”

“我没有什么。只是牺牲了彼得斯先生觉得心里难过。我想去找块布头什么的，替他把脸蒙上。船侧成了这样，我们应该把他挪一下，让他头朝上脚朝下，躺躺直。”

“船头上的那个德国佬怎么样了？”

“早成一团肉酱了。”

坐在船尾，托马斯·赫德森突然注意到了他那一头黑发好浓密，那一双大手抓着船舷，样子也有些异乎寻常。他的两腿还在那里颤动，不过托马斯·赫德森向来了解他的特点，他在战斗之前总是那么紧张，可是一旦投入了战斗，那个表现可真是没得说的。

“威利，”托马斯·赫德森说，“你是不是有什么打算？”

威利睁开了那只好眼睛，坏的那只怕太阳，依然闭着。

“我请你批准我绕到岛那头去，摸上去看看到底是怎么个情形。我们可不能让他们逃出这个岛子。”

“我跟你一块儿去。”

“不，汤米。干这号买卖我在行，再说这也是我分内的事。”

“我不能让你一个人去。”

“干这档子事只能一个人去。你放心好了，汤米。要是我把他们轰了出来，就让阿拉赶快回这儿来帮着你对付他们。只要不出什么问题，回头他可以再去海滩上接我。”

这时他两眼都已睁了开来，紧紧盯住了托马斯·赫德森，一副神气就像在向人兜卖什么家用器具，似乎对方买得起而不买实在是怪可惜的。

“我觉得最好还是跟你一块儿去。”

“得了，我们不要再多争了，汤姆。我跟你老老实实说一句，干这号买卖我绝对在行。是个不折不扣的老手了。像我这样儿的，你还真找不到第二个呢。”

“好吧，你就去吧，”托马斯·赫德森说。“可发现了他们的小划子千万要炸掉。”

“你当我是干什么去的？当我是闲荡去的？”

“你要去的话还是快走吧。”

“汤姆，你听我说。你反正已经给他们布下了两个陷阱。一个是我们的船，一个就是这儿。你又有阿拉帮着，所以灵活性很大。你大不了就是损失一名病退的海军陆战队士兵，牺牲了也无所谓的。你还有什么可犹豫的呢？”

“你这个人就是爱啰唆，”托马斯·赫德森说，“快走你的吧，臭狗屎来保佑你！”

“去你的，”威利冲他骂了一声。

“听你说话元气还挺足呢，”托马斯·赫德森说。随即就用西班牙语把他俩此去的任务向阿拉交代了一下。

“你别费心了，”威利说。“回头我躺在船底里自会对他说的。”

阿拉说：“我这就回来，汤姆。”

托马斯·赫德森看他使劲一拉绳开动了发动机，又看着小艇开了出去，船尾是阿拉宽阔的肩背和黑头发的脑袋，船底里躺着的是威利。威利早已把身子转了过来，脑袋紧挨在阿拉的脚边，好跟他说话。

别看这家伙俗气，他有胆量，了不起——托马斯·赫德森心想。威利老哥们儿可真有他的。我正想打退堂鼓呢，亏得他促使我打定了主意。遇到了危急关头，我什么都可以不要，我就只要跟前能有一个海军陆战队战士，够格的固然好，就是有毛病的也行。我们现在可正是处在这样的危急关头。他在心里默默念叨：祝你成功啊，威利先生。你老爱说去你的，你自己可千万不能“去”啊。

“你没什么吧，亨利？”他轻轻地问。

“我没什么，汤姆。威利敢这样一个人去闯，真是英勇过人啊，你说是不是？”

“英勇过人？这样的字眼他可连听都没有听说过呢，”托马斯·赫德森说。“在他只是认为他有这个责任而已。”

“我没有跟这样的人结成好朋友，真是遗憾。”

“患难之中大家都是好朋友嘛。”

“今后我要跟大家都成为好朋友。”

“我们大家都有很多打算，要今后从头做起，”托马斯·赫德森说。“但愿这个‘今后’能这就开始。”

18

他俩趴在发烫的甲板上，监视着岛上四周的动静。太阳还火辣辣地晒在背上，不过幸而有风，这才不至于感到太热。他俩的脊背已经晒得跟当天早上在外边岛上见到的那两个海滨印第安女人简直一样黑了。托马斯·赫德森想起这些，觉得恍惚都是前半辈子的事了。那两个印第安女人，还有那空阔的大海，那浪花四溅的一长溜儿礁岩，礁岩外那深不见底的湛蓝的热带海洋，都像是前半辈子的事了。要是早就有了这风，我们本来满可以把船开到空阔的大海上去，这会儿说不定都已经到弗兰塞斯岛了，彼得斯也照样可以跟他们做进岛的信号联系，到了晚上大伙儿就有冰啤酒可以畅饮一番了。可是他马上就责备自己说：不行，你这小子，你怎么能动那种念头呢？这是你应尽的责任啊。

"亨利，"他说，"你觉得没什么吧？"

"好得很，汤姆，"亨利把声音放得很轻很轻。"你说手榴弹给太阳晒得太烫了，会不会到时候炸不响啊？"

"没听说过有这样的事。倒是晒得愈烫，炸起来也愈厉害。"

"阿拉要带着水就好了，"亨利说。

"他小艇里带上没有，你不记得啦？"

"不记得了，汤姆。我当时正忙着照看自己的装备，也没有注意。"

这时候他们听到下风头隐隐传来了小艇尾挂发动机的响声。托马斯·赫德森小心翼翼转过头去，见小艇正绕过岛子的尖角驶来。小艇的吃水不深，船尾坐着阿拉。这么老远的，他就看出了阿拉那宽阔的肩背和黑头发的脑袋。他就又回过头来继续监视面前的岛上，突然他看见从岛中央的树林里蹿起一只夜鹭来，一下子就飞走了。一会儿又看见蹿起两只美洲鹳，打了个盘旋才飞开，先是急忙忙拍了几下翅膀，然后趁势滑翔了一程，接着又快快地打起了扑棱，借着顺风向旁边那个小礁岛上飞去了。

亨利也一直看得目不转睛，他说："威利一定往里摸得够深的了。"

"是啊，"托马斯·赫德森说。"这些鸟儿都是从岛中央高高的土埂上飞起来的。"

"这么说那儿就没有旁人了。"

"如果这些鸟儿是让威利给惊飞的，这就说明那儿并没有旁人。"

"只要威利没有遇上太大的困难，估计他现在也该到了那一带了。"

"一会儿阿拉来了，千万注意别探起头来。"

阿拉把小艇横靠在捕龟船往下倾斜的一侧，拿抓钩搭住了船舷的边沿，小心在意爬上了船，就像头熊一样简直没花什么力气。他带来了一瓶水，还有一只旧的金酒瓶里装的是茶，两只瓶子用一根粗钓线系在两头，挂在脖子里。他爬到托马斯·赫德森的身边，就趴在了那儿。

"仙水来啦，给我喝点怎么样？"亨利忍不住央求了。

阿拉就把他的家伙在托马斯·赫德森的家伙旁边一放，从钓线上解下了水瓶，小心翼翼的，顺着倾斜的甲板，从两个舱口的上方，爬到了亨利据守的所在。

"喝吧，"他说。"可不能洗澡啊。"

他在亨利的背上拍了拍，又爬回来，照旧趴在托马斯·赫德森的身边。

"汤姆，"他把声音压得低低的。"我们啥也没有发现。我把威利送到后岛上了岸，上岸的地方大致就在我们这儿的正对面。送了他我又回我们的大船上去了一次。我是特意避开了这个岛子，绕到我们大船的背面攀上去的。我把情况都给安东尼奥说了，他也都了解了。然后我就给小艇的发动机加足了油，把备用油箱也灌得满满的，这才带上冰茶和水来了。”

“太好了。”托马斯·赫德森说完，就贴着甲板往后退过点儿，捧起那瓶冰茶喝了一大口。

“真要感谢你，还给我送茶来。”

“那还是安东尼奥想到的。开头我们走得匆忙，有些事情就没有想到。”

“你到船后去，照看一下那一头。”

“是，汤姆，”阿拉说。

他们就都一直趴在那儿，承受着日晒风吹，各自监视着岛上。岛上时不时会飞起一两只鸟儿，他们知道惊动这些鸟儿的要不是威利，就一定是另有他人。

“这些鸟儿也真是，威利一定够恼火的，”阿拉说。“他上去的时候倒没有想到过这一层。”

“这不等于是自己在暴露目标吗，”托马斯·赫德森接口说。

他心里盘算开了，头也不由得扭回去看了看。

他觉得眼前的这个情况压根儿不对头。岛上飞起来的鸟儿也未免太多了。现在还能有什么站得住脚的理由，可以认为那帮子人此刻是在岛上呢？其实认真探究起来，那帮子人又有什么必要到岛上去呢？他趴在甲板上，只觉得心中一片茫然，感到自己和威利都上了当了。也许他们并不是存心要诱我们上当。不过他觉得，这么多鸟儿飞起来，看来这情况总不大妙。这时在离岸不远处又飞起了一对美洲鹳，托马斯·赫德森就扭过头去对亨利说：“亨利，请你还是下前舱里去，注意内陆方向的动静。”

“前舱里炸得一塌糊涂啦。”

“我知道。”

“好吧，我就下去，汤姆。”

“把手榴弹和弹夹留下。就带一颗手榴弹装在口袋里，另外再把 niño 带上。”

亨利小心翼翼爬进了舱里，把目光投向靠近内陆的一些礁岛，那里礁岛掩映之间自有一条航道。看他脸上依然不改原来的神情。其实要不是强自忍着，那早就变了颜色了。

"真对你不起，亨利，"托马斯·赫德森说。"只能暂时委屈你一会儿了。"

"这有什么，"亨利说。那故意装得一本正经的面孔这时候才显得一松，随即就漾开了他那种挺能迷人的可亲的笑容。"我就想，反正我又不打算就这样过上一个夏天。"

"我也有同感。不过眼下的情况可不是一眼就能看得那么明明白白的。"

红树林子里忽然蹿起一只麻鳽，托马斯·赫德森只听它嘎嘎乱叫，看它惶惶然朝着下风的方向一头飞去。他于是就定下心来，根据鸟儿惊起的先后、逃逸的方向，来判定威利沿着红树林子走的是怎样一条路线。后来看见不再有鸟儿蹿起来了，他断定威利准是在往回走了。后来又过了一阵，看到又有鸟儿在不断惊起了，他知道威利该是正朝着顶风的方向在绕着岸边搜索了。过了三刻钟光景，只见好大一只白鹭仓皇冲天而起，费力地缓缓拍打着翅膀，向上风头飞走了，他于是便对阿拉说："他马上就要出来了。你还是到那头的尖角上去接他吧。"

"我看见他了，"阿拉等了会儿才说。"刚才还挥了挥手呢。这会儿从海滩上退了回来，躺下啦。"

"快去接他回来，他要躺下让他回来再躺下吧。"

阿拉带上了自己的枪，口袋里装了两颗手榴弹，溜下甲板，上了小艇。在船尾坐定，就解了缆绳准备出发了。

"把那瓶茶扔给我好不好，汤姆？"

为了保险起见，阿拉这次是用双手去接那瓶子的，平时他接东西总喜欢用单手。手榴弹他也喜欢用单手去接，而且动作难度愈高，他就愈是喜欢，正好比雷管要卷紧口子，他就最喜欢用牙齿去咬那帽边一样。但是这瓶里的茶是给威利喝的，威利这次去岛上尽管一无所获，所经历的那份艰辛他可是深有体会的，因此他就小心在意，把茶瓶放在船尾底下，只希望这茶喝上去还能是凉凉的。

“这情况你看如何，汤姆？”亨利问。

“我们失算了。至少这一着棋是失算了。”

过了不大一会儿，小艇就靠上了捕龟船，只见威利双手捧着那瓶茶，躺在船底里。他的手，他的脸，全都划破了，尽管已经用海水洗过，看去依然血痕斑斑。衬衫也撕掉了一个袖管。脸上给蚊子叮得满是疙瘩，反正哪儿是赤皮露肉的，哪儿就少不了有蚊子叮的肿块。

“连个屁也没有找到，汤姆，”他说。“他们根本就没有上过那个岛子。看来你我的算计都还不够精啊。”

“是啊。”

“这情况你怎么看呢？”

“他们搁浅以后就往内陆的方向去了。是就这么去了呢，还是打探航道去的，那就很难说了。”

“你说他们会不会看见我们上船？”

“他们可能什么都看见了，也可能什么都没看见。他们在水面上，所处的位置低，望不到很远的。”

“他们是在下风头，估计这里的声音都应该听到了。”

“该听到了。”

“那我们怎么办呢？”

“你快回我们的大船上去，让阿拉再回来接我和亨利。那帮家伙还是有可能要回来的。”

“彼得斯怎么办？我们把他带走吧。”

“得赶快带走。”

“汤米，你守在这一边，方向不对头，”威利说。“我们俩今天看问题都看走眼了，所以我也不敢斗胆给你提什么具体的建议。”

“我有数了。等阿拉把彼得斯一装上小艇，我马上就下后舱里去。”

“彼得斯还是让阿拉一个人抱下去吧，”威利说。“他们要是在远处看着，黑乎乎的轮廓说不定还是看得见的。不过人只要是平贴在甲板上，不用望远镜他们是看不清的。”

托马斯·赫德森向阿拉交代了一番，阿拉就爬上甲板，动手来搬彼得斯。看他没有丝毫局促不安，也不带一些感情，只是替彼得斯把蒙在脸上的布在脑后绾了个结。说不上有一点怜惜，也谈不上粗暴，他就抱起了彼得斯，把他头朝前脚朝后轻轻放进了小艇里，前后总共才说了一句话：“已经直僵僵了。”

“所以死人才叫僵尸呀，”威利说。“你没有听说过？”

“听说过，”阿拉说。“我们西班牙语里死人叫做 fiambres，意思就是冷肉，也就是上饭馆吃饭点菜，要一道冷鱼或者冷肉的那个冷肉。不过我是想起了原先的那个彼得斯。他本来可一向是软绵绵的人儿一个。”

“我这就把他送回去，汤姆。你还需要些什么吗？”

“我需要的是运气，”托马斯·赫德森说。“多谢你到岛上去侦察了一番，威利。”

“还不是那一套，干惯了，”威利说。

“划破的地方让吉尔替你抹一点硫柳汞[①]。”

“划破点皮肉算什么，”威利说。“让人家当我是个丛林野人，不是很好吗？”

托马斯·赫德森和亨利于是便各据一个舱口朝前方瞭望，前方是横七竖八、犬牙交错的一连串礁岛，过了这些礁岛便是那个长形的海湾，要去内陆方向就得在这个海湾里穿过。他们也没有压低嗓音，就放心说话了，因为他们知道那帮家伙要在的话，也准是在那一连串绿色的小岛以外。

“你瞧着点儿，”托马斯·赫德森说。“我打算把他们的那些弹

---

① 一种防腐剂。

药都扔到水里去，顺便再到舱里去查看查看。”

在舱里他又发现了几件原先没有注意到的东西。查看完他就把那箱弹药搬上甲板，推到水里。推了下去才想到：里面一小盒一小盒的，应该拆开来分散扔才好呢。不过再一想，算了吧，管它呢。他拿起那把施迈瑟自动手枪，试了试，却是坏的。他就拿来跟自己的家伙放在一起。

回头我让阿拉干脆把它拆了——他心里想。我们现在至少算是搞清了，他们没有把这把枪带走敢情是这个缘故。那你说他们是留下那个伤号来“接待”我们，其余人都撤走了呢，还是让他留下来安心休息，其余人都去探路了？依你看我们的行动被他们看到了多少？我们的情况又被他们摸去了多少？

“我们把这些弹药留着做证据不是很好吗？”亨利问道。

“我们现在还要证据干什么？”

“留着证据，有备无患嘛。你知道那班老爷们都是板板六十四的，我们把情况报上去，他们说不定还要打上个大大的问号哩。海军情报局也许连打个问号都还觉得是多事哩。上一回那档子事你还记得吗，汤姆？”

“记得。”

“人家的潜艇长驱直入，都摸到密西西比河口了，老爷们还是不信会有这样的潜艇。”

“就是。”

“我们把这些弹药留着本来倒是挺好的。”

“亨利，”托马斯·赫德森说，“你不用急嘛。他们把那个小岛上的人斩尽杀绝了，尸体都还在岛上。我们的手里有他们的施迈瑟自动手枪子弹，有从那些尸体上挖出来的，也有从那个德国死鬼身上起出来的。我们还葬了一个德国死鬼，具体地点在航海日志里都有记录。我们还炸翻了这条捕龟船，船头舱里还有个德国死鬼。我们还缴获了两支施迈瑟自动手枪。一支坏了，还有一支也叫手榴弹给炸烂了。”

“来一场飓风，把一切都刮得无影无踪，老爷们又要说不信会有这样的事了。”

“好，”托马斯·赫德森说，“就算这些都还不足凭信。那彼得斯的事又怎么说呢？”

“说不定是给我们中间的哪一个打死的呢？”

“那就没有办法了。真要这样我们也只好都认了。”

他们听到了小艇发动机的声音，一会儿就看见阿拉绕过岛子的尖角来了。瞧这小艇，船头抬得有多高啊，简直跟条独木舟似的——托马斯·赫德森当时就有这么个感想。

“把你的家伙都收拾好，亨利，”他说。“我们要回自己的船上去了。”

“如果你有意想要让我留下，我倒也很想留在这条船上。”

“不，我那边船上需要你。”

等到阿拉的小艇靠了上来，托马斯·赫德森却又改变了主意。

“你就在这儿再留一会儿也好，亨利，我回头让阿拉再来接你。万一他们露了面，小划子要是靠上来，你就扔一颗手榴弹炸了它。这后舱里地方大，你还是守在后舱口好。反正多开动开动脑筋。”

“好的，汤姆。谢谢你让我留下。”

“我本来倒很想自己留下，让你先回去。可我有很多事情还得去跟安东尼奥商量。”

“我明白。他们要是靠上来，我是不是可以先给他们扫几梭子，然后再扔手榴弹？”

“你觉得这样好也可以。不过注意千万不能探起头来，再扔手榴弹就得换一个舱口。一定要尽量沉住气。”

他趴在下面的排水孔边，把东西一件件递给阿拉。然后就离了捕龟船，下到小艇里。

“你那边舱里是不是进水很多啊？”他问亨利。

“不多不多，汤姆。没有问题。”

“在这种地方待着，可别得了幽闭恐怖症啊，要好好注意瞭望。如果他们来了，一定要等他们靠到了紧跟前，再把你的手段都使出来。”

“你放心好了，汤姆。”

“你就只当是躲在个暗棚里打野鸭子好了。”

“我一点也不紧张，汤姆。”

托马斯·赫德森这时候已经平躺在小艇底里的铺板上了。

“一到你该撤的时候阿拉就会来接你的。”

“你不用操心，汤姆。真有必要的话我就是在这儿守上一夜也没问题，不过那就要请阿拉送些东西来吃吃了，最好再给我带点儿朗姆酒来，还得再来些水喝。”

“他回头就会来接你的，到那时我们大家就在船上一块儿来喝点朗姆酒。”

阿拉把发动机上的起动绳一拉，小艇就向大船驶去。托马斯·赫德森感觉到两排手榴弹紧顶着大腿，一把 niño 沉甸甸压在胸前。他伸开双臂搂住了自己的 niño，一副亲热的样子。阿拉看得哈哈大笑，俯下身来说：“好孩子可惜过的就是这样的苦日子。”

19

如今他们都已到了大船上，傍晚的风吹在身上还真有点冷呢。那浅滩虽然还没有被淹没，红鹳却都已飞走了。在这薄暮的光照下，浅滩上看去是灰暗的一片，只有一群白羽鹬在那儿啄食。浅滩后面是浅浅的水，因为水浑，根本就无法看清水道，远处望去都是些礁岛。

托马斯·赫德森此刻是站在驾驶台上，他靠在一个角落里，安东尼奥正在跟他说话。

“潮水要到晚上十一点过后才涨足呢，”安东尼奥说。“这风又大，刮得那个海湾里的水尽自往外流，沙洲浅滩上水也留不住，所以到时候能有多深的水，也还难说得很。”

“船行得了吗？还是得靠抛小锚一步步挪呢？”

“船倒是行得了的。不过晚上没有月亮。”

“对了，所以才有这样的大潮呢。”

“月亮昨晚还是初露面，”安东尼奥说。“这两天也只有一弯新月。昨晚因为有风暴，所以我们根本连个月亮的影子都没有见到。”

“就是。”

“我派了乔治和吉尔去砍些树枝，沿着航道一路插上标桩，好引导大船开出去。我们有小艇，反正随时可以派出去测量水深，在两边礁岛的尖头上都插上标桩。”

“我告诉你说，若是按照我的心意，到船行得了的时候我们最好把船开到一个适当的地方，拿探照灯和‘五零’机枪都对准了那条捕龟船，再派个人去守在船上，只要他们的小划子一出现，就赶紧给我们发个信号。”

“那样当然最理想了，汤姆。可我们的船摸黑是去不了那儿的。要去那儿，就得探照灯大开，得派小艇在前头测量水深，测得水深还要大声报告，还要一路打上标桩。可这样一闹谁还会出来？他们才不会出来呢。”

“这话也有理。我今天已经连错了两回了。”

“你是失算了，”安东尼奥说。“不过那是你正好碰得不巧。就像摸牌没有摸到好牌。”

“不管怎么说，我毕竟还是失算了。那你给我说说，你是怎么个想法？”

“我在想，如果他们没有走，那只要我们没有什么大举动，还只作是搁了浅的样子，估计他们今天晚上就会出来，摸到自己的船上去。我们的船完全是一副游艇的模样。刚才船上交火的时候，我可以肯定他们是在后边的礁岛群里。他们不会把我们放在眼里的，他们一定有恃无恐，以为我们人手不多，因为他们要是在远处观察的话，看到我们的小艇里来来去去始终是一个人。”

“我们是故意装成这样的。”

“那他们一旦看到了捕龟船上的那个烂摊子，你说他们又会怎么样呢？”

“你去叫威利上来，”他对安东尼奥说。

威利上来了，看他脸上身上依然疙瘩累累，尽是蚊子叮的肿块。不过划破的地方看去已经好些了。他只穿了一条卡其短裤。

“你还好吗，丛林野人？”

“我还可以，汤姆。阿拉替我在蚊子块上涂了些哥罗仿，现在倒已经不痒了。那儿的蚊子才叫可恶呢，足有小半寸长，只只墨黑。”

“我们这一回真搞得糟透了，威利。”

“真是倒他娘的霉！我们一开始就没有干对。”

“彼得斯怎么处置的？”

“我们把他用帆布缝了起来，还在他身上放了些冰。反正拿到市场上也卖不起好价钱了。不过搁两天还不至于会坏。”

“你听我说，威利。我刚才把我心里的打算都告诉了安东尼奥，我想把船开到一个合适的所在，以便能把‘五零’机枪和探照灯一齐对准那条捕龟船。可他说我们的船要开到那儿，就非把整个大洋都惊动了不可，因此是行不通的。”

“是行不通，”威利说。“他说得很对。你今天这是第三次判断错误了。我总算还比你少出了一次错。”

“依你看他们会不会跑出来，打算上那条捕龟船去看看？”

“我看不见得，不见得！”威利说。

“不过他们说不定会去的。”

“他们又不是疯子。不过他们要是实在到了走投无路的地步，去试试运气也不是不可能的。”

他们俩这时已经坐在驾驶台的甲板上，背靠着栏杆的立杆，栏杆上张着帆布。威利的右肩又痒起来了，便就着帆布擦了擦。

“他们可能会出来的，”他说。“他们把那个岛上的人杀了个精光，就说明他们是会发了疯干蠢事的。”

“从他们当时的角度来看，这也并不是发了疯干蠢事。你不要忘了，当时他们刚丢了潜艇，正弄得走投无路呢。”

“好哇，他们今天又丢了一条船，还丢了一个同伙呢。他们也许是很喜欢这个王八蛋的。”

“很可能。要不也不会让他白占个位置了。”

“这家伙倒还真不赖，”威利说。“我们喊话要他投降，还扔了颗手榴弹，他居然都沉住了气，照样来上一家伙。他看彼得斯一副长官的架势，又说得一口德语，一定只当他是头头。”

“一定是这样。”

“你知道几颗手榴弹都是在舱里炸响的。他们可能根本就没有听到爆炸声。你总共打了几发子弹，汤姆？”

“至多五发吧。”

“那家伙也打了一梭子。”

“你在这里听着觉得响不响，安东尼奥？”

“听起来倒并不响，”安东尼奥说。“我们虽然处在下风头，但是位置偏北，中间隔着个岛子，听起来一点也不响。不过听还是清清楚楚听到的。”

“他们可能根本就没有听到，”托马斯·赫德森说。“不过我们的小艇来来去去，他们的捕龟船侧了过来，这些他们肯定都看到了。他们肯定认为这船是我们设下的圈套。我看他们是不见得会去的。”

“我觉得这话也有道理，”威利说。

“可你说他们会不会跑出来呢？”

“这个嘛，我要是能知道你还会不知道？其实只怕是老天爷也不见得能说得上来。你不是常常很会从德国人的角度来分析问题吗？”

“是啊，”托马斯·赫德森说。“我有时候分析起来倒也觉得脑筋挺灵的。可是今天这脑筋不灵了。”

“你的脑子还是灵的，”威利说。“不过是碰上运气不济罢了。”

“我们可以去那儿摆个圈套等他们来。”

“你去那条船上摆个圈套套人家，自己不也就给套上了吗？”威利说。

“那你趁天色还没黑，去捕龟船上安几个饵雷好了。”

“你这才说得有点道理了，”威利说。“这才像是老汤姆说的话。我去安上几个饵雷，两个舱口，那个德国死鬼身上，朝下一侧的船舷栏杆，都给安上饵雷。好了，你解决困难的办法这一下都来了。”

“多用些炸药。炸药我们反正多的是。”

“一定炸得这条船连老天都不想要。”

“我们的小艇回来了，”安东尼奥说。

“我跟阿拉带上必要的东西这就去，”威利说。

“可别炸了自己啊。”

“你不要想得太多了，”威利说。“还是歇会儿吧，汤姆。今天晚上眼看你是阖不了眼的。”

“你也一样。”

“我才不会呢。你要用得着我，随时让他们来叫醒我好了。”

“我来值班，”托马斯·赫德森对安东尼奥说。“潮什么时候可以开始涨？”

“潮是已经开始在涨了，可是这东风吹得起劲，那个海湾里的水还在不断往外涌，双方还在那儿顶牛儿呢。”

“派吉尔去接‘五零’机枪的警戒哨，让乔治去歇会儿。叫大家好好休息，准备熬个通宵。”

“你怎么也不喝一杯，汤姆？”

“我不想喝。今天晚上你给大家吃什么？”

“一人一大块刺鲅鱼，用西班牙酱汁煮的，外加黑豆、米饭。听头水果已经没有了。”

“孔菲特斯的那张单子上不是开着有一些的吗？”

“单子上原来是开着。可又给划掉了。”

“你还有干果没有？”

“只有杏子干。”

“那就拿些出来，今天晚上泡一夜，明天吃早饭给大家吃。”

“早饭吃这个，亨利就准不乐意。”

“那就等他以后哪顿饭吃得开了胃，再给他吃吧。汤够多吗？”

“够多的。”

“冰呢？”

“只要在彼得斯身上不是用得太多，我们用上一个星期绰绰有余。你为什么不替他来个海葬呢，汤姆？”

“等我考虑考虑吧，”托马斯·赫德森说。“他生前倒常说死了还是海葬的好。”

“他说话也太随便。”

“是啊。”

“汤姆，你怎么也不喝一杯？”

“那好吧，”托马斯·赫德森说。“你那里还有金酒吗？”

“你那一瓶还锁在柜子里。”

“还有鲜椰子没有？”

“有。”

“那就给我来一杯金酒加椰子汁，再加点儿酸橙。不知道酸橙还有没有？”

“酸橙有的是。彼得斯还有些苏格兰威士忌，不知他藏在哪儿，我去找找许能找到。你是不是喝那个好？”

“不了。你找到了就锁起来吧。说不定我们还有用得着的时候。”

“我调好了就替你把酒送来。”

“谢谢你啦。说不定我们运气好，到晚上他们会跑出来也未可知。”

“我不信他们会跑出来。在这点上我跟威利是一致的。不过他们也不是没有跑出来的可能。”

“他们见了我们还会有不动心的？只要是船，不论好歹，他们都用得着。”

“你的话是不错，汤姆。可他们并不是傻子。真要是傻子的话，他们脑袋瓜子里的想头你也根本就无从琢磨了。”

“好吧。你调酒去吧。”托马斯·赫德森举起了大望远镜，观察起那些礁岛来。“我倒还想琢磨琢磨他们的脑袋瓜子里到底是怎么个想头。”

可是他琢磨了半天也揣度不出他们的脑袋瓜子里到底是怎么想的。他根本就定不下心来好好儿想。他看着小艇绕过了那个岛子的尖角，阿拉坐在船尾，威利藏得不见身影。他看着那群白羽鹳终于飞上了天，一扭头，都飞往外边的岛上去了。于是四下便只剩了一片空寂，他拿起安东尼奥调好的酒，呷了起来。

他想起自己本来下了决心，这次出来决不喝酒，连晚上喝惯的一杯冰镇酒都坚决不喝，好把一颗心都放在工作上。他想起自己本来合计好一定要拼着命儿干，一定要干到筋疲力尽，好睡他个人事不知。不过现在喝了这杯酒，破了戒，他也不想提出什么理由来作辩解。

他心想：反正我是拼着命儿干了。我干得可没含糊。现在我满可以喝了这杯酒，想想其他的事了，不要再老是去想那帮家伙了。那帮家伙今天晚上要是出来，谅他们也逃不出我们布下的天罗地网。要是他们不出来，等明天一早潮水涨足了，我就把船开进去，非把他们追上不可。

因此他就慢慢地呷着酒，酒是冰凉的，入口清冽。一边喝一边又望起前面的岛子来，从正前方到往西一带，是一行参差不齐的礁岛。往事如今虽已被他严严实实紧锁在心底，可是喝了酒却总会打开记忆的闸门，他看到了这些礁岛，就想起了当年小汤姆还小的时候爷儿俩在船后拖了钓钩去钓大海鲢的情景。当然他们当时去的并不是这些礁岛，航行的水道也要宽阔多了。

他们当时去的礁岛上是没有红鹳的，但是其他的鸟类都跟这儿差不多，只有一样是这儿没有的，那就是一群群个儿很大的金斑鸻。他记得有的季节里鸻鸟是一身的灰色，有的季节里鸻鸟身上黑油油的羽毛却会泛出些金黄来。他还记得当初小汤姆刚得了他那把点二〇口径的单筒猎枪，第一次打到一只金斑鸻带回家来，那真是得意呵。小家伙抱着鸟儿把那雪白丰满的胸脯抚了又抚，把羽毛里乌黑可爱的底纹摸了又摸，这些情景都还历历如在目前。他记得那天晚上去看时，小家伙已经在床上睡着了，怀里还紧紧搂着那鸟儿。他轻手轻脚从他怀里抱走了那鸟儿，心里还直担心可别把他惊醒了。小家伙倒没有醒，只是把两条胳膊往胸前紧紧一搂，就翻过身来，仰面朝天照旧睡他的。

他就把金斑鸻拿到放冰箱的后房里，心里却总觉得像是偷了小家伙的鸟儿似的。不过他还是把鸟儿一身羽毛理得整整齐齐，去放在冰箱里的格子架上。第二天他给小汤姆画了一幅金斑鸻图，那一年小家伙返校时，便把这幅画也一块儿带了去。在画里他极力要表现出金斑鸻那种行动敏捷、善于奔跑的特点，后面的背景是一长溜儿海滩，还点缀了一些椰子树。

他还记得有一次他跟小汤姆睡在一个野营帐篷里。他很早就醒了，小汤姆却还睡得很熟。小家伙抱起了双臂，仰面朝天躺在那儿，看去就像一位骑士墓上的一个年轻骑士塑像。托马斯·赫德森当下就按照这个构思给他画了一幅速写，画中的墓就以记忆中索尔兹伯里[①]大教堂的一座坟墓作为蓝本。他本来还想改天照这个样式

① 英格兰南部的一个历史名城。

再作一幅油画，不过后来却一直迟迟没有动笔，因为他怕画这个不吉利。看来还真不大吉利呢——他心里想。

太阳已经西沉，他抬眼望去，似乎看见小汤姆驾着一架喷火式战斗机，就高高地在太阳里。飞机高极了，也小极了，亮晃晃的，就像一面镜子的一粒碎屑。他就爱待在那儿，不肯下来了——他不禁暗暗嘀咕。看来你给自己立下规矩不喝酒，还是很对头的。

可是那纸巾垫着的酒杯里还有大半杯子酒呢，酒里还有些冰没有化呢。

这是叨了彼得斯的光——他心里想。这时他又忽然想起了当初他们住在岛上的时候，当时小汤姆在课上刚学到了冰河时代，小家伙担心冰河时代还会再来。

“爸爸，”小家伙当时说，“我别的都不怕，就怕这一桩。”

“那影响不到我们这儿的，”托马斯·赫德森说。

“我知道。可还有明尼苏达、威斯康星、密执安这些地方呢，那儿的人可都要遭殃啦，我简直连想都不敢想了。连伊利诺斯和印第安纳的人怕都难保呢。”

“我看我们根本就用不到去操这份心，”托马斯·赫德森说。“这冰河时代就是要来，也得慢慢儿的磨上几千年几万年呢。”

“我知道，”小汤姆说。“说实在的我别的什么都不怕，可就怕这一桩。啊，对了，还有一桩就是怕旅鸽①要绝种。”

我这个儿子也真是！想到这里他就把酒杯往手榴弹架的空格里一放，拿起望远镜对着那些礁岛细细看了起来。他想找水上有没有小划子的影踪。看不到什么可疑的动静，他就把望远镜又放了下来。

要说爷儿俩在一起过得最快活的时光——他心里想——那一是在岛上，二是在遥远的西部。当然，在欧洲也是过得很快活的，不

---

① 旅鸽是原来栖息于北美东部的一种野鸽子，善于长距离飞行。19 世纪初还有大量繁殖，后因人类滥加猎捕以供食用，终遭灭绝。

过想起欧洲，就难免要想到那个女人，那可就更不好受了。也不知道她这会儿在哪儿呢。大概跟哪个将军在睡觉吧。好吧，希望她能找到一个好样的将军。

我在哈瓦那见到她的时候，看她身体怪不错的，模样儿还是那么美。我真要想起她来，简直可以想上整整一夜。可我不能去想她。我这样想小汤姆，就已经放任得出了格了。要不是喝了酒，我也不会这样。不过这酒我还是喝得一点也不后悔。规矩，也有可以统统打破的时候。即使不能统统打破，打破一些大概总还可以吧。我何妨就来想会儿小汤姆，一会儿等威利和阿拉回来了，我再来研究解决我们今晚如何行动这个小小的问题。威利和阿拉倒是一对好搭档。威利那点蹩脚透顶的西班牙语是在菲律宾学来的，不过他们俩交谈起来倒也彼此都能心领神会。这里边多少有个原因，在于阿拉本人是个巴斯克人，自己的西班牙语也说不好。哎呀，那条破船一旦让威利和阿拉安上了机关，我可怎么也不想再踏上去了。

好了，你就把剩下的这半杯酒喝了，想些有意思的事情吧。小汤姆已经不在人世了，想想他该没有什么不可以吧。你的伤心虽然永远也难以消解，但是好在如今你已经能挺得住了。你就回忆回忆过去幸福的好时光吧。你这样的好时光还是不少的。

他心里想：我哪几段时光最幸福呢？其实，在我那个一片纯真的年代，无用的金钱是少了些，找些活干、挣口饭吃还不成问题，那时我一直都是很幸福的。骑自行车真要比坐汽车有趣多了，看街景痛快，对健康又有利。骑辆自行车在“树林公园”①里逛够了回家，可以沿着香榭丽舍大街一路慢悠悠踏，过了圆形广场②还可以往前踏好远。有时你回头看看背后，啊，暮色之中只见伟大的凯旋门像个灰衣巨人高高矗立在两道车流之上。那里的七叶树在眼下这

① 即巴黎西郊的“布洛涅树林公园”，详见前注。

② 全名应是香榭丽舍圆形广场，在香榭丽舍大街上，位于星形广场（即今戴高乐广场）和协和广场之间。

个时分应该开花了。他过了圆形广场便向协和广场踏去，暮色苍茫中望去那些七叶树该是黑黑的，挺立在枝头的花该是雪白的，还透着蜡一般的光泽。他有时就宁愿跳下他那辆跑车，到碎石子铺成的人行道上去推着车走，一边推着车走一边就慢悠悠欣赏那些七叶树，享受享受在树下徜徉的情趣，脚也隔着那薄薄的鞋底尝尝碎石子的滋味。他脚上的这双跑鞋是从他认识的一个饭店服务员那里买来的二手货，这个服务员虽然眼下在精英饭店当差，当年可是得过奥运会冠军的。买鞋的钱则是画画换来的：那个服务员的老板要他给画一幅油画肖像，而且还特意指定了这画该怎么画。

"得请你带上点儿马奈[1]的风格，米歇[2]赫德森。不知你能不能办到？"

他这幅画的马奈味儿虽然还没有浓到能让马奈自己见了也会把大名签上去的程度，但是马奈的风格确实盖过了他赫德森的风格，而且把那个老板画得也实在是像。这样托马斯·赫德森不但得钱买到了那双蹬自行车用的特制跑鞋，而且还有很长一个时期在那家饭店喝酒可以不用付钱。不过后来有一天晚上他掏出酒钱来付，人家也收下了，托马斯·赫德森于是明白了，他这幅肖像画的酬劳到此就算是结清了。

当时丁香园咖啡馆的一个服务员跟他们夫妇特别相投，调给他们的酒总有双倍的含量，他们只要添上些水，一晚上就可以不必再买第二杯酒。因此他们后来也就索性搬到那一带去住了。每天安顿小汤姆睡好以后，他们总要一起来到这家古色古香的咖啡馆，在那儿消磨上一晚，两口子相亲相爱，真是无比幸福。从咖啡馆出来，他们总要到圣热纳维埃夫山[3]一带昏暗的街上去走走，当时那一带的旧房老屋都还没有拆除，他们每晚都要换一条不同的道儿走，就

① 爱德华·马奈（1832—1883）：法国画家。他革新传统绘画技法，画风色彩鲜明，明暗对比强烈。

② 法语中的"先生"。

③ 巴黎的一个街区。

这样一路走回家去。回家睡下，听到的是小床上小汤姆的鼻息声，还有就是睡在他一起的那只大猫，在那儿直打呼噜。

托马斯·赫德森还记得，当时人家一听说他们竟让小孩子身边睡上了一只猫儿，做父母的只顾自己出去，竟撇下了小家伙一个人，都吓坏了。可是小汤姆却总是睡得好好的，就是醒了过来，也自有猫儿在身边，那可是他最好的朋友。谁要是想挨到小床跟前来，那猫儿是不依的，它跟小汤姆才好着呢。

可如今小汤姆却……得了，这有什么可多想的呢——他心里想。那是谁都免不了的。事到如今我也应该明白了。不到这一步，是不能真正算收场的。

可是他马上又反问自己：你凭什么这么说？溜之大吉，不也可以看作是收场？离家出走，不也可以看作是收场？各种十足背叛的行为，欺诈的勾当，不也可以看作是收场？大凡人到了出卖这一步，就是走到了尽头了。不，你这都是夸夸其谈。人只有死了，才是真正到了收场的时候。我真希望阿拉和威利赶快回来。他们一定布置了许多机关，把那条破船搞成个夺命世界了。我是从来不愿意伤人性命的，一辈子就是这样的脾气。威利却就是喜欢要人的命。这家伙也真是怪，不过人还是极好的。他就是做事总要做得好了还要好，不信好还能有个边。

他远远看见小艇在来了。不一会儿噗噜噜的引擎声也听到了，他看着小艇一点一点大起来，清楚起来，没多久就靠上了大船。

威利来到了驾驶台上。他那副模样越发不像话了，那只坏了的眼睛也只见一片眼白了。他一个立正，气派十足地敬了个礼，说道："报告，可以向首长汇报吗？"

"你喝醉了吧？"

"没有的事，汤米。只是觉得心里热乎。"

"你喝了酒了。"

"是喝了点儿，汤姆。船上不是有个死人吗，我们得挨在他的身边干活，所以带上了一点朗姆酒。后来干完了活阿拉就在酒瓶里撒了泡尿，又在瓶子上挂了个饵雷。这叫计上加计。”

“船上机关摆得多不多？”

“汤米，我可以向你担保，哪怕是从小人国来了个巴掌那么大的小人儿，踏上了这条船也非得给炸飞了不可，管保叫他一直飞回到小人国。连一只蟑螂都别想爬上去。不瞒你说，阿拉还直担心那死人身上的苍蝇会碰上了机关，把船炸了呢。真是满船机关，精巧无比，妙不可言。”

“阿拉这会儿干什么去了？”

“他心里热乎，兴奋得坐不住，拿过枪来就拆，拆枪擦枪，忙乎着呢。”

“你们两个喝了多少朗姆酒？”

“半瓶还不到。那都是我的主意。不干阿拉的事。”

“好吧。你给我下去，跟他一块儿擦枪去，不但冲锋枪要擦，‘五零’机枪也都要检查一遍。”

“这机枪真要好好检查，就非得实弹试射一下不可。”

“我知道。你就给我彻底检查一遍，但是不要实弹试射。就把上过膛的子弹扔掉算了。”

“这一招高明。”

“去叫亨利上来，要他照这原样带一小杯给我，叫他自己也带上一杯。是什么样的酒安东尼奥有数的。”

“这可好了，你总算又抿点儿酒了，汤姆。”

“你帮帮忙吧，我喝酒不喝酒，用不到你高兴也用不到你不高兴。”

“话虽是这么说，汤姆，可我也不希望看到你老是不要命似的把自己当匹马来驱使。你就做个半人半马的怪[①]，可不是好？”

“半人半马的怪，你从哪儿听来的这么个名堂？”

“我可是在书上看到的，汤米。我是受过教育的人啦。别看我

① 希腊神话中的怪物。

年纪不算大，我肚子里的学问才大着呢。”

“真有你的，老小子，”托马斯·赫德森对他说。“好啦，你快下去照我布置的办吧。”

“遵命，长官。汤米，等我们完成了这次出海任务回去，你可不可以让我买一幅你画的海景，就是挂在那家酒店里的那种？”

“你别跟我胡扯淡了。”

“我不跟你胡扯淡。我看你这个人就是这个毛病，总是这样压根儿不理解人。”

“也许是吧。这恐怕也是我一辈子的毛病。”

“汤米，我玩笑话也说得够多了。不过说正经的，你这次追击敌人干得是漂亮。”

“明天看吧。叫亨利自己端杯酒上来就行。我不喝了。”

“何必呢，汤米。今天晚上我们至多也只有些小接触，依我看连小接触都恐怕不见得会有。”

“好吧，”托马斯·赫德森说。“那就让他送来吧。你就别再赖在这个要命的驾驶台上了，快下去干你的吧。”

20

亨利把两杯酒先递了上来，然后才登上螺旋梯上了驾驶台。他来到托马斯·赫德森身边，探出了身子，望着远处礁岛的影子。西天的左上角挂着一弯细细的月牙儿。

“为你的健康干杯，汤姆，”亨利说。“我可没有朝左边回过头去看过月亮[①]。”

“好在今天也不是第一天露脸的新月。昨天才是初照面儿。”

---

① 西方人的迷信，以右边为吉利，左边为不祥。

“是啊。昨天起了风暴，所以我们没有看见。”

“就是。下面一切都好吧？”

“挺好的，汤姆。大家都在干活，情绪挺高。”

“威利和阿拉怎么样？”

“他们喝过点儿朗姆酒了，汤姆，喝了酒劲头足得很呢。不过这会儿可没在喝。”

“对。他们也不会再喝了。”

“我是巴巴儿的只盼着快些干上，”亨利说。“威利也是一样的心情。”

“我就不。不过我们还是得来完成这个任务。你也知道，亨利，我们一定得抓活的。”

“我知道。”

“他们因为在那个小岛上残杀了那么多人，干下了错事，所以就是怕被我们活捉。”

“我看你说得也未免太客气了，”亨利说。“你看他们今天晚上会不会对我们来一个突然袭击？”

“我看不像会。不过我们还是得提高警惕，以防万一。”

“我们一定提高警惕。可依你看他们到底会采取什么行动呢，汤姆？”

“这我倒也估计不出，亨利。他们真要是狗急跳墙的话，也很可能会来打我们船的主意。如果他们那里还有个报务员，他就完全可以把我们的电台修修好，然后把船一直开到安圭拉岛[①]，一个电报，像叫一辆出租汽车那么便当，就会有潜水艇来把他们接回去。他们的确有充分的理由要想来打我们船的主意。在哈瓦那不定什么时候已经有人泄露了我们的秘密，他们说不定了解我们的底细的。”

---

① 在加勒比海的东北部，位于波多黎各和维尔京群岛以东，属小安的列斯群岛中的背风群岛。

“谁会泄露我们的秘密呢？”

“常言道得好，人死莫揭短，”托马斯·赫德森说。“不过我就担心他说不定喝了酒就把我们的秘密都泄露出去了。”

“威利就说他肯定已经泄露出去了。”

“他有什么根据没有？”

“根据是没有。不过他说那是可以肯定的。”

“那只是可能出现的一种情况。他们也还可能上古巴本岛，走陆路去哈瓦那，搭一条西班牙船逃走。要不搭阿根廷船也行。总之他们杀了那么多人，就怕被抓住。所以我看他们可能会干出铤而走险的事来。”

“但愿如此。”

“那我们也得有所准备才好，”托马斯·赫德森说。

可是一晚上并没有一点动静，但见天上参横斗转，耳边只听东风一个劲儿地吹，水流擦过船身卷得旋涡连连。水里到处闪着磷光，那都是海草上发出来的。逢到大潮或是狂风巨浪，水底的海草往往就给连根拔起，随着水流漂进漂出，漂出漂进，看去尽见寒森森的一条条、一片片，有如水里漂浮着无数苍白无力的火苗。

天还没亮，风势就减弱了些。等天一亮，托马斯·赫德森就往甲板上一趴，睡着了。他肚皮贴着地，脸靠在帆布角上。安东尼奥就拿来一块帆布，替他连人带枪一起盖上，可是托马斯·赫德森早已睡熟，一点也没有觉察。

安东尼奥就顶了他的班，等到潮涨足了，船已经在水里宽宽松松晃动了，他才把托马斯·赫德森叫醒。他们就起了锚，朝里进发了，小艇在前头引路，一路得测量水深，遇到看不清的礁岩尖处还得插上标桩。这一回涨潮，潮水是清澈而明净的，行船虽说还很困难，比起上一天来毕竟要好多了。他们还特意砍了根树枝，作为标桩插在上一天搁浅的那条水道里，托马斯·赫德森此刻回头一看，见树枝上的绿叶都在水流里浮动。

托马斯·赫德森于是又眼望着前方，紧紧跟着小艇，顺着水道一点一点往前走。他们过了一个长长的绿色礁岛，起初船头正对着这个礁岛时，他们还只当那是个小圆岛儿呢。再往前去，是一溜儿长着红树的礁岛，看似连续不断，其实却是犬牙交错的。正在用望远镜观察的吉尔喊了一声："有标桩，汤姆。在小艇的正前方，贴着红树林子。"

"看看仔细，"托马斯·赫德森说。"那里可就是去内陆方向的航道了？"

"看样子是，可我看不到进去的口子。"

"从海图上看那是极窄极窄的。恐怕两边都得擦着红树林子了。"

这时候他突然想起了一件事。心里暗暗责备自己：我怎么会这么糊涂？不过不管怎么说，现在还是继续走下去的好，等走出了这条水道再说。到那时我再派他们回去办。他刚才忘了，应该叫威利和阿拉回去把那条破捕龟船上的机关给拆了。要是不拆掉，以后万一有个倒霉的渔民一脚踩了上去，那可就糟了。好吧，回头就让他们回去拆了。

小艇上在打信号过来了，要他尽量往三个小不点儿岛子的右边靠，紧紧贴着红树林子走。可是不一会儿，像是怕他还没有领会似的，小艇又掉过头来，开到了大船跟前。"航道就紧贴着红树林子，"威利扯开了嗓门说。"记住，标桩在左船在右。我们就一直往前去了。你不听见我们的喊话，就只管加足马力往前开。这条水道可深着呢。"

"那条捕龟船上的机关我们忘了拆了。"

"我有数的，"威利还是扯开了嗓门说。"我们回头再去拆吧。"

阿拉咧嘴一笑，把小艇掉了个头，重又往前方开去，威利还做了个手势，表示这事不成问题。小艇左一拐右一转，不一会儿就消失在绿叶丛中了。

托马斯·赫德森跟在小艇的后面往前开。这里的水面还相当开阔，从海图上看是没有这样开阔的。他想：一定是什么时候刮过了一场飓风，把这条老航道冲大了。自从美国船“诺科米斯”号在这一带派测深船测定了水深以来，变化也实在太多了。

过不多久小艇就进了一条窄水道，水道窄得像一条丛林小河，可是他发现那儿的红树林子里却并没有鸟儿惊飞起来。

他一边把舵，一边就通过传话筒通知前舱里的亨利：“我们有可能在这条水道里遭到突然袭击。船头船舷的‘五零’机枪都要做好射击准备。注意隐蔽，密切监视，一发现有枪口的火光出现就压着那儿打，火力要猛。”

“明白了，汤姆。”

他又通知安东尼奥：“我们有可能在这儿遭到突然袭击。千万不要露出头来，如果我们受到攻击，就瞄准敌人的火力点下方还击，火力要猛。千万要注意隐蔽。”

“吉尔，”他又说，“快把望远镜放下。你拿两颗手榴弹，把保险销松一松，放在我右手里的弹架上。你自己去拿上两颗那种‘灭火弹’，把保险销也松一松，准备好以后就不要再看望远镜了。他们很可能会对我们进行两面夹击的。从地形上看完全有这种可能。”

“该扔的时候你喊我啊，汤姆。”

“你一看见枪口的火光就扔过去好了。可得扔得高些，不然就落不到树丛里。”

鸟儿都不见了踪影，潮水涨得这么高，他知道按说鸟儿是只能待在红树林子里的。这时候船已经开进那窄得像小河一般的水道了，托马斯·赫德森光着头，赤着脚，身上只穿一条卡其短裤，心里那种赤条条无遮无挡的感觉，也已经到了顶了。

“你快卧倒，吉尔，”他说。“到该爬起来扔的时候我会喊你的。”

吉尔就趴在地上，两颗“灭火弹”摆在手边，所谓“灭火弹”就是用灭火器装上炸药和助爆药，用常规手榴弹的起爆装置来引爆，只是在导火索接头处把原有的火药管锯掉，接上火帽，卷紧口子。

托马斯·赫德森瞅了他一眼，见他在直冒汗。他就又赶紧回过头来，密切注意两边的红树林子。

我如果要把船倒出去，这会儿还来得及——他心里想。不过，你看潮水流得这样急，只怕是要倒也倒不出去的了。

他眼望前方绿色的两岸。水如今又是浑黄的了，红树叶子亮得真像上过油一样。他要看看仔细枝叶丛中可有哪儿有被人砍过、弄断过的痕迹。可是什么也看不出来，就见绿油油的叶子，乌溜溜的树枝，船过水退露出来的树根。红树根下有些蟹洞也一并露了出来，可以看到洞里有几只蟹。

船一路往前开，水道愈来愈窄，不过他看得见再往前去水道就开阔了。也许是我神经过敏了吧——他心想。这时候他看到从高处的树根里急忙忙爬出一只蟹来，扑通一声跳进水里。他就紧紧盯着红树林子里看，可是除了根根树干、丛丛枝叶以外，他什么也看不到。又是一只蟹，飞快地爬了出来，跳进水里去了。

也就在这时候他们向他开了火。那火光一闪他根本就没有看见。连嗒嗒的枪声都还没有听到，他就已经中了弹，身旁的吉尔也一下子跳了起来。安东尼奥先已看到枪口的闪光，一连串曳光弹早已向闪光处射去。

“朝曳光弹打的地方扔，”托马斯·赫德森赶紧对吉尔说。他觉得身上像是给人用棒球棒连打了三棒，左腿上是湿乎乎的一片。

吉尔就以投球手投肩上球那样的动作，把“灭火弹”高高地扔了过去。托马斯·赫德森看见那长长圆圆的铜壳子和圆锥形的喷嘴被阳光照得闪闪发亮。在空中飞过是左右旋转的，不是上下滚翻的。

“快卧倒，吉尔！”他当即喊了一声，本来想自己也应该赶快卧倒，可是马上又意识到自己是不该这么办的，他不能让船开得乱了套。两挺“五零”机枪早已开了火，他不但听见了那一连串的突突突，连光着的脚板都感觉到了船在震。打得好热闹啊——他心里想。这一下该把那帮狗杂种压住了。

他是先看见了“灭火弹”爆炸的刺眼亮光，然后才听到轰然一声的，随即烟雾也冒起来了。他闻到了烟味，还闻到了那股枝残叶焦的气味。

“吉尔，快起来扔两颗手榴弹。看准起烟的地方，两边一边来一个。”

吉尔这回扔手榴弹不是高高扔过去的。这回倒像是从三垒投到一垒的两下长传，两颗手榴弹在空中看去就像两块灰不溜丢的铁洋姜，还各自拖着一缕细细的青烟。

不等手榴弹白光一闪在红树林子里轰隆炸响，托马斯·赫德森就对着传话筒里命令：“亨利，快狠狠地打，打他们一个屁滚尿流。他们那儿没处躲的。”

手榴弹烟雾的气味就跟“灭火弹”不一样。托马斯·赫德森对吉尔说：“把手榴弹再扔两颗。一颗扔在‘灭火弹’的后边，一颗紧靠我们这一边扔。”

他看着手榴弹扔了出去，随即就扑倒在甲板上。他也说不准这到底是他卧倒的，还是甲板害得他滑倒的，因为他腿上的血一直在不断往下淌，甲板上滑腻腻的尽是血，反正这一下他摔得是够重的。第二颗手榴弹炸响时，他听到有两块弹片穿透了帆布。另外还有些弹片打在船壳上。

“把我扶起来，”他对吉尔说。“你这末一颗扔得可是够近的。”

“你哪儿挂花了，汤姆？”

“好两处呢。”

他看见前边的水道里威利和阿拉驾着小艇来了。

他这才通过传话筒关照安东尼奥，要他递个急救包上来给吉尔。

可就在这时，他看见威利突然卧倒在小艇的船头，向右边的红树林子里开起火来。嗒！嗒！嗒！威利那把“汤姆生”冲锋枪的点射，一声声传到他的耳里。跟着是一阵较长的连射。他就把两台发动机一齐开动，根据水道条件的许可，以最快的速度迎着他们驶去。这速度到底应该是多少才算最快，他现在已经不能完全正确掌握了，因为他只觉得浑身难受，一直难受到骨头里，从胸腔到肚肠上上下下都是那么难受，连睾丸都疼起来了。他虽然还没有感到虚软无力，但是那种软绵绵的感觉已经在开始袭来了。

“快把你们的机枪对准右岸，”他对亨利说。“威利又发现敌人了。”

“明白了，汤姆。你不要紧吧？”

“我挂了彩，不过不要紧。你和乔治怎么样？”

“我们没事。”

“随时注意，发现情况马上开火。”

“明白了，汤姆。”

为了免得大船误入威利的火力范围，托马斯·赫德森这就停止了前进，又缓缓打起倒车来。威利已经换了一夹子弹，这回换上的是曳光弹，目的是要给大船指示目标。

“你找到目标了吗，亨利？”托马斯·赫德森向传声筒里问。

“找到了，汤姆。”

“那就用短促连射，先打中心，再打周围。”

他听见两挺“五零”机枪吼叫了起来，于是就招招手叫阿拉和威利快靠拢。阿拉他们就把那台小小的发动机开足马力，飞快赶了回来。威利一路还不停地射击，一直打到靠上大船方才停手。

威利急忙上了船，来到驾驶台上，让阿拉一个人去把小艇拴好。

他看看汤姆，又看看吉尔。吉尔正拿了条止血带，在汤姆的左腿上包扎。看他是想尽量靠近胯下扎，可是愈往上就愈不容易扎紧。

“我的天哪，”威利说，“你这是怎么啦，汤姆？”

“我也不知道，”托马斯·赫德森说。他也确是不知道。他看不到自己哪儿有伤口，只看到了那血的颜色，血色很深，所以他心里也不慌。不过这血出得也太多了点儿吧，而且他觉得浑身难受极了。

“那边发现了什么情况，威利？”

“我也说不上。反正那儿有个家伙拿冲锋枪向我们开了火，我把他撂倒了。我相信没错儿，肯定是把他撂倒了。”

“你的枪声好响啊，所以他的枪声我根本就没听清。”

“你们这儿的响声才大呢，简直像炸了个弹药库似的。依你看那边是不是还会有漏网之鱼？”

“还是有这个可能的。我们干得应该说很地道了。”

“我们还得去干个彻底，”威利说。

“让那帮王八兔崽子死不死活不活的，受他们的罪去，本来倒也不失为一种办法，”托马斯·赫德森说。“那好，我们就马上去把事情彻底了结了吧。”

“我还是留下来照应你。”

亨利还在用他的“五零”机枪寻找目标。他打机枪，狠起来极狠，细起来又极细。此刻手里有两挺机枪可使，他这种种特点也得到了加倍的发挥。

“他们藏在哪儿你有数吗，威利？”

“他们总共只有一个地方可以藏身。”

“他娘的，那我们就杀进去揍他们个屁滚尿流。”

“说话可得像个船长的样咯，可得像个上等人的样咯，”威利说。“他们的小划子已经给我们报销了。”

“啊！怎么我们也没有听到声音呢？”托马斯·赫德森说。

“那本来就没有闹出多大声响，”威利说。“阿拉拿了把大砍刀，把小划子劈开了个大窟窿，把船帆也砍了个稀巴烂。就是叫基督老爷把他当年在木匠铺里的一手绝活使出来[①]，一个月也别想修

---

① 据《圣经·新约》载：耶稣的父亲约瑟是木匠（《马太福音》13 章 55 节），也有说耶稣本人也是木匠的（《马可福音》6 章 3 节）。

得好。”

“你跟亨利和乔治到船头上去，阿拉和安东尼奥去右舷，我们出发吧，”托马斯·赫德森说。他觉得浑身不得劲儿，难受极了，尽管目前还没有头晕的感觉。吉尔给他扎上止血带以后，腿上的血倒是一下子就止住了，所以他知道问题是体内还在出血。“火力要猛，船怎么走还得你们给我指引着点。他们离这儿有多近？”

“就紧靠岸边，在小土墩的背后。”

“让吉尔用大家伙打，打得到吗？”

“我可以打曳光弹给他指示目标。”

“他们还会在哪儿？”

“他们已经没处可去啦。我们毁了他们的小划子，他们都是看见的。他们在红树林子里，就好比当年兵败被困的卡斯特[①]，只能作垂死的挣扎了。真个的，只可惜我手头没有些安休瑟—布希公司出品的上等啤酒[②]来庆贺一番。”

“要冰镇的听头上等啤酒才够劲呢，”托马斯·赫德森说。“我们还是快去吧。”

“看你的脸色怪苍白的，汤米，”威利说。“再说你失血也太多了。”

“那我们还是快些把船开过去吧，”托马斯·赫德森说。“放心，我还不至于有什么。”

船很快赶了上去，威利抬起了头，探出在右舷的船头外，时而挥挥手，纠正一下行船的方向。

高一些的树梢边上露出了土墩的身影，亨利不停地转动着机枪的枪口，瞄准土墩的前后射击。乔治则把火力对准了土墩出口的所在。

---

① 乔治·阿姆斯特朗·卡斯特（1839—1876）：美国将领，在内战中功勋卓著，后成为镇压印第安人的急先锋。在小大角一役中被印第安人包围，兵败身亡。

② 安休瑟—布希公司是美国最大的啤酒厂商之一，有百威啤酒等品牌。

“情况怎么样啊，威利？”托马斯·赫德森向传话筒里说。

“只看见一地的弹壳，连个铸铜厂都可以开得了，”威利回答说。“你把船头往岸上靠，把船身横转过来，让阿拉和安东尼奥好施展得开火力。”

吉尔以为自己发现了目标，就开了火。后来才弄清原来那是亨利打断的一棵树，只是一根树枝耷拉在地下。

托马斯·赫德森眼看对岸愈来愈近了，连岸上的树叶都又一片一片看得清清楚楚了。于是他把船横过身来，一会儿就听见安东尼奥开了火，看见他的曳光弹一连串打过去，比威利的射击方向要靠右点儿。这时候阿拉也开起火来了。他于是就改打倒车，把船略微往后倒了倒，让船紧靠岸边，却又保持着安全的距离，以便吉尔可以放心投弹。

“扔一个‘灭火弹’过去，”他说。“就扔在刚才威利打的地方。”

吉尔的“灭火弹”出了手，托马斯·赫德森又一次看得暗暗称奇：扔得实在太妙了，只见那圆筒形的铜壳子闪着耀眼的光彩，打着旋转，高高地在空中飞过，几乎一点不差地就落在预定的目标上。白光一闪，轰然一声，顿时腾起了一片烟雾，稍停托马斯·赫德森就看见从烟雾里出来了一个人，两手抱住了头顶，朝着他们走来。

“停止射击！”他以最快的速度赶紧向两个传话筒里喊道。

可是阿拉早已开了火，只见那人膝头一屈，脑袋向前一歪，就一下子扑倒在红树丛里。

他于是就又重新下了命令：“继续射击。”接下来吩咐吉尔时，口气已是筋疲力尽了：“再扔一个，最好还扔在那老地方附近。紧跟着再给来上两颗手榴弹。”

俘虏明明已经到手了，可是偏偏又丢了。

过了会儿他说：“威利，你跟阿拉是不是愿意去看一看？”

“好嘞，”威利说。“不过你们得保持一定的火力，掩护我们上去。我打算从后面包抄过去。”

“你把你的要求告诉亨利。你看掩护火力到什么时候停止好呢？”

“一等我们过了口子马上就停。”

“好吧，丛林野人，”托马斯·赫德森说。他的脑子到这时候才第一次空闲下来，意识到自己只怕是挺不过去的了。

21

他听见那小土埂的背后响起了一颗手榴弹的爆炸声。没有再听到第二颗，也没有听到枪响。他好不吃力地把身子靠在舵轮上，看着手榴弹的硝烟随风缓缓飘散。

“等我一看见小艇，我就打算把船往口子里开进去，”他对吉尔说。

他这才感觉到安东尼奥的胳膊正搂着他呢，还听见他说：“你就躺会儿吧，汤姆。船我来开。”

“好吧，”说着，他就对这窄窄的水道那头看了最后的一眼。两岸是一片葱茏，水虽是褐色的，却很清澈，此刻潮水涨势正猛。

吉尔和安东尼奥扶他在驾驶台的铺板上躺下。安东尼奥随即就来接手掌舵。他又把船往后倒过点儿，好抵消潮水的推拥。躺在地下，托马斯·赫德森能感受到那两台大马力发动机的美妙的节奏。

“把止血带给我松一松吧，”他对吉尔说。

“我去替你拿气垫来，”吉尔说。

“我还是宁愿就躺在这硬木板上，”托马斯·赫德森说。“我反正也不会多动，我看还是就这样躺着好。”

“替他头下枕个垫子，”安东尼奥说。他的目光却一直盯着水道的那头。

不一会儿只听他说了声：“他们在招手要我们过去呢，汤姆。”

于是托马斯·赫德森便感觉到发动机入了挡，船也在不知不觉间行进了。

“船一出水道就要下锚啊。”

“明白了，汤姆。你别说话。”

下锚的时候，就由亨利来接手掌舵驾驶。如今他们又到了空阔的水面上了，所以托马斯·赫德森感觉到船身迎着风在摆动。

“这儿的水面可开阔呢，汤姆，”亨利说。

“我知道。从这儿一直到凯瓦林，包括两条夹岸水道在内，都是一路畅通的，海图上标深也很齐全。”

“请你就别说话了，汤姆。好好歇着，不要作声。”

“让吉尔给我拿条薄毯子来。”

“我去拿。你该不是痛得很厉害吧，汤米。”

“痛是痛的，”托马斯·赫德森说。“不过还不算太厉害。你们跟我一起枪子儿打了人家，人家不也是一样这么痛？”

“威利来了，”亨利说。

“我说你这个老小子，你就别说话了，”威利一来就说。“那里一共是四个人，连同那个向导在内。那算是他们的主力。他们另外还有一个人，也就是叫阿拉失手打死的那个。你说什么也得要个俘虏，所以阿拉为了这事难过得要命。他这会儿还在哭呢，因此我就让他留在底下。他还没来得及细想就开了枪了，这种事也是谁都难免的。”

“你们扔那个手榴弹炸什么啦？”

“没什么，有块地方我看着不顺眼，就赏了它一颗手榴弹。你别说话，汤姆。”

“那条破船上的机关你们还得回去给拆了。”

“我们马上就去，还有那另外一个地方我们也要去查看一下。老天爷要是能给我一条快艇该有多好哇。汤米呀，我们这些‘灭火弹’还真不赖，比.83毫米的迫击炮还厉害。”

“可射程就要差多了。”

“我们要那么远的射程干什么？吉尔扔的那一颗，还不是把他们来了个一锅端？”

“快走吧。”

“你到底伤得重不重，汤米？”

“够重的。”

“你看能挺得住？”

“我尽力坚持就是。”

“你要保持绝对的安静。有再大的事也不要动弹。”

他们去的工夫不大，可是在托马斯·赫德森看来却似乎足足去了好大半天。他仰面朝天躺在个顶篷的遮荫里，顶篷是安东尼奥特地给他搭起来的。吉尔和乔治替他把驾驶台上向风一边的帆布解了下来，所以清风阵阵，倒也爽快。风是不如昨天那么强劲，不过始终吹的是东风，所以云也又高又淡。天上是蔚蓝的一片，这里的岛子总是东半边信风吹得最强劲，所以天空也总是特别的蓝。托马斯·赫德森躺在那里，望着这一片蓝天，尽力忍着疼痛。亨利也拿来过吗啡，想给他打一针，可是他就是不要打，因为他觉得自己或许还有点事情得想想。反正以后真要是忍不住了，随时都可以打的。

他身上盖着条薄毯子，三处伤口都包扎得好好的。吉尔替他包扎的时候，在三处伤口上都洒满了磺胺粉。当时他还站在那儿把舵，吉尔给他上药包扎，他看见身旁的甲板上磺胺粉像砂糖似的撒得遍地都是。他们为了替他通通风，取下了一边的帆布，他当时就注意到帆布上有三个小洞眼，那就是这三颗子弹留下的，此外左右两边都还有好些弹孔。他还看到帆布上有几道口子，那是手榴弹弹片穿破的。

他躺在那儿，旁边有吉尔守护着他。吉尔看到他露出在薄毯子外的头发被海风吹得都褪了色了，脸上是一脸的苍白。吉尔是个单纯的小伙子。他倒是块出色的运动员的料，论体格几乎跟阿拉不相上下。他既然投得出曲线球，没有去打棒球实在是可惜，否则磨练磨练的话他准能成为个顶呱呱的棒球运动员。他投球的能力十分了得。托马斯·赫德森对他瞅瞅，想起他投手榴弹的情景，不禁微微一笑。过了会儿又是微微一笑，这一回可只是想看看他，看看他胳膊上发达的肌肉。

“你怎么不去打棒球呢，你是块投手的料，”他说，这声气连自己听来也觉得有些异样。

“我的制球能力不行。”

“我今天看你就很行。”

“也许以前因为不是情急无奈，所以就使不出来，”吉尔笑笑说。“你得要喝些水沾沾嘴唇了，汤米。要的话你就点点头。”

托马斯·赫德森却把头摇摇，把目光投向前方辽阔的水面，要去内陆方向就得从那里过。水面上现在泛起白浪了，但是波浪不大，这样的风力行船正合适。越过这辽阔的水面望去，他看得见图里瓜纽的一脉青山。

他心里想：对，就这么办：我们就去中央岛或者邻近的什么地方，那儿可能会有医生的。怕不见得吧，现在已经过了捕鱼的季节了。可他们会用飞机去请个高明的外科医生来的。那儿的人都是心地极好的。医生要是不高明，反倒比没有医生还糟，所以我还是就躺着别动，等高明的外科医生来了再说，反正有他们抬我呢。我应该服用大剂量的磺胺药，水可是不能喝的。但是再一想：你这个小子，何苦还要去操这份心呢。你这一辈子就是这么回事，你还能有什么别的结局？可阿拉要是没把那个王八兔崽子打死该有多好呢！那样我们就可以拿出活证据来，证明我们所干的这一切都是功不可没的。不，不说功不可没，至少也总是起了些作用的吧。说真的，要是他们手里也有我们这样的火力，那才够呛呢。看来他们准是把那一带水道里的其他标桩都拔了，做了圈套引我们进这条水道的。可就算我们抓到了那个俘虏，谁保得定他不会是草包一个，供不出一点情况呢？不过话还得说回来，把这么个俘虏抓在手里，用处总还是有一点的。倒是我们，这会儿却变得用处不大了。不，我们还是很可以发挥作用的。我们不是到那条破捕龟船上拆机关去了吗？

还是想想战后，想想将来你重操作画生涯的事吧。这世上可画的好题材实在太多了，如果你能拿出你蕴藏着的全部才华，排除一切干扰，尽心竭力作画，那就是个大大了不起的成就了。如果你肯专心一意去画海上题材的画，做到执一而不旁骛，眼下在这方面你还是可以独步一时的。你既然真有这样的抱负，那你当前就应该把这份志向好好儿的牢牢保藏在心中。画画一定要努力忠实于生活。但是生活比起一个人的事业来，实在是渺不足道的。不过关键是你不能没有生活。所以你要紧紧把握生活。现在才真是你发挥才能的时候。你这就要把才能都发挥出来，而决不能期望有所回报。你们向来是团结得很好的，你们还可以再好好发挥一下作用。我们不是流氓无产阶级。我们是精英，我们干这份工作是不求回报的。

“汤姆，你要不要喝点水？”吉尔又问了。

托马斯·赫德森把头摇摇。

他心里想：小小的三颗子弹，想叫我再也画不出好画来，那只能是妄想。这帮该死的混蛋也真是的，他们干吗要把那个小岛上的人杀光呢，他们不犯这个错误有多好呢？他们完全可以投降，那样就一点事儿也没有了。出来投降却挨了阿拉枪子儿的那个家伙，也不知道他是什么人？看来跟他们血洗小岛时打死的那个同伙很可能是一路货。这帮家伙，他们为什么一定要死心塌地做这种十恶不赦的狂热分子呢？我们这场追击战打得很坚决，我们以后还要一直战斗下去。但是我相信我们并不是狂热分子。

这时候他听见了引擎的声音，是小艇回来了。他躺在甲板上，看不到小艇靠上大船，但是不一会儿阿拉和威利就一起上驾驶台来了。阿拉是一头的汗，两人身上都有被矮树丛划破的伤痕。

“真对不起啊，汤姆，”阿拉说。

“别胡说了，”托马斯·赫德森说。

“我们还是快离开这儿吧，”威利说，“详细情况我回头再向你汇报。阿拉，你快下去起锚，叫安东尼奥上来掌舵。”

“我们还是朝里走，去中心岛。走那条路便捷些。”

“对头，”威利说。“你不要说话，汤姆，还是听我向你汇报。”他顿了一下，用手在托马斯·赫德森的前额上轻轻摸了摸，又伸手到毯子里按了按脉，脉是按得一丝不苟，但是动作之间却体贴极了。

“你可不能死啊，老小子，”他说。“你就这样好好歇着，不要动。”

“明白了，”托马斯·赫德森说。

“头一个回合打死了他们三个，”威利于是就向他汇报了起来。他坐在甲板上，正在托马斯·赫德森的上风头，身上散发出一股酸酸的汗臭，那只坏眼睛又一个劲儿乱转了起来，脸上做过整形手术的部位都成了煞白的一片。托马斯·赫德森躺在那儿不作一声，就听他说。

“他们总共只有两把冲锋枪，但是地位配置得好。吉尔头一颗‘灭火弹’就打中了他们，我们的‘五零’机枪更是把他们打得屁滚尿流。安东尼奥的枪弹也没有放过他们。亨利打起‘五零’机枪来真是有一手。”

“这他一向不含糊。”

“我看他今天也真是打得上了火了。那条破船上的机关我们刚才已经去拆除了，捕龟船现在已经翘得高高的了。阿拉和我把所有的引线都割断了，不过炸药都还撂在那儿。那也问题不大了。这几个德国佬在海图上还没有标上位置，还得我来替他们标一标呢。”

锚起了上来，发动机在飞转了。

“我们干得还不怎么漂亮，是吧？”托马斯·赫德森说。

“他们的计谋胜过了我们。但是我们的火力强。他们干得也不能算漂亮。那俘虏的事你可千万别责备阿拉啊。他已经够难过的了。他说他还没来得及想一想，手就已经扣动扳机了。”

船已经在向那一脉青山驶去了，速度也在渐渐加快了。

“汤米，”威利说，“我是爱你的，你这个老小子，你可千万不能死啊。”

托马斯·赫德森两眼瞅着他，头也没有动一动。

“你去好好琢磨琢磨吧，我这话大概也不好算太难懂吧。”

托马斯·赫德森还是两眼直瞅着他。他感到有些神思恍惚了，脑子里已经没有什么想不开的问题了。他只觉得船还在继续加速，紧贴着甲板的肩胛骨感受到引擎的一阵阵震动，惬意极了。他抬眼望去，头上是他一向深爱的蓝天，举目远望，可以直望到这辽阔水面的那一头，他现在心里很有点数了：这片通海大湖他是再也画不了的了。他稍稍挪了挪身子，好减轻伤处的疼痛。心里想：这引擎的转速该有三千左右了吧。引擎飞快的转动都透过甲板，直传到他的心中。

“我懂你的意思，威利，”他说。

“得了吧，”威利说。“你呀，人家爱你，你可就是从来不理解人家。”

译后小记

《岛在湾流中》。乍一看这个书名，似乎有些摸不着头脑。“湾流”是什么？翻开书来看了一两段，也就释然了。原来“湾流”就是墨西哥湾流或墨西哥湾暖流的简称。这是北大西洋西部最强盛的一股暖流，自墨西哥湾出佛罗里达海峡后，沿北美洲东海岸自西南向东北运行。这股暖流既深且广，对北美东部一带居民的生活有极大的影响，而且又是个鱼类繁殖极理想的所在。海明威这部小说的主人公，画家托马斯·赫德森，平生醉心于作画，又酷爱钓鱼，美、欧、亚、非都留下过他的足迹，可是他中年以后却宁愿择居在巴哈马群岛中的比美尼，也常去古巴的庄上住，其中一个重要的原因就是因为这些岛子都处在湾流之中：他喜爱这远远望去只见一片深蓝的极其壮观的湾流。

不过作者的意思似乎主要不是要表现画家在岛上作画钓鱼的生活，而是要请读者去认识一位一再受到厄运的打击却并没有倒下的硬汉子。画家有过几段婚姻史，可是我们在比美尼岛上和古巴庄上见到的他，却始终只是孤身一人。他有三个儿子：两个儿子刚来岛上跟他欢聚了一阵，回去就遇上车祸双双身亡；剩下的大儿子于二次大战爆发后去支援了英国空军，在一次执行飞行任务中牺牲。这时他自己也已放下了画笔，担当起了一个特殊的任务，带上一些志愿人员，伪装成科学家，驾着他的船在古巴北部沿海游弋，对付在那一带海上出没的德国潜艇——因为当时不但古巴岛上亲纳粹势力相当嚣张，附近海域德国潜艇的活动也颇为猖獗。大儿子牺牲后，他把悲痛都埋藏在心底，愈加坚定了要去履行自己责任的决心。一次在追踪一股犯有屠杀无辜平民罪行的纳粹潜艇残余人员时，他终于实现了战胜邪恶的愿望，却也流尽了自己的鲜血。

海明威虽然两次大战都经历了，但是他反映二战的文学作品却留下不多，所以这部《岛在湾流中》就很值得注意了。在二次大战中海明威有两件事是大可一提的，一是他曾以战地记者的身份去欧洲报道过诺曼底登陆和解放巴黎的战斗，而且据说还同游击队一起搜集过情报，因涉嫌违反战地记者不得参与战斗的规定，还接受过审查①。二是他曾在 1942 年改装了他的钓鱼船，在古巴沿海一带巡逻，搜索德国潜艇。所以他笔下的画家托马斯·赫德森的海上猎潜活动，是完全有他的生活实践作依据的。也不妨可以说，小说中的这一部分，就是他这一段生活经历的反映。

其实认真探究起来，在画家托马斯·赫德森的身上我们还处处可以看到海明威的影子。他跟海明威一样，也有过几次婚变，而且始终对第一个妻子念念不忘。他跟海明威一样，也有三个儿子，第一个妻子生了一个，另外两个则都是第二个妻子所生。他也跟海明威一样，喜欢钓鱼、打猎、赛马、喝酒，对巴黎有一段难以忘却的回忆，在巴黎时同詹姆斯·乔伊斯、埃兹拉·庞德、福特·马多克斯·福特这几位作家都是好朋友。海明威甚至还可能有过一个设想，打算把这部小说的主人公干脆写成一个作家②，不过后来还是改变了主意，写成了现在这样。

这部原稿是在 1950 年底到 1951 年之间写成的，大概作者认为作品还需要进一步加工吧，所以写成以后就搁了下来，一直到他去世都没有发表。海明威去世后不久，他的遗孀玛丽·威尔什一次在同苏联文学家谈话时曾表示过这部作品不够成熟，恐怕不一定能够

---

① 海明威有一篇短篇小说《叉路口感伤记》，写的就是二战后期盟军开辟第二战场后，一支游击队伏击溃退德军的故事（见《海明威短篇小说全集》下册）。这篇小说在作者生前一直没有发表，很可能就与此有关。

② 海明威写过一部小说，没有完成，后人给他整理出前四章，题名为《那片陌生的天地》（见《海明威短篇小说全集》下册）。据《全集》的编者称，《岛在湾流中》有个初稿就是以这个片断作为原始素材发展起来的。其中的主人公是位作家。后来海明威在创作过程中改变了思路，放弃了这个打算。

出版。后来经过她同出版社的小查尔斯·斯克里布纳根据只删不增的原则一起作了校订整理，直至 1970 年始得跟读者见面。没有经过作者自己最后审订的遗稿尽管免不了会留下不少遗憾，但是我们还是可以在字里行间看到一个熟悉的海明威在用他特有的语言讲述他的故事。

译　者

1998 年 5 月